Los detectives salvajes

Roberto Bolaño

Los detectives salvajes

EDITORIAL ANAGRAMA
BARCELONA

Diseño de la colección:
Julio Vivas
Ilustración: «The Billy Boys» (detalle), Jack Vettriano, 1997.
Cortesía de Portland Gallery

Primera edición en «Narrativas hispánicas»: noviembre 1998
Primera edición en «Compactos»: junio 2000
Segunda edición en «Compactos»: septiembre 2002
Tercera edición en «Compactos»: septiembre 2003
Cuarta edición en «Compactos»: diciembre 2003
Quinta edición en «Compactos»: abril 2004
Sexta edición en «Compactos»: noviembre 2004
Séptima edición en «Compactos»: abril 2005
Octava edición en «Compactos»: octubre 2005
Novena edición en «Compactos»: marzo 2006
Décima edición en «Compactos»: julio 2006
Undécima edición en «Compactos»: febrero 2007

ISBN: 978-84-339-6663-6
Depósito Legal: B. 10528-2007

Printed in Spain

Liberdúplex, S. L. U., ctra. BV 2249, km 7,4 - Polígono Torrentfondo
08791 Sant Llorenç d'Hortons

El día 2 de noviembre de 1998, un jurado compuesto por Salvador Clotas, Juan Cueto, Paloma Díaz-Mas, Luis Goytisolo, Esther Tusquets y el editor Jorge Herralde, otorgó el XVI Premio Herralde de Novela, por unanimidad, a *Los detectives salvajes*, de Roberto Bolaño.

Para Carolina López y Lautaro Bolaño,
venturosamente parecidos.

–¿Quiere usted la salvación de México?
¿Quiere que Cristo sea nuestro rey?
–No.

MALCOLM LOWRY

I. Mexicanos perdidos en México (1975)

2 de noviembre

He sido cordialmente invitado a formar parte del realismo
visceral. Por supuesto, he aceptado. No hubo ceremonia de iniciación. Mejor así.

3 de noviembre

No sé muy bien en qué consiste el realismo visceral. Tengo
diecisiete años, me llamo Juan García Madero, estoy en el primer semestre de la carrera de Derecho. Yo no quería estudiar
Derecho sino Letras, pero mi tío insistió y al final acabé transi-
giendo. Soy huérfano. Seré abogado. Eso le dije a mi tío y a mi
tía y luego me encerré en mi habitación y lloré toda la noche. O
al menos una buena parte. Después, con aparente resignación,
entré en la gloriosa Facultad de Derecho, pero al cabo de un mes
me inscribí en el taller de poesía de Julio César Álamo, en la Facultad de Filosofía y Letras, y de esa manera conocí a los real visceralistas o viscerrealistas e incluso vicerrealistas como a veces
gustan llamarse. Hasta entonces yo había asistido cuatro veces
al taller y nunca había ocurrido nada, lo cual es un decir, porque
bien mirado siempre ocurrían cosas: leíamos poemas y Álamo,
según estuviera de humor, los alababa o los pulverizaba; uno
leía, Álamo criticaba, otro leía, Álamo criticaba, otro más volvía
a leer, Álamo criticaba. A veces Álamo se aburría y nos pedía a
nosotros (los que en ese momento no leíamos) que criticáramos
también, y entonces nosotros criticábamos y Álamo se ponía a
leer el periódico.

El método era el idóneo para que nadie fuera amigo de nadie

13

o para que las amistades se cimentaran en la enfermedad y el rencor. Por otra parte no puedo decir que Álamo fuera un buen crítico, aunque siempre hablaba de la crítica. Ahora creo que hablaba por hablar. Sabía lo que era una perífrasis, no muy bien, pero lo sabía. No sabía, sin embargo, lo que era una pentapodia (que, como todo el mundo sabe, en la métrica clásica es un sistema de cinco pies), tampoco sabía lo que era un nicárqueo (que es un verso parecido al falecio), ni lo que era un tetrástico (que es una estrofa de cuatro versos). ¿Que cómo sé que no lo sabía? Porque cometí el error, el primer día de taller, de preguntárselo. No sé en qué estaría pensando. El único poeta mexicano que sabe de memoria estas cosas es Octavio Paz (nuestro gran enemigo), el resto no tiene ni idea, al menos eso fue lo que me dijo Ulises Lima minutos después de que yo me sumara y fuera amistosamente aceptado en las filas del realismo visceral. Hacerle esas preguntas a Álamo fue, como no tardé en comprobarlo, una prueba de mi falta de tacto. Al principio pensé que la sonrisa que me dedicó era de admiración. Luego me di cuenta que más bien era de desprecio. Los poetas mexicanos (supongo que los poetas en general) detestan que se les recuerde su ignorancia. Pero yo no me arredré y después de que me destrozara un par de poemas en la segunda sesión a la que asistía, le pregunté si sabía qué era un *rispetto*. Álamo pensó que yo le exigía *respeto* para mis poesías y se largó a hablar de la crítica objetiva (para variar), que es un campo de minas por donde debe transitar todo joven poeta, etcétera, pero no lo dejé proseguir y tras aclararle que nunca en mi corta vida había solicitado respeto para mis pobres creaciones volví a formularle la pregunta, esta vez intentando vocalizar con la mayor claridad posible.

–No me vengas con chingaderas, García Madero –dijo Álamo.

–Un *rispetto*, querido maestro, es un tipo de poesía lírica, amorosa para ser más exactos, semejante al *strambotto*, que tiene seis u ocho endecasílabos, los cuatro primeros con forma de serventesio y los siguientes construidos en pareados. Por ejemplo... –y ya me disponía a darle uno o dos ejemplos cuando Álamo se levantó de un salto y dio por terminada la discusión. Lo que ocurrió después es brumoso (aunque yo tengo buena memoria): recuerdo la risa de Álamo y las risas de los cuatro o cinco compañeros de taller, posiblemente celebrando un chiste a costa mía.

Otro, en mi lugar, no hubiera vuelto a poner los pies en el taller, pero pese a mis infaustos recuerdos (o a la ausencia de recuerdos, para el caso tan infausta o más que la retención mnemotécnica de éstos) a la semana siguiente estaba allí, puntual como siempre. Creo que fue el destino el que me hizo volver. Era mi quinta sesión en el taller de Álamo (pero bien pudo ser la octava o la novena, últimamente he notado que el tiempo se pliega o se estira a su arbitrio) y la tensión, la corriente alterna de la tragedia se mascaba en el aire sin que nadie acertara a explicar a qué era debido. Para empezar, estábamos todos, los siete aprendices de poetas inscritos inicialmente, algo que no había sucedido en las sesiones precedentes. También: estábamos nerviosos. El mismo Álamo, de común tan tranquilo, no las tenía todas consigo. Por un momento pensé que tal vez había ocurrido algo en la universidad, una balacera en el campus de la que yo no me hubiera enterado, una huelga sorpresa, el asesinato del decano de la facultad, el secuestro de algún profesor de Filosofía o algo por el estilo. Pero nada de esto había sucedido y la verdad era que nadie tenía motivos para estar nervioso. Al menos, objetivamente nadie tenía motivos. Pero la poesía (la verdadera poesía) es así: se deja presentir, se anuncia en el aire, como los terremotos que según dicen presienten algunos animales especialmente aptos para tal propósito. (Estos animales son las serpientes, los gusanos, las ratas y algunos pájaros.) Lo que sucedió a continuación fue atropellado pero dotado de algo que a riesgo de ser cursi me atrevería a llamar maravilloso. Llegaron dos poetas real visceralistas y Álamo, a regañadientes, nos los presentó aunque sólo a uno de ellos conocía personalmente, al otro lo conocía de oídas o le sonaba su nombre o alguien le había hablado de él, pero igual nos lo presentó.

No sé qué buscaban ellos allí. La visita parecía de naturaleza claramente beligerante, aunque no exenta de un matiz propagandístico y proselitista. Al principio los real visceralistas se mantuvieron callados o discretos. Álamo, a su vez, adoptó una postura diplomática, levemente irónica, de esperar los acontecimientos, pero poco a poco, ante la timidez de los extraños, se fue envalentonando y al cabo de media hora el taller ya era el mismo de siempre. Entonces comenzó la batalla. Los real visceralistas pusieron en entredicho el sistema crítico que manejaba Álamo; éste, a su vez, trató a los real visceralistas de surrealistas de pacotilla y de falsos marxistas, siendo apoyado en el embate por cinco miembros del taller, es decir todos menos un chavo muy delgado que siempre iba con un libro de Lewis Carroll y que casi nunca hablaba, y yo, actitud que con toda franqueza me dejó sorprendido, pues los que apoyaban con tanto ardimiento a Álamo eran los mismos que recibían en actitud estoica sus críticas implacables y que ahora se revelaban (algo que me pareció sorprendente) como sus más fieles defensores. En ese momento decidí poner mi grano de arena y acusé a Álamo de no tener idea de lo que era un *rispetto*; paladinamente los real visceralistas reconocieron que ellos tampoco sabían lo que era pero mi observación les pareció pertinente y así lo expresaron; uno de ellos me preguntó qué edad tenía, yo dije que diecisiete años e intenté explicar una vez más lo que era un *rispetto*; Álamo estaba rojo de rabia; los miembros del taller me acusaron de pedante (uno dijo que yo era un academicista); los real visceralistas me defendieron; ya lanzado, le pregunté a Álamo y al taller en general si por lo menos se acordaban de lo que era un nicárqueo o un tetrástico. Y nadie supo responderme.

La discusión no acabó, contra lo que yo esperaba, en una madriza general. Tengo que reconocer que me hubiera encantado. Y aunque uno de los miembros del taller le prometió a Ulises Lima que algún día le iba a romper la cara, al final no pasó nada, quiero decir nada violento, aunque yo reaccioné a la amenaza (que, repito, no iba dirigida contra mí) asegurándole al amenazador que me tenía a su entera disposición en cualquier rincón del campus, en el día y a la hora que quisiera.

El cierre de la velada fue sorprendente. Álamo desafió a Ulises Lima a que leyera uno de sus poemas. Éste no se hizo de rogar y sacó de un bolsillo de la chamarra unos papeles sucios y arrugados. Qué horror, pensé, este pendejo se ha metido él solo en la boca del lobo. Creo que cerré los ojos de pura vergüenza ajena. Hay momentos para recitar poesías y hay momentos para boxear. Para mí aquél era uno de estos últimos. Cerré los ojos, como ya dije, y oí carraspear a Lima. Oí el silencio (si eso es posible, aunque lo dudo) algo incómodo que se fue haciendo a su alrededor. Y finalmente oí su voz que leía el mejor poema que yo jamás había escuchado. Después Arturo Belano se levantó y dijo que andaban buscando poetas que quisieran participar en la revista que los real visceralistas pensaban sacar. A todos les hubiera gustado apuntarse, pero después de la discusión se sentían algo corridos y nadie abrió la boca. Cuando el taller terminó (más tarde de lo usual) me fui con ellos hasta la parada de camiones. Era demasiado tarde. Ya no pasaba ninguno, así que decidimos tomar juntos un pesero hasta Reforma y de allí nos fuimos caminando hasta un bar de la calle Bucareli en donde estuvimos hasta muy tarde hablando de poesía.

En claro no saqué muchas cosas. El nombre del grupo de alguna manera es una broma y de alguna manera es algo completamente en serio. Creo que hace muchos años hubo un grupo vanguardista mexicano llamado los real visceralistas, pero no sé si fueron escritores o pintores o periodistas o revolucionarios. Estuvieron activos, tampoco lo tengo muy claro, en la década de los veinte o de los treinta. Por descontado, nunca había oído hablar de ese grupo, pero esto es achacable a mi ignorancia en asuntos literarios (todos los libros del mundo están esperando a que los lea). Según Arturo Belano, los real visceralistas se perdieron en el desierto de Sonora. Después mencionaron a una tal Cesárea Tinajero o Tinaja, no lo recuerdo, creo que por entonces yo discutía a gritos con un mesero por unas botellas de cerveza, y hablaron de las *Poesías* del Conde de Lautréamont, algo en las *Poesías* relacionado con la tal Tinajero, y después Lima hizo una aseveración misteriosa. Según él, los actuales real visceralistas caminaban hacia atrás. ¿Cómo hacia atrás?, pregunté.

–De espaldas, mirando un punto pero alejándonos de él, en línea recta hacia lo desconocido.

Dije que me parecía perfecto caminar de esa manera, aunque en realidad no entendí nada. Bien pensado, es la peor forma de caminar.

Más tarde llegaron otros poetas, algunos real visceralistas, otros no, y la barahúnda se hizo imposible. Por un momento pensé que Belano y Lima se habían olvidado de mí, ocupados en platicar con cuanto personaje estrafalario se acercaba a nuestra mesa, pero cuando empezaba a amanecer me dijeron si quería pertenecer a la pandilla. No dijeron «grupo» o «movimiento», dijeron pandilla y eso me gustó. Por supuesto, dije que sí. Fue muy sencillo. Uno de ellos, Belano, me estrechó la mano, dijo que ya era uno de los suyos y después cantamos una canción ranchera. Eso fue todo. La letra de la canción hablaba de los pueblos perdidos del norte y de los ojos de una mujer. Antes de ponerme a vomitar en la calle les pregunté si ésos eran los ojos de Cesárea Tinajero. Belano y Lima me miraron y dijeron que sin duda yo ya era un real visceralista y que juntos íbamos a cambiar la poesía latinoamericana. A las seis de la mañana tomé otro pesero, esta vez solo, que me trajo hasta la colonia Lindavista, donde vivo. Hoy no fui a la universidad. He pasado todo el día encerrado en mi habitación escribiendo poemas.

4 de noviembre

Volví al bar de la calle Bucareli pero los real visceralistas no han aparecido. Mientras los esperaba me dediqué a leer y a escribir. Los habituales del bar, un grupo de borrachos silenciosos y más bien patibularios, no me quitaron la vista de encima. Resultado de cinco horas de espera: cuatro cervezas, cuatro tequilas, un plato de sopes que dejé a medias (estaban semipodridos), lectura completa del último libro de poemas de Álamo (que llevé expresamente para burlarme de él con mis nuevos amigos), siete textos escritos a la manera de Ulises Lima (el primero sobre los sopes que olían a ataúd, el segundo sobre la universidad: la veía destruida, el tercero sobre la universidad: yo corría desnudo en medio de una multitud de zombis, el cuarto sobre la luna del DF, el quinto sobre un cantante muerto, el sexto sobre una sociedad secreta que vivía bajo las cloacas de Chapultepec, y el séptimo sobre un libro perdido y sobre la amistad) o más exactamente a la manera del único poema que conozco de Ulises Lima y que no leí sino que escuché, y una sensación física y espiritual de soledad.

Un par de borrachos intentaron meterse conmigo pero pese a mi edad tengo suficiente carácter como para plantarle cara a cualquiera. Una mesera (se llama Brígida, según supe, y decía recordarme de la noche que pasé allí con Belano y Lima) me acarició el pelo. Fue una caricia como al descuido, mientras iba a atender otra mesa. Después se sentó un rato conmigo e insinuó que tenía el pelo demasiado largo. Era simpática pero preferí no contestarle. A las tres de la mañana volví a casa. Los real visceralistas no aparecieron. ¿No los volveré a ver más?

5 de noviembre

Sin noticias de mis amigos. Desde hace dos días no voy a la facultad. Tampoco pienso volver al taller de Álamo. Esta tarde fui otra vez al Encrucijada Veracruzana (el bar de Bucareli) pero ni rastro de los real visceralistas. Es curioso: las mutaciones que sufre un establecimiento de esta naturaleza visitado por la tarde o por la noche e incluso por la mañana. Cualquiera diría que se trata de bares diferentes. Esta tarde el local parecía mucho más cochambroso de lo que en realidad es. Los personajes patibularios de la noche aún no hacen acto de presencia, la clientela es, cómo diría, más huidiza, más transparente, también más pacífica. Tres oficinistas de baja estofa, probablemente funcionarios, completamente borrachos, un vendedor de huevos de caguama con la cestita vacía, dos estudiantes de prepa, un señor canoso sentado a una mesa comiendo enchiladas. Las meseras también son diferentes. A las tres de hoy no las conocía aunque una de ellas se me acercó y me dijo de golpe: tú debes ser el poeta. La afirmación me turbó pero también, debo reconocerlo, me halagó.

–Sí, señorita, soy poeta, ¿pero usted cómo lo sabe?

–Brígida me habló de ti.

¡Brígida, la camarera!

–¿Y qué fue lo que le dijo? –dije sin atreverme todavía a tutearla.

–Pues que escribías unas poesías muy bonitas.

–Eso ella no puede saberlo. Nunca ha leído nada mío –dije ruborizándome un poco pero cada vez más satisfecho del giro que iba tomando la conversación. También pensé que Brígida *sí* pudo haber leído algunos de mis versos: ¡por encima de mi hombro! Esto ya no me gustó tanto.

La camarera (de nombre Rosario) me preguntó si le podía hacer un favor. Hubiera debido decir «depende», como me ha enseñado (hasta la extenuación) mi tío, pero yo soy así y dije órale, de qué se trata.

–Me gustaría que me hicieras una poesía –dijo.

–Eso está hecho. Cualquier día de éstos te la hago –dije tuteándola por primera vez y ya embalado pidiéndole que me trajera otro tequila.

–Yo te invito la copa –dijo ella–. Pero la poesía me la haces ahora.

Intenté explicarle que un poema no se escribía así como así.

–¿Y a qué se debe tanta prisa?

La explicación que me dio fue un tanto vaga; según parece se trataba de una promesa hecha a la Virgen de Guadalupe, algo relacionado con la salud de alguien, un familiar muy querido y muy añorado que había desaparecido y vuelto a aparecer. ¿Pero qué pintaba un poema en todo eso? Por un instante pensé que había bebido demasiado, que llevaba muchas horas sin comer y que el alcohol y el hambre me estaban desconectando de la realidad. Pero luego pensé que no era para tanto. Precisamente una de las premisas para escribir poesía preconizadas por el realismo visceral, si mal no recuerdo (aunque la verdad es que no pondría la mano en el fuego), era la desconexión transitoria con cierto tipo

19

de realidad. Sea como sea lo cierto es que a aquella hora los clientes en el bar escaseaban, por lo que las otras dos camareras poco a poco se fueron acercando a mi mesa y ahora me hallaba rodeado en una posición aparentemente inocente (realmente inocente) pero que a cualquier espectador no avisado, un policía, por ejemplo, no se lo parecería: un estudiante sentado y tres mujeres de pie a su lado, una de ellas rozando su hombro y brazo izquierdos con su cadera derecha, las otras dos con los muslos pegados al borde de la mesa (borde que seguramente dejaría marcas en esos muslos), sosteniendo una inocente conversación literaria pero que, vista desde la puerta, podría parecer cualquier otra cosa. Por ejemplo: un proxeneta en plena plática con sus pupilas. Por ejemplo: un estudiante rijoso que no se deja seducir.

Decidí cortar por lo sano. Me levanté como pude, pagué, dejé un cariñoso saludo para Brígida y me fui. En la calle el sol me cegó durante unos segundos.

6 de noviembre

Hoy tampoco he ido a la facultad. Me levanté temprano, tomé el camión con destino a la UNAM, pero me bajé antes y dediqué gran parte de la mañana a vagar por el centro. Primero entré en la Librería del Sótano y me compré un libro de Pierre Louys, después crucé Juárez, compré una torta de jamón y me fui a leer y a comer sentado en un banco de la Alameda. La historia de Louys, pero sobre todo las ilustraciones, me provocaron una erección de caballo. Intenté ponerme de pie y marcharme, pero con la verga en ese estado era imposible caminar sin provocar las miradas y el consiguiente escándalo no ya sólo de las viandantes sino de los peatones en general. Así que me volví a sentar, cerré el libro y me limpié de migas la chamarra y el pantalón. Durante mucho rato estuve mirando algo que me pareció una ardilla y que se desplazaba sigilosamente por las ramas de un árbol. Al cabo de diez minutos (aproximadamente) me di cuenta que no se trataba de una ardilla sino de una rata. ¡Una rata enorme! El descubrimiento me llenó de tristeza. Ahí estaba yo, sin poder moverme, y a veinte metros, bien agarrada a una rama, una rata exploradora y hambrienta en busca de huevos de pájaros o de migas arrastradas por el viento hasta la copa de los árboles (dudoso) o de lo que fuere. La congoja me subió hasta el cuello y tuve náuseas. Antes de vomitar me levanté y salí corriendo. Al cabo de cinco minutos a buen paso la erección había desaparecido.

Por la noche estuve en la calle Corazón (paralela a mi calle) viendo un partido de fútbol. Los que jugaban eran mis amigos de infancia, aunque decir amigos de infancia tal vez sea excesivo. La mayoría todavía está en prepa y otros han dejado de estudiar y trabajan con sus padres o no hacen nada. Desde que yo entré en la universidad el foso que nos separaba se agrandó de golpe y ahora somos como de dos planetas distintos. Pedí que me dejaran jugar. La iluminación en la calle Corazón no es muy buena y la pelota apenas se veía. Además, cada cierto tiempo pasaban automóviles y teníamos que parar. Recibí dos patadas y un pelotazo en la cara. Suficiente. Leeré un poco más a Pierre Louys y después apagaré la luz.

7 de noviembre

La Ciudad de México tiene catorce millones de habitantes. No volveré a ver a los real visceralistas. Tampoco volveré a la facultad ni al taller de Álamo. Ya veremos cómo me las arreglo con mis tíos. He terminado el libro de Louys, *Afrodita*, y ahora estoy leyendo a los poetas mexicanos muertos, mis futuros colegas.

8 de noviembre

He descubierto un poema maravilloso. De su autor, Efrén Rebolledo (1877-1929), nunca me dijeron nada en mis clases de literatura. Lo transcribo:

El vampiro

Ruedan tus rizos lóbregos y gruesos
por tus cándidas formas como un río,
y esparzo en su raudal, crespo y sombrío,
las rosas encendidas de mis besos.

En tanto que descojo los espesos
anillos, siento el roce leve y frío
de tu mano, y un largo calosfrío
me recorre y penetra hasta los huesos.

Tus pupilas caóticas y hurañas
destellan cuando escuchan el suspiro
que sale desgarrando las entrañas,
y mientras yo agonizo, tú sedienta,
finges un negro y pertinaz vampiro
que de mi sangre ardiente se sustenta.

La primera vez que lo leí (hace unas horas) no pude evitar
encerrarme con llave en mi cuarto y proceder a masturbarme
mientras lo recitaba una, dos, tres, hasta diez o quince veces,
imaginando a Rosario, la camarera, a cuatro patas encima de
mí, pidiéndome que le escribiera un poema para ese ser querido
y añorado o rogándome que la clavara sobre la cama con mi verga ardiente.

Ya aliviado, he tenido ocasión de reflexionar sobre el poema.

El «raudal crespo y sombrío» no ofrece, creo, ninguna duda
de interpretación. No sucede lo mismo con el primer verso de la
segunda cuarteta: «en tanto que descojo los espesos anillos»,
que bien pudiera referirse al «raudal crespo y sombrío» uno a
uno estirado o desenredado, pero en donde el verbo «descojer»
tal vez oculte un significado distinto.

«Los espesos anillos» tampoco están muy claros. ¿Son los rizos del vello púbico, los rizos de la cabellera del vampiro o son
diferentes entradas al cuerpo humano? En una palabra, ¿la está
sodomizando? Creo que la lectura de Pierre Louys aún gravita
en mi ánimo.

9 de noviembre

He decidido volver al Encrucijada Veracruzana, no porque
espere encontrar a los real visceralistas sino por ver una vez más
a Rosario. Le he escrito unos versitos. Hablo de sus ojos y del interminable horizonte mexicano, de las iglesias abandonadas y
de los espejismos de los caminos que conducen a la frontera. No
sé por qué, creo que Rosario es de Veracruz o de Tabasco, incluso puede que de Yucatán. Acaso lo mencionó ella. Puede que
sólo sea imaginación mía. Tal vez la confusión esté propiciada
por el nombre del bar y Rosario no sea ni veracruzana ni yucate-
ca sino del DF. En todo caso, he creído que unos versos que evo-
quen tierras diametralmente distintas de las suyas (en el supues-

to de que sea veracruzana, algo de lo que estoy cada vez más dudoso) resultarán más prometedores, al menos en lo que a mis intenciones respecta. Después pasará lo que tenga que pasar.

Esta mañana he deambulado por los alrededores de la Villa
pensando en mi vida. El futuro no se presenta muy brillante,
máxime si continúo faltando a clases. Sin embargo lo que me
preocupa de verdad es mi educación sexual. No puedo pasarme
la vida haciéndome pajas. (También me preocupa mi educación
poética, pero es mejor no enfrentarse a más de un problema a la
vez.) ¿Tendrá novio Rosario? ¿Si tiene novio, será un tipo celoso
y posesivo? Es demasiado joven para estar casada, pero tampoco puedo descartar esa posibilidad. Creo que le gusto, eso resulta evidente.

10 de noviembre

Encontré a los real visceralistas. Rosario es de Veracruz. Todos los real visceralistas me dieron sus respectivas direcciones y
yo a todos les di la mía. Las reuniones se celebran en el café Quito, en Bucareli, un poco más arriba del Encrucijada, y en la casa
de María Font, en la colonia Condesa, o en la casa de la pintora
Catalina O'Hara, en la colonia Coyoacán. (María Font, Catalina
O'Hara, esos nombres evocan algo en mí, aunque todavía no sé
qué.)

Por lo demás todo terminó bien, aunque estuvo a punto de
acabar en tragedia.

Las cosas sucedieron así: llegué a eso de las ocho de la noche
al Encrucijada. El bar estaba lleno y la concurrencia no podía
ser más miserable y patibularia. En un rincón incluso había un
ciego que tocaba el acordeón y cantaba. Pero yo no me arredré y
me acodé en el primer hueco que vi en la barra. Rosario no estaba. Se lo pregunté a la camarera que me atendió y ésta me trató
de veleta, de caprichoso y de presumido. Con una sonrisa, eso sí,
como si no le pareciera mal del todo. Francamente no entendí
qué quería decir. Después le pregunté de dónde era Rosario y me
dijo que de Veracruz. También le pregunté de dónde era ella. Del
mero DF, dijo. ¿Y tú? Yo soy el jinete de Sonora, le dije de golpe
y sin venir a cuento. En realidad nunca he estado en Sonora.
Ella se rió y así hubiéramos podido seguir de plática durante un
buen rato, pero se tuvo que ir a atender una mesa. Brígida, en
cambio, sí que estaba y cuando ya iba por mi segundo tequila se

acercó y me preguntó qué pasaba. Brígida es una mujer de rostro ceñudo, melancólico, ofendido. La imagen que tenía de ella era distinta, pero aquella vez estaba borracho y ahora no. Le dije qué hubo, Brígida, tantos años. Intentaba dar una impresión de desenvoltura, incluso de alegría, aunque no puedo decir que me hallara alegre. Brígida me cogió una mano y se la llevó al corazón. Al principio di un salto y mi primera intención fue apartarme de la barra, tal vez salir corriendo del bar, pero me aguanté.

–¿Lo sientes? –dijo.

–¿Qué?

–Mi corazón, pendejo, ¿no lo sientes latir?

Con las yemas de los dedos exploré la superficie que se me ofrecía: la blusa de lino y los pechos de Brígida enmarcados por un sostén que adiviné muy pequeño para contenerlos. Pero ni rastro de latidos.

–No siento nada –dije con una sonrisa.

–Mi corazón, buey, ¿no lo escuchas latir, no sientes cómo se rompe de a poco?

–Oye, perdona, no escucho nada.

–Cómo vas a escuchar con la mano, cabrón, sólo te pido que sientas. ¿No sienten nada tus dedos?

–La verdad... no.

–Tienes la mano helada –dijo Brígida–. Qué dedos más bonitos, cómo se nota que no has tenido que trabajar nunca.

Me sentí mirado, estudiado, taladrado. A los borrachines patibularios que estaban en la barra les había interesado la última observación de Brígida. Preferí de momento no enfrentarme a ellos y declaré que se equivocaba, que por supuesto tenía que trabajar para pagarme los estudios. Brígida ahora aprisionaba mi mano como si estuviera leyendo las líneas de mi destino. Eso me interesó y me despreocupé de los potenciales espectadores.

–No seas víbora –dijo–. Conmigo no necesitas mentir, te conozco. Eres un hijito de papá, pero tienes grandes ambiciones. Y tienes suerte. Llegarás a donde te propongas. Aunque aquí veo que te extraviarás varias veces, por culpa tuya, porque no sabes lo que quieres. Necesitas una piel que esté contigo en las buenas y en las malas. ¿Me equivoco?

–No, perfecto, sigue, sigue.

–Aquí no –dijo Brígida–. Estos mamones chismosos no tienen por qué enterarse de tu destino, ¿verdad?

Por primera vez me atreví a mirar abiertamente a los lados. Cuatro o cinco borrachines patibularios seguían con atención las palabras de Brígida, uno incluso contemplaba mi mano con fijeza sobrenatural, como si se tratara de su propia mano. Les sonreí a todos, no fuera a ser que se enfadaran, dándoles a entender de esa manera que yo no tenía nada que ver en ese asunto. Brígida me pellizcó el dorso. Tenía los ojos ardientes, como si estuviera a punto de iniciar una pelea o de echarse a llorar.

–Aquí no podemos hablar, sígueme.

La vi cuchichear con una de las meseras y luego me hizo una seña. El Encrucijada Veracruzana estaba lleno y sobre las cabezas de los parroquianos se elevaba una nube de humo y la música de acordeón del ciego. Miré la hora, eran casi las doce, el tiempo, pensé, se había ido volando.

La seguí.

Nos metimos en una especie de bodega y cuarto trastero estrecho y alargado en donde se apilaban las cajas de botellas y los implementos de limpieza del bar (detergentes, escobas, lejía, un utensilio de goma para limpiar los cristales, una colección de guantes de plástico). Al fondo, una mesa y dos sillas. Brígida me indicó una. Me senté. La mesa era redonda y su superficie estaba cubierta de muescas y nombres, la mayoría ininteligibles. La camarera permaneció de pie, a pocos centímetros de mí, vigilante como una diosa o como un ave de rapiña. Tal vez esperaba a que yo le pidiera que se sentara. Conmovido por su timidez, así lo hice. Para mi sorpresa, procedió a sentarse sobre mis rodillas. La situación era incómoda y sin embargo a los pocos segundos noté con espanto que mi naturaleza, divorciada de mi intelecto, de mi alma, incluso de mis peores deseos, endurecía mi verga hasta un límite imposible de disimular. Brígida seguramente se apercibió de mi estado pues se levantó y, tras volver a estudiarme desde lo alto, me propuso un guagüis.

–Qué... –dije.

–Un guagüis, ¿quieres que te haga un guagüis?

La miré sin comprender, aunque como un nadador solitario y exhausto la verdad poco a poco se fue abriendo paso en el mar negro de mi ignorancia. Ella me devolvió la mirada. Tenía los ojos duros y planos. Y una característica que la distinguía de entre todos los seres humanos que yo hasta entonces conocía: miraba siempre (en cualquier lugar, en cualquier situación, pasara lo que pasara) a los ojos. La mirada de Brígida, decidí entonces, podía ser insoportable.

–No sé de qué hablas –dije.

–De mamártela, mi vida.

No tuve tiempo para responder y tal vez fue mejor así. Brígida, sin dejar de mirarme, se arrodilló, me abrió la cremallera y se metió mi verga en la boca. Primero el glande, al que propinó varios mordisquitos que no por leves fueron menos inquietantes y después el pene entero sin dar muestras de atragantarse. Al mismo tiempo, con su mano derecha fue recorriendo mi bajo vientre, mi estómago y mi pecho dándome a intervalos regulares unos pescozones cuyos morados aún conservo. El dolor que sentí probablemente contribuyó a hacer más singular mi placer pero al mismo tiempo evitó que me viniera. De tanto en tanto Brígida levantaba los ojos de su trabajo, sin por ello soltar mi miembro viril, y buscaba mis ojos. Yo entonces cerraba los míos y recitaba mentalmente versos sueltos del poema «El vampiro» que más tarde, repasando el incidente, resultaron no ser en absoluto versos sueltos del poema «El vampiro» sino una mezcla diabólica de poesías de origen vario, frases proféticas de mi tío, recuerdos infantiles, rostros de actrices adoradas en mi pubertad (la cara de Angélica María, por ejemplo, en blanco y negro), paisajes que giraban como arrastrados por un torbellino. Al principio intenté defenderme de los pescozones, pero al comprobar la inutilidad de mis esfuerzos dediqué mis manos a la cabellera de Brígida (teñida de color castaño claro y no muy limpia, según pude comprobar) y a sus orejas, pequeñas y carnosas, aunque de una dureza casi sobrenatural, como si en ellas no hubiera ni un solo gramo de carne o grasa, sólo cartílago, plástico, no, metal apenas reblandecido, en donde colgaban dos grandes aros de plata falsa.

Cuando el desenlace era inminente y yo, ante la conveniencia de no gemir, alzaba mis puños y amenazaba a un ser invisible que reptaba por las paredes de la bodega, la puerta se abrió de golpe (pero sin ruido), apareció la cabeza de una camarera y de sus labios salió una escueta advertencia:

–Aguas.

Brígida cesó de inmediato en su cometido. Se levantó, me miró a los ojos con una expresión de quebranto y después, tironeándome del saco, me llevó hasta una puerta que yo hasta entonces no había advertido.

–Hasta otra, mi vida –dijo con una voz mucho más ronca de lo usual mientras me empujaba al otro lado.

De golpe y porrazo me encontré en los servicios del Encrucijada Veracruzana, una habitación rectangular, larga, estrecha y lóbrega.

Caminé unos pasos a la deriva, aún aturdido por la celeridad de los hechos que acababan de ocurrir. Olía a desinfectante y el suelo estaba húmedo, en algunos tramos encharcado. La iluminación era escasa, por no decir nula. En medio de dos lavamanos desportillados vi un espejo; me miré de reojo; el azogue correspondió con una imagen que me erizó los pelos. En silencio, procurando no chapotear sobre el suelo por el que fluía, lo vi en ese momento, un delgado río procedente de uno de los retretes, me volví a acercar al espejo picado por la curiosidad. Éste me devolvió un rostro cuneiforme, de color rojo oscuro, perlado de sudor. Di un salto hacia atrás y estuve a punto de caerme. En uno de los excusados había alguien. Lo sentí rezongar, maldecir. Un borrachín patibulario, sin duda. Entonces alguien me llamó por mi nombre:

–Poeta García Madero.

Vi dos sombras junto a los urinarios. Estaban envueltas en una nube de humo. ¿Dos maricones, pensé, dos maricones que conocen mi nombre?

–Poeta García Madero, acérquese, hombre.

Aunque lo que la lógica y la prudencia me indicaban era que buscara la puerta de salida y sin más dilación me marchara del Encrucijada, lo que hice fue dar dos pasos en dirección a la humareda. Dos pares de ojos brillantes, como de lobos en medio de un vendaval (licencia poética, pues yo nunca he visto lobos; vendavales sí, y no se ajustan demasiado a la estola de humo que envolvía a los dos tipos) me observaron. Los escuché reír. Ji ji ji. Olía a marihuana. Me tranquilicé.

–Poeta García Madero, le cuelga el aparato.

–¿Qué?

–Ji ji ji.

–El pene... Lo llevas colgando.

Manoteé mi braqueta. Efectivamente, con las prisas y el susto no había acertado a guardarme el pajarito. Enrojecí, pensé en mentarles la madre pero me contuve, alisé mis pantalones y di un paso en dirección a ellos. Me parecieron conocidos e intenté penetrar la oscuridad que los envolvía y descifrar sus rostros. Fue en vano.

Entonces una mano y después un brazo surgieron del huevo de humo que los protegía y me ofrecieron la bacha de marihuana.

–No fumo –dije.

–Es mota, poeta García Madero. Golden Acapulco.

Negué con la cabeza.

–No me gusta –dije.

El ruido proveniente de la habitación de al lado me sobresaltó. Alguien levantaba la voz. Un hombre. Después alguien gritaba. Una mujer. Brígida. Imaginé que el dueño del bar le estaría pegando y quise acudir en su defensa, aunque la verdad es que Brígida no me importaba mucho (en realidad, no me importaba nada). Cuando estaba a punto de dar media vuelta en dirección a la bodega las manos de los desconocidos me sujetaron. Entonces vi salir sus rostros de la humareda. Eran Ulises Lima y Arturo Belano.

Di un suspiro de alivio, casi aplaudí, les dije que los había estado buscando durante muchos días y luego hice otro intento de acudir en ayuda de la mujer que gritaba, pero no me dejaron.

–No te metas en problemas, esos dos siempre están así –dijo Belano.

–¿Quiénes dos?

–La mesera y su patrón.

–Pero le está pegando –dije, y en efecto, el sonido de las bofetadas ahora era claramente audible–. Eso no lo podemos permitir.

–Ah, qué poeta García Madero –dijo Ulises Lima.

–No lo podemos permitir, pero a veces los ruidos nos engañan. Hágame caso y confíe en mí –dijo Belano.

Tuve la impresión de que sabían muchas cosas del Encrucijada y hubiera querido hacerles algunas preguntas al respecto, pero no lo hice por no parecer indiscreto.

Al salir de los lavabos la luz del bar me hirió los ojos. Todo el mundo hablaba a gritos. Otros cantaban siguiendo la melodía del ciego, un bolero o eso me pareció, que hablaba de un amor desesperado, un amor que los años no podían aplacar, aunque sí volver más indigno, más innoble, más atroz. Lima y Belano llevaban tres libros cada uno y parecían estudiantes como yo. Antes de salir nos acercamos a la barra, hombro con hombro, pedimos tres tequilas que nos tomamos de un solo trago y luego salimos riéndonos a la calle. Al abandonar el Encrucijada miré hacia atrás por última vez con la vana esperanza de ver aparecer a Brígida en la puerta de la bodega, pero no la vi.

Los libros que llevaba Ulises Lima eran:

Manifeste electrique aux paupieres de jupes, de Michel Bulteau, Matthieu Messagier, Jean-Jacques Faussot, Jean-Jacques N'Guyen That, Gyl Bert-Ram-Soutrenom F.M., entre otros poetas del Movimiento Eléctrico, nuestros pares de Francia (supongo).

Sang de satin, de Michel Bulteau.
Nord d'été naître opaque, de Matthieu Messagier.
Los libros que llevaba Arturo Belano eran:
Le parfait criminel, de Alain Jouffroy.
Le pays où tout est permis, de Sophie Podolski.
Cent mille milliards de poèmes, de Raymond Queneau. (Este último estaba fotocopiado y los cortes horizontales que exhibía la fotocopia más el desgaste propio de un libro manoseado en exceso, lo convertían en una especie de asombrada flor de papel, con los pétalos erizados hacia los cuatro puntos cardinales.)
Más tarde nos encontramos con Ernesto San Epifanio, que también llevaba tres libros. Le pedí que me los dejara anotar. Eran éstos:
Little Johnny's Confession, de Brian Patten.
Tonight at Noon, de Adrian Henri.
The Lost Fire Brigade, de Spike Hawkins.

11 de noviembre

Ulises Lima vive en un cuarto de azotea de la calle Anáhuac, cerca de Insurgentes. El habitáculo es pequeño, tres metros de largo por dos y medio de ancho y los libros se acumulan por todas partes. Por la única ventana, diminuta como un ojo de buey, se ven las azoteas vecinas en donde, según dice Ulises Lima que dice Monsiváis, se celebran todavía sacrificios humanos. En el cuarto sólo hay un colchón en el suelo, que Lima enrolla por el día o cuando recibe visitas y utiliza como sofá; también hay una mesa minúscula cuya superficie cubre del todo su máquina de escribir y una única silla. Los visitantes, obviamente, deben sentarse en el colchón o en el suelo o permanecer de pie. Hoy éramos cinco: Lima, Belano, Rafael Barrios y Jacinto Requena, y la silla la ocupó Belano, el colchón Barrios y Requena, Lima se mantuvo de pie todo el rato (incluso a veces dando vueltas por su cuarto) y yo me senté en el suelo.
Hablamos de poesía. Nadie ha leído ningún poema mío y sin embargo todos me tratan como a un real visceralista más. ¡La camaradería es espontánea y magnífica!
A eso de las nueve de la noche apareció Felipe Müller, que tiene dieciocho años y que por lo tanto, hasta mi irrupción, *era* el más joven del grupo. Luego salimos todos a cenar a un café chino y estuvimos hasta las tres de la mañana caminando y hablan-

do de literatura. Coincidimos plenamente en que hay que cambiar la poesía mexicana. Nuestra situación (según me pareció entender) es insostenible, entre el imperio de Octavio Paz y el imperio de Pablo Neruda. Es decir: entre la espada y la pared. Les pregunté dónde podía comprar los libros que ellos llevaban la otra noche. La respuesta no me sorprendió: los roban en la Librería Francesa de la Zona Rosa y en la Librería Baudelaire, de la calle General Martínez, cerca de la calle Horacio, en la Polanco. También quise saber algo acerca de los autores y entre todos (lo que lee un real visceralista es leído acto seguido por los demás) me instruyeron sobre la vida y la obra de los eléctricos, de Raymond Queneau, de Sophie Podolski, de Alain Jouffroy.

Felipe Müller me preguntó, tal vez un poco picado, si sabía francés. Le contesté que con un diccionario me las podía arreglar. Más tarde le hice la misma pregunta. ¿Tú sí que sabes francés, mano? Su respuesta fue negativa.

12 de noviembre

Encuentro en el café Quito con Jacinto Requena, Rafael Barrios y Pancho Rodríguez. Los vi llegar a eso de la nueve de la noche y les hice una seña desde mi mesa en la cual llevaba unas tres horas provechosamente invertidas en la escritura y en la lectura. Me presentan a Pancho Rodríguez. Es tan bajito como Barrios, pero con cara de niño de doce años aunque en realidad tiene veintidós. Casi a la fuerza, simpatizamos. Pancho Rodríguez habla hasta por los codos. Gracias a él me entero de que antes de la llegada de Belano y Müller (que aparecieron en el DF después del golpe de Pinochet y por lo tanto son ajenos al grupo primigenio), Ulises Lima había sacado una revista con poemas de María Font, de Angélica Font, de Laura Damián, de Barrios, de San Epifanio, de un tal Marcelo Robles (del que no he oído hablar) y de los hermanos Rodríguez, Pancho y Moctezuma. Según Pancho, uno de los dos mejores poetas jóvenes mexicanos es él, el otro es Ulises Lima, de quien se declara su mejor amigo. La revista (dos números, ambos de 1974) se llamaba *Lee Harvey Oswald* y la financió íntegramente Lima. Requena (que aún no pertenecía al grupo) y Barrios corroboran las palabras de Pancho Rodríguez. Allí estaba la simiente del realismo visceral, dice Barrios. Pancho Rodríguez no es de la misma opinión. Según él, *Lee Harvey Oswald* debió continuar, la cortaron justo en el mejor momento, cuando la gente empezaba a conocernos, dice. ¿Qué gente? Pues los otros poetas, claro, los estudiantes de Filosofía y Letras, las chavitas que escribían poesía y que acudían semanalmente a los cien talleres abiertos como flores en el DF. Barrios y Requena no están de acuerdo, aunque hablan con nostalgia de la revista.

–¿Hay muchas poetisas?

–Decirles poetisas queda un poco gacho –dijo Pancho.

–Se les dice poetas –dijo Barrios.

–¿Pero hay muchas?

–Como nunca antes en la historia de México –dijo Pancho–. Levantas una piedra y encuentras a una chava escribiendo de sus cositas.

–¿Y cómo Lima fue capaz de financiar él solo *Lee Harvey Oswald*? –pregunté.

Me pareció prudente no insistir por el momento en el tema poetisas.

–Ah, poeta García Madero, un tipo como Ulises Lima es capaz de hacer cualquier cosa por la poesía –dijo Barrios soñadoramente.

Después hablamos sobre el nombre de la revista, que a mí me pareció genial.

–A ver si lo he entendido. Los poetas, según Ulises Lima, son como Lee Harvey Oswald. ¿Es así?

–Más o menos –dijo Pancho Rodríguez–. Yo le sugerí que le pusiera *Los bastardos de Sor Juana*, que suena más mexicano, pero nuestro carnal se muere por las historias de los gringos.

–En realidad Ulises creía que ya existía una editorial que se llamaba así, pero estaba equivocado y cuando se dio cuenta de su error decidió ponerle a su revista ese nombre –dijo Barrios.

–¿Qué editorial?

–La P.-J. Oswald, de París, la que publicó un libro de Mathieu Messagier.

–Y el cabrón de Ulises pensaba que la editorial francesa se llamaba Oswald por el asesino. Pero ésta era la Pe Jota Oswald y no la Ele Hache Oswald y un día se dio cuenta y entonces decidió apropiarse del nombre.

–El nombre del francés debe ser Pierre-Jacques –dijo Requena.

–O Paul-Jean Oswald.

–¿Su familia tiene dinero? –pregunté.

–No, la familia de Ulises no tiene dinero –dijo Requena–. En realidad, su familia es su madre, ¿no? Yo al menos no conozco a nadie más.

–Yo conozco a toda su familia –dijo Pancho–. Yo conocí a Ulises Lima mucho antes que todos ustedes, mucho antes que Belano, y su mamá es su única familia. Y les aseguro que no tiene luz.

–¿Y cómo pudo financiar dos números de una revista?

–Vendiendo mota –dijo Pancho. Los otros dos se quedaron callados, pero no lo desmintieron.

–No me lo puedo creer –dije.

–Pues es así. La luz viene de la marihuana.

–Carajo.

–La va a buscar a Acapulco y luego la reparte entre sus clientes del DF.

–Cállate, Pancho –dijo Barrios.

–¿Por qué me voy a callar? ¿Que el chavo este no es un chingado real visceralista? ¿Por qué me voy a callar, entonces?

13 de noviembre

Hoy he seguido a Lima y a Belano durante todo el día. Hemos caminado, hemos tomado el metro, camiones, un pesero, hemos vuelto a caminar y durante todo el rato no hemos dejado de hablar. De vez en cuando ellos se detenían y entraban en casas particulares y yo entonces me tenía que quedar en la calle esperándolos. Cuando les pregunté qué era lo que hacían me dijeron que llevaban a cabo una investigación. Pero a mí me parece que reparten marihuana a domicilio. Durante el trayecto les leí los últimos poemas que he escrito, unos once o doce, y creo que les gustaron.

14 de noviembre

Hoy fui con Pancho Rodríguez a casa de las hermanas Font.

Llevaba unas cuatro horas en el café Quito, ya había ingerido tres cafés con leche y mi entusiasmo por la lectura y la escritura comenzaba a languidecer cuando apareció Pancho y me pidió que lo acompañara. Accedí encantado.

Las Font viven en la colonia Condesa, en una elegante y bonita casa de dos pisos con jardín y patio trasero de la calle Colima.

El jardín no es nada del otro mundo, hay un par de árboles raquíticos y el césped no está bien cortado, pero el patio trasero es otra cosa: los árboles allí son grandes, hay plantas enormes, de hojas de un verde tan intenso que parecen negras, una pileta cubierta de enredaderas (en la pileta, no me atrevo a llamarla fuente, no hay peces pero sí un submarino a pilas, propiedad de Jorgito Font, el hermano menor) y una casita completamente independiente de la casa grande, que en otro tiempo probablemente hizo las veces de cochera o de establo y que actualmente comparten las hermanas Font.

Antes de llegar Pancho me puso sobreaviso:

–El papá de Angélica está un poco chalado. Si ves algo raro no te asustes, tú haz lo mismo que hago yo y como si lloviera. Si se pone pesado, lo abaratamos y ya está.

–¿Lo abaratamos? –dije sin saber muy bien qué era lo que me proponía–. ¿Entre tú y yo? ¿En su propia casa?

–Su mujer nos quedaría eternamente agradecida. El tipo está completamente tocadiscos. Hace cosa de un año ya se pasó una temporadita en la casa de la risa. Pero eso no se lo digas a las Font, al menos no les digas que yo te lo dije.

–Así que el tipo está loco –dije yo.

–Loco y arruinado. Hasta hace poco tenían dos coches, tres sirvientas y daban fiestas por todo lo alto. Pero no sé qué cables se le cruzaron al pobre diablo y un día perdió la chaveta. Ahora está en la ruina.

–Pero mantener esta casa debe costar dinero.

–Es de propiedad y es lo único que les queda.

–¿Qué hacía el señor Font antes de enloquecer? –pregunté.

–Era arquitecto, pero muy malo. Él fue el que diagramó los dos números de *Lee Harvey Oswald*.

–Carajo.

Cuando tocamos el timbre salió a abrirnos un tipo calvo, de bigotes y con pinta de desquiciado.

–Es el padre de Angélica –me susurró Pancho.

–Me lo imagino –dije.

El tipo se acercó a la puerta de calle a grandes zancadas, nos miró con una mirada que expelía odio concentrado y yo me alegré de estar al otro lado de la reja. Tras dudar unos segundos, como si no supiera qué hacer, abrió la puerta y se abalanzó hacia nosotros. Yo di un salto hacia atrás pero Pancho extendió los brazos y lo saludó efusivamente. El hombre entonces se detuvo y extendió una mano vacilante antes de franquearnos la entrada.

Pancho echó a andar rápidamente hacia la parte trasera de la casa y yo lo seguí. El padre de las Font volvió a la casa grande hablando solo. Mientras nos internábamos por un pasillo lleno de flores que comunicaba exteriormente el jardín delantero del trasero Pancho me explicó que otro de los motivos de desasosiego del pobre señor Font era su hija Angélica:

–María ya perdió la virginidad –dijo Pancho–, pero Angélica todavía no, aunque está a punto, y el viejo lo sabe y eso lo enloquece.

–¿Cómo lo sabe?

–Misterios de la paternidad, supongo. El caso es que se lo pasa todo el día pensando en quién será el gandalla que desvirgue a su hija y eso resulta excesivo para un hombre solo. Yo en el fondo lo entiendo, si estuviera en su lugar me pasaría lo mismo.

–¿Pero tiene a alguien en mente o sospecha de todos?

–Sospecha de todos, por supuesto, aunque hay dos o tres descartados: los jotos y su hermana. El viejo no es tonto.

No entendí nada.

–El año pasado Angélica ganó el premio de poesía Laura Damián, ¿te das cuenta?, con sólo dieciséis años.

En mi vida había oído hablar de ese premio. Según me contó Pancho después, Laura Damián era una poetisa que murió antes de cumplir los veinte años, en 1972, y sus padres instauraron el premio en su memoria. Según Pancho el premio Laura Damián era uno de los más apreciados por la gente *especial* del DF. Lo miré como preguntándole con los ojos qué clase de imbécil eres tú, pero Pancho, tal como esperaba, no se dio por aludido. Después levanté la vista al cielo y creí notar que una cortina se movía en una de las ventanas del segundo piso. Tal vez sólo fuera una corriente de aire, pero no dejé de sentirme observado hasta que traspuse el umbral de la casita de las hermanas Font.

Allí sólo estaba María.

María es alta, morena, de pelo negro y muy lacio, nariz recta (absolutamente recta) y labios finos. Parece de buen carácter aunque no es difícil adivinar que sus enfados pueden ser prolongados y terribles. La encontramos de pie en medio de la habitación, ensayando pasos de danza, leyendo a Sor Juana Inés de la Cruz, escuchando un disco de Billie Holiday y pintando con aire distraído una acuarela en donde aparecen dos mujeres con las manos entrelazadas, a los pies de un volcán, rodeadas de riachuelos de lava. Su recibimiento es frío al principio, como si la presencia de Pancho le resultara molesta pero la tolerara por respeto a su hermana y porque en equidad la casita del patio no es sólo suya sino de ambas. A mí ni me mira.

Para colmo me permito hacer una observación un tanto banal acerca de Sor Juana, lo que la predispone aún más en mi contra (un albur nada oportuno sobre los archifamosos versos: *Hombres necios que acusáis / a la mujer sin razón, / sin ver que sois la ocasión / de lo mismo que culpáis* y que luego intenté vanamente remediar recitando aquellos de *Deténte, sombra de mi bien esquivo, / imagen del hechizo que más quiero, / bella ilusión por quien alegre muero, / dulce ficción por quien penosa vivo*).

Así que de pronto allí estábamos los tres, sumidos en un silencio tímido u hosco, depende, y María Font ni siquiera nos miraba aunque yo de vez en cuando la miraba a ella o miraba su acuarela (o mejor dicho la espiaba a ella y espiaba su acuarela) y Pancho Rodríguez, a quien la hostilidad de María o de su padre parecía no importarle nada, miraba los libros silbando una canción que por lo que pude escuchar nada tenía que ver con lo que estaba cantando Billie Holiday, hasta que por fin apareció Angélica y entonces comprendí a Pancho (¡él era uno de los que pretendía desvirgar a Angélica!) y casi comprendí al padre de las Font, aunque para mí, debo admitirlo francamente, la virginidad no tiene ninguna importancia (yo mismo, sin ir más lejos, soy virgen. A menos que considere la fellatio interrumpida de Brígida como un desvirgamiento. ¿Pero eso es hacer el amor con una mujer? ¿No tendría simultáneamente que haberle lamido el sexo para considerar que en efecto hicimos el amor? ¿Para que un hombre deje de ser virgen debe introducir su verga en la vagina de una mujer y no en su boca o en su culo o en su axila? ¿Para considerar que de verdad he hecho el amor debo previamente eyacular? Todo esto es complicado).

Pero a lo que iba. Apareció Angélica y a juzgar por la manera en que saludó a Pancho quedó claro, al menos para mí, que éste tenía ciertas posibilidades sentimentales con la poetisa laureada. Fui presentado fugazmente y dejado otra vez de lado.

Entre ambos desplegaron un biombo que dividía la habitación en dos y luego se sentaron en la cama y los oí hablar en susurros.

Me acerqué a María e hice unas cuantas observaciones sobre la calidad de su acuarela. Ni siquiera me miró. Opté por otra táctica: hablé del realismo visceral y de Ulises Lima y Arturo Belano. Consideré asimismo (intrépidamente: los susurros al otro lado del biombo me ponían cada vez más nervioso) como una obra real visceralista la acuarela que tenía ante mis ojos. María Font me miró por primera vez y sonrió:

–Me importan un carajo los real visceralistas.

–Pero yo pensé que tú formabas parte del grupo, quiero decir del movimiento.

–Ni loca... Si al menos hubieran buscado un nombre menos asqueroso... Soy vegetariana. Todo lo que suene a vísceras me produce náuseas.

–¿Qué nombre le hubieras puesto tú?

–Ay, no sé. Sección Surrealista Mexicana, tal vez.

–Creo que ya existe una Sección Surrealista Mexicana en Cuernavaca. Además lo que nosotros pretendemos es crear un movimiento a escala latinoamericana.

–¿A escala latinoamericana? No me hagas reír.

–Bueno, a largo plazo eso es lo que queremos, si no he entendido mal.

–¿Y tú de dónde has salido?

–Soy amigo de Lima y Belano.

–¿Y cómo es que nunca te he visto por aquí?

–Es que los conocí hace poco...

–Tú eres el chavo del taller de Álamo, ¿verdad?

Enrojecí, la verdad es que no sé por qué. Admití que allí nos conocimos.

–Así que ya existe una Sección Surrealista Mexicana en Cuernavaca –dijo María pensativamente–. Tal vez debería irme a vivir a Cuernavaca.

–Lo leí en el Excelsior. Son unos viejitos que se dedican a pintar. Un grupo de turistas, creo.

–En Cuernavaca vive Leonora Carrington –dijo María–. ¿No te estarás refiriendo a ella?

–Nooo –dije. No tengo idea de quién es Leonora Carrington.

Oímos entonces un gemido. No era de placer, eso lo supe en el acto, sino de dolor. Caí entonces en la cuenta de que desde hacía un rato no se oía nada al otro lado del biombo.

–¿Estás bien, Angélica? –dijo María.

–Claro que estoy bien, sal a dar un paseo, por favor, y llévate al tipo ese –respondió la voz ahogada de Angélica Font.

Con un gesto de desagrado y hastío María arrojó los pinceles al suelo. Por las manchas de pintura que pude apreciar en las baldosas comprendí que no era la primera vez que su hermana le pedía un poco más de intimidad.

–Ven conmigo.

La seguí hasta un rincón apartado del patio, junto a un alto muro cubierto de enredaderas, en donde había una mesa y cinco sillas metálicas.

–¿Tú crees que están...? –dije y me arrepentí de inmediato de mi curiosidad que quería compartida. Por suerte María estaba demasiado enojada como para tomármelo en cuenta.

–¿Cogiendo? No, ni pensarlo.

Durante un rato permanecimos en silencio. María tamborileaba con los dedos sobre la superficie de la mesa y yo me crucé de piernas un par de veces y me dediqué a estudiar la flora del patio.

–Bueno, qué esperas, léeme tus poemas –dijo.

Leí y leí hasta que se me durmió una pierna. Al finalizar no me atreví a preguntarle si le había gustado. Después María me invitó un café en la casa grande.

En la cocina, cocinando, encontramos a su madre y a su padre. Los dos parecían felices. Me los presentó. El padre ya no tenía aspecto de desquiciado y se mostró bastante amable conmigo; preguntó qué estudiaba, si podía compaginar las leyes con la poesía, qué tal estaba el bueno de Álamo (parece que se conocen o que en su juventud fueron amigos). La madre habló de cosas vagas que apenas recuerdo: creo que mencionó una sesión de espiritismo en Coyoacán, a la que había asistido hacía poco, y el ánima en pena de un cantante de rancheras de los cuarenta. No sé si lo decía en broma o en serio.

Junto a la tele encontramos a Jorgito Font. María no le dirigió la palabra ni me lo presentó. Tiene doce años, el pelo largo y viste como un mendigo. A todo el mundo trata con el apelativo de naco. A su madre le dice mira, naca, no voy a hacer esto, a su padre, escucha, naco, a su hermana, mi buena naca o mi paciente naca, y a mí me dijo quihubo, naco.

Los nacos, hasta donde sé, son los indios urbanos, los indios citadinos, pero tal vez Jorgito lo emplee con otra acepción.

15 de noviembre

Hoy, nuevamente en casa de las Font.

Las cosas, con ligeras variantes, han sucedido exactamente igual que ayer.

Pancho y yo nos encontramos en el café chino El Loto de Quintana Roo, cerca de la Glorieta de Insurgentes, y tras tomar varios cafés con leche y algunas cosas más sólidas (que pagué yo), partimos rumbo a la colonia Condesa.

Una vez más el señor Font acudió al llamado del timbre y su estado en nada se diferenciaba del de ayer, antes al contrario progresaba a grandes pasos en el camino de la locura. Los ojos se le salían de las órbitas cuando aceptó la mano jovial que Pancho, impertérrito, le ofreció; a mí no dio señales de reconocerme.

En la casita del patio sólo estaba María: pintaba la misma acuarela que ayer y sostenía en la mano izquierda el mismo libro que ayer, pero en el tocadiscos sonaba la voz de Olga Guillot y no la de Billie Holiday.

Su saludo fue igual de frío.

Pancho, por su parte, repitió la rutina del día anterior y tomó asiento en un silloncito de mimbre, mientras esperaba la llegada de Angélica.

Esta vez me cuidé de expresar cualquier juicio de valor sobre Sor Juana y me dediqué primero a observar los libros y luego, a un lado de María pero guardando una prudente distancia, la acuarela. Ésta había experimentado cambios sustanciales. Las dos mujeres en la falda del volcán, que recordaba en una actitud hierática, al menos seria, ahora se daban pellizcos en los brazos; una de ellas reía o simulaba reír; la otra lloraba o simulaba llorar; en los riachuelos de lava (pues seguían siendo de color rojo o bermejo) flotaban envases de jabón para lavadoras, muñecas calvas y cestas de mimbre repletas de ratas; los vestidos de las mujeres estaban rotos o mostraban parcheaduras; en el cielo (o al menos en la parte superior de la acuarela) se gestaba una tormenta; en la parte inferior María había transcrito el parte meteorológico del día para el DF.

El cuadro era horroroso.

Después llegó Angélica, radiante, y entre ella y Pancho volvieron a desplegar el biombo separador. Estuve un rato pensando mientras María pintaba: ya no me quedaba la menor duda de que Pancho me arrastraba hasta la casa de las Font para que la entretuviera mientras él y Angélica se dedicaban a sus asuntos. No me pareció muy justo. Antes, en el café chino, le había preguntado si se consideraba un real visceralista. Su respuesta fue ambigua y extensa. Habló de la clase obrera, de la droga, de Flores Magón, de algunas figuras señeras de la Revolución Mexicana. Luego dijo que ciertamente sus poemas aparecerían en la revista que próximamente iban a sacar Lima y Belano. Y si no me publican, que se vayan a chingar a su madre, dijo. No sé por qué pero tengo la impresión de que lo único que le interesa a Pancho es acostarse con Angélica.

–¿Estás bien, Angélica? –dijo María cuando empezaron, calcados a los de ayer, los gemidos de dolor.

–Sí, sí, estoy bien. ¿Puedes salir a dar una vuelta?

–Claro –dijo María.

Una vez más nos instalamos resignadamente junto a la mesa metálica, bajo la enredadera. Yo tenía, sin motivo aparente, el corazón destrozado. María se puso a contarme historias de su infancia y de la infancia de Angélica, unas historias decididamente aburridas que se notaba que las contaba únicamente para matar el tiempo y que yo fingía que me interesaban. La escuela, las primeras fiestas, la prepa, el amor que ambas mostraban por la poesía, las ganas de viajar, de conocer otros países, *Lee Harvey Oswald*, en donde ambas publicaron, el premio Laura Damián que obtuvo Angélica... Llegado a este punto, no sé por qué, tal vez porque María se calló durante un momento, quise saber quién había sido Laura Damián. Fue pura intuición. María dijo:

–Una poeta que murió muy joven.

–Eso ya lo sé. A los veinte años. ¿Pero quién era? ¿Cómo es que nunca he leído nada de ella?

–¿Has leído a Lautréamont, García Madero? –dijo María.

–No.

–Pues entonces es normal que no sepas nada de Laura Damián.

–Ya sé que soy un ignorante, perdona.

–No he querido decir eso. Sólo que eres muy joven. Además, el único libro publicado de Laura, *La fuente de las musas*, está en edición no venal. Es un libro póstumo sufragado por sus padres, que la querían mucho y eran sus primeros lectores.

–Deben tener mucho dinero.

–¿Por qué crees eso?

–Si son capaces de conceder de su propio bolsillo un premio anual de poesía, es que tienen mucho dinero.

–Bueno, sin exagerar. A Angélica no le dieron mucho. En realidad la importancia del premio es más de prestigio que económica. Y tampoco el prestigio es excesivo. Ten en cuenta que es un premio que sólo se concede a poetas menores de veinte años.

–La edad que tenía Laura Damián al morir. Qué morboso.

–No es morboso, es triste.

–¿Y tú fuiste a la entrega del premio? ¿Lo dan los padres en persona?

–Claro.

–¿En dónde?, ¿en su casa?

–No, en la facultad.

–¿En qué facultad?

–En Filosofía y Letras. Laura estudiaba allí.

–Carajo, qué morboso.

–Yo no le veo el morbo por ninguna parte. Me parece que el único morboso eres tú, García Madero.

–¿Sabes una cosa? Me jode que me digas García Madero. Es como si yo te dijera Font.

–Todos te llaman así, no veo por qué yo tendría que llamarte de otra forma.

–Bueno, es igual, cuéntame más cosas de Laura Damián. ¿Tú nunca te has presentado al premio?

–Sí, pero ganó Angélica.

–¿Y antes de Angélica, quién lo ganó?

–Una chava de Aguascalientes que estudia medicina en la UNAM.

–¿Y antes?

–Antes no lo ganó nadie porque el premio no existía. El año que viene tal vez me vuelva a presentar o tal vez no.

–¿Y qué harás con el dinero si ganas?

–Me iré a Europa, seguramente.

Durante unos segundos ambos permanecimos en silencio, María Font pensando en países desconocidos y yo pensando en todos los hombres desconocidos que le harían el amor sin piedad. Cuando me di cuenta me sobresalté. ¿Me estaba enamorando de María?

–¿Cómo murió Laura Damián?

–La atropelló un coche en Tlalpan. Era hija única, sus padres quedaron destrozados, creo que la madre incluso intentó suicidarse. Debe ser triste morirse tan joven.

–Debe ser tristísimo –dije imaginando a María Font en brazos de un inglés de dos metros, casi albino, que le metía una lengua larga y rosada por entre sus labios delgados.

–¿Sabes a quién tendrías que preguntarle cosas de Laura Damián?

–No, ¿a quién?

–A Ulises Lima. Él era amigo de ella.

–¿Ulises Lima?

–Sí, no se separaban casi nunca, estudiaban juntos, iban al cine juntos, se prestaban libros, vaya, eran muy buenos amigos.

–No tenía idea –dije.

Escuchamos un ruido proveniente de la casita y durante un rato ambos permanecimos a la expectativa.

–¿Qué edad tenía Ulises Lima cuando Laura Damián murió?

María tardó en responderme.

–Ulises Lima no se llama Ulises Lima –dijo con la voz enronquecida.

–¿Quieres decir que ése es su nombre literario?

María hizo una señal afirmativa con la cabeza, la vista perdida en los intrincados dibujos de la enredadera.

–¿Cómo se llama, entonces?

–Alfredo Martínez o algo así. Ya lo he olvidado. Pero cuando lo conocí no se llamaba Ulises Lima. Fue Laura Damián la que le puso el nombre.

–Carajo, qué noticia.

–Todos decían que estaba enamorado de Laura. Pero yo creo que nunca se acostaron. Me parece a mí que Laura murió virgen.

–¿A los veinte años?

–Claro, por qué no.

–No, si está claro,

–Qué triste, ¿verdad?

–Pues sí, es triste. ¿Y qué edad tenía entonces Ulises o Alfredo Martínez?

–Uno menos, diecinueve o dieciocho.

–Y le sentaría como un tiro la muerte de Laura, supongo.

–Se enfermó. Estuvo, dicen, al borde de la muerte. Los médicos no sabían qué tenía, sólo que se les estaba yendo para el otro barrio. Yo lo fui a ver al hospital y estaba para el arrastre. Pero un día se puso bien y ahí se acabó todo, tan misteriosamente como había empezado. Después Ulises dejó la universidad y fundó su revista, ¿la conoces, verdad?

–*Lee Harvey Oswald*, sí, la conozco –mentí. Acto seguido me pregunté por qué cuando estuve en el cuarto de azotea de Ulises Lima no me habían dejado ver un número, aunque sólo fuera para hojearlo.

–Qué nombre más horrible para una revista de poesía.

–A mí me gusta, no lo encuentro tan malo.

–Es de pésimo gusto.

–¿Qué nombre le hubieras puesto tú?

–No sé. Sección Surrealista Mexicana, tal vez.

–Interesante.

–¿Sabes que fue mi papá el que compuso toda la revista?

–Algo así me dijo Pancho.

–Es lo mejor de la revista, el diseño. Ahora todos odian a mi papá.

–¿Todos? ¿Todos los real visceralistas? ¿Y por qué lo iban a odiar? Al contrario.

–No, no los real visceralistas, los otros arquitectos de su estudio. Supongo que le envidian el carisma que tiene con los jóvenes. El caso es que no lo tragan y ahora se lo están haciendo pagar. Por lo de la revista.

–¿Por *Lee Harvey Oswald*?

–Claro, como mi papá la compuso en el estudio, ahora lo hacen responsable de lo que pueda pasar.

–¿Pero qué puede pasar?

–Mil cosas, se ve que tú no conoces a Ulises Lima.

–No, no lo conozco –dije–, pero me estoy haciendo una idea.

–Es una bomba de tiempo –dijo María.

En ese momento me di cuenta que ya había oscurecido y que no podíamos vernos, sólo escucharnos.

–Mira, tengo que decirte algo, hace un momento te mentí. Nunca he tenido en mis manos la revista y me muero por echarle un vistazo, ¿me la puedes prestar?

–Claro, te la puedo regalar, tengo varios números.

–¿Y me podrías prestar también un libro de Lautréamont?

–Sí, pero ése me lo tienes que devolver sin falta, es uno de mis poetas favoritos.

–Lo prometo –dije.

María entró en la casa grande. Me quedé solo en el patio y por un momento me pareció mentira que afuera estuviera el DF. Luego sentí voces en la casita de las Font y una luz se encendió. Pensé que eran Angélica y Pancho, pensé que al cabo de un rato Pancho saldría al patio a buscarme, pero no pasó nada. Cuando María volvió con dos ejemplares de la revista y con los *Cantos de Maldoror*, también se dio cuenta de que en la casita estaban las luces encendidas y durante unos segundos permaneció expectante. De pronto, cuando menos lo esperaba, me preguntó si yo aún era virgen.

–No, claro que no –mentí por segunda vez aquella tarde.

–¿Y te costó mucho dejar de serlo?

–Un poco –dije después de pensar un momento mi respuesta.

Noté que su voz otra vez había enronquecido.

–¿Tienes novia?

–No, claro que no –dije.

–¿Y con quién lo hiciste, entonces? ¿Con una puta?

–No, con una muchacha de Sonora a la que conocí el año pasado –dije–. Sólo nos vimos tres días.

–¿Y no lo has hecho con nadie más?

Estuve tentado de contarle mi aventura con Brígida, pero finalmente decidí que era mejor no hacerlo.

–Con nadie más –dije y me sentí fatal.

16 de noviembre

He llamado a María Font por teléfono. Le dije que quería verla. Le supliqué que nos viéramos. Nos citamos en el café Quito. Cuando llega, a eso de las siete de la tarde, varios tipos la siguen con la mirada desde que entra hasta que se sienta en la mesa en donde la aguardo.

Está preciosa. Viste una blusa oaxaqueña, bluejeans muy ceñidos y sandalias de cuero. Al hombro lleva un morral de color marrón oscuro, con dibujos de caballitos de color crema en los bordes, lleno de libros y papeles.

Le pedí que me leyera un poema.

–No seas pesado, García Madero –dijo ella.

No sé por qué, su respuesta me entristeció. Tenía, creo, una necesidad física de escuchar de sus labios uno de sus poemas. Pero tal vez el ambiente no fuera el más indicado, el café Quito es un hervidero de voces, gritos, risas. Le devolví el libro de Lautréamont.

–¿Ya lo has leído? –dijo María.

–Claro –dije–, me he pasado toda la noche sin dormir, leyendo, también leí *Lee Harvey Oswald*, es una revista estupenda, qué lástima que ya no salga. Tus textos me encantaron.

–¿Y todavía no te has ido a la cama?

–Todavía no, pero me siento bien, superdespierto.

María Font me miró a los ojos y sonrió. Una mesera se acercó y le preguntó qué iba a tomar. Nada, dijo María, ya nos íbamos. En la calle le pregunté si tenía algo que hacer y me dijo que nada, que lo único que pasaba era que el café Quito no era de su agrado. Caminamos por Bucareli hasta Reforma, cruzamos y nos internamos por la avenida Guerrero.

–Éste es el barrio de las putas –dijo María.

–No tenía idea –dije yo.

–Cógeme del brazo, no sea que me confundan.

La verdad es que al principio no advertí ninguna señal que singularizara aquella calle de las que acabábamos de dejar. El tráfico era igual de denso y la muchedumbre que circulaba por las aceras en nada se diferenciaba de la que fluía por Bucareli. Pero luego (tal vez influido por la advertencia de María) fui percibiendo algunas discordancias. Para empezar, la iluminación. El alumbrado público en Bucareli es blanco, en la avenida Guerrero era más bien de una tonalidad ambarina. Los automóviles: en Bucareli era raro encontrar un coche estacionado junto a la acera, en la Guerrero abundaban. Los bares y las cafeterías, en Bucareli eran abiertos y luminosos, en la Guerrero, pese a abundar, parecían replegados sobre sí mismos, sin ventanales a la calle, secretos o discretos. Para finalizar, la música. En Bucareli no existía, todo era ruido de máquinas o de personas, en la Guerrero, a medida que uno se internaba en ella, sobre todo entre las esquinas de Violeta y Magnolia, la música se hacía dueña de la calle, la música que salía de los bares y de los coches estacionados, la que salía de las radios portátiles y la que caía por las ventanas iluminadas de los edificios de fachadas oscuras.

–Me gusta esta calle, algún día voy a vivir aquí –dijo María.

Un grupo de putitas adolescentes estaba detenida junto a un viejo Cadillac estacionado en el bordillo. María se detuvo y saludó a una de ellas:

–Qué hay, Lupe, me alegro de verte.

Lupe era muy delgada y tenía el pelo corto. Me pareció tan hermosa como María.

–¡María! Híjoles, mana, cuánto tiempo –dijo y luego le dio un abrazo.

Las que acompañaban a Lupe siguieron recostadas sobre el capó del Cadillac y sus ojos se posaron sobre María escrutándola parsimoniosamente. A mí apenas me miraron.

–Pensé que te habías muerto –dijo María de golpe. La brutalidad de su afirmación me dejó helado. La delicadeza de María tiene estos cráteres.

–Bien viva que estoy. Pero casi. ¿No es verdad, Carmencita?

La llamada Carmencita dijo «ixtles» y siguió estudiando a María.

–La que se rindió fue Gloria, ¿la conociste, no? Qué sacón de onda, mana, pero a esa ruca nadie la quería.

–No, no la conocí –dijo María con una sonrisa en los labios.

–Se la cargaron los tiras –dijo Carmencita.

–¿Y se ha hecho algo? –dijo María.

–Nelson –dijo Carmencita–. ¿Para qué? La ruca estaba lurias con sus historias secretas. Le entraba a todano, así que ni modo.

–Pues qué triste –dijo María.

–¿Y a ti cómo te va en la uni? –dijo Lupe.

–Más o menos –dijo María.

–¿Todavía te balconea el toro ese?

María se rió y me miró.

–Aquí la carnal es bailarina –dijo Lupe a sus amigas–. Nos conocimos en la Danza Moderna, la escuela que está en Donceles.

–Bájale de pasas a tu cake –dijo Carmencita.

–Es verdad, Lupe rolaba por la Escuela de Danza –dijo María.

–¿Y cómo es que ahora se dedica a este jale? –dijo una que hasta ese momento no había hablado, la más bajita de todas, casi una enana.

María la miró y se encogió de hombros.

–¿Te vienes a tomar un café con leche con nosotros? –dijo.

Lupe consultó su reloj en la muñeca derecha y luego miró a sus amigas.

–Es que estoy trabajando.

–Sólo un rato, luego vuelves –dijo María.

–A la goma el trabajo, ahí nos vemos –dijo Lupe y echó a andar con María. Yo las seguí.

Torcimos en Magnolia, a la izquierda, hasta la avenida Jesús García. Luego caminamos otra vez hacia el sur, hasta Héroes Revolucionarios Ferrocarrileros, en donde nos metimos en una cafetería.

–¿Este chavo es el que ahora te agasaja? –oí que le decía Lupe a María.

María volvió a reírse.

–Es sólo un amigo –dijo, y a mí–: Si aparece por aquí el chulo de Lupe, nos tendrás que defender a las dos, García Madero.

Pensé que bromeaba. Luego sopesé la posibilidad de que hablara en serio y la situación se me pintó francamente atractiva. En aquel momento no imaginaba otro incidente mejor para quedar bien ante los ojos de María. Me sentí feliz, con toda la noche a nuestra disposición.

–Mi hombre es grueso –dijo Lupe–. No le gusta que ande rolando por ahí con desconocidos. –Era la primera vez que hablaba mirándome directamente a mí.

–Pero yo no soy una desconocida –dijo María.

–No, mana, tú no.

–¿Sabes cómo conocí a Lupe? –preguntó María.

–No tengo ni idea –dije.

–En la Escuela de Danza. Lupe era la amiguita de Paco Duarte, el bailarín español. El director de la Escuela.

–Iba a verlo una vez a la semana –dijo Lupe.

–No tenía idea de que estudiaras danza –dije.

–Yo no estudio nada, sólo iba a pisar –dijo Lupe.

–No me refería a ti sino a María –dije.

–Desde los catorce años –dijo María–. Muy tarde ya para ser una buena bailarina. Qué le vamos a hacer.

–Pero si tú bailas superbien, mana. Superraro, pero es que allí todos están medio zafados. ¿Tú la has visto bailar? –Dije que no–. Te quedarías prendado de ella.

María hizo un gesto negativo con la cabeza. Cuando llegó la mesera pedimos tres cafés con leche y Lupe pidió además una torta de queso sin frijoles.

–No los digiero bien –explicó.

–¿Cómo sigues del estómago? –dijo María.

–Más o menos, a veces me duele mucho, otras veces me olvido de que existe. Son los nervios. Cuando no lo puedo soportar me doy un prix y asunto solucionado. ¿Y tú qué? ¿Ya no vas a la Escuela de Danza?

–Menos que antes –dijo María.

–Esta mensa me pilló una vez en la oficina de Paco Duarte –dijo Lupe.

–Casi me morí del ataque de risa –dijo María–. La verdad es que no sé por qué me puse a reír. Igual estaba enamorada de Paco y fue en realidad un ataque de histeria.

–Huy, no lo creo, mana, ese gabacho no era tu tipo.

–¿Y qué estabas haciendo con el tal Paco Duarte? –dije yo.

–La neta, pues nada. Lo conocía de una vez en la avenida y como él no podía venir ni yo podía ir a su casa, él está casado con una gringa, pues iba yo a verlo a la Escuela de Danza. Además, creo que eso era lo que le gustaba al muy puerco. Cogerme en su oficina.

–¿Y tu chulo te dejaba aventurarte tan lejos de tu zona? –dije.

–¿Y tú qué sabes cuál es mi zona, chavo? ¿Tú qué sabes si tengo chulo o no tengo chulo?

–Oye, perdona si te he ofendido, pero María hace un momento dijo que tu chulo era un tipo violento, ¿no?

–Yo no tengo chulo, chavito. ¿Qué te crees, que por estar conversando conmigo ya me puedes insultar?

–Cálmate, Lupe, nadie te está insultando –dijo María.

–Este buey ha insultado a mi hombre –dijo Lupe–. Si él te llega a oír te da cran, chavito, te vence en un tris tras. Seguro que a ti te gustaba la verga de mi hombre.

–Oye, yo no soy homosexual.

–Todos los amigos de María son putos, eso es sabido.

–Lupe, no te metas con mis amigos. Cuando ésta estuvo enferma –me dijo María–, entre Ernesto y yo la llevamos a un hospital para que la curaran. Hay que ver qué pronto olvidan los favores algunas personas.

–¿Ernesto San Epifanio? –dije yo.

–Sí –dijo María.

–¿Él también estudia danza?

–Estudiaba –dijo María.

–Ay, Ernesto, qué buenos recuerdos tengo de él. Me acuerdo que me levantó él solito y me metió en volandas en un taxi. Ernesto es puto –me explicó Lupe–, pero es fuerte.

–No fue Ernesto el que te metió en el taxi, cabrona, fui yo –dijo María.

–Esa noche pensé que me iba a morir –dijo Lupe–. Estaba puestísima y de pronto me encontré con mareos y vomitando sangre. Cubos de sangre. Yo creo que en el fondo no me hubiera importado morirme. Lo único que hacía era acordarme de mi hijo y de la promesa rota y de la Virgen de Guadalupe. Había inflado hasta que salió la luna, poco a poco, y como no me encontraba bien la enana que viste hace un rato me convidó un poco de flexo. En mala hora, el cemento debía estar babeado o yo ya estaba muy mal, el caso es que me empecé a morir en un banco de la plaza San Fernando y fue entonces cuando apareció aquí mi cuatacha y su amigo el puto angelical.

–¿Tienes un hijo, Lupe?

–Mi hijo se murió –dijo Lupe mirándome fijamente a los ojos.

–¿Pero qué edad tienes entonces?

Lupe me sonrió. Su sonrisa era grande y bonita.

–¿Qué edad me calculas?

Preferí no arriesgarme y no dije nada. María le pasó una mano por el hombro. Ambas se miraron y se sonrieron o se guiñaron un ojo, no sé.

–Un año menos que María. Dieciocho.

–Las dos somos Leo –dijo María.

–¿Tú qué signo eres? –preguntó Lupe.

–No sé, la verdad es que nunca me ha preocupado eso.

–Pues entonces eres el único mexicano que no sabe su signo –dijo Lupe.

–¿En qué mes naciste, García Madero? –dijo María.

–En enero, el seis de enero.

–Eres Capricornio, como Ulises Lima.

–¿El famoso Ulises Lima? –dijo Lupe.

Le pregunté si lo conocía. Temí que me dijeran que Ulises Lima también iba a la Escuela de Danza. ¡Me vi a mí mismo, en una microfracción de segundo, bailando en las puntas de los pies en un gimnasio vacío! Pero Lupe dijo que sólo de oídas, que María y Ernesto San Epifanio hablaban a menudo de él.

Después Lupe se puso a hablar de su hijo muerto. El bebé tenía cuatro meses cuando murió. Había nacido enfermo y Lupe le había prometido a la Virgen que dejaría la calle si su hijo se curaba. Los tres primeros meses mantuvo la promesa y el niño, según ella, pareció mejorar. Pero al cuarto mes tuvo que volver a hacer la calle y el niño se murió. Me lo quitó la Virgen por haber roto mi juramento. Por aquel tiempo Lupe vivía en un edificio de Paraguay, cerca de la plaza de Santa Catarina, y le dejaba el niño a una vieja para que se lo cuidara por las noches. Una mañana, al volver, le dijeron que su hijo se había muerto. Y eso fue todo, dijo Lupe.

–La culpa no es tuya, no seas supersticiosa –dijo María.

–¿Cómo no va a ser mía, quién rompió su promesa, quién dijo que iba a dejar esta vida y luego no cumplió?

–¿Y por qué entonces la Virgen no te mató a ti y sí a tu niño?

–La Virgen no mató a mi hijo –dijo Lupe–. Se lo llevó, que es bien distinto, mana. A mí me castigó sin su presencia, a él se lo llevó a una vida mejor.

–Ah, bueno, si lo ves así no hay ningún problema, ¿verdad?

–Claro, así está todo solucionado –dije yo–. ¿Y ustedes cuándo se conocieron, antes o después del niño?

–Después –dijo María–, cuando ésta iba de torpedo loco por la vida. Yo creo que querías morirte, Lupe.

–Si no hubiera sido por Alberto hubiera felpado –suspiró Lupe.

–Alberto es tu... novio, supongo –dije yo–. ¿Lo conoces? –le pregunté a María y ésta hizo un gesto afirmativo con la cabeza.

–Es su padrote –dijo María.

–Pero la tiene más grande que tu amiguito –dijo Lupe.

–¿No te estarás refiriendo a mí, verdad? –dije yo.

María se rió.

–Se está refiriendo a ti, por supuesto, estúpido –dijo.

Me puse colorado y luego me reí. María y Lupe también se rieron.

–¿De qué tamaño la tiene Alberto? –dijo María.

–Del mismo que su cuchillo.

–¿Y de qué tamaño es su cuchillo? –dijo María.

–Así.

–No exageres –dije yo aunque más me hubiera valido cambiar de conversación. Para intentar remediar lo irremediable, dije–: No hay cuchillos tan grandes. –Me sentí peor.

–Ay, mana, ¿y cómo estás tan segura con eso del cuchillo? –dijo María.

–Tiene el cuchillo desde los quince años, se lo regaló una puta de la Bondojo, una ruca que ya se murió.

–¿Pero tú le has medido la cosita con el cuchillo o hablas sólo a tientas?

–Un cuchillo tan grande es un estorbo –insistí yo.

–Se lo mide él, no necesito medírselo yo, a mí qué más me da, se lo mide él mismo y se lo mide a cada rato, una vez al día, lo menos, dice que para comprobar que no se le ha achicado.

–¿Tiene miedo de que se le reduzca la pilila? –dijo María.

–Alberto no tiene miedo de nada, es un gandalla de los de verdad.

–¿Entonces por qué lo del cuchillo? La verdad es que yo no lo entiendo –dijo María–. ¿Y nunca, por casualidad, se ha cortado?

–Alguna vez, pero adrede. El cuchillo lo maneja muy bien.

–¿Quieres decirme que tu pinche padrote a veces se hace cortes en el pene por gusto? –dijo María.

–Pues sí.

–No me lo puedo creer.

–La neta. Le da por ahí, no todos los días, ¿eh?, sólo cuando está nervioso o muy pasado. Pero medírsela, lo que se dice medírsela, pues casi siempre. Dice que es bueno para su hombría. Dice que es una costumbre que aprendió en el tambo.

–Ese cabrón debe ser un psicópata –dijo María.

–Tú es que eres muy delicada, mana, y no entiendes estas cosas. ¿Qué tiene de malo, digo yo? Todos los pinches hombres siempre están midiéndose la verga. El mío lo hace de verdad. Y con un cuchillo. Además, es el cuchillo que le regaló su primera piel, que para él más bien fue como una madre.

–¿Y de verdad lo tiene tan grande?

María y Lupe se rieron. La imagen de Alberto se fue agrandando y adquiriendo un carácter amenazador. Ya no deseé que apareciera por allí ni defender a todo trance a las muchachas.

–Una vez, en Azcapotzalco, en un garito dedicado al asunto, hicieron un reventón de mamadas y había una ruca de por ahí que las ganaba todas. No había ninguna pulga que pudiera tragarse enteras las vergas que la ruca aquella se tragaba. Entonces Alberto se levantó de la mesa en donde estábamos y dijo espérenme un momentito, que voy a solucionar un negocio. Los que estaban en nuestra mesa le dijeron ya rugiste, Alberto, se ve que lo conocían. Yo mentalmente supe que la pobre ruca ya estaba derrotada. Alberto se plantó en medio de la pista, se sacó el vergajo, lo puso en acción con un par de golpecitos y se lo metió en la boca a la campeona. Ésta era dura de verdad y le hizo el esfuerzo. Poquito a poco empezó a tragarse la verga entre las exclamaciones de asombro. Entonces Alberto la cogió de las orejas y se la metió entera. Para luego es tarde, dijo y todos se rieron. Hasta yo me reí aunque la verdad es que también sentía algo de vergüenza y algo de celos. En los primeros segundos la ruca pareció que aguantaba, pero luego se atragantó y empezó a ahogarse...

–Carajo, qué bestia es tu Alberto –dije.

–Pero sigue contando, ¿qué pasó? –dijo María.

–Pues nada. La ruca empezó a golpear a Alberto, a intentar separarse de él, y Alberto empezó a reírse y a decirle so, yegua, so, yegua, como si estuviera montando una yegua brava, ¿me entiendes, no?

–Claro, como si estuviera en un rodeo –dije.

–A mí eso no me gustó nada y le grité déjala, Alberto, que la vas a desgraciar. Pero yo creo que él ni me oyó. Mientras tanto la cara de la ruca cada vez estaba más congestionada, roja, con los ojos muy abiertos (cuando hacía los guagüis los cerraba) y empujaba a Alberto por las ingles, lo tironeaba desde los bolsillos hasta el cinturón, digamos. Inútilmente, claro, porque a cada tirón que ella daba para separarse Alberto le daba otro de las orejas para impedírselo. Y él llevaba todas las de ganar, eso se veía enseguida.

–¿Y por qué no le mordió el aparato? –dijo María.

–Porque era un reventón de amigos. Si lo llega a hacer, Alberto la hubiera matado.

–Tú estás loca, Lupe –dijo María.

–Tú también, todas estamos locas, ¿no?

María y Lupe se rieron. Yo quise saber el final de la historia.

–No pasó nada –dijo Lupe–. La vieja no pudo más y se puso a vomitar.

–¿Y Alberto?

–Él se retiró un poco antes, ¿no? Se dio cuenta de lo que venía y no quiso que le manchara los pantalones. Así que dio un salto como de tigre, pero para atrás, y no le cayó encima ni una gotita. La gente del reventón lo aplaudió a rabiar.

–¿Y tú estás enamorada de ese energúmeno? –dijo María.

–Enamorada, lo que se dice enamorada, pues no sé. Lo quiero un chingo, eso sí. Tú también lo querrías si estuvieras en mi lugar.

–¿Yo? Ni loca.

–Es muy hombre –dijo Lupe con la mirada perdida más allá de los ventanales–, ésa es la mera verdad. Y me comprende mejor que nadie.

–Te explota mejor que nadie, querrás decir –dijo María echándose hacia atrás y golpeando la mesa con las manos. Del golpe las tazas saltaron.

–Cámara, no te pongas así, mana.

–Es verdad, no te pongas así, ella es dueña de hacer con su vida lo que quiera –dije yo.

–Tú no te metas, García Madero, tú ves estas cosas desde fuera, no entiendes una mierda de lo que estamos hablando.

–Tú también las ves desde fuera. Carajo, tú vives con tus padres, tú no eres una puta, perdona, Lupe, lo digo sin ánimo de ofender.

–No, si tú a mí no me ofendes, chavito –dijo Lupe.

–Cállate, García Madero –dijo María.

La obedecí. Durante un rato los tres nos mantuvimos en silencio. Después María se puso a hablar del Movimiento Feminista y citó a Gertrude Stein, a Remedios Varo, a Leonora Carrington, a Alice B. Toklas (tóclamela, dijo Lupe, pero María no le hizo el menor caso), a Unica Zurn, a Joyce Mansour, a Marianne Moore y a otras cuyos nombres no recuerdo. Las feministas del siglo XX, supongo. También citó a Sor Juana Inés de la Cruz.

–Ésa es una poeta mexicana –dije.

–Y también una monja, eso ya lo sé –dijo Lupe.

17 de noviembre

Hoy he ido a casa de las Font sin Pancho. (No puedo andar colgado de Pancho todo el día.) Al llegar, sin embargo, empecé a sentirme nervioso. Pensé que el papá de María me correría a patadas, que yo no iba a saber tratarlo, que se arrojaría encima de mí. No tuve valor para tocar el timbre y durante un rato estuve dando vueltas por el barrio pensando en María, en Angélica, en Lupe y en la poesía. También, sin querer, me dio por pensar en mi tía, en mi tío, en lo que hasta ahora era mi vida. La vi placentera y vacía y supe que nunca más volvería a ser así. Me alegré profundamente de ello. Después volví caminando a buen paso hasta la casa de las Font y toqué el timbre. El señor Font se asomó a la puerta y desde allí me hizo una seña como diciéndome no te vayas, espera un poco, ahora te abro. Luego desapareció, pero la puerta sólo quedó entornada. Al cabo de un rato volvió a aparecer y cruzó el jardín arremangándose la camisa y con una gran sonrisa en la cara. La verdad es que lo encontré mejor. Me franqueó la entrada, me dijo tú eres García Madero, ¿verdad?, y me dio la mano. Yo le dije cómo está usted, señor, y él me dijo llámame Quim, nada de señor, en esta casa esos formalismos no se estilan. Al principio no entendí cómo quería que lo llamara y dije ¿Kim? (he leído a Rudyard Kipling), pero él dijo no, Quim, diminutivo de Joaquín en catalán.

–Pues órale, Quim –dije con una sonrisa de alivio, incluso de alegría–. Yo me llamo Juan.

–No, mejor a ti te sigo diciendo García Madero. Todos te llaman así –dijo él.

Después me acompañó un trecho por el jardín (me llevaba cogido del brazo) y antes de soltarme dijo que María le había contado lo de ayer.

–Te lo agradezco, García Madero –dijo–. Jóvenes como tú hay pocos. Este país se está yendo a la mierda y ya no sé cómo lo vamos a arreglar.

–Sólo hice lo que hubiera hecho cualquiera –dije un poco a ciegas.

–Hasta los jóvenes, que en teoría son la esperanza del cambio, se están convirtiendo en unos motos y en unos puteros. Esto no tiene arreglo, esto sólo se arregla con la revolución.

–Estoy totalmente de acuerdo, Quim –dije.

–Según mi hija, te comportaste como un caballero.

Me encogí de hombros.

–Ella tiene unas amistades que para qué te cuento, ya las irás conociendo –dijo–. En parte, no me molesta. Uno tiene que conocer gente de todas las clases, a veces es necesario empaparse de realidad, ¿no? Creo que eso lo dijo Alfonso Reyes, puede ser, no importa. Pero a veces María se excede, ¿no? Y yo no la critico por eso, que se empape de realidad, pero que se *empape*, no que se *exponga*, ¿verdad? Porque si uno se empapa demasiado se expone a convertirse en *víctima*, no sé si me sigues.

–Te sigo –dije.

–En víctima de la *realidad*, sobre todo si se tienen amigos o amigas, cómo te diría, magnéticos, ¿no? Gente que inocentemente atrae las desgracias o que atrae a los *verdugos*, ¿me sigues, verdad, García Madero?

–Cómo no.

–Por ejemplo, esa Lupe, la muchachita que vieron ayer. Yo también la conozco, no creas, ha estado aquí, en mi casa, comiendo con nosotros y durmiendo, una noche o dos, no te voy a exagerar, no pasa nada con una noche o dos, pero es que esa muchacha tiene *problemas*, ¿verdad?, atrae los problemas, a eso me refería cuando te decía lo de la gente magnética.

–Entiendo –dije–. Son como un imán.

–Exacto. Y en este caso, pues lo que el imán atrae es algo malo, muy malo, pero como María es muy joven, pues no se da cuenta y no ve el peligro, ¿verdad?, y lo que ella quiere es hacer el *bien*. Hacer el bien a los que lo necesitan, sin preocuparse de los riesgos que ello entraña. En una palabra, mi pobre hija quiere que su amiga, o su conocida, abandone la vida que lleva.

–Ya veo por dónde va, señor, quiero decir Quim.

–¿Ya ves por dónde voy? ¿Por dónde voy?

–Te refieres al chulo de Lupe.

–Muy bien, García Madero, ahí está el punto de la cuestión. El chulo de Lupe. ¿Porque para él, vamos a ver, qué es Lupe? Su medio de vida, su trabajo, su oficina, su chamba en una palabra. ¿Y qué hace un empleado cuando se queda sin chamba, eh? Dime, qué hace.

–¿Se enfada?

–Se enfada *muchísimo*. ¿Y con quién se va a enfadar? Pues con el que lo ha corrido de la chamba, de eso no te quepa duda, no se va a enfadar con el vecino, aunque puede, pero en primer lugar se va a enfadar con el que lo dejó sin trabajo, claro. ¿Y quién está serrándole el piso para que se quede sin trabajo? Pues mi hija. Así que, ¿con quién se va a enfadar? Pues con mi hija. Y de paso con su familia, ya sabes como es esta gente, las venganzas suelen ser horrorosas e indiscriminadas. Hay noches, te lo juro, que tengo unas pesadillas horribles –se rió un poco, mirando el césped, como si recordara sus pesadillas–, para ponerle los pelos de punta al más bragado. A veces sueño que estoy en una ciudad que es México pero que al mismo tiempo no es México. Quiero decir: es una ciudad desconocida, pero yo la conozco de otros sueños, ¿no te estaré aburriendo, verdad?

–No, cómo se te ocurre.

–Como te decía, es una ciudad vagamente desconocida y vagamente conocida. Y yo doy vueltas por unas calles interminables tratando de encontrar un hotel o una pensión en donde me quieran alojar. Pero no encuentro nada. Sólo encuentro a un mudo fulero. Y lo peor de todo es que está atardeciendo y yo sé que cuando caiga la noche mi vida no va a valer nada, ¿verdad? Voy a estar como aquel que dice a merced de las fuerzas de la naturaleza. Es cabrón el sueñecito –añadió reflexivo.

–Bueno, Quim, voy a ver si están las muchachas.

–Claro –dijo, pero sin soltarme del brazo.

–Ya me pasaré a despedir más tarde –dije por decir algo.

–Me gustó lo que hiciste anoche, García Madero. Me gustó que cuidaras a María y no te pusieras caliente delante de tantas putas.

–Hombre, Quim, sólo estaba Lupe... Y las amigas de mis amigas son mis amigas –dije enrojeciendo hasta las orejas.

–Bueno, vaya a visitar a las muchachas, creo que tienen otro invitado, ese cuarto es más concurrido que... –no encontró el símil y se rió.

Me alejé de él lo más aprisa que pude.

Cuando estaba a punto de entrar en el patio me volví y Quim Font aún seguía allí, riéndose muy bajito y mirando las magnolias.

18 de noviembre

Hoy he vuelto a casa de las Font. Quim salió a abrirme y me dio un abrazo. En la casita encontré a María, Angélica y Ernesto San Epifanio. Estaban los tres sentados en la cama de Angélica. Al entrar inconscientemente juntaron sus cuerpos, como para impedirme que viera lo que compartían. Me parece que espera-

54

ban a Pancho. Cuando se dieron cuenta de que era yo sus rostros no se relajaron.

–Tendrías que acostumbrarte a cerrar la puerta con llave –dijo Angélica–. Así no nos llevaríamos estos sobresaltos.

Al contrario que María, el rostro de Angélica es muy blanco, pero con una tonalidad que no sabría decir si olivácea o rosada, creo que olivácea, con los pómulos salientes, la frente amplia y los labios más abultados que los de su hermana. Al verla o mejor dicho al ver que ella me miraba (las otras veces que estuve allí de hecho *no* me miró), sentí que una mano de dedos largos y finos, pero al mismo tiempo muy fuerte, se cerraba sobre mi corazón, imagen que seguramente no gustará a Lima y a Belano, pero que se ajusta como un guante a lo que sentí entonces.

–Yo no fui la última en entrar –dijo María.

–Sí que fuiste la última. –El tono de Angélica era seguro, casi autoritario, y por un momento pensé que parecía la hermana mayor, no la menor–. Ponle pestillo a la puerta y siéntate en alguna parte –me ordenó a mí.

Hice lo que me decían. Las cortinas de la casita estaban corridas y la luz que entraba era de color verde con estrías amarillas. Me senté en una silla de madera, junto a una de las estanterías y les pregunté qué era lo que miraban. Ernesto San Epifanio levantó el rostro y me estudió durante unos segundos.

–¿Tú no eres el que tomó nota de los libros que yo llevaba el otro día?

–Sí. Brian Patten, Adrian Henri y otro que ahora no recuerdo.

–*The Lost Fire Brigade*, de Spike Hawkins.

–Ése mismo.

–¿Y ya los has comprado? –El tono era ligeramente sarcástico.

–Todavía no, pero estoy en ello.

–Tienes que ir a una librería especializada en literatura inglesa. En las librerías normales de México no los encontrarás.

–Sí, sí, Ulises me dijo de una librería adonde van ustedes.

–Ay, Ulises Lima –dijo San Epifanio acentuando mucho las íes–. Seguramente te va a mandar a la Librería Baudelaire, en donde hay mucha poesía *francesa*, pero muy poca poesía *inglesa*... ¿Y quiénes somos nosotros?

–¿Nosotros, qué nosotros? –dije yo sorprendido. Las hermanas Font seguían contemplando e intercambiándose unos objetos que yo no podía ver. De vez en cuando se reían. La risa de Angélica era como un manantial.

–Los usuarios de la librería.

–Ah, los real visceralistas, claro.

–No me hagas reír. Pero si en ese grupo sólo leen Ulises y su amiguito chileno. Los demás son una pandilla de analfabetos funcionales. Me parece que lo único que hacen en las librerías es robar libros.

–Pero después los leerán, ¿no? –concluí un poco amoscado.

–No, te equivocas, después se los regalan a Ulises y a Belano. Éstos los leen, se los cuentan y ellos van por ahí presumiendo que han leído a Queneau, por ejemplo, cuando la verdad es que se han limitado a *robar* un libro de Queneau, no a leerlo.

–¿Belano es chileno? –dije tratando de desviar la conversación hacia otro tema y porque además, sinceramente, no lo sabía.

–¿No te habías dado cuenta? –dijo María sin levantar la vista de lo que fuera que estuviera mirando.

–Pues sí, le había notado un acento un poco distinto, pero me pareció que tal vez fuera, no sé, tamaulipeco o yucateco...

–¿Te pareció yucateco? Ay, García Madero, bendita inocencia. Belano le pareció yucateco –le dijo San Epifanio a las Font y los tres se rieron.

Yo también me reí.

–No parece yucateco, pero podría serlo –dije–. Además, yo no soy un especialista en yucatecos.

–Pues no es yucateco. Es chileno.

–¿Y hace mucho que vive en México? –dije por decir algo.

–Desde el putsch de Pinochet –dijo María sin levantar la cabeza.

–Desde mucho antes del golpe –dijo San Epifanio–. Yo lo conocí en 1971. Lo que pasa es que después volvió a Chile y cuando sucedió el golpe regresó a México.

–Pero entonces nosotras no te conocíamos –dijo Angélica.

–Belano y yo fuimos muy amigos durante esa época –dijo San Epifanio–. Los dos teníamos dieciocho y éramos los poetas más jóvenes de la calle Bucareli.

–¿Se puede saber qué están mirando? –dije.

–Fotos mías. Es posible que te desagraden, pero si quieres puedes verlas tú también.

–¿Eres fotógrafo? –dije levantándome y dirigiéndome a la cama.

–No, sólo soy poeta –dijo San Epifanio haciéndome un hueco–. Con la poesía tengo de sobras, aunque un año de éstos voy a cometer la vulgaridad de ponerme a escribir cuentos.

–Toma –Angélica me pasó un montoncito de fotos ya descartadas por ellas–, hay que mirarlas siguiendo un orden cronológico. Debían de ser unas cincuenta o sesenta fotos. Todas estaban tomadas con flash. Todas eran del interior de una habitación, seguramente un cuarto de hotel, menos dos, en donde se veía una calle nocturna, deficientemente iluminada, y un Mustang rojo con algunas personas dentro. Los rostros de los que estaban en el Mustang eran borrosos. El resto de las fotos mostraba a un muchacho de unos dieciséis o diecisiete años, aunque puede que sólo tuviera quince, rubio, de pelo corto, y a una muchacha tal vez dos o tres años mayor que él, y a Ernesto San Epifanio. Sin duda había una cuarta persona, la que sacaba las fotos, pero a ésa no se la veía nunca. Las primeras fotos eran del muchacho rubio, vestido y después paulatinamente con menos ropa. A partir de la foto número quince aparecía San Epifanio y la muchacha. San Epifanio iba vestido con una americana morada. La muchacha con un elegante vestido de fiesta.

–¿Quién es él? –dije.

–Tú calla y mira las fotos, luego pregunta –dijo Angélica.

–Es mi amor –dijo San Epifanio.

–Ah. ¿Y ella?

–Es su hermana mayor.

Aproximadamente por la foto número veinte el muchacho rubio comenzaba a vestirse con la ropa de su hermana. La muchacha, que no era tan rubia y estaba un poco gordita, hacía gestos obscenos al desconocido que los fotografiaba. San Epifanio, por el contrario, se mantenía, al menos en las primeras fotos, dueño de sí, sonriente pero serio, sentado en un sillón de skay, o en el borde de la cama. Todo esto, sin embargo, no era más que un espejismo, pues a partir de la foto número treinta o treinticinco San Epifanio también se desnudaba (su cuerpo, de piernas largas y brazos largos, parecía excesivamente delgado, esquelético, mucho más de lo que realmente era). Las fotos siguientes mostraban a San Epifanio besando el cuello del adolescente rubio, sus labios, sus ojos, su espalda, su verga a media asta, su verga enhiesta (una verga, por lo demás, notable en un muchacho de apariencia tan delicada), bajo la siempre atenta mirada de la hermana que a veces aparecía de cuerpo completo y a veces sólo parte de su anatomía (un brazo y medio, la mano, algunos dedos, la mitad de la cara), e incluso en ocasiones sólo su sombra proyectada en la pared. Tengo que confesar que nunca en mi vida había visto algo parecido. Nadie, por descontado, me advirtió que San Epifanio era homosexual. (Sólo Lupe, pero Lupe también dijo que *yo* era homosexual.) Así que traté de no exteriorizar mis sentimientos (que, por lo menos, eran confusos) y seguí mirando. Tal como temía las siguientes fotos mostraban al lector de Brian Patten enculando al adolescente rubio. Sentí que enrojecía y de pronto me di cuenta que no sabía cómo, de qué manera iba a mirar a las Font y a San Epifanio cuando concluyera mi examen de las fotos. El rostro del muchacho enculado se retorcía en una mueca que presumí de placer y de dolor mezclados. (O de teatro, pero eso lo pensé mucho más tarde.) El rostro de San Epifanio parecía afilarse por momentos, como una hoja de afeitar o como una navaja intensamente iluminada. Y el rostro de la hermana observadora pasaba por todas las fases gestuales posibles, desde una alegría brutal hasta la más profunda melancolía. En las últimas fotos se veía, en diferentes poses, a los tres acostados en la cama, fingiendo dormir o sonriendo al fotógrafo.

–Pobre chavo, parece que está allí a la fuerza –dije para picar a San Epifanio.

–¿A la fuerza? La idea se le ocurrió a él. Es un pequeño pervertido.

–Pero lo quieres con toda tu alma –dijo Angélica.

–Lo quiero con toda mi alma, pero nos separan demasiadas cosas.

–¿Como qué? –dijo Angélica.

–El dinero, por ejemplo, yo soy pobre y él es un niño rico y mimado, acostumbrado al lujo, a los viajes, a que no le falte absolutamente nada.

–Pues aquí no parece ni rico ni mimado, hay algunas fotos verdaderamente siniestras –dije yo en un arranque de sinceridad.

–Su familia tiene mucho dinero –dijo San Epifanio.

–Entonces podrían haber ido a un hotel un poco mejor. La iluminación es de película del Santo.

–Es el hijo del embajador de Honduras –dijo San Epifanio lanzándome una mirada funesta–. Pero esto no se lo digas a nadie –añadió después, arrepentido de haberme confesado su secreto.

Devolví el mazo de fotos, que San Epifanio guardó en un bolsillo. A pocos centímetros de mi brazo izquierdo estaba el brazo desnudo de Angélica. Reuní valor y la miré a la cara. Ella también me miraba. Creo que enrojecí ligeramente. Me sentí feliz. Lo estropeé todo de inmediato.

–¿Hoy no ha venido Pancho? –dije como un imbécil.

–Todavía no –dijo Angélica–. ¿Qué te han parecido las fotos?

–Gruesas –dije.

–¿Sólo gruesas? –San Epifanio se levantó y se sentó en la silla de madera en donde antes había estado yo. Desde allí me observó con una de sus sonrisas afiladas.

–Bueno: tienen su poesía. Pero si te dijera que me parecieron sólo poéticas, te mentiría. Son unas fotos extrañas. Yo diría que es pornografía. No en un sentido peyorativo, pero creo que es pornografía.

–Todo el mundo tiende a encasillar las cosas que escapan de su comprensión –dijo San Epifanio–. ¿Te excitaron las fotos?

–No –dije con rotundidad, aunque la verdad es que no estaba seguro–. No me excitaron, pero no me desagradaron.

–Entonces no es pornografía. Para ti, al menos, no debería serlo.

–Pero me gustaron –admití.

–Entonces di sólo eso: te han gustado, no sabes por qué te han gustado, tampoco eso importa demasiado, punto.

–¿Quién es el fotógrafo? –dijo María.

San Epifanio miró a Angélica y se rió.

–Eso sí que es un secreto. Me hizo jurar que no lo diría a nadie.

–Pero la idea fue de Billy, ¿qué más da quién haya sido el fotógrafo? –dijo Angélica.

Así que el hijo del embajador de Honduras se llamaba Billy; muy apropiado, pensé.

Y después, no sé por qué, sospeché que las fotos las había tomado Ulises Lima. Y acto seguido pensé en la para mí novedosa nacionalidad de Belano. Y luego me puse a mirar a Angélica, pero sin que se me notara mucho, mayormente cuando ella no me miraba a mí, la cabeza metida dentro de un libro de poesía (*Les Lieux de la douleur*, de Eugène Savitzkaya), del que sólo se asomaba para terciar en la conversación que ahora sostenían María y San Epifanio sobre el arte erótico. Y luego volví a pensar en la posibilidad de que las fotos las hubiera tomado Ulises Lima y recordé también lo que oí en el café Quito, que Lima traficaba con drogas, y si traficaba con drogas, y eso casi era un hecho, pensé, también podía traficar con otras cosas. Y en ésas estaba cuando apareció Barrios del brazo de una norteamericana muy simpática (siempre sonreía) llamada Bárbara Patterson y de una poetisa a la que no conocía, llamada Silvia Moreno, y entonces todos nos pusimos a fumar marihuana.

Mucho más tarde, lo recuerdo vagamente (aunque no por el efecto de la mota, que apenas sentí), alguien volvió a sacar el tema de la nacionalidad de Belano, tal vez fuera yo, no lo sé, y todos se pusieron a hablar de él, quiero decir a hablar mal de él, menos María y yo, que en determinado momento como que nos alejamos del grupo, física y espiritualmente, pero incluso lejos (tal vez por efecto de la mota) yo pude aún seguir escuchando lo que decían. También hablaban de Lima, de sus viajes por el estado de Guerrero y por el Chile de Pinochet consiguiendo marihuana que luego revendía a novelistas y pintores del DF. ¿Pero cómo podía Lima ir a comprar marihuana en el otro extremo del continente? Oí risas. Creo que yo también me reí. Creo que me reí mucho. Tenía los ojos cerrados. Ellos dijeron: Arturo obliga a Ulises a trabajar mucho más, los riesgos ahora son mayores, y la frase se me quedó grabada en la cabeza. Pobre Belano, pensé. Después María me cogió de la mano y nos fuimos de la casita, como cuando allí estaba Pancho y Angélica nos echaba, sólo que esta vez no estaba Pancho ni nadie nos había echado.

Después creo que me dormí.

Desperté a las tres de la mañana, estaba tirado al lado de Jorgito Font.

Me levanté de un salto. Alguien me había quitado los zapatos, el pantalón y la camisa. Los busqué a tientas, procurando no despertar a Jorgito. Lo primero que encontré fue mi morral, con mis libros y mis poemas, en el suelo, a los pies de la cama. Un poco más allá, extendidos en una silla, hallé el pantalón, la camisa y la chamarra. Los zapatos no estaban por ninguna parte. Los busqué debajo de la cama y sólo encontré varios pares de tenis pertenecientes a Jorgito. Me vestí y estuve considerando la posibilidad de encender la luz o de salir descalzo. Me acerqué a la ventana, sin resolverme por ninguna de las dos opciones. Al descorrer las cortinas me di cuenta de que estaba en el segundo piso. Contemplé el patio oscuro y tras unos árboles la casita de las Font ligeramente iluminada por la luna. No tardé en darme cuenta de que no era la luna la que iluminaba la casita sino una farola encendida justo debajo de mi ventana, un poco a la izquierda, colgando por la parte de afuera de la cocina. La luz era mínima. Traté de vislumbrar la ventana de las Font. No vi nada, sólo ramas y sombras. Durante unos segundos sopesé la posibilidad de volver a la cama y dormir hasta que amaneciera, pero se me ocurrieron varias razones para desistir. Primero: hasta entonces nunca había dormido fuera de casa sin que mis tíos lo supieran; segundo: supe que iba a ser imposible conciliar otra vez el sueño; tercero: tenía que ver a Angélica, ¿para qué?, lo he olvidado, pero entonces sentí la necesidad urgente de verla, de mirarla dormir, de acurrucarme a los pies de su cama como un perro o como un niño (metáfora horrible, pero cierta). Así que me deslicé hasta la puerta y mentalmente le dije adiós, Jorgito, gracias por hacerme un hueco, ¡cuñado! (que viene del latín *cognatus*), y dándome valor con esta palabra, dándome impulso, salí felinamente de la habitación hacia un pasillo oscuro como la noche más negra, o como un cine en donde todo hubiera hecho crac, incluidos algunos ojos, y me puse a tantear por las paredes hasta encontrar, tras un periplo demasiado prolongado y angustioso como para relatarlo con detalle (además detesto los detalles), la sólida escalera que comunicaba la segunda planta con la primera. Ya allí, inmóvil como una estatua de sal (es decir palidísimo y con las manos fijas en un gesto mitad enérgico, mitad dubitativo), se me plantearon dos alternativas. O buscaba la sala y el teléfono y llamaba de inmediato a mis tíos que para entonces probablemente ya habrían despertado a más de un honesto policía, o buscaba la cocina, que según mis recuerdos quedaba a la izquierda, junto a una especie de comedor de uso diario. Sopesé los pros y los contras de ambas líneas de acción y opté por la más silenciosa, que era la de abandonar cuanto antes la casa grande de la familia Font. No fue ajena a la decisión la repentina imagen o ensoñación de Quim Font sentado en la oscuridad, en un sillón de orejeras, envuelto en una nubecilla de azufre rojizo. Con gran esfuerzo conseguí serenarme. En la casa todos dormían, aunque, al contrario que en la mía, allí no se escuchaban los ronquidos de nadie. Transcurridos unos segundos, los suficientes como para convencerme de que ningún peligro, al menos inminente, se cernía sobre mí, me puse en marcha otra vez. En esta ala de la casa el resplandor de la farola del patio iluminaba tenuemente mi camino y no tardé en encontrarme en la cocina. Allí, abandonando mi hasta ahora extrema cautela, cerré la puerta, encendí la luz y me dejé caer sobre una silla, agotado como si hubiera recorrido un kilómetro cuesta arriba. Después abrí el refrigerador, me serví un vaso de leche hasta los bordes y me hice un sandwich de jamón y queso, con salsa de ostras y mostaza de Dijon. Cuando terminé de comer aún tenía hambre, por lo que me preparé un segundo sandwich, esta vez de queso, lechuga y pepinillos guarnecidos con dos o tres variedades de chile. Este segundo sandwich no aplacó mi apetito, por lo que decidí explorar en busca de algo más sólido. En el fondo del refrigerador, en un envase de plástico, encontré los restos de un pollo con mole; en otro recipiente encontré un poco de arroz, los restos de la comida de aquel día, supongo, y luego busqué pan de verdad, bolillos, no pan de molde, y comencé a prepararme la cena. Para beber, escogí una botella de Lulú sabor fresa, cuyo gusto en realidad más bien es de jamaica. Comí sentado en la cocina, en silencio, pensando en el futuro. Vi tornados, huracanes, maremotos, incendios. Después lavé la sartén, el plato, los cubiertos, recogí las migas y descorrí el pestillo de la puerta que daba al patio. Antes de salir, apagué la luz.

La casita de las Font estaba cerrada por dentro. Llamé una vez y susurré el nombre de Angélica. Nadie me contestó. Miré hacia atrás, las sombras del patio, la pileta que se erguía como un animal irascible me disuadieron de regresar a la habitación de Jorgito Font. Volví a llamar, esta vez un poco más fuerte. Esperé unos segundos y decidí cambiar de táctica, me desplacé unos metros a la izquierda y di unos golpes con la punta de los dedos en el frío cristal de la ventana. María, dije, Angélica, María, ábranme, soy yo. Después me quedé en silencio, a la espera de algún resultado, pero en el interior de la casita nadie se movió. Exasperado, aunque más correcto sería decir exasperadamente resignado, me arrastré otra vez hacia la puerta y me dejé resbalar con la espalda apoyada en ésta y la mirada perdida. Intuí que finalmente me quedaría allí, dormido, de una manera u otra a los pies de las hermanas Font, como un perro (¡un perro mojado por la noche inclemente!), tal como hacía unas horas yo mismo, de forma imprudente e intrépida, había deseado. De buena gana me hubiera echado a llorar. Para contrarrestar los nubarrones que se cernían sobre mi futuro inmediato, me dio por repasar todos los libros que tenía que leer, todos los poemas que tenía que escribir. Después pensé que si me dormía probablemente la sirvienta de los Font me iba a encontrar allí y procedería a despertarme evitándome la vergüenza de ser hallado por la señora Font o por alguna de sus hijas o por Quim Font en persona. Aunque si era este último el que me encontraba, argüí con algo de esperanza, probablemente pensaría que había sacrificado una noche de plácido sueño en aras de una fiel vigilancia de sus hijas. Si me despiertan invitándome a un café con leche, concluí, nada estará perdido, si me despiertan a patadas y me corren sin más explicaciones, ya no habrá ninguna esperanza para mí y además, ¿cómo le explico yo a mi tío que he atravesado todo el DF descalzo? Creo que fue esta perspectiva la que volvió a despertarme, tal vez la desesperación me hiciera, inconscientemente, aporrear la puerta con la nuca, lo cierto es que de pronto sentí unos pasos en el interior de la casita. Unos segundos después la puerta se abrió y una voz susurrada y soñolienta me preguntó qué hacía allí.

Era María.

–Me he quedado sin zapatos. Si los encontrara me iría a mi casa de inmediato –dije.

–Pasa –dijo María–. No hagas ruido.

La seguí con las manos extendidas, como un ciego. De pronto tropecé con algo. Era la cama de María. La oí ordenarme que me acostara, luego la vi deshacer el camino (la casita de las Font es *verdaderamente* grande) y cerrar sin ruido la puerta que había quedado semiabierta. No la oí regresar. La oscuridad entonces era total, aunque tras unos instantes, yo estaba sentado en el borde de la cama, no acostado como me había ordenado, distinguí el contorno de la ventana a través de las enormes cortinas de lino. Después sentí que alguien se metía en la cama y se estiraba y después, pero no sé cuánto tiempo pasó, sentí que esa persona se levantaba apenas, probablemente reclinada sobre un codo, y me jalaba hacia sí. Por el aliento supe que estaba a pocos milímetros del rostro de María. Sus dedos recorrieron mi cara, desde la barbilla hasta los ojos, cerrándolos, como invitándome a dormir, su mano, una mano huesuda, me bajó la cremallera de los pantalones y buscó mi verga; no sé por qué, tal vez debido a lo nervioso que estaba, afirmé que no tenía sueño. Ya lo sé, dijo María, yo tampoco. Luego todo se convirtió en una sucesión de hechos concretos o de nombres propios o de verbos, o de capítulos de un manual de anatomía deshojado como una flor, interrelacionados caóticamente entre sí. Exploré el cuerpo desnudo de María, el glorioso cuerpo desnudo de María en un silencio contenido, aunque de buena gana hubiera gritado, celebrando cada rincón, cada espacio terso e interminable que encontraba. María, menos recatada que yo, al cabo de poco comenzó a gemir y sus maniobras, inicialmente tímidas o mesuradas, fueron haciéndose más abiertas (no encuentro de momento otra palabra), guiando mi mano hacia los lugares que ésta, por ignorancia o por despreocupación, no llegaba. Así fue como supe, en menos de diez minutos, dónde estaba el clítoris de una mujer y cómo había que masajearlo o mimarlo o presionarlo, siempre, eso sí, dentro de los límites de la dulzura, límites que María, por otra parte, transgredía constantemente, pues mi verga, bien tratada en los primeros envites, pronto comenzó a ser martirizada entre sus manos; manos que en algunos momentos me supieron en la oscuridad y entre el revoltijo de sábanas a garras de halcón o halcona tironeando con tanta fuerza que temí quisiera arrancármela de cuajo y en otros momentos a enanos chinos (¡los dedos eran los pinches chinos!) investigando y midiendo los espacios y los conductos que comunicaban mis testículos con la verga y entre sí. Después (pero antes me había bajado los pantalones hasta las rodillas) me monté encima de ella y se lo metí.

–No te vengas dentro –dijo María.

–Lo intentaré –dije yo.

–¿Cómo que lo intentarás, cabrón? ¡No te vengas dentro!

Miré a ambos lados de la cama mientras las piernas de María se anudaban y desanudaban sobre mi espalda (hubiera querido seguir así hasta morirme). A lo lejos discerní la sombra de la cama de Angélica y la curva de las caderas de Angélica, como una isla contemplada desde otra isla. De improviso sentí que los labios de María succionaban mi tetilla izquierda, casi como si me mordiera el corazón. Di un salto y se lo metí todo de un envión, con ganas de clavarla en la cama (los muelles de ésta comenzaron a crujir espantosamente y me detuve), al tiempo que le besaba el pelo y la frente con la máxima delicadeza y aún me sobraba tiempo para cavilar cómo era posible que Angélica no se despertara con el ruido que estábamos haciendo. Ni noté cuando me vine. Por supuesto, alcancé a sacarla, siempre he tenido buenos reflejos.

–¿No te habrás venido dentro? –dijo María.

Le juré al oído que no. Durante unos segundos estuvimos ocupados respirando. Le pregunté si ella había tenido un orgasmo y su respuesta me dejó perplejo:

–Me he venido dos veces, García Madero, ¿no te has dado cuenta? –preguntó con toda la seriedad del mundo.

Dije sinceramente que no, que no me había dado cuenta de nada.

–Todavía la tienes dura –dijo María.

–Parece que sí –dije yo–. ¿Te la puedo meter otra vez?

–Bueno –dijo ella.

No sé cuánto tiempo pasó. Otra vez me corrí fuera. Esta vez no pude ahogar mis gemidos.

–Ahora mastúrbame –dijo María.

–¿No has tenido ningún orgasmo?

–No, esta vez no he tenido ninguno, pero me lo he pasado bien. –Me cogió la mano, seleccionó el índice y me lo guió alrededor de su clítoris–. Bésame los pezones, también puedes morderlos, pero al principio muy despacio –dijo–. Luego muérdelos un poco más fuerte. Y con la mano cógeme del cuello. Acaríciame la cara. Méteme los dedos en la boca.

–¿No prefieres que te... chupe el clítoris? –dije en un intento vano de encontrar las palabras más elegantes.

–No, por ahora no, con el dedo basta. Pero bésame las tetas.

–Tienes unos senos riquísimos. –Fui incapaz de repetir la palabra tetas.

Me desnudé sin salir de debajo de las sábanas (de improviso me había puesto a sudar) y acto seguido procedí a ejecutar las instrucciones de María. Sus suspiros primero y sus gemidos después me la volvieron a empalmar. Ella se dio cuenta y con una mano me acarició la verga hasta que ya no pudo más.

–¿Qué te pasa, María? –le susurré al oído temeroso de haberle hecho daño en la garganta (aprieta, susurraba ella, aprieta) o de haberle mordido demasiado fuerte un pezón.

–Sigue, García Madero –sonrió María en la oscuridad y me besó.

Cuando terminamos me dijo que se había venido más de cinco veces. A mí, la verdad, me costaba hacerme a la idea, que estimaba fantástica, pero cuando me dio su palabra no tuve más remedio que creerla.

–¿En qué piensas? –dijo María.

–En ti –mentí; en realidad pensaba en mi tío y en la Facultad de Derecho y en la revista que iban a sacar Belano y Lima–. ¿Y tú?

–Pienso en las fotos –dijo.

–¿En qué fotos?

–En las de Ernesto.

–¿Las fotos pornográficas?

–Sí.

Los dos temblamos al unísono. Teníamos las caras pegadas. Hablábamos, vocalizábamos, gracias a nuestras narices separadoras, pero aún así sentí con mis labios moverse sus labios.

–¿Quieres que lo hagamos otra vez?

–Sí –dijo María.

–Bueno –dije un poco mareado–, si en el último momento te arrepientes, avísame.

–¿Arrepentirme de qué? –dijo María.

La parte interior de sus muslos estaba empapada de mi semen. Sentí frío y no pude evitar suspirar profundamente en el momento en que volví a penetrarla.

María gimió y yo empecé a moverme cada vez con mayor entusiasmo.

–Procura no hacer mucho ruido, no quiero que Angélica nos oiga.

–Tú procura no hacer ruido –dije yo, y añadí–: ¿Qué le has dado a Angélica para que duerma tan profundamente? ¿Un somnífero?

Los dos nos reímos bajito, yo sobre su nuca y ella hundiendo la cara en las almohadas.

Al finalizar no tenía ánimo (del latin *animus* y éste de la palabra griega que designa *soplo*) ni para preguntar si se lo había pasado bien y lo único que anhelaba era quedarme poco a poco dormido con María en mis brazos. Pero ella se levantó y me obligó a vestirme y a seguirla en dirección al baño de la casa grande. Al salir al patio me di cuenta que ya estaba amaneciendo. Por primera vez en aquella noche pude ver con algo más de claridad la figura de mi amante. María vestía un camisón blanco, con bordados rojos en las mangas, y tenía el pelo recogido con una cinta o un trozo de cuero trenzado.

Después de secarnos pensé en llamar por teléfono a mi casa, pero María dijo que mis tíos seguramente estarían durmiendo y que lo podía hacer más tarde.

–¿Y ahora qué? –le dije.

–Ahora a dormir un poco –dijo María pasando su brazo por mi cintura.

Pero la noche o el día aún me deparaba una última sorpresa. En la casita, acurrucados en un rincón, descubrí a Barrios y a su amiga norteamericana. Los dos roncaban. De buena gana los hubiera despertado con un beso.

19 de noviembre

Hemos desayunado todos juntos. Quim Font, la señora Font, María y Angélica, Jorgito Font, Barrios, Bárbara Patterson y yo. El desayuno consistió en huevos revueltos, lonchas de jamón fri-

to, pan, mermelada de mango, mermelada de fresa, mantequilla, paté de salmón y café. Jorgito se bebió un vaso de leche. La señora Font (¡me dio un beso en la mejilla al verme!) hizo unas tortitas que llamó crépes, pero que en modo alguno se le parecen. El resto del desayuno lo preparó la sirvienta (cuyo nombre ignoro o he olvidado, algo que me parece imperdonable), los platos los lavamos entre Barrios y yo.

Después, cuando Quim se marchó a trabajar y la señora Font comenzó a planear su día laboral (trabaja, eso me dijo, como periodista en una nueva revista dedicada a la familia mexicana), me decidí finalmente a llamar a casa. Sólo encontré a mi tía Martita, que al oírme se puso a gritar como una loca y luego a llorar. Tras una serie ininterrumpida de invocaciones a la Virgen, llamadas a la responsabilidad, relatos fragmentados de la noche «que había hecho pasar a mi tío», advertencias en un tono más cómplice que recriminatorio del castigo inminente que mi tío seguramente cavilaba aquella misma mañana, pude por fin hablar y asegurarle que estaba bien, que había pasado la noche con unos amigos y que no iría a casa hasta «que el sol se ocultara», pues pensaba salir disparado a la universidad. Mi tía prometió que llamaría ella al trabajo de mi tío y me hizo jurar que en lo que me restaba de vida telefonearía a casa cuando decidiera pasar la noche afuera. Durante unos segundos reflexioné sobre la conveniencia de llamar personalmente a mi tío, pero finalmente decidí que no era necesario.

Me dejé caer sobre un sillón y no supe qué iba a hacer. Tenía el resto de la mañana y el resto del día a mi disposición, es decir era consciente de que estaban a mi disposición y en esa medida se me antojaban distintos de otras mañanas y de otros días (en donde yo era un alma en pena, errando por la universidad o por mi virginidad), pero a las primeras de cambio no supe qué podía hacer, tantas eran las posibilidades que se me ofrecían.

La ingestión de alimentos, comí como un lobo mientras la señora Font y Bárbara Patterson hablaban de museos y familias mexicanas, me había producido una ligera soñolencia y había despertado al mismo tiempo el deseo de volver a coger con María (a quien durante el desayuno evité mirar y cuando lo hice procuré adaptar mi mirada al concepto de amor fraterno o de desinteresada camaradería que supuse reconocería su padre, quien por cierto no mostró el más mínimo asombro al encontrarme en horas tan tempranas instalado en su mesa), pero María se preparaba para salir, Angélica se preparaba para salir, Jorgito Font ya se había marchado, Bárbara Patterson estaba en la ducha y sólo Barrios y la sirvienta vagaban como restos de un naufragio innominable por la amplia biblioteca de la casa grande, así que para no estorbar y por un ligero afán de simetría, crucé por enésima vez el patio y me instalé en la casita de las hermanas, en donde las camas estaban sin hacer (lo que denotaba a las claras que era la sirvienta o fámula o mucama –o aguerrida naca, como la llamaba Jorgito– la que se ocupaba de ellas, matiz que en vez de disminuir mi consideración por María, la agrandaba, dotándola de un puntito frívolo y despreocupado que no le sentaba mal) y contemplé el teatro de mi «pórtico a la maravilla», húmedo aún, y aunque en buena ley debería haberme puesto a llorar o a rezar, lo que hice fue tumbarme en una de las camas sin hacer (la de Angélica, como comprobé más tarde, no la de María) y me quedé dormido.

Me despertó Pancho Rodríguez propinándome una serie de golpes (incluida una patada, aunque no estoy seguro) por todo el cuerpo. Sólo mi buena educación me impidió no saludarlo con un puñetazo en la quijada. Tras darle los buenos días salí al patio y me lavé la cara en la fuente (lo que denota que aún estaba dormido), con Pancho a mis espaldas murmurando palabras ininteligibles.

–No hay nadie en la casa –dijo–. He tenido que entrar saltando por la barda. ¿Qué haces tú aquí?

Le dije que había pasado la noche allí (añadiendo, para desdramatizar, pues el aleteo de la nariz de Pancho me alarmó, que también Barrios y Bárbara Patterson lo habían hecho) y luego intentamos entrar a la casa grande por la puerta trasera, la de la cocina, y por la puerta principal, pero ambas estaban cerradas a cal y canto.

–Si nos ve algún vecino y avisa a la policía –dije–, lo vamos a tener difícil para explicar que no estamos intentando robar.

–Me importa madre. A mí me gusta conejear de vez en cuando en las casas de mis cuadernas –dijo Pancho.

–Es más –dije ignorando el comentario de Pancho–, me parece que he visto moverse una cortina en la casa de al lado. Si viene la policía...

–¿Has cogido con Angélica, ojete? –dijo Pancho de pronto, dejando de mirar por las ventanas delanteras de la casa de los Font.

–Por supuesto que no –le aseguré.

No sé si me creyó o no me creyó. Lo cierto es que ambos volvimos a saltar la barda y emprendimos la retirada de la colonia Condesa.

Mientras caminábamos (en silencio, por el parque España, por Parras, por el parque San Martín, por Teotihuacán, a esa hora transitados sólo por amas de casa, sirvientas y vagabundos), pensé en lo que me dijo María sobre el amor y sobre el dolor que el amor dejaría caer sobre la cabeza de Pancho. Para cuando llegamos a Insurgentes Pancho había recuperado su buen humor y hablaba de literatura, me recomendaba autores, trataba de no pensar en Angélica. Luego tomamos por Manzanillo, nos desviamos por Aguascalientes y volvimos a torcer al sur por Medellín hasta llegar a la calle Tepeji. Nos detuvimos delante de un edificio de cinco pisos y Pancho me invitó a comer con su familia.

Subimos en ascensor hasta el último piso.

Allí, en vez de entrar, tal como yo esperaba, en uno de los departamentos, trepamos por la escalera hasta la azotea. Un cielo gris, pero brillante como si hubiera ocurrido un ataque nuclear, nos recibió en medio de una profusión vibrante de macetas y flores multiplicadas en los pasillos y en los lavaderos.

La familia de Pancho vivía en dos cuartos de azotea.

–Temporalmente –explicó Pancho–, hasta que tengamos feria para una casa por aquí cerca.

Fui presentado formalmente a su mamá, doña Panchita, a su hermano Moctezuma, de diecinueve años, poeta catuliano y sindicalista, y a su hermano pequeño, Norberto, de quince, estudiante de prepa.

Uno de los cuartos cumplía durante el día las funciones de comedor y sala de la tele, y por la noche de dormitorio de Pancho, de Moctezuma y de Norberto. El otro era una especie de ropero o closet gigantesco, en donde además estaba el refrigerador, los utensilios de cocina (la cocina, portátil, la sacaban al pasillo durante el día y la metían en este cuarto durante la noche) y el colchón donde descansaba doña Panchita.

Al empezar a comer se nos unió un tal Piel Divina, de veintitrés años, vecino de azotea, que fue presentado como poeta real visceralista. Poco antes de que me marchara (muchas horas después, el tiempo pasó volando), le pregunté otra vez cómo se llamaba y él dijo Piel Divina con tanta naturalidad y seguridad (mucha más de la que yo hubiera empleado para decir Juan García Madero) que por un momento llegué a creer que en los meandros y pantanos de nuestra República Mexicana existía de veras una tal familia Divina.

Después de comer, doña Panchita se dedicó a sus telenovelas favoritas y Norberto se puso a estudiar, los libros extendidos sobre la mesa. Entre Pancho y Moctezuma lavaron los platos en un fregadero desde donde se veía buena parte del parque de las Américas y más atrás las moles amenazadoras –como venidas de otro planeta, un planeta, además, inverosímil– del Centro Médico, el Hospital Infantil, el Hospital General.

–Lo bueno de vivir aquí, si no te fijas en las apreturas –dijo Pancho–, es que estás cerca de todo, en el mero corazón del DF.

Piel Divina (a quien, obviamente, Pancho y su hermano, ¡e incluso doña Panchita!, llamaban Piel), nos invitó a ir a su cuarto en donde guardaba, dijo, algo de marihuana del último reventón.

–Para luego es tarde, mi buen carnal –dijo Moctezuma.

El cuarto de Piel Divina era, al contrario que los dos cuartos que ocupaban los Rodríguez, un ejemplo de desnudez y austeridad. No vi ropa tirada, no vi enseres domésticos, no vi libros (Pancho y Moctezuma eran pobres, pero en los lugares más insospechados de su vivienda pude ver ejemplares de Efraín Huerta, Augusto Monterroso, Julio Torri, Alfonso Reyes, el ya mencionado Catulo traducido por Ernesto Cardenal, Jaime Sabines, Max Aub, Andrés Henestrosa), sólo una colchoneta y una silla –no tenía mesa– y una maleta de piel, de buena calidad, en donde guardaba su ropa.

Piel Divina vivía solo, aunque por sus palabras y por las de los hermanos Rodríguez deduje que no hacía mucho había vivido allí una mujer (y su hijo), ambos temibles, que al marcharse arramblaron con gran parte de los muebles.

Durante un rato estuvimos fumando marihuana y mirando el paisaje (que como ya he dicho se componía básicamente de las siluetas de los hospitales, de un sinfín de azoteas semejantes a aquella en la que estábamos y de un cielo de nubes bajas que se movían lentamente hacia el sur) y después Pancho se puso a contar su aventura de aquella mañana en la casa de las Font y su encuentro conmigo.

Fui interrogado al respecto, esta vez por los tres, y no consiguieron sacarme nada que ya no le hubiera dicho a Pancho. En algún momento se pusieron a hablar de María. Por sus palabras, enrevesadas, creí entender que Piel Divina y María habían sido amantes. También, que éste tenía prohibida la entrada en casa de la familia Font. Quise saber por qué. Me explicaron que la señora Font los sorprendió una noche mientras cogían en la casita. En la casa grande daban una fiesta en honor a un escritor español que acababa de llegar a México y en determinado momento de la fiesta la señora Font quiso presentarle a su hija mayor, es decir a María, y no la halló. Así que, del brazo del escritor español, salió en su busca. Cuando llegaron a la casita ésta estaba con las luces apagadas y desde el fondo sintieron un ruido como de golpes, golpes rítmicos y sonoros. La señora Font sin duda no pensó en lo que hacía (si hubiera reflexionado antes de actuar, dijo Moctezuma, se hubiera llevado al español de regreso a la fiesta y hubiera vuelto sola a averiguar qué ocurría en el cuarto de su hija), pero, bueno, ella no pensó en nada y encendió la luz. En el fondo de la casita descubrió, horrorizada, a María, vestida únicamente con una blusa, los pantalones bajados, chupándole la verga a Piel Divina mientras éste le propinaba palmadas en las nalgas y en el sexo.

–Palmadas muy fuertes –dijo Piel Divina–. Cuando encendieron la luz miré su culo y lo tenía enrojecido. La verdad es que me asusté.

–¿Pero por qué le pegabas? –dije con rabia y temiendo sonrojarme.

–Pues porque ella se lo había pedido, mi buen inocencio –dijo Pancho.

–Me cuesta creerlo –dije.

–Cosas más extrañas se han visto –dijo Piel Divina.

–La culpa de todo la tiene una francesa que se llama Simone Darrieux –dijo Moctezuma–. Sé que María y Angélica invitaron a la tal Simone a una reunión feminista y al salir estuvieron hablando de sexo.

–¿Quién es esa Simone? –dije.

–Una amiga de Arturo Belano.

–Yo me acerqué a ellas. Qué tal, compañeras, les dije, y las muy putas estaban hablando del Marqués de Sade –dijo Moctezuma.

El resto de la historia era predecible. La mamá de María quiso decir algo pero no pudo. El español, que según Piel Divina empalideció visiblemente ante la visión del trasero levantado y oferente de María, la cogió del brazo con la solicitud que se emplea con los enfermos mentales y la arrastró otra vez hacia la fiesta. En el repentino silencio que de pronto se hizo en la casita Piel Divina los escuchó conversar en el patio, palabras rápidas, como si el cabrón gachupín caliente le estuviera proponiendo algo deshonesto a la pobre señora Font recostada en la fuente.

Pero luego sintió sus pasos alejarse en dirección a la casa grande y María le dijo que siguieran.

–Eso sí que no me lo puedo creer –dije yo.

–Lo juro por mi vieja –dijo Piel Divina.

–¿Después de haber sido sorprendidos, María quiso seguir haciendo el amor?

–Ella es así –dijo Moctezuma.

–¿Y tú cómo lo sabes? –dije yo cada segundo más acalorado.

–Yo también he cogido con ella –dijo Moctezuma–, no existe en el DF una chava más apasionada que ésa, aunque nunca le he pegado, eso sí que no, a mí esas cosas raras no me gustan. Pero a ella sí, me consta.

–Yo no le pegué, buey, lo que pasa es que María estaba obsesionada con el Marqués de Sade y quería probar eso de los azotes en las nalgas –dijo Piel Divina.

–Eso es algo muy de María –dijo Pancho–, es muy consecuente con sus lecturas.

–¿Y siguieron cogiendo? –dije yo. O susurré, o aullé, no lo recuerdo, sí que recuerdo que di varias chupadas ininterrumpidas a la bacha de mota y que me tuvieron que repetir varias veces que la pasara, que no era para mí solo.

–Pues sí, seguimos cogiendo, es decir ella siguió mamándomela y yo seguí dándole golpes con la mano abierta en el culo, pero cada vez con menos fuerza o cada vez con menos ganas, yo creo que la aparición de su mamá pues me había afectado, a mí sí, y como que ya no tenía ganas de coger, como que me había enfriado y ahora sólo quería levantarme y tal vez ir a dar una vuelta por la fiesta, creo que estaban algunos poetas famosos, el gachupín, la Ana María Díaz y el señor Díaz, los papás de Laura Damián, el poeta Álamo, el poeta Labarca, el poeta Berrocal, el poeta Artemio Sánchez, la actriz televisiva América Lagos, y también pues como que tenía un poco de miedo a que apareciera por allí otra vez la mamá de María, pero esta vez acompañada del chingado arquitecto y entonces sí que la iba a amolar.

–¿Estaban los padres de Laura Damián? –dije.

–Los meros padres de la casta diva –dijo Piel Divina–, y otras celebridades, no te creas, a mí me gusta fijarme en los detalles, antes los había visto por la ventana, había saludado al poeta Berrocal, en un tiempo asistí a su taller, no sé si se acordó de mí o qué. También yo creo que tenía hambre, de sólo imaginar las cosas que estaban comiendo en la otra casa se me ponían los dientes pelones. No me hubiera importado aparecer allí, con María, claro, y ponerme a comer feamente. Me sentía muy naylon, debía ser por la mamada. Pero la mera verdad es que yo no pensaba en la mamada, ¿me entiendes? No pensaba en los labios de María, ni en su lengua que me envolvía la verga, ni en su saliva que a esas alturas me bajaba por los pelos de los huevos...

–No te la prolongues –dijo Pancho.

–No le pongas tanta crema a tus tacos –dijo su hermano.

–No la hagas cansada –dije yo por no ser menos, aunque en realidad me sentía agotadísimo.

–Bueno, pues se lo dije. Le dije: María, dejémoslo para otra ocasión o para otra noche. Generalmente cogíamos aquí, en mi casa, sin límite de tiempo, aunque ella nunca se quedó una noche entera, siempre se iba a las cuatro de la mañana o a las cinco, y era una chinga porque yo siempre me ofrecía para acompañarla, no la iba a dejar que se fuera sola a esas horas. Y ella me dijo sigue, no te pares, no hay problema. Y yo entendí que me decía que le siguiera dando palmadas en el trasero, ¿tú qué hubieras entendido? –lo mismo, dijo Pancho–, así que reanudé los golpes, bueno, con una mano la golpeaba y con la otra le acariciaba el clítoris y las tetas. La verdad, cuanto antes hubiéramos acabado, mejor. Yo estaba dispuesto. Pero claro, no me iba a venir sin que ella se viniera. Y la muy puta se tardaba horrores y eso empezó a enardecerme y como que cada vez le iba dando más fuerte. En las nalgas, en las piernas, pero también en el coño. ¿Ustedes lo han hecho así alguna vez, muchachos? Bueno, se lo recomiendo. Al principio el sonido, el sonido de las palmadas, como que no sabe muy bien, te desconcierta, es algo como demasiado crudo en un plato en donde las cosas son más bien cocidas, pero luego como que se acopla a lo que estás haciendo, y los gemidos de ella, los de María, también se acoplan, cada golpe produce un gemido, y eso va in crescendo, y llega un momento en que sientes sus nalgas ardiendo, y las palmas de tus manos también arden, y la verga te empieza a latir como si fuera un corazón, plonc plonc plonc...

–No te azotes, mano –dijo Moctezuma.

–Es la neta. Ella tenía mi verga en su boca, pero no apretándola, no chupándola, sino sólo acariciándola con la punta de la lengua. La tenía como una pistola dentro de su funda. ¿Ves la diferencia? No como una pistola en la mano, sino como una pistola enfundada, en la sobaquera o en la cartuchera, a ver si me explico. Y también ella latía, le latían las nalgas y las piernas y los labios de la vagina y el clítoris, lo sé porque entre golpe y golpe la acariciaba, le pasaba la mano por ahí y lo notaba y eso me ponía calentísimo y tenía que hacer esfuerzos para no venirme. Y gemía, pero cuando la golpeaba gemía más, cuando no la golpeaba gemía mucho (yo no le podía ver la cara), pero cuando la golpeaba eran mucho más potentes, digo, los gemidos, como si le partieran el alma, y a mí lo que me daban ganas era de voltearla y metérselo, pero eso ni pensarlo, se hubiera enojado, es lo gacho de María, las cosas con ella son fuertes pero tienen que ser a su manera.

–¿Y qué pasó luego? –dije yo.

–Pues que se vino y yo me vine y nada más.

–¿Nada más? –dijo Moctezuma.

–Nada más, te lo juro. Nos limpiamos, bueno, yo me limpié, me peiné un poco, ella se puso los pantalones y salimos a ver qué pasaba en la fiesta. Ahí nos separamos. Ése fue mi error. Separarme de ella. Yo me puse a hablar con el maestro Berrocal, que estaba solo en un rincón. Luego se nos juntó el poeta Artemio Sánchez y una chava que iba con él, una tipa de unos treinta años que dizque era secretaria de redacción de la revista *El Guajolote* y yo ahí mismo le empecé a preguntar si no necesitaba poemas o cuentos o textos filosóficos para la revista, le dije que tenía material inédito de sobras, le hablé de las traducciones de mi carnal Moctezuma, y mientras platicaba iba buscando con el rabillo del ojo la mesa de los canapés pues me había entrado un hambre de la chingada, y entonces vi aparecer otra vez a la mamá de María seguida de su papá y un poco más atrás al famoso poeta español y ahí se acabó todo: me pusieron de patitas en la calle y con la advertencia de no volver a pisar nunca más su casa.

–¿Y María no hizo nada?

–Pues no. No hizo nada. Yo a las primeras me hice como el que no entendía de qué iba el asunto, vaya, como si el asunto no fuera conmigo, pero luego, mano, ya para qué disimular, quedó claro que me iban a echar como a un pinche perro. Me dio pena que me lo hicieran delante del maestro Berrocal, para qué más que la verdad, el cabrón seguro que se estaría riendo por dentro mientras yo retrocedía en dirección a la puerta, pensar que hubo un tiempo en que se podría decir que lo admiraba.

–¿A Berrocal? Qué pendejo eres, Piel –dijo Pancho.

–La verdad es que al principio se portó bien conmigo. Ustedes de eso saben poco, son del DF, se han criado aquí, yo llegué sin conocer a nadie y sin un puto peso. De eso hace tres años, yo tenía veintiuno. Fue como una carrera de obstáculos. Y Berrocal se portó bien conmigo, me acogió en su taller, me presentó gente que me podía enchufar en un trabajo, en su taller conocí a María. Mi vida ha sido como un bolero –dijo de pronto con voz soñolienta Piel Divina.

–Bueno, sigue: Berrocal te miraba y se reía –dije yo.

–No, no se reía, pero por dentro yo creo que se reía. Y Artemio Sánchez también me miraba, pero tenía un pedo tan grande que ni se enteró de qué iba el asunto. Y la secretaria de redacción de *El Guajolote*, yo creo que era la que más espantada estaba, y no le faltaban motivos porque la cara de la mamá de María era de las que ponen los pelos de punta, les juro que pensé que podía ir armada. Y yo pese a todo retrocedía con lentitud, aunque, carnales, ganas no me faltaban de salir corriendo, y era porque no perdía la esperanza de ver aparecer a María, de que María se abriera paso entre los invitados y entre sus padres y me cogiera del brazo o pasara su mano por mi hombro, María es la única mujer que conozco que no abraza a los hombres por la cintura sino por los hombros, y me sacara de allí de una forma decente, digo, que saliera de allí conmigo.

–¿Y apareció?

–Aparecer, lo que se dice aparecer, no. La vi, eso sí. Asomó su cabeza, durante un segundo, por entre los hombros y las cabezas de algunos cabrones.

–¿Y qué hizo?

–Nada, chingada madre, no hizo nada.

–Tal vez no te vio –dijo Moctezuma.

–Claro que me vio. Me miró a los ojos, pero a su manera, ya saben cómo es ella, a veces te mira y es como si no te viera o como si te atravesara con la mirada. Y luego desapareció. Así que yo me dije hoy has perdido, ñero, no la hagas de tos, vete tranquilo. Y comencé a retirarme en forma y en eso que se me abalanza la jija de la chingada de la mamá de María, y yo pensé esta vieja lo menos me patea los huevos o me abofetea, vaya, pensé, se acabó la retirada en orden, es mejor que corra, pero para entonces ya tenía a la muy puta encima de mí, como si me fuera a besar o a morder, y qué creen que me dice...

Los hermanos Rodríguez no dijeron nada, seguramente sabían la respuesta.

–¿Te mentó la madre? –dije tentativamente.

–Me dijo: qué vergüenza, qué vergüenza, sólo eso, pero unas diez veces por lo menos y a menos de un centímetro de mi cara.

–Parece mentira que esa bruja cabrona haya parido a María y a Angélica –dijo Moctezuma.

–Casos más raros se han visto –dijo Pancho.

–¿Sigues siendo amante de ella? –dije yo.

Piel Divina me escuchó, pero no me contestó.

–¿Cuántas veces has cogido con ella? –dije yo.

–Ya ni me acuerdo –dijo Piel Divina.

–¿Pero qué preguntas son ésas? –dijo Pancho.

–Nada, curiosidad –dije yo.

Esa noche me fui muy tarde de la casa de los hermanos Rodríguez (comí con ellos, cené con ellos, posiblemente hubiera podido quedarme a dormir con ellos, su generosidad era ilimitada). Cuando llegué a Insurgentes, a la parada de autobuses, comprendí de pronto que ya no tenía ganas ni fuerzas para la larga y bizantina discusión que me aguardaba en casa.

Poco a poco fueron pasando los autobuses que debía tomar, hasta que finalmente me levanté del bordillo en donde estaba sentado meditando y mirando el tráfico o mejor dicho los faros de los coches que iluminaban mi cara, y emprendí el camino rumbo a la casa de la familia Font.

Antes de llegar llamé por teléfono. Contestó Jorgito. Le dije que llamara a su hermana. Al poco se puso María. Quería verla. Me preguntó dónde estaba. Le dije que cerca de su casa, en la plaza Popocatépetl.

–Espera un par de horas –dijo ella– y luego vienes. No toques el timbre. Salta la barda y entra sin hacer ruido. Te estaré esperando.

Suspiré profundamente, casi le dije que la quería (pero no se lo dije) y luego colgué. Como no tenía dinero para meterme en una cafetería, me quedé en la misma plaza, sentado en un banco, escribiendo mi diario y leyendo un libro con poemas de Tablada que me había dejado Pancho. Al cabo de dos horas justas, me levanté y dirigí mis pasos hacia la calle Colima.

Miré a ambos lados antes de dar un salto y encaramarme sobre la barda. Me dejé caer procurando no estropear las flores que la señora Font (o la sirvienta) cultivaba en aquel lado del jardín. Después caminé en la oscuridad rumbo a la casita.

María me estaba esperando bajo un árbol. Antes de que yo dijera nada me dio un beso en la boca. Su lengua entró hasta la garganta. Olía a cigarrillos y a comida cara. Yo olía a cigarrillos y a comida pobre. Pero las dos comidas eran buenas. Todo el miedo y toda la tristeza que sentía se evaporaron en el acto. En vez de irnos a su casita nos pusimos a hacer el amor allí mismo, de pie bajo el árbol. Para que sus gemidos no se oyeran María me mordió el cuello. Antes de venirme saqué la verga (María dijo ahhhh cuando se la saqué tal vez demasiado abruptamente) y eyaculé sobre la hierba y las flores, supongo. En la casita Angélica dormía profundamente o fingía dormir profundamente, e hicimos otra vez el amor. Y luego yo me levanté, sentía el cuerpo como si me lo estuvieran partiendo y sabía que si le decía que la quería el dolor se iba a ir de inmediato, pero no dije nada y revisé los rincones más alejados, a ver si descubría a Barrios y a la Patterson durmiendo en uno de ellos, pero no había nadie más que las hermanas Font y yo.

Después nos pusimos a hablar y Angélica se despertó y encendimos la luz y estuvimos hablando hasta tarde. Hablamos de poesía, de Laura Damián, del premio homónimo y de la poeta muerta, de la revista que pensaban sacar Ulises Lima y Belano, de la vida de Ernesto San Epifanio, de cómo sería la cara de Huracán Ramírez, de un pintor amigo de Angélica que vivía en Tepito y de los amigos de María de la Escuela de Danza. Y después de mucha plática y muchos cigarrillos Angélica y María se durmieron y yo apagué la luz y me metí en la cama y mentalmente le hice el amor a María otra vez.

20 de noviembre

Militancias políticas: Moctezuma Rodríguez es trotskista. Jacinto Requena y Arturo Belano fueron trotskistas.

María Font, Angélica Font y Laura Jáuregui (la ex compañera de Belano) pertenecieron a un movimiento feminista radical llamado Mexicanas al Grito de Guerra. Allí se supone que conocieron a Simone Darrieux, amiga de Belano y propagandista de cierto tipo de sadomasoquismo.

Ernesto San Epifanio fundó el primer Partido Comunista Homosexual de México y la primera Comuna Proletaria Homosexual Mexicana.

Ulises Lima y Laura Damián planeaban fundar un grupo anarquista: queda el borrador de un manifiesto fundacional. Antes, a los quince años, Ulises Lima intentó ingresar en lo que quedaba del grupo guerrillero de Lucio Cabañas.

El padre de Quim Font, también llamado Quim Font, nació en Barcelona y murió en la batalla del Ebro.

El padre de Rafael Barrios militó en el sindicato ferrocarrilero clandestino. Murió de cirrosis.

El padre y la madre de Piel Divina nacieron en Oaxaca y, según dice el mismo Piel Divina, murieron de hambre.

21 de noviembre

Fiesta en casa de Catalina O'Hara.

Por la mañana hablé con mi tío por teléfono. Me preguntó cuándo pensaba volver. Siempre, le dije. Tras un silencio embarazoso (seguramente no entendió mi respuesta, pero no quiso admitirlo), me preguntó en qué estaba metido. En nada, le dije. Esta noche te quiero ver en casa como Dios manda, dijo, o atente a las consecuencias, Juan. Detrás de él escuché llorar a mi tía Martita. Por supuesto, le dije. Pregúntale si se está drogando, le dijo mi tía, pero mi tío dijo ya te oye y luego me preguntó si tenía dinero. Para camiones, dije y ya no pude hablar más.

En realidad no me quedaba dinero ni para camiones. Aunque luego las cosas tomaron un giro imprevisto.

En casa de Catalina O'Hara estaban Ulises Lima, Belano, Müller, San Epifanio, Barrios, Bárbara Patterson, Requena y su novia Xóchitl, los hermanos Rodríguez, Piel Divina, la pintora que comparte el taller con Catalina, además de mucha gente desconocida y de la que no había oído hablar, que aparecieron y desaparecieron como un río oscuro.

Cuando María, Angélica y yo hicimos acto de presencia la puerta estaba abierta y al entrar sólo vimos a los hermanos Rodríguez que estaban sentados en la escalera que da al segundo piso compartiendo una bacha de marihuana. Los saludamos y nos sentamos a su lado. Creo que nos esperaban. Después Pancho y Angélica subieron y nosotros nos quedamos solos. De la parte de atrás de la casa llegaba una música siniestra, aparentemente tranquilizadora, es decir con sonidos de pájaros, patos, ranas, el viento, el mar, incluso pisadas de personas sobre tierra o hierba reseca, pero que en conjunto resultaba sobrecogedora, como la música de fondo de una película de terror. Luego llegó Piel Divina, besó a María en la mejilla (yo miré para otro lado, hacia una pared llena de grabados de mujeres o de sueños de mujeres) y se puso a conversar con nosotros. No sé por qué, tal vez por timidez, mientras ellos hablaban (Piel Divina era un asiduo de la Escuela de Danza, estaba en la onda de María) paulatinamente me fui desconectando, ensimismando, y me puse a pensar en los extraños hechos que había vivido esa mañana en casa de los Font.

Al principio todo discurrió de forma natural. Me senté a la mesa a compartir el desayuno con la familia, la señora Font me dio los buenos días amablemente, Jorgito ni me miró (estaba medio dormido), la sirvienta al llegar me hizo un saludo que denotaba simpatía; hasta ahí todo bien, tan bien que en algún momento llegué a pensar que acaso podía quedarme a vivir en la casita de María para el resto de mi vida. Pero entonces apareció Quim y su sola visión me erizó los pelos. Parecía no haber dormido en toda la noche, parecía recién salido de una sala de torturas o de una timba de verdugos, tenía el pelo revuelto, los ojos enrojecidos, no se había afeitado (ni duchado) y las manos las llevaba sucias con algo que en el dorso parecía manchas de yodo y en los dedos manchas de tinta. Por supuesto, no me saludó, aunque yo le di los buenos días de la manera más afable posible. Su mujer y sus hijas lo ignoraron. Al cabo de unos minutos, yo también lo ignoré. Su desayuno fue mucho más frugal que el nuestro: ingirió dos tazas de café negro y luego se fumó un cigarrillo arrugado que extrajo no de una cajetilla sino del bolsillo, mirándonos de una manera singular, como si nos retara pero al mismo tiempo como si no nos viera. Terminado el desayuno se levantó y me pidió que lo siguiera, que quería hablar un rato conmigo.

Miré a María, miré a Angélica, no vi en sus expresiones nada que me aconsejara desobedecer, lo seguí.

Era la primera vez que entraba al estudio de Quim Font y me sorprendió el tamaño de la habitación, mucho más pequeña que las otras de la casa. Allí se amontonaban sin orden ni concierto fotos y planos pegados con chinchetas en las paredes o desparramados por el suelo. Una mesa de delineante y una banqueta eran los únicos muebles y ocupaban más de la mitad del espacio del estudio. Olía a tabaco y a sudor.

–He estado trabajando casi toda la noche, no he podido pegar ojo –dijo Quim.

–¿Ah, sí? –dije yo, mientras pensaba que ya la había amolado, que Quim seguramente me oyó llegar la noche anterior, que nos vio a María y a mí por el único y exiguo ventanuco del estudio y que ahora venía la regañina.

–Sí, mira mis manos –dijo.

Extendió las dos manos a la altura de su pecho. Temblaban considerablemente.

–¿En algún proyecto? –pregunté con amabilidad mientras miraba los papeles extendidos sobre la mesa.

–No –dijo Quim–, en una revista, en una revista que va a salir próximamente.

No sé por qué, pero de inmediato pensé (o supe, como si él mismo me lo hubiera dicho) que se refería a la revista de los real visceralistas.

–Les voy a dar en la madre a todos los que me han criticado, sí señor –dijo.

Me aproximé a la mesa y estudié los diagramas y dibujos, levantando lentamente las hojas que se amontonaban sin orden ni concierto. El proyecto de revista era un caos de figuras geométricas y nombres o letras trazadas al azar. No me cupo ninguna duda de que el pobre señor Font estaba al borde del colapso nervioso.

–¿Qué te parece, eh?

–Interesantísimo –dije.

–Ya se van a enterar esos pendejos de lo que es la vanguardia, ¿verdad? Y eso que faltan los poemas, ¿ves? Aquí irán los poemas de ustedes.

El espacio que me señaló estaba lleno de rayas, rayas que imitaban la escritura, pero también de dibujitos, como cuando en los cómics alguien blasfema: serpientes, bombas, cuchillos, calaveras, tibias cruzadas, pequeñas explosiones atómicas. Por lo demás, cada página era un compendio de las ideas desmesuradas que Quim Font poseía sobre diseño gráfico.

–Mira, éste es el anagrama de la publicación.

Una serpiente (que tal vez sonreía, pero que más probablemente se retorcía en un espasmo de dolor) se mordía la cola con expresión golosa y sufriente, los ojos clavados como alfileres en el hipotético lector.

–Pero si aún nadie sabe cómo se va a llamar la revista –dije.

–Es igual. La serpiente es mexicana y además simboliza la circularidad. ¿Tú has leído a Nietzsche, García Madero? –dijo de pronto.

Confesé, con pesar, que no. Luego contemplé cada una de las páginas de la revista (eran más de sesenta) y cuando ya me disponía a irme, Quim me preguntó qué tal iban mis relaciones con su hija. Le dije que bien, que María y yo nos entendíamos cada día mejor, y después opté por callarme.

–Los padres sufrimos mucho –dijo–, sobre todo en el DF. ¿Cuántos días hace que no duermes en tu casa?

–Tres noches –dije.

–¿Y tu madre no está preocupada?

–Los llamé por teléfono, saben que estoy bien.

Quim me miró de arriba a abajo.

–No tienes muy buen aspecto, muchacho.

Me encogí de hombros. Ambos permanecimos durante un rato sin decir nada, pensativos, él tamborileando con los dedos sobre la mesa y yo mirando viejos planos de casas ideales (y que probablemente Quim nunca llegaría a ver realizadas) colgados con chinchetas de las paredes.

–Ven conmigo –dijo.

Lo seguí hasta su habitación, en el segundo piso, que era como cinco veces el tamaño de su estudio.

Abrió el closet y sacó una camisa deportiva de color verde.

–Pruébatela, a ver qué tal te queda.

Dudé unos momentos, pero los gestos de Quim eran perentorios, como si no hubiera tiempo que perder. Dejé mi camisa a los pies de la cama, una cama enorme en donde hubieran podido dormir Quim, su mujer y sus tres hijos, y me enfundé la camisa verde. Me iba bien.

–Te la regalo –dijo Quim. Luego se metió una mano en el bolsillo y me alargó unos billetes–: Para que invites a María a un refresco.

La mano le temblaba, el brazo extendido le temblaba, el otro brazo, que colgaba a su costado, también le temblaba y con la cara hacía visajes horribles que me obligaban a mantener la vista ocupada en cualquier otra parte. Le di las gracias, pero le aseguré que eso no podía aceptarlo.

–Qué raro –dijo Quim–, todo el mundo acepta mi dinero, mis hijas, mi hijo, mi mujer, mis empleados –usó el plural, aunque yo a esas alturas sabía perfectamente que no tenía ningún empleado, si acaso la sirvienta, pero él no se refería a la sirvienta–, incluso a mis jefes les encanta mi dinero y por eso se lo quedan.

–Muchísimas gracias –dije.

–¡Cógelo y métetelo en el bolsillo, chingado!

Cogí el dinero y lo guardé. Era bastante, aunque no tuve suficiente prestancia como para contarlo.

–Te lo devolveré apenas pueda –dije.

Quim se dejó caer de espaldas en la cama. Su cuerpo hizo un ruido apagado y luego vibró. Por un instante me pregunté si no sería una cama de agua.

–No te preocupes, muchacho. Estamos en este mundo para

ayudarnos. Tú me ayudas con mi hija, yo te ayudo con algo de suelto para tus gastos, digamos una mesada extra, ¿no?

Su voz sonaba cansada, a punto de caer agotado y dormirse, pero sus ojos seguían abiertos contemplando nerviosamente el cielorraso.

–Me gusta cómo me ha quedado la revista, les cerraré la boca a todos esos cabrones –dijo, pero ya su voz era un susurro.

–Ha quedado perfecta –dije.

–Claro, no por nada soy arquitecto –dijo él. Y después de un rato–: Nosotros también somos artistas, lo que pasa es que lo disimulamos retebién, ¿no?

–Claro que sí –dije.

Me pareció que roncaba. Miré su cara: tenía los ojos abiertos. ¿Quim?, dije. No contestó. Muy despacio, me acerqué a él y toqué el colchón. Algo en el interior de éste respondió a mi gesto. Burbujas del tamaño de una manzana. Me di la vuelta y abandoné el dormitorio.

El resto del día lo pasé con María y detrás de María.

Llovió un par de veces. Cuando acabó de llover, la primera vez, salió un arcoiris. La segunda vez no salió nada, nubes negras y la noche en el valle.

Catalina O'Hara es pelirroja, tiene veinticinco años, un hijo, está separada, es bonita.

También conocí a Laura Jáuregui, que fue compañera de Arturo Belano. Fue a la fiesta con Sofía Gálvez, el amor perdido de Ulises Lima.

Las dos son bonitas.

No, Laura es *mucho* más bonita.

Bebí más de la cuenta. Los real visceralistas pululaban por todas partes aunque más de la mitad eran en realidad estudiantes universitarios disfrazados.

Angélica y Pancho se fueron temprano.

En determinado momento de la noche, María me dijo: el desastre es inminente.

22 de noviembre

Desperté en casa de Catalina O'Hara. Mientras desayunaba, muy temprano (María no estaba, el resto de la casa dormía), con Catalina y su hijito Davy, a quien tenía que llevar a la guardería, recordé que la noche anterior, cuando ya sólo quedábamos unos pocos, Ernesto San Epifanio dijo que existía literatura heterosexual, homosexual y bisexual. Las novelas, generalmente, eran heterosexuales, la poesía, en cambio, era absolutamente homosexual, los cuentos, deduzco, eran bisexuales, aunque esto no lo dijo.

Dentro del inmenso océano de la poesía distinguía varias corrientes: maricones, maricas, mariquitas, locas, bujarrones, mariposas, ninfos y filenos. Las dos corrientes mayores, sin embargo, eran la de los maricones y la de los maricas. Walt Whitman, por ejemplo, era un poeta maricón. Pablo Neruda, un poeta marica. William Blake era maricón, sin asomo de duda, y Octavio Paz marica. Borges era fileno, es decir de improviso podía ser maricón y de improviso simplemente asexual. Rubén Darío era una loca, de hecho la reina y el paradigma de las locas.

–En nuestra lengua, claro está –aclaró–; en el mundo ancho y ajeno el paradigma sigue siendo Verlaine el Generoso.

Una loca, según San Epifanio, estaba más cerca del manicomio florido y de las alucinaciones en carne viva mientras que los maricones y los maricas vagaban sincopadamente de la Ética a la Estética y viceversa. Cernuda, el querido Cernuda, era un ninfo y en ocasiones de gran amargura un poeta maricón, mientras que Guillén, Aleixandre y Alberti podían ser considerados mariquita, bujarrón y marica, respectivamente. Los poetas tipo Carlos Pellicer eran, por regla general, bujarrones, mientras que poetas como Tablada, Novo, Renato Leduc eran mariquitas. De hecho, la poesía mexicana carecía de poetas maricones, aunque algún optimista pudiera pensar que allí estaba López Velarde o Efraín Huerta. Maricas, en cambio, abundaban, desde el matón (aunque por un segundo yo escuché mafioso) Díaz Mirón hasta el conspicuo Homero Aridjis. Debíamos remontarnos a Amado Nervo (silbidos) para hallar a un poeta de verdad, es decir a un poeta maricón, y no a un fileno como el ahora famoso y reinvindicado potosino Manuel José Othón, un pesado donde los haya. Y hablando de pesados: mariposa era Manuel Acuña y ninfo de los bosques de Grecia José Joaquín Pesado, perennes padrotes de cierta lírica mexicana.

–¿Y Efrén Rebolledo? –pregunté yo.

–Un marica menorcísimo. Su única virtud es la de ser si no el único, el primer poeta mexicano que publicó un libro en Tokio, *Rimas japonesas*, 1909. Era diplomático, por supuesto.

El panorama poético, después de todo, era básicamente la lucha (subterránea), el resultado de la pugna entre poetas maricones y poetas maricas por hacerse con la *palabra*. Los mariquitas, según San Epifanio, eran poetas maricones en su sangre que por debilidad o comodidad convivían y acataban –aunque no siempre– los parámetros estéticos y vitales de los maricas. En España, en Francia y en Italia los poetas maricas han sido legión, decía, al contrario de lo que podría pensar un lector no excesivamente atento. Lo que sucedía era que un poeta maricón como Leopardi, por ejemplo, reconstruye de alguna manera a los maricas como Ungaretti, Montale y Quasimodo, el trío de la muerte.

–De igual modo Pasolini repinta a la mariquería italiana actual, véase el caso del pobre Sanguinetti (con Pavese no me meto, era una loca triste, ejemplar único de su especie, o con Dino Campana, que come en mesa aparte, la mesa de las locas terminales). Para no hablar de Francia, gran lengua de fagocitadores, en donde cien poetas maricones, desde Villon hasta nuestra admirada Sophie Podolski cobijaron, cobijan y cobijarán con la sangre de sus tetas a diez mil poetas maricas con su corte de filenos, ninfos, bujarrones y mariposas, excelsos directores de revistas literarias, grandes traductores, pequeños funcionarios y grandísimos diplomáticos del Reino de las Letras (véase, si no, el lamentable y siniestro discurrir de los poetas de *Tel Quel*). Y no digamos nada de la mariconería de la Revolución Rusa en donde, si hemos de ser sinceros, sólo hubo un poeta maricón, uno solo.

–¿Quién? –le preguntaron.

–¿Maiacovski?

–No.

–¿Esenin?

–Tampoco.

–¿Pasternak, Blok, Mandelstam, Ajmátova?

–Menos.

–Dilo de una vez, Ernesto, que me estoy comiendo las uñas.

–Sólo uno –dijo San Epifanio–, y ahora te saco de la duda, pero eso sí, maricón de las estepas y de las nieves, maricón de la cabeza a los pies: Khlebnikov.

Hubo opiniones para todos los gustos.

–Y en Latinoamérica, ¿cuántos maricones verdaderos podemos encontrar? Vallejo y Martín Adán. Punto y aparte. ¿Macedonio Fernández, tal vez? El resto, maricas tipo Huidobro, mariposas tipo Alfonso Cortés (aunque éste tiene versos de maricona auténtica), bujarrones tipo León de Greiff, ninfos abujarronados tipo Pablo de Rokha (con ramalazos de loca que hubieran vuelto loco a Lacan), mariquitas tipo Lezama Lima, falso lector de

Góngora, y junto con Lezama todos los poetas de la Revolución Cubana (Diego, Vitier, el horrible Retamar, el penoso Guillén, la inconsolable Fina García) excepto Rogelio Nogueras, que es un encanto y una ninfa con espíritu de maricón juguetón. Pero sigamos. En Nicaragua dominan mariposas tipo Coronel Urtecho o maricas con voluntad de filenos, tipo Ernesto Cardenal. Maricas también son los Contemporáneos de México...

–¡No –gritó Belano–, Gilberto Owen no!

–De hecho –prosiguió imperturbable San Epifanio–, *Muerte sin fin* es, junto con la poesía de Paz, La Marsellesa de los nerviosísimos y sedentarios poetas mexicanos maricas. Más nombres: Gelman, ninfo, Benedetti, marica, Nicanor Parra, mariquita con algo de maricón, Westphalen, loca, Enrique Lihn, mariquita, Girondo, mariposa, Rubén Bonifaz Nuño, bujarrón amariposado, Sabines, bujarrón abujarronado, nuestro querido e intocable Josemilio Pe, loca. Y volvamos a España, volvamos a los orígenes –silbidos–: Góngora y Quevedo, maricas; San Juan de la Cruz y Fray Luis de León, maricones. Ya está todo dicho. Y ahora, algunas diferencias entre maricas y maricones. Los primeros piden hasta en sueños una verga de treinta centímetros que los abra y fecunde, pero a la hora de la verdad les cuesta Dios y ayuda encamarse con sus padrotes del alma. Los maricones, en cambio, pareciera que vivan permanentemente con una estaca removiéndoles las entrañas y cuando se miran en un espejo (acto que aman y odian con toda su alma) descubren en sus propios ojos hundidos la identidad del Chulo de la Muerte. El chulo, para maricones y maricas, es la palabra que atraviesa ilesa los dominios de la nada (o del silencio o de la otredad). Por lo demás, y con buena voluntad, nada impide que maricas y maricones sean buenos amigos, se plagien con finura, se critiquen o se alaben, se publiquen o se oculten mutuamente en el furibundo y moribundo país de las letras.

–¿Y Cesárea Tinajero, es una poeta maricona o marica? –preguntó alguien. No reconocí la voz.

–Ah, Cesárea Tinajero es el horror –dijo San Epifanio.

23 de noviembre

Le conté a María que su padre me dio dinero.

–¿Crees que soy una puta? –dijo.

–¡Por supuesto que no!

–¡Pues entonces no aceptes la lana de ese viejo loco! –dijo.

Esta tarde fuimos a una conferencia de Octavio Paz. En el metro María no me dirigió la palabra. Nos acompañó Angélica y allí, en la Capilla Alfonsina, nos encontramos con Ernesto San Epifanio. A la salida nos metimos en un restaurante de la calle Palma atendido por octogenarios. El restaurante se llamaba La Palma de la Vida. De pronto me sentí atrapado. Los meseros, que de un momento a otro se iban a morir, la indiferencia de María, como si ya se hubiera cansado de mí, la sonrisa de San Epifanio, lejana e irónica, e incluso Angélica que estaba igual que siempre, me parecieron una trampa, un comentario jocoso sobre mi propia existencia.

Para colmo, según ellos, yo no había entendido nada de la conferencia de Octavio Paz y puede que tuvieran razón, sólo me había fijado en las manos del poeta que llevaban el compás de las palabras que iba leyendo, seguramente un tic adquirido en su adolescencia.

–Este chavo es un compendio de incultura –dijo María–, el ejemplar típico de la Facultad de Derecho.

Preferí no contestarle. (Aunque se me ocurrieron varias respuestas.) ¿En qué pensé entonces? En mi camisa que apestaba. En el dinero de Quim Font. En la poeta Laura Damián muerta tan joven. En la mano derecha de Octavio Paz, en sus dedos índice y medio, en su dedo anular, en sus dedos pulgar y meñique que cortaban el aire de la Capilla como si en ello *nos* fuera la vida. También pensé en mi casa y en mi cama.

Después aparecieron dos tipos de pelo largo y pantalones de cuero. Parecían músicos pero eran estudiantes de la Escuela de Danza.

Durante mucho rato dejé de existir.

–¿Por qué me odias, María? ¿Qué te he hecho? –le pregunté al oído.

Ella me miró como si le hablara desde otro planeta. No seas ridículo, dijo.

Ernesto San Epifanio escuchó su respuesta y me sonrió de una forma inquietante. ¡En realidad todo el mundo la escuchó y todos me sonrieron como si yo me estuviera volviendo loco! Creo que cerré los ojos. Intenté meterme en alguna conversación. Intenté hablar de los poetas real visceralistas. Los seudomúsicos se rieron. En algún momento María besó a uno de ellos y Ernesto San Epifanio me dio unas palmadas en la espalda. Recuerdo que le atrapé la mano en el aire o le agarré el codo y le dije mirándolo a los ojos que se estuviera tranquilo, que yo no necesitaba ninguna clase de consuelo. Recuerdo que María y Angélica decidieron irse con los bailarines. Recuerdo haberme oído gritar en algún momento de la noche:

–¡La pasta de tu padre me la gané!

Pero no recuerdo si estaba María para escucharme o si para entonces ya estaba solo.

24 de noviembre

He vuelto a casa. He vuelto a la facultad (pero no he entrado). Me gustaría acostarme con María. Me gustaría acostarme con Catalina O'Hara. Me gustaría acostarme con Laura Jáuregui. A veces me gustaría irme a la cama con Angélica, pero Angélica cada minuto que pasa está más ojerosa, más pálida, más delgada, más ausente.

25 de noviembre

Hoy sólo he visto a Barrios y a Jacinto Requena en el café Quito y nuestra conversación ha sido más bien melancólica, como si estuviéramos en las vísperas de algo irreparable. De todos modos, nos reímos bastante. Me contaron que una vez Arturo Belano dio una conferencia en la Casa del Lago y que cuando le tocó hablar se olvidó de todo, creo que la conferencia era sobre poesía chilena y Belano improvisó una charla sobre películas de terror. Otra vez, la conferencia la dio Ulises Lima y no fue nadie. Así estuvimos hasta que cerraron.

26 de noviembre

No encontré a nadie en el café Quito y no tenía ganas de sentarme en una mesa y ponerme a leer en medio del bullicio tristón de aquella hora. Durante un rato estuve caminando por Bucareli, llamé a María por teléfono, no la encontré, pasé dos veces frente al Encrucijada Veracruzana, a la tercera entré y allí, junto a la barra, estaba Rosario.

Pensé que no me reconocería. ¡Yo mismo, por momentos, no me reconozco! Pero Rosario me miró y me sonrió y al cabo de un rato, lo que tardó en atender una mesa llena de borrachines patibularios, se acercó a donde yo estaba.

–¿Ya has escrito mi poesía? –dijo sentándose a mi lado. Rosario tiene los ojos oscuros, yo diría que negros, y las caderas anchas.

–Más o menos –dije con una ligerísima sensación de triunfo.

–A ver, léemela.

–Mis poemas no son para ser recitados, sino para ser leídos –dije. Creo que José Emilio Pacheco hace poco afirmó algo similar.

–Pues por eso, léemelo –dijo Rosario.

–Lo que quiero decir es que mejor lo lees tú.

–No, mejor tú. Si lo leo yo, igual no lo entiendo.

Cogí al azar uno de mis más recientes poemas y se lo leí.

–No lo entiendo –dijo Rosario–, pero es igual, se te agradece.

Durante un instante estuve aguardando a que me invitara a pasar a la bodega. Pero Rosario no era Brígida, eso se notaba de inmediato. Luego me puse a pensar en el abismo que separa al poeta del lector y cuando me quise dar cuenta ya estaba profundamente deprimido. Rosario, que se había marchado a atender otras mesas, volvió junto a mí.

–¿A Brígida también le has escrito unos versitos? –dijo mirándome a los ojos, sus piernas rozando el borde de la mesa.

–No, sólo a ti –dije.

–Ya me platicaron lo que pasó el otro día.

–¿Qué pasó el otro día? –dije intentando mostrarme frío, amable, eso también, pero frío.

–La pobre Brígida ha llorado por ti –dijo Rosario.

–¿Y cómo es eso? ¿Tú la has visto?

–Todas la hemos visto. Va como loca por tus huesos, señor poeta. Tú debes de tener algo especial con las mujeres.

Creo que me ruboricé aunque al mismo tiempo me sentí halagado.

–No es nada... especial –murmuré–. ¿Ella te ha contado algo?

–Me ha contado muchas cosas, ¿quieres que te las diga?

–Bueno –dije, aunque en realidad no estaba muy seguro de querer escuchar las confidencias de Brígida. Casi instantáneamente me aborrecí por esto. El ser humano es desagradecido, me dije, olvidadizo, ingrato.

–Pero aquí no –dijo Rosario–. Dentro de un rato me voy a tomar una hora libre. ¿Sabes dónde está la pizzería del gringo? Espérame allí.

Le dije que eso haría y salí del Encrucijada Veracruzana. Afuera el día se había nublado y un viento fuerte obligaba a las personas a caminar más aprisa que de costumbre o a protegerse en los umbrales de las tiendas. Al pasar delante del café Quito eché una mirada y no vi a ningún conocido. Por un instante pensé en llamar otra vez a María, pero no lo hice.

La pizzería estaba llena y la gente comía de pie las raciones que el gringo en persona cortaba con un gran cuchillo de cocina. Durante un rato lo estuve observando. Pensé que el negocio le debía de dar bastante dinero y me alegré porque el gringo parecía simpático. Todo lo hacía él: preparar la masa, poner el tomate y la mozzarella, meter las pizzas en el horno, cortarlas, entregarlas a los clientes que se amontonaban en la barra, preparar más pizzas y vuelta a empezar. Todo, menos cobrar y dar el cambio. De esta operación se encargaba un muchacho de unos quince años, moreno, con el pelo muy corto y que a cada rato consultaba con el gringo en voz muy baja, como si aún no supiera muy bien los precios o estuviera flojo en matemáticas. Al cabo de un rato me fijé en otro detalle curioso. El gringo no se separaba jamás de su gran cuchillo de cocina.

–Ya estoy aquí –dijo Rosario tirándome de una manga.

No parecía la misma en la calle que en el interior del Encrucijada Veracruzana. Al aire libre su cara era menos firme, sus facciones más transparentes, volatilizadas, como si en la calle corriera el riesgo de convertirse en la mujer invisible.

–Caminamos un ratito y luego te invitas algo, ¿okey?

Echamos a andar en dirección a Reforma. Rosario me tomó del brazo al cruzar la primera calle y ya no me soltó.

–Quiero ser como tu mamá –dijo–, pero no me malinterpretes, yo no soy una puta como la Brígida esa, yo quiero ayudarte, tratarte bien, quiero estar contigo cuando seas famoso, mi vida.

Esta mujer debe estar loca, pensé, pero no dije nada, me limité a sonreír.

27 de noviembre

Todo se está complicando. Están sucediendo cosas horribles. Por las noches me despierto gritando. Sueño con una mujer con la cabeza de una vaca. Sus ojos me miran con fijeza. En realidad, con una tristeza conmovedora. Para colmo, he tenido una pequeña conversación de «hombre a hombre» con mi tío. Me hizo jurarle que no tomaba drogas. No, le dije, no tomo drogas, te lo juro. ¿Nada de nada?, dijo mi tío. ¿Eso qué quiere decir?, dije yo. ¡Cómo que qué quiere decir!, rugió él. Pues eso, ¿qué quiere decir?, sé un poco más preciso, por favor, dije yo encogiéndome como un caracol. Por la noche telefoneé a María. No estaba, pero hablé un rato con Angélica. ¿Cómo estás?, me dijo. La verdad es que no muy bien, dije yo, en realidad bastante mal. ¿Estás enfermo?, dijo Angélica. No, nervioso. Yo tampoco estoy muy bien, dijo Angélica, apenas duermo. Me hubiera gustado preguntarle más cosas, de ex virgen a ex virgen, pero no lo hice.

28 de noviembre

Siguen sucediendo cosas horribles, sueños, pesadillas, impulsos que sigo y que están completamente fuera de mi control. Como cuando tenía quince años y no paraba de masturbarme. ¡Tres pajas al día, cinco pajas al día, nada era suficiente! Rosario quiere casarse conmigo. Le dije que yo no creía en el matrimonio. Bueno, se rió ella, casarse, no casarse, lo que quiero decir es que NECESITO vivir contigo. ¿Vivir juntos, dije yo, en la MISMA casa? Pues claro, en la misma casa, o en el mismo CUARTO si no tenemos dinero para ALQUILAR una casa. Incluso en una cueva, dijo, no soy nada EXIGENTE. La cara le brillaba, no sé si de sudor o de pura fe en lo que decía. La primera vez que lo hicimos fue en su casa, una vecindad perdida en la colonia Merced Balbuena, a pocos pasos de la Calzada de la Viga. El cuarto estaba lleno de postales de Veracruz y de fotografías de artistas de cine pegadas con chinchetas de las paredes.

–¿Es la primera vez, papacito? –me preguntó Rosario.

No sé por qué le dije que sí.

29 de noviembre

Me muevo como arrastrado por las olas. Hoy he ido sin que nadie me invitara y sin anunciarme a casa de Catalina O'Hara. La encontré de casualidad, acababa de llegar, tenía los ojos enrojecidos, señal inequívoca de que había estado llorando. Al principio no me reconoció. Le pregunté por qué lloraba. Por asuntos de amores, dijo. Tuve que morderme la lengua para no decirle que si necesitaba a alguien ahí estaba yo, dispuesto a lo que fuera. Nos bebimos un whisky, lo necesito, dijo Catalina y después salimos a buscar a su hijo a la guardería. Catalina conducía como una suicida y me mareé. De vuelta a casa, mientras yo jugaba con su hijo en el asiento trasero, me preguntó si quería ver sus cuadros. Dije que sí. Al final nos acabamos media botella de whisky y Catalina después de acostar a su hijo volvió a llorar. No te acerques, me dije, es una MADRE. Luego pensé en tumbas, en coger sobre una tumba, en dormir sobre una tumba. Por suerte a los pocos minutos llegó la pintora con la que comparte la casa y el estudio y entre los tres nos pusimos a preparar la cena. La amiga de Catalina también está separada, pero evidentemente lo lleva mucho mejor. Mientras comíamos se dedicó a contar chistes. Chistes de pintores. Nunca había escuchado a una mujer contar chistes tan buenos (desgraciadamente no recuerdo ni uno). Después, no sé por qué, se pusieron a hablar de Ulises Lima y Arturo Belano. Según la amiga de Catalina había un poeta de dos metros de altura y cien kilos de peso, sobrino de una funcionaria de la UNAM, que los buscaba para pegarles. Ellos, sabedores de esa búsqueda, habían desaparecido. Sin embargo a Catalina O'Hara no la convenció esta versión; según ella nuestros amigos andaban tras los papeles perdidos de Cesárea Tinajero, ocultos en hemerotecas y librerías de viejo del DF. Salí de allí a las doce y cuando estuve en la calle de pronto no supe hacia dónde ir. Llamé por teléfono a María, dispuesto a contarle toda mi historia con Rosario (y de paso el *affaire* en la bodega con Brígida), y pedirle perdón, pero el teléfono sonó y sonó y nadie contestó a mi llamada. La familia Font al completo había desaparecido. Así que dirigí mis pasos hacia el sur, hacia el cuarto de azotea de Ulises Lima. Cuando llegué no había nadie, por lo que terminé encaminándome hacia el centro, una vez más, hacia la calle Bucareli. Ya allí, antes de ir al Encrucijada, me asomé a los ventanales del café Amarillo (el Quito había cerrado). En una mesa vi a Pancho Rodríguez. Estaba solo delante de un café con leche a medio consumir. Tenía un libro ante sí, una mano sobre las páginas para evitar que se cerrara, y su rostro estaba contraído en una expresión de dolor intenso. De vez en cuando hacía visajes que observados desde el ventanal resultaban espantosos. O el libro que leía lo afectaba de una forma desgarradora o estaba sufriendo un dolor de muelas. En determinado momento levantó la cabeza y miró hacia todas partes, como si intuyera que era observado. Me oculté. Cuando me volví a asomar Pancho seguía leyendo y de su rostro había desaparecido la expresión de dolor. En el Encrucijada aquella noche trabajaban Rosario y Brígida. Primero se me acercó Brígida. En su expresión percibí inquina, rencor, pero también el sufrimiento de aquellos que han sido rechazados. ¡Sinceramente, me dio pena! ¡Todo el mundo sufría! Le pedí un tequila y escuché sin inmutarme lo que tenía que decirme. Luego vino Rosario y dijo que no le gustaba verme de pie en la barra, escribiendo como un huérfano. No hay ninguna mesa desocupada, le dije y seguí escribiendo. Mi poema se llama «Todos sufren». No me importa que me miren.

30 de noviembre

Ayer por la noche ocurrió algo terrorífico. Estaba en el Encrucijada Veracruzana, apoyado en la barra, escribiendo indistintamente mi diario y algunos poemas (puedo saltar de una disciplina a otra sin ningún problema), cuando Rosario y Brígida empezaron a mentarse sus respectivas madres en el fondo del local. Los borrachines patibularios rápidamente tomaron partido por una u otra y empezaron a jalearlas con tanta energía que perdí de golpe la concentración necesaria para escribir, así que decidí esfumarme lo antes posible de aquel antro.

En la calle un aire fresco, ignoro qué hora era, pero era tarde, me golpeó en la cara y mientras caminaba fui recuperando si no la inspiración (¿existe la inspiración?) sí la disposición y las ganas de escribir. Doblé por el Reloj Chino y empecé a caminar en dirección a la Ciudadela buscando un café en el cual proseguir con mi trabajo. Atravesé el jardín Morelos, vacío y fantasmal pero en cuyos rincones se adivina una vida secreta, cuerpos y risas (o risitas) que se burlan del paseante solitario (o eso me pareció entonces), atravesé Niños Héroes, atravesé la plaza Pacheco (que conmemora al abuelito de José Emilio y que estaba vacía, pero esta vez sin sombras y sin risas) y cuando ya me disponía a tirar por Revillagigedo en dirección a la Alameda, de una esquina surgió o se materializó Quim Font. Me llevé un susto de muerte. Llevaba traje y corbata (pero *algo* había en el traje y en la corbata que no encajaban de ninguna manera), y arrastraba a una muchacha a quien tenía firmemente asida por el codo. Iban en mi misma dirección, aunque por la acera opuesta, y tardé unos segundos en reaccionar. La muchacha a la que Quim arrastraba no era Angélica, como irrazonablemente supuse al verla, aunque su estatura y su físico contribuían a la confusión.

La disposición de la muchacha a seguir a Quim era manifiestamente escasa, aunque tampoco se podía decir que oponía demasiada resistencia. Cuando estuve a su altura, íbamos por Revillagigedo rumbo a la Alameda, me los quedé mirando fijamente, como para asegurarme de que aquel transeúnte nocturno era Quim y no una visión, y entonces éste también me vio y no tardó más de un segundo en reconocerme.

–¡García Madero! –gritó–. ¡Hombre, ven para acá!

Crucé la calle tomando o haciendo ver que tomaba unas precauciones inútiles (pues en ese momento no circulaba ningún vehículo por Revillagigedo), tal vez para dilatar en unos segundos mi encuentro con el padre de María. Cuando alcancé la otra acera la muchacha levantó la cabeza y me miró. Era Lupe, a quien había conocido en la colonia Guerrero. No dio señales de recordarme. Por supuesto, lo primero que pensé fue que Quim y Lupe buscaban un hotel.

–¡Has llegado que ni caído del cielo, hombre! –dijo Quim Font.

Saludé a Lupe.

–Qué hubo –dijo ésta con una sonrisa que me heló el corazón.

–Estoy buscándole un refugio a esta señorita –dijo Quim–, pero no encuentro un pinche hotel decente en todo el barrio.

–Pues aquí hay bastantes hoteles –dijo Lupe–. Di mejor que no quieres gastarte mucho dinero.

–El dinero no es ningún problema. Si lo tienes, lo tienes, y si no lo tienes, pues no lo tienes.

Recién entonces noté que Quim estaba muy nervioso. La mano con la que tenía agarrada a Lupe le temblaba de forma espasmódica, como si el brazo de Lupe estuviera cargado de electricidad. Parpadeaba con fiereza y se mordía los labios.

–¿Hay algún problema? –pregunté.

Quim y Lupe me miraron durante unos instantes (los dos parecían a punto de explotar) y después se rieron.

–Un chingo de problemas –dijo Lupe.

–¿Conoces algún sitio en donde podamos ocultar a esta damisela? –dijo Quim.

Podía estar muy nervioso, sin duda, pero también estaba muy feliz.

–No sé –dije por decir algo.

–¿En tu casa es imposible, verdad? –dijo Quim.

–Absolutamente imposible.

–¿Por qué no me dejas resolver yo sola mis problemas? –dijo Lupe.

–¡Porque nadie escapa de mi solidaridad! –dijo Quim guiñándome un ojo–. Y además porque sé que no serías capaz de hacerlo.

–Vamos a tomarnos un café con leche –dije yo–, y ya se nos ocurrirá algo.

–No me esperaba menos de ti, García Madero –dijo Quim–, sabía que no me ibas a dejar en la estacada.

–¡Pero si te he encontrado de pura casualidad! –dije yo.

–Ay, las casualidades –dijo Quim respirando a pleno pulmón, como el titán de la calle Revillagigedo–, valen verga las casualidades. A la hora de la verdad todo está escrito. A eso los pinches griegos lo llamaban destino.

Lupe lo miró y le sonrió como se sonríe a los locos. Iba vestida con una minifalda y un suéter negro. El suéter me pareció que era de María, al menos olía a María.

Nos pusimos a caminar, doblamos a la derecha por Victoria hasta Dolores. Allí nos metimos en un café chino. Nos sentamos enfrente de un tipo de aspecto cadavérico que leía el periódico. Quim inspeccionó el local y luego se encerró unos minutos en el baño. Lupe lo siguió con la vista y por un instante su mirada me pareció la de una mujer enamorada. En ese momento no me cupo duda alguna de que se habían ido a la cama o de que pensaban hacerlo en los próximos minutos.

Cuando Quim volvió se había lavado las manos, la cara y echado agua en el pelo. Como no había toalla en el baño no se había secado y el agua le chorreaba por las sienes.

–Estos lugares me traen el recuerdo de uno de los momentos más horribles de mi vida –dijo.

Luego se quedó callado. Lupe y yo también permanecimos en silencio durante un rato.

–Cuando yo era joven conocí a un mudo, mejor dicho a un sordomudo –prosiguió Quim tras una breve reflexión–. El sordomudo frecuentaba la cafetería de estudiantes a la que siempre íbamos un grupo de amigos de Arquitectura. Entre ellos el pintor Pérez Camargo, seguro que conocen su obra o les suena. Y en la cafetería siempre encontrábamos al sordomudo que vendía lapiceros, juguetes, hojitas con el lenguaje de los sordomudos impreso, en fin, cosas sin importancia para sacarse algunos pesos extra. Era un tipo simpático y a veces venía a sentarse a nuestra mesa. La mera verdad, creo que algunos lo consideraban, de manera bastante estúpida, la mascota del grupo y creo que más de uno, por puro juego, aprendió algunos signos del lenguaje de los sordomudos. O puede que fuera el mismo sordomudo el que nos lo enseñara, ya no lo recuerdo. Una noche, sin embargo, entré en un café chino como éste, pero en la colonia Narvarte, y de sopetón me encontré al sordomudo. No sé qué demonios andaba haciendo yo por ahí, no era un barrio que visitara asiduamente, tal vez saliera de la casa de una amiga, lo cierto es que yo estaba un poco alterado, digamos que pasando por una de mis depresiones cíclicas. Era tarde. El chino estaba vacío. Yo me senté en la barra o en una mesa cercana a la puerta. Al principio pensé que era el único cliente del café. Pero cuando me levanté y fui al baño (¡a hacer alguna necesidad o a llorar a gusto!) encontré al sordomudo en la parte de atrás del café, en una especie de segunda habitación. Él también estaba solo y leía un periódico y no me vio. Lo que son las cosas. Al pasar no me vio y yo no lo saludé. No me sentí capaz de soportar su alegría, supongo. Pero cuando salí del baño de alguna manera todo había cambiado y decidí saludarlo. Él seguía allí, leyendo, y yo le dije hola, y le moví un poco la mesa para que notara mi presencia. Entonces el sordomudo levantó la vista, parecía medio dormido, me miró sin reconocerme y me dijo hola.

–Carajo –dije yo y se me pusieron los pelos de punta.

–Estamos en la misma onda, García Madero –dijo Quim mirándome con simpatía–, yo también sentí miedo. La verdad, a duras penas me controlé para no salir huyendo de aquel chino desconocido.

–No sé de qué tuviste miedo –dijo Lupe.

Quim no le hizo caso.

–Con gran esfuerzo me controlé para no salir dando gritos –dijo–. Me retuvo la certeza de que por el momento el sordomudo no me había reconocido y la obligación de pagar mi consumición. Sin embargo, no fui capaz de terminar el café con leche y cuando estuve en la calle eché a correr sin ninguna vergüenza.

–Ya me lo imagino –dije yo.

–Fue como ver al demonio –dijo Quim.

–El tipo hablaba sin ningún problema –dije yo.

–¡Sin ningún problema! Levantó la vista y me dijo hola. Hasta tenía una voz bien timbrada, caray.

–No era el demonio –dijo Lupe–, aunque puede, nunca se sabe, pero yo no creo que en este caso fuera el demonio.

–Hombre, yo no creo en el demonio, Lupe, es una manera de hablar –dijo Quim.

–¿Tú quién crees que era? –dije yo.

–Un chivato. Un confidente de la policía –dijo Lupe con una sonrisa de oreja a oreja.

–Pues tienes razón, es verdad –dije yo.

–¿Y por qué se iba a acercar a nosotros fingiendo que era mudo? –dijo Quim.

–Sordomudo –dije yo.

–Pues porque eran estudiantes –dijo Lupe.

Quim miró a Lupe como si la fuera a besar.

–Qué inteligente eres, Lupita.

–No te burles de mí –dijo ella.

–Lo digo en serio, carajo.

A la una de la mañana salimos del café chino y nos pusimos a buscar un hotel. A eso de las dos lo encontramos finalmente en Río de la Loza. Por el camino me explicaron qué era lo que le pasaba a Lupe. Su padrote había intentado matarla. Cuando pregunté el motivo me dijeron que porque Lupe ya no quería trabajar por las tardes sino estudiar.

–Te felicito, Lupe –le dije–, qué es lo que vas a estudiar.

–Danza contemporánea –dijo ella.

–¿En la Escuela de Danza, junto con María?

–Ahí mero. Con Paco Duarte.

–¿Pero ya te has inscrito, así no más, sin pasar por ningún examen?

Quim me miró como desde otra dimensión:

–Lupe también tiene sus amigos influyentes, García Madero, y todos estamos dispuestos a ayudarla. No va a necesitar pasar por ningún examen de la chingada.

El hotel se llamaba La Media Luna y contra lo que yo esperaba, tras revisar el cuarto y hablar durante unos segundos a solas con el recepcionista, Quim Font se despidió de Lupe deseándole buenas noches y recomendándole que no se le fuera a ocurrir irse de allí sin avisar. Lupe se despidió de nosotros en la puerta de su cuarto. No nos acompañes, le dijo Quim. Más tarde, mientras caminábamos rumbo a Reforma me explicó que había tenido que dar una pequeña propina al recepcionista para que aceptara a Lupe sin hacer muchas preguntas, pero sobre todo, llegado el caso, sin avanzar demasiadas respuestas.

–El miedo que tengo –me dijo– es que esta noche su chulo visite todos los hoteles del DF.

Le sugerí que tal vez la policía podía solucionar el asunto o al menos ponerle coto a aquel hombre.

–No seas pendejo, García Madero, ese tal Alberto tiene amigos policías, si no cómo crees que organiza sus redes de prostitución. Todas las putas del DF están controladas por la policía.

–Hombre, Quim, me cuesta creerlo –le dije–, tal vez hay agentes que reciben su mordida para hacer la vista gorda, pero que todos...

–El negocio de la prostitución en el DF y en todo México lo controla la policía, entérate de una vez –dijo Quim. Y al cabo de un rato añadió–: En esto estamos solos.

En Niños Héroes cogió un taxi. Antes de subir me hizo prometerle que al día siguiente estaría a primera hora en su casa.

1 de diciembre

No fui a casa de las Font. Estuve todo el día cogiendo con Rosario.

2 de diciembre

Me encontré a Jacinto Requena paseando por Bucareli.

Fuimos a comprar dos trozos de pizza donde el gringo. Mientras comíamos me dijo que Arturo había hecho la primera purga en el realismo visceral.

Me quedé helado. Le pregunté a cuántos había echado. A cinco, dijo Requena. Supongo que yo no estoy entre ellos, dije yo. No, tú no, dijo Requena. La noticia me proporcionó un gran alivio. Los purgados eran Pancho Rodríguez, Piel Divina, y tres poetas a quienes no conocía.

Mientras yo permanezco en la cama con Rosario, pensé, la poesía de vanguardia mexicana experimenta sus primeras fisuras.

Todo el día deprimido, pero escribiendo y leyendo como una locomotora.

3 de diciembre

Debo reconocer que en la cama me lo paso mejor con Rosario que con María.

4 de diciembre

¿Pero a quién amo? Ayer llovió toda la noche. Los pasillos de la vecindad parecían las cataratas del Niágara. Hice el amor llevando la cuenta. Rosario estuvo fantástica, pero por mor al éxito del experimento preferí no advertírselo. Se vino quince veces. Las primeras le tenía que tapar la boca para que no despertara a los vecinos. Las últimas temí que le fuera a dar un ataque al corazón. A veces parecía desmayarse entre mis brazos y otras veces se arqueaba como si un fantasma estuviera jugando con su columna vertebral. Yo me vine tres veces. Luego salimos los dos al pasillo y nos bañamos con la lluvia que caía del pasillo de arriba. Es extraño: mi sudor es caliente y el sudor de Rosario es frío, reptiliano, y tiene un sabor agridulce (el mío es claramente salado). En total estuvimos cuatro horas cogiendo. Después Rosario me secó, se secó, arregló el cuarto en un santiamén (es increíble lo hacendosa y práctica que es esta mujer) y se puso a dormir pues al día siguiente tenía que trabajar. Yo me acomodé en la mesa y escribí un poema que titulé «15/3». Después me puse a leer a William Burroughs hasta que amaneció.

5 de diciembre

Hoy he cogido con Rosario de doce de la noche a cuatro y media de la mañana y he vuelto a cronometrarla. Se vino diez veces, yo dos. Sin embargo el tiempo empleado en hacer el amor fue mayor que el de ayer. Entre poema y poema (mientras Rosario dormía) hice algunos cálculos matemáticos. Si en cuatro horas te corres quince veces, en cuatro horas y media te deberías correr dieciocho veces, y en modo alguno diez. Lo mismo vale para mí. ¿Es posible que la rutina ya comience a afectarnos?

Luego está María. Cada día pienso en ella. Me gustaría verla, coger con ella, hablar con ella, llamarla por teléfono, pero a la hora de la verdad soy incapaz de dar un solo paso en su dirección. Y luego, cuando examino fríamente mis encuentros sexuales con ella y con Rosario, sin duda alguna tengo que reconocer que con Rosario me lo paso mejor. ¡Al menos aprendo más!

6 de diciembre

Hoy he cogido con Rosario de tres a cinco de la tarde. Se vino dos veces, puede que tres, no lo sé y prefiero dejar ese guarismo en el enigma, y yo dos veces. Antes de que se fuera a trabajar le conté la historia de Lupe. Contra lo que yo esperaba no manifestó ninguna simpatía por ella ni por Quim ni por mí. Le hablé también de Alberto, el chulo de Lupe, y para mi sorpresa demostró bastante comprensión por éste, reprochándole tan sólo, y ciertamente no de forma tajante, su oficio de padrote. Cuando le dije que el tal Alberto podía ser una persona muy peligrosa y que cabía el riesgo de que, de encontrar a Lupe, la dejara marcada, respondió que una mujer que abandona a su hombre se merecía eso y más.

–Pero tú no te tienes que preocupar, mi vida –dijo–, ésos no son tus problemas, gracias a Dios tú tienes a tu verdadero amor a tu lado.

La declaración de Rosario me entristeció. Por un instante me imaginé a ese Alberto que no conocía, con su verga enorme y su cuchillo enorme y una mirada feroz en la jeta y pensé que de encontrárselo por la calle Rosario se sentiría atraída por él. También: que de alguna manera ese hombre se interponía entre María y yo. Por un instante, digo, me imaginé a Alberto midiéndose la verga con su cuchillo de cocina y me imaginé las notas de una canción llena de evocaciones y sugerencias, aunque sería incapaz de decir de qué tipo, que entraba por la ventana (¡una ventana siniestra!) junto con el aire de la noche, y todo junto me produjo una gran tristeza.

–No se me achicope, mi vida –dijo Rosario.

Y también me imaginé a María haciendo el amor con Alberto. Y a Alberto dándole palmadas en las nalgas a María. Y a Angélica haciendo el amor con Pancho Rodríguez (¡ex real visceralista, gracias a Dios!). Y a María haciendo el amor con Piel Divina. Y a Alberto haciendo el amor con Angélica y María. Y a Alberto haciendo el amor con Catalina O'Hara. Y a Alberto haciendo el amor con Quim Font. Y en el segundo postrero, como dice el poeta, imaginé finalmente a Alberto avanzando sobre una alfombra de cuerpos manchados de semen (un semen cuya densidad y color engañaban a la vista pues parecía sangre y mierda) hacia la colina en la cual yo estaba, quieto como una estatua, aunque con todas mis fuerzas quería huir, bajar corriendo por la ladera contraria y perderme en el desierto.

7 de diciembre

Hoy he ido a la oficina de mi tío y se lo he dicho:

–Tío –le dije–, estoy viviendo con una mujer. Por eso no voy a dormir a casa. Pero ni usted ni mi tía se tienen que preocupar porque sigo yendo a la facultad y pienso sacar la carrera. Por lo demás estoy muy bien. Desayuno bien. Como dos veces al día.

Mi tío me miró sin levantarse de su escritorio.

–¿Con qué dinero piensas vivir? ¿Has encontrado trabajo o te mantiene ella?

Le contesté que aún no lo sabía y que de momento, en efecto, era Rosario la que pagaba mis gastos, por lo demás muy frugales.

Quiso saber quién era la mujer con la que vivía y se lo dije. Quiso saber qué hacía. Se lo dije, tal vez endulzando un poco las prosaicas aristas del trabajo de mesera de bar. Quiso saber qué edad tenía. A partir de ese momento, contra mi propósito inicial, todo fueron mentiras. Admití que Rosario tenía dieciocho cuando es casi seguro que tiene más de veintidós, puede que veinticinco, aunque esto lo calculo a volea, nunca se lo he preguntado, no me parece correcto recabar esta información si no es por iniciativa de ella.

–Sólo te pido que no quedes como un pendejo –dijo mi tío y me extendió un cheque por cinco mil pesos.

Antes de irme me rogó que esa noche llamara por teléfono a mi tía.

Fui al banco a cambiar el cheque y después estuve dando vueltas por algunas librerías del centro. Me asomé al café Quito. La primera vez no encontré a nadie. Comí allí y volví al cuarto de Rosario en donde estuve leyendo y escribiendo hasta tarde. Por la noche volví y encontré a Jacinto Requena muerto de aburrimiento. A excepción suya, me aseguró, ningún real visceralista asoma la nariz por el café. Todos temen encontrarse aquí con Arturo Belano, temor por lo demás infundado pues el chileno no aparece desde hace días. Según Requena (que de los real visceralistas sin duda es el más flemático), Belano ha empezado a echar a más poetas del grupo. Ulises Lima se mantiene en un discreto segundo plano, pero por lo visto apoya las decisiones de Belano. Le pregunto quiénes son los purgados en esta ocasión. Me nombra a dos poetas que no conozco y a Angélica Font, Laura Jáuregui y Sofía Gálvez.

–¡Ha expulsado a tres mujeres! –exclamé sin poder evitarlo.

En la cuerda floja están Moctezuma Rodríguez, Catalina O'Hara y él mismo. ¿Tú, Jacinto? Muy movidoso está ese Belano, pues, dice Requena resignado. ¿Y yo? No, de ti nadie ha hablado por ahora, dice Requena con voz vacilante. Le pregunto el motivo de estas expulsiones. No lo sabe. Se reafirma en su primera opinión: una locura temporal de Arturo Belano. Luego me explica (aunque esto *yo ya lo sé*) que Breton acostumbraba a practicar sin ninguna discreción este deporte. Belano se cree Breton, dice Requena. En realidad, todos los *capo di famiglia* de la poesía mexicana se creen Breton, suspira. ¿Y los expulsados qué dicen, por qué no forman un nuevo grupo? Requena se ríe. La mayoría de los expulsados, dice, ¡ni siquiera saben que han sido expulsados! Y a aquellos que lo saben no les importa nada el real visceralismo. Se podría decir que Arturo les ha hecho un favor.

–¿A Pancho no le importa nada? ¿A Piel Divina no le importa nada?

–A ellos puede que sí. A los demás sólo les han quitado un lastre de encima. Ahora pueden irse tranquilamente con las huestes de los Poetas Campesinos o con los achichincles de Paz.

–Me parece muy poco democrático lo que está haciendo Belano –dije.

–Pues sí, la mera verdad es que no es muy democrático que digamos.

–Deberíamos ir a verlo y decírselo –dije.

–Nadie sabe dónde está. Él y Ulises han desaparecido.

Durante un rato nos quedamos mirando la noche de México en los ventanales.

Afuera la gente camina aprisa, encogida, no como si aguardaran una tormenta sino como si la tormenta ya estuviera aquí. Sin embargo nadie parece tener miedo.

Más tarde Requena se puso a hablar de Xóchitl y del hijo que iban a tener. Pregunté cómo se iba a llamar.

–Franz –dijo Requena.

8 de diciembre

Ya que no tengo nada qué hacer he decidido buscar a Belano y a Ulises Lima por las librerías del DF. He descubierto la librería de viejo Plinio el Joven, en Venustiano Carranza. La librería Lizardi, en Donceles. La librería de viejo Rebeca Nodier, en Mesones con Pino Suárez. En Plinio el Joven el único dependiente era un viejito que después de atender obsequiosamente a un «estudioso del Colegio de México» no tardó en quedarse dormido en una silla colocada junto a una pila de libros, ignorándome soberanamente y al que robé una antología de la *Astronómica* de Marco Manilio, prologada por Alfonso Reyes, y el *Diario de un autor sin nombre*, de un escritor japonés de la Segunda Guerra Mundial. En la librería Lizardi creo que vi a Monsiváis. Sin que se diera cuenta me acerqué a ver qué libro era el que estaba hojeando, pero al llegar junto a él, Monsiváis se dio la vuelta, me miró fijamente, creo que esbozó una sonrisa y con el libro bien sujeto y ocultando el título se dirigió a hablar con uno de los empleados. Atizado por su actitud, sustraje un librito de un poeta árabe llamado Omar Ibn al-Farid, editado por la universidad, y una antología de poetas jóvenes norteamericanos de City Lights. Cuando me marché Monsiváis ya no estaba. La librería Rebeca Nodier la atiende la propia Rebeca Nodier, una anciana de más de ochenta años, completamente ciega, con vestidos de color blanco recalcitrante a juego con su dentadura, armada con un bastón y que, alertada por el ruido, el piso es de madera, se presenta de inmediato al visitante a su librería, yo soy Rebeca Nodier, etcétera, para finalmente preguntar a su vez el nombre del «amante de la literatura» a quien tiene «el honor de conocer» e informarse sobre el tipo de literatura que éste busca. Le dije que me interesaba la poesía y la señora Nodier, para mi sorpresa, dijo que todos los poetas eran unos vagos pero que en la cama no estaban nada mal. Sobre todo si no tienen dinero, dijo. Luego me preguntó la edad. Diecisiete años, dije. Uy, pero si todavía es usted un escuincle, exclamó. Y luego: ¿no pensará robar alguno de mis libros? Le aseguré que antes muerto. Estuvimos platicando un rato y después me marché.

9 de diciembre

La mafia de los libreros mexicanos no desmerece en nada a la mafia de los literatos mexicanos. Librerías visitadas: la Librería del Sótano, en un sótano de la avenida Juárez en donde los empleados (numerosos y perfectamente uniformados) me sometieron a una vigilancia estricta y de la que pude salir con un libro de poemas de Roque Dalton, uno de Lezama Lima y uno de Enrique Lihn. La Librería Mexicana, atendida por tres samuráis, en la calle Aranda, cerca de la plaza de San Juan, en donde robé un libro de Othón, uno de Amado Nervo (¡magnífico!) y uno muy delgadito de Efraín Huerta. La librería Pacífico, en Bolívar con 16 de Septiembre, en donde robé una antología de poetas norteamericanos traducida por Alberto Girri y un libro de Ernesto Cardenal. Por la tarde, después de leer, escribir y coger un poco, la librería de viejo Horacio, en Correo Mayor, atendida por dos gemelas, de donde salí con una novela de Gamboa, *Santa*, para regalársela a Rosario, con una antología de poemas de Kenneth Fearing traducida y prologada por un tal doctor Julio Antonio Vila, en donde habla de forma más bien imprecisa y llena de interrogantes acerca de un viaje que el poeta Fearing hizo a México en la década del cincuenta, «viaje ominoso y fructuoso», dice el doctor Vila, y con un libro de budismo escrito por el aventurero de Televisa Alberto Montes. En lugar del libro de Montes yo hubiera preferido la autobiografía del ex campeón mundial de peso pluma Adalberto Redondo, pero uno de los inconvenientes de robar libros –sobre todo para un aprendiz como yo– es que la elección está supeditada a la oportunidad.

10 de diciembre

Librería Orozco, en Reforma, entre Oxford y Praga: *Nueve novísimos* poetas gachupines, *Cuerpos y bienes*, de Robert Desnos y *El informe de Brodie*, de Borges. Librería Milton, en Milton con Darwin: *Una noche con Hamlet y otros poemas*, de Vladimir Holan, una antología de Max Jacob y una antología de Gunnar Ekelof. Librería El Mundo, en Río Nazas: una selección de poemas de Byron, Shelley y Keats, *Rojo y negro*, de Stendhal (que ya he leído) y los *Aforismos* de Lichtenberg traducidos por Alfonso Reyes. Por la tarde, mientras ordenaba mis libros en el cuarto, he pensado en Reyes. Reyes podría ser mi casita. Leyéndolo sólo a él o a quienes él quería uno podría ser inmensamente feliz. Pero eso es demasiado fácil.

11 de diciembre

Antes no tenía tiempo para nada, ahora tengo tiempo para todo. Vivía montado en camiones y metros, obligado a recorrer la ciudad de norte a sur por lo menos dos veces al día. Ahora me desplazo a pie, leo mucho, escribo mucho, hago el amor cada día. En nuestro cuarto de vecindad ya comienza a crecer una pequeña biblioteca producto de mis hurtos y visitas a librerías. La última, la librería Batalla del Ebro: su dueño es un español viejito llamado Crispín Zamora. Creo que hemos simpatizado. La librería, por supuesto, está la mayor parte del tiempo desierta y a don Crispín le gusta leer pero no desdeña pasarse horas enteras hablando de lo que sea. También yo necesito a veces hablar. Le confesé que visitaba sistemáticamente las librerías del DF buscando a dos amigos desaparecidos, que robaba libros porque no tenía dinero (don Crispín de inmediato me regaló un ejemplar de Eurípides editado por Porrúa y traducido por el padre Garibay), que admiraba a Alfonso Reyes porque no sólo sabía griego y latín sino también francés, inglés y alemán, que ya no iba a la universidad. Todo lo que le cuento le hace gracia, menos que no estudie, pues tener una carrera es necesario. La poesía le produce desconfianza. Al aclararle que yo era poeta, dijo que desconfianza no era en realidad la palabra exacta y que él había conocido a algunos. Quiso leer mis poemas. Cuando se los traje noté que se quedaba un poco perplejo, pero acabada la lectura no dijo nada. Sólo me preguntó por qué utilizaba tantas palabras malsonantes. ¿Qué quiere decir, don Crispín?, pregunté. Blasfemias, groserías, tacos, insultos. Ah, eso, le dije, bueno, debe ser por mi carácter. Al irme esa tarde don Crispín me regaló *Ocnos*, de Cernuda, y me rogó que estudiara a aquel poeta, que también, por cierto, tenía un carácter de los mil demonios.

12 de diciembre

Después de acompañar a Rosario hasta las puertas del Encrucijada Veracruzana (todas las meseras, incluida Brígida, me saludan efusivamente, como si me hubiera convertido en alguien del gremio o de la familia, todas convencidas de que llegaré a ser alguien importante en la literatura mexicana), mis pasos me llevaron sin un plan preconcebido hasta Río de la Loza, hasta el hotel La Media Luna, en donde se hospeda Lupe.

En la recepción, una especie de cajón empapelado con flores y venados sangrantes mucho más siniestro de lo que recordaba, un tipo chaparrito, de espaldas anchas y cabezón, me dijo que allí no se alojaba ninguna Lupe. Exigí ver el registro. El recepcionista dijo que eso era imposible, que el registro era algo absolutamente confidencial. Argüí que se trataba de mi hermana, separada de mi cuñado, y que yo venía precisamente a traerle dinero para que pagara el hotel. El recepcionista debía tener una hermana en parecidas circunstancias, pues inmediatamente se volvió más comprensivo.

–¿Su hermana de usted es una morenita muy delgada que atiende por Lupe?

–Esa misma.

–Espérese tantito, que la llamo.

Mientras el recepcionista subía a buscarla me puse a mirar el registro. La noche del 30 de noviembre había entrado una tal Guadalupe Martínez. También, ese mismo día, se había hospedado una Susana Alejandra Torres, un Juan Aparicio y una María del Mar Jiménez. Llevado por mi instinto pensé que Susana Alejandra Torres era la Lupe que yo buscaba y no Guadalupe Martínez. Decidí no esperar a que el recepcionista bajara y subí de tres en tres las escaleras hasta el segundo piso, habitación 201, en donde se hospedaba Susana Alejandra Torres.

Llamé una sola vez. Oí pasos, una ventana que se cerraba, cuchicheos, más pasos, y finalmente la puerta se abrió y me encontré cara a cara con Lupe.

Era la primera vez que la veía tan maquillada. Tenía los labios pintados de un rojo intenso, los ojos con rímel, las mejillas embadurnadas de purpurina. Me reconoció enseguida:

–El amigo de María –exclamó con no disimulada alegría.

–Déjame pasar –dije yo. Lupe miró a sus espaldas y luego me franqueó la puerta. La habitación era un revoltijo de ropas de mujer desparramadas por los lugares más peregrinos.

Supe de inmediato que no estábamos solos. Lupe llevaba una bata verde y fumaba sin parar. Oí un ruido en el baño. Lupe me miró y luego miró hacia la puerta del baño que estaba entornada. Supuse que sería un cliente. Pero entonces vi, tirado en el suelo, un papel con dibujos, el proyecto de la nueva revista real visceralista y el descubrimiento me llenó de alarma. Pensé, de manera bastante ilógica, que María estaba en el baño, pensé que Angélica estaba en el baño, no supe cómo iba a justificar ante ellas mi presencia en el hotel La Media Luna.

Lupe, que no me quitaba la vista de encima, notó mi descubrimiento y se echó a reír.

–Ya puedes salir, es el amigo de tu hija –gritó.

La puerta del baño se abrió y apareció Quim Font enfundado en una bata blanca. Tenía los ojos llorosos y restos de lápiz de labio por la cara. Me saludó efusivamente. En la mano llevaba la carpeta con el proyecto de la revista.

–Ya ves, García Madero –dijo–, siempre trabajando, siempre con los ojos bien abiertos.

Después me preguntó si había pasado por su casa.

–Hoy no he ido –dije y volví a pensar en María y todo me pareció insoportablemente sórdido y triste.

Nos sentamos los tres en la cama, Quim y yo en los bordes y Lupe bajo las sábanas.

¡La situación, bien mirada, era insostenible!

Quim sonreía, Lupe sonreía y yo sonreía y ninguno se atrevía a decir nada. Un desconocido habría conjeturado que estábamos allí para hacer el amor. La idea era macabra. De sólo pensarlo sentí un temblor en el vientre. Lupe y Quim seguían sonriendo. Por decir algo me puse a hablar de la purga que estaba haciendo Arturo Belano en las filas del realismo visceral.

–Ya era hora –dijo Quim–, hay que echar a los aprovechados y a los ineptos. En el movimiento sólo deben quedar las almas puras como tú, García Madero.

–Eso es verdad –admití–, pero también creo que mientras más seamos, mejor.

–No, el número es una ilusión, García Madero. Para el caso que nos ocupa, cinco o cincuenta son lo mismo. Yo ya se lo había dicho a Arturo. Cortar cabezas. Reducir el círculo interno hasta convertirlo en un punto microscópico.

Me pareció que desvariaba y no dije nada.

–¿Adónde íbamos a llegar con un pendejo como Pancho Rodríguez, dime tú?

–No sé –dije.

–¿Acaso te parece buen poeta? ¿Te parece un ejemplar de artista de vanguardia mexicano?

Lupe no abría la boca. Sólo nos miraba y sonreía. Le pregunté a Quim si se sabía algo de Alberto.

–Somos pocos y aún seremos menos –dijo Quim enigmática-
mente. No supe si se refería a Alberto o a los real visceralistas.

–También han expulsado a Angélica –dije.

–¿A mi hija Angélica? Vaya, ésa sí que es una noticia, hombre, no tenía ni idea. ¿Y eso cuándo fue?

–No lo sé, me lo contó Jacinto Requena –dije.

–¡Una poeta que ha ganado el premio Laura Damián! ¡Se ne-
cesita valor, ciertamente! ¡No lo digo porque sea mi hija!

–¿Por qué no salimos a dar una vuelta? –dijo Lupe.

–A callar, Lupita, que estoy pensando.

–No seas sangrón, Joaquín, a mí no me hagas callar, yo no
soy tu hija, ¿de acuerdo?

Quim se rió quedamente. Una risa conejil que apenas pertur-
bó sus músculos faciales.

–Claro que no eres mi hija. Tú eres incapaz de escribir tres
palabras sin una falta de ortografía.

–A poco crees que soy analfabeta, pendejo. Claro que soy capaz.

–No, no eres capaz –dijo Quim haciendo un esfuerzo despro-
porcionado para pensar. En la cara se le dibujó un gesto de dolor
que me recordó el que vi en el rostro de Pancho Rodríguez, en el
café Amarillo.

–A ver, ponme a prueba.

–No debieron hacerle eso a Angélica. Esos cabrones juegan
con la sensibilidad ajena de una manera que me da vértigo. Tendríamos que comer algo. Me estoy mareando –dijo Quim.

–No seas ojo y ponme a prueba –dijo Lupe.

–Tal vez Requena exageró, tal vez Angélica pidió la baja vo-
luntaria. Como habían expulsado a Pancho...

–Pancho, Pancho, Pancho. Ese hijo de la chingada no existe.
No es nadie. A Angélica le importa madre si lo expulsan, si lo
matan o le dan un premio. Es una especie de Alberto –añadió en
voz baja y señalándome con la cabeza a Lupe.

–No te pongas así, Quim, yo lo decía porque fueron novios,
¿no?

–¿Qué dices, Quim? –dijo Lupe.

–Nada que te importe.

–Ponme a prueba entonces, buey. ¿Quién te crees que soy?

–Raíz –dijo Quim.

–Eso está fácil, dame papel y lápiz.

Arranqué una hoja de mi libreta y se la alcancé junto con mi
Bic.

–He llorado tanto –dijo Quim mientras Lupe se enderezaba en la cama, las rodillas levantadas, el papel apoyado en las rodillas–, tanto y tan inútilmente.

–Todo se tiene que arreglar –dije.

–¿Has leído alguna vez a Laura Damián? –me preguntó con un aire ausente.

–No, nunca.

–Aquí está, a ver qué tal –dijo Lupe enseñándole el papel. Quim arrugó el ceño y dijo: regular–. Díctame otra, pero que esta vez sea difícil de verdad.

–Angustia –dijo Quim.

–¿Angustia? Está fácil.

–Tengo que hablar con mis hijas –dijo Quim–, tengo que hablar con mi mujer, con mis colegas, con mis amigos. Tengo que hacer algo, García Madero.

–Tómatelo con calma, tienes tiempo, Quim.

–Oye, de esto ni una palabra a María, ¿eh?

–Entre tú y yo, Quim.

–¿Qué tal me quedó? –dijo Lupe.

–Muy bien, García Madero, como debe de ser. Ya te regalaré el libro de Laura Damián.

–¿Qué tal, eh? –Lupe me mostró el papel a mí. Había escrito la palabra angustia a la perfección.

–Mejor imposible –dije.

–Zarrapastrosa –dijo Quim.

–¿Mande?

–Escribe la palabra zarrapastrosa –dijo Quim.

–Híjole, ésa sí que es difícil –dijo Lupe y se aplicó de inmediato.

–De esto, entonces, ni una palabra a mis hijas. A ninguna de las dos, cuento con tu palabra, García Madero.

–Por supuesto –dije.

–Ahora lo mejor es que te vayas. Voy a seguir un ratito dándole clases de español a esta burra y luego yo también me pondré en acción.

–De acuerdo, Quim, entonces ahí nos vemos.

Al levantarme la cama se movió y Lupe murmuró algo, pero no alzó los ojos del papel en el que escribía. Vi un par de borrones. Se estaba esforzando.

–Si ves a Arturo o a Ulises diles que lo que han hecho no está nada bien.

–Si los veo –dije yo encogiéndome de hombros.

–No es una buena manera de hacer amigos. Ni de conservarlos.

Hice como que me reía.

–¿Necesitas dinero, García Madero?

–No, Quim, para nada, gracias.

–Ya sabes que cuentas conmigo. Yo también fui joven y alocado. Ahora vete. Nosotros de aquí a un ratito nos vestiremos y saldremos a comer algo.

–Mi bolígrafo –dije.

–¿Qué? –dijo Quim.

–Me voy. Quiero mi bolígrafo.

–Déjala que termine –dijo Quim mirando a Lupe por encima del hombro.

–A ver, qué tal –dijo Lupe.

–Mal escrito –dijo Quim–, te tendría que dar unos cuantos azotes.

Pensé en la palabra zarrapastroso. Creo que yo tampoco la hubiera sabido escribir bien a la primera. Quim se levantó y fue al baño. Cuando salió llevaba en la mano un lapicero negro y oro. Me guiñó un ojo.

–Devuélvele el bolígrafo y escribe con esto –dijo.

Lupe me devolvió mi Bic. Adiós, le dije. No me devolvió el saludo.

13 de diciembre

Llamé a María. Hablé con la criada. No está la señorita María. ¿Cuándo llegará? Ni idea, de parte de quién. No quise darle mi nombre y colgué. Estuve en el café Quito a ver si aparecía alguien por allí, pero fue inútil. Volví a llamar a María. Nadie contestó el teléfono. Me fui caminando hasta Montes, donde vive Jacinto. No había nadie. Comí una torta en la calle y terminé dos poemas empezados ayer. Nueva llamada al domicilio de los Font. Esta vez contestó una voz de mujer inidentificable. Pregunté si era la señora Font.

–No, no soy –dijo la voz con un tono que me erizó los pelos.

Evidentemente, no era la voz de María. Tampoco era la de la criada con quien hacía poco había hablado. Sólo me quedaba Angélica o una extraña, tal vez la amiga de una de las hermanas.

–¿Bueno, con quién hablo?

–¿Con quién quiere hablar? –dijo la voz.

–Con María o con Angélica –dije yo sintiéndome al mismo tiempo estúpido y atemorizado.

–Soy Angélica –dijo la voz–. ¿Con quién hablo?

–Con Juan –dije yo.

–Qué tal, Juan. ¿Cómo estás?

No puede ser Angélica, pensé, es absolutamente imposible. Pero también pensé que en esa casa estaban todos locos y que sí que podía ser posible.

–Estoy bien –dije temblando–. ¿Está María?

–No está –dijo la voz.

–Bueno, ya volveré a llamar –dije.

–¿Quieres dejarle un recado?

–¡No! –dije y colgué.

Me tomé la temperatura con la mano. Debía de tener fiebre. En ese momento deseé estar con mis tíos, en mi casa, estudiando o viendo la tele, pero comprendí que no había vuelta atrás, que sólo tenía a Rosario y el cuarto de vecindad de Rosario.

Sin que me diera cuenta creo que me puse a llorar. Caminé al azar por las calles del DF y cuando quise orientarme me hallaba en medio de unas calles desangeladas de la colonia Anáhuac, entre arbolitos agonizantes y paredes descascaradas. Me metí en una cafetería de la calle Texcoco y pedí un café con leche. Me lo sirvieron tibio. No sé cuánto tiempo estuve allí.

Cuando salí ya era de noche.

Desde otro teléfono público volví a llamar a casa de las Font. Contestó la misma voz de mujer.

–Hola, Angélica, soy Juan García Madero –dije.

–Hola –dijo la voz.

Sentí náuseas. En la calle unos niños jugaban al fútbol.

–He visto a tu padre –dije–. Estaba con Lupe.

–¿Cómo?

–En el hotel en donde tenemos a Lupe. Tu padre estaba allí.

–¿Qué hacía allí? –Una voz sin inflexiones, como si estuviera hablando con la luna, pensé.

–Le hacía compañía –dije.

–¿Lupe está bien?

–Como una rosa –dije–. El que no parecía muy bien era tu papá. Me pareció que había llorado, aunque cuando yo llegué se puso mejor.

–Ah –dijo la voz–. ¿Y por qué lloraría?

–No lo sé –dije–. Tal vez de arrepentimiento. O tal vez de vergüenza. Me pidió que no te lo dijera.

–¿Que no me dijeras qué?

–Que lo había visto allí.

–Ah –dijo la voz.

–¿Cuándo llegará María? ¿Sabes dónde está?

–En la Escuela de Danza –dijo la voz–. Y yo ahorita me iba también.

–¿Adónde?

–A la universidad.

–Bueno, adiós, entonces.

–Adiós –dijo la voz.

Volví caminando hasta Sullivan. Cuando cruzaba Reforma, a la altura de la estatua de Cuauhtémoc, oí que me llamaban.

–Arriba las manos, poeta García Madero.

Al volverme vi a Arturo Belano y a Ulises Lima y me desmayé.

Cuando desperté estaba en el cuarto de Rosario, acostado, con Ulises y Arturo a cada lado de la cama intentando vanamente que bebiera una infusión que acababan de prepararme. Les pregunté qué había pasado, dijeron que me había desmayado, que vomité y que luego me puse a decir incoherencias. Les conté lo de mi llamada telefónica a casa de las Font. Dije que fue eso lo que me puso enfermo. Al principio no me creyeron. Después escucharon con atención una versión detallada de mis últimas aventuras y dieron su veredicto.

Según ellos, el problema radicaba en que no fue Angélica la persona con la que yo había hablado.

–Y eso, además, tú lo sabías, García Madero, por eso te pusiste enfermo –dijo Arturo–, de la pinche impresión.

–¿Qué es lo que sabía?

–Que era otra persona y no Angélica –dijo Ulises.

–No, yo no lo sabía –dije.

–Inconscientemente sí –dijo Arturo.

–¿Pero entonces quién era?

Arturo y Ulises se rieron.

–En realidad, la solución es muy fácil y divertida.

–No me amenaces más y suéltalo –dije.

–Piensa un poco –dijo Arturo–. A ver, utiliza la cabeza, ¿era Angélica?, evidentemente no, ¿era María?, menos. ¿Quién queda? La sirvienta, pero ella a la hora en que tú llamaste no está en casa y además ya antes habías hablado con ella y hubieras reconocido su voz, ¿verdad?

–Verdad –dije–. La sirvienta seguro que no.

–¿Quién queda? –dijo Ulises.

–La mamá de María y Jorgito.

–No creo que fuera Jorgito, ¿verdad?

–No, Jorgito no pudo ser –admití.

–¿Y a María Cristina la ves haciendo ese teatro?

–¿Se llama María Cristina la mamá de María?

–Ése es su nombre –dijo Ulises.

–No, la neta es que no, ¿pero entonces quién? Ya no queda nadie.

–Alguien lo suficientemente loco como para imitar la voz de Angélica –dijo Arturo y me miró–. La única persona en esa casa capaz de hacer una broma perturbadora.

Los contemplé a ambos mientras la respuesta poco a poco iba formándose en mi cabeza.

–Caliente, caliente... –dijo Ulises.

–Quim –dije yo.

–No hay otro –dijo Arturo.

–¡Qué hijo de la chingada!

Más tarde recordé la historia del sordomudo que me contó Quim y pensé en los maltratadores de niños que en su infancia han sido niños maltratados. Aunque ahora que lo escribo no consigo ver con la misma claridad que entonces la relación causa-efecto entre el sordomudo y el cambio de personalidad de Quim. Después salí hecho una fiera a la calle y gasté varias monedas en inútiles llamadas a casa de María. Hablé con su mamá, con la sirvienta, con Jorgito y a última hora de la noche con Angélica (esta vez sí, la Angélica de verdad), pero nunca estaba María, y Quim no se quiso poner al teléfono en ninguna ocasión.

Durante un rato Belano y Ulises Lima me acompañaron. Mientras hacía las primeras llamadas telefónicas les di a leer mis poemas. Dijeron que no estaban mal. La purga del real visceralismo es sólo una broma, dijo Ulises. ¿Pero los purgados saben que se trata sólo de eso? Claro que no, entonces no tendría ninguna gracia, dijo Arturo. ¿Así que no hay nadie expulsado? Claro que no. ¿Y ustedes qué han estado haciendo todo este tiempo? Nada, dijo Ulises.

–Hay un hijo de puta que nos quiere pegar –reconocieron más tarde.

–Pero ustedes son dos y él sólo uno.

–Pero nosotros no somos violentos, García Madero –dijo Ulises–. Al menos, yo no, y Arturo ahora tampoco.

Por la noche, entre llamada y llamada a casa de las Font, estuve con Jacinto Requena y Rafael Barrios en el café Quito. Les conté lo que me habían dicho Belano y Ulises. Deben de estar averiguando cosas de Cesárea Tinajero, dijeron.

14 de diciembre

A los real visceralistas nadie les da NADA. Ni becas ni espacios en sus revistas ni siquiera invitaciones para ir a presentaciones de libros o recitales.

Belano y Lima parecen dos fantasmas.

Si simón significa sí y nel significa no, ¿qué significa simonel? Hoy no me siento muy bien.

15 de diciembre

A don Crispín Zamora no le gusta hablar de la guerra de España. Le pregunté, entonces, la razón por la que bautizó su librería con un nombre que evoca hechos marciales. Confesó que no se lo puso él, sino el propietario anterior, un coronel de la República que se cubrió de gloria en dicha batalla. En las palabras de don Crispín descubro un deje de ironía. Le hablo, a petición suya, del realismo visceral. Después de hacer algunas observaciones del tipo «el realismo nunca es visceral», «lo visceral pertenece al mundo onírico», etcétera, que más bien me desconciertan, postula que a los muchachos pobres no nos queda otro remedio que la vanguardia literaria. Le pregunto a qué se refiere exactamente con la expresión «muchachos pobres». Yo no soy precisamente un ejemplar de «muchacho pobre». Al menos no en el DF. Pero luego pienso en el cuarto de vecindad que Rosario comparte conmigo y mi desacuerdo inicial comienza a desvanecerse. El problema con la literatura, como con la vida, dice don Crispín, es que al final uno siempre termina volviéndose un cabrón. Hasta allí tenía la impresión de que don Crispín hablaba por hablar. De hecho, yo estaba sentado en una silla mientras él no paraba de moverse cambiando libros de lugar o quitándole el polvo a rimeros de revistas. En determinado momento, sin embargo, don Crispín se volvió y me preguntó cuánto le cobraría por acostarme con él. He visto que no andas sobrado de pesos y sólo por eso me atrevo a hacerte esta proposición. Me quedé helado.

–Ya la regó, don Crispín –dije.

–Hombre, no te lo tomes a mal, sé que soy viejo y por eso te propongo una transacción, digamos que una recompensa.

–¿Es usted homosexual, don Crispín?

La pregunta, apenas formulada, supe que era estúpida y me sonrojé. No esperé su respuesta. ¿Se ha creído que yo soy homosexual? ¿No lo eres?, dijo don Crispín.

–Ay, ay, ay, qué metida de pata, por Dios, perdóname, hombre –dijo don Crispín y se echó a reír.

Mis ganas de salir huyendo de La Batalla del Ebro que experimenté al principio se evaporaron. Don Crispín me pidió que le dejara la silla porque la risa le podía provocar un ataque al corazón. Cuando se calmó, entre renovadas excusas, me dijo que lo comprendiera, que él era un homosexual tímido (¡para no hablar ya de mi edad, Juanito!) y que había perdido toda la práctica en el difícil cuando no enigmático arte de ligar. Debes pensar, y con razón, que soy un burro, dijo. Después me confesó que hacía por lo menos cinco años que no se acostaba con nadie. Antes de irme, por las molestias, insistió en regalarme la obra completa de Sófocles y Esquilo editada por Porrúa. Le dije que no había sido ninguna molestia, pero me pareció impertinente no aceptar su regalo. La vida es una mierda.

16 de diciembre

He enfermado de verdad. Rosario me ha obligado a quedarme en la cama. Antes de irse a trabajar ha salido a pedir prestado un termo a una vecina y me ha dejado medio litro de café. También cuatro aspirinas. Tengo fiebre. He empezado y terminado dos poemas.

17 de diciembre

Hoy ha venido a verme un médico. Ha mirado el cuarto, ha mirado mis libros y luego me ha tomado la presión y me ha tocado por diferentes partes del cuerpo. Después se ha puesto a hablar con Rosario en un rincón, en susurros, moviendo los hombros para dar mayor fuerza a sus palabras. Al marcharse le dije a Rosario que cómo era eso de que hiciera venir a un médico sin antes consultármelo. ¿Cuánto te has gastado?, le dije. Eso no importa, papacito, sólo importas tú.

18 de diciembre

Esta tarde estaba temblando de fiebre cuando la puerta se abrió y apareció mi tía y luego mi tío seguidos por Rosario. Creí que alucinaba. Mi tía se arrojó a la cama, en donde me cubrió de besos. Mi tío se mantuvo firme, esperó a que mi tía se desahogara y luego me palmoteó en un hombro. No tardaron en empezar las amenazas, las recriminaciones y los consejos. En una palabra, querían que me marchara a casa de inmediato o en su defecto a un hospital en donde pretendían someterme a una revisión exhaustiva. Me negué. Al final hubo amenazas y cuando se marcharon yo me reía a gritos y Rosario lloraba como una Magdalena.

19 de diciembre

A primera hora vinieron a visitarme Requena, Xóchitl, Rafael Barrios y Bárbara Patterson. Les pregunté quién les había dado mi dirección. Ulises y Arturo, dijeron. O sea, que ya han aparecido, dije. Han aparecido y han vuelto a desaparecer, dijo Xóchitl. Están terminando una antología de poetas jóvenes mexicanos, dijo Barrios. Requena se rió. No era verdad, según él. Lástima: por un momento me sentí esperanzado de que incluyeran textos míos en esa antología. Lo que están haciendo es juntando dinero para marcharse a Europa, dijo Requena. ¿Juntando cómo? Pues vendiendo mota a diestro y siniestro, dijo Requena. El otro día los vi por Reforma con un morral repleto de Golden Acapulco. No lo puedo creer, dije yo, pero recordé que la última vez que los vi llevaban, en efecto, un morral. Me dieron un poco, dijo Jacinto, y sacó algo de hierba. Xóchitl dijo que no me convenía fumar en el estado en que me encontraba. Le dije que no se preocupara, que ya me sentía mucho mejor. Tú eres la que no debe fumar, dijo Jacinto, si no quieres que nuestro hijo salga tarado. Xóchitl dijo que la marihuana no tenía por qué dañar al feto. No fumes, Xóchitl, dijo Requena. Lo que perjudica al feto son las malas ondas, dijo Xóchitl, la mala comida, el alcohol, los maltratos a la madre, no la marihuana. Por si acaso, tú no fumes, dijo Requena. Si ella quiere fumar que fume, dijo Bárbara Patterson. Chingada gringa, no se meta, dijo Barrios. Cuando hayas parido, haz lo que quieras, pero ahora te aguantas, dijo Requena. Mientras fumábamos Xóchitl se fue a sentar en un rincón del cuarto, junto a unas cajas de cartón en donde Rosario guardaba la ropa que no se ponía. Arturo y Ulises no están ahorrando dinero, dijo (aunque también están juntando una reservita, para qué lo vamos a negar), sino dándole los últimos toques a un asunto que va a dejar a todos con la boca abierta. La miramos esperando más noticias. Pero Xóchitl se quedó callada.

20 de diciembre

Esta noche he cogido con Rosario tres veces. Ya estoy sano. Sin embargo, y más que nada para satisfacerla a ella, sigo tomando las medicinas que compró.

21 de diciembre

Sin novedad. La vida parece haberse detenido. Todos los días hago el amor con Rosario. Cuando ella se va a trabajar, escribo y leo. Por las noches salgo a dar vueltas por los bares de Bucareli. A veces me paso por el Encrucijada y las meseras me atienden el primero. A las cuatro de la mañana vuelve Rosario (cuando tiene el turno de noche) y comemos algo ligero en nuestro cuarto, generalmente cosas que ella ya trae preparadas del bar. Luego hacemos el amor hasta que ella se duerme y yo me pongo a escribir.

22 de diciembre

Hoy he salido temprano a dar un paseo. Mi primera intención era dirigir mis pasos a la librería La Batalla del Ebro y platicar hasta la hora de comer con don Crispín, pero al llegar la librería estaba cerrada. Así que me puse a caminar sin rumbo, disfrutando del sol de la mañana y casi sin darme cuenta llegué a la calle Mesones, en donde está la librería Rebeca Nodier. Pese a que en mi primera visita ya había descartado esta librería como un objetivo apreciable, decidí entrar. No había nadie. Un aire viciado, dulzón, envolvía los libros y las estanterías. Sentí unas voces provenientes de la rebotica, por lo que deduje que la ciega se hallaba enfrascada en la resolución de algún negocio. Decidí esperar hojeando libros viejos. Allí estaba *Ifigenia cruel* y *El plano oblicuo* y los *Retratos reales e imaginarios*, además de los cinco volúmenes de *Simpatías y diferencias*, de Alfonso Reyes, y *Prosas dispersas*, de Julio Torri, y un libro de cuentos, *Mujeres*, de un tal Eduardo Colín del que jamás he oído hablar, y *Li-Po y otros poemas*, de Tablada, y los *Catorce poemas burocráticos y un corrido reaccionario*, de Renato Leduc, y los *Incidentes melódicos del mundo irracional*, de Juan de la Cabada, y *Dios en la tierra* y *Los días terrenales*, de José Revueltas. Pronto me cansé y tomé asiento en una sillita de mimbre. Me acababa de sentar cuando oí un grito. Lo primero que pensé fue que estaban asaltando a Rebeca Nodier y sin meditar lo que hacía me lancé hacia el interior de la librería. Tras la puerta me esperaba una sorpresa. Ulises Lima y Arturo Belano examinaban sobre una mesa un viejo catálogo y al irrumpir yo en la habitación levantaron las cabezas y por primera vez los vi sorprendidos de verdad. Junto a ellos, doña Rebeca miraba el cielorraso en una actitud pensativa o evocadora. No le había pasado nada. Fue ella la que gritó, pero su grito no fue de miedo sino de sorpresa.

23 de diciembre

Hoy no pasó nada. Y si pasó algo es mejor callarlo, pues no lo entendí.

24 de diciembre

Una navidad infame. Llamé a María. ¡Por fin he podido hablar con ella! Le conté lo de Lupe y dijo que lo sabía todo. ¿Qué es lo que sabes?, le dije.

–Pues que abandonó a su chulo y que por fin se decidió a estudiar en la Escuela de Danza –dijo.

–¿Sabes dónde está viviendo?

–En un hotel –dijo María.

–¿Sabes en qué hotel?

–Claro que lo sé. En La Media Luna. Voy todas las tardes a verla, la pobre está muy sola.

–No, no está muy sola, tu padre ya se encarga de hacerle compañía –dije.

–Mi padre es un santo y está dejándose el pellejo por escuincles despreciables como tú –dijo.

117

Quise saber a qué se refería con la frase «dejándose el pellejo».

–A nada.

–¡Dime qué mierdas quieres decir!

–No grites –dijo ella.

–¡Quiero saber en dónde estoy! ¡Quiero saber con quién hablo!

–No grites –insistió ella.

Después dijo que tenía que hacer y colgó.

25 de diciembre

He decidido no volver a acostarme con María nunca más, sin embargo las fiestas navideñas, la agitación que se percibe en la gente que camina por las calles del centro, los planes de la pobre Rosario (dispuesta a pasar el año nuevo en una sala de fiestas, conmigo, por supuesto, y bailando), no hacen sino renovar mis ganas de ver a María, de desnudarla, de sentir sus piernas otra vez sobre mi espalda, de golpear (si así ella me lo demandara) sus nalgas respingonas y perfectas.

26 de diciembre

–Hoy te tengo una sorpresa, papuchi –anunció Rosario nada más llegar a casa.

Se puso a besarme, dijo repetidas veces que me quería, prometió que dentro de poco se iba a poner a leer un libro cada quincena para estar «a mi altura», lo que acabó por abochornarme, y terminó confesándome que nadie antes la había hecho tan feliz.

Debo de estar haciéndome viejo, pues sus excesos verbales me ponen la piel de gallina.

Media hora después salimos y nos fuimos caminando hasta los baños públicos El Amanuense Azteca, en la calle Lorenzo Boturini.

Ésa era la sorpresa.

–Hay que estar bien limpitos ahora que se acerca el año nuevo –dijo Rosario guiñándome un ojo.

De buena gana la hubiera abofeteado allí mismo y luego me hubiera marchado para no volverla a ver nunca más en mi vida. (Tengo los nervios a flor de piel.)

Sin embargo, cuando traspusimos las puertas de cristal esmerilado de los baños, el mural o fresco que coronaba la recepción captó mi atención con una fuerza misteriosa.

El artista anónimo había pintado a un indio pensativo escribiendo en una hoja o en un pergamino. Aquél, sin duda, era el Amanuense Azteca. Detrás del amanuense se extendían unas termas en cuyas albercas, dispuestas de tres en fondo, se bañaban indios y conquistadores, mexicanos del tiempo de la colonia, el cura Hidalgo y Morelos, el emperador Maximiliano y la emperatriz Carlota, Benito Juárez rodeado de amigos y enemigos, el presidente Madero, Carranza, Zapata, Obregón, soldados de distintos uniformes o desuniformados, campesinos, obreros del DF y actores de cine: Cantinflas, Dolores del Río, Pedro Armendáriz, Pedro Infante, Jorge Negrete, Javier Solís, Aceves Mejía, María Félix, Tin-Tan, Resortes, Calambres, Irma Serrano y otros que no reconocí pues estaban en las albercas más lejanas y ésos sí que eran verdaderamente chiquititos.

–¿Padre, no?

Me quedé con los brazos en las caderas. Extático.

La voz de Rosario me hizo dar un respingo.

Antes de internarnos por los pasillos, con nuestras toallitas y jabones, descubrí también que a cada lado del mural una muralla de piedra circundaba las termas. Y tras las murallas, en una especie de llano o mar solidificado, vi animales borrosos, tal vez fantasmas de animales (o tal vez fantasmas botánicos) que acechaban las murallas y se multiplicaban en un sitio hirviente y al mismo tiempo silencioso.

27 de diciembre

Hemos vuelto a El Amanuense Azteca. Un éxito. Los reservados consisten en una diminuta habitación enmoquetada, con una mesa, un perchero y un diván, y una cabina de cemento en donde está la ducha y el vapor. La llave de paso del vapor, como en una película de nazis, está a ras de suelo. La puerta que separa ambos cubículos es gruesa y a la altura de la cabeza (aunque yo debo agacharme pues soy demasiado alto para el canon del arquitecto) se abre un inquietante y siempre empañado ojo de buey. Hay servicio de restaurante. Nos encerramos y pedimos cubalibres. Nos duchamos, tomamos baños de vapor, descansamos y nos secamos en el diván, nos volvemos a duchar. Hacemos el amor en la cabina del baño, en medio de una nube de vapor que vela nuestros respectivos cuerpos. Cogemos, nos duchamos, dejamos que el vapor nos asfixie. Sólo nos vemos las manos, las rodillas, a veces la nuca o la punta de los pechos.

28 de diciembre

¿Cuántos poemas he escrito?
Desde que esto empezó: cincuentaicinco poemas.
Total de páginas: 76.
Total de versos: 2.453.
Ya podría hacer un libro. Mi obra completa.

29 de diciembre

Esta noche, mientras esperaba a Rosario en la barra del Encrucijada Veracruzana, se me acercó Brígida e hizo una observación sobre el paso del tiempo.

–Sírveme otro tequila –le dije– y explícate.

En su mirada sorprendí algo que sólo puedo denominar con la palabra victoria, aunque era una victoria triste, resignada, atenta a los pequeños gestos de la muerte más que a los gestos de la vida.

–Digo que el tiempo pasa –dijo Brígida mientras llenaba mi vaso– y que tú, que antes eras un desconocido, ahora pareces de la familia.

–Me vale madre la familia –le dije mientras pensaba dónde demonios se había metido Rosario.

–No pretendía insultarte –dijo Brígida–. Tampoco pelearme contigo. En estas fechas prefiero no pelearme con nadie.

Me la quedé mirando un rato sin saber qué decirle. De buena gana le hubiera dicho tú estás tonta, Brígida, pero yo tampoco tenía ganas de pelearme con nadie.

–Digo –dijo Brígida mirando hacia atrás como para asegurarse de que Rosario aún no venía– que a mí también, cómo no, me hubiera gustado enamorarme de ti, a mí también me hubiera gustado vivir contigo, darte para tus gastos, hacerte la comida, cuidarte cuando te enfermaras, pero si no pudo ser, ni modo, hay que aceptar las cosas como son, ¿verdad? Pero hubiera sido lindo.

–Yo soy insoportable –le dije.

–Tú eres como eres y tienes un vergón que vale su peso en oro –dijo Brígida.

–Gracias –le dije.

–Sé lo que me digo –dijo Brígida.

–¿Y qué más sabes?

–¿Sobre ti? –ahora Brígida sonreía y ésa, supuse, era su victoria.

–Sobre mí, claro –le dije mientras vaciaba el vaso de tequila.

–Que vas a morir joven, Juan, que vas a desgraciar a Rosario.

30 de diciembre

Hoy he vuelto a casa de las Font. Hoy he desgraciado a Rosario.

Me levanté temprano, a eso de las siete de la mañana, y salí a caminar sin rumbo por las calles del centro. Antes de marcharme escuché la voz de Rosario que me decía: espérate tantito que ya te preparo el desayuno. No le contesté. Cerré la puerta sin hacer ruido y abandoné la vecindad.

Durante mucho rato caminé como si estuviera en otro país, sintiéndome ahogado y con náuseas. Cuando llegué al Zócalo mis poros por fin se abrieron, me puse a sudar sin reservas y la náusea desapareció.

Entonces un hambre voraz se apoderó de mí y entré en la primera cafetería que encontré abierta, en Madero, un local pequeño llamado Nueva Síbaris, en donde pedí un café con leche y una torta de jamón.

Cuál no sería mi sorpresa al encontrar sentado en la barra a Pancho Rodríguez. Estaba acabado de peinar (el pelo aún mojado) y tenía los ojos enrojecidos. No se sorprendió de verme. Le pregunté qué hacía allí, tan lejos de su barrio y a horas tan tempranas.

–He estado toda la noche de putas –dijo–, a ver si de una chingada vez me olvido de aquella que ya conoces.

Supuse que se refería a Angélica y mientras daba los primeros sorbos a mi café con leche me puse a pensar en Angélica, en María, en mis primeras visitas a la casita de las Font. Me sentí feliz. Me sentí con hambre. Pancho, por el contrario, parecía desganado. Para distraerlo le conté que había dejado la casa de mis tíos y que vivía con una mujer en una vecindad escapada de una película de los cuarenta, pero Pancho era incapaz de escucharme o de escuchar a cualquiera.

Después de fumarse un par de cigarrillos dijo que tenía ganas de estirar las piernas.

–¿Adónde quieres ir? –dije, aunque en el fondo ya sabía la respuesta y si ésta, por otra parte, no era la que yo esperaba, estaba dispuesto a provocarla valiéndome de cualquier estratagema.

–A casa de Angélica –dijo Pancho.

–Ya rugiste –le dije y me apresuré a terminar el desayuno.

Pancho se adelantó a pagar mi cuenta (era la primera vez que lo hacía) y salimos a la calle. Una sensación de ligereza se instaló en nuestras piernas. De pronto Pancho ya no parecía tan estropeado por el alcohol ni yo tan sin saber qué hacer con mi vida, sino más bien todo lo contrario, la luz de la mañana nos devolvió renovados, Pancho nuevamente era jovial y rápido y se deslizaba por encima de las palabras, y los ventanales de una zapatería de la calle Madero me dieron la réplica cabal de mi imagen interior: un tipo alto, de facciones agradables, ni desgarbado ni enfermizamente tímido, que caminaba a grandes zancadas seguido de otro tipo más pequeño y más cuadrado en pos de su verdadero amor ¡o de lo que fuera!

Por supuesto, entonces no tenía ni idea de lo que el día nos iba a deparar.

Pancho, que durante la mitad del trayecto se mostró entusiasta, afable y extrovertido, durante la mitad final, conforme nos acercábamos a la colonia Condesa, varió su actitud y pareció sumirse otra vez en los antiguos miedos que su extraña (o más bien aparatosa y enigmática) relación con Angélica le provocaba. Todo el problema, me confesó nuevamente malhumorado, consistía en la diferencia social que separaba a su humilde familia trabajadora de la de Angélica, firmemente anclada en la pequeñaburguesía del DF. Para darle ánimos argüí que eso, sin duda, sería un problema para *iniciar* una relación amorosa, pero puesto que la relación ya estaba *iniciada* el foso de la lucha de clases se agotaba considerablemente. A lo que Pancho dijo que qué quería decir con que la relación ya estaba iniciada, pregunta un poco imbécil que preferí no contestar o contestar con un retruécano: ¿acaso eran Angélica y él dos personas normales, dos exponentes típicos e inmóviles de la pequeñaburguesía y del proletariado?

–No, pues no –dijo Pancho meditabundo mientras el taxi que habíamos tomado en Reforma con Juárez nos acercaba a velocidad de vértigo a la calle Colima.

Eso era lo que quería decir, le dije, que puesto que Angélica y él eran poetas, qué importaba que uno perteneciera a una clase social y el otro a otra.

–Pues mucho –dijo Pancho.

–No seas mecanicista, hombre –dije yo, cada vez más irreflexivamente feliz.

El taxista, de forma inesperada, apoyó mi discurso:

–Si usted ya se la benefició las barreras valen madre. Cuando el amor es bueno, lo demás no importa.

–¿Ya ves? –dije yo.

–Pues no –dijo Pancho–, no lo veo muy claro.

–Usted éntrele con fe a su chava y déjese de chingaderas comunistas –dijo el taxista.

–¿Cómo que chingaderas comunistas? –dijo Pancho.

–Pues eso de las clases sociales, oiga.

–Así que según usted las clases sociales no existen –dijo Pancho.

El taxista, que hablaba mirándonos por el espejo retrovisor, ahora se volvió, la mano derecha apoyada en el borde del asiento del copiloto, la izquierda firmemente aferrada al volante. Vamos a chocar, pensé.

–Para según qué, no. En el querer los mexicanos somos todos iguales. Ante Dios, también –dijo el taxista.

–¡Pero qué chingaderas son éstas! –dijo Pancho.

–Le dijo Dimas a Gestas –replicó el taxista.

A partir de ese momento Pancho y el taxista se pusieron a discutir de religión y de política y yo aproveché para contemplar el paisaje que se sucedía monótono en la ventanilla: las fachadas de la Juárez y de la Roma Norte, y también me puse a pensar en María y en lo que me separaba de ella, que no era la clase social, sino más bien la acumulación de experiencia, y me puse a pensar en Rosario y en nuestro cuarto de vecindad y en las noches maravillosas que había vivido allí pero que sin embargo yo estaba dispuesto a cambiar por un ratito con María, por una palabra de María, por una sonrisa de María. Y también me puse a pensar en mis tíos e incluso me pareció verlos, alejándose por una de aquellas calles por las que pasábamos, tomados del brazo, sin volverse para mirar el taxi que se perdía zigzagueando peligrosamente por otras calles, inmersos en su soledad así como Pancho, el taxista y yo íbamos inmersos en la nuestra. Y entonces me di cuenta que algo había fallado en los últimos días, algo había fallado en mi relación con los nuevos poetas de México o con las nuevas mujeres de mi vida, pero por más vueltas que le di no hallé el fallo, el abismo que si miraba por encima de mi hombro se abría detras de mí, un abismo que por otra parte no me atemorizaba, un abismo carente de monstruos aunque no de oscuridad, de silencio y de vacío, tres extremos que me hacían daño, un daño menor, es cierto, ¡un cosquilleo en la boca del estómago!, pero que por momentos se parecía al miedo. Y entonces, mientras iba con la cara pegada a la ventanilla, entramos en la calle Colima y Pancho y el taxista se callaron, o tal vez sólo Pancho se calló, como si diera por bien perdida su discusión con el taxista, y mi silencio y el silencio de Pancho me sobrecogieron el corazón.

Nos bajamos unos metros más allá de la casa de las Font.

–Aquí pasa algo raro –dijo Pancho mientras el taxista se alejaba alegremente mentándonos la madre.

A primera vista la calle presentaba un aspecto normal, pero yo también percibí un aire distinto al que tan vivamente recordaba. En la otra acera, sentados en el interior de un Camaro amarillo, vi a dos tipos. Nos miraban fijamente.

Pancho tocó el timbre. Durante unos segundos interminables no se produjo el menor movimiento en el interior de la casa.

Uno de los ocupantes del Camaro, el que estaba sentado en el asiento del copiloto, se bajó y apoyó los codos en el techo del coche. Pancho lo estuvo mirando durante unos segundos y luego me repitió, en voz muy baja, que allí pasaba algo raro. El tipo del Camaro daba miedo. Recordé las primeras veces que estuve en la casa de las Font, de pie en la puerta, contemplando el jardín que a mis ojos se desplegaba lleno de secretos. De eso hacía poco y sin embargo me pareció que habían pasado varios años.

Fue Jorgito quien salió a abrirnos.

Al llegar a la puerta nos hizo una seña que no entendimos y miró hacia donde estaba estacionado el Camaro. No contestó a nuestro saludo y cuando traspasamos la verja volvió a cerrar con llave. El jardín me pareció descuidado. El aspecto de la casa era distinto. Jorgito nos guió directamente hacia la puerta principal. Recuerdo que Pancho me miró interrogante y mientras caminábamos se volvió y examinó la calle.

–No te detengas, buey –le dijo Jorgito.

En el interior de la casa nos esperaban Quim Font y su mujer.

–Ya era hora de que vinieras, García Madero –me dijo Quim dándome un fuerte abrazo. No esperaba un recibimiento tan cálido. La señora Font estaba vestida con una bata de color verdinegro y zapatillas y parecía recién levantada, aunque después me enteré de que aquella noche apenas había dormido.

–¿Qué pasa aquí? –dijo Pancho mirándome.

–Querrás decir qué no pasa –dijo la señora Font mientras acariciaba a Jorgito.

Quim, después de abrazarme, se acercó a la ventana y miró discretamente hacia afuera.

–No hay novedad, papi –dijo Jorgito.

Pensé de inmediato en los ocupantes del Camaro amarillo y poco a poco me fui haciendo una vaga idea de lo que ocurría en la casa de los Font.

–Nosotros estamos desayunando, muchachos, ¿quieren tomarse un cafecito? –dijo Quim.

Lo seguimos hasta la cocina. Allí, en la mesa de diario, estaban sentadas Angélica, María ¡y Lupe! Pancho ni se inmutó al verla, pero yo casi pegué un salto.

Lo que siguió a continuación es difícil de recordar, sobre todo porque María me saludó como si nunca nos hubiéramos peleado, como si nuestra relación pudiera reiniciarse de inmediato. Sólo sé que saludé a Angélica y a Lupe con naturalidad y que María me dio un beso en la mejilla. Después nos pusimos a tomar café y Pancho preguntó qué ocurría. Las explicaciones fueron variadas y tumultuosas y en medio de éstas la señora Font y Quim comenzaron a pelearse. Según la señora Font nunca había pasado unas fiestas de fin de año peores. Piensa en los pobres, Cristina, le replicó Quim. La señora Font se puso a llorar y se marchó de la cocina. Angélica salió tras ella, lo que provocó un movimiento por parte de Pancho que posteriormente se quedó en nada: se levantó de su silla, siguió a Angélica hasta la puerta y luego volvió a sentarse. Entre Quim y María, mientras tanto, me pusieron al corriente de la situación. El proxeneta de Lupe la había encontrado en el hotel La Media Luna. Tras una refriega, cuyos pormenores no entendí, Quim y ella consiguieron escapar del hotel y llegar a la calle Colima. De esto hacía un par de días. Advertida la señora Font, llamó a la policía y no tardó en acudir un patrullero. Éstos indicaron que si los Font querían presentar una denuncia tenían que ir a la comisaría. Cuando Quim les dijo que Alberto y otro tipo estaban allí, enfrente de su casa, los patrulleros fueron a hablar con el padrote y desde la verja Jorgito pudo ver que más bien parecían cuates de toda la vida. O el acompañante de Alberto también era policía, según afirmó Lupe, o los policías habían recibido una mordida lo suficientemente jugosa como para olvidarse del asunto. A partir de ese momento el cerco a la casa de los Font se estableció formalmente. Los patrulleros se marcharon. La señora Font volvió a llamar a la policía. Vinieron otros patrulleros y el resultado fue el mismo. Un amigo de Quim le recomendó a éste, por teléfono, que soportara como pudiera el cerco hasta que pasaran las fiestas. A veces, siempre según Jorgito, el único con agallas suficientes para espiar a los intrusos, venía otro coche, un Oldsmobile que se estacionaba detras del Camaro, y Alberto y su acompañante, tras platicar un rato con los nuevos sitiadores, se largaban de forma ostentosa, incluso temeraria, haciendo rechinar los neumáticos y tocando el claxon. Al cabo de unas seis horas ya estaban de vuelta y el coche que los había reemplazado se marchaba. Estas idas y venidas, por descontado, quebrantaron el ánimo a los habitantes de la casa. La señora Font se negaba a salir, por miedo a que la secuestraran. Quim, ante el cariz que tomaba la situación, tampoco salía, según él por responsabilidad ante su familia, aunque yo creo que más bien era por miedo a que le pegaran. Sólo Angélica y María habían traspasado el umbral de la calle, una sola vez y por separado, y el resultado fue nefasto. A Angélica la insultaron y a María, que temerariamente pasó junto al Camaro, la manosearon y la abofetearon. Cuando nosotros llegamos el único que se atrevía a salir a abrir la puerta era Jorgito.

Una vez puestos en antecedentes la reacción de Pancho fue inmediata.

Iba a salir y le iba a dar una madriza al tal Alberto.

Entre Quim y yo intentamos disuadirlo, pero no hubo nada que hacer. Así que tras hablar durante un cuarto de hora a solas con Angélica, Pancho dirigió sus pasos a la calle.

–Acompáñame, García Madero –dijo y yo como un tonto lo seguí.

Cuando salimos la determinación guerrera de Pancho había bajado varias décimas. Abrimos la puerta de calle con las llaves que nos había dado Jorgito, nos volvimos a mirar hacia la casa, me pareció ver a Quim observándonos desde la ventana de la sala y a la señora Font desde una ventana del segundo piso. Este asunto es bastante gacho, dijo Pancho. No supe qué contestarle, quién le había mandado abrir la boca.

–Mi historia con Angélica se ha acabado –dijo Pancho mientras probaba las llaves una tras otra sin acertar con la indicada.

En el Camaro había tres ocupantes y no dos como me pareció a primera hora de la mañana. Pancho se acercó a ellos con paso decidido y les preguntó qué era lo que querían. Yo me quedé unos metros detrás y el cuerpo de Pancho me ocultó la figura del padrote. Ni yo pude verlo ni él pudo verme. Pero escuché su voz, bien timbrada, como la de un cantante de rancheras, una voz arrogante pero no del todo desagradable, en modo alguno la voz que yo le hubiera puesto, una voz en donde no se percibía ni un ápice de vacilación y que contrastaba cruelmente con la de Pancho, que empezó a tartamudear y que hablaba demasiado alto, que se acercaba demasiado aprisa al insulto y a la agresión.

En ese momento, por primera vez después de todos los sucesos de aquella mañana, me di cuenta de que esos tipos eran peligrosos y quise decirle a Pancho que nos diéramos media vuelta y volviéramos a la casa de las Font. Pero Pancho ya estaba retando a Alberto.

–Bájate del carro, buey –dijo.

Alberto se rió. Hizo un comentario que no entendí. La puerta de su acompañante se abrió y fue el otro el que salió del coche. Era de estatura mediana, muy moreno, tirando a gordo.

–Lárgate de aquí, chavo. –Tardé en comprender que se dirigía a mí.

Luego vi que Pancho daba un paso atrás y Alberto se bajó del coche. Lo que siguió a continuación fue demasiado rápido. Alberto se acercó a Pancho (tuve la impresión de que le estaba dando un beso) y Pancho cayó al suelo.

–Déjalo solo, chavo –dijo el tipo moreno desde el otro lado, con los codos apoyados en el techo del coche. No le hice caso. Levanté a Pancho del suelo y volvimos para la casa. Cuando llegamos a la puerta me volví a mirar. Los dos tipos ya estaban otra vez dentro del Camaro amarillo y me pareció que se reían.

–Te dieron en la madre, ¿eh? –dijo Jorgito apareciendo de entre unos arbustos.

–El cabrón tenía una pistola –dijo Pancho–. Si me defiendo me hubiera disparado.

–Eso pensé yo –dijo Jorgito.

Yo no vi ninguna pistola, pero preferí callarme.

Entre Jorgito y yo llevamos a Pancho a la casa. Cuando ya íbamos por el camino de piedra que conduce al porche, Pancho dijo que no, que quería ir a la casita de María y Angélica, así que dimos la vuelta por el jardín. El resto del día fue más bien infame.

Pancho se encerró con Angélica en la casita. La sirvienta llegó tarde y se puso a hacer el aseo molestando a todo el que encontraba cerca. Jorgito quiso salir a la casa de unos amigos pero sus papás no lo dejaron. María, Lupe y yo nos pusimos a jugar a las cartas en el rincón del jardín en donde tuvimos nuestras primeras conversaciones. Por un instante tuve la ilusión de que estábamos repitiendo los gestos de cuando recién nos conocimos, cuando Pancho y Angélica se encerraban en la casita y nos ordenaban salir, pero ya todo era distinto.

A la hora de la comida, en la mesa de la cocina, la señora Font dijo que quería el divorcio. Quim se rió e hizo un gesto como dando a entender que su mujer se había vuelto loca. Pancho se puso a llorar.

Después Jorgito encendió la tele y él y Angélica se sentaron a ver un documental sobre las arañas. La señora Font nos sirvió café a los que aún quedábamos en la cocina. La sirvienta antes de marcharse avisó que al día siguiente no vendría. Quim habló con ella unos segundos, en el patio, y le entregó un sobre. María preguntó si era una nota de socorro para alguien. Por Dios, hija, dijo Quim, todavía no nos han cortado el teléfono. Era su aguinaldo de fin de año.

No sé en qué momento Pancho se marchó de la casa. No sé en qué momento yo decidí que me quedaría a pasar la noche allí. Sólo sé que Quim, después de cenar, me llevó aparte y me agradeció el gesto.

–No me esperaba menos de ti, García Madero –dijo.

–Estoy para lo que necesiten –contesté estúpidamente.

–Ahora vamos a olvidar todas las bromas que han habido entre tú y yo y nos vamos a concentrar en la defensa del castillo –dijo.

No entendí a qué se refería con lo de las bromas, sí entendí a lo que se refería con lo del castillo. Preferí no replicar y asentí con la cabeza.

–Lo mejor es que las muchachas duerman en la casa –dijo Quim–, por motivos de seguridad, ya me comprendes, cuando la situación es de extremo peligro lo conveniente es reunir a la tropa en un solo reducto.

Estuvimos de acuerdo en todo y aquella noche Angélica durmió en la habitación de huéspedes, Lupe en la sala y María en la habitación de Jorgito. Yo decidí dormir en la casita del patio, tal vez con la esperanza de que María me hiciera una visita, pero tras darnos las buenas noches y separarnos estuve esperando infructuosamente durante mucho rato, recostado en la cama de María, envuelto en el olor de María, con una antología de Sor

Juana entre las manos, pero incapaz de leer, hasta que no pude más y salí a dar una vuelta por el jardín. Proveniente de una de las casas de la calle Guadalajara o de la avenida Sonora, llegaba el sonido asordinado de una fiesta. Fui hasta la barda y me asomé: el Camaro amarillo seguía allí aunque en su interior no se veía a nadie. Volví a la casa, la ventana de la sala estaba iluminada y tras pegar la oreja a la puerta escuché unas voces apagadas que no pude identificar. No me atreví a llamar. En vez de eso di la vuelta y entré por la puerta de la cocina. En la sala, sentadas en el sofá, estaban María y Lupe. Olía a marihuana. María iba con un camisón de dormir de color rojo, que al principio tomé por un vestido, con bordados blancos en el pecho que representaban un volcán, un río de lava y una aldea a punto de ser destruida. Lupe aún no se había puesto el pijama, si es que tenía, cosa que dudo, e iba con una minifalda y una blusa negra y el pelo despeinado, lo que le daba un aire misterioso y atractivo. Cuando me vieron se quedaron calladas. Me hubiera gustado preguntarles de qué hablaban pero en lugar de hacerlo tomé asiento junto a ellas y les anuncié que el coche de Alberto seguía afuera. Ya lo sabían.

–Nunca había pasado un fin de año tan extraño –dije.

María nos ofreció una taza de café y luego se levantó y fue a la cocina. La seguí. Mientras esperaba que el agua hirviera la abracé por detrás y le dije que quería acostarme con ella. No me contestó. Quien calla otorga, pensé, y besé su cuello y su nuca. El olor de María, un olor al que empezaba a desacostumbrarme, me enardeció tanto que me puse a temblar. En el acto me separé de ella. Recostado contra la pared de la cocina, por un instante temí perder el equilibrio o desmayarme allí mismo y tuve que hacer un esfuerzo para recuperar la normalidad.

–Tienes un buen corazón, García Madero –dijo ella mientras salía de la cocina portando una bandeja con tres tazas de agua caliente, el Nescafé y el azúcar. La seguí como un sonámbulo. Me hubiera gustado saber qué había querido decir con que yo tenía buen corazón, pero ya no me volvió a hablar.

Pronto comprendí que mi presencia allí era molesta. María y Lupe tenían muchas cosas que decirse y todas me resultaban incomprensibles. Por un instante parecía que hablaban del tiempo y al instante siguiente parecía que hablaban de Alberto, el padrote siniestro.

Al llegar a la casita me sentía tan cansado que ni siquiera encendí la luz.

Fui hasta la cama de María a tientas, guiado únicamente por la débil luz que llegaba de la casa grande o del patio o de la luna, no lo sé, y me tiré boca abajo, sin desvestirme y de inmediato me quedé dormido.

Ignoro qué hora era entonces ni cuánto rato permanecí así, sólo sé que estaba bien y que cuando me desperté aún estaba oscuro y una mujer me acariciaba. Tardé en darme cuenta de que no era María. Durante unos segundos creí que estaba soñando o que me hallaba irremediablemente perdido en la vecindad, junto a Rosario. La abracé y busqué su rostro en la oscuridad. Era Lupe y sonreía como una araña.

31 de diciembre

Hemos celebrado el año nuevo como quien dice en familia. Durante todo el día estuvieron apareciendo y desapareciendo por la casa los amigos de toda la vida. No muchos. Un poeta, dos pintores, un arquitecto, la hermana menor de la señora Font, el padre de la desaparecida Laura Damián.

La aparición de este último estuvo rodeada de gestos extremos y misteriosos. Quim estaba en pijama y sin afeitarse, sentado en la sala viendo la tele. Yo abrí la puerta y el señor Damián entró precedido por un enorme ramo de rosas rojas que me entregó con un gesto tímido y molesto (o desasido y disgustado). Mientras llevaba las flores a la cocina y buscaba un florero o lo que fuera para depositarlas oí que le decía a Quim algo sobre las miserias de la vida cotidiana. Después hablaron de las fiestas. Ya no son lo que eran, dijo Quim. En efecto, dijo el padre de Laura Damián. Ni que lo digas. Todo tiempo pasado fue mejor, dijo Quim. Nos hacemos viejos, dijo el padre de Laura Damián. Entonces Quim dijo algo sorprendente: no sé, dijo, cómo te las arreglas para seguir vivo, yo ya hace tiempo que me hubiera muerto.

Siguió un silencio prolongado, sólo roto por las voces lejanas de la señora Font y de sus hijas que preparaban una piñata en el patio trasero y luego el padre de Laura Damián explotó en un sollozo. No pude aguantar la curiosidad y salí de la cocina procurando no hacer ruido, precaución innecesaria pues los dos hombres estaban absortos contemplándose mutuamente, Quim con aspecto de acabado de levantar, despeinado, ojeroso, legañoso, el pijama arrugado, las pantuflas a medio salir de los pies, unos pies delicados como pude apreciar, muy distintos de los pies de mi tío, por ejemplo, y el señor Damián con el rostro como se suele decir literalmente bañado en lágrimas, aunque las lágrimas sólo formaban dos surcos en sus mejillas, dos surcos profundos que parecían tragarse el rostro entero, las manos juntas, sentado en un sillón enfrente de Quim. Quiero ver a Angélica, dijo. Primero límpiate los mocos, dijo Quim. El señor Damián extrajo un pañuelo del bolsillo del saco y se lo pasó por los ojos y las mejillas y luego se sonó. La vida es dura, Quim, dijo mientras se levantaba de improviso y se dirigía como dormido al baño. Al pasar junto a mí ni siquiera me miró.

Después creo que estuve un rato en el patio ayudándole a la señora Font a preparar los arreglos de la cena que pensaba dar aquella última noche de 1975. Cada final de año doy una cena para nuestros amigos, dijo, ya es una tradición, aunque de buena gana este año no la haría, no estoy para fiestas, ya ves, pero hay que ser fuertes. Le dije que el padre de Laura Damián estaba en casa. Alvarito viene cada año, dijo la señora Font, dice que soy la mejor cocinera que conoce. ¿Qué vamos a comer esta noche?, pregunté.

–Ay, hijo, no tengo idea, me parece que voy a prepararles un poco de mole y luego me iré a acostar temprano, este año no estoy para grandes celebraciones, ¿no te parece?

La señora Font me miró y se echó a reír. Me parece que esta mujer no está bien de la cabeza. Después volvió a sonar el timbre insistentemente y la señora Font, tras permanecer a la expectativa durante unos segundos, me pidió que fuera a ver quién era. Al pasar por la sala vi a Quim y al padre de Laura Damián, cada uno con una copa en la mano, sentados en el mismo sofá, mirando otro programa en la tele. El visitante era uno de los poetas campesinos. Creo que estaba borracho. Me preguntó dónde estaba la señora Font y luego pasó directo hacia el patio trasero en donde se hallaba ésta con sus guirnaldas y banderitas mexicanas de papel, obviando el triste cuadro que componían Quim y el padre de Laura Damián. Subí a la habitación de Jorgito y desde allí vi al poeta campesino que se llevaba las manos a la cabeza.

Numerosas, en cambio, fueron las llamadas telefónicas. Llamó primero una tal Lorena, ex poeta real visceralista, para invitar a María y a Angélica a una fiesta de fin de año. Luego llamó un poeta paciano. Luego llamó un bailarín de nombre Rodolfo que quiso hablar con María, pero ella se negó a ponerse y me rogó que le dijera que no estaba, cosa que hice sin placer, automáticamente, como si ya estuviera más allá de los celos, lo que de ser verdad sería magnífico, pues los celos no sirven para nada. Después llamó el arquitecto principal del estudio de arquitectura de Quim. Sorprendentemente primero habló con él y luego quiso que se pusiera al teléfono Angélica. Cuando Quim me pidió que llamara a Angélica tenía lágrimas en los ojos y mientras Angélica hablaba o más bien escuchaba, me dijo que la poesía era lo más bonito que se podía hacer en esta tierra maldita. Palabras textuales. Yo, por no llevarle la contraria, asentí (creo que le dije: qué buena onda, Quim, respuesta a todas luces cretina). Después estuve un rato en la casita de las muchachas, hablando con María y Lupe o más bien dicho escuchándolas hablar mientras me preguntaba cuándo y cómo iba a acabar el cerco del padrote.

Sobre la cogida de la noche anterior con Lupe, todo sigue envuelto en el misterio, aunque la verdad es que hacía mucho que no me lo pasaba tan bien. A la una de la tarde hubo un simulacro de comida: primero comimos Jorgito, María, Lupe y yo, luego, a la una y media, la señora Font, Quim, el padre de Laura Damián, el poeta campesino y Angélica. Mientras lavaba los platos escuché que el poeta campesino amenazaba con salir y enfrentarse a Alberto, seguido de la advertencia de la señora Font que le decía: Julio, no seas menso. Después todos nos fuimos a comer el postre a la sala.

Por la tarde me duché.

Tenía el cuerpo lleno de magulladuras pero no sabía quién me las había hecho, si Rosario o Lupe, en cualquier caso no había sido María y eso, extrañamente, me dolió, aunque el dolor distó mucho de ser insoportable, como cuando la conocí. En el pecho, justo debajo de la tetilla izquierda, tengo un morado del tamaño de una ciruela. En la clavícula unos arañazos con forma de estelas diminutas. También en los hombros he descubierto algunas señales.

Cuando salí encontré a todos tomando café en la cocina, algunos sentados y otros de pie. María le había pedido a Lupe que contara la historia de la puta a la que Alberto casi había ahogado con su verga. Parecían como hipnotizados. De vez en cuando interrumpían el relato de Lupe y decían qué barbaro o qué bárbaros e incluso una voz femenina (la de la señora Font o la de Angélica) dijo qué inmensidad, mientras Quim le decía al padre de Laura Damián: ya ves con qué elemento nos enfrentamos.

A las cuatro de la tarde se marchó el poeta campesino y poco después apareció la hermana de la señora Font. Los preparativos para la cena se aceleraron.

Entre las cinco y las seis arreciaron las llamadas telefónicas de personas que excusaban su presencia en la cena y a las seis y media la señora Font dijo que no podía más, se puso a llorar y subió a encerrarse en su habitación.

A las siete la hermana de la señora Font, ayudada por María y Lupe, puso la mesa y dejó la cocina preparada para la cena de fin de año. Pero faltaban unos ingredientes y se fue a buscarlos. Antes de irse Quim la hizo pasar a su estudio, sólo unos segundos. Al salir la hermana de la señora Font llevaba en la mano un sobre, supongo que con dinero, y desde el interior del estudio oí que el señor Font le decía que metiera el sobre en la cartera, que de lo contrario corría el peligro de que los ocupantes del Camaro amarillo se lo robaran, cosa que la hermana de la señora Font al principio pareció ignorar pero que hizo en el momento de abrir la puerta de la casa y marcharse. Para mayor seguridad, de todas maneras, Jorgito y yo la acompañamos hasta la puerta de calle. En efecto, el Camaro sigue allí, pero los ocupantes ni siquiera se movieron cuando la hermana de la señora Font pasó a su lado y se perdió en dirección a la calle Cuernavaca.

A las nueve nos sentamos a cenar. La mayor parte de los invitados se había excusado y sólo apareció una señora ya mayor, creo que prima de Quim, un tipo alto y flaco que fue presentado como arquitecto, o como ex arquitecto, según él mismo se encargó de rectificar, y dos pintores que no se enteraban de nada. La señora Font abandonó su habitación vestida con sus mejores galas y acompañada de su hermana, que tras volver y no contenta con supervisar los preparativos de la cena, dedicó los últimos minutos a ayudar a vestirla. Lupe, que a medida que se acercaba el fin de año se volvía cada vez más arisca, dijo que no tenía derecho a cenar con nosotros y que lo haría en la cocina, pero María se opuso de manera resuelta y al final, tras una discusión que francamente no entendí, terminó sentándose en la mesa principal.

El inicio de la cena fue extraordinario.

Quim se levantó y dijo que quería brindar por alguien. Yo supuse que sería por su mujer, que dada la situación en que se encontraba daba pruebas de una entereza fuera de lo corriente, pero el brindis fue ¡para mí! Habló de mi edad y de mis poemas, recordó mi amistad con sus hijas (cuando dijo esto miró fijamente al padre de Laura Damián, que asintió) y mi amistad con él, nuestras conversaciones, nuestros encuentros inesperados por las calles del DF, y finalizó su alocución, que en realidad fue breve aunque a mí me pareció eterna, pidiéndome, ya directamente a la cara, que cuando creciera y fuera un ciudadano adulto y responsable no lo juzgara con excesiva severidad. Al callarse, yo estaba rojo de vergüenza. María, Angélica y Lupe aplaudieron. Los pintores despistados también. Jorgito se metió debajo de la mesa y nadie pareció notarlo. La señora Font, a quien miré de reojo, parecía tan apenada como yo.

Pese a su inicio bullicioso, la cena de nochevieja fue más bien triste y silenciosa. La señora Font y su hermana se dedicaron a servir los platos, María apenas probó la comida, Angélica se sumió en un silencio más lánguido que hosco, Quim y el padre de Laura Damián a veces prestaban atención al arquitecto, que se dedicó a reñir con suavidad a Quim, pero por lo general se mantenían en una actitud distante; los dos pintores sólo conversaron entre sí y de vez en cuando con el padre de Laura Damián, que al parecer también coleccionaba obras de arte, y María y Lupe, que al inicio de la cena parecían las más dispuestas a pasárselo bien, terminaron levantándose para ayudar a las mujeres que servían la mesa y al final desaparecieron en la cocina. Así pasa la gloria del mundo, me dijo Quim desde el otro extremo de la mesa.

Entonces tocaron el timbre y todos dimos un salto. María y Lupe asomaron sus cabezas desde la cocina.

–Que alguien abra –dijo Quim, pero nadie se movió de su lugar.

Fui yo quien se levantó.

El jardín estaba oscuro y tras la verja distinguí dos siluetas. Pensé que eran Alberto y su policía. Irracionalmente me sentí con ganas de pelear y hacia ellos encaminé resueltamente mis pasos. Al acercarme un poco más, sin embargo, descubrí que quienes estaban allí eran Ulises Lima y Arturo Belano. No dijeron a qué venían. No se sorprendieron de verme. Recuerdo que pensé: ¡salvados!

Había comida de sobra y Ulises y Arturo fueron sentados a la mesa y la señora Font les sirvió la cena mientras los demás tomaban el postre o conversaban. Cuando terminaron de comer, Quim se los llevó a su estudio. El padre de Laura Damián no tardó en seguirlos.

Poco después Quim se asomó por la puerta entreabierta y llamó a Lupe. Los que estábamos en la sala parecíamos asistir a un funeral. María me dijo que la siguiera al patio. Habló conmigo un tiempo que me pareció prolongado pero que no debió de dilatarse más de cinco minutos. Esto es una trampa, me dijo. Después los dos entramos en el estudio de su padre.

Sorprendentemente quien llevaba la voz cantante era Álvaro Damián. Se había sentado en la silla de Quim (éste permanecía de pie en un rincón) y firmaba varios cheques al portador. Belano y Lima sonreían. Lupe parecía preocupada, pero resignada. María le preguntó al padre de Laura Damián qué se traían. El padre de Laura Damián levantó la mirada de su chequera y dijo que había que solucionar el asunto de Lupe a la brevedad posible.

–Me voy al norte, mana –dijo Lupe.

–¿Cómo? –dijo María.

–Aquí, con éstos, en el carro de tu papá.

No tardé en comprender que Quim y el padre de Laura Damián habían convencido a mis amigos para que, fueran a donde fueran, se llevaran a Lupe con ellos y rompieran de esa manera el cerco de la casa.

Lo que más me sorprendió fue que Quim les prestara el Impala, eso sí que no me lo esperaba.

Cuando salimos de la habitación Lupe y María se fueron a hacer la maleta. Las seguí. La maleta de Lupe iba casi vacía pues en la fuga del hotel había olvidado gran parte de su ropa.

Cuando dieron las doce en la tele todos nos abrazamos. María, Angélica, Jorgito, Quim, la señora Font, su hermana, el padre de Laura Damián, el arquitecto, los pintores, la prima de Quim, Arturo Belano, Ulises Lima, Lupe y yo.

Hubo un momento en que ya nadie sabía a quien estaba abrazando o si los abrazos se repetían.

Hasta las diez de la noche era posible ver, al otro lado de la verja, las siluetas de Alberto y sus pistoleros. A las once ya no estaban y Jorgito incluso tuvo valor para salir al jardín, encaramarse a la barda y desde allí echar un vistazo a toda la calle. Se habían ido. A las doce y cuarto, todos nos trasladamos sigilosamente al garaje y empezaron las despedidas. Abracé a Belano y a Lima y les pregunté qué iba a pasar con el real visceralismo. No me contestaron. Abracé a Lupe y le dije que tuviera cuidado. En respuesta recibí un beso en la mejilla. El coche de Quim era un Ford Impala último modelo, de color blanco, y Quim y su mujer quisieron saber, como si en el último minuto se hubieran arrepentido, quién iba a ser el conductor.

–Yo –dijo Ulises Lima.

Mientras Quim le explicaba a Ulises algunas de las peculiaridades del coche, Jorgito dijo que nos diéramos prisa pues el padrote de Lupe acababa de volver. Durante unos instantes todos se pusieron a hablar en voz alta y la señora Font dijo: qué vergüenza, tener que llegar a esto. Entonces me fui corriendo hasta la casita de las Font, cogí mis libros y volví. El motor del coche ya estaba encendido y todos parecían estatuas de sal.

Vi a Arturo y a Ulises en los asientos delanteros y a Lupe en el asiento posterior.

–Alguien tiene que ir a abrir la puerta de la calle –dijo Quim. Me ofrecí a hacerlo.

Estaba en la acera cuando vi encenderse las luces del Camaro y las luces del Impala. Parecía una película de ciencia ficción. Mientras un coche salía de la casa, el otro se acercó, como atraídos por un imán o por la fatalidad, que viene a ser lo mismo según los griegos.

Escuché voces, me llamaban, a mi lado pasó el coche de Quim, vi la silueta de Alberto que bajaba del Camaro y de un salto estaba junto al coche en donde iban mis amigos. Sus acompañantes, sin bajarse, le gritaban que rompiera una de las ventanas del Impala. ¿Por qué no acelera?, pensé. El padrote de Lupe empezó a patear las puertas. Vi a María que avanzaba por el jardín hacia mí. Vi las caras de los matones en el interior del Camaro. Uno de ellos fumaba un puro. Vi el rostro de Ulises y sus manos que se movían por el tablero de mandos del coche de Quim. Vi la cara de Belano que miraba impasible al padrote, como si la cosa no fuera con él. Vi a Lupe que se tapaba la cara en el asiento trasero. Pensé que el vidrio de la puerta no iba a resistir otra patada y de un salto me vi junto a Alberto. Luego vi que Alberto se tambaleaba. Olía a alcohol, seguramente ellos también habían estado celebrando el fin de año. Vi mi puño derecho (el único libre pues en la otra mano llevaba mis libros) que se proyectaba otra vez sobre el cuerpo del padrote y en esta ocasión lo vi caer. Sentí que me llamaban de la casa y no me volví. Pateé el cuerpo que estaba a mis pies y vi el Impala que por fin se movía. Vi salir a los dos matones del Camaro y los vi dirigirse hacia mí. Vi que Lupe me miraba desde el interior del coche y que abría la puerta. Supe que siempre había querido marcharme. Entré y antes de que pudiera cerrar Ulises aceleró de golpe. Oí un disparo o algo que parecía un disparo. Nos han disparado, hijos de la chingada, dijo Lupe. Me volví y a través de la ventana trasera vi una sombra en medio de la calle. En esa sombra, enmarcada por la ventana estrictamente rectangular del Impala, se concentraba toda la tristeza del mundo. Son fuegos artificiales, oí que decía Belano mientras nuestro coche daba un salto y dejaba atrás la casa de las hermanas Font, el Camaro de los matones, la calle Colima y en menos de dos segundos ya estábamos en la avenida Oaxaca y nos perdíamos en dirección al norte del DF.

II. Los detectives salvajes (1976-1996)

1

Amadeo Salvatierra, calle República de Venezuela, cerca del Palacio de la Inquisición, México DF, enero de 1976. Ay, muchachos, les dije, qué bueno que hayan venido, pásenle no más, como si estuvieran en su propia casa, y mientras ellos enfilaban pasillo adentro, más bien tanteando porque el pasillo es oscuro y la bombilla estaba fundida y no la había cambiado (todavía no la he cambiado), yo me adelanté dando saltitos de alegría hasta la cocina, de donde saqué una botella de mezcal Los Suicidas, un mezcalito que sólo hacen en Chihuahua, producción limitada, no crea, y del que hasta 1967 recibía por paquete postal dos botellas al año. Cuando volví los muchachos estaban en la sala contemplando mis cuadros y examinando algunos libros y yo no pude evitar decirles otra vez lo feliz que me hacía esa visita. ¿Quién les dio mi dirección, muchachos? ¿Germán, Manuel, Arqueles? Y ellos entonces me miraron como si no entendieran y luego uno dijo List Arzubide y yo les dije pero siéntense, tomen asiento, ah, Germán List Arzubide, mi hermano, él siempre se acuerda de mí, ¿sigue tan grandote y tan buenazo? Y los muchachos se encogieron de hombros y dijeron sí, claro, no iba a haber encogido, ¿verdad?, pero ellos sólo dijeron sí y entonces yo les dije vamos a catar este mezcalito y les pasé dos vasos y ellos se quedaron mirando la botella como si temieran que de ésta pudiera salir disparado un dragón y yo me reí, pero no me reí de ellos, me reí de pura felicidad, del contento que me producía estar allí con ellos, y entonces uno me preguntó si el mezcal se llamaba así, tal como sus ojos estaban viendo y yo le pasé la botella, todavía riéndome, sabía que el nombre los iba a apantallar, y me separé digamos un par de pasos para verlos mejor, Dios los bendiga, qué jovencitos eran, con el pelo hasta los hombros y cargados de libros, qué de recuerdos me traían, y entonces uno de ellos dijo está usted seguro, señor Salvatierra, que esto no mata, y yo le dije qué va a matar, esto es puritita salud, agua de la vida, éntrenle sin desconfianza, y para dar ejemplo me llené mi vaso y me lo bebí de un solo trago hasta la mitad y luego les serví a ellos y al principio, muchachos del carajo, sólo se humedecieron los labios, pero luego luego les pareció bueno y empezaron a beber como hombres. Eh, muchachos, ¿qué tal?, les dije, y uno de ellos, el chileno, dijo que jamás había oído hablar de un mezcal llamado Los Suicidas, como un poco presuntuoso me pareció, en México debe de haber unas doscientas marcas de mezcales, tirando por lo bajo, así que es muy difícil conocerlas todas y menos no siendo de aquí, pero claro, eso el muchacho no lo sabía, y el otro dijo está bueno y dijo yo tampoco lo había oído mentar y yo les tuve que decir que me parecía que ya no se hacía ese mezcal, la fábrica quebró, o la quemaron, o la vendieron a una embotelladora de Refrescos Pascual o a los nuevos dueños les pareció que ese nombre no era muy comercial que digamos. Y durante un rato nos quedamos en silencio, ellos de pie, yo sentado, bebiendo y paladeando cada gota del mezcal Los Suicidas y pensando vaya uno a acordarse de qué. Y entonces uno de ellos dijo señor Salvatierra, queríamos hablar de Cesárea Tinajero. Y el otro dijo: y de la revista *Caborca*. Pinches muchachos. Tenían las mentes y las lenguas intercomunicadas. Uno de ellos podía empezar a hablar y detenerse en mitad de su parlamento y el otro podía proseguir con la frase o con la idea como si la hubiera iniciado él. Y cuando nombraron a Cesárea yo levanté la vista y los miré como si los viera a través de una cortina de gasa, gasa hospitalaria para ser más precisos, y les dije no me llamen señor, muchachos, llámenme Amadeo como mis amigos. Y ellos dijeron de acuerdo, Amadeo. Y volvieron a nombrar a Cesárea Tinajero.

Perla Avilés, calle Leonardo da Vinci, colonia Mixcoac, México DF, enero de 1976. Voy a hablar de 1970. Yo lo conocí en 1970, en la prepa Porvenir, en Talismán, los dos estudiamos un tiempo allí. Él desde 1968, que fue cuando llegó a México, yo desde el 69, aunque hasta 1970 no nos conocimos. Por causas que no vienen al caso ambos dejamos de estudiar un tiempo. Él creo que por razones económicas, yo porque de repente sentí pavor en la conciencia. Pero luego volví y él también volvió o lo obligaron a volver sus padres y entonces nos conocimos. Hablo de 1970 y yo ya era la mayor de mi clase, la más vieja, tenía dieciocho años y debía estar en la universidad, no estudiando prepa, pero allí estaba, en la prepa Porvenir, y una mañana, ya entrado el curso, apareció por allí, me fijé en él de inmediato, no era un alumno nuevo, tenía amigos, y era un año más joven que yo aunque también había repetido un curso. Por aquella época él vivía en la colonia Lindavista, pero al cabo de unos meses sus padres se cambiaron de casa y se fueron a vivir a la colonia Nápoles. Me hice su amiga. Los primeros días, mientras reunía valor para hablarle, lo miraba jugar a fútbol en el patio, le encantaba jugar, y yo lo miraba desde las escaleras y me parecía el muchacho más hermoso que jamás había visto. En la prepa el pelo largo estaba prohibido, pero él tenía el pelo largo y cuando jugaba al fútbol se sacaba la camisa y jugaba con el torso desnudo. A mí me parecía igualito que un griego de esos de las revistas de mitología griega y también, en otras ocasiones (en clase, cuando él parecía dormir), un santo católico. Yo lo observaba y no pedía más. Él no tenía muchos amigos. Conocía a muchos, eso sí, se reía con muchos (siempre se estaba riendo), hacía bromas, pero sus amigos eran más bien pocos o ninguno. No era un buen estudiante. En las clases de química y de física estaba perdido. A mí eso me extrañaba porque tampoco eran tan difíciles, basta con un poco de atención para superarlas, basta con estudiar un poco, pero él se ve que apenas estudiaba o que no estudiaba en absoluto y que en las clases su cabeza estaba en otra parte. Una vez se me acercó, yo estaba en la escalera leyendo al Conde de Lautréamont, y me preguntó si sabía quiénes eran los dueños de la Prepa Porvenir. Me quedé tan asustada que no supe qué responderle, creo que abrí la boca pero no me salió ninguna palabra, mi cara se descompuso y posiblemente hasta me puse a temblar. Él iba sin camisa, la llevaba en una mano, en la otra llevaba un morral con sus cuadernos, un morral lleno de polvo, y me miraba con una sonrisa en los labios y yo miraba el sudor que había en su pecho y que el viento o el aire (que no es lo mismo) del atardecer le estaba secando a una velocidad vertiginosa, la mayoría de las clases se habían acabado, no sé qué hacía yo en la escuela, esperaba a alguien, un amigo o una amiga, aunque es improbable pues yo tampoco tenía muchos amigos o amigas, tal vez me había quedado sólo para verlo jugar al fútbol, recuerdo que el cielo era de un gris húmedo, brillante, y que hacía frío o que yo entonces sentí frío. También recuerdo que lo único que se escuchaba eran unos pasos lejanos, risas en sordina, la escuela vacía. Seguramente él creyó que yo no lo había oído la primera vez y volvió a hacerme la misma pregunta. No sé quién es el dueño, le dije, no sé si la prepa tiene dueño. Claro que tiene dueño, dijo él, es del Opus Dei. Mi respuesta debió de parecerle la típica de una imbécil, pues le dije que no sabía qué era el Opus Dei. Una secta católica que hace pactos con el diablo, dijo él riéndose. Entonces comprendí y le dije que a mí la religión no me importaba gran cosa y que ya sabía que la Prepa Porvenir pertenecía a la Iglesia. No, dijo él, lo importante es a qué sector de la Iglesia pertenece. Al Opus Dei. ¿Y quiénes son los del Opus Dei?, le pregunté. Entonces él se sentó junto a mí en la escalera y estuvimos hablando durante mucho rato y yo sufría porque no se ponía la camisa y cada vez hacía más frío. De aquella primera plática recuerdo lo que dijo de sus padres: dijo que eran unos ingenuos y que él también era un ingenuo y probablemente también dijo que eran unos ignorantes (sus padres y él) y unos simples por no haberse dado cuenta hasta ahora que la escuela era del Opus. ¿Tus padres saben quién manda aquí?, me preguntó. Mi madre murió, dije yo, y mi padre no lo sabe y no le importa. A mí tampoco me importa, añadí, sólo quiero acabar la prepa y entrar a la universidad. ¿Y qué vas a estudiar?, dijo él. Letras, dije yo. Entonces fue cuando me dijo que él era escritor. Qué casualidad, dijo, yo soy escritor. O algo así. Sin darle importancia. Por supuesto, yo pensé que me tomaba el pelo. Así nos hicimos amigos. Yo tenía dieciocho años y él acababa de cumplir los diecisiete. Desde los quince vivía en México. Una vez lo invité a montar a caballo. Mi padre tenía unas tierras en Tlaxcala y se había comprado un caballo. Él decía que sabía montar muy bien y yo le dije este domingo acompaño a mi padre a Tlaxcala, si quieres puedes venir con nosotros. Qué tierras más desoladas eran aquéllas. Mi padre había construido un chamizo de adobe y eso era todo lo que había, el resto eran matorrales y tierra reseca. Cuando llegamos él lo miró todo con una sonrisa, como si dijera ya me imaginaba que no veníamos a un rancho elegante, a un latifundio, pero esto es demasiado. Hasta yo me avergoncé un poco de las tierras de mi padre. Por no tener, no tenía ni siquiera una silla de montar y el caballo se lo cuidaban unos vecinos. Durante un rato, mientras mi padre iba a buscar el caballo, estuvimos caminando por esos secadales. Yo intentaba hablarle de libros que había leído y que sabía que él no conocía, pero él apenas me escuchaba. Caminaba y fumaba, caminaba y fumaba y el paisaje siempre era el mismo. Hasta que sentimos la bocina del coche de mi padre y luego llegó el hombre que cuidaba el caballo, sin montarlo, llevándolo de la brida. Cuando volvimos al chamizo mi padre y el hombre se habían marchado en el auto, a resolver unos negocios y el caballo estaba amarrado esperándonos. Monta tú primero, le dije. No, dijo él (se notaba que tenía la cabeza en otro sitio), monta tú. Preferí no discutir, monté y me puse a galopar enseguida. Cuando volví él estaba sentado en el suelo, la espalda apoyada contra la pared del chamizo y fumaba. Montas muy bien, me dijo. Luego se levantó, se acercó al caballo, dijo que no estaba acostumbrado a montar a pelo, pero igual lo montó, de un salto, y yo le indiqué una dirección, le dije que por allí había un río o mejor dicho el lecho de un río, que ahora estaba seco pero que cuando llovía se llenaba y era bonito, después echó a galopar. Cabalgaba bien. Yo soy una buena amazona, pero él era tan bueno como yo o tal vez mejor, no lo sé, entonces me pareció mejor, galopar sin tener estribos es difícil y él galopaba pegado al lomo del caballo hasta que lo perdí de vista. Mientras esperaba estuve contando las colillas que él había apagado junto al chamizo y me dieron ganas de aprender a fumar. Horas después, cuando regresábamos en el coche de mi padre, él iba adelante, yo atrás, me dijo que probablemente debajo de aquellas tierras yacía enterrada alguna pirámide. Recuerdo que mi padre desvió la vista de la carretera para mirarlo. ¿Pirámides? Sí, dijo él, el subsuelo debe estar *lleno* de pirámides. Mi padre no hizo ningún comentario. Yo, desde la oscuridad del asiento trasero, le pregunté por qué creía eso. Él no me contestó. Después nos pusimos a hablar de otras cosas pero yo me quedé pensando por qué diría lo de las pirámides. Me quedé pensando en las pirámides. Me quedé pensando en el pedregal de mi padre y mucho tiempo después, cuando yo ya no lo veía, cada vez que volvía a esas tierras yermas pensaba en las pirámides enterradas, pensaba en la única vez que lo vi montando a caballo por encima de las pirámides y también lo imaginaba en el chamizo, cuando se quedó solo y se puso a fumar.

Laura Jáuregui, Tlalpan, México DF, enero de 1976. Antes de conocerlo a él fui novia de César, César Arriaga, y a César me lo presentaron en el taller de poesía de la Torre de Rectoría de la UNAM, allí conocí a María Font y a Rafael Barrios, allí también conocí a Ulises Lima que por entonces no se llamaba Ulises Lima, no sé, tal vez ya se llamaba Ulises Lima pero nosotros le llamábamos por su nombre verdadero, Alfredo no sé qué, y también conocí a César y nos enamoramos o creímos que nos habíamos enamorado y los dos colaboramos en la revista de Ulises Lima. Esto ocurrió a finales de 1973, no lo podría precisar con más exactitud, fueron unos días en que llovía mucho, lo recuerdo porque siempre llegábamos mojados a las reuniones. Y luego hicimos la revista, *Lee Harvey Oswald*, vaya nombre, en el estudio de arquitectura donde trabajaba el papá de María, unas tardes deliciosas, tomábamos vino y siempre alguna de nosotras llevaba unos sándwiches, Sofía o María o yo, los muchachos nunca llevaban nada, aunque sí, al principio sí, pero luego los que llevaban cosas, es decir los más educados, fueron abandonando el proyecto, al menos ya no se presentaban a las reuniones, y luego apareció Pancho Rodríguez y todo se fue al garete, al menos en lo que a mí respecta, pero yo seguí en la revista, o seguí frecuentando al grupo de la revista, sobre todo porque César estaba allí, sobre todo por María y por Sofía (de Angélica nunca fui amiga, lo que se dice amiga), no por querer publicar mis poemas, en el primer número no se publicó nada, en el segundo iba a aparecer un poema mío, *Lilith* se llamaba, pero al final no sé qué pasó y no lo publicaron. El que sí publicó un poema en *Lee Harvey Oswald* fue César, el poema se llamaba *Laura y César*, qué tierno, pero Ulises se lo cambió (o lo convenció para cambiarlo) y al final se llamó *Laura & César*, ésas eran las cosas que hacía Ulises Lima.

Bueno, el caso es que primero conocí a César y Laura & César se hicieron novios o algo parecido. Pobre César. Tenía el pelo castaño claro y era bastante alto. Vivía con su abuela (sus padres vivían en Michoacán) y con él tuve mis primeras experiencias sexuales adultas. O mejor dicho, con él tuve mis últimas experiencias sexuales adolescentes. O las penúltimas, bien pensado. Íbamos al cine, en un par de ocasiones fuimos al teatro, por aquella época me matriculé en la Escuela de Danza y a veces César me acompañaba. El resto del tiempo lo dedicábamos a dar largos paseos, a comentar los libros que leíamos y a estar juntos sin hacer nada. Y esto se prolongó durante unos meses, tal vez tres o cuatro o nueve meses, no más de nueve meses, y un día rompí con él, de eso sí que estoy segura, fui yo la que le dije que se había acabado, aunque el motivo exacto lo he olvidado, y recuerdo que César se lo tomó muy bien, estuvo de acuerdo conmigo, él estudiaba entonces segundo de Medicina, yo me acababa de matricular en Filosofía y Letras, y esa tarde no fui a clases, me fui a casa de María, tenía que hablar con una amiga, quiero decir personalmente, no por teléfono, y cuando llegué a Colima, a la casa de María, encontré la puerta del jardín abierta y eso me extrañó un poco, esa puerta siempre está cerrada, manías de la mamá de María, y entré y toqué el timbre y la puerta se abrió y un tipo al que nunca había visto me preguntó a quién buscaba. Era Arturo Belano. Tenía entonces veintiún años, era delgado, llevaba el pelo muy largo y usaba gafas, unas gafas horribles, aunque su miopía no era exagerada, apenas unas pocas dioptrías en cada ojo, pero las gafas igual eran horribles. Sólo cruzamos unas palabras, él estaba con María y con un poeta llamado Aníbal que por entonces iba loco por María, pero cuando yo llegué ellos ya se iban.

Ese mismo día lo volví a ver. Me pasé toda la tarde conversando con María y después nos fuimos al centro a comprar un pañuelo, creo, y seguimos conversando (primero de César & Laura, después de todo lo habido y por haber) y terminamos tomando capuchinos en el café Quito en donde María había quedado citada con Aníbal. Y a eso de las nueve de la noche apareció Arturo. Esta vez iba con un chileno de diecisiete años llamado Felipe Müller, su mejor amigo, un tipo muy alto, rubio, que casi nunca abría la boca y que seguía a Arturo a todas partes. Y se sentaron con nosotras, claro. Y después llegaron otros poetas, poetas un poco mayores que Arturo, ninguno miembro del realismo visceral, entre otras razones porque todavía no existía el realismo visceral, poetas que habían sido amigos de Arturo antes de que él se marchara a Chile, como Aníbal, y que por lo tanto lo conocían desde que él tenía diecisiete años, en realidad periodistas y funcionarios, esa clase de gente triste que nunca sale del centro, de ciertas zonas del centro, titulares de la tristeza en la zona comprendida por la avenida Chapultepec, al sur, y Reforma, por el norte, asalariados de *El Nacional*, correctores del *Excelsior*, tinterillos de la Secretaría de Gobernación que cuando dejaban sus chambas se desplazaban a Bucareli y allí extendían sus tentáculos o sus hojitas verdes. Y aunque eran tristes, como ya he dicho, esa noche nos reímos mucho, de hecho no paramos de reírnos. Y después nos fuimos caminando hasta la parada de camiones, María, Aníbal, Felipe Müller, Gonzalo Müller (el hermano de Felipe que muy pronto se iba a marchar de México), Arturo y yo. Y todos como que nos sentíamos muy felices, yo ya ni me acordaba de César, María miraba las estrellas que milagrosamente habían aparecido sobre el cielo del DF como proyecciones holográficas, y nuestro mismo paso era grácil, el recorrido lentísimo, como si avanzáramos y retrocediéramos para prolongar el momento en que inevitablemente tendríamos que llegar a la parada de camiones, hubo un trecho en que todos caminamos mirando el cielo (las estrellas que María nombraba), aunque mucho después Arturo me dijo que él no había mirado las estrellas sino las luces encendidas de algunos departamentos, departamentos pequeñitos como buhardillas en la calle Versalles, o en Lucerna, o en la calle Londres, y que en ese momento supo que su máxima felicidad hubiera sido estar conmigo en uno de esos departamentos y cenar un par de tortas con crema que hacía un vendedor ambulante de Bucareli. Pero entonces no me dijo eso (lo hubiera tomado por un loco), me dijo que le gustaría leer poemas míos, me dijo que adoraba las estrellas, las del hemisferio norte y las del hemisferio sur, me dijo que le diera mi número de teléfono.

Y yo le di mi número de teléfono y al día siguiente me llamó. Y quedamos para vernos, pero no en el centro, le dije que no podía salir de mi casa en Tlalpan, que tenía que estudiar, y él dijo perfecto, te voy a ver, así conozco Tlalpan, y yo le dije no hay nada que conocer, vas a tener que tomar el metro y luego un camión y luego otro camión, y entonces no sé por qué pensé que se iba a perder y le dije espérame en la parada del metro, y cuando fui a buscarlo lo encontré sentado sobre unas cajas de fruta, la espalda apoyada contra un árbol, vaya, el mejor sitio que uno hubiera podido encontrar. Qué suerte tienes, le dije. Sí, me dijo, tengo mucha suerte. Y esa tarde me habló de Chile, no sé si porque quiso o porque se lo pregunté yo, aunque dijo más bien cosas incoherentes, y también habló de Guatemala y El Salvador, había estado en toda Latinoamérica, al menos en todos los países de la costa del Pacífico, y nos besamos por primera vez, y luego estuvimos juntos bastantes meses y nos pusimos a vivir juntos y después sucedió lo que sucedió, es decir nos separamos y yo volví a vivir en casa de mi madre y me matriculé en Biología (algún día espero ser una buena bióloga, espero especializarme en biología genética) y a Arturo se le empezaron a ocurrir cosas raras. Fue entonces cuando nació el realismo visceral, al principio todos creímos que era una broma, pero luego nos dimos cuenta que no era una broma. Y cuando nos dimos cuenta que no era una broma, algunos, por inercia, creo yo, o por que de tan increíble parecía posible, o por amistad, para no perder de golpe a tus amigos, le seguimos la corriente y nos hicimos real visceralistas, pero en el fondo nadie se lo tomaba en serio, muy en el fondo, quiero decir.

Por entonces yo ya estaba haciendo nuevos amigos en la universidad y cada vez veía menos a Arturo, a sus amigos, creo que a la única que llamaba por teléfono o con la que a veces salía era María, pero incluso mi amistad con María comenzó a enfriarse. De todas formas siempre estaba más o menos al tanto de lo que hacía Arturo, y yo pensaba: pero qué imbecilidades se le pasan por la cabeza a este tipo, cómo puede creerse estas tonterías, y de pronto, una noche en que no podía dormir, se me ocurrió que todo era un mensaje para mí. Era una manera de decirme no me dejes, mira lo que soy capaz de hacer, quédate conmigo. Y entonces comprendí que en el fondo de su ser ese tipo era un canalla. Porque una cosa es engañarse a sí mismo y otra muy distinta es engañar a los demás. Todo el realismo visceral era una carta de amor, el pavoneo demencial de un pájaro idiota a la luz de la luna, algo bastante vulgar y sin importancia.

Pero lo que quería decir era otra cosa.

Fabio Ernesto Logiacomo, redacción de la revista *La Chispa*, calle Independencia esquina Luis Moya, México DF, marzo de 1976. Llegué a México en noviembre de 1975. Venía de otros países latinoamericanos, en donde había vivido más bien a salto de mata. Tenía veinticuatro años y mi suerte empezaba a cambiar. Las cosas en Latinoamérica ocurren así, yo prefiero no buscarle más explicaciones. Mientras vegetaba en Panamá me enteré que había ganado el premio de poesía de Casa de las Américas. Me alegré mucho. No tenía un clavo y con el dinero del premio pude comprarme el boleto para México y pude comer. Bueno, lo curioso era que yo aquel año no había concursado en Casa de las Américas. Ésa es la verdad. El año anterior les había enviado un libro y el libro no obtuvo ni una triste mención honrosa. Y en el año en curso de repente me entero que he ganado el premio y los dólares del premio. A la primera noticia pensé que estaba alucinando. Pasaba hambre. Ésa es la verdad y cuando uno pasa hambre a veces le da por ahí. Luego pensé que tal vez se tratara de otro Logiacomo, pero como que eran muchas coincidencias, otro Logiacomo argentino como yo, otro Logiacomo de veinticuatro años como yo, otro Logiacomo que había escrito un poemario con el mismo título que el mío. Bueno. En Latinoamérica pasan estas cosas y es mejor no quebrarse la cabeza buscando una respuesta lógica cuando a veces no existe una respuesta lógica. Era yo, afortunadamente, el que había ganado el premio y eso era todo, después me dijeron los de Casa que el libro del año anterior se había traspapelado y esas cosas.

Así que pude llegar a México y me instalé en el DF y poco después recibí una llamada telefónica de este pibe diciéndome que quería hacerme una entrevista o algo por el estilo, yo entendí entrevista. Y claro, le dije que sí, la verdad es que me encontraba más bien solo y perdido, no conocía a ningún poeta joven mexicano y una entrevista o lo que fuera me pareció una idea estupenda. Así que nos vimos ese mismo día y cuando llegué al lugar de la cita vi que no era un poeta sino cuatro los que me esperaban y lo que querían no era una entrevista sino un conversatorio, un diálogo a tres bandas para publicar en una de las mejores revistas mexicanas. El diálogo iba a ser entre un mexicano, uno de ellos, un chileno, otro de ellos, y un argentino, yo. Los otros dos que sobraban iban de orejas. El tema: la salud de la nueva poesía latinoamericana. Buen tema. Así que les dije perfecto, cuando quieran empezamos, buscamos una cafetería más o menos tranquila y nos largamos a hablar.

Venían con la grabadora preparada, pero a la hora de la verdad el cachivache resultó fulero. Vuelta a empezar. Así estuvimos como media hora, yo me tomé dos cafés con leche, pagaron ellos. Se notaba que no estaban acostumbrados a esas cosas, quiero decir a la grabadora, quiero decir a hablar de poesía delante de una grabadora, quiero decir a ordenar las ideas y exponerlas con claridad. Bueno, lo intentamos un par de veces más, pero no salió. Decidimos que era mejor que cada uno escribiera lo que le saliera y que luego juntáramos lo que cada uno había escrito. Al final el conversatorio sólo lo hicimos entre el chileno y yo, no sé qué le pasó al mexicano.

El resto de la tarde lo dedicamos a pasear. Y me pasó una cosa curiosa con estos pibes, o con el café con leche que me invitaron, yo les notaba algo raro, como si estuvieran allí y al mismo tiempo no estuvieran, no sé cómo explicarme, eran los primeros poetas jóvenes mexicanos que conocía y tal vez eso era lo que me parecía raro, pero el caso es que en los últimos meses había conocido a poetas jóvenes peruanos, a poetas jóvenes colombianos, a poetas jóvenes de Panamá y Costa Rica y no había sentido lo mismo. Yo era un experto en poetas jóvenes y allí ocurría algo raro, faltaba algo, la simpatía, la viril comunión en unos ideales, la franqueza que preside todo acercamiento entre poetas latinoamericanos. Y en un momento de la tarde, lo recuerdo como se recuerda una borrachera misteriosa, me puse a hablar de mi libro y me puse a hablar de mis propios poemas y no sé por qué les conté lo del poema aquel sobre Daniel Cohn-Bendit, un poema que no era ni más bueno ni más malo que los otros que componían mi poemario galardonado en Cuba pero que al final no había sido incluido en el libro, seguramente estábamos hablando de la extensión, del número de páginas, estos dos (el chileno y el mexicano) escribían poemas larguísimos, eso decían, yo no los había leído todavía, y tenían creo que hasta una teoría acerca de los poemas largos, los llamaban poemas-novela, creo que la idea era de unos franceses, no lo recuerdo con claridad, y me largo yo y les cuento, francamente no sé a santo de qué, lo del poema a Cohn-Bendit y uno de ellos me pregunta cómo es que no está en tu libro y voy yo y digo es que los de Casa de las Américas decidieron quitarlo y va el mexicano y me dice pero te pedirían permiso, supongo, y yo le digo no, no me pidieron permiso, y va el mexicano y me dice ¿te lo sacaron del libro sin decirte nada?, y yo le digo sí, la verdad es que yo estaba ilocalizable, y el chileno me pregunta ¿y por qué te lo sacaron?, y yo le cuento lo que los de Casa de las Américas me habían contado, que poco antes Cohn-Bendit había efectuado unas declaraciones en contra de la Revolución Cubana, y el chileno dice ¿sólo por eso?, y yo le digo me imagino que sí, aunque el poema tampoco era muy bueno (pelotudo, ¿pero qué me habían hecho beber esos tipos para que largara de esa manera?), extenso sí que era, pero no muy bueno, y el mexicano dice qué hijos de puta, pero lo dice dulcemente, no crean, sin resentimiento, como si en el fondo comprendiera el mal trago que tuvieron que pasar los cubanos antes de mutilarme el libro, como si en el fondo no se tomara ni la molestia de despreciarme a mí y de despreciar a los compañeros de La Habana.

La literatura no es inocente, eso lo sé yo desde que tenía quince años. Y recuerdo que eso pensé entonces, pero no recuerdo si lo dije o no lo dije. Y si lo dije, en qué contexto lo dije. Y entonces el paseo (pero aquí he de precisar que ya no íbamos cinco personas sino sólo tres, el mexicano, el chileno y yo, los otros dos mexicanos se habían esfumado a las puertas del Purgatorio) se convirtió en una especie de paseo por los extramuros del Infierno.

Los tres íbamos callados, como si nos hubiéramos quedado mudos, pero nuestros cuerpos se movían como al compás de algo, como si algo nos moviera por ese territorio ignoto y nos hiciera bailar, un paseo sincopado y silencioso, si se me permite la expresión, y entonces tuve una alucinación, no la primera de ese día, ciertamente, no la última: el parque por el que íbamos se abrió a una especie de lago y el lago se abrió a una especie de cascada y la cascada formó un río que fluía por una especie de cementerio, y todo, lago, cascada, río, cementerio, era de color verde oscuro y silencioso. Y entonces yo pensé una de dos: o me estoy volviendo loco, cosa difícil porque siempre he tenido la cabeza bien puesta, o estos fulanos me han drogado. Y entonces les dije deténganse, deténganse un ratito, me siento enfermo, tengo que descansar, y ellos dijeron algo pero yo no los oí, sólo vi que se me acercaban y noté, tuve conciencia de que yo miraba para todos lados como buscando gente, buscando testigos, pero no había nadie, estábamos cruzando un bosque, y recuerdo que les dije qué bosque es éste, y ellos me dijeron es el bosque de Chapultepec y luego me llevaron a un banco y durante un rato estuvimos sentados, y uno de ellos me preguntó qué era lo que me dolía (la palabra doler, tan justa, tan bien utilizada) y yo hubiera debido decirles que lo que me dolía era todo el cuerpo, toda el alma, pero en cambio les dije que seguramente era la altura, a la que no terminaba de acostumbrarme, la que me afectaba, la que ponía visiones en mis ojos.

Luis Sebastián Rosado, cafetería La Rama Dorada, colonia Coyoacán, México DF, abril de 1976. Monsiváis ya lo dijo: Discípulos de Marinetti y Tzara, sus poemas, ruidosos, disparatados, cursis, libraron su combate en los terrenos del simple arreglo tipográfico y nunca superaron el nivel de entretenimiento infantil. Monsi está hablando de los estridentistas, pero lo mismo se puede aplicar a los real visceralistas. Nadie les hacía caso y optaron por el insulto indiscriminado. En diciembre del 75, poco antes de navidad, tuve la desgracia de coincidir con unos cuantos de ellos, aquí, en La Rama Dorada, su dueño don Néstor Pesqueira no me dejará mentir, fue muy desagradable. Uno de ellos, el que los comandaba, era Ulises Lima, el otro era un tipo grande y gordo, moreno, llamado Moctezuma o Cuauhtémoc, al tercero le decían Piel Divina. Yo estaba sentado aquí

mismo, esperando a Alberto Moore y a su hermana y de improviso esos tres energúmenos me rodean, se sientan uno a cada
lado y me dicen Luisito, vamos a hablar de poesía o vamos a di-
lucidar el futuro de la poesía mexicana o algo por el estilo. Yo no
soy una persona violenta y por supuesto me puse nervioso. Pensé: qué hacen aquí, cómo han dado conmigo, qué cuentas vienen
a saldar. Este país es una desgracia, eso hay que reconocerlo, la
literatura de este país es una desgracia, eso también hay que reconocerlo, en fin, estuvimos hablando unos veinte minutos
(nunca como entonces odié tanto la impuntualidad de Albertito
y de la presumida de su hermana) y al final llegamos incluso a
coincidir en varios puntos. En el fondo estábamos de acuerdo en
un noventa por ciento en lo que atañía a nuestras fobias. Por supuesto, en el panorama literario yo defendí en todo momento lo
que hacía Octavio Paz. Por supuesto, a ellos sólo parecía gustarles lo que hacían ellos mismos. Menos mal. Digo: entre lo malo,
lo menos malo, peor hubiera sido que se declararan discípulos
de los poetas campesinos o seguidores de la pobre Rosario Cas-
tellanos o adláteres de Jaime Sabines (con Jaime ya hay suficiente, creo yo). En fin, lo que decía, hubo puntos en donde pudimos coincidir. Y luego llegó Alberto y yo todavía estaba vivo,
había habido un par de gritos, un par de expresiones indecoro-
sas, una cierta actitud que desentonaba en el ambiente de La
Rama Dorada, don Néstor Pesqueira no me dejará mentir, pero
nada más. Y cuando llegó Alberto yo creía que había salido airo-
so del encuentro. Pero entonces Julia Moore va y les pregunta a
bocajarro quiénes son y qué piensan hacer esa tarde. Y el que llamaban Piel Divina ni tardo ni perezoso va y le dice que nada, que
si tiene alguna idea que la diga y que él está puestísimo para lo
que sea. Y entonces Julita, sin percatarse de las miradas que su
hermano y yo le echamos, va y dice que podríamos ir a bailar al
Priapo's, un local descabelladamente vulgar en la colonia 10 de
Mayo o en Tepito, sólo he ido una vez y esa única vez he intentado con todas mis fuerzas olvidarla, y como ni Alberto ni yo somos capaces de decirle que no a Julita, allá vamos, en el coche de
Alberto, con éste, Ulises Lima y yo en el asiento delantero y Julita, Piel Divina y el tal Cuauhtémoc o Moctezuma en el trasero.
Con sinceridad, yo estaba temiéndome lo peor, esa gente no era
de fiar, una vez me contaron que a Monsi lo habían arrinconado
en Sanborns, en la casa Borda, pero, bueno, Monsi fue a tomar
un café con ellos, les concedió una audiencia, se podría decir, y
parte de culpa la tenía él, todo el mundo sabía que los real visce-

ralistas eran como los estridentistas y todo el mundo sabía lo que Monsi pensaba de los estridentistas, así que en el fondo no se podía quejar de lo que le pasó, que por otra parte nadie o muy pocos saben qué fue, en alguna ocasión estuve tentado de preguntárselo, pero por discreción y por que no me gusta remover en las heridas no lo hice, en fin, *algo* le había pasado en su cita con los real visceralistas, eso todo el mundo lo sabía, todos los que querían y todos los que odiaban a Monsi en secreto, y las cábalas y suposiciones eran para todos los gustos, en fin, eso pensaba yo mientras el auto de Alberto se desplazaba como un bólido o como una cucaracha, dependía de los tramos de circulación, en dirección a Priapo's, y en el asiento trasero Julita Moore no paraba de hablar y hablar y hablar con los dos caifanes real visceralistas. Ahorraré la descripción de la mencionada discoteca. Juro por Dios que pensé que de allí no saldríamos con vida. Sólo diré que el mobiliario y los especímenes humanos que adornaban su interior parecían extraídos arbitrariamente de *El Periquillo Sarniento*, de Lizardi, de *Los de abajo*, de Mariano Azuela, de *José Trigo*, de Del Paso, de las peores novelas de la Onda y del peor cine prostibulario de los años cincuenta (más de una fulana se parecía a Tongolele, que entre paréntesis creo que no hizo cine en los cincuenta, pero que sin duda mereció hacerlo). Bueno, como decía, entramos al Priapo's y nos sentamos en una mesa cerca de la pista y mientras Julita bailaba un chachachá o un bolero o un danzón, no estoy muy al día en el acervo de la música popular, Alberto y yo nos pusimos a hablar de algo (por mi honor que no recuerdo de qué) y un camarero nos trajo una botella de tequila o matarratas que aceptamos sin más ni más, tal era nuestra desesperación. Y de repente, en menos tiempo del que uno se tarda en decir «otredad», ya estábamos borrachos y Ulises Lima recitaba un poema en francés, a santo de qué, no sé, pero el caso es que lo recitaba, yo ignoraba que supiera francés, inglés, puede, me parece que había visto en alguna parte una traducción suya de Richard Brautigan, pésimo poeta, o de John Giorno, que vaya a saber uno quién es, tal vez un heterónimo del propio Lima; pero francés, en fin, me sorprendió un poquito, buena dicción, pronunciación pasable, y el poema, cómo diré, me sonaba, me sonaba, pero tal vez debido a la borrachera en ciernes, a los boleros implacables, no lograba identificarlo. Pensé en Claudel, pero ni yo ni ustedes nos imaginamos a Lima recitando a Claudel, ¿verdad? Pensé en Baudelaire, pensé en Catulle Mendés (algunos de cuyos textos yo traduje para una revista universitaria), pensé en Nerval. Me avergüenza un poco reconocerlo, pero ésos fueron los nombres en los que pensé; a mi favor debo decir que rápidamente, entre las brumas del alcohol, me pregunté a mí mismo qué tenía que ver Nerval con Mendés, claro, y que luego pensé en Mallarmé. Alberto, que al parecer jugaba a lo mismo que yo, dijo: Baudelaire. Por supuesto, no era Baudelaire. Éstos eran los versos, a ver si ustedes lo adivinan:

> Mon triste coeur bave à la poupe,
> Mon coeur couvert de caporal:
> Ils y lancent des jets de soupe,
> Mon triste coeur bave à la poupe:
> Sous les quolibets de la troupe
> Qui pousse un rire général,
> Mon triste coeur bave à la poupe,
> Mon coeur couvert de caporal!
>
> Ithyphalliques et pioupiesques
> Leurs quolibets l'on dépravé!
> Au gouvernail on voit des fresques
> Ithyphalliques et pioupiesques.
> Ô flots abracadabrantesques,
> Prenez mon coeur, qu'il soit lavé!
> Ithyphalliques et pioupiesques
> Leurs quolibets l'on dépravé
>
> Quand ils auront tari leurs chiques,
> Comment agir, ô coeur volé?
> Ce seront des hoquets bachiques
> Quand ils auront tari leurs chiques:
> J'aurai des sursauts stomachiques,
> Moi, si mon coeur est ravalé:
> Quand ils auront tari leurs chiques
> Comment agir, ô coeur volé?

El poema es de Rimbaud. Una sorpresa. Quiero decir, una sorpresa relativa. La sorpresa era que lo recitara en francés. Bueno. Me dio un poco de coraje no haberlo adivinado, conozco la obra de Rimbaud bastante bien, pero no me lo tomé a mal, otro punto de coincidencia, tal vez pudiéramos salir con vida de aquel antro. Y después de recitar a Rimbaud contó una historia sobre Rimbaud y sobre una guerra, no sé qué guerra, la guerra es un tema que no me interesa, pero había algo, una ligazón entre Rimbaud, el poema y la guerra, una anécdota sórdida, seguramente, aunque para entonces mis oídos y luego mis ojos registraban otras pequeñas anécdotas sórdidas (juro que mataré a Julita Moore si vuelve a arrastrarme a un antro similar al Priapo's), escenas dislocadas en donde jóvenes maleantes sombríos danzaban con jóvenes sirvientas desesperadas o con jóvenes putas desesperadas en un torbellino de contrastes que, lo confieso, acentuó si eso es posible mi borrachera. Después hubo una pelea en alguna parte. No vi nada, sólo oí gritos. Un par de matones emergieron de las sombras arrastrando a un tipo con la cara ensangrentada. Recuerdo que le dije a Alberto que mejor nos fuéramos, que aquello podía empeorar, pero Alberto estaba escuchando la historia de Ulises Lima y no me hizo caso. Recuerdo haber contemplado a Julita bailando en la pista con uno de los amigos de Ulises, después me recuerdo a mí mismo bailando un bolero con Piel Divina, como si fuera un sueño, pero bien, tal vez sintiéndome bien por primera vez esa noche, seguro que sintiéndome bien por primera vez esa noche. Acto seguido, como quien despierta, recuerdo haberle susurrado al oído a mi pareja (de baile) que nuestra actitud seguramente iba a enardecer a los demás bailarines y espectadores. Lo que siguió a continuación es confuso. Alguien me insultó. Yo estaba, no sé, como para meterme debajo de una mesa y quedarme dormido o como para meterme en el pecho de Piel Divina y quedarme, igualmente, dormido. Pero alguien me insultó y Piel Divina hizo el ademán de dejarme y encararse con el que había proferido el insulto (no sé qué me dijeron, zaraza, puto, me cuesta acostumbrarme, aunque debería, lo sé), pero yo estaba tan borracho, mis músculos estaban tan desmadejados que no pudo dejarme solo –si me deja me hubiera derrumbado– y se limitó a devolver el insulto desde el centro de la pista. Yo cerré los ojos tratando de sustraerme de la situación, el hombro de Piel Divina olía a sudor, un olor ácido muy extraño, no un olor rancio, ni siquiera un mal olor, sino un olor ácido, como si acabara de salir indemne de una explosión en una fábrica de productos químicos, y luego lo escuché hablar, no con una, con varias personas, al menos más de dos, y las voces eran de riña. Entonces abrí los ojos, Dios mío, y no vi a los que nos rodeaban sino a mí mismo, mi brazo en el hombro de Piel Divina, mi brazo izquierdo en su cintura, mi mejilla en su hombro, y vi o adiviné las miradas aviesas, miradas de asesinos natos, y entonces saltando aterrorizado por encima de mi borrachera quise desaparecer, tierra trágame, supliqué ser fulminado por un rayo, deseé, en una palabra, no haber nacido nunca. Qué bochorno más grande. Estaba rojo de vergüenza, tenía ganas de vomitar, había soltado a Piel Divina y mi equilibrio era precario, me di cuenta de que era objeto de una broma cruel y de una afrenta, todo a la vez. Mi único consuelo era que el bromista también era objeto de la afrenta, que era más o menos como si, tras ser derrotado a traición en el campo de batalla (¿de qué batallas, de qué guerras hablaba Ulises Lima?), le suplicara a los ángeles de la justicia o del apocalipsis la aparición, el milagro de una gran ola que nos barriera a ambos, a todos, que pusiera fin al escarnio y a la injusticia. Pero entonces, a través del lago helado que eran mis ojos (la metáfora no es buena, la temperatura en el interior del Priapo's era altísima, pero no encuentro nada mejor para decir que estaba a punto de llorar y que en ese «a punto» me había arrepentido, había reculado, pero sobre mis pupilas había quedado una capa líquida distorsionadora), vi aparecer la figura mirífica de Julita Moore enlazada con el tal Cuauhtémoc o Moctezuma o Netzahualcóyotl, y entre éste y Piel Divina se enfrentaron a los que armaban el mitote, mientras Julita me cogía de la cintura y me preguntaba si me habían hecho algo esos gandallas y me sacaba de la pista y del espantoso antro. Ya afuera caminé, guiado por Julita, hasta el coche y en medio del camino me puse a llorar y cuando Julita me instaló en la parte trasera le dije, no, le rogué, que nos fuéramos solos, que nos fuéramos Alberto, ella y yo y dejáramos a los otros aquí, en compañía de los demonios de su misma calaña, por tu mamacita, Julita, le dije, y ella dijo carajo, Luisito, me chingas la noche, no te pongas pesado, y yo entonces recuerdo que dije o grité o aullé: lo que me han hecho a mí es peor que lo que le hicieron a Monsi, y Julita me preguntó qué demonios le habían hecho a Monsi (y también me preguntó a qué Monsi me refería, dijo Montse o Monchi, no recuerdo) y yo le dije: Monsiváis, Julita, Monsiváis, el ensayista, y ella dijo ah, no pareció en absoluto sorprendida, qué fuerza interior tiene esta mujer, Dios mío, pensé, y entonces creo que vomité y me puse a llorar o me puse a llorar y luego vomité, ¡dentro del coche de Alberto!, y Julita se puso a reír y ya para entonces salían los otros del Priapo's, vi sus sombras recortadas por la luz de un farol, y pensé qué he hecho, qué he hecho, tanta era la vergüenza que sentí que me derrumbé sobre el asiento y me ovillé y me hice el dormido. Pero los oí hablar. Julita dijo algo y los real visceralistas respondieron, en sus tonos había algo jovial, nada agresivo. Luego Alberto entró al coche y dijo pero qué chingado es esto, cómo apesta, y yo entonces abrí los ojos y buscando sus ojos en el espejo retrovisor le dije perdona, Alberto, ha sido sin querer, me siento muy mal, y luego entró Julita en el asiento del copiloto y dijo por Dios, Alberto, abre las ventanas, esto hiede, y yo le dije perdona, Julita, no seas exagerada, y Julita dijo: Luisito, parece como si llevaras una semana muerto, y yo me reí, no mucho, ya me empezaba a sentir mejor, en el fondo de la calle, bajo el letrero luminoso del Priapo's se movían sombras erráticas, pero no en dirección a nuestro auto, y entonces Julita Moore bajó su ventana y les dio un beso a Piel Divina y a Moctezuma o Cuauhtémoc, pero no a Ulises Lima, que se mantenía apartado del coche mirando el cielo, y luego Piel Divina asomó su cabeza por la ventana y me dijo qué tal te encuentras, Luis, y yo creo que ni respondí, hice un gesto como diciéndole bien, me encuentro bien, y luego Alberto puso en marcha el Dodge y dejamos atrás Tepito con todas las ventanas bien abiertas, en dirección a nuestros barrios.

Alberto Moore, calle Pitágoras, colonia Narvarte, México DF, abril de 1976. Lo que dice Luisito es verdad hasta cierto punto. Mi hermana es una loca perdida, sí, pero es encantadora, sólo un año mayor que yo, tiene veintidós, y además es una mujer muy inteligente. Está a punto de acabar la carrera de Medicina, quiere especializarse en Pediatría. No es una ingenua. Esto que quede claro desde el principio.

Segundo: yo no conducí como un bólido por las calles del DF, el Dodge azul cielo que llevaba ese día es el de mi madre y en tales ocasiones suelo ser un piloto prudente. Lo de la vomitada es imperdonable.

Tercero: el Priapo's está en Tepito, que es como decir zona de guerra, o zona de Charlys, o territorio al otro lado del Telón de Acero. Al final hubo un conato de pelea, en la pista de baile, pero yo no me di cuenta de nada porque estaba sentado en una mesa hablando con Ulises Lima. En la colonia 10 de Mayo, que yo sepa, no existe ninguna discoteca, mi hermana no me dejará mentir.

Cuarto y último: yo no dije Baudelaire, fue Luis el que dijo Baudelaire y Catulle Mendés y creo que hasta Victor Hugo, yo me quedé callado, me sonaba a Rimbaud, pero me quedé callado. Eso que quede bien claro.

Los visceralistas, por otra parte, no se portaron todo lo mal que nos temíamos. Yo no los conocía más que de oídas. El DF es una aldea de catorce millones de personas, ya se sabe. Y la impresión que me causaron fue relativamente buena. El llamado Piel Divina quiso, pobre ingenuo, seducir a mi hermana. El tal Moctezuma Rodríguez (no Cuauhtémoc) también lo pretendió. En determinado momento de la noche incluso parecían creerlo de verdad. Era triste verlo, aunque el cuadro no estaba desprovisto de cierta ternura.

En lo que respecta a Ulises Lima, da la impresión de ir siempre drogado y su francés es aceptable. Además, contó una historia bastante singular acerca del poema de Rimbaud. Según él, *Le Coeur Volé* era un texto autobiográfico que narraba el viaje de Rimbaud desde Charleville a París para unirse a la Comuna. En dicho viaje, realizado ¡a pie!, Rimbaud se encontró en el camino con un grupo de soldados borrachos que tras mofarse de él procedieron a violarlo. Francamente, la historia era un poco sórdida.

Pero aún había más: según Lima, algunos de los soldados o al menos el jefe de éstos, el *caporal* de *mon coeur couvert de caporal*, eran veteranos de la invasión francesa a México. Por supuesto, ni Luisito ni yo le preguntamos en qué se basaba para hacer tal afirmación. Pero a mí me interesó la historia (Luisito no, él más bien se interesaba por lo que pasaba o dejaba de pasar a nuestro alrededor) y quise saber más. Entonces Lima me contó que en 1865 la columna del coronel Libbrecht, que tenía que ocupar Santa Teresa, en Sonora, dejó de enviar noticias, y que un tal coronel Eydoux, comandante en la plaza que servía de depósito de suministros de las tropas que operaban en esa zona del noroeste mexicano, envió un destacamento de treinta jinetes en dirección a Santa Teresa.

El destacamento iba al mando del capitán Laurent y de los tenientes Rouffanche y González, este último monárquico mexicano. Dicho destacamento, según Lima, llegó a un pueblo cercano a Santa Teresa, llamado Villaviciosa, al segundo día de marcha, y nunca pudo encontrar a la columna de Libbrecht. Todos los hombres, menos el teniente Rouffanche y tres soldados que murieron en el acto, fueron hechos prisioneros mientras comían en la única fonda del pueblo, entre ellos el futuro *caporal*, entonces un recluta de veintidós años. Los prisioneros, atadas las manos y amordazados con cuerdas de cáñamo, fueron llevados ante el que fungía como jefe militar de Villaviciosa y un grupo de notables del pueblo. El jefe era un mestizo al que llamaban indistintamente Inocencio o el Loco. Los notables eran campesinos viejos, la mayoría descalzos, que miraron a los franceses y luego se retiraron en conciliábulo a un rincón. Al cabo de media hora y tras un breve tira y afloja entre dos grupos claramente diferenciados, los franceses fueron llevados a un corral cubierto en donde los despojaron de ropas y zapatos y poco después un grupo de captores se dedicó a violarlos y torturarlos durante el resto del día.

A las doce de la noche degollaron al capitán Laurent. El teniente González, dos sargentos y siete soldados fueron llevados a la calle principal y a la luz de las antorchas fueron lanceados por sombras que montaban sus propios caballos.

Al amanecer, el futuro *caporal* y otros dos soldados consiguieron romper sus ligaduras y huir a campo traviesa. Nadie los persiguió, pero sólo el *caporal* logró sobrevivir y contar su historia. Al cabo de dos semanas de vagar por el desierto llegó a El Tajo. Fue condecorado y aún permaneció en México hasta 1867, fecha en que regresó a Francia con el ejército de Bazaine (o de quien comandara a los franceses por entonces), que se retiraba de México abandonando a su suerte al Emperador.

Carlos Monsiváis, caminando por la calle Madero, cerca de Sanborns, México DF, mayo de 1976. Ni encerrona ni incidente violento ni nada de nada. Dos jóvenes que no llegarían a los veintitrés, los dos con el pelo larguísimo, más largo que el de cualquier otro poeta (y yo puedo dar fe de la longitud de la cabellera de *todos*), obstinados en no reconocerle a Paz ningún mérito, con una terquedad infantil, no me gusta porque no me gusta, capaces de negar lo evidente, en algún momento de debilidad (mental, supongo), me recordaron a José Agustín, a Gustavo Sainz, pero sin el talento de nuestros dos excepcionales novelistas, en realidad sin nada de nada, ni dinero para pagar los cafés que nos tomamos (los tuve que pagar yo), ni argumentos de peso, ni originalidad en sus planteamientos. Dos perdidos, dos extraviados. En cuanto a mí, creo que fui excesivamente generoso (aparte de los cafés). En algún momento incluso le sugerí a Ulises (el otro no sé cómo se llama, creo que era argentino o chileno) que escribiera una crítica del libro de Paz del que estábamos hablando. Si es buena, le dije, pero remarqué la palabra buena, yo te la publico. Y él dijo que sí, que lo haría, que me la llevaría a mi casa. Entonces yo le dije que a mi casa no, que mi madre podía asustarse de verlo. Fue la única broma que les hice. Pero ellos se lo tomaron en serio (ni una sonrisa) y dijeron que me la mandarían por correo. Todavía la estoy esperando.

2

Amadeo Salvatierra, calle República de Venezuela, cerca del Palacio de la Inquisición, México DF, enero de 1976. Yo les dije, ah, Cesárea Tinajero, ¿dónde oyeron hablar de ella, muchachos? Entonces uno de ellos me explicó que estaban haciendo un trabajo sobre los estridentistas y que habían entrevistado a Germán, Arqueles y Maples Arce, y que habían leído todas las revistas y libros de aquella época, y entre tantos nombres, nombres de hombres cabales y nombres huecos que ya no significan nada y que no son ni siquiera un mal recuerdo, encontraron el nombre de Cesárea. ¿Y?, les dije. Ellos me miraron y se sonrieron, los dos al mismo tiempo, pinches muchachos, como si estuvieran conectados, no sé si me explico, nos extrañó, dijeron, parecía la única mujer, las referencias eran abundantes, decían que era una buena poeta. ¿Una buena poetisa?, dije yo, ¿dónde han leído algo de ella? No hemos leído nada de ella, dijeron, en ninguna parte, y eso nos atrajo. ¿Los atrajo de qué manera, muchachos, a ver, explíquense? Todo el mundo hablaba muy bien de ella o muy mal de ella, y sin embargo nadie la publicó. Hemos leído la revista *Motor Humano*, la que sacaba González Pedreño, el directorio de vanguardia de Maples Arce, la revista de Salvador Salazar, dijo el chileno, y salvo en el directorio de Maples no aparece en ninguna parte. Sin embargo Juan Grady, Ernesto Rubio y Adalberto Escobar hablan de ella en sendas entrevistas, y en términos además elogiosos. Al principio pensamos que era una estridentista, una compañera de viaje, dijo el mexicano, pero Maples Arce nos dijo que nunca perteneció a su movimiento. Aunque puede que a Maples le falle la memoria, apostilló el chileno. Cosa que evidentemente no creemos, dijo el mexicano. Pues no la recordaba como estridentista, pero sí como poeta, dijo el chileno. Chingados muchachos. Chingada juventud. Interconectados. Un escalofrío me recorrió el cuerpo. Aunque en su extensa biblioteca no guardaba ningún poema de la susodicha que pudiera dar fe de su afirmación, dijo el mexicano. Resumiendo, señor Salvatierra, Amadeo, hemos preguntado aquí y allá, hemos hablado con List Arzubide, con Arqueles Vela, con Hernández Miró y el resultado más o menos es el mismo, todos la recuerdan, dijo el chileno, con mayor o menor claridad, pero nadie tiene textos suyos para que los incluyamos en nuestro trabajo. ¿Y ese trabajo, jóvenes, en qué consiste exactamente? Luego levanté la mano y antes de que me contestaran les serví más mezcal Los Suicidas y luego me senté en el borde del sillón y en las meras nalgas sentí, lo juro, como si me hubiera sentado en el borde de una hoja de afeitar.

Perla Avilés, calle Leonardo da Vinci, colonia Mixcoac, México DF, mayo de 1976. Yo entonces tenía pocos amigos, pero cuando lo conocí a él ya no tuve ningún amigo. Yo hablo de 1970, de cuando los dos estudiábamos en la Prepa Porvenir. Muy poco tiempo, realmente, lo que demuestra la relatividad de nuestra memoria que magnifica o empequeñece a discreción, un lenguaje que creemos conocer y que en verdad no conocemos. Eso se lo solía decir, pero él apenas me escuchaba. Una vez lo acompañé hasta su casa, cuando todavía vivía cerca de la escuela y conocí a su hermana. No había nadie más en la casa, sólo su hermana y durante mucho rato estuvimos hablando. Poco después se cambiaron, se fueron a vivir a la colonia Nápoles y él dejó los estudios para siempre. Yo le decía: ¿no quieres ir a la universidad?, ¿te niegas a ti mismo los privilegios de una educación superior?, y él se reía y me decía que en la universidad seguramente iba a aprender lo mismo que en la prepa: nada. ¿Pero qué vas a hacer en la vida?, le decía yo, ¿de qué piensas trabajar?, y él me contestaba que no tenía ni idea y que además no le importaba. Una tarde que lo fui a ver a su casa le pregunté si tomaba drogas. No, no tomo, me dijo. ¿Nada de nada?, le dije yo. Y él: fumé marihuana, pero hace mucho. ¿Y nada más? No, nada más, decía y luego se ponía a reír, se reía de mí, aunque a mí eso no me molestaba, al contrario, me gustaba verlo reír. Por aquel tiempo conoció a un famoso director de cine y de teatro. Un compatriota suyo. A veces me hablaba de él, me decía cómo lo había abordado, en la puerta del teatro en donde se representaba una obra suya sobre Heráclito o algún otro presocrático, una adaptación libre sobre los textos de este filósofo, una adaptación que causó cierto revuelo en el ambiente pacato del México de aquel entonces, pero no por lo que en la obra se decía sino por que casi todos los actores salían desnudos en algún momento. Yo todavía estudiaba en la Prepa Porvenir, entre los hedores del Opus Dei, y todo mi tiempo lo ocupaba en estudiar y en leer (creo que nunca más he vuelto a leer tanto) y mi única distracción, y también mi placer más intenso, consistía en las visitas que regularmente hacía a su casa, no muy seguido, porque no quería hacerme pesada o indeseable, pero sí con una cierta constancia, aparecía por las tardes, o cuando ya había anochecido, y nos pasábamos dos o tres horas hablando, generalmente de literatura, aunque él también solía contarme sus aventuras con el director de cine y teatro, se notaba que lo admiraba mucho, no sé si le gustaba el teatro, el cine le encantaba, de hecho, ahora que lo pienso, por aquel entonces no leía mucho, la que hablaba de libros era yo, yo sí que leía mucho, literatura, filosofía, ensayos políticos, él no, él iba al cine y también iba cada día o cada tres días, vaya, muy a menudo, a la casa del director, y una vez que yo le dije que tenía que leer más él dijo, qué presunción, que ya había leído todo lo que verdaderamente le importaba, a veces tenía salidas de este tipo, quiero decir que a veces parecía un niño malcriado, pero yo todo se lo perdonaba, todo lo que él hacía me parecía bien. Un día me contó que se había peleado con el director. Yo le pregunté por qué y él no me lo quiso decir. Es decir, dijo que fue por una diferencia de criterios literarios y poco más. En claro saqué que el director había dicho que Neruda era una mierda y que Nicanor Parra era el gran poeta de la lengua española. Algo así. Por supuesto, me pareció inverosímil que dos personas se peleasen por un motivo tan banal. En el país de donde yo provengo, me dijo él, la gente se pelea por cuestiones parecidas. Bueno, le dije yo, en México son capaces de matarse por nimiedades, pero no las personas cultas, desde luego. Ay, qué ideas tenía yo entonces de la cultura. Poco después, armada con un librito de Empédocles, fui a la casa del director. Me recibió su mujer y al poco rato el director en persona apareció en la sala y nos pusimos a hablar. Lo primero que me preguntó fue cómo había conseguido su dirección. Le dije que mi amigo me la había dado. Ah, él, dijo el director y enseguida quiso saber cómo estaba, qué hacía, por qué no iba a visitarlo. Le dije lo primero que se me ocurrió, luego nos pusimos a hablar de otras cosas. A partir de entonces yo ya tenía dos personas a quienes visitar, el director y él, y de repente me di cuenta que mi horizonte imperceptiblemente se ampliaba y enriquecía. Fueron unos días muy dichosos. Una tarde, sin embargo, el director, tras haberme preguntado otra vez por mi amigo, me contó cómo había sido la pelea que tuvieron. El relato del director no variaba mucho del que me hiciera mi amigo, la pelea fue por Neruda y Parra, por la validez de ambas poéticas, sin embargo, en lo que me contó el director (y yo *sabía* que me decía la verdad) había un elemento nuevo: cuando él se peleó con mi amigo, éste, al quedarse sin argumentos en su defensa nerudiana a ultranza, se había puesto a llorar. Allí mismo, en la sala del director compatriota suyo, sin el más mínimo recato, como un niño de diez años, aunque por esos días ya tenía bien cumplidos los diecisiete. Según el director, eran las lágrimas las que los separaban, las que mantenían alejado de su casa a mi amigo, seguramente avergonzado (según el director) de su reacción en una discusión que por lo demás tenía todas las características y atenuantes de lo trivial y de lo circunstancial. Dile que venga a visitarme, me dijo el director aquella tarde cuando me marché de su casa. Los dos días siguientes me los pasé meditando en lo que el director me había dicho y en el carácter de mi amigo y en los motivos que éste pudo tener para no contarme a mí la totalidad de la historia. Cuando lo fui a ver lo encontré en cama. Tenía fiebre y estaba leyendo un libro sobre los templarios, el misterio de las catedrales góticas, una cosa así, la verdad es que yo no sé cómo podía leer tamaña basura, aunque si he de ser sincera no era la primera vez que lo sorprendía con libros de ese tipo, a veces eran novelas policiales, otras veces libros seudocientíficos, en fin, lo único bueno de esas lecturas era que nunca pretendió que yo también las leyera, al contrario de lo que me ocurría a mí, que siempre que leía un buen libro acto seguido se lo pasaba y me quedaba a veces semanas enteras esperando que él lo terminara para poder discutirlo. Lo encontré en cama y lo encontré leyendo el libro sobre los templarios y nada más entrar en su habitación me puse a temblar. Durante un rato estuvimos hablando de cosas que he olvidado. O tal vez durante un rato estuvimos en silencio, yo sentada a los pies de la cama, él estirado con su libro, mirándonos de reojo, escuchando el ruido del elevador, como si los dos estuviéramos en una habitación a oscuras o perdidos en el campo, de noche, escuchando sólo el ruido de los caballos, yo hubiera seguido así el resto del día, el resto de mi vida. Pero hablé. Le

165

conté mi última visita a la casa del director, le transmití su mensaje, que lo fuera a ver, que lo esperaba, y él dijo pues que espere sentado porque no voy a volver. Luego hizo como que volvía a leer el libro de los templarios. Argüí que los méritos de la poesía de Neruda no invalidaban los méritos de la poesía de Parra. Su contestación me dejó estupefacta, dijo: me vale verga la poesía de Neruda y la poesía de Parra. Atiné a preguntarle por qué entonces toda la discusión, la pelea, y no me contestó. Cometí entonces un error, me acerqué un poco más, me senté a su lado, en la cama y saqué un libro de mi bolsillo, el libro de un poeta, y le leí un fragmento. Él escuchó en silencio. El texto en cuestión hablaba de Narciso y de unos bosques casi ilimitados poblados de hermafroditas. Cuando terminé no hizo ningún comentario. ¿Qué te parece?, le pregunté. No sé, dijo, ¿qué te parece a ti? Le dije entonces que yo creía que los poetas eran unos hermafroditas y que sólo entre ellos podían comprenderse. Dije: los poetas son. Quise decir: los poetas somos. Pero él me miró como si mi rostro careciera de carne y sólo fuera una calavera, me miró sonriendo y dijo: no seas cursi, Perla. Sólo eso. Yo empalidecí, di un salto, sólo conseguí apartarme un poco, intenté levantarme pero no pude, y durante todo ese rato él permaneció inmóvil, mirándome y sonriéndome, como si de mi rostro se hubiera desprendido la piel, los músculos, la grasa, la sangre y sólo quedara el hueso amarillo o blanco. Al principio fui incapaz de hablar. Luego dije o susurré que ya era tarde y que me tenía que ir. Me puse de pie, le dije adiós y me marché. Él ni siquiera levantó la vista de su libro. Cuando atravesé la sala vacía, el pasillo vacío de su casa silenciosa pensé que nunca más lo volvería a ver. Poco después entré en la universidad y mi vida dio un giro de noventa grados. Años después, por pura casualidad, me encontré a su hermana repartiendo propaganda trotskista en la Facultad de Filosofía y Letras. Le compré un folleto y nos fuimos a tomar un café. Por entonces yo ya no frecuentaba al director, estaba a punto de terminar la carrera y escribía poemas que casi nadie leía. Inevitablemente, le pregunté por él. Su hermana, entonces, me hizo un pormenorizado resumen de sus últimas andanzas. Había viajado por toda Latinoamérica, había retornado a su país, había sufrido las inclemencias de un golpe de Estado. Sólo atiné a decir: qué mala suerte. Sí, dijo su hermana, él pensaba quedarse a vivir allí y a las pocas semanas de llegar a los milicos se les ocurre dar el golpe, es mala pata. Durante un rato no supimos qué más decirnos. Me lo imaginé perdido en un espacio en blanco, un espacio virginal que poco a poco se iba ensuciando, emborronándose, ajeno a su voluntad, e incluso la cara que yo recordaba se me fue desfigurando, como si a medida que hablaba con su hermana las facciones de él se fundieran con aquello que su hermana me contaba, unas pruebas de valor ridículas, unas pruebas de iniciación a la vida adulta aterrorizadoras, inútiles, tan lejos de aquello que yo una vez pensé que él llegaría a ser, y hasta la voz de su hermana que hablaba de la revolución latinoamericana y de las derrotas y victorias y muertes que iban a jalonarla comenzó a desfigurarse y entonces ya no pude seguir sentada un segundo más y le dije que tenía que marcharme a clases y que ya nos veríamos en otra ocasión. Recuerdo que dos o tres noches después soñé con él. Lo veía flaco, en los puros huesos, sentado bajo un árbol, con el pelo largo y mal vestido, mal calzado, incapaz de levantarse y caminar.

Piel Divina, en un cuarto de azotea de la calle Tepeji, México DF, mayo de 1976. Arturo Belano nunca me quiso. Ulises Lima sí. Uno se da cuenta de esas cosas. María Font me quiso. Angélica Font nunca me quiso. Pero esto no importa. Los hermanos Rodríguez me quisieron. Pancho, Moctezuma y el pequeño Norberto. A veces me criticaban, a veces Pancho decía que no me entendía (sobre todo cuando me acostaba con hombres), pero yo sabía que me querían igual. Arturo Belano, no. Él no me quiso nunca. Una vez pensé que era por culpa de Ernesto San Epifanio, Arturo y él fueron amigos cuando ninguno de los dos tenía veinte años, antes de que Arturo se marchara a Chile dizque a hacer la Revolución, y yo había sido amante de Ernesto, eso decían, y lo había dejado. Pero en realidad yo me acosté con Ernesto sólo en un par de ocasiones y qué culpa tengo yo de que la gente luego se azote. También me acosté con María Font y Arturo Belano me miró con malos ojos. Y también me hubiera acostado la noche del Priapo's con Luis Rosado y entonces Arturo Belano me hubiera expulsado del grupo.

Yo no sé, francamente, qué era lo que hacía mal. Cuando a Belano le contaron lo que pasó en el Priapo's, dijo que nosotros no éramos ni matones ni padrotes, pero yo lo único que hice fue dar salida a mi sensualidad. En mi defensa sólo pude balbucir (en tono de chanza, sin mirarlo a los ojos, además) que yo era un monstruo de la naturaleza. Pero Belano no me captó la broma. A su parecer, todo lo que yo hacía lo hacía mal. Además, no fui yo el que sacó a bailar a Luis Sebastián Rosado. Fue él, que estaba bien pedernal y le dio por ahí. Me gusta Luis Rosado, debí decirle, pero quién le decía nada al André Breton del Tercer Mundo.

Me tenía ojeriza, Arturo Belano. Y es curioso, porque delante de él procuraba hacer las cosas bien. Pero nada me salía bien. Yo no tenía dinero, ni trabajo, ni familia. Vivía de mis conejeos. Una vez robé una escultura en la Casa del Lago. El director, el cabrón de Hugo Gutiérrez Vega, dijo que había sido un real visceralista. Belano dijo que imposible. Se debió poner colorado de vergüenza. Pero me defendió, dijo que imposible, aunque sin saber que había sido yo. (¿Qué hubiera pasado si lo hubiera sabido?) Unos días después Ulises se lo dijo. El que robó la escultura fue Piel Divina. Eso le dijo Ulises, pero sin darle importancia, como quien cuenta un chiste. Ulises es así, no le da importancia a esas cosas, más bien le parecen divertidas. Pero Belano se puso hecho una fiera, dijo que cómo era posible, que los de la Casa del Lago nos habían contratado para varios recitales, que ahora él se sentía responsable del robo. Como si fuera la madre de todos los real visceralistas. De todas maneras, no hizo nada. Me miró mal, nada más.

A veces me daban ganas de ponerlo parejo. Por suerte, soy una persona pacífica. Además, decían que Belano era duro, pero yo sé que no era duro, era entusiasta y, a su manera, valiente, pero no duro. Pancho es duro. Mi carnal Moctezuma es duro. Yo soy duro. Belano sólo lo parecía, pero yo sabía que no lo era. ¿Entonces por qué no le di una madriza una noche cualquiera? Debió ser por respeto. Aunque él era menor que yo y siempre me miraba mal y me trataba como a una mierda, en el fondo yo creo que lo respetaba y lo escuchaba y a cada rato estaba esperando una palabra de reconocimiento de su parte y nunca levanté la mano contra el grandísimo cabrón.

Laura Jáuregui, Tlalpan, México DF, mayo de 1976. ¿Ha visto usted alguna vez un documental de esos pájaros que construyen jardines, torres, zonas limpias de arbustos en donde ejecutan su danza de seducción? ¿Sabía que sólo se aparean los que construyen el mejor jardín, la mejor torre, la mejor pista, los que ejecutan la más elaborada de las danzas? ¿No ha visto usted nunca a esos pájaros ridículos que bailan hasta la extenuación para conquistar a la hembra?

Así era Arturo Belano, un pavorreal presumido y tonto. Y el realismo visceral, su agotadora danza de amor hacia mí. Pero el problema era que yo ya no lo amaba. Se puede conquistar a una muchacha con un poema, pero no se la puede retener con un poema. Vaya, ni siquiera con un movimiento poético.

¿Por qué seguí frecuentando durante algún tiempo a la gente que él frecuentaba? Bueno, *también* eran mis amigos, *todavía* eran mis amigos, aunque no tardaron, ellos también, en cansarme. Permítame que le diga algo. La universidad era real, la Facultad de Biología era real, mis profesores eran reales, mis compañeros eran reales, quiero decir tangibles, con objetivos más o menos claros, con planes más o menos claros. Ellos no. El gran poeta Alí Chumacero (que supongo no tiene ninguna culpa de llamarse así) era real, ¿me entiende?, sus huellas eran reales. Las de ellos, en cambio, no eran reales. Pobres ratoncitos hipnotizados por Ulises y llevados al matadero por Arturo. Trataré de resumir y ser concisa: el mayor problema era que casi todos tenían más de veinte años y se comportaban como si no hubieran cumplido los quince. ¿Se da cuenta?

Luis Sebastián Rosado, fiesta en casa de los Moore, más de veinte personas, jardín con luces a ras de césped, colonia Las Lomas, México DF, julio de 1976. En contra de todas las posibilidades que la lógica o los juegos de azar ofrecen, volví a ver a Piel Divina. No sé cómo consiguió mi número de teléfono. Según él, llamó primero a la redacción de *Línea de Salida* y allí le dieron el número de mi casa. Contra todas las prevenciones que mi sentido común me dictaba (pero ¡qué diablos!, así somos los poetas, ¿no?), concertamos una cita esa misma noche, en una cafetería de Insurgentes Sur a donde iba de vez en cuando. Por mi cabeza pasó ciertamente la posibilidad de que no acudiera solo a la cita, pero cuando llegué (con una media hora de retraso), dispuesto a marcharme en el acto si lo veía acompañado, la visión de Piel Divina solo, escribiendo casi recostado sobre la mesa, consiguió de golpe llenar de calor mi pecho hasta entonces entumecido, helado.

Pedí un café. Le dije que pidiera algo. Él me miró a los ojos y sonrió avergonzado. Dijo que ya no tenía dinero. No importa, le dije, pide lo que quieras, yo te invito. Entonces él dijo que tenía hambre y que quería unas enchiladas. Aquí no hacen enchiladas, le dije, pero te pueden traer un sándwich. Pareció pensárse-lo durante un momento y luego dijo de acuerdo, un sándwich de jamón. En total se comió tres sándwiches. Estuvimos hablando hasta las doce de la noche. Yo tenía que llamar a algunas perso-nas, tal vez verlas, pero no llamé a nadie, o sí, llamé a mi madre, desde la cafetería misma, para decirle que llegaría tarde y de los demás compromisos me desentendí.

¿De qué hablamos? De muchas cosas. De su familia, del pue-blo de donde era originario, de sus primeros días en el DF, de lo mucho que le había costado acostumbrarse a la ciudad, de sus sueños. Quería ser poeta, bailarín, cantante, quería tener cinco hijos (como los dedos de una mano, dijo, y extendió la palma de la mano hacia arriba, casi rozándome la cara), quería probar suerte en Churubusco, decía que Oceransky lo había probado para una obra de teatro, quería pintar (me contó con todo lujo de detalles las *ideas* que tenía para unos cuadros), en fin, en un momento de nuestra charla estuve tentado de decirle que en rea-lidad no tenía ni idea de lo que verdaderamente quería, pero pre-ferí callarme.

Después me invitó a ir a su casa. Vivo solo, dijo. Le pregunté, temblando, dónde vivía. En la Roma Sur, dijo, en un cuarto de azotea muy cerca de las estrellas. Le respondí que en verdad ya era demasiado tarde, más de las doce, y que debía acostarme pues al día siguiente iba a llegar a México el novelista francés J. M. G. Arcimboldi y unos amigos y yo le íbamos a organizar un recorrido por lugares de interés de nuestra caótica capital. ¿Quién es Arcimboldi?, dijo Piel Divina. Ay, estos real visceralis-tas realmente son unos ignorantes. Uno de los mejores novelis-tas franceses, le dije, su obra, sin embargo, casi no está traduci-da, al español, quiero decir, salvo una o dos novelas aparecidas en Argentina, en fin, yo lo he leído en francés, por supuesto. No me suena de nada, dijo, y volvió a insistir en que lo acompañara a su casa. ¿Por qué quieres que vaya contigo?, le dije mirándolo a los ojos. Por regla general, no suelo ser tan temerario. Tengo algo que decirte, dijo él, es algo que te interesará. ¿Cuánto me in-teresará?, dije yo. Él me miró como si no entendiera y dijo, de pronto agresivo: ¿cuánto de qué?, ¿cuánta feria? No, me apresu-ré a aclarar, cuánto me interesará lo que tienes que decirme. Tuve que refrenarme para no revolverle el pelo, para no decirle tontito, no estés tan a la defensiva. Es algo sobre los real viscera-listas, dijo. Huy, no me interesa nada, dije. Siento decírtelo, no te lo tomes a mal, pero los real visceralistas (Dios, qué nombre) me resultan indiferentes. Lo que tengo que contarte sí que te interesará, seguro que te interesará, están preparando algo grande, ni te lo imaginas, dijo él.

Por un momento, no lo niego, se me pasó por la cabeza la idea de una acción terrorista, vi a los real visceralistas preparando el secuestro de Octavio Paz, los vi asaltando su casa (pobre Marie-José, qué desastre de porcelanas rotas), los vi saliendo con Octavio Paz amordazado, atado de pies y manos y llevado en volandas o como una alfombra, incluso los vi perdiéndose por los arrabales de Netzahualcóyotl en un destartalado Cadillac negro con Octavio Paz dando botes en el maletero, pero pronto me repuse, debían de ser los nervios, las rachas de viento que a veces recorren Insurgentes (estábamos hablando en la acera) y que suelen inocular en los peatones y en los automovilistas las ideas más descabelladas. Así que volví a rechazar su invitación y él volvió a insistir. Lo que te voy a contar, dijo, va a remover los cimientos de la poesía mexicana, tal vez dijera latinoamericana, no, mundial no, digamos que en su desvarío se mantenía en los límites del español. Aquello que me quería contar iba a trastornar la poesía en lengua española. Vaya, dije, ¿algún manuscrito desconocido de Sor Juana Inés de la Cruz? ¿Un texto profético de Sor Juana sobre el destino de México? Pero no, por supuesto, era *algo* que habían encontrado los real visceralistas, y los real visceralistas eran incapaces de asomarse a las bibliotecas perdidas del siglo XVII. ¿Qué es, pues?, le dije. Te lo diré en mi casa, dijo Piel Divina y me puso una mano en el hombro, como si tirara de mí, como si me sacara otra vez a bailar en la pista atroz del Priapo's.

Me puse a temblar y él se dio cuenta. ¿Por qué tienen que gustarme los peores?, pensé, ¿por qué tienen que atraerme los más atrabiliarios, los menos educados, los más desesperados? Es una pregunta que suelo hacerme dos veces al año. No tengo respuesta. Le dije que tenía las llaves del estudio de un amigo pintor. Le dije que fuéramos allí, estaba lo suficientemente cerca como para ir dando un paseo, y por el camino podía contarme todo lo que quisiera. Pensé que no iba a aceptar, pero aceptó. De golpe, la noche se volvió muy hermosa, el viento cesó, sólo una suave brisa nos acompañó mientras caminábamos. Él se puso a hablar, pero, con franqueza, he olvidado casi todo lo que dijo. En mi cabeza sólo había una preocupación, un único deseo, que aquella noche Emilio no estuviera en el estudio (Emilito Laguna, ahora está en Boston estudiando arquitectura, sus padres se cansaron de la bohemia mexicana y lo mandaron para allá: o Boston y título de arquitecto o te pones a trabajar), que no estuviera ninguno de sus amigos, que nadie se acercara por el estudio, Dios mío, en todo lo que restaba de noche. Y mis plegarias dieron resultado. No sólo no había nadie en el estudio sino que también lo encontré limpio, como si la criada de los Laguna se acabara de marchar. Y él dijo qué estudio más padre, aquí sí que dan ganas de pintar, y yo no sabía qué hacer (lo siento, soy muy tímido y más en situaciones así) y me puse a mostrarle los lienzos de Emilio, no se me ocurrió nada mejor, los iba poniendo apoyados en la pared y oía sus murmullos de aprobación o sus críticas detrás de mí (no sabía nada de pintura), mientras los cuadros no se acababan nunca y yo pensaba, vaya, Emilio últimamente ha trabajado *bastante*, quién lo diría, a menos que fueran los cuadros de un amigo, cosa por lo demás harto probable pues pude apreciar de reojo más de un estilo y sobre todo, en unas telas rojas muy Paalen, un *estilo* bien definido, en fin, qué más da, la verdad es que me importaban un huevo los cuadros, pero yo era incapaz de tomar la iniciativa, y cuando por fin tuve todas las paredes del estudio llenas de Lagunas, me volví, sudoroso, y le pregunté qué le parecía y él dijo con una sonrisa de lobo que no tenía que haberme molestado tanto. Es verdad, pensé, he hecho el ridículo y ahora encima estoy cubierto de polvo y apesto a sudor. Y entonces él, como si me hubiera leído el pensamiento, me dijo estás sudando y luego me preguntó si en el estudio había algún baño para que me diera una ducha. La necesitas, dijo. Y yo le dije, supongo que con un hilo de voz, sí, hay una ducha, aunque no creo que haya agua caliente. Y él dijo mejor, el agua fría es mejor, yo siempre me ducho con agua fría, en la azotea no hay agua caliente. Y yo me dejé arrastrar hasta el baño y me desnudé y abrí la ducha y el chorro de agua fría casi me dejó inconsciente, la carne se me contrajo hasta sentir cada uno de mis huesos, cerré los ojos, tal vez grité, y entonces él entró en la ducha y me abrazó.

El resto de los detalles prefiero reservármelos, aún soy un romántico. Unas horas después, mientras reposábamos en la oscuridad, le pregunté quién le había puesto ese nombre tan sugerente, tan acertado, Piel Divina. Es mi nombre, dijo. Bueno, dije yo, es tu nombre, de acuerdo, pero quién te lo puso, quiero saberlo todo sobre ti, esas cosas un poco tiránicas y un poco estúpidas que se dicen después de hacer el amor. Y él dijo: María Font y se quedó callado, como si de repente lo hubieran asaltado los re-

cuerdos. Su perfil, en la oscuridad, me pareció muy triste, reflexivo y triste. Le pregunté, tal vez con una pizca de ironía en la
voz (posiblemente los celos y la tristeza también se habían apo-
derado de mí), si María Font era la que había ganado el premio
Laura Damián. No, dijo, ésa es Angélica, María es la hermana
mayor. Añadió unas observaciones sobre Angélica que ya no recuerdo. La pregunta me salió se podría decir que sola: ¿te has
acostado con María? Su respuesta (pero qué perfil más hermoso
y más triste tenía Piel Divina) fue demoledora. Dijo: me he acostado con todos los poetas de México. Era el momento de callar o
de acariciarlo, pero yo ni me callé ni lo acaricié, sino que le seguí
haciendo preguntas, y cada pregunta era peor que la precedente
y con cada una me hundía un poco más. Nos separamos a las
cinco de la mañana. Yo cogí un taxi en Insurgentes, él se perdió
caminando hacia el norte.

**Angélica Font, calle Colima, colonia Condesa, México DF,
julio 1976.** Fueron unos días misteriosos. Yo era la novia de Pancho Rodríguez. Felipe Müller, el amigo chileno de Arturo Belano,
estaba enamorado de mí. Pero yo preferí a Pancho. ¿Por qué? No
lo sé. Sólo sé que preferí a Pancho. Poco antes había ganado el
premio Laura Damián para poetas jóvenes. Yo no conocí a Laura
Damián. Pero conocía a sus padres y a mucha gente que la había
tratado, que incluso habían sido amigos de ella. Me acosté con
Pancho después de una fiesta que duró dos días. La última noche
me acosté con él. Mi hermana me dijo que tuviera cuidado. ¿Pero
quién era ella para dar consejos? Ella se acostaba con Piel Divina
y también con Moctezuma Rodríguez, el hermano menor de Pancho. También se acostó con uno al que le decían el Cojo, un poeta
de más de treinta años, un alcohólico, pero al menos con ese tuvo
la deferencia de no llevarlo a casa. La verdad es que ya estaba har-
ta de tener que soportar a sus amantes. ¿Por qué no te vas a coger
a sus pocilgas?, le dije una vez. No me contestó nada y se puso a
llorar. Es mi hermana y la quiero, pero también es una histérica.
Una tarde Pancho se puso a hablar de ella. Habló mucho, tanto
que pensé que con él también se había acostado, pero no, a todos
sus amantes yo los conocía, los oía gemir por las noches a menos
de tres metros de mi cama, era capaz de diferenciarlos por los ruidos, por las maneras de venirse, contenidas o aparatosas, por las
palabras que le decían a mi hermana.

173

Pancho nunca se acostó con ella. Pancho se acostó conmigo. No sé por qué, pero fue a él a quien elegí e incluso durante algunos días me perdí en la ensoñación del amor, aunque por supuesto nunca lo quise de verdad. La primera vez fue bastante dolorosa. No sentí nada, sólo dolor, pero ni siquiera el dolor fue inaguantable. Lo hicimos en un hotel de la colonia Guerrero, un hotel frecuentado por putas, supongo. Después de venirse, Pancho me dijo que se quería casar conmigo. Me dijo que me quería. Me dijo que me iba a hacer la mujer más feliz del mundo. Yo lo miré a la cara y por un segundo pensé que se había vuelto loco. Después pensé que en realidad tenía miedo, miedo de *mí*, y eso me dio tristeza. Nunca como entonces lo vi tan pequeño, y eso también me dio tristeza.

Lo hicimos un par de veces más. Ya no sentía dolor pero tampoco sentí placer. Pancho se dio cuenta que nuestra relación se iba apagando con la velocidad ¿de qué?, de algo que se apaga muy rápido, las luces de una fábrica al acabar la jornada o mejor las luces de un edificio de oficinas, por ejemplo, presurosas de integrarse en el anonimato de la noche. La imagen es un poco cursi, pero es la que Pancho hubiera escogido. Una imagen cursi aderezada con dos o tres groserías. Y yo me di cuenta que Pancho se daba cuenta una noche, después de un recital de poesía, y esa misma noche le dije que lo nuestro estaba acabado. No se lo tomó mal. Creo que durante una semana intentó infructuosamente volver a llevarme a la cama. Luego intentó acostarse con mi hermana. No sé si lo consiguió. Una noche me desperté y María estaba cogiendo con una sombra. Ya está bien, dije, quiero dormir tranquila. Mucho leer a Sor Juana, pero te comportas como una puta. Cuando encendí la luz vi que su acompañante era Piel Divina. Le dije que se marchara en el acto si no quería que llamara a la policía. María, curiosamente, no protestó. Piel Divina se puso los pantalones mientras me pedía perdón por haberme despertado. Mi hermana no es una puta, le dije. Sé que mi actitud fue un tanto contradictoria. Bueno, mi actitud no, mis palabras. Qué más da. Cuando Piel Divina se marchó me metí en la cama de mi hermana, la abracé y me puse a llorar. Poco después comencé a trabajar en una compañía de teatro universitario. Tenía un libro inédito que mi padre quería llevar a algunas editoriales, pero me negué. No participé en las actividades de los real visceralistas. No quería saber nada de ellos. Más tarde María me contó que Pancho tampoco estaba en el grupo. No sé si lo expulsaron (si lo expulsó Arturo Belano), si se retiró él, si simplemente ya no tenía ganas de nada. Pobre Pancho. Su hermano Moctezuma sí que siguió en el grupo. Creo que vi uno de sus poemas en una antología. En cualquier caso, por mi casa no aparecían. Decían que Arturo Belano y Ulises Lima habían desaparecido por el norte, una vez mi papá y mi mamá hablaron algo al respecto. Mi mamá se rió, recuerdo que dijo: ya aparecerán. Mi padre parecía preocupado. María también estaba preocupada. Yo no. Por entonces el único amigo que me quedaba de aquel grupo era Ernesto San Epifanio.

3

Manuel Maples Arce, paseando por la Calzada del Cerro, bosque de Chapultepec, México DF, agosto de 1976. Este joven, Arturo Belano, vino a verme para hacerme una entrevista. Sólo lo vi una vez. Lo acompañaban dos muchachos y una muchacha, no sé sus nombres, casi no abrieron la boca, la muchacha era norteamericana.

Le dije que abominaba del magnetófono por la misma razón que mi amigo Borges abominaba de los espejos. ¿Usted fue amigo de Borges?, me preguntó Arturo Belano con un tono asombrado un poco ofensivo para mí. Fuimos bastante amigos, le respondí, íntimos, podría decirse, en los días lejanos de nuestra juventud. La norteamericana quiso saber por qué Borges abominaba de los magnetófonos. Supongo que porque es ciego, le dije en inglés. ¿Qué tiene que ver la ceguera con los magnetófonos?, dijo ella. Le recuerda los peligros del oído, le respondí. Escuchar su propia voz, los pasos de uno mismo, los pasos del enemigo. La norteamericana me miró a los ojos y asintió. No creo que conociera a Borges demasiado bien. No creo que conociera mi obra en absoluto, aunque a mí me tradujo John Dos Passos. Tampoco creo que conociera mucho a John Dos Passos.

En fin, me pierdo. ¿En dónde estaba? Le dije a Arturo Belano que prefería que no usara el magnetófono y que sería mejor que me dejara un cuestionario con preguntas. Él accedió. Sacó una hoja y redactó las preguntas mientras yo le enseñaba algunas habitaciones de la casa a sus acompañantes. Luego, cuando tuvo terminado el cuestionario, hice que trajeran unas bebidas y estuvimos hablando. Ya habían entrevistado a Arqueles Vela y a Germán List Arzubide. ¿Cree usted que alguien se puede interesar actualmente por el estridentismo?, le pregunté. Por supuesto, maestro, dijo él, o algo parecido. Yo creo que el estridentismo ya es historia y como tal sólo puede interesar a los historiadores de la literatura, le dije. A mí me interesa y no soy un historiador, dijo él. Ah, bueno.

Esa noche, antes de acostarme, leí el cuestionario. Las preguntas típicas de un joven entusiasta e ignorante. Hice, esa misma noche, un borrador con mis respuestas. Al día siguiente lo pasé todo en limpio. Tres días más tarde, tal como habíamos convenido, vino él a buscar el cuestionario. La criada lo hizo pasar pero le dijo, por expresa instrucción mía, que yo no estaba. Luego le entregó el paquete que yo tenía preparado para él: el cuestionario con mis respuestas y dos libros míos que no me atreví a dedicarle (creo que hoy los jóvenes desdeñan estos sentimentalismos). Los libros eran *Andamios interiores* y *Urbe*. Yo estaba al otro lado de la puerta, escuchando. La criada dijo: esto le ha dejado el señor Maples. Silencio. Arturo Belano debió de coger el paquete y mirarlo. Debió de hojear los libros. Dos libros publicados hace tanto tiempo y con las páginas (excelente papel) sin cortar. Silencio. Debió de mirar por encima el cuestionario. Después oí que daba las gracias a la criada y se marchaba. Si vuelve a visitarme, pensé, estaré justificado, si un día aparece por mi casa, sin anunciarse, para conversar conmigo, para oírme contar mis viejas historias, para poner sus poemas a mi consideración, estaré justificado. Todos los poetas, incluso los más vanguardistas, necesitan un padre. Pero éstos eran huérfanos de vocación. Nunca volvió.

Bárbara Patterson, en una habitación del Hotel Los Claveles, avenida Niño Perdido esquina Juan de Dios Peza, México DF, septiembre de 1976. Viejo puto mamón de las almorranas de su puta madre, le vi la mala fe desde el principio, en sus ojillos de mono pálido y aburrido, y me dije este cabrón no va a dejar pasar la oportunidad de escupirme, hijo de su chingada madre. Pero yo soy tonta, siempre he sido una tonta y una ingenua y bajé la guardia. Y pasó lo que pasa siempre. Borges. John Dos Passos. Un vómito como al descuido empapando el pelo de Bárbara Patterson. Y el pendejo encima me miró como con pena, como diciendo estos bueyes sólo me han traído a esta gringa de ojos desvaídos para cagarle encima, y Rafael también me miró y ni se inmutó el enano ojete, como si ya estuviera acostumbrado a que me faltara el respeto cualquier viejo rancio de

177

pedos, cualquier viejo estreñido de la Literatura Mexicana. Y luego va el viejo puto y dice que no le gusta el magnetófono, con lo que me costó conseguirlo, y los lambiscones dicen okey, no hay problema, redactamos aquí mismo un cuestionario, señor Gran Poeta del Pleistoceno, señor, en vez de bajarle los pantalones y meterle el magnetófono por el culo. Y el viejo se pavonea y enumera a sus amigos (todos medio muertos o muertos del todo) y se dirige a mí llamándome señorita, como si así pudiera arreglar la guacarada, el vómito que me corría por la blusa y por los bluejeans y, bueno, ya no tuve fuerzas ni para contestarle cuando se puso a hablarme en inglés, sólo sí o no o no sé, sobre todo no sé, y cuando nos marchamos de su casa, una mansión, yo diría, ¿y de dónde salió el dinero, puto jodedor de ratas muertas, de dónde sacaste el dinero para comprarte esta casa?, le dije a Rafael que teníamos que hablar, pero Rafael dijo que quería seguir rolando con Arturo Belano, y yo le dije pinche cabrón *necesito* hablar contigo, y él dijo más tarde, Barbarita, más tarde, como si yo fuera una niña a la que violaba todas las noches en los lugares más indecentes y no una mujer diez centímetros más alta y por lo menos con quince kilos más de peso que él (tengo que ponerme a dieta pero con esta puta comida mexicana quién puede), y entonces le dije *necesito* hablar contigo *ahora* y el padrote de mierda hace como que se toca los huevos, se me queda mirando y me dice ¿qué le pasa, muñeca?, ¿algún problema imprevisto?, y por suerte Belano y Requena iban más adelante y no lo oyeron y sobre todo no me vieron, porque supongo que mi martirizada jeta se debió de descomponer, al menos yo sentí que estaba cambiando, que en mis ojos se inyectaba una dosis letal de odio, y entonces le dije chinga a tu madre, pendejo, por no decirle algo peor, y me di la vuelta y me fui. Esa tarde me la pasé llorando. Yo estaba en México dizque para hacer un curso de posgrado sobre la obra de Juan Rulfo, pero en un recital de poesía en la Casa del Lago conocí a Rafael y nos enamoramos en el acto. O eso fue lo que me pasó a mí, de Rafael no estoy tan segura. Esa misma noche lo arrastré hasta el hotel Los Claveles, donde aún vivo, y cogimos hasta reventar. Bueno, Rafael es un poco gandul, pero yo no y me las arreglé para tenerlo en forma hasta que las primeras luces del día se desparramaron (como desmayadas o fulminadas, qué amaneceres más raros tiene esta puta ciudad) por Niño Perdido. Al día siguiente ya no fui a la universidad y me la pasé platicando a diestra y siniestra con todos los real visceralistas, que entonces todavía eran unos chavos más o menos sanos, más o menos enfermos, y que todavía no se llamaban real visceralistas. Me gustaron. Parecían beats. Me gustó Ulises Lima, Belano, María Font, me gustó un poco menos el puto presumido de Ernesto San Epifanio. Bueno, me gustaron. Yo quería pasármelo bien y con ellos la diversión estaba asegurada. Conocí a mucha gente, gente que poco a poco se fue alejando del grupo. Conocí a una norteamericana, de Kansas (yo soy de California), la pintora Catalina O'Hara, con la que no llegué a intimar demasiado. Una puta presumida que se creía la mamá del invento. Una puta que se las daba de revolucionaria sólo porque estuvo en Chile cuando pasó lo del golpe. Bueno, la conocí poco después de que se separara de su marido y todos los poetas iban como locos detrás de ella. Hasta Belano y Ulises Lima que eran claramente asexuales o que se lo montaban discretamente entre ellos, ya sabes, yo te lamo, tú me lames, sólo un poquito y paramos, parecían estar locos por la jodida vaquera. Rafael también. Pero yo cogí a Rafael y le dije: si me entero que te acuestas con esa puta te corto los huevos. Y Rafael se reía y decía cómo me vas a cortar los huevos, cariño, si yo sólo te quiero a ti, pero hasta sus ojos (que eran lo mejor de Rafael, unos ojos árabes, de jaimas y oasis) parecían decirme lo contrario. Estoy contigo porque me das para mis gastos. Estoy contigo porque pones la lana. Estoy contigo porque por ahora no tengo a nadie mejor con quien estar y quien coger. Y yo le decía: Rafael, cabrón, pinche buey, hijo de la chingada, cuando tus amigos desaparezcan yo seguiré estando contigo, yo me *doy cuenta*, cuando te quedes solo y con los huevos al aire, seré *yo* la que estará a tu lado y te *ayudará*. No los viejos putos podridos en sus recuerdos y sus citas literarias. Y menos tus gurús de pacotilla (¿Arturo y Ulises?, decía él, pero si no son mis gurús, gringa lépera, son mis amigos), que tal como yo veo las cosas un día de éstos desaparecerán. ¿Y por qué van a desaparecer?, decía él. No lo sé, le decía, por puta vergüenza, por pena, por embarazo, por apocamiento, por indecisión, por cortedad, por verecundia y no sigo porque mi español es pobre. Entonces él se reía y me decía eres una bruja, Bárbara, ándele, póngase a terminar su tesis sobre Rulfo, yo ahora me voy pero ahorita vuelvo, y yo en vez de hacerle caso me tiraba en la cama y me ponía a llorar. Todos te van a dejar, Rafael, le gritaba desde la ventana de mi cuarto en el hotel Los Claveles mientras Rafael se perdía entre el gentío, menos yo, cabrón, menos yo.

179

Amadeo Salvatierra, calle República de Venezuela, cerca del Palacio de la Inquisición, México DF, enero de 1976. ¿Y qué dijeron Manuel, Germán y Arqueles?, les pregunté. ¿Qué dijeron de qué?, dijo uno de ellos. De Cesárea, pues, dije yo. Poca cosa. Maples Arce apenas la recordaba, lo mismo Arqueles Vela. List dijo que sólo la conoció de nombre, cuando Cesárea Tinajero estaba en México él vivía en Puebla. Según Maples era una muchacha muy joven, muy callada. ¿Y no les contó nada más? No, nada más. ¿Y Arqueles? Lo mismo, nada. ¿Y cómo han llegado hasta mí? Por List, dijeron, él nos dijo que usted, que tú, Amadeo, debías saber algo más de ella. ¿Y qué les dijo Germán de mí? Que tú sí la habías conocido, que antes de pasarte al estridentismo tú formaste parte del grupo de Cesárea, el realismo visceral. También nos habló de una revista, una revista que publicó Cesárea por aquellos tiempos, *Caborca* nos dijo que se llamaba. Ah, qué Germán, dije yo y me serví otra copa de Los Suicidas, al paso que íbamos la botella no iba a llegar al anochecer. Pero tomen con confianza y sin apuro, muchachos, que si esa botella no llega bajamos a comprar otra. Claro, no iba a ser como la que estábamos bebiendo, pero peor es nada. Ay, qué lástima que ya no hagan mezcal Los Suicidas, qué lástima que pase el tiempo, ¿verdad?, qué lástima que nos muramos y que nos hagamos viejos y que las cosas buenas se vayan alejando de nosotros al galope.

Joaquín Font, calle Colima, colonia Condesa, México DF, octubre de 1976. Ahora que los días se van sucediendo, con frialdad, con la frialdad de los días que se van sucediendo, puedo decir, sin rencores de ninguna especie, que Belano era romántico, a menudo cursi, un buen amigo de sus amigos, supongo, confío, aunque nadie sabía realmente qué era lo que pensaba, probablemente ni él. Ulises Lima, por el contrario, era mucho más radical y más cordial. A veces parecía el hermanito menor de Vaché, otras un extraterrestre. Olía raro. Lo sé, lo puedo decir, lo puedo afirmar, porque en dos inolvidables ocasiones se bañó en mi casa. Precisemos: no olía mal, olía de forma extraña, como si acabara de salir de un pantano y de un desierto al mismo tiempo. Humedad y sequedad al límite, el caldo primigenio y la llanura desolada y muerta. ¡Al mismo tiempo, caballeros! ¡Un olor verdaderamente inquietante! Aunque a mí, por razones que no viene al caso recordar, me irritaba. Su olor, digo. Caractero-lógicamente, Belano era extravertido y Ulises introvertido. Es decir, yo me parecía más a éste. Belano se sabía mover entre los tiburones mucho mejor que Lima, qué duda cabe, mucho mejor que yo. Quedaba mejor, sabía maniobrar, era más disciplinado, fingía con mayor naturalidad. El bueno de Ulises era una bomba de relojería y lo que, socialmente hablando, es peor: todo el mundo sabía o intuía que era una bomba de relojería y nadie, como es obvio y disculpable, lo quería tener demasiado cerca. Ay, Ulises Lima... Escribía todo el tiempo, es lo que más recuer-do de él, en los márgenes de los libros que sustraía y en papeles sueltos que solía perder. Y nunca escribía poemas, escribía ver-sos que luego, con suerte, ensamblaba en largos poemas extra-ños... Belano, por el contrario, escribía en cuadernos... Todavía me deben dinero...

Jacinto Requena, café Quito, calle Bucareli, México DF, noviembre de 1976. A veces ellos desaparecían, pero nunca por más de dos o tres días. Cuando les preguntabas adónde iban, contestaban que a buscar provisiones. Eso era todo, acerca de *eso* nunca hablaban de más. Por supuesto, algunos, los más cer-canos, sabíamos si no adónde iban sí qué era lo que hacían du-rante esos días. A algunos les daba igual. A otros les parecía mal, decían que era un comportamiento lumpen. El lumpenismo: en-fermedad infantil del intelectual. Y a otros pues les parecía bien, mayormente porque Lima y Belano eran generosos con el dine-ro mal ganado. Entre éstos últimos estaba yo. Las cosas no me iban bien. Xóchitl, mi compañera, estaba embarazada de tres meses. Yo no tenía trabajo. Vivíamos en un hotel cerca del Mo-numento a la Revolución, en la calle Montes, que pagaba el pa-dre de ella. Un cuarto con baño y una cocina pequeñita pero que al menos nos permitía hacernos la comida allí mismo, lo que re-sultaba mucho más económico que salir cada día a comer fuera. El cuarto, más bien un departamentito, ya lo tenía el padre de Xóchitl mucho antes de que ésta quedara embarazada y nos lo cediera. Yo creo que lo usaba de picadero o algo así. Nos lo pasó, pero antes nos hizo prometerle que nos casaríamos. Yo dije que sí de inmediato, creo que incluso hasta lo juré. Xóchitl prefirió no decir nada y mirar a su padre a los ojos. Un ruco interesante, este hombre. Muy mayor, podía perfectamente haber pasado por su abuelo, pero es que además tenía una pinta que provocaba escalofríos. Al menos, la primera vez que lo veías. Yo sentí escalofríos, vaya. Era grande y macizo, muy grande, cosa curiosa porque Xóchitl es baja de estatura y de huesos delicados. Pero su padre era grande y tenía la piel muy arrugada y muy morena (ahí sí, igual que Xóchitl) y siempre que lo vi iba vestido con traje y corbata, a veces con un traje azul oscuro y otras con uno marrón. Dos trajes de buena calidad, pero no nuevos. En ocasiones, sobre todo de noche, encima del traje se ponía una gabardina. Cuando Xóchitl me lo presentó, cuando le fuimos a pedir ayuda, el viejo me miró y luego me dijo ven, quiero hablar contigo a solas. Ya la amolamos, pensé, pero qué iba a hacer, lo seguí y me dispuse a aguantar lo que fuera. Pero el viejo lo único que me dijo fue que abriera la boca. ¿Qué?, dije yo. Abre la boca, dijo él. Así que abrí la boca y el viejo me miró y me preguntó cómo había perdido los tres dientes que me faltan. En una pelea en la prepa, le dije. ¿Y mi hija te conoció así?, dijo él. Sí, dije, ya estaba así cuando me conoció. Carajo, dijo, pues te debe querer mucho. (El viejo había dejado de vivir con la familia de mi compañera desde que ésta tenía seis años, pero una vez al mes ella y sus hermanas lo iban a ver.) Luego dijo: si la dejas te mato. Me lo dijo mirándome a los ojos, con sus ojillos de rata –hasta las pupilas parecían arrugadas en esa cara– fijos en los míos, pero sin subir la voz, como un pinche gángster de una película de Orol, que es lo que en el fondo probablemente era. Yo, por supuesto, le juré que nunca la iba a dejar, y menos ahora que iba a ser la madre de mi hijo, y con esto ya pusimos fin a nuestro diálogo particular. Volvimos con Xóchitl, el viejo nos dio la llave de su picadero, nos aseguró que por el alquiler no nos preocupáramos, que eso era asunto suyo, y nos pasó un fajo de billetes para que fuéramos tirando.

Fue un descanso cuando se marchó, fue un descanso saber que teníamos un techo bajo el cual vivir. Pero pronto descubrimos que el dinero del viejo apenas nos alcanzaba para sobrevivir. Quiero decir que Xóchitl y yo teníamos algunos gastos extras, algunas necesidades extras que la pensión paterna no cubría. Por ejemplo, no gastábamos en ropa, nos acostumbramos sin mayores problemas a llevar la misma ropa de siempre, pero gastábamos en cine, en obras de teatro, en camiones y metro (aunque la verdad es que al vivir en el centro a casi todos los lugares nos trasladábamos a pie) que generalmente tomábamos para ir a los talleres de poesía de la Casa del Lago o de la universidad. Porque estudiar, lo que se dice estudiar, no estudiábamos, pero no hubo taller al que no nos asomáramos por lo menos una vez, fue como una fiebre la que nos dio por los talleres, nos hacíamos un par de tortas y allí nos presentábamos tan contentos, escuchábamos la lectura de poemas, escuchábamos las críticas, a veces también nosotros criticábamos, Xóchitl más que yo, y luego salíamos, ya de noche, y mientras nos encaminábamos a la parada del camión o del metro o bien echábamos a andar directamente a casa, pues entonces nos comíamos nuestras tortas, disfrutando de la noche del DF, una noche que a mí siempre me ha parecido preciosa, generalmente las noches aquí son frescas, brillantes, pero no frías, noches hechas para pasear o para coger, noches hechas para platicar sin apuro, que era lo que yo hacía con Xóchitl, platicar del hijo que íbamos a tener, de los poetas a los que habíamos escuchado recitar, de los libros que estábamos leyendo.

Fue precisamente en un taller de poesía en donde conocimos a Ulises Lima y a Rafael Barrios y a Piel Divina. Era la primera o la segunda vez que nosotros asistíamos y era la primera vez que Ulises aparecía por allí, y cuando el taller terminó nos hicimos amigos y nos fuimos caminando juntos y luego tomamos un camión juntos y mientras Piel Divina intentaba seducir a Xóchitl yo escuchaba a Ulises Lima y él me escuchaba a mí y Rafael asentía a lo que decía Ulises y a lo que decía yo y era, verdaderamente, como si hubiera encontrado un alma gemela, un poeta de verdad, un poeta de pies a cabeza, que podía explicar con claridad lo que yo sólo intuía y deseaba y soñaba, y ésa fue una de las mejores noches de mi vida y cuando llegamos a casa no podíamos dormir, Xóchitl y yo, y estuvimos hablando hasta las cuatro de la mañana. Más tarde conocí a Arturo Belano, a Felipe Müller, a María Font, a Ernesto San Epifanio y a los demás, pero ninguno me impresionó tanto como Ulises. Por supuesto, no sólo Piel Divina intentó llevarse a la cama a mi compañera, también hicieron lo que pudieron Pancho y Moctezuma Rodríguez, e incluso Rafael Barrios. Yo a veces le decía a Xóchitl: por qué no les dices que estás embarazada, igual se desalientan y te dejan tranquila, pero ella se reía y decía que no le molestaba que la cortejaran. Bueno, allá tú, le decía yo. No soy celoso. Pero una noche, lo recuerdo con claridad, fue Arturo Belano el que intentó ligarse a Xóchitl, y eso sí que me entristeció de verdad. Yo sabía que ella no se iba a ir a la cama con ninguno, pero la actitud de ellos me molestaba. Era básicamente como si me menospreciaran por mi aspecto físico. Era como si pensaran: a esta chava no le puede gustar este pobre desgraciado sin dientes. Como si los dientes tuvieran algo que ver con el amor. Pero con Arturo Belano fue distinto. A Xóchitl le divertía que la cortejaran, pero aquella vez fue distinto, fue mucho más que una diversión para ella. Todavía no conocíamos a Arturo Belano, aquélla fue la primera vez, antes habíamos oído hablar mucho de él, pero por una causa o por otra todavía no nos lo habían presentado. Y esa noche apareció y todo el grupo tomó un camión vacío a altas horas de la noche (¡un camión en donde sólo iban real visceralistas!) rumbo a un guateque o a una obra de teatro o a un recital de alguien, ya no lo recuerdo, y Belano se sentó junto a Xóchitl en el camión y se la pasaron hablando durante todo lo que duró el trayecto, y yo me di cuenta, yo que iba unos cuantos asientos más atrás, tembloroso, junto a Ulises Lima y al chavo Bustamante, me di cuenta que la cara de Xóchitl era distinta, ahora sí que se sentía bien, qué digo, estaba *encantada* de que Belano estuviera sentado junto a ella, dedicándole el cien por cien de su tiempo, mientras los demás, pero sobre todo los que ya antes habían intentado llevársela a la cama, miraban la escena de refilón, igual que yo, sin dejar de conversar, sin dejar de mirar las calles semivacías y la puerta del camión cerrada a cal y canto, como si fuera la puerta de un horno crematorio, sin dejar de hacer, digo, las cosas que estuvieran haciendo, pero con todos los sentidos puestos en lo que ocurría en los asientos de mi Xóchitl y de Arturo Belano. Y la atmósfera en un momento determinado se volvió tan frágil, tan sostenida por agujas, que yo pensé estos pendejos deben saber algo que yo no sé, aquí pasa algo raro, no es normal que el pinche camión circule como una sombra por las calles del DF, no es normal que no se suba nadie, no es normal que sin venir a cuento me ponga a alucinar. Pero me aguanté, como siempre hago, y finalmente no ocurrió nada. Después Rafael Barrios, qué cara tiene, me dijo que Belano no sabía que Xóchitl era mi compañera. Yo le contesté que no había pasado nada y que si hubiera pasado algo era asunto de ella, Xóchitl vive conmigo, no es mi esclava, le dije. Pero ahora viene la parte curiosa del asunto: a partir de esa noche, la noche en que Belano tuvo tantas atenciones para con mi compañera (sólo le faltó besarla en la boca) en aquel trayecto nocturno y solitario, nadie más intentó ligar con ella. Absolutamente nadie. Como si los cabrones se hubieran visto retratados en la figura de su pinche líder y lo que vieron no les gustara. Y otra cosa que he de añadir: el flirteo de

Belano sólo duró lo que duró el interminable trayecto del camión, es decir fue algo inocente, puede que entonces ni siquiera supiera que el chimuelo que iba unos asientos más atrás fuera el compañero de la chava con la que estaba ligando, pero Xóchitl sí que lo sabía y su actitud al recibir, digamos, los requiebros del chileno, fue diferente a como, por ejemplo, soportaba los requiebros de Piel Divina o Pancho Rodríguez, es decir, con éstos uno notaba que Xóchitl se divertía, se lo pasaba bien, se reía, pero con Belano su perfil, el sesgo de su rostro que me fue dado observar aquella noche, traslucía unas emociones bien distintas. Y esa noche, en el hotel, me pareció observar en Xóchitl una expresión más pensativa y ausente que de costumbre. Pero no le dije nada. Creí comprender el motivo. Así que me puse a hablar de otras cosas: de nuestro hijo, de los poemas que íbamos a escribir ella y yo, del futuro, en una palabra. Y no hablé de Arturo Belano ni de los problemas verdaderos que nos aguardaban, como por ejemplo que yo encontrara trabajo, que tuviéramos dinero para alquilar una casa, que pudiéramos mantenernos a nosotros mismos y a nuestro hijo. No, yo hablé, como todas las noches, de poesía, de creación, y del realismo visceral, un movimiento literario que a mi espíritu, a mi disposición frente a la realidad le venía como anillo al dedo.

A partir de esa noche en cierto sentido funesta comenzamos a vernos con ellos casi a diario. Allí adonde ellos iban, íbamos nosotros. Pronto, creo que una semana después, me invitaron a participar en un recital de poesía del grupo. No había reuniones a las que faltáramos. Y la relación entre Belano y Xóchitl quedó congelada en un gesto cortés, no carente de cierto misterio (misterio que paradójicamente no enturbiaba el progresivo aumento de la barriga de mi compañera), pero que no pasó a más. En realidad, Arturo nunca vio a Xóchitl. ¿Qué fue lo que pasó aquella noche, en el camión que nos transportaba únicamente a nosotros por las calles vacías, por las calles ululantes del DF? No lo sé. Probablemente una joven cuyo embarazo aún no se notaba se enamoró por unas horas de un sonámbulo. Y eso fue todo.

El resto de la historia es más bien vulgar. Ulises y Belano a veces desaparecían del DF. A algunos eso les parecía mal. A otros les daba igual. A mí me parecía bien. En alguna oportunidad Ulises me prestó dinero, el dinero, a rachas, les sobraba y a mí me faltaba. Yo no sé de dónde lo sacaban ni me importa. Belano nunca me prestó dinero. Cuando se marcharon a Sonora intuí que el grupo estaba en vías de desaparecer. Vaya, como si la broma estuviera agotada. No me pareció una mala idea. Mi hijo estaba a punto de nacer y yo había conseguido, por fin, una chamba. Una noche me llamó Rafael a casa y me dijo que habían vuelto, pero que se iban otra vez. De acuerdo, dije, el dinero es suyo, que hagan con él lo que quieran. Esta vez se van a Europa, me dijo Rafael. Perfecto, dije, es lo que deberíamos hacer todos. ¿Y el movimiento?, dijo Rafael. ¿Qué movimiento?, dije yo mirando a Xóchitl dormir. La habitación estaba a oscuras y por la ventana parpadeaba el letrero del hotel como en una pinche película de gángsters, las penumbras en donde el abuelo de mi hijo hacía sus cochinadas. El realismo visceral, cuál otro, dijo Rafael. ¿Qué pasa con el realismo visceral?, dije yo. Eso es lo que digo, dijo Rafael, qué va a pasar con el realismo visceral. ¿Qué va a pasar con la revista que íbamos a sacar, qué va a pasar con todos nuestros proyectos?, dijo Rafael en un tono tan lastimero que si Xóchitl no hubiera estado dormida me hubiera reído a carcajadas. La revista la sacaremos nosotros, le dije, los proyectos seguirán adelante con ellos o sin ellos, le dije. Rafael estuvo un rato sin decir nada. No podemos perder el rumbo, murmuró. Luego volvió a enmudecer. Reflexionaba, supuse. Yo también me quedé en silencio. Pero yo no reflexionaba, yo sabía perfectamente en dónde estaba y qué quería hacer. Y así como yo sabía lo que quería hacer, lo que iba a hacer a partir de entonces, sabía también que Rafael terminaría por encontrar el rumbo. No hay que ponerse histéricos, le dije cuando me cansé de estar allí, en la penumbra, con el teléfono colgando de la oreja. No estoy histérico, dijo Rafael, creo que deberíamos irnos nosotros también. Yo no me muevo de México, dije.

María Font, calle Colima, colonia Condesa, México DF, diciembre de 1976. A mi padre lo tuvimos que internar en un manicomio (mi madre me corrige y dice: clínica psiquiátrica, pero hay palabras que no necesitan ningún barniz: un manicomio es un manicomio) poco antes de que Ulises y Arturo volvieran de Sonora. No sé si lo he dicho, pero se fueron en el coche de mi padre. Según mi madre, ese hecho, que ella califica de sustracción e incluso robo, fue el detonante para que la salud mental de mi padre se fuera al demonio. Yo no estoy de acuerdo. La relación de mi padre con sus posesiones, su casa, su coche, sus libros de arte, su cuenta corriente siempre fue, por lo menos, distante, por lo menos, ambigua. Parecía como si mi padre siempre se estuviera desnudando, siempre quitándose cosas de encima, de buen o de mal grado, pero con tanta mala suerte (o con tanta lentitud) que nunca podía alcanzar la ansiada desnudez. Y eso, como es fácil de comprender, terminaba desquiciándolo. Pero volvamos al asunto del coche. Cuando Ulises y Arturo volvieron, cuando los volví a ver, en el café Quito y poco menos que por casualidad, aunque si yo estaba en ese horrible lugar era porque en el fondo los estaba buscando, cuando los volví a ver, digo, casi no los reconocí. Iban con un tipo al que yo no conocía, un tipo vestido enteramente de blanco y con un sombrero de paja en la cabeza, una cabeza semejante a un palo, y al principio pensé que me habían visto pero que se estaban haciendo los distraídos. Estaban sentados en la esquina del ventanal de Bucareli, junto al espejo y al letrero que pone «Cabrito al horno», pero ellos no comían nada, tenían dos vasos grandes de cafés con leche delante y de vez en cuando daban unos sorbitos desvalidos, como si estuvieran enfermos o muertos de sueño, aunque el tipo de blanco sí que comía, pero no cabrito al horno (de volver a repetir la palabra «cabrito al horno» me entran náuseas), sino enchiladas, las famosas y baratas enchiladas del café Quito, y tenía junto a sí una botella de cerveza. Y yo pensé: se están haciendo los desentendidos, no puede ser que no me hayan visto, ellos han cambiado mucho, pero yo no he cambiado nada. No quieren saludarme. Entonces me puse a pensar en el Impala de mi padre y pensé en lo que mi madre decía, que ese coche se lo habían robado con la mayor sinvergüenzura del mundo, lo nunca visto, y que lo mejor sería poner una denuncia en la policía, y pensé en mi padre, que cuando le hablaban del coche decía cosas incoherentes, por Dios, Quim, le decía mi madre, déjate ya de decir payasadas que estoy cansada de ir de un lado a otro en autobús o en taxi, que al final los desplazamientos me van a salir por un ojo de la cara. Y cuando mi madre decía eso mi pobre papá se reía y le decía ten cuidado, te vas a quedar tuerta. Y mi madre no le veía la gracia pero yo sí que se la veía: él no se refería a que tuviera que *pagar* un ojo por el transporte, sino a que los taxis y los escasos camiones que mi madre tomaba le fueran a *salir* por un ojo, como lágrimas o legañas. Contado tal como yo lo cuento probablemente no tenga ninguna gracia, pero dicho por mi padre, de sopetón, con una seguridad, al menos verbal, inusitada, pues sí que era gracioso y divertido. En cualquier caso lo que mi madre pretendía era poner una denuncia para recuperar el Impala y lo que yo pretendía era que no se pusiera ninguna denuncia, pues el coche volvería solo (eso también es divertido, ¿no?), únicamente había que esperar y darle tiempo a Arturo y Ulises para que volvieran, para que lo devolvieran. Y ahora allí estaban, hablando con el tipo vestido de blanco, de regreso en el DF, y no me veían o no me querían ver, de tal manera que yo tuve tiempo de sobras para observarlos y para pensar en lo que tenía que decirles, que mi padre estaba en un manicomio y que devolvieran el coche, aunque a medida que el tiempo pasaba, no sé cuánto rato estuve allí, las mesas de los alrededores se desocupaban y se volvían a ocupar, el tipo de blanco no se quitó nunca el sombrero y su plato de enchiladas parecía eterno, todo se fue enredando dentro de mi cabeza, como si las palabras que yo tenía que decirles fueran plantas y éstas de pronto comenzaran a secarse, a perder color y fuerza, a morirse. Y de nada me valió pensar en mi padre encerrado en el manicomio con una depresión suicida o en mi madre blandiendo la amenaza o el estribillo de la policía como si fuera una porrista de la UNAM (como en sus años estudiantiles efectivamente fue, pobre mamá), porque de pronto yo también empecé a quedarme mustia, a desintegrarme, a pensar (más bien a repetirme, como un tam-tam) que nada tenía sentido, que podía quedarme sentada en esa mesa del café Quito hasta el fin del mundo (cuando yo iba a la preparatoria teníamos un maestro que decía saber exactamente lo que haría si estallaba la Tercera Guerra Mundial: volver a su pueblo, porque allí nunca pasaba nada, probablemente un chiste, no lo sé, pero de alguna manera tenía razón, cuando todo el mundo civilizado desaparezca México seguirá existiendo, cuando el planeta se desvanezca o se desintegre, México seguirá siendo México) o hasta que Ulises, Arturo y el desconocido vestido de blanco se levantaran y se fueran. Pero no pasó nada de eso. Arturo me vio y se levantó, vino a mi mesa y me dio un beso en la mejilla. Luego me preguntó si quería ir a la mesa de ellos o, mucho mejor, esperarlos sentada en donde yo estaba. Le dije que esperaría. De acuerdo, dijo él, y volvió a la mesa del tipo vestido de blanco. Traté de no mirarlos y durante un rato lo logré, pero finalmente levanté la vista. Ulises tenía la cabeza agachada, el pelo le cubría la mitad de la cara, y parecía a punto de caerse dormido. Arturo miraba al desconocido y a veces me miraba a mí y ambas miradas, las que dedicaba al tipo vestido de blanco y las que buscaban mi mesa, eran ausentes, o distantes, como si hace mucho hubiera abandonado el café Quito y sólo su fantasma permaneciera allí, inclemente. Después (¿después de cuánto tiempo?) ellos se levantaron y se sentaron junto a mí. El tipo vestido de blanco ya no estaba. El café se había vaciado. No les pregunté por el coche de mi padre. Arturo me dijo que se iban. ¿Otra vez a Sonora?, les pregunté. Arturo se rió. Su risa fue como un escupitajo. Como si se escupiera sus propios pantalones. No, dijo, mucho más lejos. Ulises viaja esta semana a París. Qué bien, dije, podrá conocer a Michel Bulteau. Y el río más prestigioso del mundo, dijo Ulises. Qué bien, dije yo. No, no está mal, dijo Ulises. ¿Y tú?, le dije a Arturo. Yo me voy un poco después, a España. ¿Y cuándo piensan regresar?, dije yo. Ellos se encogieron de hombros. Quién sabe, María, dijeron. Nunca los había visto tan hermosos. Sé que es cursi decirlo, pero nunca me parecieron tan hermosos, tan seductores. Aunque no hacían nada para seducir. Al contrario: estaban sucios, quién sabe cuánto hacía que no se daban una ducha, cuánto que no dormían, estaban ojerosos y necesitaban un afeitado (Ulises no porque es lampiño), pero yo igual los hubiera besado a los dos, y no sé por qué no lo hice, me hubiera ido a la cama con los dos, a coger hasta perder el sentido, y después a mirarlos dormir y después a seguir cogiendo, lo pensé, si buscamos un hotel, si nos metemos en una habitación oscura, sin límite de tiempo, si los desnudo y ellos me desnudan, todo se arreglará, la locura de mi padre, el coche perdido, la tristeza y la energía que sentía y que por momentos parecía que me asfixiaban. Pero no les dije nada.

4

Auxilio Lacouture, Facultad de Filosofía y Letras, UNAM, México DF, diciembre de 1976. Yo soy la madre de la poesía mexicana. Yo conozco a todos los poetas y todos los poetas me conocen a mí. Yo conocí a Arturo Belano cuando él tenía dieciséis años y era un niño tímido y no sabía beber. Yo soy uruguaya, de Montevideo, pero un día llegué a México sin saber muy bien por qué, ni a qué, ni cómo, ni cuándo. Yo llegué a México Distrito Federal en el año 1967 o tal vez en el año 1965 o 1962. Yo ya no me acuerdo ni de las fechas ni de los peregrinajes, lo único que sé es que llegué a México y ya no me volví a marchar. Yo llegué a México cuando aún estaba vivo León Felipe, qué coloso, qué fuerza de la naturaleza, y León Felipe murió en 1968. Yo llegué a México cuando aún vivía Pedro Garfias, qué gran hombre, qué melancólico era, y don Pedro murió en 1967 o sea que yo tuve que llegar antes de 1967. Pongamos pues que llegué a México en 1965. Definitivamente, yo creo que llegué en 1965 (pero puede que me equivoque) y frecuenté a esos españoles universales, diariamente, hora tras hora, con la pasión de una poetisa y de una enfermera inglesa y de una hermana menor que se desvela por sus hermanos mayores. Y ellos me decían, con ese tono español tan peculiar, como encirculando las z y las c y dejando a las s más huérfanas y libidinosas que nunca: Auxilio, deja ya de trasegar por el piso, Auxilio, deja esos papeles tranquilos, mujer, que el polvo siempre se ha avenido con la literatura. Y yo les decía: Don Pedro, León (¡mira qué raro, al más viejo y venerable lo tuteaba; el más joven, sin embargo, como que me intimidaba y no podía quitarle el tratamiento de usted!), déjenme a mí ocuparme de esto, ustedes a lo suyo, sigan escribiendo tranquilos y hagan de cuenta que soy la mujer invisible. Y ellos se reían. O mejor, León Felipe se reía, aunque una no sa-

190

bía bien, si he de ser sincera, si se estaba riendo o carraspeando o blasfemando, y don Pedro no se reía, Pedrito Garfias, qué melancólico, él no se reía, él me miraba con sus ojos como de lago al atardecer, esos lagos que están en medio del monte y que nadie visita, esos lagos tristísimos y apacibles, tan apacibles que no parecen de este mundo, y decía no te molestes, Auxilio, o gracias, Auxilio, y no decía nada más. Qué hombre más divino. Así que yo los frecuentaba, como digo, sin deslealtades ni pausas, sin agobiarlos mostrándoles mis poemas y tratando de ser útil, pero también hacía otras cosas. Hacía trabajos. Trataba de hacer trabajos. Porque vivir en el DF es fácil, como todo el mundo sabe o cree o se imagina, pero es fácil sólo si tienes algo de dinero o una beca o un trabajo y yo no tenía nada, el largo viaje hasta llegar a la región más transparente me había vaciado de muchas cosas, entre ellas la energía necesaria para trabajar en según qué cosas. Así que lo que hacía era dar vueltas por la universidad, más concretamente por la Facultad de Filosofía y Letras, haciendo trabajos voluntarios, podríamos decir, un día ayudaba a pasar a máquina los cursos del profesor García Liscano, otro día traducía textos del francés en el Departamento de Francés, otro día me pegaba como una lapa a un grupo que hacía teatro y me pasaba ocho horas sin exagerar mirando los ensayos, yendo a buscar tortas, manejando experimentalmente los focos. A veces conseguía algún trabajo remunerado, un profesor me pagaba de su sueldo por hacerle, digamos, de ayudante, o los jefes de departamento conseguían que éstos o la facultad me contratara por quince días o por un mes en cargos vaporosos, la mayoría de las veces inexistentes, o las secretarias, qué chicas más simpáticas, se las arreglaban para que sus jefes me fueran pasando chambitas que me permitían ganarme algunos pesos. Esto durante el día. Por las noches hacía una vida bohemia, con mis amigas y mis amigos, lo que me resultaba altamente gratificante e incluso hasta conveniente pues por entonces el dinero escaseaba y a veces no tenía ni para la pensión. Pero por regla general sí tenía. Yo no quiero exagerar. Yo tenía dinero para vivir. Yo era feliz. Yo por el día vivía en la facultad, como una hormiguita o más propiamente como una cigarra, de un lado para otro, de un cubículo a otro cubículo, al tanto de todos los chismes, de todas las infidelidades y divorcios, de todos los planes y proyectos, y por las noches me expandía, me convertía en un murciélago, dejaba la facultad y vagaba por el DF como un duende (me gustaría decir como un hada, pero faltaría a la verdad), y bebía y discutía y participaba en tertulias (yo las conocí todas) y aconsejaba a los poetas jóvenes que ya desde entonces acudían a mí, aunque no tanto como después, y vivía, en una palabra, con mi tiempo, con el tiempo que yo había escogido y con el tiempo que me circundaba, tembloroso, cambiante, pletórico, feliz. Y entonces yo llegué al año 1968. O el año 1968 llegó a mí. Yo ahora podría decir que lo presentí, que sentí su olor en los bares, en febrero o en marzo del 68, pero antes de que el año 68 se convirtiera realmente en año 68. Ay, me da risa recordarlo. ¡Me dan ganas de llorar! ¿Estoy llorando? Yo lo vi todo y al mismo tiempo yo no vi nada. ¿Se entiende? Yo estaba en la facultad cuando el ejército violó la autonomía y entró en el campus a detener o a matar a todo el mundo. No. En la universidad no hubo muchos muertos. Fue en Tlatelolco. ¡Ese nombre que quede en nuestra memoria para siempre! Pero yo estaba en la facultad cuando el ejército y los granaderos entraron y arrearon con toda la gente. Cosa más increíble. Yo estaba en el baño, en los baños de una de las plantas de la facultad, la cuarta, creo, no puedo precisarlo. Y estaba sentada en el wáter, con las polleras arremangadas, como dice el poema o la canción, leyendo esas poesías tan delicadas de Pedro Garfias, que ya llevaba un año muerto, don Pedro tan melancólico, tan triste de España y del mundo en general, qué se iba a imaginar que yo lo iba a estar leyendo en el baño justo en el momento en que los granaderos conchudos entraban en la universidad. Yo creo, y permítaseme este inciso, que la vida está cargada de cosas maravillosas y enigmáticas. Y de hecho, gracias a Pedro Garfias, a los poemas de Pedro Garfias y a mi inveterado vicio de leer en el baño, yo fui la última en enterarse de que los granaderos habían entrado, de que el ejército había entrado y de que estaban arriando con todo lo que encontraban delante. Digamos que sentí un ruido. ¡Un ruido en el alma! Y digamos que después el ruido fue creciendo y creciendo y que ya para entonces yo presté atención a lo que pasaba, sentí que alguien tiraba de la cadena de un wáter vecino, sentí un portazo, pasos por el pasillo, y el clamor que subía de los jardines, de ese césped tan bien cuidado que enmarca la facultad como un mar verde a una isla siempre dispuesta a las confidencias y al amor. Y entonces la burbuja de la poesía de Pedro Garfias hizo blip y cerré el libro y me levanté, tiré la cadena, abrí la puerta, hice un comentario en voz alta, dije che, qué pasa afuera, pero nadie me respondió, todas las usuarias del baño habían desaparecido, dije che, ¿no hay nadie?, sabiendo de antemano que nadie me iba a contestar, no sé si conocen la sensación. Y luego me lavé las manos, me miré en el espejo, vi una figura alta, flaca, rubia, con algunas, demasiadas ya, arruguitas en la cara, la versión femenina de don Quijote, como me dijo en una ocasión Pedro Garfias, y después salí al pasillo, y ahí sí que me di cuenta enseguida de que pasaba algo, el pasillo estaba vacío y la gritería que subía por las escaleras era de las que atontan y hacen historia. ¿Qué hice entonces? Lo que cualquier persona, me asomé a una ventana y miré hacia abajo y vi soldados y luego me asomé a otra ventana y vi tanquetas y luego a otra, al fondo del pasillo, y vi furgonetas en donde estaban metiendo a los estudiantes y profesores presos, como en una escena de una película de la Segunda Guerra Mundial mezclada con una de María Félix y Pedro Armendáriz de la Revolución Mexicana, una tela oscura pero con figuritas fosforescentes, como dicen que ven algunos locos o algunas personas en un ataque de miedo. Y entonces yo me dije: quédate aquí, Auxilio. No permitas, nena, que te lleven presa. Quédate aquí, Auxilio, no entres voluntariamente en esa película, nena, si te quieren meter que se tomen el trabajo de encontrarte. Y entonces volví al baño y mira qué curioso, no sólo volví al baño sino que volví al wáter, justo el mismo en donde estaba antes, y volví a sentarme en la taza del baño, quiero decir: otra vez con la pollera arremangada y los calzones bajados, aunque sin ningún apremio fisiológico (dicen que precisamente en casos así se suelta el estómago, pero no fue ciertamente mi caso), y con el libro de Pedro Garfias abierto, y aunque no quería leer me puse a leer, lentamente, palabra por palabra y verso por verso, y de repente sentí ruidos en el pasillo, ¿ruidos de botas?, ¿ruidos de botas claveteadas?, pero che, me dije, ya es mucha coincidencia, ¿no te parece?, y entonces escuché una voz que decía algo así como que todo estaba en orden, puede que dijera otra cosa, y alguien, tal vez el mismo cabrón que había hablado, abrió la puerta del baño y entró y yo levanté los pies como una bailarina de Renoir, los calzones esposando mis tobillos flacos, enganchados a unos zapatos que entonces tenía, unos mocasines amarillos de lo más cómodos, y mientras esperaba a que el soldado revisara los wáters uno por uno y me disponía, llegado el caso, a no abrir, a defender el último reducto de autonomía de la UNAM, yo, una pobre poetisa uruguaya, pero que amaba México como el que más, mientras esperaba, digo, se produjo un silencio especial, como si el tiempo se fracturara y corriera en varias direcciones a la vez, un tiempo puro, ni verbal ni compuesto de gestos o acciones, y entonces me vi a mí misma y vi al soldado que se miraba arrobado en el espejo, los dos quietos como estatuas en el baño de mujeres de la cuarta planta de la Facultad de Filosofía y Letras, y eso fue todo, después sentí sus pisadas que se marchaban, escuché que se cerraba la puerta y mis piernas levantadas, como si decidieran por sí mismas, volvieron a su antigua posición. Debí de permanecer así unas tres horas, calculo. Sé que empezaba a anochecer cuando salí del wáter. La situación era nueva, lo admito, pero yo sabía qué hacer. Yo sabía cuál era mi deber. Así que me encaramé a la única ventana del baño y miré para afuera. Yo vi a un soldado perdido en la lejanía. Yo vi la silueta de una tanqueta o la sombra de una tanqueta. Como el pórtico de la literatura latina, como el pórtico de la literatura griega. Ay, a mí me gusta tanto la literatura griega, desde Píndaro hasta Giorgos Seferis. Yo vi el viento que recorría la universidad como si disfrutara de las últimas claridades del día. Y supe lo que tenía que hacer. Yo supe. Supe que tenía que resistir. Así que me senté sobre las baldosas del baño de mujeres y aproveché los últimos rayos de luz para leer tres poemas más de Pedro Garfias y luego cerré el libro y cerré los ojos y me dije: Auxilio Lacouture, ciudadana del Uruguay, latinoamericana, poeta y viajera, resiste. Sólo eso. Y luego me puse a pensar en mi pasado como ahora pienso en mi pasado. Me puse a pensar en cosas que tal vez a ustedes no les interese de la misma manera que ahora me pongo a pensar en Arturo Belano, en el joven Arturo Belano al que yo conocí cuando tenía dieciséis o diecisiete años, en el año de 1970, cuando yo ya era la madre de la poesía joven de México y él un pibe que no sabía ni beber pero que se sentía orgulloso de que en su lejano Chile hubiera ganado las elecciones Salvador Allende. Yo lo conocí. Yo lo conocí en una ensordecedora reunión de poetas en el bar Encrucijada Veracruzana, atroz huronera o cuchitril, en donde se reunían a veces un grupo heterogéneo de jóvenes y no tan jóvenes promesas. Yo me hice amiga de él. Yo creo que fue porque éramos los dos únicos sudamericanos en medio de tantos mexicanos. Yo me hice amiga de él, pese a la diferencia de edades, ¡pese a la diferencia de todo! Yo le dije quién era T. S. Eliot, quién era William Carlos Williams, quién era Pound. Yo lo llevé una vez a su casa, enfermo, borracho, yo lo llevé abrazado, colgando de mis flacas espaldas, y me hice amiga de su madre y de su padre y de su hermana tan simpática, tan simpáticos todos. Yo lo primero que le dije a su madre fue: señora, yo no me he acostado con su hijo. Y ella dijo:

claro que no, Auxilio, pero no me digas señora, si tenemos casi la misma edad. Yo me hice amiga de esa familia. Una familia de chilenos viajeros que había emigrado a México en 1968. Mi año. Yo me quedaba de invitada en la casa de la mamá de Arturo largas temporadas, una vez un mes, otra vez quince días, otra vez un mes y medio. Porque para entonces yo ya no tenía dinero para pagar una pensión o un cuarto de azotea. Yo vivía durante el día en la universidad haciendo mil cosas y por la noche vivía la vida bohemia, y dormía e iba desperdigando mis escasas pertenencias en casas de amigas y amigos, mi ropa, mis libros, mis revistas, mis fotos, yo Remedios Varo, yo Leonora Carrington, yo Eunice Odio, yo Lilian Serpas (ay, pobre Lilian Serpas), y si no me volví loca fue porque siempre conservé el humor, me reía de mis faldas, de mis pantalones cilíndricos, de mis medias rayadas, de mi corte de pelo Príncipe Valiente, cada día menos rubio y más blanco, de mis ojos azules que escrutaban la noche del DF, de mis orejas rosadas que escuchaban las historias de la universidad, los ascensos y los descensos, los ninguneos, postergaciones, lambisconeos, adulaciones, méritos falsos, temblorosas camas que se desmontaban y se volvían a montar sobre el cielo nocturno del DF, ese cielo que yo conocía tan bien, ese cielo revuelto e inalcanzable como una marmita azteca bajo el cual yo me movía feliz de la vida, con todos los poetas de México y con Arturo Belano que tenía dieciséis o diecisiete años y que empezó a crecer bajo mi mirada, y que en 1973 decidió volver a su patria a hacer la revolución. Y yo fui la única, aparte de su familia, que lo fue a despedir a la estación de autobuses, pues él se marchó por tierra, un viaje largo, larguísimo, plagado de peligros, el viaje iniciático de todos los pobres muchachos latinoamericanos, recorrer este continente absurdo, y cuando Arturito Belano se asomó a la ventanilla del autobús para hacernos adiós con la mano, no sólo su madre lloró, yo también lloré y esa noche dormí en casa de su familia, más que nada para hacerle compañía a su madre, pero a la mañana siguiente me fui, aunque no tenía adónde ir, salvo a los bares y a las cafeterías y a las cantinas de siempre, pero igual me fui, no me gusta abusar. Y cuando Arturo regresó, en 1974, ya era otro. Allende había caído y él había cumplido, eso me lo contó su hermana. Arturito había cumplido y su conciencia, su terrible conciencia de machito latinoamericano, en teoría no tenía nada que reprocharse. Se había presentado como voluntario el 11 de septiembre. Había hecho una guardia absurda en una calle vacía. Había salido de noche, había visto cosas, luego, días después, en un control policial había caído detenido. No lo torturaron, pero estuvo preso unos días y durante esos días se comportó como un hombre. Su conciencia debía estar tranquila. En México lo esperaban sus amigos, la noche del DF, la vida de los poetas. Pero cuando volvió ya no era el mismo. Comenzó a salir con otros, gente más joven que él, mocosos de dieciséis años, de diecisiete, de dieciocho, conoció a Ulises Lima (mala compañía, pensé cuando lo vi), comenzó a reírse de sus antiguos amigos, a perdonarles la vida, a mirarlo todo como si él fuera el Dante y acabara de volver del Inferno, qué digo el Dante, como si él fuera el mismísimo Virgilio, un chico tan sensible, comenzó a fumar marihuana, vulgo mota y a trasegar con sustancias que prefiero ni imaginármelas. Pero de todas maneras, en el fondo, lo sé, seguía siendo tan simpático como siempre. Y así cuando nos encontrábamos, por pura casualidad, porque ya no salíamos con las mismas personas, me decía qué tal Auxilio, o me gritaba Socorro, ¡Socorro!, ¡¡Socorro!!, desde la acera de enfrente de la avenida Bucareli, dando saltos como un chango con un taco en la mano o con un trozo de pizza en la mano, y siempre en compañía de esa Laura Jáuregui que era guapísima pero que tenía el corazón más negro que una viuda negra y de Ulises Lima y de ese otro chilenito, Felipe Müller, y a veces hasta me animaba y me unía a su grupo, pero ellos hablaban en glíglico, aunque se notaba que me querían, se notaba que sabían quién era yo, pero hablaban en glíglico y así es difícil seguir los meandros y avatares de una conversación, lo que finalmente me hacía seguir mi camino. ¡Pero que nadie crea que se reían de mí! ¡Me escuchaban! Mas yo no hablaba el glíglico y los pobres niños eran incapaces de abandonar su jerga. Los pobres niños abandonados. Porque ésa era la situación: nadie los quería. O nadie los tomaba en serio. O a veces una tenía la impresión de que ellos se tomaban demasiado en serio. Y un día me dijeron: Arturito Belano se marchó de México. Y añadieron: esperemos que esta vez no vuelva. Y eso me dio mucha rabia porque yo siempre lo había querido y creo que probablemente insulté a la persona que me lo dijo (al menos, mentalmente), pero antes tuve la sangre fría de preguntar adónde se había ido. Y no me lo supieron decir: a Australia, a Europa, al Canadá, a un lugar de ésos. Y yo entonces me puse a pensar en él, me puse a pensar en su madre, tan generosa, en su hermana, en las tardes en que hacíamos empanadas en su casa, en la vez en que yo hice fideos y para que los fideos se secaran los colgamos por todas partes, en la cocina, en el comedor, en el living chiquitito que tenían en la calle Abraham González. Yo no puedo olvidar nada, dicen que ése es mi problema. Yo soy la madre de los poetas de México. Yo soy la única que aguantó en la universidad en 1968, cuando los granaderos y el ejército entraron. Yo me quedé sola en la facultad, encerrada en un baño, sin comer durante más de diez días, durante más de quince días, ya no lo recuerdo. Yo me quedé con un libro de Pedro Garfias y mi bolso, vestida con una blusita blanca y una falda plisada celeste y tuve tiempo de sobras para pensar y pensar. Pero no pude pensar entonces en Arturo Belano porque todavía no lo conocía. Yo me dije: Auxilio Lacouture, resiste, si sales te meten presa (y probablemente te deportan a Montevideo, porque como es lógico no tienes los papeles en regla, boba), te escupen, te apalean. Yo me dispuse a resistir. A resistir el hambre y la soledad. Yo dormí las primeras horas sentada en el wáter, el mismo que había ocupado cuando todo empezó y que en mi desvalimiento creía que me daba suerte, pero dormir sentada en un trono es incomodísimo y terminé acurrucada sobre las baldosas. Yo tuve sueños, no pesadillas, sueños musicales, sueños de preguntas transparentes, sueños de aviones esbeltos y seguros que cruzaban Latinoamérica de punta a punta por un brillante y frío cielo azul. Yo desperté aterida y con un hambre de los mil demonios. Yo miré por la ventana, por el ventanuco de los lavabos y vi la mañana de un nuevo día en trozos de campus como trozos de puzzle. Yo me dediqué aquella primera mañana a llorar y a dar gracias a los ángeles del cielo de que no hubieran cortado el agua. No te enfermes, Auxilio, me dije, bebe todo el agua que quieras, pero no te enfermes. Yo me dejé caer en el suelo, la espalda apoyada contra la pared, y abrí otra vez el libro de Pedro Garfias. Mis ojos se cerraron. Debí de quedarme dormida. Luego sentí pasos y me oculté en mi wáter (ese wáter es el cubículo que nunca tuve, ese wáter fue mi trinchera y mi palacio del Duino, mi epifanía de México). Luego leí a Pedro Garfias. Luego me quedé dormida. Luego me puse a mirar por el ojo de buey y vi nubes muy altas, y pensé en los cuadros del Dr. Atl y en la región más transparente. Luego me puse a pensar en cosas lindas. ¿Cuántos versos me sabía de memoria? Me puse a recitar, a murmurar los que recordaba y me hubiera gustado poder anotarlos, pero aunque llevaba un Bic no llevaba papel. Luego pensé: boba, pero si tienes el mejor papel del mundo a tu disposición. Así que corté papel higiénico y me puse a escribir. Luego me quedé dormida y soñé, ay qué risa, con Juana de Ibarbourou, soñé con su libro *La rosa de los vientos*, de 1930, y también con su primer libro, *Las lenguas de diamante*, qué título más bonito, bellísimo, casi como si fuera un libro de vanguardia, un libro francés escrito el año pasado, pero Juana de América lo publicó en 1919, es decir a la edad de veintisiete años, qué mujer más interesante debió de ser entonces, con todo el mundo a su disposición, con todos esos caballeros dispuestos a cumplir elegantemente sus órdenes (caballeros que ya no existen, aunque Juana aún exista), con todos esos poetas modernistas dispuestos a morirse por la poesía, con tantas miradas, con tantos requiebros, con tanto amor. Luego me desperté. Pensé: yo soy el recuerdo. Eso pensé. Luego me volví a dormir. Luego me desperté y durante horas, tal vez días, estuve llorando por el tiempo perdido, por mi infancia en Montevideo, por rostros que aún me turban (que hoy incluso me turban más que antes) y sobre los cuales prefiero no hablar. Luego perdí la cuenta de los días que llevaba encerrada. Desde mi ventanuco veía pájaros, árboles o ramas que se alargaban desde sitios invisibles, matojos, hierba, nubes, paredes, pero no veía gente ni oía ruidos, y perdí la cuenta del tiempo que llevaba encerrada. Luego comí papel higiénico, tal vez recordando a Charlot, pero sólo un trocito, no tuve estómago para comer más. Luego descubrí que ya no tenía hambre. Luego cogí el papel higiénico en donde había escrito y lo tiré al wáter y tiré la cadena. El ruido del agua me hizo dar un salto y entonces pensé que estaba perdida. Pensé: pese a toda mi astucia y a todos mis sacrificios estoy perdida. Pensé: qué acto poético destruir mis escritos. Pensé: mejor hubiera sido tragármelos, ahora estoy perdida. Pensé: la vanidad de la escritura, la vanidad de la destrucción. Pensé: porque escribí, resistí. Pensé: porque destruí lo escrito me van a descubrir, me van a pegar, me van a violar, me van a matar. Pensé: ambos hechos están relacionados, escribir y destruir, ocultarse y ser descubierta. Luego me senté en el trono y cerré los ojos. Luego me dormí. Luego me desperté. Tenía todo el cuerpo acalambrado. Me moví lentamente por el baño, me miré al espejo, me peiné, me lavé la cara. Ay, qué mala cara tenía. Como la que tengo ahora, háganse una idea. Luego escuché voces. Creo que hacía mucho que no escuchaba nada. Me sentí como Robinson cuando descubre la huella en la arena. Pero mi huella era una voz y una puerta que se cerraba de golpe, mi huella era un alud de canicas de piedra lanzadas de improviso por el pasillo. Luego Lupita, la secretaria del profesor Fombona, abrió la puerta y nos quedamos mirándonos, las dos con la boca abierta pero sin poder articular palabra. De la emoción, yo creo, me desmayé. Cuando volví a abrir los ojos me encontré instalada en la oficina del profesor Rius (¡qué guapo y valiente que era y es Rius!), entre amigos y caras conocidas, entre gente de la universidad y no soldados, y eso me pareció tan maravilloso que me puse a llorar, incapaz de formular un relato coherente de mi historia, pese a los requerimientos de Rius, que parecía a la par escandalizado y agradecido de lo que yo había hecho. Y eso es todo, amiguitos. La leyenda se esparció en el viento del DF y en el viento del 68, se fundió con los muertos y con los sobrevivientes y ahora todo el mundo sabe que una mujer permaneció en la universidad cuando fue violada la autonomía en aquel año hermoso y aciago. Y muchas veces yo he escuchado la historia, contada por otros, en donde aquella mujer que estuvo quince días sin comer, encerrada en un baño, es una estudiante de Medicina o una secretaria de la Torre de Rectoría y no una uruguaya sin papeles y sin trabajo y sin una casa donde descansar. Y a veces ni siquiera es una mujer sino un hombre, un estudiante maoísta o un profesor con problemas gastrointestinales. Y cuando yo escucho esas historias, esas versiones de mi historia, generalmente (sobre todo si no estoy bebida) no digo nada. ¡Y si estoy borracha le quito importancia al asunto! Eso no es importante, les digo, eso es folklore universitario, eso es folklore del DF, y entonces ellos me miran y dicen: Auxilio, tú eres la madre de la poesía mexicana. Y yo les digo (si estoy bebida, les grito) que no, que no soy la madre de nadie, pero que, eso sí, los conozco a todos, a todos los jóvenes poetas del DF, a los que nacieron aquí y a los que llegaron de provincias, y a los que el oleaje trajo de otros lugares de Latinoamérica, y que los quiero a todos.

5

Amadeo Salvatierra, calle República de Venezuela, cerca del Palacio de la Inquisición, México DF, enero de 1976. Entonces yo les dije: a ver, muchachos, ¿qué hacemos si se acaba el mezcal? Y ellos dijeron: pues bajamos a comprar otra botella, señor Salvatierra, Amadeo, por eso no se preocupe. Y con esa seguridad, con esa esperanza, cabría decir, me bebí un buen trago, hasta vaciar el vaso, qué buen mezcal se hacía antes en estas tierras, sí señor, y luego me levanté y me acerqué a mi biblioteca, me acerqué al polvo de mi biblioteca, ¡cuánto hacía que no limpiaba un poco esas estanterías!, pero no porque ya no me gustaran los libros, no vayan a creer, sino porque la vida lo vuelve a uno muy quebradizo, y además lo anestesia (casi sin que nos demos cuenta, señores), y a algunos, que no es mi caso, hasta los hipnotiza o les abre en canal el hemisferio izquierdo del cerebro, que es una forma figurativa de exponer el problema de la memoria, a ver si no me explico. Y los muchachos se levantaron también de sus asientos y yo sentí su respiración en la nuca, figurativamente, claro está, y entonces, sin volverme, les pregunté si Germán o Arqueles o Manuel les contaron en qué trabajaba yo, cómo me ganaba diariamente los pesos. Y ellos dijeron no, Amadeo, de eso no nos dijeron nada. Y entonces yo les dije, muy orondo, que escribía, y creo que me reí o que tosí sus buenos segundos, yo me gano la vida escribiendo, muchachos, les dije, en este país de la chingada Octavio Paz y yo somos los únicos que nos ganamos la vida de esa manera. Y ellos, por supuesto, guardaron un silencio conmovedor, si se me permite la expresión. Un silencio como los que decía la gente que guardaba Gilberto Owen. Y entonces yo les dije, siempre de espaldas a ellos, siempre manteniendo mi mirada en los lomos de mis libros: trabajo aquí al lado, en la plaza Santo Domingo, escribo solicitudes, rogativas y cartas, y me volví a reír y el polvo de los libros salió despedido con la fuerza de mi risa, y entonces ya pude ver mejor los títulos, los autores, los legajos en donde guardaba los materiales inéditos de mi época. Y ellos también se rieron con una risa breve que me rozó la nuca, ay qué muchachos más discretos, hasta que yo por fin pude dar con el archivador que buscaba. Aquí está, dije, mi vida y de paso lo único que queda de la vida de Cesárea Tinajero. Y entonces ellos, en vez de lanzarse avorazados sobre el archivador a revolver entre los papeles, aquí está lo curioso, señores, se mantuvieron impertérritos y me preguntaron si escribía cartas de amor. De todo, muchachos, les dije dejando el archivador en el suelo y volviendo a llenar mi vaso con mezcal Los Suicidas, cartas de madres a hijos, cartas de hijos a sus padres, cartas de mujeres a sus maridos presos, y cartas de novios, claro, que son las mejores, por lo inocentes, digo yo, o por lo calientes, todo va mezclado como en botica y a veces el escribano pone algo de cosecha propia. Ah, pues que profesión más bonita, dijeron. Después de treinta años en los portales de Santo Domingo ya no lo es tanto, dije yo mientras abría el archivador y comenzaba a husmear entre los papeles, a buscar el único ejemplar que tenía de *Caborca*, la revista que con tanto sigilo y con tanta ilusión había dirigido Cesárea.

Joaquín Font, Clínica de Salud Mental El Reposo, camino del Desierto de los Leones, en las afueras de México DF, enero de 1977. Hay una literatura para cuando estás aburrido. Abunda. Hay una literatura para cuando estás calmado. Ésta es la mejor literatura, creo yo. También hay una literatura para cuando estás triste. Y hay una literatura para cuando estás alegre. Hay una literatura para cuando estás ávido de conocimiento. Y hay una literatura para cuando estás desesperado. Esta última es la que quisieron hacer Ulises Lima y Belano. Grave error, como se verá a continuación. Tomemos, por ejemplo, un lector medio, un tipo tranquilo, culto, de vida más o menos sana, maduro. Un hombre que compra libros y revistas de literatura. Bien, ahí está. Ese hombre puede leer aquello que se escribe para cuando estás sereno, para cuando estás calmado, pero también puede leer cualquier otra clase de literatura, con ojo crítico, sin complicidades absurdas o lamentables, con desapasionamiento. Eso es lo que yo creo. No quiero ofender a nadie.

Ahora tomemos al lector desesperado, aquel a quien presumiblemente va dirigida la literatura de los desesperados. ¿Qué es lo que ven? Primero: se trata de un lector adolescente o de un adulto inmaduro, acobardado, con los nervios a flor de piel. Es el típico pendejo (perdonen la expresión) que se suicidaba después de leer el *Werther*. Segundo: es un lector limitado. ¿Por qué limitado? Elemental, porque no puede leer más que literatura desesperada o para desesperados, tanto monta, monta tanto, un tipo o un engendro incapaz de leerse de un tirón *En busca del tiempo perdido*, por ejemplo, o *La montaña mágica* (en mi modesta opinión un paradigma de la literatura tranquila, serena, completa), o, si a eso vamos, *Los miserables* o *Guerra y paz*. Creo que he hablado claro, ¿no? Bien, he hablado claro. Así les hablé a ellos, les dije, les advertí, los puse en guardia contra los peligros a que se enfrentaban. Igual que hablarle a una piedra. Otrosí: los lectores desesperados son como las minas de oro de California. ¡Más temprano que tarde se acaban! ¿Por qué? ¡Resulta evidente! No se puede vivir desesperado toda una vida, el cuerpo termina doblegándose, el dolor termina haciéndose insoportable, la lucidez se escapa en grandes chorros fríos. El lector desesperado (más aún el lector de poesía desesperado, ése es insoportable, créanme) acaba por desentenderse de los libros, acaba ineluctablemente convirtiéndose en desesperado a secas. ¡O se cura! Y entonces, como parte de su proceso de regeneración, vuelve lentamente, como entre algodones, como bajo una lluvia de píldoras tranquilizantes fundidas, vuelve, digo, a una literatura escrita para lectores serenos, reposados, con la mente bien centrada. A eso se le llama (y si nadie le llama así, *yo* le llamo así) el paso de la adolescencia a la edad adulta. Y con esto no quiero decir que cuando uno se ha convertido en un lector tranquilo ya no lea libros escritos para desesperados. ¡Claro que los lee! Sobre todo si son buenos o pasables o un amigo se los ha recomendado. Pero en el fondo ¡lo aburren! En el fondo esa literatura amargada, llena de armas blancas y de Mesías ahorcados, no consigue penetrarlo hasta el corazón como sí consigue una página serena, una página meditada, una página ¡técnicamente perfecta! Y yo se los dije. Se los advertí. Les señalé la página técnicamente perfecta. Les avisé de los peligros. ¡No agotar un filón! ¡Humildad! ¡Buscar, perderse en tierras desconocidas! ¡Pero con cordada, con migas de pan o guijarros blancos! Sin embargo yo estaba loco, estaba loco por culpa de mis hijas, por culpa de ellos, por culpa de Laura Damián, y no me hicieron caso.

Joaquín Vázquez Amaral, caminando por el campus de una universidad del Medio Oeste norteamericano, febrero de 1977. No, no, no, por supuesto que no. Ese muchacho Belano era una persona amabilísima, muy culto, nada agresivo. Cuando yo estuve en México, en 1975, para la presentación en sociedad, si así puede llamársele, de mi traducción de los *Cantares* de Ezra Pound, publicado en una hermosa edición, ciertamente, en Joaquín Mortiz, libro que en cualquier país europeo hubiera atraído a mucha más gente, él y sus amigos acudieron al acto y luego, y esto es importante, se quedaron de tertulia conmigo, se quedaron a hacerme compañía (un extranjero, una ciudad de alguna manera desconocida, esto siempre se agradece), y nos fuimos a un bar, ya no recuerdo qué bar, en el centro sería, por los alrededores de Bellas Artes, y estuvimos hablando de Pound hasta las tantas. Es decir, yo no vi caras conocidas en la presentación, no vi caras ilustres de la poesía mexicana (si las hubo, lamento decirlo, no las reconocí), sólo los vi a ellos, a estos jóvenes soñadores y enérgicos, ¿verdad?, y eso, un extranjero, lo agradece.

¿De qué hablamos? Del maestro, por supuesto, de los días en Saint Elizabeth, de aquel curioso Fenollosa y de la poesía de la dinastía Han y de la dinastía Sui, de Liu Hsiang, de Tung Chungshu, de Wang Pi, de Tao Chien (Tao Yuan-ming, 365-427), de la poesía de la dinastía Tang, de Han Yu (768-824), de Meng Haojan (689-740), de Wang Wei (699-759), de Li Po (701-762), de Tu Fu (712-770), de Po Chu-i (772-846), de la dinastía Ming, de la dinastía Ching, de Mao Tse-tung, en fin, de cosas del maestro Pound que en el fondo ninguno de nosotros conocíamos, ni siquiera el maestro, ¿no?, porque la literatura que él conocía de verdad era la europea, pero qué alarde de fuerza, qué curiosidad tan magnífica la de Pound cuando escarba en esa lengua enigmática, ¿no?, qué fe en la humanidad, ¿verdad? Y también hablamos de poetas provenzales, los de siempre, ya se sabe, Arnaut Daniel, Bertrán de Born, Guiraut de Bornelh, Jaufré Rudel, Guillem de Berguedà, Marcabrú, Bernart de Ventadorn, Raimbaut de Vaqueiras, el Castellano de Coucy, el enorme Chrétien de Troyes, y también hablamos de los italianos del Dolce Stil Novo, los amiguetes de Dante como quien dice, Cino da Pistoia, Guido Cavalcanti, Guido Guinizelli, Cecco Angiolieri, Gianni Alfani,

Dino Frescobaldi, pero por encima de todo hablamos del maestro, de Pound en Inglaterra, de Pound en París, de Pound en Rapallo, de Pound prisionero, de Pound en Saint Elizabeth, de Pound de vuelta en Italia, de Pound en el umbral de la muerte...

¿Y después qué pasó? Lo de siempre. Pedimos la cuenta. Insistieron en que yo no colaborara con nada de dinero, pero me negué en redondo, yo también he sido joven y sé que a esa edad, y peor aún si se trata de un poeta, el dinero no abunda, así que puse mi dinero sobre la mesa, suficiente como para pagar todas las consumiciones (éramos unos diez, el joven Belano, ocho amigos suyos, entre ellos dos muchachas preciosas cuyos nombres desgraciadamente he olvidado, y yo), pero ellos, y esto fue, tal vez, ahora que lo pienso, lo único raro de aquella noche, cogieron el dinero y me lo devolvieron y yo volví a poner el dinero sobre la mesa y ellos nuevamente me lo devolvieron y yo entonces les dije muchachos cuando voy a tomar unas copas o unas cocacolas (je je) con mis alumnos nunca permito que éstos paguen, y ésta parrafada la dije con mucho cariño (adoro a mis alumnos y ellos, presumo, me corresponden), pero ellos entonces dijeron: ni se le ocurra, maestro, sólo eso: ni se le ocurra, maestro, y en ese momento, mientras descodificaba esa frase, si se me permite, tan polisémica, observé sus rostros, siete chicos y dos chicas guapísimas, y pensé: no, ellos nunca serían mis alumnos, no sé por qué lo pensé, en realidad habían estado tan correctos, tan simpáticos, pero lo pensé.

Volví a guardar el dinero en mi cartera y uno de ellos pagó la cuenta y después salimos a la calle, hacía una noche preciosa, sin el agobio de los coches y las muchedumbres diurnas, y durante un rato caminamos en dirección a mi hotel, casi como caminar a la deriva, igual nos estábamos alejando, y a medida que avanzábamos (¿pero hacia dónde?), algunos de estos muchachos se fueron despidiendo, me estrechaban la mano y se iban (de sus compañeros se despedían de otra manera, o eso me pareció) y poco a poco el grupo se fue haciendo menos numeroso, y mientras tanto seguíamos hablando y hablábamos y hablábamos o, ahora que lo pienso, tal vez no habláramos tanto, yo rectificaría y diría que pensábamos y pensábamos, pero no lo creo, a esas horas nadie piensa demasiado, el cuerpo pide descanso. Y llegó un momento en que sólo éramos cinco caminando sin rumbo por las calles de México, puede que en el más completo silencio, en un silencio poundiano, aunque el maestro es lo más alejado del silencio, ¿verdad?, sus palabras son las palabras de la tribu que no cesan de indagar, de investigar, de referir todas las historias. Pese a que esas palabras estén circundadas por el silencio, minuto a minuto erosionadas por el silencio, ¿verdad? Y entonces yo decidí que ya era hora de dormir y paré un taxi y les dije adiós.

Lisandro Morales, calle Comercio, enfrente del Jardín Morelos, colonia Escandón, México DF, marzo de 1977. Fue el novelista ecuatoriano Vargas Pardo, un hombre que no se entera de nada y a quien tenía trabajando como corrector en mi editorial, quien me presentó al susodicho Arturo Belano. El mismo Vargas Pardo me había convencido, un año antes, de que podía ser rentable que la editorial financiara una revista en la que colaborarían las mejores plumas de México y Latinoamérica. Le hice caso y la saqué. A mí me dieron el puesto de director honorario y Vargas Pardo y un par de sus amigotes se adjudicaron a dedo el consejo de redacción.

El plan, al menos tal como me lo vendieron, era que la revista apoyaría los libros de la editorial. Ése era el principal objetivo. El segundo objetivo era hacer una *buena* revista de literatura que prestigiara a la editorial, tanto por sus contenidos como por sus colaboradores. Me hablaron de Julio Cortázar, de García Márquez, de Carlos Fuentes, de Vargas Llosa, de las primeras figuras de la literatura latinoamericana. Yo, siempre prudente, por no decir escéptico, les dije que me conformaba con tener a Ibargüengoitia, a Monterroso, a José Emilio Pacheco, a Monsiváis, a Elenita Poniatowska. Ellos dijeron que por supuesto, que sí, que pronto todos se iban a morir por publicar en nuestra revista. De acuerdo, que se mueran, dije yo, hagamos un buen trabajo, pero no olviden el primer objetivo. Potenciar a la editorial. Ellos dijeron que eso no era ningún problema, que la editorial estaría reflejada en cada página, o en una de cada dos páginas, y que además la revista no tardaría en producir beneficios. Y yo dije: señores, el destino queda en vuestras manos. En el primer número, como es fácil verificar, no apareció ni Cortázar, ni García Márquez, ni siquiera José Emilio Pacheco, pero contamos con un ensayo de Monsiváis y eso, de alguna manera, salvaba a la revista; el resto de las colaboraciones eran de Vargas Pardo, un ensayo de un novelista argentino exiliado en México amigo de Vargas Pardo, dos adelantos de sendas novelas que próximamente publicaríamos en la editorial, un cuento de un compatriota olvidado de Vargas Pardo, y poesía, demasiada poesía. En el apartado de las reseñas, al menos, no tuve nada que objetar, la atención recaía mayoritariamente sobre nuestras novedades, en términos por demás elogiosos.

Recuerdo que hablé con Vargas Pardo después de leer la revista y se lo dije: me parece que hay demasiada poesía y la poesía no vende. No olvido su respuesta: cómo que no vende, don Lisandro, me dijo, fíjese en Octavio Paz y en su revista. Bueno, Vargas, le dije yo, pero Octavio es Octavio, hay lujos que los demás no nos podemos permitir. No le dije, ciertamente, que la revista de Octavio yo no la leía desde hacía siglos, ni rectifiqué el adjetivo «lujo» con que había ornado no el quehacer poético sino su trabajosa publicación, pues en el fondo yo no creo que sea un lujo publicar poesía sino una soberana estupidez. La cosa no fue a más, de todas maneras, y Vargas Pardo pudo sacar el segundo y el tercer número, y luego el cuarto y el quinto. A veces me llegaban voces de que nuestra revista se estaba tornando demasiado agresiva. Yo creo que la culpa de todo la tenía Vargas Pardo, que la utilizaba como arma arrojadiza en contra de quienes lo habían despreciado cuando llegó a México, como el vehículo idóneo para ajustar algunas cuentas pendientes (¡qué rencorosos y vanidosos son algunos escritores!), y la verdad sea dicha, no me preocupaba mayormente. Es bueno que una revista genere polémica, eso quiere decir que se vende, y a mí me parecía un milagro que una revista con tanta poesía se vendiera. A veces me preguntaba por qué al cabrón de Vargas Pardo le interesaba tanto la poesía. Él, me consta, no era poeta sino narrador. ¿De dónde, pues, le venía su interés por la lírica?

Confieso que durante un tiempo me estuve haciendo cábalas al respecto. Llegué a pensar que era maricón, podía serlo, estaba casado (con una mexicana, por cierto), pero podía serlo, sin embargo: ¿qué clase de maricón?, ¿un maricón platónico y lírico, que se contentaba, digamos, en el plano puramente literario, o tenía su media naranja o su medio limón entre los poetas que publicaba en la revista? No lo sé. Cada uno con su vida. No tengo nada contra los maricones. Cada día, eso sí, hay más. En los años cuarenta la literatura mexicana había alcanzado su cenit en lo que se refiere a maricones y yo pensé que ese techo era infranqueable. Pero hoy abundan más que nunca. Supongo que la culpa de todo la tiene la instrucción pública, la inclinación cada vez más común en los mexicanos a dar la nota, el cine, la música, vaya uno a saber. El mismísimo Salvador Novo me dijo una vez lo sorprendido que se quedaba con los modales y el lenguaje de algunos jóvenes que iban a visitarlo. Y Salvador Novo sabía de lo que hablaba.

Así fue como conocí a Arturo Belano. Una tarde Vargas Pardo me habló de él y de que preparaba un libro fantástico (ésa fue la palabra que empleó), la antología definitiva de la joven poesía latinoamericana, y que andaba buscando editor. ¿Y quién es ese Belano?, le pregunté. Escribe reseñas en nuestra revista, dijo Vargas Pardo. Estos poetas, le dije, y me quedé observando disimuladamente su reacción, son como chulos de putas desesperados buscando a una mujer para hacer negocio con ella, pero Vargas Pardo encajó bien mi pulla y dijo que el libro era muy bueno, un libro que si no lo publicábamos nosotros (ah, qué manera de emplear el plural) lo publicaría cualquier otra editorial. Entonces me lo quedé mirando disimuladamente otra vez y le dije: tráemelo, conciértame una cita con él y ya veremos lo que se puede hacer.

Dos días después apareció Arturo Belano por la editorial. Iba vestido con una chaqueta de mezclilla y con bluejeans. La chaqueta tenía algunas roturas sin parchear en los brazos y en el costado izquierdo, como si alguien hubiera estado jugando a ensartarle flechas o lanzazos. Los pantalones, bueno, si se los hubiera sacado se habrían mantenido de pie solos. Iba calzado con unas zapatillas de gimnasia que daba miedo sólo verlas. Tenía el pelo largo hasta los hombros y seguramente siempre había sido flaco pero ahora lo parecía más. Parecía que llevaba varios días sin dormir. Vaya, hombre, pensé, qué desastre. Por lo menos daba la impresión de que se había duchado esa mañana. Así que le dije: veamos, señor Belano, esa antología que usted ha hecho. Y él dijo: ya se la he dado a Vargas Pardo. Mal empezamos, pensé.

Cogí el teléfono y le dije a mi secretaria que viniera Vargas Pardo a mi despacho. Durante unos segundos ninguno de los dos hablamos. Carajo, si Vargas Pardo tardaba un poco más en aparecer el joven poeta se me iba a quedar dormido. Eso sí, no parecía maricón. Para matar el tiempo le expliqué que los libros de poesía, ya se sabe, se publican muchos pero se venden pocos. Sí, dijo él, se publican muchos. Por Dios, parecía un zombi. Por un momento me pregunté si no estaría drogado, ¿pero cómo saberlo? Bueno, le dije, ¿y le costó mucho hacer su antología de poesía latinoamericana? No, dijo él, son todos amigos. Qué cara. Así pues, dije yo, no habrá problemas de derechos de autor, usted tiene los permisos. Él se rió. Es decir, permítanme que lo explique, torció la boca o curvó los labios o mostró unos dientes amarillentos y emitió un sonido. Juro que su risa me erizó los pelos. ¿Cómo explicarla? ¿Como una risa que sale de ultratumba? ¿Como esas risas que a veces uno escucha cuando camina por el pasillo desierto de un hospital? Algo así. Y después, después de la risa, parecía que íbamos a volver a sumirnos en el silencio, esos silencios embarazosos entre personas que se acaban de conocer, o entre un editor y un zombi, para el caso es lo mismo, pero yo lo último que deseaba era verme atrapado otra vez en ese silencio, así que seguí hablando, hablé de su país de origen, Chile, de mi revista en donde él había publicado alguna reseña literaria, de lo difícil que resultaba a veces sacarse de encima un stock de libros de poesía. Y Vargas Pardo no aparecía (¡estaría colgado del teléfono dándole a la lengua con otro poeta!). Y entonces, justo entonces, tuve una suerte de iluminación. O de presentimiento. Supe que era mejor no publicar esa antología. Supe que era mejor no publicar *nada* de ese poeta. Que se fuera a la mierda Vargas Pardo y sus ideas geniales. Si había otras editoriales interesadas, pues que la publicaran ellos, yo no, yo supe, en ese segundo de lucidez, que publicar un libro de ese tipo me iba a traer mala suerte, que tener a ese tipo sentado frente a mí en mi oficina, mirándome con esos ojos vacíos, a punto de quedarse dormido, me iba a traer mala suerte, que probablemente la mala suerte ya estaba planeando sobre el tejado de mi editorial como un cuervo apestado o como un avión de Aerolíneas Mexicanas destinado a estrellarse contra el edificio en donde estaban mis oficinas.

Y de pronto apareció Vargas Pardo blandiendo el manuscrito de los poetas latinoamericanos y yo desperté de mi ensoñación, pero muy lentamente, al principio ni siquiera pude oír con claridad lo que Vargas Pardo decía, sólo oía su risa y su pinche vozarrón, feliz de la vida, como si trabajar para mí fuera lo mejor que le había ocurrido en su vida, unas vacaciones pagadas en el DF, y recuerdo que estaba tan aturdido que me levanté y le di la mano a Vargas Pardo, por Dios, le di la mano a ese cabrón como si él fuera el jefe o el supervisor general y yo un pinche empleadito, y también recuerdo que miré a Arturo Belano y que éste no se levantó de su asiento cuando llegó el ecuatoriano, es más, no sólo no se levantó, es que ni siquiera nos hizo caso, ni nos miró, vaya, vi su nuca llena de pelos y por un segundo pensé que aquello que veía no era una persona, no era un ser humano de carne y hueso, con sangre en las venas como usted o como yo, sino un espantapájaros, un envoltorio de ropas desastradas sobre un cuerpo de paja y de plástico, o algo así. Y entonces oí que Vargas Pardo decía ya está todo listo, Lisandro, ahorita Martita viene para acá con el contrato. ¿Con qué contrato?, balbuceé. Con el contrato del libro de Belano, pues, dijo Vargas Pardo.

Entonces yo me senté otra vez y dije vamos a ver, vamos a ver, ¿qué es eso del contrato? Es que Belano se nos marcha pasado mañana, dijo Vargas Pardo, y hay que dejar esto solucionado. ¿Adónde se nos marcha?, dije. A Europa, pues, dijo Vargas Pardo, a probar rajitas escandinavas (la mala educación, para Vargas Pardo, es sinónimo de franqueza y hasta de honestidad). ¿A Suecia?, dije yo. Más o menos, dijo Vargas Pardo, a Suecia, a Dinamarca, a pasar frío por allí. ¿Y no le podemos mandar el contrato?, sugerí. No, pues, Lisandro, si él se marcha a Europa sin dirección fija y además quiere dejar esto solucionado. Y el cabrón de Vargas Pardo me guiñó un ojo y acercó su cara a la mía (¡pensé que me iba a besar el grandísimo puto encubierto!) y yo no pude, no supe dar un salto atrás, pero Vargas Pardo lo único que quería era hablarme al oído, susurrarme unas palabras de complicidad. Y lo que me dijo fue que no había que pagar ningún adelanto, que firmara, que firmara ahorita mismo, no fuera a echarse para atrás y darle el libro a la competencia. Y yo hubiera querido decirle: me vale verga que le dé el libro a la competencia, ojalá que se lo dé a ellos, así se hunden antes que yo, pero en lugar de decirle eso sólo tuve fuerzas para preguntarle con un hilo de voz: ¿este chavo está drogado o qué? Y Vargas Pardo se rió estruendosamente y nuevamente me secreteó: algo así, Lisandro, algo así, bueno, esas cosas nunca se saben, pero lo importante es el libro y aquí está, así que no dilatemos más la firma del contrato. ¿Pero es prudente...?, alcancé a secretear yo. Y entonces Vargas Pardo separó su carota de la mía y me contestó con la voz de siempre, el estentóreo vozarrón amazónico como él mismo, en un alarde inconcebible de narcisismo, lo definía. Por supuesto, por supuesto, dijo. Y luego se acercó al poeta y lo palmeó en la espalda, qué tal Belano, le dijo, y el joven chileno lo miró a él y luego me miró a mí y una sonrisa de estúpido le iluminó la cara. Una sonrisa de subnormal, una sonrisa de lobotomizado, cielo santo. Y entonces entró Martita, mi secretaria, y puso sobre la mesa las dos copias del contrato, y Vargas Pardo se puso a buscar un bolígrafo para que Belano firmara, ándele, una firmita, pero es que no tengo bolígrafo, dijo Belano, una pluma fuente para el poeta, pues, dijo Vargas Pardo. Como concertados, todos los bolígrafos habían desaparecido de mi oficina. Por supuesto, yo llevaba un par en el bolsillo del saco, pero no los quise sacar. Si no hay firma, no hay contrato, pensé. Pero Martita buscó entre los papeles de mi mesa y halló uno. Belano firmó. Yo firmé. Ahora un apretón de manos y asunto concluido, dijo Vargas Pardo. Estreché la mano del chileno. Observé su rostro. Sonreía. Se estaba cayendo de sueño y sonreía. ¿Dónde había visto antes esa sonrisa? Miré a Vargas Pardo como preguntándole dónde había visto antes esa maldita sonrisa. La sonrisa inerme por excelencia, la que nos arrastra a todos hasta el infierno. Pero Vargas Pardo ya se estaba despidiendo del chileno. ¡Le daba consejos para cuando estuviera en Europa! ¡Rememoraba el maricón sus años juveniles cuando estuvo en la marina mercante! ¡Incluso Martita le reía las anécdotas! Comprendí que no había nada que hacer. El libro se publicaría.

Y yo que siempre fui un editor valiente acepté esa señal de vergüenza en la mera frente.

Laura Jáuregui, Tlalpan, México DF, marzo de 1977. Antes de marcharse vino a mi casa. Debían de ser las siete de la tarde. Yo estaba sola, mi madre había salido. Arturo me dijo que se iba y que ya no iba a volver. Le dije que le deseaba suerte, pero ni siquiera le pregunté adónde se iba. Creo que él me preguntó por mis estudios, qué tal me iba en la universidad, en Biología. Le dije que estupendo. Me dijo: he estado en el norte de México, en Sonora, creo que también en Arizona, pero la verdad es que no lo sé. Eso dijo y luego se rió. Una risa corta y seca, como de conejo. Sí, parecía drogado, pero a mí me consta que él no se drogaba. Ulises Lima sí, ése tomaba lo que fuera y además, qué curioso, apenas se le notaba y una no podía nunca asegurar cuándo Ulises estaba drogado y cuándo no. Pero Arturo era muy distinto, él no se drogaba, si no lo sé yo quién lo va saber. Y después volvió a decirme que se iba. Y yo le dije, antes de que él siguiera, que me parecía magnífico, no hay nada como viajar y conocer mundo, ciudades distintas y cielos distintos, y él me dijo que el cielo era igual en todas partes, las ciudades cambiaban pero el cielo era el mismo, y yo le dije que eso no era verdad, que yo creía que no era verdad y que además él mismo tenía un poema en donde hablaba de los cielos pintados por el Dr. Atl, diferentes de otros cielos de la pintura o del planeta o algo así. La verdad es que ya no tenía ganas de discutir. Al principio había fingido que no me interesaban sus planes, su plática, todo lo que tuviera que decirme, pero luego descubrí que en *realidad* no me interesaba, que todo lo que tenía que ver con él me aburría sobremanera, que lo que verdaderamente quería era que se marchara y me dejara estudiar tranquila, esa tarde tenía mucho que estudiar. Y entonces él dijo que le daba tristeza viajar y conocer el mundo sin mí, que siempre había pensado que yo iría con él a todas partes, y nombró países como Libia, Etiopía, Zaire, y ciudades como Barcelona, Florencia, Avignon, y entonces yo no pude sino preguntarle qué tenían que ver esos países con esas ciudades, y él dijo: todo, tienen que ver en todo, y yo le dije que cuando fuera bióloga ya tendría tiempo y además dinero, porque no pensaba dar la vuelta al mundo en autostop ni durmiendo en cualquier sitio, de ver esas ciudades y esos países. Y él entonces dijo: no pienso *verlos*, pienso *vivir* en ellos, tal como he vivido en México. Y yo le dije: pues allá tú, que seas feliz, vive en ellos y muérete en ellos si quieres, yo ya viajaré cuando tenga dinero. Entonces te faltará tiempo, dijo él. No me faltará tiempo, dije yo, al contrario, seré dueña de mi tiempo, haré con mi tiempo lo que me dé la gana. Y él dijo: ya no serás joven. Lo dijo casi a punto de llorar, y verlo así, tan amargado, me dio coraje y le grité: a ti qué te importa lo que haga con mi vida, con mis viajes o con mi juventud. Y él entonces me miró y se dejó caer en un asiento, como si de improviso se diera cuenta de que estaba muriéndose de cansancio. Murmuró que me amaba, que nunca me podría olvidar. Después se levantó (veinte segundos después de hablar, a lo sumo) y me dio una bofetada en la mejilla. El sonido resonó en toda la casa, estábamos en la primera planta pero yo oí cómo el sonido de su mano (cuando la palma de su mano ya no estaba en mi mejilla) subía por las escaleras y entraba en cada una de las habitaciones de la segunda planta, se descolgaba por las enredaderas, rodaba como muchas canicas de cristal por el jardín. Cuando reaccioné cerré el puño derecho y se lo estampé en la cara. Él apenas se movió. Pero su brazo fue lo suficientemente rápido como para propinarme otra bofetada. Hijo de puta, le dije, maricón, cobarde, y lancé un ataque descoordinado de puñetazos, arañazos y patadas. Él no hizo nada para esquivar mis golpes. ¡Masoca de mierda!, le grité y seguí golpeándolo y llorando, cada vez más fuerte, hasta que las lágrimas sólo me permitieron ver brillos y sombras, pero no una imagen determinada del bulto contra el que se estrellaban mis golpes. Después me senté en el suelo y seguí llorando. Cuando levanté la vista Arturo estaba junto a mí, la nariz le sangraba, lo recuerdo, un hilillo de sangre bajaba hasta el labio superior y de allí hasta la comisura y de allí hasta la barbilla. Me has hecho daño, dijo, esto duele. Lo miré y parpadeé varias veces. Esto duele, dijo él y suspiró. ¿Y tú a mí qué?, dije yo. Entonces él se agachó y quiso tocarme la mejilla. Yo di un salto. No me toques, le dije. Perdóname, dijo. Ojalá te mueras, dije. Ojalá me muera, dijo él, y luego dijo: seguro que me voy a morir. No estaba hablando conmigo. Yo me puse a llorar otra vez, y a medida que lloraba cada vez tenía más ganas de llorar, y lo único que era capaz de decir era que se fuera de mi casa, que desapareciera, que no volviera a poner los pies allí nunca más. Lo oí suspirar y cerré los ojos. La cara me ardía pero más que dolor lo que sentía era humillación, era como si hubiera recibido las dos bofetadas en mi orgullo, en mi dignidad de mujer. Supe que nunca se lo iba a perdonar. Arturo se levantó (estaba de rodillas a mi lado) y lo oí dirigirse al baño. Cuando volvió se enjugaba la sangre de la nariz con un trozo de papel higiénico. Le dije que se fuera, que ya no quería volver a verlo. Me preguntó si ya estaba más calmada. Contigo nunca voy a estar calmada, le dije. Entonces él se dio media vuelta, tiró el pedazo de papel manchado de sangre (como la compresa de una puta drogadicta) al suelo y se marchó. Aún permanecí unos minutos más llorando. Intenté pensar en todo lo que había pasado. Cuando me sentí mejor me levanté, fui al baño, me miré al espejo (tenía la mejilla izquierda enrojecida), me preparé un café, puse música, salí al jardín a comprobar que la puerta estuviera bien cerrada, luego fui a buscar algunos libros y me instalé en el salón. Pero no podía estudiar así que llamé por teléfono a una amiga de la facultad. Por suerte la encontré. Durante un rato estuvimos platicando de cualquier cosa, ya no me acuerdo de qué, de su novio, creo, y de repente, mientras ella hablaba vi el pedazo de papel higiénico que Arturo había utilizado para limpiarse la sangre. Lo vi tirado en el suelo, arrugado, blanco con pintas rojas, un objeto casi vivo, y sentí unas náuseas enormes. Como pude le dije a mi amiga que tenía que dejarla, que estaba sola en mi casa y que estaban llamando a la puerta. No abras, me dijo, puede ser un ladrón o un violador o más probablemente ambas cosas. No abriré, le dije, sólo voy a ir a ver quién es. ¿Tiene barda tu casa?, dijo mi amiga. Una barda enorme, dije. Luego colgué y atravesé el salón rumbo a la cocina. Allí no supe qué hacer. Fui al baño de abajo. Corté un trozo de papel higiénico y volví al salón. El papel ensangrentado seguía allí pero no me hubiera extrañado encontrarlo ahora debajo de un sillón o bajo la mesa del comedor. Con el papel que tenía en la mano cubrí el papel ensangrentado de Arturo y luego lo cogí todo con dos dedos, lo llevé al wáter y tiré de la cadena.

6

Rafael Barrios, café Quito, calle Bucareli, México DF, mayo de 1977. Qué hicimos los real visceralistas cuando se marcharon Ulises Lima y Arturo Belano: escritura automática, cadáveres exquisitos, *performances* de una sola persona y sin espectadores, *contraintes*, escritura a dos manos, a tres manos, escritura masturbatoria (con la derecha escribimos, con la izquierda nos masturbamos, o al revés si eres zurdo), madrigales, poemas-novela, sonetos cuya última palabra siempre es la misma, mensajes de sólo tres palabras escritos en las paredes («No puedo más», «Laura, te amo», etc.), diarios desmesurados, *mail-poetry*, *projective verse*, poesía conversacional, antipoesía, poesía concreta brasileña (escrita en portugués de diccionario), poemas en prosa policiacos (se cuenta con extrema economía una historia policial, la última frase la dilucida o no), parábolas, fábulas, teatro del absurdo, pop-art, haikús, epigramas (en realidad imitaciones o variaciones de Catulo, casi todas de Moctezuma Rodríguez), poesía-desperada (baladas del Oeste), poesía georgiana, poesía de la experiencia, poesía *beat*, apócrifos de bp-Nichol, de John Giorno, de John Cage (*A Year from Monday*), de Ted Berrigan, del hermano Antoninus, de Armand Schwerner (*The Tablets*), poesía letrista, caligramas, poesía eléctrica (Bulteau, Messagier), poesía sanguinaria (tres muertos como mínimo), poesía pornográfica (variantes heterosexual, homosexual y bisexual, independientemente de la inclinación particular del poeta), poemas apócrifos de los nadaístas colombianos, horazerianos del Perú, catalépticos de Uruguay, tzantzicos de Ecuador, caníbales brasileños, teatro Nô proletario... Incluso sacamos una revista... Nos movimos... Nos movimos... Hicimos todo lo que pudimos... Pero nada salió bien.

Joaquín Font, Clínica de Salud Mental El Reposo, camino del Desierto de los Leones, en las afueras de México DF, marzo de 1977. A veces me acuerdo de Laura Damián. No mucho, unas cuatro o cinco veces por día. Unas ocho o dieciséis veces si no consigo dormir, lo cual es lógico pues un día de veinticuatro horas da para muchos recuerdos. Pero normalmente sólo me acuerdo de ella cuatro o cinco veces y cada recuerdo, cada cápsula de recuerdo tiene una duración aproximada de dos minutos, aunque no lo puedo decir con certeza porque hace poco me robaron el reloj y cronometrar a ojo es riesgoso.

Cuando yo era joven tuve una amiga que se llamaba Dolores. Dolores Pacheco. Ella sí que sabía cronometrar a ojo. Yo quería irme a la cama con ella. Quiero que me hagas ver el cielo, pues, Dolores, le dije un día. ¿Cuánto crees que dura el cielo?, dijo ella. ¿Qué quieres decir?, le pregunté. Que cuánto te dura un orgasmo, dijo. Lo suficiente, dije yo. ¿Pero cuánto? No sé, mucho, dije, qué preguntitas te gastas, Dolores. ¿Cuánto es mucho?, insistió ella. Entonces yo le aseguré que nunca había cronometrado un orgasmo y ella me dijo has de cuenta que ahora tienes un orgasmo, Quim, cierra los ojos y piensa que te estás viniendo. ¿Contigo?, dije yo, aprovechado. Con quien tú quieras, dijo ella, pero piénsalo, ¿de acuerdo? Juega, dije yo. Bien, dijo ella, cuando empieces, levanta la mano. Entonces yo cerré los ojos, me vi montando a Dolores y levanté la mano. Y entonces escuché su voz que decía: Mississippi uno, Mississippi dos, Mississippi tres, Mississippi cuatro y ya no pude aguantar la risa, abrí los ojos y le pregunté qué era lo que hacía. Te cronometro, dijo ella. ¿Te has venido ya? Pues no sé, dije yo, suelen ser más largos. No me mientas, Quim, dijo, en Mississippi cuatro ya se han acabado la mayoría de los orgasmos, vuelve a intentarlo y verás. Y yo cerré los ojos y al principio me imaginé montando a Dolores, pero luego ya no me imaginé con nadie, más bien estaba en un barco fluvial, en una habitación blanca y aséptica muy parecida a la que estoy ahora, y por las paredes, mediante una megafonía oculta, comenzó a gotear la cuenta de Dolores: Mississippi uno, Mississippi dos, como si me llamaran por radio desde el puerto y yo ya no pudiera contestar, aunque en el fondo de mi corazón lo único que quería era contestar, decirles: ¿me reciben?, estoy bien, estoy vivo, quiero volver. Y cuando abrí los ojos Dolores me dijo así se cronometra un orgasmo, cada Mississippi es un segundo y cada orgasmo no dura más de seis segundos. Nunca llegamos a coger, Dolores y yo, pero fuimos buenos amigos, y cuando ella se casó (antes de terminar la carrera) fui a su boda y al felicitarla le dije: que los Mississippis te sean placenteros. El novio, que también estudiaba arquitectura, como ella y como yo, pero que iba en un curso superior o había acabado hacía poco la carrera, nos escuchó y pensó que yo me refería al viaje de luna de miel, que por supuesto realizaron en Estados Unidos. Ha pasado mucho tiempo. Hacía mucho que no pensaba en Dolores. Dolores me enseñó a cronometrar.

Ahora yo cronometro mis recuerdos de Laura Damián. Sentado en el suelo, comienzo: Mississippi uno, Mississippi dos, Mississippi tres, Mississippi cuatro, Mississippi cinco, Mississippi seis, y el rostro de Laura Damián, el pelo largo de Laura Damián se instala en mi cerebro deshabitado durante cincuenta o ciento veinte Mississippis, hasta que ya no puedo más y abro la boca y el aire se me va de golpe, ahhh, o escupo en las paredes y me vuelvo a quedar solo, vaciado, el eco de la palabra Mississippi rebotando en mi bóveda craneal, la imagen del cuerpo de Laura destrozado por un carro asesino diluida otra vez, los ojos de Laura abiertos en el cielo del DF, no, en el cielo de la colonia Roma, de la colonia Hipódromo-La Condesa, de la colonia Juárez, de la colonia Cuauhtémoc, los ojos de Laura iluminando los verdes y los sepias y todas las tonalidades del ladrillo y de la piedra de Coyoacán, y luego me detengo y respiro varias veces, como si estuviera atacado, y murmuro vete, Laura Damián, vete, Laura Damián, y su rostro entonces por fin comienza a desvanecerse y mi habitación ya no es el rostro de Laura Damián sino una habitación de un manicomio moderno, con todas las comodidades posibles, y los ojos que me espían vuelven a ser los ojos de mis enfermeros y no los ojos (¡los ojos en la nuca!) de Laura Damián, y si en mi muñeca no brilla la luna de ningún reloj no es porque Laura me lo haya arrebatado, no es porque Laura me haya obligado a tragarlo sino porque me lo han robado los locos que por aquí circulan, los pobres locos de México que pegan o que lloran, pero que no saben nada de nada, ah, ignorantes.

Amadeo Salvatierra, calle República de Venezuela, cerca del Palacio de la Inquisición, México DF, enero de 1976. Cuando encontré mi ejemplar de *Caborca* lo acuné entre los brazos, lo miré y cerré los ojos, señores, porque uno no es de piedra. Y luego abrí los ojos y seguí rebuscando entre mis papeles y di con la hoja de Manuel, el *Actual n.° 1*, la que pegó en las bardas de Puebla en 1921, aquel en donde habla de «la vanguardia actualista de México», qué mal suena pero qué bonito es, ¿verdad?, y en donde también dice «mi locura no está en los presupuestos», ay, las vueltas que llega a dar la vidorria, «mi locura no está en los presupuestos». Pero también tiene cosas bonitas, como cuando dice: «Exito a todos los poetas, pintores y escultores jóvenes de México, a los que aún no han sido maleados por el oro prebendario de los sinecurismos gobiernistas, a los que aún no se han corrompido con los mezquinos elogios de la crítica oficial y con los aplausos de un público soez y concupiscente, a todos los que no han ido a lamer los platos en los festines culinarios de Enrique González Martínez, para hacer arte con el estilicidio de sus menstruaciones intelectuales, a todos los grandes sinceros, a · los que no se han descompuesto en las eflorescencias lamentables y mefíticas de nuestro medio nacionalista con hedores de pulquería y rescoldos de fritanga, a todos ésos, los exito en nombre de la vanguardia actualista de México, para que vengan a batirse a nuestro lado en las lucíferas filas de la *decouvert*...» Pico de oro era Manuel. ¡Pico de oro! Ahora, que algunas palabras yo no las entiendo. Por ejemplo: exito, debe querer decir convoco, llamo, exhorto, hasta conmino, a ver, busquemos en el diccionario. No. Sólo aparece éxito. En fin, puede que exista, puede que no. Incluso, uno nunca sabe, puede que fuera una errata y que donde dice exito deba decir exijo, lo cual sería muy propio de Manuel, digo, del Manuel que yo entonces conocí. O puede que sea un latinajo o un neologismo, vaya uno a saber. O un término caído en desuso. Y eso fue lo que les dije a los muchachos. Les dije: muchachos, así era la prosa de Manuel Maples Arce, incendiaria y atrabancada, llena de palabras que nos ponían cachondos, una prosa que puede que ahora no les diga nada pero que en su época cautivó a generales de la Revolución, a hombres bragados que habían visto morir y que habían matado y que cuando leyeron o escucharon las palabras de Manuel se quedaron como estatuas de sal o estatuas de piedra, como diciendo qué chingados es esto, una prosa que prometía una poesía que iba a ser como el mar, como el mar en el cielo de México. Pero me estoy yendo por las ramas. Yo tenía mi único ejemplar de *Caborca* bajo el brazo y en la mano izquierda el *Actual n.° 1* y en la derecha mi vaso con mezcal Los Suicidas, y mientras bebía les iba leyendo trozos de aquel lejano año de 1921 y lo íbamos comentando, los párrafos y el mezcal, qué bonita manera de leer y de beber, despacio y entre amigos (los jóvenes siempre han sido mis amigos), y cuando ya quedaba poco serví una última ronda de «Los Suicidas», me despedí mentalmente de mi viejo elixir y leí la parte final del *Actual*, el Directorio de Vanguardia que en su tiempo (y después, cómo no, y después también) tanto sorprendió a propios y extraños, a creadores y estudiosos del tema. El Directorio empezaba con los nombres de Rafael Cansinos-Assens y Ramón Gómez de la Serna. ¿Curioso, eh? Cansinos-Assens y Gómez de la Serna, como si Borges y Manuel hubieran tenido una comunicación telepática, ¿no? (el argentino escribió una reseña del libro de Manuel, *Andamios interiores*, de 1922, ¿lo sabían?) Y seguía así: Rafael Lasso de la Vega. Guillermo de Torre. Jorge Luis Borges. Cleotilde Luisi. (¿Quién fue Cleotilde Luisi?) Vicente Ruiz Huidobro. Su compatriota, le dije a uno de los muchachos. Gerardo Diego. Eugenio Montes. Pedro Garfias. Lucía Sánchez Saornil. J. Rivas Panedas. Ernesto López Parra. Juan Larrea. Joaquín de la Escosura. José de Ciria y Escalante. César A. Comet. Isac del Vando Villar. Así no más, con una sola a, probablemente otra errata. Adriano del Valle. Juan Las. Vaya nombre. Mauricio Bacarisse. Rogelio Buendía. Vicente Risco. Pedro Raida. Antonio Espina. Adolfo Salazar. Miguel Romero Martínez. Ciriquiain Caitarro. Otro que tal calza. Antonio M. Cubero. Joaquín Edwards. Ése también debe de ser compatriota mío, dijo uno de los muchachos. Pedro Iglesias. Joaquín de Aroca. León Felipe. Eliodoro Puche. Prieto Romero. Correa Calderón. Fíjense, les dije, ya empezamos sólo con los apellidos, mala señal. Francisco Vighi. Hugo Mayo. Bartolomé Galíndez. Juan Ramón Jiménez. Ramón del Valle-Inclán. José Ortega y Gasset. ¡Pero qué hacía don José en esta lista! Alfonso Reyes. José Juan Tablada. Diego Rivera. David Alfaro Siqueiros. Mario de Zayas. José D. Frías. Fermín Revueltas. Silvestre Revueltas. P. Echeverría. Atl. El inmenso Dr. Atl, supongo. J. Torres-García. Rafael P. Barradas. J. Salvat Papasseit. José María Yenoy. Jean Epstein. Jean Richard Bloch. Pierre Brune. ¿Lo conocen? Marie Blanchard. Corneau. Farrey. Aquí yo creo que Manuel ya hablaba de oídas. Fournier. Riou. Vaya, pondría las manos en el fuego. Mme. Ghy Lohem. Carajo, con perdón. Marie Laurencin. Aquí las cosas empiezan a mejorar. Dunozer de Segonzac. Empeoran. ¿Pero qué francés jijo de la chingada le anduvo tomando el pelo a Manuel? ¿O lo sacaría de alguna revista? Honneger. Georges Auric. Ozenfant. Alberto Gleizes. Pierre Reverdy. Por fin, salimos del pantano. Juan Gris. Nicolás Beauduin. William Speth.

Jean Paulhan. Guillaume Apollinaire. Cypien. Max Jacob. Jorge Braque. Survage. Coris. Tristán Tzara. Francisco Picabia. Jorge Ribemont-Dessaigne. Renée Dunan. Archipenko. Soupault. Bretón. Paul Élouard. Marcel Duchamp. Y aquí yo y los muchachos estuvimos de acuerdo en que era por lo menos arbitrario llamar Francisco a Francis Picabia y Jorge Braque a Georges Braque y no Marcelo a Marcel del Campo o Pablo a Paul Éluard, sin la o, como bien sabíamos todos los amantes de la poesía francesa. Para no hablar de ese Breton acentuado. Y el Directorio de Vanguardia seguía con los héroes y las erratas: Frankel. Sernen. Erik Satie. Elie Faure. Pablo Picasso. Walter Bonrad Arensberg. Celine Arnauld. Walter Pach. Bruce. ¡El colmo! Morgan Russel. Marc Chagall. Herr Baader. Max Ernst. Christian Schaad. Lipchitz. Ortiz de Zárate. Correia d'Araujo. Jacobsen. Schkold. Adam Fischer. Mme. Fischer. Peer Kroogh. Alf Rolfsen. Jeauneiet. Piet Mondrian. Torstenson. Mme. Alika. Ostrom. Geline. Salto. Weber. Wuster. Kokodika. Kandinsky. Steremberg (Com. de B. A. de Moscou). El paréntesis es de Manuel, por supuesto. Como si todos los poblanos, dijo uno de los muchachos, supieran perfectamente quiénes eran los demás, Herr Baader, por ejemplo, o Coris, o ese Kokodika que sonaba a Kokoschka, o Riou, o Adam y Mme. Fischer. ¿Y por qué escribir Moscou y no Moscú?, pensé yo en voz alta. Pero sigamos. Después del comisario de Moscou no escaseaban los rusos. Mme Lunacharsky. Erhenbourg. Taline. Konchalowsky. Machkoff. Mme. Ekster. Wlle Monate. Marewna. Larionow. Gondiarowa. Belova. Sontine. Que seguramente escondía bajo la n a Soutine. Daiiblet. Doesburg. Raynal. Zahn. Derain. Walterowua Zur=Mueklen. Sin comentarios, el mejor. O la mejor, porque sobre el sexo de Zur=Mueklen nadie (en México) puede estar seguro. Jean Cocteau. Pierre Albert Birot. Metsinger. Jean Charlot. Maurice Reynal. Pieux. F. T. Marinetti. G. P. Lucinni. Paolo Buzzi. A. Palazzeschi. Enrique Cavacchioli. Libero Altomare. Que no sé por qué, la memoria me falla, muchachos, me suena a Alberto Savinio. Luciano Folgore. Qué bonito nombre, ¿verdad?, hubo una división de paracaidistas en el Ejército del Duce que se llamaba así, Folgore. Una pandilla de putos a los que los australianos les dieron en la madre. E. Cardile. G. Carrieri. F. Mansella Fontini. Auro d'Alba. Mario Betuda. Armando Mazza. M. Boccioni. C. D. Carrá. G. Severini. Balilla Pratella: Cangiullo. Corra. Mariano. Boccioni. No soy yo el que se repite, es Manuel o sus infames impresores. Fessy. Setimelli. Carli. Ochsé. Linati. Tita Rosa. Saint-

Point. Divoire. Martini. Moretti. Pirandello. Tozzi. Evola. Ardengo. Sarcinio. Tovolato. Daubler. Doesburg. Broglio. Utrillo. Fabri. Vatrignat. Liege. Norah Borges. Savory. Gimmi. Van Gogh. Grunewald. Derain. Cauconnet. Boussingautl. Marquet. Gernez. Fobeen. Delaunay. Kurk. Schwitters. Kurt Schwitters, dijo uno de los muchachos, el mexicano, como si acabara de encontrar a su hermano gemelo perdido en el infierno de las linotipias. Heyniche. Klem. Que puede que fuera Klee. Zirner. Gino. ¡Diantres, ahí sí que rizaba el rizo! Galli. Bottai. Ciocatto. George Bellows. Giorgio de Chirico. Modigliani. Cantarelli. Soficci. Carena. Y allí terminaba el Directorio, con la amenazante palabra etcétera después de Carena. Y cuando terminé de leer esa larga lista, los muchachos se pusieron de rodillas o en posición de firmes, juro que no me acuerdo y juro que da lo mismo, firmes como militares o de rodillas como creyentes, y se bebieron las últimas gotas de mezcal Los Suicidas en honor de todos aquellos nombres conocidos o desconocidos, recordados u olvidados hasta por sus propios nietos. Y yo miré a aquellos dos muchachos que hasta hacía un momento parecían serios, allí, frente a mí, firmes, haciendo el saludo a la bandera o el saludo a los compañeros caídos en combate, y alcé mi vaso y apuré mi mezcal y yo también brindé por todos nuestros muertos.

Felipe Müller, bar Céntrico, calle Tallers, Barcelona, mayo de 1977. Arturo Belano llegó a Barcelona a casa de su madre. Su madre hacía un par de años que vivía aquí. Estaba enferma, tenía hipertiroidismo y había perdido tanto peso que parecía un esqueleto viviente.

Yo por entonces vivía en casa de mi hermano, en la calle Junta de Comercio, un hervidero de chilenos. La madre de Arturo vivía en Tallers, aquí, en donde ahora vivo yo, en esta casa sin ducha y con el cagadero en el pasillo. Cuando llegué a Barcelona le traje un libro de poesía que había publicado Arturo en México. Ella lo miró y murmuró algo, no sé qué, algo como un desvarío. No estaba bien. El hipertiroidismo la hacía moverse constantemente de un lado a otro, presa de una actividad febril y lloraba muy a menudo. Los ojos parecían salírsele de las órbitas. Le temblaba el pulso. A veces tenía ataques de asma, pero se fumaba ella sola una cajetilla de cigarrillos al día. Fumaba tabaco negro, igual que Carmen, la hermana menor de Arturo, que vivía con su

madre pero que pasaba casi todo el día fuera de casa. Carmen
trabajaba en la Telefónica, haciendo limpieza, y salía con un andaluz del Partido Comunista. Cuando yo conocí a Carmen, en
México, era trotskista y aún seguía siéndolo, pero igual salía con
el andaluz, que al parecer era si no un estalinista convencido, sí un
brezhnevista convencido, para el caso que nos ocupa casi lo mismo. En fin, un enemigo acérrimo de los trotskistas, así que la relación entre ambos debía de ser de lo más movida.

En mis cartas a Arturo yo le explicaba todo esto. Le decía que
su madre no estaba bien, le decía que se estaba quedando en los
huesos, que no tenía dinero, que esta ciudad la estaba matando.
A veces me ponía pesado (no me quedaba más remedio) y le decía que tenía que hacer algo por ella, que le mandara dinero o
que se la llevara de vuelta a México. Las respuestas de Arturo a
veces eran de aquellas que uno no sabe si tomárselas en serio o
en broma. Una vez me escribió: «Que aguanten. Pronto iré para
allá y solucionaré todo. Por ahora, que aguanten.» Qué jeta. Mi
respuesta fue que no podía aguantar, en singular, su hermana
por lo visto estaba de lo más bien aunque se peleaba con su madre todos los días, que hiciera algo ya mismo o se quedaba sin
progenitora. Por aquellas fechas yo le había prestado a la madre
de Arturo todos los dólares que aún me quedaban, unos doscientos, residuos de un premio de poesía ganado en México en 1975,
cuyo importe me había permitido comprar el billete para viajar
a Barcelona. Eso, por supuesto, no se lo dije. Aunque creo que su
madre sí se lo dijo, ella le escribía una carta cada tres días, el hipertiroidismo, supongo. El caso es que los doscientos dólares le
sirvieron para pagar el alquiler y poco más. Un día me llegó una
carta de Jacinto Requena en donde entre otras cosas decía que
Arturo no leía las cartas de su madre. El huevón de Requena lo
decía como una gracia, pero eso ya fue el colmo y le escribí una
carta en donde no había nada de literatura y mucho de economía, de salud y de problemas familiares. La respuesta de Arturo
me llegó pronto (de él se podrá decir lo que se quiera, menos que
deja una carta sin contestar) y allí me aseguraba que ya le había
mandado dinero a su madre pero que en esos días haría algo mejor, que le conseguiría un trabajo, que el problema de su madre
era que siempre había trabajado y que lo que la tenía jodida era
sentirse inútil. Yo tuve ganas de decirle que el paro en Barcelona
era grande, que su madre no estaba en condiciones de trabajar,
que si se presentaba a un trabajo lo más probable era que asus-
tara a sus jefes porque ya estaba tan flaca, pero tan flaca, que

más bien parecía una sobreviviente de Auschwitz que otra cosa, pero preferí no decirle nada, darle un respiro, darme un respiro y hablarle de poesía, de Leopoldo María Panero, de Félix de Azúa, de Gimferrer, de Martínez Sarrión, poetas que a él y a mí nos gustaban, y de Carlos Edmundo de Ory, el creador del postismo, con el que por entonces yo había comenzado a cartearme.

Una tarde la madre de Arturo fue a la casa de mi hermano a buscarme. Dijo que su hijo le había mandado una carta de lo más complicada. Me la enseñó. El sobre contenía la carta de Arturo y una carta-presentación escrita por el novelista ecuatoriano Vargas Pardo para el novelista catalán Juan Marsé. Lo que su madre tenía que hacer, según explicaba Arturo en su carta, era presentarse en la casa de Juan Marsé, cerca de la Sagrada Familia, y darle a éste la presentación de Vargas Pardo. La presentación era más bien escueta. Las primeras líneas eran un saludo a Marsé en el que mencionaba, por lo demás enrevesadamente, un incidente al parecer festivo en una calle de los alrededores de la plaza Garibaldi. Luego seguía una presentación más bien somera de Arturo y acto seguido pasaba a lo que de verdad importaba, la situación de la madre del poeta, el ruego de que hiciera cuanto estuviera al alcance de su mano para conseguirle un trabajo. ¡Vamos a conocer a Juan Marsé!, dijo la madre de Arturo. Se la veía feliz y orgullosa de lo que su hijo había hecho. Yo tenía mis dudas. Quería que la acompañara a visitar a Marsé. Si voy sola, dijo, voy a estar demasiado nerviosa y no sabré qué decirle, en cambio tú eres escritor y si se tercia me puedes sacar del apuro.

La idea no me seducía, pero accedí a acompañarla. Fuimos una tarde. La madre de Arturo se arregló un poco más de lo habitual, pero de todas formas su estado era lamentable. Tomamos el metro en plaza Cataluña y nos bajamos en la Sagrada Familia. Poco antes de llegar le dio un conato de ataque de asma y tuvo que utilizar su inhalador. Fue el mismo Juan Marsé el que nos abrió la puerta. Lo saludamos, la madre de Arturo le explicó qué era lo que quería, se hizo un lío, habló de «necesidades», de «urgencias», de «poesía comprometida», de «Chile», de «enfermedad», de «situaciones infames». Pensé que se había vuelto loca. Juan Marsé miró el sobre que le extendía y nos hizo pasar. ¿Quieren tomar algo?, dijo. No, muy amable, dijo la madre de Arturo. No, gracias, dije yo. Luego Marsé se puso a leer la carta de Vargas Pardo y nos preguntó si lo conocíamos. Es amigo de mi hijo, dijo la madre de Arturo, creo que una vez estuvo en mi casa, pero no, no lo conocía. Yo tampoco lo conocía. Una persona muy simpática, Vargas Pardo, murmuró Marsé. ¿Y hace mucho que usted no vive en Chile?, le preguntó a la madre de Arturo. Muchísimos años, sí, tantos que ya apenas me acuerdo. Luego la madre de Arturo se puso a hablar de Chile y de México y Marsé se puso a hablar de México y no sé en qué momento los dos ya estaban tuteándose, riéndose, yo también, Marsé seguramente contó un chiste o algo similar. Casualmente, dijo, sé de una persona que tiene algo que tal vez te pueda interesar. No es un trabajo sino una beca, una beca para estudiar educación especial. ¿Educación especial?, dijo la madre de Arturo. Bueno, dijo Marsé, creo que así se le llama, está relacionado con la educación de los deficientes mentales o con los niños con el síndrome de Down. Ah, eso me encantaría, dijo la madre de Arturo. Al cabo de un rato nos fuimos. Llámame por teléfono mañana, dijo Marsé desde la puerta.

Durante el viaje de vuelta no paramos de reírnos. A la madre de Arturo, Juan Marsé le pareció buen mozo, con unos ojos preciosos, un tipo regio, y qué simpático y sencillo. Hacía mucho que no la veía tan contenta. Al día siguiente llamó y Marsé le dio el teléfono de la mujer que daba las becas. Al cabo de una semana la madre de Arturo estaba estudiando para ser educadora de deficientes mentales, autistas, personas con síndrome de Down en una escuela de Barcelona, en donde a la par que estudiaba hacía prácticas. La beca era por tres años, renovable año tras año dependiendo de las calificaciones. Poco después ingresó en el Clínico para ser tratada de su hipertiroidismo. Al principio pensamos que la iban a operar, pero no fue necesario. Así que cuando Arturo llegó a Barcelona su madre estaba muchísimo mejor, la beca no era demasiado generosa pero le permitía ir tirando, incluso tuvo dinero para comprar chocolates de muchas clases, pues sabía que a Arturo le gustaba el chocolate y el chocolate europeo, como todo el mundo sabe, es infinitamente mejor que el mexicano.

7

Simone Darrieux, rue des Petites Écuries, París, julio de 1977. Cuando Ulises Lima llegó a París no conocía a nadie más que a un poeta peruano que había estado exiliado en México y a mí. Yo sólo lo había visto una vez, en el café Quito, una noche que estaba citada con Arturo Belano. Hablamos un poco los tres, lo que duraron los cafés con leche, y luego Arturo y yo nos fuimos.

A Arturo sí que lo conocí bien, aunque desde entonces nunca más lo he vuelto a ver y con casi toda probabilidad nunca más lo vuelva a ver. ¿Que qué hacía yo en México? En teoría estudiar antropología, pero en la práctica viajar y conocer el país. También asistía a muchas fiestas, es impresionante el tiempo libre del que disponen los mexicanos. El dinero (estaba becada) por descontado no me alcanzaba para todo lo que quería, así que me puse a trabajar para un fotógrafo, Jimmy Cetina, al que conocí en una fiesta en un hotel, creo que el Vasco de Quiroga en la calle Londres, y mi economía mejoró considerablemente. Jimmy hacía desnudos artísticos, así los llamaba él, en realidad era pornografía light, desnudos integrales y poses provocativas, o secuencias de strip-tease, todo en su estudio en los altos de un edificio en Bucareli.

Ya no recuerdo cómo conocí a Arturo, tal vez a la salida de una sesión de fotografía, en el edificio de Jimmy Cetina, tal vez en un bar, tal vez en una fiesta. Puede que fuera en la pizzería de un norteamericano al que le decían Jerry Lewis. En México la gente se conoce en los lugares más inverosímiles. Lo cierto es que nos conocimos y nos caímos bien, aunque tardamos casi un año en acostarnos juntos.

A él le interesaba todo lo que proviniera de Francia, en ese aspecto era un poco ingenuo, creía que yo, que estudiaba antropología, tenía obligatoriamente que conocer, por ejemplo, la obra de Max Jacob (el nombre me suena, pero nada más), y cuando yo le decía que no, que lo que las jóvenes francesas leían era otra cosa (en mi caso, Agatha Christie), bueno, él simplemente no se lo podía creer y pensaba que le estabas tomando el pelo. Pero era comprensivo, quiero decir, *parecía* pensar en términos de literatura todo el tiempo, pero no era un *fanático*, no te despreciaba si no habías leído en tu vida a Jacques Rigaut, y además a él también le gustaba Agatha Christie y a veces nos pasábamos horas recordando algunas de sus novelas, repasando los enigmas (yo tengo pésima memoria, la de él, en cambio, era buenísima), reconstruyendo esos asesinatos imposibles.

No sé qué fue lo que me atrajo de él. Un día lo llevé a mi departamento, en donde vivía con otros tres estudiantes de antropología, un norteamericano de Colorado y dos francesas, y al final, a las cuatro de la mañana, terminamos en la cama. Antes yo le había advertido acerca de una de mis peculiaridades. Le dije, medio en serio, medio en broma, estábamos riéndonos en el jardín del Museo de Arte Moderno, en donde están las esculturas, qué horror de esculturas, le dije: Arturo, nunca te acuestes conmigo porque yo soy masoquista. ¿Y cómo es eso?, dijo él. Pues que me gusta que me peguen cuando hago el amor. Entonces Arturo dejó de reírse. ¿Lo dices en serio?, dijo. Completamente en serio, dije yo. ¿Y de qué manera te gusta que te peguen?, dijo. Golpes, dije yo, me gusta que me den bofetadas en la cara, que me azoten las nalgas, cosas de ese tipo. ¿Fuerte?, dijo él. No, no muy fuerte, dije yo. En México no debes coger mucho, dijo él después de pensar un rato. Le pregunté por qué lo decía. Por las marcas, miss Marple, dijo él, nunca te he visto magullada. Claro que hago el amor, repliqué, soy masoquista pero no bruta. Arturo se rió. Creo que pensó que yo bromeaba. Así que esa noche, ese amanecer, mejor dicho, cuando nos metimos en mi cama, me trató con mucha dulzura y a mí me dio corte interrumpirlo, si me quería lamer entera y darme besitos muy suaves, pues que lo hiciera, pero al poco rato advertí que no se le ponía dura, se la cogí y se la acaricié un ratito, pero nada, entonces le pregunté al oído si estaba preocupado por algo y él dijo que no, que estaba bien, y seguimos magreándonos otro rato más, pero era evidente que no se le iba a levantar, y entonces yo le dije está bien, no te esfuerces más, no sufras más, si no quieres no quieres, suele pasar, y él encendió un cigarrillo (fumaba unos que se llamaban Bali, qué nombre más curioso) y se puso a hablar de la última película que había ido a ver, y luego se levantó y estuvo dando vueltas desnudo por la habitación, fumando y mirando mis cosas, y luego se sentó en el suelo, junto a la cama, y se puso a contemplar mis fotografías, algunas de las fotografías artísticas de Jimmy Cetina que yo guardaba no sé por qué, porque soy tonta, seguramente, y yo le pregunté si le excitaban, y él dijo que no pero que estaban bien, que yo estaba *muy bien*, tú eres muy hermosa, Simone, dijo, y en ese momento, no sé por qué, a mí se me ocurrió decirle que se metiera en la cama, que se pusiera encima de mí y que me diera golpecitos en las mejillas o en el culo, y él me miró y dijo yo soy incapaz de hacer eso, Simone, y luego se corrigió y dijo: también soy incapaz de eso, Simone, pero yo le dije venga, valor, métete en la cama, y él se metió, me di la vuelta y levanté las nalgas y le dije: empieza a pegarme poco a poco, has de cuenta que esto es un juego, y él me dio mi primer azote y yo hundí la cabeza en la almohada, no he leído a Rigaut, le dije, ni a Max Jacob, ni a los pesados de Banville, Baudelaire, Catulle Mendés y Corbiere, lectura obligatoria, pero sí que he leído al Marqués de Sade. ¿Ah, sí?, dijo él. Sí, dije yo, acariciándole la verga. Los golpes en el culo cada vez los daba con mayor convicción. ¿Qué has leído del Marqués de Sade? *La filosofía en el tocador*, dije yo. ¿Y *Justine*? Naturalmente, dije yo. ¿Y *Juliette*? Por supuesto. ¿Y *Los 120 días de Sodoma*? Claro que sí. Para entonces estaba húmeda y gimiendo y la verga de Arturo enhiesta como un palo, así que me volví, me abrí de piernas y le dije que me la metiera, pero que sólo hiciera eso, que no se moviera hasta que yo se lo dijera. Fue rico sentirlo dentro de mí. Abofetéame, le dije. En la cara, en las mejillas. Méteme los dedos en la boca. Él me abofeteó. ¡Más fuerte!, le dije. Él me abofeteó más fuerte. Ahora, empieza a moverte, le dije. Durante unos segundos en la habitación sólo se escucharon mis gemidos y los golpes. Después él también se puso a gemir.

Hicimos el amor hasta que amaneció. Cuando terminamos él encendió un Bali y me preguntó si había leído el teatro del Marqués de Sade. Le dije que no, primera noticia de que Sade hubiera escrito teatro. No sólo escribió teatro, dijo Arturo, sino que también escribió muchas cartas dirigidas a empresarios teatrales en donde los animaba a producir sus obras. Pero, claro, nadie se atrevió a montar ninguna, hubieran acabado todos presos (nos reímos), aunque lo increíble es que el Marqués insistía en su empeño, en las cartas llega a sacar cuentas hasta de lo que se debía pagar en vestuario, y lo más triste de todo es que sus cuentas calzan, ¡son buenas!, las obras hubieran producido beneficios. ¿Pero eran pornográficas?, le pregunté. No, dijo Arturo, eran filosóficas, con algo de sexo.

Fuimos amantes durante un tiempo. Tres meses, exactamente, lo que me faltaba para volver a París. No todas las noches hicimos el amor. No todas las noches nos veíamos. Pero lo hicimos de todas las formas posibles. Me ató, me azotó, me sodomizó. Nunca me dejó una marca, salvo el culo enrojecido, lo que dice bastante de su delicadeza. Con un poco más de tiempo yo hubiera terminado acostumbrándome a él, es decir necesitándolo, y él hubiera terminado por acostumbrarse a mí. Pero no nos dimos ningún tiempo, sólo éramos amigos. Hablábamos del Marqués de Sade, de Agatha Christie, de la vida en general. Cuando yo lo conocí él era un mexicano como cualquier otro, pero en los últimos días se sentía, cada vez más, un extranjero. Una vez le dije: vosotros, los mexicanos, sois así o asá y él me dijo yo no soy mexicano, Simone, yo soy chileno, con algo de tristeza, es cierto, pero con bastante determinación.

Así que cuando Ulises Lima apareció por mi casa y me dijo soy amigo de Arturo Belano, sentí una gran alegría, aunque luego, cuando supe que Arturo también estaba en Europa y no había tenido la gentileza de mandarme ni siquiera una postal, me dio un poco de rabia. Yo ya había empezado a trabajar en el Departamento de Antropología de la Universidad de París-Norte, un trabajo más bien burocrático y aburrido, y la llegada de aquel mexicano me permitió al menos practicar otra vez mi español, un poco enmohecido.

Ulises Lima vivía en la rue des Eaux. Una vez, sólo una, fui a buscarlo a su casa. Nunca había visto una *chambre de bonne* peor que aquélla. Sólo tenía un ventanuco, que no podía abrir, que daba a un patio de luces oscuro y sórdido. Apenas había espacio para una cama y una suerte de mesa de guardería infantil totalmente desvencijada. La ropa seguía en las maletas, pues no había armario ni closet, o estaba desparramada por todo el cuarto. Cuando entré tuve ganas de vomitar. Le pregunté cuánto pagaba por aquello. Cuando me lo dijo me di cuenta que estaba siendo estafado a conciencia. Quien te haya metido aquí, le dije, te engañó, esto es una ratonera, la ciudad está llena de cuartos mejores. Sí, no lo dudo, dijo él, pero luego arguyó que no pensaba quedarse para siempre en París y que no quería perder el tiempo buscando un alojamiento mejor.

No nos veíamos mucho, y siempre que lo hicimos fue a instancia suya. A veces me telefoneaba y otras veces simplemente aparecía por mi casa y me preguntaba si quería salir a dar una vuelta, a tomar un café o ir al cine. Generalmente yo le decía que estaba ocupada, estudiando o con trabajos del departamento, pero a veces accedía y salíamos a caminar. Terminábamos en un bar de la rue de la Lune, comiendo pastas y tomando vino y hablando de México. Solía pagar él y ahora que lo recuerdo no deja de parecerme raro, pues que yo sepa no trabajaba. Leía mucho, siempre iba con varios libros bajo el brazo, todos en francés, aunque el francés, en honor a la verdad, distaba mucho de dominarlo (como ya he dicho, procurábamos hablar en español). Una noche me contó sus planes. Éstos consistían en residir un tiempo en París y luego marcharse a Israel. Cuando me lo dijo sonreí con una mezcla de incredulidad y asombro. ¿Por qué Israel? Porque allí vivía una amiga. Ésa fue su respuesta. ¿Sólo por eso?, dije incrédula. Sólo por eso.

De hecho, nada de lo que hacía parecía obedecer a un proyecto prefijado.

Su carácter era tranquilo, muy sereno, algo distante pero no frío, al contrario, a veces era muy cálido, diferente del carácter de Arturo, que era exaltado y que a veces parecía odiar a todo el mundo. Ulises no, él era respetuoso, irónico pero respetuoso, aceptaba a las personas tal como eran y nunca daba la impresión de que intentara forzar tu intimidad, algo que a mí suele ocurrirme en el trato con latinoamericanos.

Hipólito Garcés, avenue Marcel Proust, París, agosto de 1977. Cuando mi pata Ulises Lima apareció por París me dio una gran alegría, ésa es la verdad. Yo le conseguí su buena chambre en la rue des Eaux, al ladito de donde yo vivía. De la Marcel Proust a su casa no hay más que dos pasitos, hay que tomar a la izquierda, rumbo a la avenida René Boylesve, luego te metes por Charles Dickens y ya estás en la rue des Eaux. Así que estábamos como quien dice hombro con hombro. Yo en mi chambre tenía un hornillo y cocinaba todos los días y Ulises venía a comer conmigo. Pero yo le dije: tienes que pasarme algo de platita, pues. Y él me dijo: Polito, yo te paso dinero, no te preocupes, me parece justo, tú compras la comida y encima cocinas, ¿cuánto quieres? Y yo le dije pásame cien dólares, pues, Ulises, y no se hable más. Y él me dijo que dólares ya no tenía, que sólo tenía francos, pero igual me los pasó. Tenía plata y era confiado.

Un día, sin embargo, me dijo: Polito, cada día estoy comiendo peor, cómo es posible que un puto plato de arroz valga tanto dinero. Le expliqué que el arroz en Francia era caro, no como en México o Perú, aquí el kilo de arroz te sale por un ojo de la cara, pues, Ulises, le dije. Me miró así, de esa manera un poco atravesada que tienen los mexicanos, y dijo de acuerdo, pero al menos compra una lata de salsa de tomate porque ya estoy harto de comer arroz blanco. Claro que sí, le dije, y también voy a comprar vino que con las prisas se me olvidó, pero tienes que darme un poco más de dinero. Me lo dio y al día siguiente le preparé su plato de arroz con salsa de tomate y le serví un vaso de vino tinto. Pero al día siguiente ya no había vino (me lo tomé yo, ésa es la verdad) y dos días después la salsa de tomate se acabó y volvió a comer arroz blanco nada más. Y luego preparé macarrones. A ver, que me acuerde. Luego preparé lentejas que tienen mucho hierro y son alimenticias. Y cuando se acabaron las lentejas hice garbanzos. Y después volví a hacer arroz blanco. Y un día Ulises se paró y medio en broma me lo dijo. Polito, me dijo, se me hace que te estás pasando de listo. Tus platos son los más sencillos y los más caros de París. No, mi pata, le dije yo, no mi causita, si no te imaginas tú lo cara que está la vida, se nota que no vas a hacer las compras. Así que me dio más dinero, pero al día siguiente no vino a comer. Pasaron tres días en que no le vi el pelo, al cabo de los cuales me presenté en su chambre de la rue des Eaux. No estaba. Pero yo tenía que verlo, así que lo esperé sentado en el pasillo.

A eso de las tres de la mañana apareció. Y cuando me vio en el pasillo, en la oscuridad de ese pasillo largo y maloliente, se detuvo y se quedó allí, a unos cinco metros de donde yo estaba, con las piernas abiertas, como si esperara un ataque de mi parte. Pero lo más curioso fue que al detenerse se quedó callado, ¡no dijo nada!, rechucha, pensé, este Ulises está enojado conmigo de verdad y me va a desgranputar aquí mismo, así que prudentemente opté por no levantarme, una sombra en el suelo no es ningún peligro, ¿no es así?, y lo llamé por su nombre, Ulises, causita, soy yo, Polito, y él hizo ahhh, Polito, qué diablos haces aquí a estas horas, Polito, y entonces yo me di cuenta de que antes no me había reconocido y pensé ¿a quién espera este pendejo?, ¿quién se pensó que era yo?, y juro por mi madre que entonces sentí más miedo que antes, no sé, debió de ser la hora, ese pasillo tenebroso, mi imaginación de poeta que se desbocó, chucha, hasta sentí escalofríos y me imaginé otra sombra detrás de la sombra de Ulises Lima en el pasillo. La verdad es que ya tenía miedo hasta de bajar los ocho pisos de escalera de aquel caserón fantasma. Sin embargo lo único que quería en ese momento era salir corriendo de allí. Pero el miedo repentino a quedarme solo pudo más, me levanté, descubrí que tenía una pierna acalambrada, y le dije a Ulises que me invitara a pasar a su cuarto. Éste pareció entonces como si se despertara y dijo claro, Polito, y abrió la puerta. Cuando estuvimos adentro, con la luz encendida, sentí que la sangre volvía a circularme por el cuerpo y, para conchudo yo, le mostré los libros que había traído. Ulises los miró uno por uno y dijo que estaban bien, aunque yo sabía que se moría por tenerlos. Te los he traído para vendértelos, dije. Cuánto quieres por ellos, me dijo. Le dije una cifra al pedo, a ver qué pasaba. Ulises me miró y dijo de acuerdo, luego metió la mano en el bolsillo, me pagó y se me quedó mirando sin decir nada. Bueno, compadre, dije yo, ya me voy, ¿te espero mañana con una comida rica? No, dijo él, no me esperes. ¿Pero irás algún día? Acuérdate que si no comes te puedes morir de hambre, dije yo. No voy a ir nunca más, Polito, me dijo. No sé qué me pasó. Por dentro estaba cagado de miedo (me moría ante la idea de salir, de atravesar el pasillo, de bajar las escaleras), pero por fuera me puse a hablar, la chucha, de pronto me encontré hablando, *escuchándome cómo hablaba*, como si mi voz ya no fuera mía y la muy cabrona se hubiera largado a desvariar sola. Le dije no hay derecho, pues, Ulises, con lo que me he gastado en víveres, si vieras las cosas buenas que he comprado, ¿y ahora qué va a pasar con ellas?, ¿se tienen que pudrir?, ¿me hincho a comer yo solo, ah, Ulises?, ¿me agarro de tanto comer una indigestión o un cólico hepático?, contéstame, pues, Ulises, no te hagas el sordo. Cosas de ese talante. Y por más que en mi interior yo me decía cállate, pues, Polito, te estás pasando de conchudo, esto puede acabar mal, aprende a distinguir tus límites, huevón, por fuera, en esa zona como adormecida, anestesiada que era mi cara, mis labios, mi lengua escarnecida, las palabras (¡las palabras que yo por primera vez no quería pronunciar!) seguían saliendo y así oí cómo le decía: qué tal amigo eres, Ulises, yo que te engreía como si fueras más que mi pata, mi hermano, causita, mi hermano menor, caracho, Ulises, y tú ahora me sales con estos desprecios. Etcétera, etcétera. Para qué seguir. Sólo puedo decir que yo hablaba y hablaba, y Ulises, de pie enfrente de mí, en aquel cuarto tan pequeño que más que cuarto parecía un ataúd, no me quitaba la vista de encima, tranquilo, sin hacer ese movimiento que yo esperaba y temía, como dándome cuerda, como diciéndose para sus adentros le quedan dos minutos a Polito, le queda un minuto y medio, le queda un minuto, le quedan cincuenta segundos a Polito, pobre pata, le quedan diez segundos, y yo era como si viera, lo juro, todos los pelos de mi cuerpo, como si al mismo tiempo que estaba con los ojos abiertos otro par de ojos, pero éstos cerrados, recorrieran cada centímetro de mi piel e inventariaran todos los pelos que tenía, un par de ojos cerrados pero que veían más de lo que veían mis ojos abiertos, sé que no se entiende una chucha. Y entonces ya no pude aguantar más y me dejé caer sobre la cama como una puta y le dije: Ulises, me siento mal, pata, mi vida es un desastre, no sé qué me pasa, yo intento hacer las cosas bien pero todo me sale mal, tendría que volver al Perú, esta ciudad de mierda me está matando, ya no soy el que era, y así me puse a hablar, a soltar todo lo que me quemaba por dentro, con la cara semihundida entre las frazadas, entre las frazadas de Ulises que vaya uno a saber de dónde las había sacado, pero que olían mal, no el típico olor a mugre de las *chambres de bonne*, no el olor a Ulises, otro olor, un olor como a muerte, un olor ominoso que de repente se instaló en mi cerebro y que me hizo dar un salto, por la rechucha, Ulises, ¿de dónde has sacado estas mantas, causita, de la morgue? Y Ulises seguía allí, de pie, sin moverse del mismo sitio, escuchándome, y entonces yo pensé ésta es la oportunidad para irme y me levanté y estiré una mano y le toqué el hombro. Fue como tocar una estatua.

Roberto Rosas, rue de Passy, París, septiembre de 1977. En nuestra buhardilla había unos doce cuartos. Ocho de ellos estaban ocupados por latinoamericanos, un chileno, Ricardito Barrientos, una pareja de argentinos, Sofía Pellegrini y Miguelito Sabotinski, y el resto éramos peruanos, todos poetas, todos peleados entre nosotros.

Con no poco orgullo llamábamos a nuestra buhardilla la Comuna de Passy o Pueblo Joven Passy.

Siempre estábamos discutiendo y nuestros temas preferidos o tal vez los únicos eran la política y la literatura. El cuarto de Ricardito Barrientos antes había estado alquilado por Polito Garcés, peruano y poeta también, pero un día, después de una asamblea de urgencia, decidimos darle un ultimátum. O te vas de aquí esta misma semana conchatumadre o te vamos a tirar por las escaleras, nos vamos a cagar en tu cama, te vamos a poner matarratas en el vino o vamos a hacer algo peor. Menos mal que Polito nos hizo caso por que si no no sé qué hubiera llegado a pasar.

Un día, sin embargo, apareció por allí, arrastrándose como solía ser su costumbre, entrando a un cuarto, luego a otro, pidiendo plata prestada (que nunca jamás devolvía), haciéndose invitar un cafecito por aquí, un matecito por allá (la Sofía Pellegrini lo odiaba a muerte), pidiendo libros prestados, contando que esa semana había visto a Bryce Echenique, a Julio Ramón Ribeyro, que había estado tomando tecito con Hinostroza, las mentiras de siempre y que dichas una vez pueden ser creídas, dos veces pueden ser chistosas, pero que repetidas hasta el infinito sólo causaban asco, pena, alarma, porque no cabía duda de que Polito no estaba bien de la cabeza. ¿Pero quién de entre nosotros está bien, lo que se dice bien? Bueno, tan mal como Polito no estamos.

El caso es que un día apareció por allí, una tarde en la que casualmente estábamos casi todos (lo sé porque lo oí golpear en otras puertas, oí su voz, su «qué tal, causita» inconfundible), y al cabo de un rato se proyectó su sombra en el umbral de mi cuarto, como si no se atreviera a entrar sin que lo invitaran, y entonces yo le dije, tal vez demasiado abruptamente, qué quieres conchatumadre, y él se rió con su risita de pendejo y dijo ay, Robertito, cuánto tiempo sin vernos, tú igual que siempre, hermano, me alegro, mira, aquí te traigo un poeta que quiero que conozcas, un pata de la República Mexicana.

Sólo entonces me di cuenta que había una persona a su lado. Un tipo moreno, aindiado, fuerte. Un tipo con ojos como licuados y como borrados al mismo tiempo, y con sonrisa de médico, una sonrisa rara en la Comuna de Passy, en donde todos teníamos sonrisas de músicos folklóricos o abogados.

Ése era Ulises Lima. Así lo conocí. Nos hicimos amigos. Amigos de correrías por París. Por supuesto, no se parecía en nada a Polito. Si no, no me hubiera hecho su amigo.

No recuerdo cuánto tiempo vivió en París. Sé que nos veíamos a menudo, aunque nuestras personalidades eran bien diferentes. Un día, sin embargo, me dijo que se iba. ¿Y cómo es eso, compadre?, le dije, porque hasta donde yo sabía a él le encantaba esta ciudad. Creo que no estoy muy bien de salud, sonrió. ¿Pero es algo grave? No, no es nada grave, dijo, pero es molesto.

Bueno, le dije, entonces no hay problema, tomémonos un trago para celebrarlo. ¡Por México!, brindé. No voy a volver a México, dijo él, me voy a Barcelona. ¿Y cómo es eso, compadre?, le dije. Ahí tengo un amigo, me quedaré a vivir un tiempo en su casa. Eso fue todo lo que dijo y yo no le pregunté más. Después salimos a por más vino y nos lo tomamos cerca de la Porte de Bir Hakeim y yo le estuve contando mis últimas aventuras amorosas. Pero él tenía la cabeza puesta en otro sitio, así que para variar nos pusimos a hablar de poesía, un tema que cada vez me gusta menos.

Recuerdo que a Ulises le agradaba la poesía joven francesa. Puedo dar fe. A nosotros, al Pueblo Joven Passy, la poesía joven francesa nos parecía un asco. Hijos de papá o drogadictos. Entiéndelo de una vez, Ulises, solía decirle, nosotros somos revolucionarios, nosotros hemos conocido las cárceles de Latinoamérica, ¿cómo podemos querer una poesía como la francesa, pues? Y el cabrón no decía nada, sólo se reía. Una vez lo acompañé a ver a Michel Bulteau. Ulises hablaba un francés infame, así que el peso de la conversación lo llevé yo. Después conocí a Mathieu Messagier, a Jean-Jacques Faussot, a Adeline, la compañera de Bulteau.

Ninguno de ellos me cayó bien. A Faussot le dije si podía colocarme un artículo en la revista donde trabajaba, una mierda de revista de música pop, y dijo que primero tenía que leer el artículo. Unos días después se lo llevé y no le gustó. A Messagier le pedí la dirección de un viejo poeta francés, una «gloria de las letras» que según se decía conoció a Martín Adán en un viaje que hizo a Lima en la década de los cuarenta, pero Messagier no me la quiso dar aduciendo pretextos inverosímiles como que el viejo rehuía las visitas. Si no le quiero pedir plata prestada, le dije, sólo quiero hacerle una entrevista, pero igual, no hubo caso. Finalmente a Bulteau le dije que lo iba a traducir. Eso sí que le gustó y no puso ningún reparo. Se lo dije en broma, claro. Pero luego pensé que tal vez no fuera una mala idea. De hecho me puse manos a la obra pocas noches después. El poema que escogí fue «Sang de satin». Nunca antes se me había pasado por la cabeza la idea de traducir poesía, pese a que soy poeta y a que se supone que los poetas traducen a otros poetas. Pero a mí nadie me había traducido, así que ¿por qué tenía que traducir yo? Bueno, así es la vida. Esta vez pensé que no era una mala idea. Tal vez la culpa era de Ulises, cuya influencia me estaba afectando en mis costumbres más arraigadas. Tal vez fue porque pensé que ya era hora de hacer una cosa que no hubiera hecho antes. No lo sé. Sólo sé que le dije a Bulteau que pensaba traducirlo y que pensaba publicar mi traducción (publicar es la palabra clave) en una revista peruana que no existía, me inventé el nombre, una revista peruana en donde colaboraba Westphalen, le dije, y él se mostró de acuerdo, creo que no tenía ni idea de quién era Westphalen, lo mismo le hubiera podido decir que era una revista en donde colaboraba Huamán Poma o Salazar Bondy, y me puse manos a la obra.

No recuerdo si Ulises ya se había ido o si todavía andaba por aquí. «Sang de satin». Desde el primer momento tuve problemas con ese poema de mierda. ¿Cómo traducir el título? ¿«Sangre de satén» o «Sangre de raso»? Lo estuve pensando durante más de una semana. Y fue entonces cuando de golpe se me vino encima todo el horror de París, todo el horror de la lengua francesa, de la poesía joven, de nuestra condición de metecos, de nuestra triste e irremediable condición de sudamericanos perdidos en Europa, perdidos en el mundo, y entonces supe que ya no iba a poder seguir traduciendo «Sangre de satén» o «Sangre de raso», supe que si lo hacía iba a terminar asesinando a Bulteau en su estudio de la rue de Teherán y luego huyendo de París como un desesperado. Así que decidí finalmente no llevar a cabo tal empresa y cuando Ulises Lima se marchó (no recuerdo cuándo exactamente) dejé de frecuentar para siempre a los poetas franceses.

Simone Darrieux, rue des Petites Écuries, París, septiembre de 1977. Nunca consiguió algo que remotamente pudiera asemejarse a un trabajo. La verdad es que no sé de qué vivía. Llegó con dinero, me consta, en nuestros primeros encuentros siempre era él el que pagaba, un café con leche, un licor de manzana, unos vasos de vino, pero el dinero se le agotó con rapidez y que yo sepa no tenía ninguna fuente de ingresos.

Una vez me contó que se había encontrado un billete de cinco mil francos en la calle. A partir de ese hallazgo, dijo, siempre caminaba mirando el suelo.

Al cabo de un tiempo volvió a encontrar otro billete perdido.

Tenía unos amigos peruanos que a veces le daban trabajo, un grupo de poetas peruanos que de poetas seguramente sólo tenían el nombre, vivir en París, es sabido, desgasta, diluye todas las vocaciones que no sean de hierro, encanalla, empuja al olvido. Al menos esto le suele suceder a muchos latinoamericanos que yo conozco. No quiero decir que fuera el caso de Ulises Lima, pero sí que era el caso de sus amigos peruanos. Éstos tenían una especie de cooperativa de limpieza. Enceraban oficinas, lavaban ventanas, esa clase de cosas, y Ulises los ayudaba cuando uno de la cooperativa se ponía enfermo o se ausentaba de la ciudad. En general, sus suplencias casi siempre eran por motivos de salud, los peruanos no viajaban mucho aunque en verano algunos se iban a hacer la vendimia al Rosellón. Salían en grupos de dos, de tres, alguno se marchaba solo y antes de irse decía que se iba de vacaciones a la Costa Brava. Estuve con ellos unas tres veces, unos seres lamentables, más de uno me propuso que me fuera a la cama con él.

Con lo que ganas, le dije una vez a Ulises, apenas te alcanza para no morirte de hambre, ¿cómo esperas tener algún día dinero para viajar a Israel? Es pronto, me contestaba y allí se acababa la discusión sobre la economía. En realidad, ahora que lo pienso, es difícil precisar el tema de nuestras conversaciones. Así como con Arturo éste estaba clarísimo (hablábamos de literatura y de sexo, básicamente), con Ulises los límites eran imprecisos, tal vez porque nos veíamos poco (aunque él, a su manera, era fiel a nuestra amistad, era fiel a mi número de teléfono), tal vez porque parecía o era una persona que no exigía nada.

Sofía Pellegrini, sentada en los Jardines del Trocadero, París, septiembre de 1977. Le pusieron de nombre el Cristo de la rue des Eaux y todos se reían de él, incluso Roberto Rosas, que decía ser su mejor amigo en París. Se reían de él porque era tonto, básicamente, eso decían, sólo un tonto redomado, explicaban, podía dejarse engañar más de tres veces por Polito Garcés, pero olvidaban que también a ellos Polito los había engañado. El Cristo de la rue des Eaux. No, yo nunca fui a verlo a su casa, sé que se contaban cosas horribles, que era una covacha, que allí se acumulaban los objetos más inútiles de París: basura, revistas, periódicos, los libros que robaba en las librerías y que pronto adquirían su olor y luego se pudrían, florecían, se teñían de unos colores alucinantes. Decían que podía pasarse días enteros sin probar bocado, que meses sin acudir a un baño público, pero esto yo creo que era falso porque nunca lo vi excesivamente sucio. Bueno, yo no lo conocía bien, no era su amiga, pero un día llegó a nuestra buhardilla en Passy y no había nadie, sólo yo, y yo me encontraba muy mal, estaba deprimida, estaba peleada con mi compañero, las cosas no me iban bien, cuando apareció me encontraba llorando encerrada en mi *chambre*, los demás habían ido al cine-club o a una de las tantas reuniones políticas, todos eran militantes revolucionarios, y Ulises Lima recorrió el pasillo y no llamó a ninguna puerta, como si de antemano supiera que no iba a encontrar a nadie, y se dirigió directamente a mi *chambre*, en donde yo estaba sola, sentada en la cama, mirando la pared, y él entró (estaba limpio, olía bien) y se quedó junto a mí, sin decir nada, sólo dijo hola, Sofía, y se quedó allí de pie hasta que yo dejé de llorar. Y por eso tengo un buen recuerdo de él.

Simone Darrieux, rue des Petites Écuries, París, septiembre de 1977. Ulises Lima se duchaba en mi casa. No es algo que me entusiasme. No me gusta usar una toalla que ha usado otra persona, sobre todo si con esa persona no existe una cierta intimidad física e incluso sentimental, pero igual le dejaba que utilizara mi ducha, después cogía las toallas y las metía en la lavadora. Por lo demás, en mi piso intentaba ser ordenado, a su manera, cierto, pero lo intentaba y eso es lo que cuenta. Después de ducharse fregaba el suelo del baño y sacaba los pelos del desagüe, algo que tal vez sea una nimiedad pero que a mí me pone histérica, detesto encontrar esos coágulos de pelo (¡y menos si no son míos!) que taponan la bañera. Luego recogía y doblaba las toallas que había utilizado y las dejaba encima del bidet para que yo las pusiera en la lavadora cuando lo estimara conveniente. Las primeras veces incluso traía su propio jabón, pero yo le dije que no era necesario, que podía utilizar mi jabón y mi champú (pero que ni se le ocurriera tocar mi esponja) con toda confianza.

Era muy formal. Generalmente me llamaba por teléfono un día antes, preguntaba si me iba bien que viniera, si no tenía invitados o algo que hacer, luego concertábamos una hora y al día siguiente aparecía con puntualidad, hablábamos un poco y se metía en el baño. Después dejaba de verlo durante un tiempo indeterminado. A veces tardaba una semana en volver, pero a veces dos y hasta tres. En esos intervalos supongo que se bañaba en los baños públicos.

Una vez, en el bar de la rue de la Lune, me dijo que le gustaban los baños públicos, esos lugares adonde iban a bañarse los

extranjeros, negros del África francófona o magrebíes, aunque
también iban estudiantes pobres, como le hice notar, sí, también, dijo él, pero sobre todo extranjeros. Y una vez, lo recuerdo,
me preguntó si yo había ido alguna vez a un baño público mexicano. No, nunca, por supuesto. Ésos sí que son baños públicos,
me dijo, tienen sauna, baños turcos, baños de vapor. Aquí también, le contesté, lo que pasa es que son más caros. En México
no, dijo él, allí son baratos. La verdad, nunca había pensado antes en los baños públicos de México. Pero seguro que allá no te
bañabas en un baño público, le dije. No, dijo, alguna vez, pero en
realidad no.

Era un tipo curioso. Escribía en los márgenes de los libros.
Por suerte yo nunca le presté uno. ¿Por qué? Porque no me gusta que escriban sobre mis libros. Y hacía algo todavía más cho-
cante que escribir en los márgenes. Probablemente no me lo
crean, pero se duchaba con un libro. Lo juro. Leía en la ducha.
¿Que cómo lo sé? Es muy fácil. Casi todos sus libros estaban mojados. Al principio yo pensaba que era por la lluvia, Ulises era un
andariego, raras veces tomaba el metro, recorría París de una
punta a la otra caminando y cuando llovía se mojaba entero porque no se detenía nunca a esperar a que escampara. Así que sus
libros, al menos los que él más leía, estaban siempre un poco do-
blados, como acartonados y yo pensaba que era por la lluvia.
Pero un día me fijé que entraba al baño con un libro seco y que
al salir el libro estaba mojado. Ese día mi curiosidad fue más
fuerte que mi discreción. Me acerqué a él y le arrebaté el libro.
No sólo las tapas estaban mojadas, algunas hojas también, y las
anotaciones en el margen, con la tinta desleída por el agua, algunas tal vez escritas bajo el agua, y entonces le dije por Dios, no
me lo puedo creer, ¡lees en la ducha!, ¿te has vuelto loco?, y él
dijo que no lo podía evitar, que además sólo leía poesía, no entendí el motivo por el que él precisaba que sólo leía poesía, no lo
entendí en aquel momento, ahora sí lo entiendo, quería decir
que sólo leía una o dos o tres páginas, no un libro entero, y entonces yo me puse a reír, me tiré en el sofá y me retorcí de risa, y
él también se puso a reír, nos reímos los dos, durante mucho
rato, ya no recuerdo cuánto.

Michel Bulteau, rue de Teheran, París, enero de 1978.
No sé cómo consiguió mi teléfono, pero una noche, serían más

de las doce, llamó a mi casa. Preguntaba por Michel Bulteau. Le dije: yo soy Michel Bulteau. Él dijo: soy Ulises Lima. Silencio. Yo dije: bien. Él dijo: me alegro de encontrarte en casa, espero que no estuvieras durmiendo. Yo dije: no, no estaba durmiendo. Silencio. Él dijo: me gustaría verte. Yo dije: ¿ahora? Él dijo: bueno, sí, ahora, puedo ir a tu casa si quieres. Yo dije: ¿en dónde estás?, pero él entendió otra cosa, y dijo: soy mexicano. Recordé entonces, muy vagamente, que había recibido una revista de México. El nombre Ulises Lima, de todas maneras, no me sonaba. Yo dije: ¿has oído alguna vez a los Question Mark? Él dijo: no, no los he oído nunca. Yo dije: creo que son mexicanos. Él dijo: ¿los Question Mark? ¿Quiénes son los Question Mark? Yo dije: un grupo de rock, naturalmente. Él dijo: ¿tocan enmascarados? Yo en el primer momento no entendí lo que él dijo. ¿Enmascarados? No, por supuesto, no tocan enmascarados. ¿Por qué habían de hacerlo? ¿En México hay grupos de rock que salen al escenario enmascarados? Él dijo: a veces. Yo dije: suena ridículo, pero puede ser interesante. ¿Desde dónde me llamas? ¿Desde tu hotel? Él dijo: no, desde la calle. Yo dije: ¿sabes cómo llegar a la estación de metro de Miromesnil? Él dijo: sí, sí, ningún problema. Yo dije: en veinte minutos. Él dijo: voy para allá, y colgó. Mientras me ponía la americana, pensé: ¡pero si no sé qué aspecto tiene! ¿Qué aspecto tienen los poetas mexicanos? ¡No conozco a ninguno! ¡Sólo una foto de Octavio Paz! Pero éste, lo intuía, seguro que no se parecía a Octavio Paz. Pensé entonces en los Question Mark, pensé en Elliot Murphie y en algo que me había dicho Elliot cuando estuve en Nueva York: la calavera mexicana, el tipo al que llamaban la calavera mexicana y al que sólo vi de lejos en un local de la calle Franklin con Broadway, en Chinatown, la calavera mexicana era un músico pero yo sólo vi una sombra, y le pregunté a Elliot qué era lo que tenía aquel tipo que quería enseñarme y Elliot dijo: es una especie de gusano, tiene ojos de gusano y habla como los gusanos. ¿Cómo hablan los gusanos? Con palabras-dobles, dijo Elliot. Bien. Estaba claro. ¿Y por qué lo llaman la calavera mexicana?, pregunté. Pero Elliot ya no me escuchaba o estaba hablando con otro, así que supuse que el tipo además de ser flaco como un palo de escoba debía de ser mexicano o debía de decirle al mundo que era mexicano o debía de haber viajado a México en algún momento de su vida. Pero yo no le vi la cara, sólo su sombra que atravesaba el local. Una sombra sin metáforas, vacía de imágenes, una sombra que sólo era una sombra y que con eso tenía más que suficiente. Así que me puse la americana negra, me cepillé el pelo y salí a la calle pensando en el desconocido que me había telefoneado y en la calavera mexicana entrevista en Nueva York. De la rue Teherán hasta la estación de metro de Miromesnil hay sólo unos minutos, caminando a buen paso, pero hay que cruzar el Boulevard Haussmann y luego recorrer la Avenue Percier y parte de la rue La Boetie, calles que a esas horas son más bien exánimes, como si a partir de las diez de la noche las bombardearan con rayos X, y pensé entonces que hubiera sido mejor citarme con el desconocido en el metro Monceau, lo que me habría hecho recorrer el camino inverso, de la rue Teherán a la rue de Monceau, luego la Avenue Ruysdael y luego la Avenue Ferdousi que cruza el Parque Monceau, lleno, a aquella hora, de yonquis y camellos y policías melancólicos, policías llegados al Parque Monceau de otros mundos, tinieblas y lentitudes que preludian la aparición de la Place de la Republique Dominicaine, un lugar afortunado para un encuentro con la calavera mexicana. Pero mi itinerario era otro y lo seguí hasta las escaleras de la rue de Miromesnil, que encontré desiertas e inmaculadas. Confieso que nunca como entonces las escaleras del metro me parecieron tan sugestivas y al mismo tiempo tan impenetrables. Su aspecto, sin embargo, era el mismo de siempre. El punto de inflexión, lo descubrí enseguida, lo ponía yo y mi aquiescencia a encontrarme con un desconocido en horas intempestivas, algo que por lo común no suelo hacer. Tampoco, por cierto, tengo por costumbre esquivar las invitaciones del azar. Allí estaba y eso era lo que contaba. Pero, aparte de un funcionario que leía un libro y que seguramente esperaba a alguien, no había nadie en las escaleras. Así que comencé a bajar, decidido a esperar cinco minutos y luego a marcharme y olvidar por completo este incidente. En el primer recodo encontré a una vieja envuelta en harapos y cartones, durmiendo o haciéndose la dormida. Unos metros más allá, mirando a la vieja como quien mira a una serpiente, vi a un tipo de pelo largo y negro cuyos rasgos tal vez pudieran corresponder a los de un mexicano, aunque a este respecto mi ignorancia es abismal. Me detuve y lo observé. Era más bajo que yo, llevaba una chaqueta de cuero bastanta raída, cuatro o cinco libros bajo el brazo. De pronto pareció despertar y clavó su vista en mí. Era él, sin duda. Se me acercó y me dio la mano. Un apretón extrañísimo. Como si al estrechar la mano introdujera una mezcla de signos masónicos y señales del hampa mexicana. Un apretón de mano, en cualquier caso, cosquilleante y morfológicamente extraño, como si la mano que estrechaba mi mano careciera de piel o sólo fuera una funda, una funda tatuada. Pero olvidemos la mano. Le dije que hacía una noche hermosa y que saliéramos a caminar. Parece como si aún fuera verano, le dije. Él me siguió en silencio. Por un momento temí que no fuera a hablar durante todo nuestro encuentro. Miré sus libros, uno de ellos era uno mío, *Ether-Mouth*, otro era de Claude Pelieu y el resto posiblemente de autores mexicanos a los que nunca he oído nombrar. Le pregunté cuánto tiempo hacía que estaba en París. Mucho tiempo, dijo. Su francés era lamentable. Le sugerí que habláramos en inglés y él aceptó. Caminamos por la rue Miromesnil hasta el Faubourg St. Honoré. Nuestros pasos eran largos y rápidos, como si nos dirigiéramos con tiempo escaso hacia una cita importante. No soy una persona a la que le guste caminar. Sin embargo esa noche caminamos sin detenernos, a toda marcha, por el Faubourg St. Honoré hasta la rue Boissy d'Anglas y de allí hasta los Campos Elíseos, en donde volvimos a girar a la derecha, hasta la Avenue Churchill y allí torcimos a la izquierda, dejando a nuestras espaldas la sombra equívoca del Grand Palais, directos hacia el puente Alexandre III, sin aminorar el paso, mientras el mexicano iba desgranando en un inglés por momentos incomprensible una historia que me costaba entender, una historia de poetas perdidos y de revistas perdidas y de obras sobre cuya existencia nadie conocía una palabra, en medio de un paisaje que acaso fuera el de California o el de Arizona o el de alguna región mexicana limítrofe con esos estados, una región imaginaria o real, pero desleída por el sol y en un tiempo pasado, olvidado o que al menos aquí, en París, en la década de los setenta, ya no tenía la menor importancia. Una historia en los extramuros de la civilización, le dije. Y él dijo sí, sí, aparentemente sí, sí, sí. Y yo le dije entonces: ¿así que nunca has oído a los Question Mark? Y él dijo no, no los he oído nunca. Y entonces yo le dije que tenía que escucharlos algún día, que eran muy buenos, pero en realidad dije eso porque ya no sabía qué decir.

Amadeo Salvatierra, calle República de Venezuela, cerca del Palacio de la Inquisición, México DF, enero de 1976. Les dije: muchachos, se acabó el mezcal Los Suicidas, eso es un hecho inobjetable, incontrovertible, qué tal si uno de ustedes se me baja y me va a comprar una botellita de Sauza, y uno de ellos, el mexicano, dijo: yo voy, Amadeo, y ya estaba tirando hacia la salida cuando lo paré y le dije un momento, se olvida ·del dinero, compañero, y él me miró y dijo no se le ocurra, Amadeo, ésta la compramos nosotros, qué muchachos más simpáticos. Le di algunas instrucciones antes de que se fuera, eso sí: le dije que tirara por Venezuela hasta Brasil y que allí doblara a mano derecha y subiera hasta la calle Honduras, hasta la plaza de Santa Catarina, en donde tenía que girar a mano izquierda hasta Chile y luego otra vez a mano derecha y subir como quien va al mercado de La Lagunilla y que allí, en la acera de la izquierda, iba a encontrar el bar La Guerrerense, junto a la tlapalería El Buen Tono, no había manera de perderse, y que debía decir en La Guerrerense que lo mandaba yo, el escribano Amadeo Salvatierra, y que no se tardara. Luego seguí revolviendo papeles y el otro muchacho se levantó de su asiento y se puso a examinar mi biblioteca. Yo, la verdad, no lo veía, lo escuchaba, daba un paso, sacaba un libro, lo volvía a poner, ¡yo escuchaba el ruido que hacía su dedo recorriendo los lomos de mis libros! Pero no lo veía. Me había vuelto a sentar, había vuelto a meter los billetes en la billetera y examinaba con manos temblorosas, a cierta edad no se puede beber con tanta alegría, mis viejos papeles amarillentos. Tenía la cabeza agachada y los ojos un poco nublados y el muchacho chileno se movía por mi biblioteca en silencio y yo sólo escuchaba el ruido de su índice o de su meñique, ah qué muchacho más mañoso, recorriendo los lomos de mis mamotretos como un bólido, el dedo, un zumbido de carne y cuero, de carne y cartón, un sonido agradable al oído y propicio al sueño, que es lo que debió de ocurrir porque de repente cerré los ojos (o tal vez ya desde antes los tuviera cerrados) y vi la plaza de Santo Domingo con sus portales, la calle Venezuela, el Palacio de la Inquisición, la cantina Las Dos Estrellas en la calle Loreto, la cafetería La Sevillana en Justo Sierra, la cantina Mi Oficina en Misionero cerca de Pino Suárez, en donde no dejaban entrar ni a uniformados ni a perros ni a mujeres, salvo a una, la única que sí entraba, y vi a esa mujer caminar por esas calles otra vez, por Loreto, por Soledad, por Correo Mayor, por Moneda, la vi atravesar rápidamente el Zócalo, ah, qué visión, una mujer de veintitantos años en la década de los veinte atravesando el Zócalo con tanta prisa como si acudiera tarde a una cita de enamorados o como si se dirigiera a su chambita en alguna de las tiendas del centro, una mujer vestida discretamente, con ropas baratas pero bonitas, el pelo negro azabache, la espalda firme, las piernas no muy largas pero con la gracia inigualable que tienen las piernas de todas las mujeres jóvenes, ya sean flacas o gordas o bien torneadas, piernas tiernecitas y decididas, calzada con unos zapatos sin tacón o con un taconcito mínimo, baratos pero bonitos y sobre todo cómodos, hechos que ni adrede para caminar aprisa, para llegar a tiempo a una cita o al trabajo, aunque yo sé que ella no va a ninguna cita ni la esperan en ningún trabajo. ¿Adónde se dirige, entonces? ¿O es que no se dirige a ninguna parte y ésa es su forma habitual de caminar? Ahora la mujer ya ha atravesado el Zócalo y toma por Monte de Piedad hasta Tacuba, en donde el gentío es mayor y ya no puede caminar tan rápido, y tira por Tacuba, desacelerada, y por un instante la muchedumbre me la hurta, pero luego vuelve a aparecer, allí está, caminando en dirección a la Alameda o puede que se detenga antes, en el Correo, pues en sus manos distingo ahora con claridad unos papeles, cartas tal vez, pero no entra en Correos, cruza hasta la Alameda y se detiene, parece que se detiene a respirar, y luego sigue caminando, con el mismo ritmo, por los jardines, bajo los árboles, y así como hay mujeres que ven el futuro, yo veo el pasado, veo el pasado de México y veo la espalda de esta mujer que se aleja de mi sueño, y le digo ¿adónde vas, Cesárea?, ¿adónde vas, Cesárea Tinajero?

Felipe Müller, bar Céntrico, calle Tallers, Barcelona, enero de 1978. En lo que a mí respecta 1977 fue el año en que me puse a vivir con mi compañera. Los dos teníamos veinte años recién cumplidos. Encontramos un piso en la calle Tallers y nos fuimos a vivir allí. Yo hacía correcciones para una editorial y ella tenía una beca en el mismo centro de estudios en donde estaba becada la mamá de Arturo Belano. De hecho, fue la mamá de Arturo la que nos presentó. 1977, también, es el año en que viajamos a París. Estuvimos alojados en la *chambre de bonne* de Ulises Lima. Bueno, el Ulises no estaba muy bien que digamos. La habitación parecía un basurero. Entre mi compañera y yo arreglamos un poco todo ese desorden, pero por más que barrimos y fregamos allí quedaba algo que era imposible de quitar. Por las noches (mi compañera dormía en la cama y Ulises y yo en el suelo) había algo brillante en el cielorraso. Una luminiscencia que nacía en la única ventana –sucia a más no poder– y se extendía por las paredes y el techo como una marea de algas. Cuando volvimos a Barcelona descubrimos que teníamos sarna. Fue un palo. El único que nos la pudo haber pegado era Ulises. ¿Cómo no nos avisó?, se quejó mi compañera. Tal vez no lo sabía, dije yo. Pero entonces volví a meter la cabeza en aquellos días de 1977 en París y vi a Ulises rascándose, bebiendo vino directamente de la botella y rascándose, y esa imagen me convenció de que mi compañera tenía razón. Lo sabía y no nos dijo nada. Durante un tiempo le guardé rencor por lo de la sarna, pero luego lo olvidamos e incluso nos reíamos de ello. Nuestro problema fue curarnos nosotros. No teníamos ducha en nuestro piso y debíamos bañarnos por lo menos una vez al día con jabón de lumbre y luego untarnos de crema Sarnatín. Así que 1977 fue, además de un buen año, un año que tuvo un mes o un mes y medio de visitas constantes a casas de amigos que tuvieran ducha. Una de estas casas fue la de Arturo Belano. No sólo tenía ducha sino además una bañera enorme, con patas, en donde cabían cómodamente tres personas. El problema era que Arturo no vivía solo sino con siete u ocho más, una especie de comuna urbana, y a algunos no les pareció bien que mi compañera y yo nos bañáramos en su casa. Bueno, no nos bañamos muchas veces después de todo. 1977 fue el año en que Arturo Belano consiguió trabajo de vigilante nocturno en un camping. Una vez lo fui a visitar. Le decían el sheriff y eso a él lo hacía reír. Creo que fue en aquel verano cuando ambos, de común acuerdo, nos separamos del realismo visceral. Publicamos una revista en Barcelona, una

243

revista con muy pocos medios y de casi nula distribución y escribimos una carta en donde nos dábamos de baja del realismo visceral. No abjurábamos de nada, no echábamos pestes sobre nuestros compañeros en México, simplemente decíamos que nosotros ya no formábamos parte del grupo. En realidad, estábamos muy ocupados trabajando e intentando sobrevivir.

Mary Watson, Sutherland Place, Londres, mayo de 1978.
En el verano de 1977 viajé a Francia con mi amigo Hugh Marks. Yo entonces estudiaba Literatura en Oxford y vivía con el escaso importe de una beca de estudiante. Hugh cobraba de la Seguridad Social. No éramos amantes, sólo amigos, la verdad es que uno de los motivos de que saliéramos juntos de Londres aquel verano fueron las relaciones sentimentales que cada uno sufría por su lado y la certeza de que entre nosotros todo aquello era impensable. A Hugh lo había dejado una escocesa abominable. A mí me había dejado un chico de la universidad, uno que siempre iba rodeado de chicas y del cual yo creía estar enamorada.

En París se nos acabó el dinero, pero no las ganas de seguir viajando, así que salimos de la ciudad como pudimos y empezamos a dirigirnos hacia el sur en autostop. Cerca de Orleans nos cogió una furgoneta Volkswagen. El conductor era alemán y se llamaba Hans. Como nosotros, viajaba hacia el sur en compañía de su mujer, una francesa llamada Monique, y de su hijo de pocos años. Hans tenía el pelo largo y la barba abundante, una pinta como la de Rasputín, pero en rubio, y había dado la vuelta al mundo.

Poco después recogimos a Steve, de Leicester, que trabajaba en una guardería, y unos kilómetros más adelante a John, de Londres, que estaba en el paro como Hugh. La furgoneta era grande y cabíamos todos, y además, eso lo noté enseguida, a Hans le gustaba tener compañía, gente con la que hablar y poder contarle sus historias. A Monique, en cambio, no se la notaba tan cómoda en compañía de tantos extraños, pero ella hacía lo que dijera Hans y además tenía que ocuparse del niño.

Poco antes de llegar a Carcasona, Hans nos dijo que tenía un asunto en un pueblo del Rosellón y que si queríamos él podía conseguirnos un buen trabajo a todos. A Hugh y a mí nos pareció fantástico y de inmediato le dijimos que sí. Steve y John preguntaron de qué se trataba. Hans nos dijo que teníamos que vendimiar en unas tierras que pertenecían a un tío de Monique. Y que cuando acabáramos de vendimiar las tierras del tío podíamos seguir nuestro camino con bastantes francos en el bolsillo, puesto que mientras trabajáramos la comida y el alojamiento serían gratuitos. Cuando Hans terminó de hablar a todos nos pareció un buen trato y salimos de la carretera principal y empezamos a recorrer una serie de aldeas minúsculas, todas rodeadas de viñedos, por caminos de tierra, un lugar, se lo dije a Hugh, parecido a un laberinto, un lugar, y esto no se lo dije a nadie, que en otras circunstancias me hubiera asustado o repelido, por ejemplo, si en lugar de ir con Hugh, y también con Steve y con John, hubiera ido sola. Pero por suerte no iba sola. Iba con mis amigos. Hugh es como mi hermano. Y Steve me cayó simpático desde el primer momento. John y Hans eran otra cosa. John era una especie de zombi y no me gustaba demasiado. Hans era pura fuerza, un megalómano, pero se podía contar con él o eso creía yo entonces.

Cuando llegamos a donde el tío de Monique resultó que el trabajo no iba a empezar hasta dentro de un mes. Hans nos reunió a todos dentro de la furgoneta, debían de ser las doce de la noche, y nos explicó la situación. Las noticias no eran buenas, dijo, pero él tenía una solución de emergencia. No nos separemos, dijo, vámonos a España, a trabajar en la recogida de naranjas. Y si eso no resulta esperemos, pero en España, en donde todo es más barato. Le dijimos que no teníamos dinero, que apenas nos quedaba algo para comer, ni pensar en aguantar un mes, a lo sumo teníamos para tres días más de vacaciones. Entonces Hans nos dijo que por el dinero no nos preocupáramos, que él se hacía cargo de los gastos hasta que estuviéramos trabajando. ¿A cambio de qué?, dijo John, pero Hans no le contestó, a veces se hacía el que no entendía el inglés. A los demás, la verdad es que nos pareció una propuesta caída del cielo, le dijimos que estábamos de acuerdo, eran los primeros días de agosto y a ninguno le apetecía volver tan pronto a Inglaterra.

Esa noche dormimos en una casa desocupada del tío de Monique (en el pueblo no había más de treinta casas y por lo que nos dijo Hans la mitad eran de él) y a la mañana siguiente partimos rumbo al sur. Antes de llegar a Perpignan subimos a otra autoestopista. Era una chica rubia, un poco gordita, llamada Erica, de París, y al cabo de una charla de pocos minutos decidió formar parte de nuestro grupo, es decir seguir con nosotros hacia Valencia, trabajar durante un mes en la recogida de naranjas y luego volver a subir hasta aquella aldea perdida del Rosellón y hacer la vendimia juntos. Como nosotros, tampoco iba sobrada de dinero por lo que su manutención también correría a cargo del alemán. Con la llegada de Erica, además, la furgoneta agotaba su cupo y Hans nos comunicó que ya no volvería a detenerse con ningún otro autoestopista.

Durante todo el día rodamos hacia el sur. Nuestro grupo era alegre pero después de tantas horas de carretera más bien estábamos deseando una ducha y una comida caliente y nueve o diez horas de sueño ininterrumpido. El único que se mantenía con la misma energía que al principio era Hans, que no paraba de hablar y de contar historias que le habían pasado a él o a gente conocida por él. El peor lugar de la furgoneta era el asiento del copiloto, es decir el asiento al lado de Hans, y nosotros nos turnábamos para ocuparlo. Cuando me tocó a mí hablamos de Berlín, ciudad en la que viví de los dieciocho a los diecinueve años. De hecho yo era la única pasajera que sabía algo de alemán y conmigo Hans aprovechaba para hablar en su idioma. Pero no hablábamos de literatura alemana, que es un tema que a mí me fascina, sino de política, algo que siempre termina por aburrirme.

Cuando cruzamos la frontera Steve tomó mi lugar y yo me fui a uno de los últimos asientos de la furgoneta, en donde estaba dormido el pequeño Udo, y desde allí seguí escuchando la cháchara de Hans, sus planes para cambiar el mundo. Creo que nunca un desconocido se había portado de forma tan generosa conmigo y me había caído tan mal.

Hans era insoportable y además un pésimo conductor. En un par de ocasiones nos perdimos. Durante horas estuvimos vagando por una montaña, sin saber cómo retornar a la carretera que nos conduciría a Barcelona. Cuando por fin pudimos llegar a esta ciudad Hans se empeñó en que fuéramos a ver la Sagrada Familia. A esa hora todos teníamos hambre y pocas ganas de contemplar catedrales, por hermosas que éstas fueran, pero Hans era el que mandaba y tras dar innumerables vueltas por la ciudad llegamos por fin a la Sagrada Familia. A todos nos pareció bonita (menos a John, insensible a casi cualquier manifestación artística), aunque sin duda hubiéramos preferido meternos en un buen restaurante y comer algo. Sin embargo Hans dijo que en España lo más seguro era comer fruta y allí nos dejó, sentados en un banco de la plaza, mirando la Sagrada Familia, y él se marchó con Monique y con su pequeño en busca de una frutería. Al cabo de media hora sin aparecer, mientras contemplábamos el crepúsculo rosa de Barcelona, Hugh dijo que lo más probable era que se hubieran perdido. Erica dijo que también era probable que nos hubieran abandonado, delante de una iglesia, añadió, como a los huérfanos. John, que hablaba poco y que generalmente sólo decía tonterías, dijo que cabía la posibilidad de que Hans y Monique estuvieran en ese preciso momento comiendo caliente en un buen restaurante. Steve y yo no dijimos nada, pero pensamos en todas aquellas posibilidades y yo creo que la de John nos pareció la que más se acercaba a la verdad.

A eso de las nueve de la noche, cuando ya empezábamos a desesperarnos, vimos aparecer la furgoneta. Hans y Monique nos dieron a cada uno una manzana, un plátano y una naranja y luego Hans nos comunicó que había estado parlamentando con algunos nativos y que, en su opinión, lo mejor era que dilatáramos por el momento nuestra pretendida expedición a Valencia. Si la memoria no me falla, dijo, en las afueras de Barcelona hay campings que están bastante bien de precio. Por una módica suma diaria podemos descansar unos días, bañarnos, tomar el sol. Todos, demás está decirlo, estuvimos de acuerdo y le rogamos que nos marcháramos de inmediato. Monique, lo recuerdo, no abrió en ningún momento la boca.

Aún tardaríamos tres horas en encontrar la salida de la ciudad. Durante ese tiempo Hans nos contó que mientras hacía el servicio militar en un campamento cercano a Lüneburg se perdió a los mandos de un tanque y sus superiores estuvieron a punto de formarle un consejo de guerra. Conducir un tanque, dijo, es bastante más complicado que conducir una furgoneta, muchachos, os lo aseguro.

Finalmente salimos de la ciudad y entramos en una autopista de cuatro carriles. Los campings están agrupados en una misma zona, dijo Hans, avisadme cuando los veáis. La autopista era oscura y lo único que se veía a ambos lados eran fábricas y terrenos baldíos y tras éstos algunos edificios muy grandes, mal iluminados, como puestos allí al azar, que ofrecían un aspecto de temprana decrepitud. Poco después, sin embargo, entramos en un bosque y vimos el primer camping.

Pero ninguno terminaba de gustarle a Hans, que era el que iba a pagar, y así seguimos nuestra ruta por el bosque hasta que vimos, sobresaliendo entre las ramas de los pinos, un letrero con una solitaria estrella azul. No recuerdo qué hora era, sólo sé que era tarde y que todos, incluido el pequeño Udo, estábamos despiertos cuando Hans frenó delante de la barrera que impedía el paso. Después vimos a un tipo o a la sombra de un tipo que levantó la barrera y Hans salió de la furgoneta y entró, seguido por el que nos había franqueado la entrada, en la recepción del camping. Poco después volvió a salir y nos habló desde la ventanilla del conductor. La noticia que tenía que darnos era que en el camping no alquilaban tiendas de campaña. Hicimos rápidamente unos cálculos. Erica, Steve y John no tenían tiendas. Hugh y yo, sí. Decidimos que Erica y yo dormiríamos en una tienda y que Steve, John y Hugh dormirían en la otra. Hans, Monique y el niño dormirían en la furgoneta. Después Hans volvió a entrar en la recepción, firmó unos papeles y se puso al volante. El tipo que nos había abierto se montó sobre una bicicleta muy pequeña y nos guió por calles espectrales, flanqueadas por viejas *roulottes*, hasta un rincón del camping. Estábamos tan cansados que todos nos pusimos a dormir de inmediato, sin ni siquiera darnos una ducha.

El día siguiente lo pasamos en la playa y por la noche, después de cenar, nos fuimos a beber a la terraza del bar del camping. Cuando yo llegué Hugh y Steve estaban hablando con el vigilante nocturno que habíamos visto la noche anterior. Yo me senté junto a Monique y Erica y me dediqué a observar el ambiente. El bar, fiel reflejo del camping, estaba casi vacío. Tres pinos enormes emergían de entre el cemento de la terraza y en algunas zonas las raíces de los árboles habían levantado el suelo de cemento como si fuera una alfombra. Por un instante medité qué estaba haciendo realmente en aquel lugar. Nada parecía tener sentido. En un momento de la noche Steve y el vigilante nocturno se pusieron a leer poemas. ¿De dónde había sacado Steve esos poemas? En otro momento unos alemanes se unieron a nosotros (nos invitaron una ronda) y uno de ellos hizo una imitación perfecta del Pato Donald. Recuerdo, casi al final de la noche, haber visto a Hans discutiendo con el vigilante nocturno. Hans hablaba en español y parecía cada vez más excitado. Durante un rato los estuve mirando. En determinado momento me pareció que Hans se ponía a llorar. El vigilante, por el contrario, parecía sereno, al menos no movía los brazos ni hacía gestos desmesurados.

Al día siguiente, aún no repuesta de la borrachera de la noche anterior, mientras me bañaba vi al vigilante nocturno. En la playa no había nadie, sólo él. Estaba sentado en la arena, completamente vestido, leyendo el periódico. Al salir del agua lo saludé. Él levantó la cabeza y me devolvió el saludo. Estaba muy pálido y con el pelo revuelto, como si se acabara de despertar. Esa noche, sin nada que hacer, volvimos a reunirnos en el bar del camping. John se puso a elegir canciones en el *jukebox*. Erica y Steve se sentaron solos en una mesa apartada. Los alemanes de la noche anterior se habían ido y en la terraza sólo estábamos nosotros. Más tarde llegó el vigilante. A las cuatro de la mañana sólo quedábamos Hugh, él y yo. Después Hugh se marchó y el vigilante y yo nos fuimos a dormir juntos.

La garita en donde el vigilante pasaba las noches era tan pequeña que una persona que no fuera un niño o un enano no podía permanecer estirada en su interior. Intentamos hacer el amor de rodillas pero era demasiado incómodo. Más tarde lo intentamos sentados en una silla. Al final terminamos riéndonos y sin haber follado. Cuando ya amanecía me acompañó hasta mi tienda y después se marchó. Le pregunté dónde vivía. En Barcelona, dijo. Tenemos que ir juntos a Barcelona, le dije.

Al día siguiente el vigilante llegó muy temprano al camping, mucho antes de que empezara su turno y estuvimos juntos en la playa y después nos marchamos caminando a Castelldefels. Por la noche volvimos a reunirnos todos en la terraza del bar, aunque el bar esa noche cerró temprano, probablemente antes de las diez. Parecíamos refugiados de guerra. Hans había salido con la furgoneta a comprar el pan y Monique después preparó bocadillos de salchichón para todos. Las cervezas las compramos en el bar, antes de que cerraran. Hans nos reunió a todos alrededor de su mesa y dijo que dentro de dos o tres días nos marcharíamos a Valencia. Hago lo que puedo por el grupo, dijo Hans. Este camping se está muriendo, añadió mirando al vigilante a los ojos. Esa noche no había *jukebox*, así que Hans y Monique trajeron un radiocassette y durante un rato estuvimos escuchando a sus músicos favoritos. Después Hans y el vigilante volvieron a enzarzarse en una discusión. Hablaban en español, pero de vez en cuando Hans me traducía al alemán sus palabras y añadía comentarios sobre la percepción del mundo que tenía el vigilante. La conversación me pareció aburrida y los dejé solos. Cuando estaba bailando con Hugh, sin embargo, me giré a mirarlos y Hans estaba como la noche anterior, al borde de las lágrimas.

¿De qué crees que hablan?, me preguntó Hugh. De tonterías, seguramente, dije yo. Esos dos se odian, dijo Hugh. Apenas se conocen, dije yo, pero más tarde estuve pensando en lo que Hugh me dijo y concluí que tenía razón.

A la mañana siguiente, antes de las nueve, el vigilante fue a buscarme a mi tienda y nos dirigimos en tren desde Castelldefels a Sitges. Pasamos todo el día en esa ciudad. Mientras comíamos bocadillos de queso, en la playa, le dije que el año pasado le había escrito una carta a Graham Greene. Pareció sorprenderse. ¿Por qué a Graham Greene?, me dijo. Me gusta Graham Greene, dije yo. Nunca lo hubiera creído, dijo él, tengo mucho que aprender todavía. ¿No te gusta Graham Greene?, dije yo. No he leído muchos libros de él, dijo. ¿Qué le decías en la carta? Le contaba cosas de mi vida y de Oxford, dije. No he leído muchas novelas, dijo el vigilante, pero sí mucha poesía. Después me preguntó si Graham Greene había contestado a mi carta. Sí, le dije, me escribió una respuesta breve pero muy agradable. Aquí en Sitges, dijo el vigilante, vive un novelista de mi país al que en una ocasión vine a visitar. ¿Qué novelista?, le pregunté aunque igual hubiera podido ahorrarme la pregunta porque apenas he leído a ningún novelista latinoamericano. El vigilante dijo un nombre que he olvidado y luego dijo que su novelista, al igual que Graham Greene, se había mostrado con él muy agradable. ¿Y tú por qué viniste a verlo?, dije yo. No lo sé, dijo el vigilante, no tenía nada que decirle y de hecho apenas abrí la boca mientras estuve con él. ¿Te pasaste todo el tiempo sin decir nada? No vine solo, dijo el vigilante, sino con un amigo, él habló. ¿Pero tú no le dijiste nada a tu novelista, no le hiciste ninguna pregunta? No, dijo el vigilante, el tipo parecía deprimido y algo enfermo y no quise molestarlo. No me puedo creer que no le preguntaras nada, dije yo. Él me hizo una pregunta a mí, dijo el vigilante mirándome con curiosidad. ¿Qué pregunta?, dije yo. Me preguntó si había visto una película que hicieron en México basada en una novela suya. ¿Y la habías visto? Pues sí, dijo el vigilante, casualmente sí la había visto y además me gustó, el problema era que yo no había leído la novela, y por lo tanto no sabía hasta qué punto la película había sido fiel al texto, dijo el vigilante. ¿Y qué le dijiste?, dije yo. No le dije que no había leído la novela, dijo el vigilante. Pero sí le dijiste que habías visto la película, dije yo. ¿Tú qué crees?, dijo el vigilante. Entonces lo imaginé sentado delante de un novelista con el rostro de Graham Greene y pensé que se había quedado callado. No se lo dijiste, dije yo. Sí se lo dije, dijo el vigilante.

Dos días después levantamos el campamento y nos fuimos a Valencia. Al despedirme del vigilante pensé que aquélla era la última vez que lo vería. Mientras viajábamos, cuando me tocó sentarme junto a Hans y darle conversación, le pregunté por el motivo de sus discusiones con el vigilante. No te caía bien, le dije, ¿por qué? Durante un rato Hans permaneció en silencio, algo inhabitual en él, reflexionando la respuesta que iba a darme. Después simplemente me dijo que no lo sabía.

Estuvimos una semana en Valencia, dando vueltas de un lado para otro, durmiendo en la furgoneta y buscando trabajo en las plantaciones de naranja, pero no encontramos nada. El pequeño Udo se enfermó y lo llevamos a un hospital. Sólo tenía un resfriado con algo de fiebre que las condiciones en que vivíamos agravaba. Debido a esto el humor de Monique se agrió y por primera vez la vi enojada con Hans. Una noche hablamos de dejar la furgoneta y que Hans y su familia siguieran solos y en paz, pero éste dijo que no podía permitir que continuáramos solos y nosotros comprendimos que tenía razón. El problema, como siempre, era el dinero.

Cuando volvimos a Castelldefels llovía a cántaros y el camping estaba inundado. Eran las doce de la noche. El vigilante reconoció la furgoneta y salió a recibirnos. Yo iba sentada en uno de los asientos de atrás y vi cómo él miraba, buscándome, y luego le preguntaba a Hans dónde estaba Mary. Después dijo que si nos dejaba montar las tiendas lo más probable era que el agua las inundara, así que nos condujo a una especie de cabaña de madera y ladrillos, en el otro extremo del camping, una cabaña construida de manera caótica, en donde había por lo menos ocho habitaciones, y allí pasamos la noche. Hans y Monique, para ahorrar, se fueron con la furgoneta a la playa. La cabaña carecía de luz eléctrica y el vigilante estuvo buscando velas en una habitación que servía de depósito de material de mantenimiento. No las encontró y tuvimos que alumbrarnos con encendedores. A la mañana siguiente el vigilante apareció por la cabaña con un hombre de pelo blanco y ondulado, de unos cincuenta años, que nos saludó y luego se puso a hablar con el vigilante. Después éste nos dijo que era el dueño del camping y que nos iba a permitir quedarnos gratis durante una semana.

Por la tarde apareció la furgoneta. La conducía Monique y en uno de los asientos traseros llevaba a Udo. Le dijimos que estábamos bien y que se vinieran con nosotros, que era gratis y teníamos sitio de sobra para todos, pero Monique nos dijo que Hans había hablado por teléfono con su tío del sur de Francia y que lo mejor era que nos dirigiéramos todos hacia allá de inmediato. Le preguntamos dónde estaba Hans en ese momento y nos dijo que tenía unos asuntos que resolver en Barcelona.

Durante una noche más permanecimos en el camping. A la mañana siguiente apareció Hans y nos dijo que estaba todo solucionado, que el tiempo que faltaba para que empezara la vendimia lo podíamos pasar en una de las casas del tío de Monique, sin hacer nada y tostándonos al sol. Después hizo un aparte con Hugh, Steve y yo y nos dijo que no quería a John en el grupo. Ese tipo es un degenerado, dijo. Para mi sorpresa, Hugh y Steve le dieron la razón. Yo dije que me traía sin cuidado que John siguiera con nosotros o se separara. ¿Pero quién se lo diría? Lo haremos todos juntos, dijo Hans, como debe de ser. Aquello me pareció el colmo y decidí no tomar parte. Antes de que se marcharan les comuniqué que iba a quedarme unos días en Barcelona, en la casa del vigilante y que me reuniría con ellos al cabo de una semana, en el pueblo.

Hans no puso ninguna objeción pero antes de partir me dijo que tuviera un cuidado especial. Ese tipo es un mal bicho, dijo. ¿El vigilante? ¿En qué sentido? En todos los sentidos, dijo. A la mañana siguiente me marché a Barcelona. El vigilante vivía en un piso enorme, en la Gran Vía, en compañía de su madre y del amigo de su madre, un tipo unos veinte años menor que ésta. La casa estaba habitada sólo en los extremos. En el interior, en una habitación que daba a los patios, vivía la madre y su amante, y en el exterior, en una habitación con balcón a la Gran Vía, vivía el vigilante. En medio había por lo menos seis habitaciones vacías, en donde entre el polvo y las telarañas se adivinaban las presencias de sus antiguos moradores. En una de estas habitaciones pasó dos noches John. El vigilante me preguntó por qué John no se había marchado con los demás y cuando se lo dije se quedó pensativo y a la mañana siguiente apareció con él por la casa.

Después John tomó un tren para Inglaterra y el vigilante empezó a trabajar sólo los fines de semana, por lo que teníamos todo el tiempo a nuestra disposición. Fueron unos días muy agradables. Nos levantábamos tarde, desayunábamos en bares del barrio, yo una taza de té y el vigilante un café con leche o un carajillo, y luego nos dedicábamos a vagabundear por la ciudad hasta que el cansancio nos hacía volver a casa. Por supuesto, había algunos inconvenientes, el principal de los cuales era que no me gustaba que el vigilante gastara su dinero en mí. Una tarde, mientras estábamos en una librería, le pregunté qué libro quería y se lo compré. Fue el único regalo que le hice. Escogió una antología de un poeta español llamado De Ory, ese nombre sí que lo recuerdo.

Diez días después me marché de Barcelona. El vigilante me fue a dejar a la estación. Le di mi dirección de Londres y la dirección del pueblo del Rosellón en donde iba a estar trabajando por si se animaba a venir. Cuando nos despedimos, no obstante, estaba casi segura de que no lo volvería a ver más.

El viaje en tren, por primera vez sola después de mucho tiempo, fue particularmente grato. Me sentía bien dentro de mi cuerpo. Tuve tiempo para pensar en mi vida, en mis proyectos, en lo que quería y en lo que no quería. Comprendí, podría decirse que de forma instantánea, que la soledad ya no sería algo que me preocupara. En Perpignan tomé un autobús que me dejó en un cruce de caminos y desde allí me fui caminando hasta Planèzes, en donde presumiblemente me esperaban mis compañeros de viaje. Llegué poco antes de que se ocultara el sol y la visión de las colinas llenas de viñedos, de un tono marrón verdoso muy fuerte, contribuyó si cabe a serenarme aún más el ánimo. Al llegar a Planèzes, sin embargo, los rostros que encontré no eran muy alentadores. Esa noche Hugh me puso al corriente de todo lo que había ocurrido en mi ausencia. Hans, sin que se supiera el motivo, se había peleado con Erica y ya no se dirigían la palabra. Durante unos días Steve y Erica hablaron de la posibilidad de marcharse, pero luego Steve se peleó a su vez con Erica y los planes de fuga cayeron en el olvido. Para colmo el pequeño Udo había vuelto a enfermarse y por su causa Monique y Hans casi llegaron a las manos. Según Hugh, Monique quiso llevar a su hijo a un hospital de Perpignan y Hans se opuso con la excusa de que en los hospitales más que curar enfermedades las provocaban. A la mañana siguiente Monique tenía los ojos hinchados de tanto llorar o tal vez de los golpes que le dio Hans. El pequeño Udo, de todos modos, se había curado solo o gracias a las hierbas que le daba de beber su padre. Por lo que concernía al propio Hugh, declaró que se pasaba la mayor parte del tiempo borracho, ya que el vino era abundante y gratis.

Aquella noche, durante la cena, no noté ningún síntoma alarmante de tensión en mis compañeros y al día siguiente, como si sólo me hubieran estado esperando a mí, comenzó la vendimia. La mayoría trabajábamos cortando los racimos. Hans y Hugh trabajaban de porteadores. Monique conducía el coche que llevaba la uva a la bodega de la cooperativa de un pueblo vecino. Además del grupo de Hans, trabajaban con nosotros tres españoles y dos chicas francesas con las que no tardé en hacer amistad.

El trabajo era agotador y posiblemente su única ventaja consistía en que tras la jornada a nadie le quedaban ganas de pelearse con nadie. De todas maneras, motivos de fricción no faltaban. Una tarde Hugh, Steve y yo le dijimos a Hans que eran necesarios por lo menos dos trabajadores más. Hans estuvo de acuerdo con nosotros pero dijo que era imposible. Cuando le preguntamos por qué era imposible nos respondió que se había comprometido con el tío de Monique a hacer la vendimia con sólo once empleados, ni uno más.

Por las tardes, después de terminada la faena, solíamos ir a un río a bañarnos. El agua estaba fría, pero el río era lo suficientemente profundo como para nadar y de esa manera entrar en calor. Después nos enjabonábamos, nos lavábamos el pelo y volvíamos a la casa a cenar. Los tres españoles estaban alojados en otra casa y hacían su vida aparte aunque a veces los invitábamos a comer con nosotros. Las dos chicas francesas vivían en la aldea vecina (en donde estaba la cooperativa) y cada tarde se iban en moto a sus respectivos hogares. Una se llamaba Marie-Josette y la otra Marie-France.

Una noche, todos habíamos bebido más de la cuenta, Hans nos contó que había vivido en una comuna danesa, la comuna más grande y mejor organizada del mundo. No sé cuánto tiempo habló. A veces se excitaba y daba golpes en la mesa o se levantaba y nosotros, sentados, lo veíamos crecer, estirarse de forma desmesurada, como un ogro, un ogro al que estábamos atados por su generosidad y por nuestra falta de dinero. Otra noche, mientras todos dormían, lo escuché hablar con Monique. Hans y ella tenían la habitación justo encima de la mía y seguramente aquella noche no habían cerrado la ventana. Fuera lo que fuera yo los escuché, hablaban en francés y Hans decía que no podía evitarlo, sólo eso, que no podía evitarlo, y Monique le decía que sí, que sí, que debía hacer un esfuerzo. Lo demás no lo entendí.

Cuando ya estábamos a punto de terminar el trabajo, una tarde apareció por Planèzes el vigilante y fue tanta la alegría que me dio verlo que le dije que lo amaba y que tuviera cuidado. No sé por qué se lo dije pero al verlo aparecer, caminando por la calle principal del pueblo, tuve la sensación de que un peligro cierto nos acechaba a todos.

Sorprendentemente él me dijo que también me amaba y que le gustaría vivir conmigo. Se le veía feliz, cansado, había llegado al pueblo en autostop después de recorrer casi toda la zona, pero feliz. Aquella tarde, lo recuerdo, nos fuimos a bañar todos al río, todos menos Hans y Monique, y cuando nos desnudamos y nos tiramos al agua el vigilante permaneció en la orilla, completamente vestido, de hecho con *demasiadas* ropas, como si tuviera frío pese al calor que hacía. Y después sucedió algo que aparentemente no tiene ninguna importancia, pero en lo cual yo percibí la mano de alguien, de la casualidad o de Dios. Cuando nos bañábamos aparecieron por el puente tres trabajadores de temporada y se pusieron a mirarnos, a Erica y a mí, durante un largo rato, eran dos hombres mayores y un adolescente, tal vez el abuelo, el padre y el hijo, vestidos con ropas de trabajo muy maltratadas, y al final uno de ellos dijo algo en español y el vigilante les contestó, vi la cara de los trabajadores mirando hacia abajo y la cara del vigilante mirando hacia arriba (hacia un cielo muy azul), y después de las primeras palabras hubo otras, todos hablaron, los tres jornaleros y el vigilante, parecían, primero, preguntas y respuestas, y luego simplemente era como si hicieran observaciones banales, una simple conversación sostenida por tres personas que están en un puente y un vagabundo que está debajo, y todo sucedía mientras nosotros, Steve, Erica, Hugh y yo nos bañábamos y nadábamos de un lado para otro, como cisnes o como patos, en principio ajenos a la conversación en español, pero en parte objeto de ésta, y en particular Erica y yo motivo de gozo visual, y de espera. Pero de pronto los jornaleros se marcharon (sin esperar a que saliéramos del agua) y dijeron adiós, esa palabra por supuesto que la entiendo en español, y el vigilante también les dijo adiós y allí se acabó todo.

Por la noche, durante la cena, todos se emborracharon. Yo también me emborraché, pero no tanto como los demás. Recuerdo que Hugh gritaba Dionisos, Dionisos. Recuerdo que Erica, que estaba sentada a mi lado en la larga mesa, me cogió de la barbilla y me dio un beso en la boca.

Yo estaba segura de que algo malo iba a pasar.

Le dije al vigilante que nos fuéramos a la cama. No me hizo caso. Hablaba, en su pésimo inglés mezclado con palabras francesas, de un amigo que había desaparecido en el Rosellón. Buena manera de buscar a tu amigo, dijo Hugh, bebiendo con desconocidos. Vosotros no sois desconocidos, dijo el vigilante. Luego se pusieron a cantar, Hugh, Erica, Steve y el vigilante, creo que una canción de los Rolling Stones. Poco después aparecieron dos de los españoles que trabajaban con nosotros, no sé quién los había ido a buscar. Y yo todo el tiempo pensaba: algo malo está a punto de ocurrir, algo malo va a pasar, pero no sabía qué podía ser ni qué podía hacer yo para evitarlo, salvo llevarme al vigilante a mi cuarto y hacer el amor con él o persuadirlo de que se durmiera.

Después salió Hans de su habitación (Monique y él se habían retirado pronto, apenas acabó la comida) y pidió que no hiciéramos tanto ruido. Recuerdo que la escena se repitió varias veces. Hans abría la puerta, nos miraba uno por uno y nos decía que ya era tarde, que el ruido que hacíamos no lo dejaba dormir, que al día siguiente había que trabajar. Y recuerdo que ninguno le hacía el menor caso, cuando aparecía decían sí, sí, Hans, ahora nos callamos, pero cuando la puerta se cerraba tras él volvían de inmediato los gritos y las risas. Y entonces Hans abrió la puerta, cubierta su desnudez únicamente por unos calzoncillos blancos, el largo pelo rubio revuelto, y dijo que se había acabado de una vez por todas, que nos marcháramos de allí ahora mismo, cada uno hacia su cuarto. Y el vigilante se levantó y le dijo: mira, Hans, ya basta de hacer el imbécil, o algo así. Recuerdo que Hugh y Steve se rieron, no sé si de la cara que puso Hans o de lo mal construida que estaba la frase en inglés. Y Hans por un instante se detuvo, perplejo, y tras ese instante rugió: ¿cómo te atreves?, sólo eso y se abalanzó sobre el vigilante, no eran escasos los metros que lo separaban de éste, todos tuvimos ocasión de verlo con todo lujo de detalles, un coloso semidesnudo que cruzó la habitación casi a la carrera en dirección a mi pobre amigo.

Pero entonces sucedió lo que nadie esperaba. El vigilante no se movió de su sitio, se mantuvo tranquilo mientras la masa de carne se desplazaba por la habitación dispuesta a colisionar con él, y cuando lo tuvo a pocos centímetros en su mano derecha apareció un cuchillo (en la delicada mano derecha del vigilante, tan diferente a la mano de una cortadora) y el cuchillo se elevó hasta quedar justo por debajo de la barba de Hans, de hecho apenas incrustado en sus últimas frondosidades, el cual frenó en seco y dijo ¿qué pasa?, ¿qué broma es ésta?, en alemán, y Erica dio un grito y la puerta, la puerta tras la que estaba Monique y el pequeño Udo se entreabrió y la cabeza de Monique, tal vez desnuda, se asomó púdicamente. Y entonces el vigilante empezó a caminar justo en dirección contraria a la que había venido impelido Hans, y el cuchillo, lo vi con claridad pues yo estaba a menos de un metro, se introdujo en la barba, y Hans comenzó a retroceder, y aunque a mí me pareció que recorrían toda la habitación hasta la puerta en donde se escondía Monique, en realidad sólo dieron tres pasos, tal vez dos, y luego se detuvieron y el vigilante bajó el cuchillo, miró a Hans a los ojos y le dio la espalda.

Según Hugh, aquél hubiera sido el momento para que Hans se arrojara encima del vigilante y lo redujera, pero lo cierto es que Hans permaneció inmóvil y ni siquiera se dio cuenta de que Steve se le acercaba y le ofrecía un vaso de vino, aunque se lo bebió, pero como si bebiera aire.

Y entonces el vigilante se dio la vuelta e insultó a Hans. Le dijo nazi, le dijo ¿qué querías hacerme, nazi? Y Hans lo miró a los ojos y murmuró algo y empuñó las manos y ahí todos pensamos que se arrojaría sobre el vigilante, que esta vez nada lo detendría, pero se contuvo, Monique dijo algo, Hans se volvió y le respondió, Hugh se acercó al vigilante y lo arrastró hasta una silla, probablemente le sirvió más vino.

Lo siguiente que recuerdo es que todos salimos de la casa y nos pusimos a caminar por las calles de Planèzes buscando la luna. Mirábamos el cielo: grandes nubes negras la ocultaban. Pero el viento empujaba las nubes hacia el este y la luna reaparecía (nosotros entonces gritábamos) y después volvía a ocultarse. En un momento pensé que parecíamos fantasmas. Le dije al vigilante: volvamos a la casa, quiero dormir, estoy cansada, pero él no me hizo caso.

El vigilante hablaba de un desaparecido y se reía y hacía bromas que nadie entendía. Cuando dejamos atrás las últimas casas del pueblo pensé que ya era hora de volver, que si no volvía al día siguiente iba a ser incapaz de levantarme. Me acerqué al vigilante y le di un beso. Un beso de buenas noches.

Al volver a casa todas las luces estaban apagadas y el silencio era total. Me acerqué a una ventana y la abrí. No se escuchaba nada. Después subí a mi habitación, me desnudé y me metí en la cama.

Cuando desperté el vigilante dormía a mi lado. Le dije adiós y me fui a trabajar con los demás. Él no me respondió, estaba como muerto. En la habitación flotaba un olor a vómito. Volvimos a mediodía y el vigilante ya se había marchado. Sobre mi cama encontré una nota, en donde se disculpaba por su actitud de la noche anterior y en donde decía que fuera a visitarlo a Barcelona cuando quisiera, que me estaría esperando.

Aquella misma mañana Hugh me contó lo que había ocurrido la noche anterior. Según Hugh, cuando me marché el vigilante se volvió loco. Estaban cerca del río y el vigilante decía que alguien lo llamaba, una voz, al otro lado del río. Y por más que

Hugh le decía que no había nadie, que lo único que se oía, y además muy débilmente, era el ruido del agua, el vigilante seguía insistiendo en que una persona estaba abajo, al otro lado del río, esperándolo. Yo creí que bromeaba, dijo Hugh, pero en cuanto me descuidé echó a correr colina abajo, en la más completa oscuridad, hacia lo que él creía que era el río, atravesando matorrales y zarzas, completamente ciego. Según Hugh, en aquel momento, del grupo inicial sólo quedaban él y los dos españoles que habíamos invitado a nuestra fiesta. Y cuando el vigilante se perdió corriendo colina abajo, los tres salieron tras él, pero mucho más despacio pues la oscuridad era tan grande y la pendiente tan pronunciada que un traspiés hubiera podido significar una caída y huesos rotos, así que el vigilante no tardó en desaparecer de su vista.

Según Hugh, él pensó que la intención del vigilante era zambullirse en el río. Pero lo más probable, dijo Hugh, era que se zambullera en una piedra, que en esa parte abundaban, o que tropezara contra el tronco caído de un árbol, o que terminara incrustado en algunos matorrales. Cuando llegaron abajo encontraron al vigilante sentado en la hierba, esperándolos. Y aquí viene lo más extraño, dijo Hugh, al acercarme por detrás él se dio la vuelta a gran velocidad y en menos de un segundo yo estaba en el suelo, el vigilante encima de mí y sus manos me apretaban la garganta. Según Hugh, todo fue tan rápido que ni tiempo tuvo para sentir miedo, pero lo cierto es que el vigilante lo estaba estrangulando y los dos españoles se habían alejado y no podían verlo ni escucharlo y además a él, con las manos del vigilante alrededor del cuello (unas manos tan diferentes a las que entonces teníamos Hugh y yo, llenas de cortes) no le salía ni un solo sonido de la garganta, no era capaz ni siquiera de gritar socorro, se había quedado mudo.

Me hubiera podido matar, dijo Hugh, pero el vigilante de pronto se dio cuenta de lo que estaba haciendo y lo soltó, le pidió perdón, Hugh pudo verle la cara (había salido la luna otra vez) y se dio cuenta que la tenía, son palabras de Hugh, bañada en lágrimas. Y aquí viene lo más sorprendente del relato de Hugh, pues cuando el vigilante lo soltó y le pidió perdón él también se puso a llorar, según dice porque de pronto recordó a la chica que lo había dejado, la escocesa, de pronto se puso a pensar que nadie lo estaba esperando en Inglaterra (a excepción de sus padres), de pronto comprendió algo que no fue capaz de explicarme o que me explicó de mala manera.

Después llegaron los españoles, estaban fumando un porro y les preguntaron por qué lloraban y ellos, Hugh y el vigilante, se pusieron a reír y los españoles, qué chicos tan sanos y tan sabios, dijo Hugh, comprendieron todo sin que ellos dijeran nada y les pasaron el porro y luego los cuatro volvieron juntos.

¿Y ahora cómo te sientes?, le pregunté a Hugh. Me siento muy bien, dijo Hugh, con ganas de que la vendimia acabe y regresemos a casa. ¿Y qué piensas del vigilante?, le pregunté. No lo sé, dijo Hugh, es asunto tuyo, eres tú la que tiene que pensar en eso.

Cuando terminó el trabajo, una semana después, volví con Hugh a Inglaterra. Mi idea original era viajar al sur otra vez, a Barcelona, pero cuando acabó la vendimia estaba demasiado cansada, demasiada enferma y decidí que lo mejor era ir a Londres a casa de mis padres y tal vez hacerle una visita al médico.

Pasé dos semanas en casa de mis padres, dos semanas vacías, sin ver a ningún amigo. El médico dijo que estaba «físicamente exhausta», me recetó vitaminas y me envió al oculista. El oculista dijo que necesitaba gafas. Poco después me marché al 25 de Cowley Road, Oxford, y le escribí varias cartas al vigilante. Le expliqué todo, cómo me sentía, lo que había dicho el médico, que ahora usaba gafas, que apenas consiguiera dinero pensaba viajar a Barcelona para verlo, que lo quería. Debí de mandar seis o siete cartas en un lapso relativamente corto. No recibí respuesta. Después las clases recomenzaron, conocí a otra persona y dejé de pensar en él.

Alain Lebert, bar Chez Raoul, Port Vendres, Francia, diciembre de 1978. Por aquellos días yo vivía como en el maquis. Tenía mi cueva y leía el *Libération* en el bar de Raoul. No estaba solo. Había otros como yo y casi nunca nos aburríamos. Por las noches hablábamos de política y jugábamos al billar. O recordábamos la temporada turística que hacía poco había terminado. Recordábamos las estupideces de los otros, los agujeros de los otros y nos partíamos de la risa en la terraza del bar de Raoul, mirando los veleros o las estrellas, unas estrellas clarísimas que anunciaban la llegada de los meses malos, los meses del trabajo duro y del frío. Después, borrachos, nos largábamos cada uno por su lado, o de dos en dos. Yo: a mi cueva, en las afueras, por la parte de los roqueríos de El Borrado, no tengo ni idea de por qué le llaman así ni me he molestado en preguntarlo, últimamente me noto una tendencia preocupante a aceptar las cosas tal como son. Como iba diciendo: volvía cada noche a mi cueva, solo, caminando como si estuviera ya dormido, y cuando llegaba encendía una vela, no fuera a ser que me hubiera equivocado, en El Borrado hay más de diez cuevas, la mitad de ellas ocupadas, pero nunca me equivoqué. Después me metía en mi saco de dormir El Canadiense Impetuoso Extraprotector y me ponía a pensar en la vida, en las cosas que ocurren a un palmo de tus narices y que a veces comprendes y otras veces, la mayoría, no comprendes, y entonces ese pensamiento me llevaba a otro y ese otro a otro más y después, sin darme cuenta, ya estaba dormido y volando o reptando, qué más da.

Por las mañanas El Borrado parecía una ciudad dormitorio. Sobre todo en verano. Todas las cuevas estaban ocupadas, algunas por más de cuatro personas, y a eso de las diez todo el mundo empezaba a salir, a decir buenos días, Juliette, buenos días Pierrot, y si tú te quedabas dentro de tu cueva, envueltito en tu saco, podías escucharlos ponderar el mar, la luz del mar, y luego un ruido como de perolas, como si alguno estuviera hirviendo agua en una cocina de cámping gas, e incluso podías escuchar el ruido de los encendedores que daban fuego y de la arrugada cajetilla de Gauloises que corría de mano en mano, y podías escuchar los ah-ah y los oh-oh y también los u-la-lá, y por supuesto nunca faltaba el imbécil que hablaba del tiempo. Aunque por encima de todo lo que de verdad escuchabas era el ruido del mar, el ruido de las olas que rompían contra el roquerío de El Borrado. Después, a medida que se fue acabando el verano, las cuevas se vaciaron y sólo quedamos cinco y luego cuatro y luego sólo tres, el Pirata, Mahmud y yo. Y ya para entonces el Pirata y yo habíamos conseguido trabajo en el *Isobel* y el patrón nos dijo que podíamos coger nuestro petate y de plano instalarnos en el camarote de los tripulantes, proposición que fue bien recibida pero que no quisimos llevar a la práctica de inmediato, pues en las cuevas teníamos intimidad y además un espacio propio mientras que abajo del barco era como dormir en un sarcófago y el Pirata y yo nos habíamos acostumbrado a la comodidad de la vida al aire libre.

A mediados de septiembre comenzamos a salir al Golfo de los Leones y algunas veces nos iba regular y otras veces nos iba condenadamente mal, que hablando en plata quiere decir que en los días regulares con suerte nos alcanzaba para pagarnos la comida y las copas y en los días malos Raoul nos tenía que fiar hasta los escarbadientes. La mala racha llegó a ser tan preocupante que una noche, en alta mar, el patrón dijo que tal vez la culpa de todo la tuviera el mal fario del Pirata. Lo dijo así, como quien dice que está lloviendo o que tiene hambre. Y entonces los demás pescadores le dijeron que si así fuera, ¿por qué no lo tirábamos al mar allí mismo y luego decíamos en el puerto que se había caído de la borrachera tan grande que llevaba? Medio en broma, medio en serio, todos estuvimos hablando de eso un buen rato. Menos mal que el Pirata iba tan borracho que ni cuenta se dio de lo que los demás decíamos. Por aquellos días, también, vinieron a verme a la cueva los cabrones de la gendarmería. Tenía un juicio pendiente en un pueblo cerca de Albi por haber robado en un supermercado. Eso había ocurrido dos años atrás y el monto total del robo era una barra de pan, un queso y una lata de atún. Pero la mano de la justicia es larga. Yo cada noche me emborrachaba con mis amigos en el bar de Raoul. Echaba pestes de la policía (aunque en una mesa cercana hubiera un gendarme al que conocía de vista tomándose su pastís), de la sociedad, del sistema judicial que no te dejaba tranquilo y leía artículos en voz alta de la revista *Tiempos Difíciles*. En mi mesa se sentaban pescadores profesionales y aficionados, y muchachos jóvenes como yo, de ciudad, la fauna que el verano había arrojado sobre Port Vendres y que allí, hasta nueva orden, se había quedado varada. Una noche una chica que se llamaba Margueritte y con la cual todos queríamos acostarnos se puso a leer un poema de Robert Desnos. Yo no sabía quién diablos era, pero otros de mi mesa lo sabían, y además el poema era bueno, te llegaba al corazón. Estábamos en la terraza, por las calles no se veía ni siquiera un miserable gato, las luces de las casas, sin embargo, brillaban tras las ventanas del pueblo, y nosotros sólo escuchábamos nuestras voces, el ruido lejano de un coche que de tanto en tanto pasaba por la calle que va a la estación, y estábamos solos o eso creíamos, porque no habíamos visto (al menos yo no había visto) que en la mesa más apartada de la terraza había otro tipo. Y fue después de que Margueritte leyera los poemas de Desnos, en ese intervalo de silencio que se crea después de oír algo verdaderamente hermoso, un intervalo que puede durar uno o dos segundos o toda la vida, porque para todos los gustos hay en esta tierra sin justicia ni libertad, cuando el tipo que estaba en la otra orilla de la terraza se levantó y se acercó a nosotros y le pidió a Margueritte que leyera otro poema. Después nos pidió permiso para sentarse en nuestra mesa y cuando le dijimos que no faltaba más, que sin problemas, fue a buscar su café con leche a su mesa y luego salió de la oscuridad (porque Raoul ahorra en consumo eléctrico una barbaridad) y se sentó junto a nosotros y luego se puso a beber vino como nosotros e invitó algunas rondas, aunque no se le veía pinta de tener mucho dinero, pero como nuestro grupo estaba en plena crisis, pues aceptamos, qué remedio.

A eso de las cuatro de la mañana todos nos dijimos buenas noches. El Pirata y yo enfilamos en dirección a El Borrado. Al principio, mientras salíamos de Port Vendres, íbamos a buen paso y cantando, después, cuando el camino ya no merece ese nombre y sólo es una senda que se abre paso por entre el roquerío rumbo a las cuevas, al ralentí, porque por muy borrachos que estuviéramos los dos sabíamos que un mal paso, allí, en esa oscuridad y con el mar reventando allá abajo, podía ser fatal. De noche, por esa senda, el ruido no suele escasear, pero aquella de la que hablo más bien era silenciosa y durante un rato sólo escuchábamos el ruido de nuestras pisadas y las olas mansas en el roquerío. De pronto, sin embargo, oí otra clase de ruidos y no sé por qué pensé que alguien nos seguía. Me detuve y me di la vuelta, escrutando la oscuridad, pero no vi nada. Unos metros por delante de mí, el Pirata también había dejado de caminar y escuchaba en actitud expectante. No nos dijimos nada, ni siquiera nos movimos, y esperamos. Desde muy lejos nos llegó el murmullo de un coche y de una risa apagada, como si el conductor se hubiera vuelto loco. Sin embargo el ruido que yo había oído y que era un ruido de pisadas no lo volvimos a escuchar. Debió ser un fantasma, oí que decía el Pirata, y ambos reemprendimos la marcha. Por aquellos días en las cuevas sólo vivíamos él y yo, pues a Mahmud lo había venido a buscar su primo o su tío para que lo ayudara con los preparativos de la vendimia en un pueblo de Montpellier. Antes de acostarnos el Pirata y yo nos fumamos un cigarrillo de cara al mar. Después nos dimos las buenas noches y cada uno se arrastró hasta su cueva. Durante un rato estuve pensando en mis cosas, en mi obligado viaje a Albi, en la mala racha del *Isobel*, en Margueritte y en los poemas de Desnos, en una noticia sobre la Banda Baader-Meinhof que había leído esa mañana en el *Libération*. Cuando se me empezaban a cerrar los ojos volví a oír el mismo ruido de antes, las pisadas que se acercan, se detienen, la sombra que produce esas pisadas y que observa las bocas oscuras de las cuevas. No era el Pirata, de eso sí que me di cuenta, yo conozco los andares del Pirata y no era él. Pero estaba demasiado cansado para salir de mi saco de dormir o tal vez ya estaba dormido y seguía oyendo las pisadas, el caso es que pensé que fuera quien fuera el que las producía no constituía ningún peligro para mí, ningún peligro para el Pirata, y que si quería bronca la tendría, pero que para que eso sucediera tenía que entrar directamente en nuestras cuevas y yo sabía que el extraño no iba a entrar, yo sabía que el extraño sólo estaba buscando una cueva desocupada para dormir él también.

A la mañana siguiente me lo encontré. Estaba sentado en una piedra plana como una silla, mirando el mar y fumándose un cigarrillo. Era el desconocido de la terraza de Chez Raoul y cuando me vio salir de mi cueva se levantó y me estrechó la mano. No me gusta que me toquen desconocidos cuando aún no me he lavado la cara. Así que me lo quedé mirando y traté de comprender lo que decía, pero sólo entendí palabras sueltas como «comodidad», «pesadilla», «muchacha». Luego eché a andar rumbo al huerto de madame Francinet, en donde hay un pozo, y él se quedó allí fumándose su cigarrillo. Cuando volví seguía fumando (el tipo fumaba como poseído) y al verme se levantó otra vez y me dijo: Alain, te invito a desayunar. Yo no me acordaba de haberle dicho mi nombre. Cuando salíamos de El Borrado le pregunté cómo había llegado a las cuevas, quién le había dicho que en El Borrado habían cuevas en donde se podía dormir. Él dijo que había sido Margueritte, la lectora de Desnos la llamaba, dijo que cuando el Pirata y yo nos marchamos él se había quedado con Margueritte y François y que les había preguntado por algún sitio donde pasar aquella noche. Y que Margueritte le dijo que en las afueras había unas cuevas desocupadas en donde vivíamos el Pirata y yo. Lo demás fue sencillo. Se puso a correr y nos alcanzó y luego escogió una cueva, desenvolvió su saco de dormir y ya está. Cuando le pregunté cómo pudo orientarse por los roqueríos, en donde el camino es tan malo que ni merece llamarse camino, dijo que no había sido tan difícil, que nosotros íbamos delante y que lo que hizo fue seguir nuestras pisadas.

Esa mañana desayunamos en el bar de Raoul cafés con leche y croissants y el desconocido me dijo que se llamaba Arturo Belano y que andaba buscando a un amigo. Yo le pregunté qué amigo era ése y por qué lo estaba buscando precisamente aquí, en Port Vendres. Él sacó sus últimos francos del bolsillo, pidió dos copas de coñac y se largó a hablar. Dijo que su amigo vivía en casa de otro amigo, dijo que su amigo estaba esperando algo, un trabajo, no lo recuerdo, dijo que el amigo de su amigo lo echó de casa y que cuando él lo supo se vino a buscarlo. ¿Dónde vive tu amigo?, le dije yo. No tiene casa, dijo él. ¿Y dónde vives tú?, le dije yo. En una cueva, dijo él, pero sonriendo, como si me estuviera tomando el pelo. Al final resultó que estaba alojado en casa de un profesor de la Universidad de Perpignan, en Colliure, aquí al lado, desde El Borrado se ve Colliure. Y entonces yo le pregunté cómo había sabido él que su amigo se había quedado en la calle. Y él me dijo: el amigo de mi amigo me lo dijo. Y yo le pregunté: ¿el mismo que lo echó? Y él me dijo: el mismo. Y yo le pregunté: ¿o sea que primero lo echa y después te lo cuenta? Y él me dijo: es que se asustó. Y yo le pregunté: ¿pero de qué se asustó ese mal amigo? Y él me dijo: de que mi amigo se fuera a suicidar. Y yo le pregunté: ¿o sea que el amigo de tu amigo incluso maliciándose de que tu amigo se podía suicidar, va y lo echa? Y él me dijo: así es, no podías haberlo expresado mejor. Y ya para entonces él y yo nos reíamos y estábamos medio borrachos y cuando se marchó, con su pequeña mochila al hombro, a seguir recorriendo en autostop los pueblos de la zona, bueno, para entonces ya éramos bastante amigos, habíamos comido juntos (el Pirata se nos unió poco después) y yo le había contado la injusticia que los jueces de Albi estaban cometiendo conmigo y dónde trabajábamos y ya al caer la tarde él se marchó y no lo volví a ver hasta una semana después. Y para entonces todavía no había encontrado a su amigo, pero yo creo que él ya ni pensaba en eso. Compramos una botella de vino y estuvimos dando vueltas por el puerto y él me dijo que hacía un año había trabajado en la descarga de un barco. Aquella vez sólo estuvo unas horas. Se le veía mejor vestido que la vez anterior. Me preguntó cómo tenía mi juicio en Albi. También me preguntó por el Pirata y por las cuevas. Quería saber si todavía vivíamos allí. Le dije que no, que nos habíamos trasladado al barco, más que por el frío que ya se empezaba a notar, por una cuestión de economía, no teníamos un franco en los bolsillos y en el barco al menos podíamos comer caliente. Poco después se marchó. Según el Pirata el tipo se había enamorado de mí. Estás loco, le dije. ¿Por qué, si no, viene a Port Vendres? ¿Qué se le ha perdido aquí?

A mediados de octubre volvió a aparecer. Yo estaba tirado en mi litera contemplando las musarañas cuando escuché que afuera alguien pronunciaba mi nombre. Cuando salí a cubierta lo vi sentado en uno de los pilotes del puerto. Qué tal, Lebert, me dijo. Bajé a saludarlo y encendimos unos cigarrillos. Era una mañana fría, con algo de niebla y no se veía un alma por los alrededores. Toda la gente, supuse, estaría en el bar de Raoul. A lo lejos se escuchaba el ruido de los toros de un barco que estaba siendo estibado. Vamos a desayunar, me dijo. De acuerdo, vamos a desayunar, dije yo. Pero ninguno de los dos se movió. Del fondo de la escollera vimos que venía una persona. Belano se sonrió. Joder, dijo, es Ulises Lima. Nos quedamos quietos, esperándolo, hasta que llegó a donde estábamos. Ulises Lima era un tipo más bajo que Belano, pero más fornido. Como Belano, llevaba una mochila pequeña colgando del hombro. Nada más verse se pusieron a hablar en español, aunque su saludo, la forma en que se saludaron, fue más bien casual, sin énfasis. Les dije que me iba al bar de Raoul. Belano dijo de acuerdo, luego iremos nosotros para allá y yo los dejé allí, conversando.

En el bar estaban todos los tripulantes del *Isobel*, todos cariacontecidos, lo que no era para menos, aunque como yo digo, si las cosas te van mal, con entristecerte sólo te pueden ir peor. Así que entré, miré a la parroquia, dije un chiste en voz alta o me burlé de ellos y luego pedí un café con leche y un croissant y una copa de coñac y me puse a leer el *Libération* del día anterior que compraba François y que solía dejar en el bar. Estaba leyendo un artículo sobre los yuyú del Zaire cuando Belano y su amigo entraron y se fueron directos a mi mesa. Pidieron cuatro croissants y los cuatro se los comió el desaparecido Ulises Lima. Luego pidieron tres sándwiches de jamón y queso y me invitaron uno. Me acuerdo que Lima tenía una voz rara. Hablaba el francés mejor que su amigo. No sé de qué hablamos, tal vez de los yuyús del Zaire, sólo sé que en un determinado momento de la conversación Belano me dijo si le podía conseguir trabajo a Lima. De buena gana me hubiera reído. Todos los que estamos aquí, le dije, buscamos trabajo. No, dijo Belano, me refiero a un trabajo en el barco. ¿En el *Isobel*? ¡Pero si son los del *Isobel* los que andan buscando trabajo!, le dije. Precisamente, dijo Belano, seguro que en estas circunstancias hay una plaza libre. En efecto, dos de los pescadores del *Isobel* habían encontrado trabajo de albañiles en Perpignan, algo que podía tenerlos ocupados por lo menos una semana. Sería cosa de consultarlo con el patrón, le dije. Lebert, dijo Belano, seguro que tú le puedes conseguir el trabajo a mi amigo. Pero no hay dinero, dije. Pero sí una litera, dijo Belano. El problema es que tu amigo no creo que sepa nada de pesca o de barcos, dije yo. Claro que sabe, dijo Belano, ¿eh,

Ulises, verdad que sabes? Un chingo, dijo Lima. Yo me los quedé mirando porque estaba claro que eso no podía ser verdad, bastaba con verles las caras, pero luego pensé que quién era yo para estar tan seguro de los oficios de la gente, nunca he estado en América, yo qué sé cómo son los pescadores en esos parajes.

Esa misma mañana me fui a hablar con el patrón y le dije que tenía un nuevo tripulante y el patrón me dijo: de acuerdo, Lebert, que se instale en la litera de Amidou, pero sólo una semana. Y cuando volví al bar de Raoul, en la mesa de Belano y de Lima había una botella de vino, y luego Raoul trajo tres platos de sopa de pescado, una sopa bastante mediocre pero que Belano y Lima se tomaron ponderándola como digna representante de la cocina francesa, yo no supe si se estaban riendo de Raoul, de ellos mismos o lo decían en serio, creo que lo decían en serio, y después nos comimos una ensalada con pescado hervido, y lo mismo, felicitaciones, decían, soberbia ensalada o típica ensalada provenzal, cuando estaba a la vista que aquello ni siquiera llegaba a ensalada rosellonesa. Pero Raoul estaba feliz y además eran clientes de pago al contado, así que ¿qué más se podía pedir? Luego aparecieron François y Margueritte y los invitamos a que se sentaran con nosotros y Belano se empeñó en que todos comiéramos un postre, y luego pidió una botella de champán, pero Raoul no tenía champán y se tuvo que conformar con otra botella de vino y un par de pescadores del *Isobel* que estaban en la barra se vinieron a nuestra mesa y yo les presenté a Lima, les dije: éste va a trabajar con nosotros, un marinero de México, sí, señor, dijo Belano, el holandés errante del lago de Patzcuaro, y los pescadores saludaron a Lima y le dieron la mano, aunque algo en la mano de Lima les pareció raro, claro, no era una mano de pescador, eso se nota enseguida, pero debieron de pensar como yo, que vaya uno a saber cómo son los pescadores de aquel país tan lejano, el pescador de almas de la Casa del Lago de Chapultepec, dijo Belano, y así seguimos, si la memoria no me falla, hasta las seis de la tarde. Después Belano pagó, nos dijo adiós y se marchó a Colliure.

Esa noche Lima durmió en el *Isobel* con nosotros. El día siguiente fue un mal día, amaneció nublado y pasamos la mañana y parte de la tarde preparando los aparejos del barco. A Lima le tocó limpiar la bodega. Allí abajo olía tan mal, una peste de pescado rancio que tumbaba al más plantado, que todos rehuíamos la faena, pero el mexicano no se arredró. Yo creo que el patrón lo hizo para probarlo. Le dijo limpia la bodega. Yo le dije: haz como que la limpias y vuelve a cubierta al cabo de dos minutos. Pero Lima bajó y allí se estuvo durante más de una hora. A la hora de la comida el Pirata preparó un estofado de pescado y Lima no quiso comer. Come, come, decía el Pirata, pero Lima dijo que no tenía hambre. Descansó un poco, apartado de nosotros, como si temiera ponerse a vomitar si nos veía comer, y luego volvió a bajar a la bodega. A las tres de la madrugada del día siguiente nos hicimos a la mar. Bastaron unas cuantas horas para que todos supiéramos que Lima no había estado en un barco ni una sola vez en su vida. Al menos esperemos que no se nos caiga por la borda, dijo el patrón. Los otros miraban a Lima, que le ponía ganas pero que no sabía hacer nada, y miraban al Pirata, que ya estaba borracho, y lo único que podían hacer era encogerse de hombros, sin quejarse, aunque seguro que en ese momento envidiaban a los dos compañeros que habían conseguido colocarse de albañiles en Perpignan. Recuerdo que el día era más bien nublado, con amenaza de lluvia por el sureste, pero que luego el viento cambió y las nubes se alejaron. A las doce recogimos las redes y en ellas sólo teníamos una miseria. A la hora de la comida todos estábamos de un humor de perros. Recuerdo que Lima me preguntó desde cuándo estaban las cosas así y que le dije que por lo menos desde hacía un mes. El Pirata, en broma, sugirió que le prendiéramos fuego al barco y el patrón dijo que si volvía a decir algo semejante le iba a romper la cara. Luego pusimos proa al noreste y por la tarde volvimos a tirar las redes en un lugar en donde nunca antes habíamos faenado. Trabajábamos, lo recuerdo, con desgana, menos el Pirata, que a esas alturas del día estaba completamente borracho y decía incoherencias en la sala de mando, hablaba de una pistola que había ocultado o se quedaba mirando durante mucho rato la hoja de un cuchillo de cocina y luego buscaba con la vista al patrón y decía que todo hombre tenía un límite, cosas de ese estilo.

Cuando empezaba a oscurecer nos dimos cuenta que las redes estaban llenas. Recogimos y en la bodega había más pesca que en todos los días anteriores. De golpe todos nos pusimos a trabajar como diablos. Seguimos hacia el noreste y volvimos a tirar las redes y nuevamente las sacamos rebosantes de peces. Hasta el Pirata empezó a trabajar de valiente. Así estuvimos toda la noche y toda la mañana, sin dormir, siguiendo al banco que se desplazaba hacia el extremo oriental del golfo. A las seis de la tarde del segundo día la bodega estaba llena a rebosar, como nunca antes la habíamos visto ninguno, aunque el patrón afirmaba que diez años atrás él ya había visto una pesca casi igual de considerable. Cuando volvimos a Port Vendres muy pocos se creían lo que nos había ocurrido. Descargamos, dormimos un poco y volvimos a salir. Esta vez no pudimos encontrar el gran banco, pero la pesca fue muy buena. Aquella dos semanas se podría decir que vivimos más en el mar que en el puerto. Después todo volvió a ser como antes, pero nosotros sabíamos que éramos ricos, pues nuestro salario consistía en un porcentaje de lo pescado. Entonces el mexicano dijo que ya estaba bien, que él ya tenía el dinero suficiente para hacer lo que tenía que hacer y que nos dejaba. El Pirata y yo le preguntamos qué era lo que tenía que hacer. Viajar, nos dijo, con lo que he ganado puedo comprarme un billete de avión para Israel. Seguro que allí te espera una hembrita, le dijo el Pirata. Más o menos, dijo el mexicano. Después lo acompañé a hablar con el patrón. Éste aún no tenía el dinero, los frigoríficos tardan en pagar, sobre todo si se trata de una remesa tan grande y Lima se tuvo que quedar unos días más con nosotros. Pero ya no quiso dormir en el *Isobel*. Durante unos días estuvo fuera. Cuando lo volví a ver me dijo que había estado en París. Había hecho el viaje de ida y vuelta en autostop. Aquella noche lo invitamos a comer, el Pirata y yo, en el bar de Raoul, y luego se fue a dormir al barco aunque sabía que a las cuatro de la mañana salíamos de Port Vendres hacia el golfo de los Leones en busca, una vez más, de aquel banco increíble. Estuvimos dos días en el mar y la pesca sólo fue discreta.

A partir de entonces Lima prefirió dormir el tiempo que le restaba hasta cobrar su paga en una de las cuevas de El Borrado. El Pirata y yo lo acompañamos una tarde y le indicamos cuáles eran las mejores cuevas, en dónde estaba el pozo, qué camino debía seguir por las noches para evitar despeñarse, en fin, algunos secretos para hacer placentera una vida al aire libre. Cuando no estábamos en el mar nos veíamos en el bar de Raoul. Lima se hizo amigo de Margueritte y de François y de un alemán de unos cuarentaicinco años, Rudolph, que trabajaba en Port Vendres y en los alrededores haciendo lo que fuera y que aseguraba que a los diez años había sido soldado de la Wehrmacht y que había obtenido una cruz de hierro. Cuando los demás mostrábamos nuestra incredulidad, él sacaba la medalla y la enseñaba a quien quisiera verla: una cruz de hierro ennegrecida y oxidada. Y luego la escupía y blasfemaba en alemán y en francés. Se ponía la medalla a treinta centímetros de la cara y hablaba con ella como si fuera un enano y le hacía morisquetas y luego la bajaba y la escupía con desprecio o con rabia. Una noche yo le dije: ¿si tanto odias esa puta medalla por qué de una puta vez no la arrojas al puto mar? Rudolph, entonces, se quedó callado, como si se avergonzara, y guardó la cruz de hierro en un bolsillo.

Y una mañana por fin recibimos nuestra paga y esa misma mañana apareció otra vez Belano y estuvimos celebrando el viaje que el mexicano iba a hacer a Israel. Cerca de medianoche, el Pirata y yo los acompañamos hasta la estación. A las doce Lima iba a coger el tren de París y en París cogería el primer avión rumbo a Tel-Aviv. En la estación, lo juro, no había ni un alma. Nos sentamos en una banca, afuera, y poco después el Pirata se quedó dormido. Bueno, dijo Belano, se me hace que ésta es la última vez que nos vemos. Llevábamos mucho rato callados y su voz me sobresaltó. Pensé que se dirigía a mí, pero cuando Lima le contestó en español supe que no hablaba conmigo. Ellos siguieron con su cháchara durante un rato. Luego llegó el tren, el tren que venía de Cerbère, y Lima se levantó y me dijo adiós. Gracias por enseñarme a ir en un barco, Lebert, eso fue lo que me dijo. No quiso que despertara al Pirata. Belano lo acompañó hasta las puertas del tren. Los vi cómo se daban la mano y luego el tren se marchó. Esa noche Belano durmió en El Borrado y el Pirata y yo nos fuimos al *Isobel*. Al día siguiente Belano ya no estaba en Port Vendres.

Amadeo Salvatierra, calle República de Venezuela, cerca del Palacio de la Inquisición, México DF, enero de 1976. De repente sentí que alguien me hablaba. Decían: señor Salvatierra, Amadeo, ¿se encuentra bien? Abrí los ojos y allí estaban los dos muchachos, uno de ellos con la botella de Sauza en la mano, y yo les dije no es nada, muchachos, sólo me he traspuesto un poco, a mi edad el sueño nos agarra en los momentos más inoportunos o inverosímiles, menos cuando nos debe agarrar, o sea a las doce de la noche y en nuestra cama, que es precisamente cuando el pinche sueño desaparece o se hace el desentendido y los viejos nos desvelamos. Pero a mí no me molesta desvelarme porque así me paso las horas leyendo y de vez en cuando incluso hasta tengo tiempo para revisar mis papeles. Lo malo es que luego me ando quedando dormido en cualquier parte, incluso en el trabajo, y la reputación se resiente. No te preocupes, Amadeo, dijeron los muchachos, si quieres echarte un sueñecito, échatelo no más, nosotros podemos venir otro día. No, muchachos, ya estoy bien, les dije, ¿a ver, qué pasa con el tequila? Y entonces uno de ellos abrió la botella y escanció el néctar de los dioses en los respectivos vasos, los mismos en donde antes habíamos bebido mezcal, lo que según algunos es señal de dejación y según otros una exquisitez de los mil demonios pues al estar el cristal, digamos, lacado con el mezcal, el tequila se encuentra más a gusto, como si a una mujer desnuda la vistiéramos con un abrigo de piel. ¡Salud, pues!, dije. Salud, dijeron ellos. Luego saqué la revista que aún tenía bajo el brazo y la pasé por delante de sus ojos. Ah, qué muchachos, los dos hicieron ademán de cogerla, pero no pudieron. Éste es el primer y último número de *Caborca*, les dije, la revista que sacó Cesárea, el órgano oficial, como quien dice, del realismo visceral. Por descontado, la mayoría de los publicados no son del grupo. Aquí está Manuel, Germán, Arqueles no está, Salvador Gallardo está, ojo: Salvador Novo está, Pablito Lezcano está, Encarnación Guzmán Arredondo está, un servidor está y luego vienen los extranjeros: Tristan Tzara, André Breton y Philipe Souppault, ¿eh?, qué trío. Y entonces sí que dejé que me arrebataran la revista y con qué gusto vi cómo los dos metían sus cabezas dentro de esas viejas páginas en octavo, la revista de Cesárea, aunque los muy cosmopolitas a lo primero que se fueron fue a las traducciones, a los poemas de Tzara, Breton y Souppault, traducidos respectivamente por Pablito Lezcano, Cesárea Tinajero y Cesárea y un servidor. Si mal no recuerdo los poemas eran «El pantano blanco», «La noche blanca» y «Alba y ciudad», que Cesárea se empeñó en traducir como «La ciudad blanca», pero que yo me negué. ¿Que por qué? Pues por que no, señores, una cosa es alba y ciudad y otra muy distinta una ciudad de color blanco, y por ahí no paso, por mucho que mi cariño por Cesárea fuera grande en aquellos tiempos, no lo suficientemente grande, eso es cierto, pero grande a pesar de todo. Por supuesto, el francés de todos nosotros, salvo, tal vez, el de Pablito, dejaba mucho que desear, de hecho y aunque les cueste creerlo yo ya lo he olvidado por completo, pero igual traducíamos, Cesárea a lo bestia, si me permiten la licencia, reinventando el poema tal como lo sentía ella entonces, y yo más bien siguiendo a pies juntillas tanto el espíritu inatrapable como la letra del original. Claro, nos equivocábamos, quedaban los poemas como piñatas, y encima, no se crea, teníamos nuestras ideas, nuestras opiniones. Por ejemplo, yo y el poema de Souppault. La mera verdad: para mí Souppault era el gran poeta francés del siglo, el que iba a llegar más lejos, fíjese bien, y ya hace un titipuchal de años que no oigo hablar de él aunque parece que todavía vive. En cambio, de Éluard no sabía nada y mire usted hasta dónde ha llegado, sólo le faltó el Nobel, ¿verdad? ¿A Aragon le dieron el Nobel? No, me imagino que no. A Char creo que sí, pero ése por aquel entonces no debía de escribir poemas. ¿A Saint John Perse le dieron el Nobel? No tengo opinión al respecto. A Tristan Tzara seguro que no se lo dieron. Qué cosas tiene la vida. Luego los muchachos se pusieron a leer a Manuel, a List, a Salvador Novo (¡les encantó!), a mí (no, a mí mejor no me lean, les dije, qué pena, qué pérdida de tiempo), a Encarnación, a Pablito. ¿Quién era esta Encarnación Guzmán?, me preguntaron. ¿Quién era este Pablito Lezcano, que traducía a Tzara y escribía como Marinetti y según se dice dominaba como un becario de la Alianza el francés? A mí fue como si me dieran cuerda otra vez, como si la noche se detuviera, me mirara a través de los visillos y dijera: señor Salvatierra, Amadeo, tiene usted mi permiso, salga al ruedo y declame hasta enronquecer, pues, es decir, fue como si se me acabara el sueño, como si el tequila recién ingerido se encontrara en mis vísceras, en mi hígado de obsidiana, con el mezcal Los Suicidas, y le hiciera una reverencia, cual debe de ser, todavía hay clases. Así que nos servimos otra ronda y luego yo me puse a contarles cosas de Pablito Lezcano y de Encarnación Guzmán. A ellos los dos poemas de Encarnación no les gustaron, fueron muy francos conmigo, no se sostenían ni con muletas, vaya, cosa que por lo demás se aproximaba bastante a lo que yo pensaba y creía, que la pobre Encarnación figuraba en *Caborca* más que por sus méritos como poetisa, por la debilidad de otra poetisa, ¿verdad?, por la debilidad de Cesárea Tinajero que vaya uno a saber qué le vio a la Encarnación o hasta qué punto llegaban los compromisos que había adquirido con ella o consigo misma. Algo normal en la vida literaria mexicana, publicar a los amigos. Y Encarnación puede que no fuera una buena poeta (como yo mismo), puede que incluso ni siquiera fuera poeta, buena o mala (como yo mismo, ay), pero sí que fue buena amiga de Cesárea. ¡Y Cesárea era capaz de quitarse el pan o la tortilla de la boca por sus amigos! Así que les hablé de Encarnación Guzmán, les dije que nació en el DF en 1903, aproximadamente, según mis cálculos, y que conoció a Cesárea a la salida de un cine, no se rían, es verdad, no sé qué película era, pero debió de ser triste, tal vez una de Chaplin, el caso es que a la salida las dos estaban llorando y se miraron y se pusieron a reír, Cesárea supongo que estruendosamente, con su peculiar sentido del humor que a veces explotaba, bastaba una chispa, una mirada y ¡bum!, de improviso Cesárea ya se estaba revolcando de la risa, y Encarnación, bueno, supongo que Encarnación se rió de un modo más discreto. Cesárea por esa época vivía en una vecindad que había en la calle Las Cruces y Encarnación con una tía (la pobrecita era huérfana de padre y madre) en la calle Delicias, creo. Las dos trabajaban casi todo el día. Cesárea en la oficina de mi general Diego Carvajal, un general amigo de los estridentistas aunque no sabía una mierda de literatura, ésa es la verdad, y Encarnación como dependienta en una tienda de ropa en Niño Perdido. Vaya a saber uno por qué se hicieron amigas, qué vieron la una en la otra. Cesárea no tenía nada en el mundo pero nomás de mirarla un segundo ya veías que era una mujer que sabía lo que quería. Encarnación era todo lo contrario, muy bonita, eso sí, muy arregladita siempre (Cesárea se vestía con lo primero que encontraba y a veces iba hasta con rebozo), pero insegura y frágil como una estatuilla de porcelana en medio de una reyerta de briagos. Su voz era, ¿cómo decirlo?, como un pito, una voz delgada, sin fuerza, pero que ella solía alzar para que los demás la escucharan, acostumbrada la pobrecita a desconfiar de su diapasón desde pequeña, una voz chillona, en una palabra, muy desagradable y que yo volví a escuchar sólo muchos años después, en un cine precisamente, viendo un corto de dibujos animados en donde una gata o una perra o puede que fuera una ratita, ya saben ustedes lo mañosos que son los gringos con los dibujos animados, hablaba igual que Encarnación Guzmán. Si hubiera sido muda, yo creo que más de uno se habría enamorado de ella, pero con esa voz era imposible. Por lo demás, carecía de talento. Fue Cesárea la que la trajo un día a una de nuestras reuniones, cuando todos nosotros éramos estridentistas o simpatizantes del estridentismo. Al principio gustó. Digo, mientras estuvo callada. Germán posiblemente le hizo más de un requiebro, puede que yo también. Pero ella mantenía una actitud distante o tímida y sólo se daba con Cesárea. Con el tiempo, no obstante, se fue creciendo, tomando cada vez más confianzas y una noche se puso a opinar, a criticar, a sugerir. Y a Manuel no le quedó más remedio que ponerla en su sitio. Encarnación, le dijo, pero si usted no sabe nada de poesía, ¿por qué mejor no se calla? Y ahí se armó la de Dios es grande. Encarnación, que posiblemente era la inocencia personificada, no se esperaba un parón tan frontal y empalideció tanto que pensamos que se nos iba a caer desmayada ahí mismo. Cesárea, que cuando Encarnación hablaba solía adoptar una posición en segundo plano, como si no estuviera, se levantó de su asiento y le dijo a Manuel que ésa no era forma de hablarle a una mujer. ¿Pero no has escuchado las barbaridades que ha dicho?, dijo Manuel. Lo he escuchado, dijo Cesárea, que por más desentendida que pareciera en realidad no se perdía ni un solo gesto de su amiga y entenada, y me sigue pareciendo que lo que has dicho exige una disculpa. Bueno, pues me disculpo, dijo Manuel, pero que a partir de ahora no abra el pico. Arqueles y Germán estuvieron de acuerdo con él. Si no sabe que no hable, vinieron a argumentar. Eso es una falta de respeto, dijo Cesárea, privarle a alguien de su derecho a tomar la palabra. A la siguiente reunión, Encarnación no vino, tampoco Cesárea. Las reuniones eran informales y nadie, al menos en apariencia, las echó a faltar. Sólo cuando se acabó y Pablito Lezcano y yo nos fuimos por las calles del centro recitando al reaccionario Tablada me di cuenta de que ella no había estado, y también me di cuenta de lo poco que sabía yo de Cesárea Tinajero.

Joaquín Font, Clínica de Salud Mental El Reposo, camino del Desierto de los Leones, en las afueras de México DF, marzo de 1979. Un día vino a visitarme un desconocido. Eso es lo que recuerdo del año 1978. Las visitas no abundaban, sólo venía mi hija y una señora y otra muchacha que decía ser mi hija también y que era bonita como pocas. El desconocido nunca había venido antes. Lo recibí en el jardín, mirando hacia el norte, aunque todos los locos miran hacia el sur o hacia el oeste, yo miraba hacia el norte y así lo recibí. El desconocido dijo buenos días, Quim, cómo estás hoy. Y yo contesté que igual que ayer e igual que anteayer y después le pregunté si lo enviaba mi antiguo bufete de arquitectura, pues su cara o sus modales me sonaban de algo. Entonces el desconocido se rió y dijo cómo es posible, hombre, que no te acuerdes de mí, ¿no estarás exagerando? Y yo también me reí, para que entrara en confianza, y le dije que en modo alguno, que mi pregunta era tan sincera como podía ser cualquier pregunta. Y entonces el desconocido dijo soy Damián, Álvaro Damián, tu amigo. Y luego dijo: nos conocemos desde hace muchos años, hombre, cómo es posible. Y yo para calmarlo o para que no se entristeciera dije sí, ahora me acuerdo. Y él sonrió (aunque no percibí que sus ojos se alegraran) y dijo eso está mejor, Quim, como si mis médicos y enfermeros le hubieran prestado sus voces y sus preocupaciones. Y cuando se marchó supongo que lo olvidé, pues al cabo de un mes volvió y me dijo yo ya he estado aquí, este manicomio me suena, los mingitorios están allí, este jardín está encarado al norte. Y al mes siguiente me dijo: llevo visitándote más de dos años, hombre, a ver si haces un poquito de memoria. Así que hice un esfuerzo y la próxima vez que volvió le dije cómo está usted, señor Álvaro Damián, y él sonrió pero sus ojos continuaban tristes, como si mirara todo desde una pena muy grande.

Jacinto Requena, café Quito, calle Bucareli, México DF, marzo de 1979. Fue bien curioso. Yo sé que es pura casualidad, pero a veces da qué pensar. Cuando se lo comenté a Rafael, me dijo que eran imaginaciones mías. Yo le dije: ¿te has dado cuenta que ahora que Ulises y Arturo ya no viven en México como que hay más poetas? ¿Cómo que hay más poetas?, dijo Rafael. Poetas de nuestra edad, dije yo, poetas nacidos en 1954, 1955, 1956. ¿Y tú cómo sabes eso?, me dijo Rafael. Bueno, le dije, me muevo, leo revistas, voy a recitales de poesía, leo suplementos, a veces hasta los escucho en la radio. ¿Y tú cómo tienes tiempo de hacer tantas cosas con un hijo pequeño?, dijo Rafael. A Franz le encanta escuchar la radio, dije yo. Enciendo la radio y él se queda dormido. ¿En la radio ahora están leyendo poemas?, se extrañó Rafael. Sí, le dije. En la radio y en las revistas. Es como una explosión. Y cada día surge una editorial nueva que publica a nuevos poetas. Y todo esto justo después de que Ulises se marchara. ¿Raro, no? Yo no le veo nada raro, dijo Rafael. Una eclosión repentina e injustificada, el florecimiento de las cien escuelas, dije, y casualmente todo ocurre cuando Ulises ya no está, ¿no te parece demasiada coincidencia? La mayoría son pésimos poetas, dijo Rafael, los lambiscones de Paz, de Efraín, de Josemilio, de los poetas campesinos, basura pura. No lo niego, dije yo, ni lo afirmo, es el número lo que me inquieta, la aparición de tantos y de golpe. Incluso hay un tipo que está haciendo una antología con todos los poetas de México. Sí, dijo Rafael, eso ya lo sé. (Yo ya sabía que él lo sabía.) Y no va a incluir poemas míos. ¿Y eso cómo lo sabes?, le dije. Me lo confirmó un amigo, dijo Rafael, no quiere tratos de ninguna especie con los real visceralistas. Entonces yo le dije que eso no era del todo cierto, pues si bien el cabrón que estaba preparando la antología había excluido a Ulises Lima, no pasaba lo mismo con María y Angélica Font ni con Ernesto San Epifanio ni conmigo. De nosotros sí quiere poemas, le dije. Rafael no contestó, estábamos caminando por Misterios, y Rafael miró hacia el horizonte, como si pudiera ver un horizonte, aunque el lugar de éste lo ocuparan casas, nubes de humo, la neblina del atardecer del DF. ¿Y ustedes van a aparecer en la antología?, dijo Rafael después de mucho rato. María y Angélica no sé, hace mucho que no las veo, Ernesto seguro que sí, yo seguro que no. ¿Y cómo es que tú...?, dijo Rafael, pero yo no lo dejé terminar la pregunta. Porque yo soy real visceralista, le dije, y si ese cabrón no mete a Ulises, pues que tampoco cuente conmigo.

Luis Sebastián Rosado, estudio en penumbras, colonia Coyoacán, México DF, marzo de 1979. Sí, el fenómeno es curioso, pero por causas bien ajenas a las que con una pizca de candor esgrime Jacinto Requena. En México, en efecto, hubo una explosión demográfica de poetas. Esto se hizo patente, digamos, a partir de enero de 1977. O de enero de 1976. La exactitud cronológica es imposible. Entre las varias causas que lo propiciaron, las más obvias son un desarrollo económico más o menos sostenido (desde 1960 hasta ahora), un afianzamiento de las clases medias y una universidad cada día mejor estructurada, sobre todo en su vertiente humanística.

Veamos de cerca a esta nueva horda poética en la que yo, al menos por edad, estoy incluido. La gran mayoría son universitarios. Un porcentaje amplio publica sus primeros versos e incluso sus primeros libros en revistas y editoriales dependientes de la universidad o de la Secretaría de Educación. Un porcentaje amplio, asimismo, domina (es un decir) además del español otro idioma, generalmente el inglés o, en menor medida, el francés, y traducen a poetas de estas lenguas, no faltando, por lo demás, noveles traductores del italiano, del portugués y del alemán. Algunos de ellos, a su vocación poética unen una labor de editores aficionados, lo que propicia la aparición, a su vez, de varias y a menudo valiosas iniciativas de esta índole. Probablemente nunca en México haya habido tantos poetas jóvenes como ahora. ¿Quiere esto decir que los poetas menores de treinta años, por ejemplo, son mejores que los que estaban en esa franja de edad en la década de los sesenta? ¿Es dable encontrar en los poetas más rabiosamente actuales los equivalentes de Becerra, José Emilio Pacheco, Homero Aridjis? Esto aún está por verse.

La iniciativa de Ismael Humberto Zarco, sin embargo, me parece perfecta. ¡Ya era hora de hacer una antología de la joven poesía mexicana con el rigor de aquella de Monsiváis, memorable en tantos aspectos, *La poesía mexicana del siglo XX*! ¡O como la ejemplar y paradigmática obra que acometieron Octavio Paz, Alí Chumacero, José Emilio Pacheco y Homero Aridjis, *Poesía en movimiento*! Debo reconocer que me sentí en cierto modo halagado cuando Ismael Humberto Zarco me telefoneó a casa y me dijo: Luis Sebastián, tienes que asesorarme un poco. Yo, por supuesto, con o sin asesoramiento ya estaba incluido en su antología, digamos que *naturalmente* (lo que ignoraba era con cuántos poemas), y también mis amigos, me consta, así que la visita que realicé *chez* Zarco fue en principio únicamente como asesor, por si a éste se le había pasado por alto un detalle, que en este caso concreto significaba una revista, una publicación de provincias, dos o más nombres que el afán totalizador del empeño zarquiano no podía permitirse el lujo de ignorar.

Pero en el intervalo entre la llamada de Ismael Humberto y mi visita, tres días escasos, el destino quiso que me enterara del número de poetas que el antólogo pensaba incluir, un número a todas luces excesivo, democrático pero poco realista, singular como empresa pero mediocre como crisol de poesía. Y el diablo me tentó, metió ideas en mi cabeza en aquellos días que mediaron entre la llamada de Zarco y nuestro encuentro, como si la espera (¿pero qué espera, Dios mío?) fuera el Desierto y mi visita el instante en que Uno abre los ojos y ve a su Salvador. Y esos tres días fueron como un tormento de dudas. O de Dudas. Pero un tormento, eso lo percibí con claridad, que me hacía sufrir y dudar (o Dudar) pero que también me hacía gozar, como si las llamas a la par me infligieran dolor y placer.

Mi idea, o mi tentación, era la siguiente: sugerirle a Zarco que incluyera a Piel Divina en la antología. A mi favor tenía el número, en mi contra tenía todo lo demás. La temeridad de esta iniciativa al principio, lo reconozco, me pareció más bien como para morirse de risa. Literalmente, me asusté de mí mismo. Luego me pareció como para morirse de pena. Y luego, cuando por fin pude verla y sopesarla con una cierta frialdad (aunque esto es un decir, claro), me pareció digna y triste y temí seriamente por mi integridad mental. Tuve, eso sí, la discreción o la astucia de no anunciar mi propósito al principal interesado, es decir a Piel Divina, a quien veía tres veces al mes, dos veces al mes, en ocasiones sólo una vez o ninguna, pues sus ausencias solían ser prolongadas y sus apariciones imprevistas. Nuestra relación, desde el segundo y trascendental encuentro en el estudio de Emilito Laguna, había seguido una marcha irregular, en ocasiones ascendente (sobre todo en lo que a mí respecta), en ocasiones inexistente.

Nos solíamos ver en un departamento que mi familia tenía en la Nápoles y que estaba vacío, aunque el método empleado para nuestros encuentros era mucho más complicado. Piel Divina me telefoneaba a casa de mis padres y como yo casi nunca estaba dejaba un recado a nombre de Estéfano. El nombre, lo juro, no fui yo quien se lo sugerí. Según él era un homenaje a Stephane Mallarmé, autor a quien sólo conocía de oídas (como casi todo, por otra parte) pero que, vaya uno a saber por qué peregrina asociación mental, consideraba como uno de mis manes tutelares. En una palabra: el nombre bajo el que dejaba sus recados era una suerte de homenaje a lo que él creía era lo más caro para mí. Es decir, el nombre fingido escondía una atracción, un deseo, una necesidad (no me atrevo a llamarlo amor) auténtica de o hacia mí, lo cual, con el paso de los meses y tras incontables meditaciones, comprendí que me llenaba de alborozo.

Tras sus recados solíamos encontrarnos en la Glorieta de Insurgentes, en la entrada de una tienda dedicada a la alimentación macrobiótica. Después nos perdíamos por la ciudad, en cafeterías y cantinas de la zona norte, por los alrededores de La Villa, en donde yo no conocía a nadie y en donde Piel Divina no tenía empacho alguno en presentarme amigos y amigas que aparecían en los lugares más inesperados y cuyas cataduras hablaban más de un México penitenciario que de la otredad, aunque la otredad, como se lo intenté explicar, era dable de ser vista en cualquier parte. (Como el Espíritu Santo, dijo Piel Divina, en fin, noble bruto.) Llegada la noche, como dos peregrinos, nos alojábamos en pensiones u hoteles de ínfima categoría, pero con un cierto esplendor (no quiero ponerme romántico, pero incluso diría: con una cierta *esperanza*), sitos en la Bondojito o en los alrededores de Talismán. Nuestra relación era espectral. No quiero hablar de amor, me resisto a hablar de deseo. Compartíamos pocas cosas: algunas películas, algunas figurillas de artesanía popular, su gusto por contar historias desesperadas, mi gusto por escucharlas.

A veces, era inevitable, me regalaba alguna de las revistas que sacaban los real visceralistas. En ninguna vi un poema suyo. De hecho, cuando se me ocurrió hablarle a Zarco de su poesía yo sólo tenía dos poemas de Piel Divina, ambos inéditos. Uno era una mala copia de un mal poema de Ginsberg. El otro era un poema en prosa que Torri no hubiera desaprobado, extraño, en donde vagamente hablaba de hoteles y combates, y que yo pensaba que estaba inspirado por mí.

La noche antes de mi cita con Zarco apenas pude dormir. Me sentía como una Julieta mexicana, atrapada en una lucha sorda de Montescos y Capuletos. Mi relación con Piel Divina era secreta, al menos hasta donde la situación era controlable por mí. No quiero decir con esto que en mi círculo de amigos desconocieran mi homosexualidad, que yo llevaba con discreción pero sin ocultamiento. Lo que sí desconocían era que me entendiera con un real visceralista, si bien el más atípico de todos, un real visceralista al fin y al cabo. ¿Cómo le iba a caer a Albertito Moore que yo propusiera a Piel Divina para la antología? ¿Qué iba a pensar Pepín Morado? ¿Creería Adolfito Olmo que me había vuelto loca? ¿Y el propio Ismael Humberto, tan frío, tan irónico, tan aparentemente *más allá*, no vería en mi sugerencia una traición?

Así que cuando me presenté en casa de Ismael Humberto Zarco y le mostré esos dos poemas que llevaba como dos tesoros, interiormente iba preparado para ser objeto de las preguntas más capciosas. Como así fue, pues Ismael Humberto no es tonto y se dio cuenta enseguida que mi *protégé* era un fuera de la ley, como se suele decir. Por suerte (Ismael Humberto no es tonto, pero tampoco es Dios) no lo relacionó con los real visceralistas.

Luché duramente por el poema en prosa de Piel Divina. Argüí que puesto que la antología no era ni mucho menos rigurosa en cuanto al número de poetas, qué más le daba a él incluir un texto de mi amigo. El antologador se mostró inflexible. Pensaba publicar a más de doscientos poetas jóvenes, la mayoría con un solo poema, mas no a Piel Divina.

En un momento de nuestra discusión me preguntó por el nombre de mi protegido. No lo sé, dije, exhausto y avergonzado.

Cuando volví a ver a Piel Divina le comenté, en un instante de debilidad, mis vanos esfuerzos por incluir un texto suyo en el esperado libro de Zarco. En su forma de mirarme noté algo parecido a la gratitud. Después me preguntó si la antología de Ismael Humberto incluía a Pancho y Moctezuma Rodríguez. No, dije, creo que no. ¿Y a Jacinto Requena y Rafael Barrios? Tampoco, dije. ¿Y a María y Angélica Font? Tampoco. ¿Y a Ernesto San Epifanio? Negué con la cabeza, aunque en realidad yo no sabía, ese nombre no me sonaba de nada. ¿Y a Ulises Lima? Miré fijamente sus ojos oscuros y dije no. Entonces es mejor que yo tampoco aparezca, dijo él.

Angélica Font, calle Colima, colonia Condesa, México DF, abril de 1979. A finales de 1977 ingresaron en un hospital a Ernesto San Epifanio para trepanarle la cabeza y extirparle un aneurisma del cerebro. Al cabo de una semana, sin embargo, tuvieron que volver a abrir pues al parecer se les olvidó algo en el interior de su cabeza. Las esperanzas de los médicos en esta segunda operación eran mínimas. Si no se le operaba moriría, si se lo operaba, también, pero un poco menos. Eso fue lo que yo entendí y yo fui la única persona que estuvo con él todo el tiempo. Yo y su madre, aunque su madre de alguna manera no cuenta pues sus visitas diarias al hospital la transformaron en la mujer invisible: cuando aparecía su quietud era tan grande que aunque la verdad es que entraba a la habitación e incluso se sentaba junto a la cama, en el fondo parecía no traspasar el umbral, o no acabar de traspasar nunca el umbral, una figura diminuta enmarcada por el hueco blanco de la puerta.

También vino en un par de ocasiones mi hermana María. Y Juanito Dávila, alias el Johnny, el último amor de Ernesto. El resto fueron hermanos, tías, personas que yo no conocía y que estaban unidas con mi amigo por los más extraños lazos de parentesco.

No vino ningún escritor, ningún poeta, ningún ex amante.

La segunda operación duró más de cinco horas. Yo me quedé dormida en la sala de espera y soñé con Laura Damián. Laura venía a buscar a Ernesto y luego los dos salían a pasear por un bosque de eucaliptos. Yo no sé si existen los bosques de eucaliptos, quiero decir yo nunca he estado en un bosque de eucaliptos, pero el de mi sueño era espantoso. Las hojas eran plateadas y cuando me rozaban los brazos dejaban una marca oscura y pegajosa. El suelo era blando, como ese suelo de agujas de los bosques de pino, aunque el bosque de mi sueño era un bosque de eucaliptos. Los troncos de todos los árboles, sin excepción, estaban podridos y su hedor era insoportable.

Cuando desperté en la sala de espera no había nadie y me puse a llorar. ¿Cómo era posible que Ernesto San Epifanio se estuviera muriendo solo en un hospital del DF? ¿Cómo era posible que yo fuera la única persona que estaba allí, esperando que alguien me dijera si había muerto o sobrevivido a una operación espantosa? Creo que después de llorar me volví a dormir. Cuando desperté la madre de Ernesto estaba a mi lado murmurando algo ininteligible. Tardé en comprender que sólo estaba rezando. Después vino una enfermera y dijo que todo había ido bien. La operación fue un éxito, explicó.

Unos días después a Ernesto lo dieron de alta y se fue a su casa. Yo nunca antes había estado allí, siempre nos veíamos en mi casa o en las de otros amigos. Pero a partir de entonces comencé a visitarlo en su casa.

Los primeros días ni siquiera hablaba. Miraba y parpadeaba, pero no hablaba. Tampoco parecía escuchar. El médico, sin embargo, nos recomendó que le habláramos, que lo tratáramos como si nada hubiera ocurrido. Eso hice. El primer día busqué en el estante de sus libros uno que supiera a ciencia cierta que le gustaba y comencé a leérselo en voz alta. Fue *El cementerio marino* de Valéry y no percibí el más mínimo gesto de su parte que demostrara que lo reconocía. Yo leía y él miraba el techo o las paredes o mi rostro, y su alma no estaba allí. Después le leí una antología de poemas de Salvador Novo y pasó lo mismo. Su madre entró en la habitación y me tocó el hombro. No se canse, señorita, dijo.

Poco a poco, sin embargo, fue distinguiendo los ruidos, los cuerpos. Una tarde me reconoció. Angélica, dijo, y sonrió. Nunca había visto una sonrisa tan horrible, tan patética, tan desfigurada. Me puse a llorar. Pero él no se dio cuenta que yo estaba llorando y siguió sonriendo. Parecía una calavera. Las cicatrices de la trepanación aún no las ocultaba el pelo, que empezaba a crecerle con una lentitud exasperante.

Poco después empezó a hablar. Tenía un hilo de voz muy aguda, como de flauta, que paulatinamente fue haciéndose más timbrada pero no menos aguda, en cualquier caso no era la voz de Ernesto, de eso estaba segura, parecía la voz de un adolescente subnormal, de un adolescente moribundo e ignorante. Su vocabulario era limitado. Le costaba nombrar algunas cosas.

Una tarde llegué a su casa y su madre me recibió en la puerta y luego me llevó a su habitación presa de una agitación que en principio achaqué a un agravamiento de la salud de mi amigo. Pero el revuelo materno era de felicidad. Se ha curado, me dijo. No entendí qué quería decir, pensé que se refería a la voz o a que Ernesto ahora pensaba con mayor claridad. ¿De qué se ha curado?, dije intentando que me soltara los brazos. Tardó en decirme lo que quería, pero al final no le quedó más remedio. Ernesto ya no es joto, señorita, dijo. ¿Que Ernesto ya no es qué?, dije yo. En ese momento entró en la habitación su padre y tras preguntarnos qué hacíamos metidas allí dentro, declaro que su hijo por fin se había curado de la homosexualidad. No lo dijo con estas palabras y yo preferí no contestar ni hacer más preguntas y salí de inmediato de aquella habitación horrible. Sin embargo, antes de entrar en la habitación de Ernesto escuché que la madre decía: no hay mal que por bien no venga.

Por supuesto, Ernesto siguió siendo homosexual aunque a veces no recordaba muy bien en qué consistía eso. La sexualidad, para él, se había transformado en algo lejano, que sabía dulce o emocionante, pero lejano. Un día Juanito Dávila me llamó por teléfono y me dijo que se iba al norte, a trabajar, y que lo despidiera de Ernesto pues él no tenía corazón para decirle adiós. A partir de entonces ya no hubo más amantes en su vida. La voz le cambió un poco, no lo suficiente: no hablaba, ululaba, gemía, y en esas ocasiones, salvo su madre y yo, todos los demás, su padre y los vecinos que efectuaban las interminables visitas de rigor, huían de su lado, lo que en el fondo constituía un alivio, a tal grado que en una ocasión llegué a pensar que Ernesto ululaba adrede, para espantar tanta atroz cortesía.

Yo también, al paso de los meses, empecé a espaciar mis visitas. Si al salir del hospital iba cada día a su casa, desde que comenzó a hablar y a dar paseos por el pasillo, éstas fueron haciéndose menos frecuentes. Cada noche, sin embargo, estuviera donde estuviera, lo llamaba por teléfono. Manteníamos conversaciones bastante locas, a veces era yo la que hablaba sin parar, la que contaba historias verdaderas pero que en el fondo apenas me traspasaban la piel, la vida sofisticada mexicana (una manera de olvidar que vivíamos en México) que por entonces empezaba a conocer, las fiestas y las drogas que tomaba, los hombres con los que me acostaba, y otras veces era él el que hablaba, el que me leía por teléfono las noticias que aquel día había recortado (una afición nueva, probablemente sugerida por los terapeutas que lo trataban, quién sabe), la comida que había comido, la gente que lo había visitado, alguna cosa que le había dicho su madre y que dejaba para el final. Una tarde le conté que Ismael Humberto Zarco había escogido uno de sus poemas para su antología que acababa de salir publicada. ¿Qué poema?, dijo esa voz de pajarito y de hoja gillette que me rasgaba el alma. Tenía el libro al lado. Se lo dije. ¿Y ese poema lo escribí yo?, dijo. Creí, no sé por qué, tal vez por el tono, inusualmente más grave, que estaba bromeando, sus bromas solían ser así, inocentes, casi imposibles de discernir del resto de su discurso, pero no bromeaba. Esa semana saqué tiempo de donde no lo había y fui a verlo. Un amigo, un nuevo amigo, me llevó hasta su casa, pero no quise que entrara, espérame aquí, le dije, este barrio es peligroso y al volver podemos encontrarnos sin coche. Le pareció raro, sin embargo no dijo nada, por entonces yo ya me había ganado una bien merecida fama de rara en los círculos por donde me movía. Y además tenía razón: el barrio de Ernesto se había degradado en los últimos tiempos. Como si las secuelas de su operación se traslucieran en las calles, en la gente sin trabajo, en los ladrones de poca monta que solían tomar el sol a las siete de la tarde como zombis (o como mensajeros sin mensaje o con un mensaje intraducible) dispuestos automáticamente a apurar otro atardecer más en el DF.

Por supuesto, Ernesto apenas le prestó atención al libro. Buscó su poema, dijo ah, no sé si reconociéndolo de golpe o hundiéndose de golpe en la extrañeza, y luego empezó a contarme las mismas cosas que me contaba por teléfono.

Al salir encontré a mi amigo fuera del coche fumándose un cigarrillo. Le pregunté si había ocurrido algo durante mi ausencia. Nada, dijo, esto es más tranquilo que un cementerio. Pero tan tranquilo no debía de ser porque estaba despeinado y le temblaban las manos.

A Ernesto no lo volví a ver.

Una noche me llamó por teléfono y me recitó un poema de Richard Belfer. Una noche lo llamé yo, desde Los Ángeles, y le dije que estaba acostándome con el director de teatro Francisco Segura, alias La Vieja Segura, que por lo menos era veinte años mayor que yo. Qué emocionante, dijo Ernesto. La Vieja debe de ser muy inteligente. Es talentoso, no inteligente, dije yo. ¿Qué diferencia hay?, dijo él. Me quedé pensando en la respuesta y él se quedó esperándola y durante unos segundos ninguno de los dos dijo nada. Me gustaría estar contigo, le dije antes de despedirme. A mí también, dijo su voz de pájaro de otra dimensión. Pocos días después su madre me llamó y me dijo que se había muerto. Una muerte cómoda, dijo, mientras tomaba el sol sentado en un sillón de la casa. Se quedó dormido como un angelito. ¿A qué hora murió?, pregunté. A eso de las cinco, después de comer.

De sus antiguos amigos, yo fui la única que fue a su entierro en uno de los abigarrados cementerios de la zona norte. No vi a ningún poeta, a ningún ex amante, a ningún director de revistas literarias. Muchos familiares y amigos de la familia y posiblemente todos los vecinos. Antes de salir del cementerio se me acercaron dos adolescentes y trataron de llevarme a otra parte. Pensé que me iban a violar. Sólo entonces sentí rabia y dolor por la muerte de Ernesto. Saqué de mi bolso una navaja automática y les dije: los voy a matar, pinches bueyes. Los tipos salieron huyendo y yo los perseguí durante un rato por dos o tres calles del cementerio. Cuando por fin me detuve apareció otra comitiva fúnebre. Guardé la navaja en el bolso y estuve mirando cómo subían, con qué diligencia, el ataúd al nicho. Creo que era un niño. Pero no lo podría asegurar. Después salí del cementerio y me fui a tomar unas copas con un amigo en un bar del centro.

10

Norman Bolzman, sentado en un banco del parque Edith Wolfson, Tel-Aviv, octubre de 1979. Siempre he sido sensible al dolor ajeno, siempre he intentado solidarizarme con el dolor de los demás. Soy judío, judío mexicano, y conozco la historia de mis dos pueblos. Creo que con eso ya está todo explicado. No intento justificarme. Sólo intento contar una historia y tal vez comprender los resortes ocultos de ésta, aquellos que en su momento no vi y que ahora me pesan. Mi historia, sin embargo, no será todo lo coherente que yo quisiera. Y mi papel en ella oscilará, como una mota de polvo, entre la claridad y la oscuridad, entre las risas y las lágrimas, exactamente igual que una telenovela mexicana o que un melodrama yiddish.

Todo comenzó en febrero pasado, una tarde gris, delgada como un sudario, que a veces suelen estremecer el cielo de Tel-Aviv. Alguien tocó el timbre de nuestro departamento de la calle Hashomer. Cuando abrí apareció ante mí el poeta Ulises Lima, el jefe del grupo autodenominado real visceralista. No puedo decir que lo conociera, en realidad sólo lo había visto una vez, pero Claudia solía contar historias de él y Daniel alguna vez me leyó alguno de sus poemas. La literatura, sin embargo, no es mi fuerte y posiblemente nunca supe apreciar el valor de sus versos. En cualquier caso, el hombre que tenía ante mí no parecía un poeta sino más bien un mendigo.

No empezamos bien, lo reconozco. Claudia y Daniel estaban en la universidad y yo tenía que estudiar, así que lo hice pasar, le invité una taza de té y luego me encerré en mi habitación. Por un instante pareció que todo volvía a la normalidad, me sumergí en los filósofos de la Escuela de Marburgo (Natorp, Cohen, Cassirer, Lange) y en algunos escolios de la obra de Salomón Maimón, indirectamente devastadores para con aquéllos. Pero al cabo de un rato, que pudo ser veinte minutos, pero también dos horas, mi mente se quedó en blanco y en medio de esa blancura se fue dibujando el rostro de Ulises Lima, el rostro del recién llegado, y aunque dentro de mi mente todo estaba blanco no pude distinguir con precisión sus facciones hasta pasado un buen rato (¿pero cuánto?, no lo sé), como si el rostro de Ulises en lugar de aclararse con la albura del exterior se oscureciera.

Cuando salí lo encontré durmiendo estirado en el sofá. Durante un rato lo estuve mirando. Luego volví a entrar en mi cuarto e intenté concentrarme en mis estudios. Imposible. Hubiera debido salir, pero me pareció incorrecto dejarlo solo. Pensé en despertarlo. Pensé en que quizás debería imitarlo y ponerme a dormir yo también, pero tuve miedo o pudor, no podría precisarlo. Al final cogí un libro de mi estantería, uno de Natorp, *La religión en los límites de la humanidad*, y me senté en un sofá enfrente de él.

A eso de las diez llegaron Claudia y Daniel. Yo tenía las dos piernas acalambradas y me dolía todo el cuerpo, y lo que es peor, no había entendido nada de cuanto había leído, pero cuando los vi aparecer por la puerta tuve el ánimo suficiente como para hacerles con el dedo una señal de silencio, no sé por qué, tal vez porque no quería que Ulises Lima se despertara antes de que Claudia y yo pudiéramos hablar, tal vez porque ya me había acostumbrado a escuchar sólo el ritmo regular de su respiración de dormido. Todo fue, no obstante, inútil, pues cuando Claudia, tras unos primeros segundos de vacilación descubrió a Ulises en el sillón, lo primero que dijo fue carajo o bolas o cámara o chale, pues aunque Claudia nació en Argentina y llegó a México a los dieciséis años, en el fondo siempre se ha sentido muy mexicana o eso dice, vaya uno a saber. Y entonces Ulises se despertó de un salto y lo primero que vio fue a Claudia sonriéndole a menos de medio metro y luego vio a Daniel y Daniel también le sonreía, qué sorpresa.

Esa noche salimos a cenar afuera, en su honor. Yo al principio dije que en realidad no podía, que tenía que terminar con mi Escuela de Marburgo, pero Claudia no me dejó, ni se te ocurra, Norman, no empecemos. La cena, pese a mis temores, fue divertida. Ulises se dedicó a narrarnos sus aventuras y todos nos reímos, o mejor dicho se dedicó a narrarle a Claudia sus aventuras, pero de una forma tan encantadora que, pese a lo triste que en el fondo era lo que contaba, todos nos reímos, que es lo mejor que uno puede hacer en casos así. Después volvimos caminando a casa, por Arlozorov, respirando a pleno pulmón, Daniel y yo adelante, bastante más adelante, Claudia y Ulises detrás, hablando, como si estuvieran otra vez en el DF y tuvieran todo el tiempo del mundo a su disposición. Y cuando Daniel me dijo que no caminara tan aprisa, que qué pretendía dando esos pasos, yo cambié de tema en el acto, le pregunté qué había hecho, le conté lo primero que se me vino a la cabeza del loco de Salomón Maimón, todo con tal de dilatar un poco más el instante que se avecinaba y que yo temía. De buena gana hubiera huido aquella noche, ojalá lo hubiera hecho.

Cuando llegamos al departamento aún tuvimos tiempo para bebernos un té. Luego Daniel nos miró a los tres y dijo que se iba a dormir. Cuando oí cerrarse su puerta dije lo mismo y me metí en mi cuarto. Tirado en la cama, con la luz apagada, oí a Claudia hablar con Ulises durante un rato. Después la puerta se abrió, Claudia encendió la luz, me preguntó si al día siguiente no tenía clases y empezó a desnudarse. Le pregunté dónde estaba Ulises Lima. Durmiendo en el sofá, dijo. Le pregunté qué le había dicho. No le dije nada, respondió. Entonces yo también me desnudé, me metí en la cama y cerré los ojos con fuerza.

Durante dos semanas reinó un nuevo orden en nuestra casa. Al menos, así lo percibía yo, profundamente alterado por pequeños detalles que tal vez antes me pasaban desapercibidos.

Claudia, que los primeros días intentó ignorar la nueva situación, finalmente también aceptó los hechos y dijo que empezaba a sentirse agobiada. Al segundo día de estancia con nosotros, una mañana, mientras Claudia se lavaba los dientes, Ulises le dijo que la amaba. La respuesta de Claudia fue que ya lo sabía. He venido hasta aquí por ti, le dijo Ulises, he venido porque te amo. La respuesta de Claudia fue que podía haberle escrito una carta. Ulises encontró aquella respuesta altamente estimulante y le escribió un poema que leyó a Claudia a la hora de comer. Cuando yo me levantaba discretamente de la mesa, pues no quería oír nada, Claudia me pidió que me quedara y el mismo ruego le hizo a Daniel. El poema era más bien un conjunto de fragmentos sobre una ciudad mediterránea, Tel-Aviv, supongo, y sobre un vagabundo o poeta mendicante. Me pareció hermoso y así lo dije. Daniel compartió mi opinión. Claudia estuvo callada unos minutos, con expresión pensativa, y después dijo que, en efecto, ojalá pudiera ella escribir poemas tan hermosos. Por un instante yo pensé que todo se reconducía, que íbamos a poder estar todos en paz y me propuse como voluntario para ir a conseguir una botella de vino. Pero Claudia dijo que al día siguiente tenía que estar muy temprano en la universidad y diez minutos después ya estaba encerrada en nuestra habitación. Ulises, Daniel y yo hablamos durante un rato, nos bebimos otra taza de té y después cada uno se fue a su cuarto. A eso de las tres me levanté para ir al baño y al pasar de puntillas por la sala escuché que Ulises estaba llorando. No creo que se diera cuenta que yo estaba allí. Estaba tirado bocabajo, supongo, desde donde yo estaba sólo era un bulto sobre el sofá, un bulto cubierto con una manta y con un viejo abrigo, un volumen, una masa de carne, una sombra que se estremecía lastimeramente.

No se lo dije a Claudia. De hecho, en aquellos días comencé, por primera vez, a ocultarle cosas, a hurtarle partes de la historia, a mentirle. Por lo que respecta a nuestra cotidianidad de estudiantes, en Claudia ésta no varió un ápice, al menos ella se mostró siempre dispuesta a no demostrarnos lo contrario. Los primeros días de su estancia en Tel-Aviv el compañero habitual de Ulises era Daniel, pero al cabo de dos o tres semanas éste también hubo de retomar la disciplina universitaria so riesgo de hacer peligrar sus exámenes. Poco a poco, el único que quedó disponible para Ulises fui yo. Pero yo estaba ocupado con el neokantismo, con la Escuela de Marburgo, con Salomón Maimón, y la cabeza me daba vueltas porque cada noche, cuando salía a orinar, encontraba a Ulises llorando en la oscuridad, y eso no era lo peor, lo peor era que algunas noches pensaba: hoy lo *veré* llorar, es decir, que vería su rostro, porque hasta entonces sólo lo *oía*, ¿y quién me asegura a mí que lo que escuchaba era un llanto y no los gemidos, por ejemplo, de alguien en el proceso de hacerse una paja? Y cuando pensaba que vería su rostro, lo imaginaba alzándose en la oscuridad, un rostro anegado en llanto, un rostro tocado por la luz de la luna que se filtraba a través de las ventanas de la sala. Y ese rostro expresaba tanta desolación que ya desde el mismo momento en que me sentaba en la cama, en la oscuridad, sintiendo a Claudia a mi lado, su respiración algo ronca, el peso como de una roca me oprimía el corazón y yo también sentía ganas de llorar. Y a veces me quedaba mucho rato sentado en la cama, aguantándome las ganas de ir al baño, aguantándome las ganas de llorar, todo por el miedo de que aquella noche sí, de que aquella noche su cara se levantase de la oscuridad y yo pudiera verla.

Para no hablar del sexo, de mi vida sexual, que desde que él traspuso la puerta de nuestro departamento se fue al garete.

Simplemente no podía hacerlo. Es decir, sí podía, pero no quería. La primera vez que lo intentamos, creo que a la tercera noche, Claudia me preguntó qué me ocurría. No me ocurre nada, le dije, ¿por qué me lo preguntas? Porque estás más silencioso que un muerto, dijo ella. Y así era como yo me sentía, no como un muerto pero sí como un visitante involuntario en el mundo de los muertos. Debía permanecer en silencio. No gemir, no lanzar alaridos, no suspirar, venirme con la máxima circunspección. E incluso los gemidos de Claudia, que antes tanto me excitaban, en aquellos días se convirtieron en ruidos insoportables que me ponían frenético aunque siempre me guardé mucho de manifestarlo, ruidos ofensivos para mis tímpanos que intentaba acallar tapándole la boca con la palma de mi mano o con mis labios. En una palabra, que hacer el amor se convirtió en una tortura y que a la tercera o cuarta experiencia intenté evitar o dilatar por todos los medios. Siempre era el último en acostarme. Me quedaba con Ulises (que por lo demás casi nunca aparentaba tener sueño) y conversábamos sobre cualquier cosa. Le pedía que me leyera lo que había escrito aquel día, sin importarme que fueran poemas en donde rabiosamente se percibía el amor que sentía por Claudia. A mí me gustaban igual. Por supuesto, prefería los otros, aquellos en donde hablaba de las cosas nuevas que veía cada día cuando se quedaba solo y salía a pasear sin rumbo por Tel-Aviv, por Giv'at Rokach, por Har Shalom, por las viejas callejuelas portuarias de Yafo, por el campus de la universidad o por el parque Yarkon, o aquellos en donde recordaba a México, al DF, tan lejano, o aquellos que eran o que a mí me parecían exploraciones formales. Cualquiera, excepto los de Claudia. Pero no por mí, no porque me hirieran a mí, o la hirieran a ella, sino porque intentaba evitar la cercanía de *su* dolor, de *su* obstinación de mula, de *su* profunda estupidez. Una noche se lo dije. Le dije: Ulises, ¿por qué te estás haciendo esto? Él hizo como que no me escuchaba, me miró de reojo (de manera tal, además, que yo recordé, en medio de cien relámpagos o más, la mirada de un perro que tuve cuando niño, cuando vivía en la colonia Polanco y al que mis padres sacrificaron porque de repente le dio por morder a la gente) y luego siguió hablando, como si yo no hubiera dicho nada.

Aquella noche, cuando me fui a la cama, le hice el amor a Claudia dormida, y gemí o grité cuando por fin pude alcanzar un estado de excitación conveniente, lo que no fue fácil.

Y después estaba lo del dinero. Claudia, Daniel y yo estudiábamos y recibíamos de nuestros padres una asignación mensual. En el caso de Daniel esta asignación apenas le alcanzaba para vivir. En el caso de Claudia era más generosa. La mía estaba justo en el término medio. Si hacíamos un fondo común, podíamos pagar el departamento, los estudios, las comidas y salir al cine o al teatro o comprar libros en español en la Librería Cervantes, de la calle Zamenhof. La llegada de Ulises, sin embargo, lo trastocó todo, pues al cabo de una semana a éste ya casi no le quedaba nada de dinero y nosotros, como dicen los sociólogos, de la noche a la mañana teníamos una boca más que alimentar. Por mi parte, sin embargo, no hubo problemas, estaba dispuesto a renunciar a ciertos lujos. Por parte de Daniel, tampoco, aunque éste siguió llevando un ritmo de vida exactamente igual al de antes. Fue Claudia, quién lo diría, la que se revolvió contra la nueva situación. Al principio abordó el problema con frialdad y sentido práctico. Una noche le dijo a Ulises que debía buscar trabajo o pedir que le mandaran dinero desde México. Recuerdo que Ulises se la quedó mirando con una sonrisa medio ladeada y luego le dijo que buscaría trabajo. La noche siguiente, durante la cena, Claudia le preguntó si había encontrado chamba. Todavía no, dijo Ulises. ¿Pero has salido a la calle y has buscado?, dijo Claudia. Ulises estaba lavando los platos y no se volvió cuando le dijo que sí, que había salido y había buscado, pero sin suerte. Yo estaba sentado a la cabecera de la mesa y pude verle la cara, de perfil, y me pareció que sonreía. Carajo, pensé, se sonríe, se sonríe de pura felicidad. Como si Claudia fuera su mujer, una mujer exigente, una mujer que se preocupa por que su marido trabaje, y eso a él le gustara. Esa noche le dije a Claudia que lo dejara en paz, que ya bastante mal lo estaba pasando como para que encima ella le diera la lata con lo del trabajo. Además, le dije, de qué quieres que encuentre trabajo en Tel-Aviv, ¿de peón de la construcción?, ¿de changador en el mercado?, ¿de lavaplatos? Tú qué sabes, me dijo Claudia.

La historia, por supuesto, se repitió la noche siguiente, y la siguiente, y cada vez Claudia se comportaba de forma más tiránica, acosándolo, picándolo, poniéndolo entre las cuerdas, y Ulises siempre respondía de la misma manera, calmado, resignado, feliz, sí, cada vez que nosotros nos íbamos a la universidad él salía y buscaba una chamba, daba vueltas por aquí y por allá, pero sin encontrar nada, aunque al día siguiente, claro, lo volvería a intentar. Y llegamos al extremo en que después de cenar Claudia extendía sobre la mesa el periódico y buscaba las ofertas de trabajo, las anotaba en un papel, le indicaba a Ulises adónde había que ir, que autobús tomar o por qué calles meterse para acortar camino, porque no siempre Ulises tenía dinero para el autobús y Claudia decía que no era necesario darle porque a él le gustaba caminar, y cuando Daniel y yo decíamos pero cómo va a ir caminando hasta Ha'Argazim, por ejemplo, hasta la calle Yoreh, o hasta Petah Tikva o Rosh Ha'ayin, en donde necesitaban albañiles, ella nos contaba, delante de él, que entonces la miraba y sonreía como un marido apaleado, pero como un marido al fin y al cabo, sus andanzas por el DF, en donde solía ir caminando, y además de noche, desde la UNAM hasta Ciudad Satélite, que casi casi era como decir de una punta a otra de Israel. Y día a día la situación empeoraba. Ulises ya no tenía nada de dinero y tampoco tenía trabajo y una noche Claudia llegó hecha una furia diciendo que su amiga Isabel Gorkin había visto a Ulises durmiendo en Tel-Aviv Norte, la estación de trenes, o mendigando por la avenida Hamelech George o por el Gan Meir, y Claudia dijo entonces que eso era inadmisible, con un cierto matiz en la palabra inadmisible, como si mendigar en el DF sí lo fuera, pero no en Tel-Aviv, y lo peor de todo fue que nos lo dijo a Daniel y a mí, pero con Ulises al lado, sentado en su sitio de la mesa, escuchando como si fuera el hombre invisible, y Claudia afirmó entonces que Ulises nos engañaba, que de buscar trabajo nada de nada y que a ver qué hacíamos.

Aquella noche Daniel se encerró en su cuarto más temprano que de costumbre y yo a los pocos minutos seguí su ejemplo, pero no me dirigí a mi cuarto (el cuarto que compartía con Claudia) sino que salí a la calle, a caminar sin rumbo y a respirar libremente, lejos de aquella arpía de la que estaba enamorado. Cuando volví, a eso de las doce de la noche, lo primero que escuché al abrir la puerta fue música, una canción de Cat Stevens que a Claudia le gustaba mucho, y luego voces. Algo en éstas me hizo quedarme quieto y no seguir hasta la sala. Era la voz de Claudia y luego la voz de Ulises, pero no sus voces normales, las de cada día, al menos no la voz de cada día de Claudia. No tardé en darme cuenta de que estaban leyendo poemas. ¡Escuchaban música de Cat Stevens y leían unos poemas cortos, secos y tristes, luminosos y ambiguos, lentos y veloces como los relámpagos, poemas que hablaban de un gato que se subía por las piernas de Baudelaire y de un gato, tal vez el mismo, que se subía por las piernas de un Manicomio! (Después supe que eran poemas de Richard Brautigan traducidos por Ulises.) Cuando entré en la sala Ulises levantó la cabeza y me sonrió. Sin decir nada me senté junto a ellos, me lié un cigarrillo y les rogué que continuaran. Cuando nos acostamos le pregunté a Claudia qué había pasado. A veces Ulises me hace perder los estribos, eso es todo, dijo.

Una semana después Ulises se marchó de Tel-Aviv. Al despedirlo Claudia derramó unas lágrimas y luego se encerró en el baño durante un buen rato. Una noche, no habían pasado tres días, nos llamó por teléfono desde el kibbutz Walter Scholem. Un primo de Daniel, mexicano como nosotros, vivía allí y los del kibbutz lo habían acogido. Nos dijo que estaba trabajando en una fabrica de aceite. Qué tal te lo pasas, le preguntó Claudia. No muy bien, dijo Ulises, el trabajo es aburrido. Poco después el primo de Daniel nos llamó por teléfono y nos dijo que Ulises había sido expulsado. ¿Por qué? Pues porque no trabajaba. Casi hemos tenido un incendio por culpa suya, dijo el primo de Daniel. ¿Y en dónde está ahora?, preguntó Daniel, pero su primo no tenía ni idea, de hecho por eso nos llamaba, para saber dónde estaba y poder cobrarle una deuda de cien dólares que había contraído con el economato. Durante algunos días estuvimos cada noche aguardando su llegada, pero Ulises no apareció. Lo que sí llegó fue una carta de Jerusalén. Juro por mis padres o por lo que sea que era absolutamente ininteligible. El sólo hecho de que nos llegara confirma, sin asomo de duda, las excelencias del servicio postal israelí. Estaba dirigida a Claudia, pero el número de nuestro departamento no era el correcto y el nombre de la calle exhibía tres faltas ortográficas, todo un récord. Eso, fuera del sobre. En el interior las cosas empeoraban. La carta, ya he dicho, era imposible de leer, aunque estaba escrita en español o al menos a esa conclusión llegamos Daniel y yo. Pero igual hubiera podido estar escrita en arameo. Sobre esto, sobre el arameo, recuerdo algo curioso. Claudia, que tras mirar la carta no mostró la más mínima curiosidad por saber qué decía, aquella noche, mientras Daniel y yo intentábamos descifrarla nos contó una historia que le había contado Ulises hacía mucho tiempo, cuando ambos estaban en el DF. Según Ulises, decía Claudia, aquella parábola de Jesucristo tan famosa, la de los ricos, el camello y el ojo de la aguja, podía ser fruto de una errata. En griego, dijo Claudia que dijo Ulises (¿pero desde cuándo Ulises sabía griego?) existía la palabra *káundos*, camello, pero la n (eta) se leía casi como i, y la palabra *káuidos*, cable, maroma, cuerda gruesa, en donde la i (iota) se lee i. Lo que lo llevaba a preguntarse si, como Mateo y Lucas se basaron en el texto de Marcos, el origen del posible error o gazapo no estaría en éste o en un copista inmediatamente posterior a éste. Lo único que se podía objetar, repetía Claudia que había dicho Ulises, era que Lucas, buen conocedor del griego, hubiera subsanado la errata. Ahora bien, Lucas conocía el griego, pero no el mundo judío y pudo suponer que el «camello» que entra o no entra en el ojo de la aguja era un proverbio de origen hebreo o arameo. Lo curioso, según Ulises, es que había otro posible origen del error: según el herr profesor Pinchas Lapide (vaya nombrecito, dijo Claudia), de la Universidad de Frankfurt, experto en hebreo y arameo, en el arameo de Galilea había proverbios que usaban el sustantivo *gamta*, maroma de barco, y si una de sus letras consonantes se escribe defectuosamente, como ocurre a menudo en manuscritos hebreos y arameos, es muy fácil leer *gamal*, camello, sobre todo teniendo en cuenta que en la escritura del arameo y hebreo antiguos no se usan vocales y éstas tienen que ser «intuidas». Lo que nos llevaba, decía Claudia que había dicho Ulises, a una parábola menos poética y más realista. Es más fácil que una maroma de barco o que una cuerda gruesa entre por el ojo de una aguja que el que un rico vaya al reino de los cielos. ¿Y cuál parábola era la que él prefería?, preguntó Daniel. Los dos sabíamos la respuesta pero esperamos a que Claudia la dijera. La de la errata, por supuesto.

Una semana más tarde nos llegó una postal desde Hebrón. Y luego otra desde las orillas del Mar Muerto. Y luego una tercera desde Elat en donde nos decía que había conseguido un trabajo de camarero en un hotel. Después, y durante mucho tiempo, no supimos nada más. En mi fuero interno yo sabía que la chamba de camarero no le iba a durar demasiado y también sabía que hacer turismo en Israel, de forma indefinida y sin un dólar en el bolsillo, podía resultar a veces peligroso, pero no se lo decía a los demás, aunque supongo que Daniel y Claudia también lo sabían. A veces, durante las cenas, hablábamos de él. ¿Qué tal le irá en Elat?, decía Claudia. ¡Qué suerte estar en Elat!, decía Daniel. Podríamos ir a visitarlo el próximo fin de semana, decía yo. Acto seguido tácitamente cambiábamos de tema. Por entonces yo estaba leyendo el *Tractatus logico-philosophicus*, de Wittgenstein, y todo lo que veía o hacía sólo servía para hacerme patente mi vulnerabilidad. Recuerdo que me enfermé y pasé unos días en cama y que Claudia, siempre tan perspicaz, me quitó el *Tractatus* y lo escondió en la habitación de Daniel y en su lugar me dio una de las novelas que ella solía leer, *La rosa ilimitada*, de un francés llamado J. M. G. Arcimboldi.

Una noche, mientras cenábamos, me puse a pensar en Ulises y casi sin darme cuenta derramé unas lágrimas. ¿Qué te pasa?, dijo Claudia. Contesté que si Ulises se enfermaba no iba a tener a nadie que lo cuidara, como ella y Daniel me estaban cuidando a mí. Después les di las gracias y me derrumbé. Ulises es fuerte como un... jabalí, dijo Claudia y Daniel se rió. La observación de Claudia, su símil, me hicieron daño y le pregunté si estaba insensibilizada contra todo. Claudia no me respondió y se puso a prepararme un té con miel. ¡Hemos condenado a Ulises al Desierto!, exclamé. Oí, mientras Daniel me decía que no exagerara, la cuchara, que los dedos de Claudia sostenían, golpeando y removiéndose en el interior del vaso, desplazando el líquido y la capa de miel y entonces ya no pude más y le rogué, le supliqué que me mirara cuando le hablaba, porque estaba hablando con ella y no con Daniel, porque quería que fuera ella la que me diera una explicación o un consuelo y no Daniel. Y entonces Claudia se volvió, puso el té delante de mí, se sentó en su sitio de siempre y dijo qué quieres que te diga, me parece que estás desvariando, tanta filosofía te está afectando el entendimiento. Y entonces Daniel dijo algo así como huy, sí, mano, en los últimos quince días te has zampado al Wittgenstein, al Bergson, al Keyserling (que francamente no sé cómo lo soportas), al Pico de la Mirandola, al Louis Claude ese (se refería a Louis Claude de Saint-Martin, autor de *El hombre de voluntad*), al loco racista de Otto Weininger y no quiero saber a cuántos más. Y mi novela ni la has tocado, remató Claudia. En ese momento cometí un error y le pregunté cómo podía ser tan insensible. Cuando Claudia me miró comprendí que la había cagado, pero ya era demasiado tarde. Toda la habitación tembló cuando Claudia se puso a hablar. Dijo que nunca más le volviera a decir eso. Dijo que la próxima vez que lo dijera nuestra relación habría terminado. Dijo que no era una muestra de insensibilidad el no preocuparse en exceso por las aventuras de Ulises Lima. Dijo que su hermano mayor había muerto en Argentina, posiblemente torturado por la policía o por el ejército y que eso sí era serio. Dijo que su hermano mayor había luchado en las filas del ERP y que había creído en la Revolución Americana y eso era muy serio. Dijo que si ella o su familia hubieran estado en la Argentina para cuando se desató la represión posiblemente ahora estarían muertos. Dijo todo eso y luego se puso a llorar. Ya somos dos, dije yo. No nos abrazamos, como hubiera querido, pero nos estrechamos la mano por debajo de la mesa y luego Daniel sugirió que saliéramos a dar una vuelta, pero Claudia le dijo que yo todavía estaba enfermo, tonto, que mejor nos tomáramos otro té y luego todos a la cama.

Un mes después apareció Ulises Lima. Lo acompañaba un tipo gigantesco, de casi dos metros, vestido con toda clase de harapos, un austriaco al que había conocido en Beersheba. Los alojamos a los dos, en la sala, durante tres días. El austriaco dormía en el suelo y Ulises en el sofá. El tipo se llamaba Heimito, nunca supimos su apellido y apenas decía una palabra. Con Ulises hablaban en inglés, pero sólo lo justo, nosotros nunca habíamos conocido a nadie que se llamara así, aunque Claudia dijo que había un escritor, austriaco también, pero no estaba segura, llamado Heimito von Doderer. A primera vista el Heimito de Ulises parecía subnormal o fronterizo. Pero lo cierto es que se llevaban bastante bien entre ellos.

Cuando se marcharon los fuimos a despedir al aeropuerto. Ulises, que hasta entonces parecía sereno, dueño de sí mismo, indiferente, se entristeció de pronto, aunque la palabra entristecer no es la correcta. Digamos que de pronto se puso sombrío. La noche anterior a su partida estuve hablando con él y le dije que me alegraba de haberlo conocido. Yo también, dijo Ulises. El día de su partida, cuando Ulises y Heimito ya habían entrado en el control de pasajeros y no podían vernos, Claudia se puso a llorar y por un instante pensé que ella, a su manera, claro, lo quería a él, pero no tardé en desechar esa idea.

294

11

Amadeo Salvatierra, calle República de Venezuela, cerca del Palacio de la Inquisición, México DF, enero de 1976. A partir de entonces y durante un tiempo no volvimos a ver a Cesárea Tinajero en ninguna de nuestras reuniones. Suena raro, nos sonaba raro admitirlo, pero la echábamos de menos. Cada vez que Maples Arce visitaba al general Diego Carvajal aprovechaba para decirle a Cesárea que cuándo pensaba que se le iba a bajar el berrinche. Pero Cesárea como si oyera llover. Una vez acompañé a Manuel y estuve hablando con ella. Hablamos de política y de bailes, a los que Cesárea era muy aficionada, pero no de literatura. En aquellos años, muchachos, les dije, en el DF había muchas salas de baile, por todas partes, en el centro las más encopetadas, pero también en los barrios, en Tacubaya, ¡en la colonia Observatorio!, ¡en la colonia Coyoacán!, ¡en Tlalpan por el sur y por el norte en la colonia Lindavista! Y Cesárea era una aficionada de esas que son capaces de recorrer la ciudad de punta a punta con tal de asistir a un baile, aunque por lo que recuerdo mayormente los que le gustaban más eran los del centro. Iba sola. Digo: antes de conocer a Encarnación Guzmán. Algo que hoy no está mal visto pero que en aquellos años se prestaba a variadas y diversas confusiones. En cierta ocasión, por motivos que no recuerdo, tal vez ella me lo pidiera, la acompañé. El baile era en una carpa levantada en un terreno baldío por el rumbo de la Lagunilla. Antes de entrar le dije: yo soy tu acompañante, Cesárea, pero no me obligues a bailar, que ni sé hacerlo ni tengo interés por aprender. Cesárea se rió y no me dijo nada. Qué sensación, muchachos, qué cúmulo de emociones. Recuerdo las mesas, pequeñitas, redondas, hechas de un metal livianito, como de aluminio aunque era imposible que fuera aluminio. La pista era un cuadrado irregular levantado sobre tablones. La orquesta, un quinteto o un sexteto que igual atacaba una ranchera, que una polca o un danzón. Pedí dos sodas y cuando volví a nuestra mesa ya no estaba Cesárea. ¿Dónde te has metido?, pensé. Y entonces la vi. ¿Dónde creen ustedes que estaba? Sí, en la pista, bailando sola, algo que hoy por hoy seguro que es normal, nada del otro mundo, la civilización progresa, pero que entonces era poco menos que una provocación. Así que allí me vi a mí mismo, con un dilema grueso de verdad, muchachos, les dije. Y ellos dijeron: ¿y qué hiciste, Amadeo? Y yo les dije, ay, muchachos, lo que hubieran hecho ustedes de estar en mi lugar, pues, salir a la pista y ponerse a bailar. ¿Y aprendiste a bailar enseguida, Amadeo?, dijeron ellos. Pues la mera verdad es que sí, fue como si la música me hubiera estado esperando de toda la vida, veintiséis años de espera, como Penélope a Ulises, ¿no?, y de pronto todas las barreras y todas las reservas fueron cosa del pasado y yo me movía y sonreía y miraba a Cesárea, tan bonita, qué bien bailaba esa mujer, se notaba que tenía costumbre de hacerlo, si uno cerraba los ojos allí en la pista podía imaginarla bailando en su casa, a la salida del trabajo, mientras se preparaba su cafecito de olla o mientras leía, pero yo no cerré los ojos, muchachos, yo miraba a Cesárea con los ojos bien abiertos y le sonreía y ella también me miraba a mí y me sonreía, los dos felices de la vida, tan felices que por un momento se me pasó por la cabeza la idea de darle un beso, pero a la hora de la verdad no me atreví, total, ya estábamos bien tal como estábamos y yo no soy el clásico pendejo avorazado. Todo es empezar, dice el refrán y así fue para mí la relación con el baile, muchachos, todo fue empezar y ya no supe ponerle fin, hubo una época, pero esto ocurrió muchos años después, después de que Cesárea desapareciera y de que el fervor juvenil se aplacara, en que el único objetivo de mi vida se cifró en mis visitas quincenales a las salas de baile del DF. Hablo de cuando yo tenía treinta años, muchachos, de cuando yo tenía cuarenta y también de cuando tenía bien cumplidos los cincuenta. Al principio iba con mi mujer. Ella no entendía que a mí me gustara tanto el baile, pero me acompañaba. Nos lo pasábamos bien. Después, cuando ella murió, iba solo. Y también me lo pasaba bien, aunque el gusto o el regusto de los locales y de la música era diferente. Por supuesto, no iba allí a beber ni a buscar compañía, como pensaban mis hijos, el licenciado Francisco Salvatierra y el profesor Carlos Manuel Salvatierra, dos buenos muchachos a los que quiero con toda mi alma aunque los veo poco, ellos ya tienen sus propias familias y demasiados problemas, supongo, en fin, yo ya hice por ellos todo lo que podía hacer, darles una carrera, que es más de lo que mis padres hicieron por mí, ahora vuelan solos. ¿Qué les estaba contando? ¿Que mis hijos pensaban que iba a las salas de baile para hallar una voz amiga? En el fondo puede que tuvieran razón. Pero lo que me impulsaba a salir cada sábado por la noche, creo yo, no era eso. Iba por el baile y de alguna manera iba por Cesárea, por el fantasma, mejor dicho, de Cesárea que aún bailaba en aquellos establecimientos aparentemente moribundos. ¿A ustedes les gusta bailar, muchachos?, les dije. Y ellos dijeron depende, Amadeo, depende con quién bailemos, solos definitivamente no. Ah, qué muchachos. Y después les pregunté si todavía existían salas de baile en México y ellos dijeron que sí, no muchas, al menos ellos no conocían muchas, pero existían. Algunas, según dijeron, se llamaban *hoyos funkies*, qué nombre más raro, y la música con la que movían el esqueleto era música moderna. Música gringa, querrán decir, les dije, y ellos: no, Amadeo, música moderna hecha por músicos mexicanos, por bandas mexicanas, y ahí se soltaron a nombrar nombres de orquestas a cada cual más raro. Sí, recuerdo algunos. Las Vísceras de los Cristeros, de ése me acuerdo por motivos obvios. Los Caifanes de Marte, Los Asesinos de Angélica María, Involución Proletaria, nombres raros y que nos hicieron reír y discutir, ¿por qué Los Asesinos de Angélica María, con lo simpática que parece ser Angélica María, les dije? Y ellos: simpatiquísima Angélica María, Amadeo, seguro que es un homenaje y no una proposición, y yo: ¿Los Caifanes no es una película de Anel? Y ellos: de Anel y del hijo de María Félix, Amadeo, qué puesto estás. Y yo: soy viejo, pero no pendejo. Enriquito Álvarez Félix, sí señor, un muchacho de mérito. Y ellos: tienes una memoria de la gran chingada, Amadeo, brindemos por ello. Y yo: ¿Involución Proletaria?, ¿y eso cómo se come? Y ellos: son los hijos bastardos de Fidel Velásquez, Amadeo, son los nuevos obreros que vuelven a la edad preindustrial. Y yo: me vale madres Fidel Velásquez, muchachos, a nosotros el que siempre nos iluminó fue Flores Magón. Y ellos: salud, Amadeo. Y yo: salud. Y ellos: viva Flores Magón, Amadeo. Y yo: viva, sintiendo un retortijón en el estómago, mientras pensaba en los tiempos pasados y en la hora que era en aquel momento, es decir, la hora en que la noche se hunde en la noche, nunca de golpe, la noche patialba del DF, una noche que se anuncia hasta el cansancio, que vengo, que vengo, pero que tarda en llegar, como si también ella, la méndiga, se quedara a contemplar el atardecer, los atardeceres privilegiados de México, los atardeceres de pavorreal, como decía Cesárea cuando Cesárea vivía aquí y era nuestra amiga. Y entonces fue como si viera a Cesárea en la oficina que tenía el general Diego Carvajal, sentada en su mesa, delante de su máquina de escribir reluciente, hablando con los guaruras del general que por lo común se pasaban las horas muertas allí también, sentados en los sillones o apoyados en las puertas mientras el general alzaba la voz en el interior de su despacho y Cesárea, para que se estuvieran ocupados o porque verdaderamente los necesitaba, los mandaba a hacer recados o a buscar un determinado libro a la librería de don Julio Nodier, libro que necesitaba consultar para sacar una o dos ideas o una o dos citas para los discursos del general que según Manuel ella misma preparaba. Unos discursos estupendos, muchachos, les dije, unos discursos que dieron la vuelta a México y que fueron reproducidos en periódicos de muchas partes, de Monterrey y de Guadalajara, de Veracruz y de Tampico, y que a veces nosotros leíamos en voz alta en nuestras reuniones de café. Y Cesárea los preparaba allí y de esa manera peculiar: mientras fumaba y hablaba con los guardaespaldas del general o mientras hablaba con Manuel o conmigo, hablando y al mismo tiempo escribiendo a máquina los discursos, todo a la vez, qué capacidad tenía esa mujer, muchachos, ¿ustedes han probado a hacer algo semejante?, yo sí y es imposible, sólo algunos escritores de raza lo consiguen, también algunos periodistas, estar hablando de política, por ejemplo, y al mismo tiempo ir escribiendo una notita sobre jardinería o sobre los hexámetros espondaicos (que aquí entre nos, muchachos, son una rareza). Y así se le iban los días en la oficina del general y cuando terminaba de trabajar, a veces bien entrada la noche, le decía adiós a todo el mundo, recogía sus cosas y se iba sola, aunque en más de una ocasión alguien se ofrecía a acompañarla, a veces el general en persona, Diego Carvajal, el hombre que no conocía el miedo, el mero mero, el ya me rugiste destino, pero Cesárea como si se le ofreciera un fantasma, ni caso, aquí están los papeles de la Procuraduría, general (le decía general, no mi general como le decíamos todos) y aquí los del gobierno de Veracruz y aquí las cartas de Jalapa y su discurso de mañana, y luego se iba y nadie más la volvía a ver hasta el día siguiente. ¿De mi general Diego Carvajal no les he hablado, muchachos? Fue el protector de las artes de mi tiempo. Qué hombre. Tenían que haberlo visto. Era más bien pequeño de estatura y flaco y por aquellos años ya estaría camino de la cincuentena, pero yo una vez lo vi encarar a unos jenízaros del diputado Martínez Zamora, él solo, vi cómo los miraba de frente, sin hacer ademán de sacar su Colt de la sobaquera, con el saco desabrochado, eso sí, y vi cómo los jenízaros se arrugaban enteritos y luego los vi recular murmurando usted perdone, mi general, el diputado se debe haber equivocado, mi general. Un hombre íntegro y cabal donde los haya, el general Diego Carvajal, y un amante de la literatura y de las artes, aunque según contaba no aprendió a leer hasta los dieciocho años. ¡Qué vida la de aquel hombre, muchachos, les dije! ¡Si me pusiera a hablarles de él no pararía en toda la noche y harían falta más botellas de tequila, haría falta una caja entera de mezcal Los Suicidas para que yo consiguiera darles un retrato más o menos aproximado de aquel hoyo negro de México! ¡De aquel agujero refulgentemente negro! Azabache, dijeron ellos. Azabache, sí, muchachos, les dije, azabache. Y uno de ellos dijo ahorita voy a comprar otra botella de tequila. Y yo dije ya vas, y sacando energías del pasado me levanté y me arrastré (como un relámpago o como la idea de un relámpago) por los pasillos oscuros de mi casa hasta la cocina y abrí todas las despensas en busca de una improbable botella de Los Suicidas aunque yo bien sabía que no quedaba ninguna, renegando y mentando madres, escarbando entre las sopas enlatadas que a veces me traían mis hijos, entre los trastos inservibles, aceptando finalmente la cabrona realidad, hundido de quijada en mis fantasmas, y seleccionando sucedáneos: unos paquetitos de cacahuetes, una latita de chiles chipotles, un paquetito de galletas saladas con los que volví a velocidad de crucero de la Primera Guerra Mundial, crucero perdido en las nieblas de un río o de la boca de un río, no sé, perdido en cualquier caso pues la verdad es que mis pasos no desembocaron en la sala sino en mi habitación, híjole, Amadeo, me dije a mí mismo, debes de estar más borracho de lo que crees, perdido en la bruma, con sólo una lamparita de papel colgando de mis cañones de proa, pero no me desesperé y encontré el rumbo, pasito a pasito, haciendo sonar mi campanita, barco en el río, barco de guerra perdido en la boca del río de la historia, y la mera verdad es que ya para entonces caminaba como si bailara aquel baile de punta tacón, no sé si todavía se bailará, espero que no, que consiste en poner el tacón del pie izquierdo en la punta del zapato del pie derecho y acto seguido poner el tacón del pie derecho en la punta del pie izquierdo, un baile ridículo pero que tuvo su fortuna en determinada época, no me pregunten cuál, probablemente durante el sexenio del licenciado Miguel Alemán, alguna vez lo bailé, todos hemos cometido tropelías, y entonces escuché un portazo y luego unas voces y me dije Amadeo deja de hacer el pendejo y enfila rumbo a las voces, hiende con tu carcomida y oxidada proa las tinieblas de este río y vuelve con tus amigos, y eso hice y así llegué a la sala, con los brazos rebosantes de botanas, y en la sala estaban sentados los muchachos, esperándome, y uno de ellos había comprado dos botellas de tequila. Ah, qué alivio llegar a la luz, aunque ésta sea una penumbra vaga, qué alivio llegar a la claridad.

Lisandro Morales, pulquería La Saeta Mexicana, en los alrededores de La Villa, México DF, enero de 1980. Cuando por fin apareció el libro de Arturo Belano, éste ya era un autor fantasma y yo mismo estaba a punto de empezar a ser un editor fantasma. Siempre lo supe. Hay escritores cenizos, gafes, de los cuales más vale salir huyendo, no importa que creas o no en la mala suerte, no importa que seas positivista o marxista, de esa gente hay que huir como de la peste negra. Y esto lo digo con el corazón en la mano: hay que confiar en el instinto. Yo sabía que sacando el libro de ese muchacho jugaba con fuego. Me quemé y no me quejo, pero nunca está de más realizar algunas consideraciones sobre la catástrofe, la experiencia ajena siempre le puede servir a alguien. Ahora bebo mucho, me paso el día en la cantina, estaciono el coche lejos de mi domicilio, cuando llego a casa suelo mirar hacia todos lados no sea que aparezca sorpresivamente algún cobrador.

Por las noches no puedo dormir y sigo bebiendo. Tengo fundadas sospechas de que un asesino a sueldo (o tal vez dos) está siguiendo mis pasos. Por suerte, ya antes del desastre era viudo y al menos me queda el consuelo de haberle ahorrado este mal trago a mi pobre esposa, esta travesía por la penumbra que a la larga aguarda a todos los editores. Y aunque algunas noches no puedo evitar preguntarme por qué me tenía que tocar a mí, precisamente a mí, en el fondo he aceptado mi destino. Estar solo fortalece. Eso lo dijo Nietzsche (de quien publiqué una selección de citas en un libro de bolsillo en 1969, cuando aún ardía la infamia de Tlatelolco y que por cierto fue un exitazo) o Flores Magón, de quien publicamos una pequeña biografía militante hecha por un estudiante de Derecho y que no se vendió mal.

Estar solo fortalece. Santa verdad. Y consuelo de necios, pues aunque quisiera estar acompañado ésta es la hora en que nadie se acerca a mi sombra. Ni el cabrón de Vargas Pardo, que ahora trabaja en otra editorial, aunque en un puesto inferior al que tenía conmigo, ni los múltiples literatos que en su día siguieron la estela de mi simpatía. Nadie quiere caminar junto a un blanco móvil. Nadie quiere caminar junto a quien ya apesta a carroña. Al menos ahora sé algo que antes sólo presentía: a todos los editores nos sigue un asesino a sueldo. Un asesino ilustrado o un asesino analfabeto, a sueldo de los intereses más oscuros, que a veces son, santa paradoja, nuestros propios y vacuos y necios intereses.

A Vargas Pardo no le guardo rencor. Incluso a veces pienso en él con una cierta nostalgia. Y en el fondo no creo a aquellos que me dicen que el hundimiento de mi empresa lo provocó la revista que tan alegremente puse en manos del ecuatoriano. Yo sé que la mala suerte me vino de otra parte. Por supuesto, Vargas Pardo, con su inocencia criminal, contribuyó a mi desgracia, pero en el fondo no tiene la culpa. Él creyó que hacía bien y no le culpo. A veces, cuando bebo más de la cuenta, me da por mentarle la madre, a él y a los literatos que me han olvidado y a los asesinos a sueldo que me acechan en la oscuridad y hasta a los linotipistas perdidos en la gloria y en el anonimato, pero después me calmo y me da por reírme. La vida hay que vivirla, en eso consiste todo, simplemente. Me lo dijo un teporocho que me encontré el otro día al salir del bar La Mala Senda. La literatura no vale nada.

Joaquín Font, Clínica de Salud Mental El Reposo, camino del Desierto de los Leones, en las afueras de México DF, abril de 1980. Hace dos meses Álvaro Damián vino a verme y me dijo que tenía algo que decirme. Dime qué es, le dije, toma asiento y dime qué es. Se acabó el premio, dijo él. ¿Qué premio?, dije yo. El premio para poetas jóvenes Laura Damián, dijo él. No tenía idea de qué me hablaba, pero le seguí la corriente. ¿Y eso a qué se debe, Álvaro, le dije, a qué se debe? A que se me acabó el dinero, dijo él, lo he perdido todo.

Todo lo que llega fácil se va fácil, me hubiera gustado decirle, siempre he sido un anticapitalista convencido, pero no se lo dije porque le vi la cara de tristeza y porque el pobre hombre parecía cansado.

Estuvimos hablando durante un largo rato. Creo que hablamos del tiempo y del paisaje tan bonito que se ve desde el manicomio. Él decía: parece que hoy va a hacer calor. Yo le decía: sí. Luego nos quedábamos callados o yo me ponía a canturrear y él se quedaba callado hasta que de pronto decía (es un ejemplo): mira, una mariposa. Y yo le contestaba: sí, hay bastantes. Y después de estar un rato así, hablando, o leyendo juntos el periódico (aunque aquel día precisamente no leímos juntos el periódico), Álvaro Damián dijo: tenía que decírtelo. Y yo le dije: ¿qué tenías que decirme, Álvaro? Y él dijo: que el premio Laura Damián se acabó. Me hubiera gustado preguntarle por qué, por qué tenía que decírmelo precisamente a mí, pero luego pensé que mucha gente, sobre todo aquí, tiene muchas cosas que decirme, y que ese impulso de comunicabilidad es algo que a mí generalmente se me escapa pero que acepto sin reservas, total, con oír no se pierde nada.

Y luego Álvaro Damián se marchó y veinte días después vino mi hija a visitarme y me dijo papá, esto no debería decírtelo pero creo que es mejor que lo sepas. Y yo le dije: cuenta, cuenta, soy todo oídos. Y ella dijo: Álvaro Damián se pegó un balazo en la cabeza. Y yo dije: ¿y cómo ha podido Alvarito hacer semejante barbaridad? Y ella dijo: los negocios le iban muy mal, estaba arruinado, ya lo había perdido casi todo. Y yo dije: pero podía haberse venido al manicomio conmigo. Y mi hija se rió y dijo que las cosas no eran tan fáciles. Y cuando se marchó yo me puse a pensar en Álvaro Damián y en el premio Laura Damián que se había acabado y en los locos de El Reposo en donde nadie tiene dónde reposar la cabeza y en el mes de abril, más que cruel desastroso, y entonces supe sin asomo de duda que todo iría de mal en peor.

12

Heimito Künst, acostado en su buhardilla de la Stuck-gasse, Viena, mayo de 1980. Yo estuve preso con el buen Ulises en la cárcel de Beersheba, en donde los judíos preparan sus bombas atómicas. Yo sabía todo, pero no sabía nada. Miraba, qué otra cosa podía hacer, miraba desde las rocas, quemado por el sol, hasta que el hambre y la sed podían conmigo y entonces me arrastraba hasta la cafetería del desierto y pedía una coca-cola y una hamburguesa de carne de ternera, aunque las ham-burguesas que sólo tienen ternera no son buenas, eso lo sé yo y lo sabe todo el mundo.

Un día me tomé cinco coca-colas y de pronto me sentí mal, como si el sol se hubiera filtrado en la profundidad de mis cocas y me lo hubiera tragado sin darme cuenta. Tuve fiebre. No podía aguantar, pero aguanté. Me escondí detrás de una roca amarilla y esperé a que el sol se ocultara y después me ovillé y me quedé dormido. Los sueños no me dejaron en toda la noche. Yo creía que me tocaban con sus dedos. Pero los sueños no tienen dedos, tienen puños, así que debían de ser alacranes. Las quemaduras, de todas maneras, me escocían. Cuando desperté aún no había salido el sol. Busqué a los alacranes antes de que se refugiaran bajo las piedras. ¡No encontré ni uno solo! Razón de más para mantenerse despierto y sospechar. Y eso fue lo que hice. Pero luego tuve que salir porque necesitaba beber y comer. Así que me levanté, estaba de rodillas, y encaminé mis pasos hasta la cafetería del desierto, pero el camarero no quiso servirme nada.

¿Por qué no me sirves lo que te pido?, le dije. ¿Acaso mi dine-ro no es bueno, acaso no es tan bueno como el de cualquiera? Él hizo como que no me escuchaba y tal vez, eso pensé yo, no me escuchaba, tal vez yo me había quedado sin voz de tanto vigilar en el desierto, entre las rocas y los alacranes, y ahora, aunque creía que hablaba, en realidad no hablaba. Pero entonces de quién era la voz que mis oídos escuchaban sino la mía, pensé. Cómo puedo haberme quedado mudo y seguir escuchándome, pensé. Después me dijeron que me fuera. Alguien escupió a mis pies. Me provocaban. Pero yo no caigo fácilmente en las provocaciones. Tengo experiencia. No quise escuchar lo que me decían. Si tú no me vendes carne ya me la venderá un árabe, dije, y abandoné lentamente la cafetería.

Durante horas estuve buscando a un árabe. Parecía que los árabes se hubieran esfumado en el aire. Al final, sin darme cuenta, llegué exactamente al lugar de donde había salido, junto a la piedra amarilla. Era de noche y hacía frío, gracias a Dios, pero no pude dormirme, tenía hambre y ya no me quedaba agua en la cantimplora. ¿Qué hacer?, me dije. ¿Qué puedo hacer yo ahora, Virgen Santa? Desde lejos me llegaba el sonido amortiguado de las máquinas con que los judíos fabricaban sus bombas atómicas. Cuando desperté el hambre era insoportable. En las instalaciones secretas de Beersheba los judíos seguían trabajando, pero yo ya no podía espiarlos sin llevarme al menos un pedazo de pan duro a la boca. Todo el cuerpo me dolía. Tenía quemaduras en el cuello y en los brazos. Desde hacía no sé cuántos días que no cagaba. ¡Pero aún era capaz de caminar! ¡Aún era capaz de dar saltos o de mover los brazos como molinetes! Así que me levanté y mi sombra se levantó conmigo (los dos estábamos arrodillados, rezando) y emprendí la marcha hacia la cafetería del desierto. Creo que me puse a cantar. Yo soy así. Camino. Canto. Cuando desperté estaba en un calabozo. Alguien había recogido mi mochila y la había arrojado junto a mi camastro. Me dolía un ojo, me dolía la mandíbula, me escocían las quemaduras, creo que alguien me había pateado en la tripa, pero la tripa no me dolía.

Agua, dije. El calabozo estaba a oscuras. Traté de escuchar el ruido de las máquinas de los judíos, pero no escuché nada. Agua, dije, tengo sed. Algo se movió en la oscuridad. ¿Un alacrán?, pensé. ¿Un alacrán gigantesco?, pensé. Una mano me cogió de la nuca. Tiró de mí. Luego sentí el borde de un cazo en mis labios y luego el agua. Después me dormí y soñé con la Franz-Josefs-Kai y el puente de Aspern. Cuando abrí los ojos vi al buen Ulises en el catre vecino. Estaba despierto, estaba mirando el techo, estaba pensando. Lo saludé en inglés. Buenos días, le dije. Buenos días, me respondió. ¿Dan de comer en esta prisión?, le dije. Dan de comer, me respondió. Me levanté y busqué mis zapatos. Los tenía puestos. Decidí dar una vuelta por el calabozo. Decidí explorar. El techo era oscuro, ahumado. Humedad u hollín. Puede que ambos. Las paredes eran blancas. Allí vi inscripciones. Dibujos en la pared de mi izquierda y letras en la de mi derecha. ¿El Corán? ¿Mensajes? ¿Noticias de la fábrica subterránea? En la pared del fondo había una ventana. Detrás de la ventana había un patio. Detrás del patio había el desierto. En la cuarta pared había una puerta. La puerta era de rejas y tras las rejas había un pasillo. En el pasillo no había nadie. Me di la vuelta y me acerqué al buen Ulises. Me llamo Heimito, dije, y soy de Viena. Él dijo que se llamaba Ulises Lima y era de México City.

Poco después nos trajeron el desayuno. ¿Dónde estamos?, le pregunté al carcelero. ¿En la fábrica? Pero el carcelero nos dejó la comida y se marchó. Comí con apetito. El buen Ulises me dio la mitad de su desayuno y también me lo comí. Hubiera podido seguir comiendo toda la mañana. Después me puse a reconocer el calabozo. Me puse a reconocer las inscripciones en las paredes. Los dibujos. Todo fue inútil. Los mensajes eran indescifrables. Saqué un bolígrafo de mi mochila y me arrodillé junto a la pared de la derecha. Dibujé a un enano con un pene enorme. Un pene erecto. Después dibujé a otro enano con un pene enorme. Después dibujé una teta. Después escribí: Heimito K. Después me cansé y volví a mi catre. El buen Ulises se había dormido, así que procuré no hacer ruido para no despertarlo. Me acosté y me puse a pensar. Pensé en los subterráneos donde los judíos fabricaban sus bombas atómicas. Pensé en un partido de fútbol. Pensé en una montaña. Estaba nevando y hacía frío. Pensé en los alacranes. Pensé en un plato lleno de salchichas. Pensé en la iglesia que está en los Alpen Garten, junto a la Jacquingasse. Me quedé dormido. Desperté. Volví a quedarme dormido. Hasta que oí la voz del buen Ulises y desperté. Un carcelero nos empujó por los pasillos. Salimos al patio. Creo que el sol me reconoció enseguida. Me dolieron los huesos. Pero no las quemaduras, así que caminé e hice ejercicio. El buen Ulises se sentó apoyado contra la pared y allí se quedó, quieto, mientras yo movía los brazos y levantaba las rodillas. Escuché unas risas. Unos árabes, sentados en el suelo en un rincón, se reían. No les hice caso. Uno dos, uno dos, uno dos. Desentumecí mis articulaciones. Cuando volví a mirar aquel rincón en sombras, los árabes ya no estaban. Me tiré al suelo. Me arrodillé. Por un segundo pensé en quedarme así. De rodillas. Pero luego me tiré al suelo e hice cinco flexiones. Hice diez flexiones. Hice quince flexiones. Me dolía todo el cuerpo. Cuando me levanté vi que los árabes estaban sentados en el suelo alrededor del buen Ulises. Caminé hacia ellos. Despacio. Pensando. Tal vez no le querían hacer daño. Tal vez no eran árabes. Tal vez eran mexicanos perdidos en Beersheba. Cuando el buen Ulises me vio, dijo: que haya paz. Y yo comprendí.

Me senté en el suelo junto a él, la espalda apoyada contra el muro y durante un segundo mis ojos azules se encontraron con los ojos oscuros de los árabes. Resoplé. ¡Resoplé y cerré los ojos! Escuché que el buen Ulises hablaba en inglés, pero no entendí lo que decía. Los árabes hablaron en inglés, pero no entendí lo que decían. El buen Ulises se rió. Los árabes se rieron. Entendí sus risas y dejé de resoplar. Me quedé dormido. Cuando desperté el buen Ulises y yo estábamos solos. Un carcelero nos condujo hasta nuestra celda. Nos dieron de comer. Con mi comida trajeron dos tabletas. Para la fiebre, dijeron. No me las tomé. El buen Ulises dijo que las tirara por el agujero. ¿Pero adónde va a dar ese agujero? A las cloacas, dijo el buen Ulises. ¿Me puedo fiar? ¿Y si va a dar a un almacén? ¿Y si todo acaba en una mesa enorme y húmeda en donde clasifican hasta nuestros más pequeños desechos? Trituré las tabletas con los dedos y arrojé el polvo por la ventana. Dormimos. Cuando desperté el buen Ulises leía. Le pregunté qué libro leía. Los *Selected Poems*, de Ezra Pound. Léeme algo, le dije. No entendí nada. No insistí. Vinieron a buscarme y me interrogaron. Examinaron mi pasaporte. Me hicieron preguntas. Se rieron. Cuando volví a mi celda me arrodillé e hice flexiones. Tres, nueve, doce. Después me senté en el suelo, junto a la pared de mi derecha, y dibujé un enano con un pene enorme. Cuando acabé dibujé otro. Y después dibujé la leche que salía de uno de los penes. Y después ya no tenía ganas de dibujar y me puse a estudiar las otras inscripciones. De izquierda a derecha y de derecha a izquierda. No entiendo el árabe. El buen Ulises tampoco. De todas maneras, leí. Encontré algunas palabras. Me rompí la cabeza. Volvieron a dolerme las quemaduras del cuello. Palabras. Palabras. El buen Ulises me dio agua. Sentí su mano bajo la axila, tirando de mí, hacia arriba. Luego me quedé dormido.

Cuando desperté el carcelero nos llevó a las duchas. Nos entregó a cada uno un trozo de jabón y dijo que nos ducháramos. Ese carcelero parecía amigo del buen Ulises. Con él no hablaba en inglés. Hablaba en español. Me mantuve alerta. Los judíos siempre procuran engañarte. Lamenté haberme mantenido alerta, pero era mi deber. Contra el deber no se puede hacer nada. Cuando me lavaba la cabeza hice como que cerraba los ojos. Hice como que me caía. Hice como que hacía ejercicio. Pero en realidad lo único que hice fue mirarle el pene al buen Ulises. No estaba circuncidado. Lamenté mi error, mi desconfianza. Sin embargo no podía hacer otra cosa. Por la noche nos dieron sopa. Y un guiso de verduras. El buen Ulises me dio la mitad de su ración. ¿Por qué no quieres comer?, le dije. Está bueno. Hay que alimentarse. Hay que hacer ejercicio. No tengo hambre, me dijo, come tú. Cuando se apagaron las luces la luna entró en nuestra celda. Me asomé a la ventana. En el desierto, al otro lado del patio de la cárcel, cantaban las hienas. Un grupo pequeño y oscuro y movedizo. Más oscuro que la noche. Y también se reían. Sentí un cosquilleo en las plantas de los pies. No se metan conmigo, pensé.

Al día siguiente, después de desayunar, nos soltaron. Al buen Ulises el carcelero que hablaba español lo acompañó hasta la parada del autobús que iba a Jerusalén. Hablaban. El carcelero contaba historias y el buen Ulises escuchaba y después era él el que contaba una historia. El carcelero compró un helado de limón para Ulises y uno de naranja para él. Después me miró y me preguntó si yo también quería un helado. ¿Tú también quieres un helado, infeliz?, dijo. Uno de chocolate, dije yo. Cuando tuve mi helado en la mano busqué monedas en mis bolsillos. Con la mano izquierda busqué en los bolsillos del lado izquierdo. Con la mano derecha busqué monedas en los bolsillos del lado derecho. Le extendí unas cuantas. El judío las miró. El sol le estaba derritiendo la punta de su helado de naranja. Yo volví sobre mis pasos. Me alejé de la parada de autobuses. Me alejé de la calle y de la cafetería del desierto. Un poco más allá estaba mi roca. A buen paso. A buen paso. Cuando llegué me apoyé en la roca y respiré. Busqué mis mapas y mis dibujos y no encontré nada. Sólo calor y el ruido que hacen los alacranes en sus agujeros. Bzzzz. Me dejé caer en la tierra y me arrodillé. En el cielo no había ni una nube. Ni un pájaro. ¿Qué podía hacer sino mirar? Me oculté entre las rocas y traté de oír los ruidos de Beersheba, pero sólo escuché el ruido del aire, un soplo de polvo caliente que me quemó la cara. Y después escuché la voz del buen Ulises que me llamaba, Heimito, Heimito, ¿dónde estás, Heimito? Y yo supe que no me podía ocultar. Ni aunque quisiera. Y salí de las rocas, con mi mochila colgando de una mano, y seguí al buen Ulises que me llamaba por el camino que el destino quiso. Aldeas. Descampados. Jerusalén. En Jerusalén puse un telegrama a Viena pidiendo dinero. Mi dinero, el dinero de mi herencia, exigía.

Mendigamos. En las puertas de los hoteles. En las rutas turísticas. Dormimos en la calle. O en los portales de las iglesias. Comimos la sopa de los hermanitos armenios. El pan de los hermanitos palestinos.

Yo le contaba al buen Ulises lo que había visto. Los planes diabólicos de los judíos. Él decía: duerme, Heimito. Hasta que llegó mi dinero. Compramos dos billetes de avión y no nos quedó más dinero. Eso era todo mi dinero. Falso. Escribí una postal desde Tel-Aviv y lo exigí todo. Volamos. Desde allí arriba vi el mar. El nivel del mar es un engaño, pensé. El único espejismo verdadero. Fata morgana, dijo el buen Ulises. En Viena llovía. ¡Pero nosotros no somos terrones de azúcar! Cogimos un taxi hasta la Landesgerichts strasse con la Lichtenfelsgasse. Cuando llegamos le di un puñetazo en la nuca al taxista y nos fuimos. Primero por la Josefstädter strasse, a buen trote, luego por la Strozzigasse, luego por la Zeltgasse, luego por la Piaristengasse, luego por Lerchenfelder strasse, luego por Neubaugasse, luego por Siebensterngasse, hasta Stuckgasse, en donde está mi casa. Luego subimos a pie cinco pisos. A buen trote. Pero no tenía la llave. Había perdido la llave de mi buhardilla en el desierto del Neguev. Tranquilo, Heimito, dijo el buen Ulises, vamos a revisar los bolsillos. Revisamos. Uno por uno. Nada. La mochila. Nada. La ropa que había en la mochila. Nada. Mi llave perdida en el Neguev. Entonces pensé en la llave de repuesto. Hay una llave de repuesto, dije. Vaya, vaya, dijo el buen Ulises. Acezaba. Estaba tirado en el suelo, la espalda apoyada en mi puerta. Yo estaba arrodillado. Entonces me levanté y pensé en la llave de repuesto y me dirigí a la ventana al final del pasillo. Por la ventana se veía un patio interior de cemento y los tejados de la Kirchengasse. Abrí la ventana y la lluvia me mojó la cara. Afuera, en un agujerito, estaba la llave. Cuando saqué la mano en mis dedos habían restos de telarañas.

Vivimos en Viena. Cada día llovía un poco más. Los dos primeros días no salimos de mi casa. Yo salí. Pero no mucho. Sólo a comprar pan y café. El buen Ulises permaneció dentro de su saco de dormir, leyendo o mirando por la ventana. Comíamos pan. Era lo único que comíamos. Yo tenía hambre. La tercera noche el buen Ulises se levantó, se lavó la cara, se peinó y salimos a pasear. Enfrente de la Figarohaus me acerqué a un hombre y lo golpeé en la cara. El buen Ulises registró sus bolsillos mientras yo lo sostenía. Luego nos fuimos por Graben y nos perdimos por calles concurridas y pequeñas. En un bar de la Gonzagagasse el buen Ulises quiso beber una cerveza. Yo pedí una fanta de naranja y llamé por teléfono, desde la cabina del bar, pidiendo mi dinero, el dinero que legalmente me pertenecía. Después fuimos a ver a mis amigos al puente de Aspern, pero no encontramos a nadie y volvimos a casa caminando.

Al día siguiente compramos salchichas y jamón y paté y más pan. Salíamos a diario. Usábamos el metro. En la estación de Rossauer Lände encontré a Udo Möller. Se estaba tomando una cerveza y me miró como si yo fuera un alacrán. Quién es éste, dijo señalando al buen Ulises. Es un amigo, dije. ¿Dónde lo has encontrado?, dijo Udo Möller. En Beersheba, dije. Nos metimos en un vagón hasta Heiligenstadt y desde allí, en el Schnellbahn, hasta Hernals. ¿Es judío?, me preguntó Udo Möller. No es judío, no está circuncidado, dije. Caminábamos bajo la lluvia. Caminábamos hacia el garaje de un tal Rudi. Udo Möller hablaba conmigo en alemán, pero no le quitaba la vista de encima al buen Ulises. Pensé que íbamos hacia una ratonera y me detuve. Vi claro, sólo entonces, que ellos querían matar al buen Ulises. Y me detuve. Dije que pensándolo mejor teníamos cosas que hacer. ¿Qué cosas?, dijo Udo Möller. Cosas, dije. Compras. Ya falta poco, dijo Udo Möller. No, dije, tenemos que hacer. Sólo será un momento, dijo Udo Möller. ¡No!, dije. La lluvia me caía por la nariz y por los ojos. Con la punta de la lengua me lamí la lluvia y dije no. Entonces me di la vuelta y le dije al buen Ulises que me siguiera y Udo Möller comenzó a seguirnos. Vamos, sólo falta un poco, ven conmigo, Heimito, sólo será un momento. ¡No!

Aquella semana empeñamos el televisor y un reloj de pared, recuerdo de mi madre. Tomábamos el metro en Neubaugasse, cambiábamos en Stephansplatz, y salíamos en Vorgartenstrasse o Donauinsel. Pasábamos horas contemplando el río. El nivel del río. A veces, flotando sobre las aguas, veíamos cajas de cartón. Lo que me traía pésimos recuerdos. En ocasiones nos bajábamos en Praterstern y dábamos vueltas por la estación. Seguíamos a personas. Nunca hicimos nada. Es demasiado peligroso, decía el buen Ulises, no vale la pena arriesgarse. Pasábamos hambre. Había días en que no salíamos de casa. Yo hacía flexiones, diez, veinte, treinta, el buen Ulises me miraba, sin salir de su saco de dormir, con un libro en las manos. Pero mayormente miraba la ventana. El cielo gris. Y a veces miraba en dirección a Israel. Una noche, mientras yo dibujaba en mi cuaderno, me preguntó: ¿qué hacías tú en Israel, Heimito? Se lo dije. Buscaba, buscaba. La palabra «buscaba» junto a la casa y al elefante que había dibujado. ¿Y qué hacías tú, mi buen Ulises? Nada, dijo.

Cuando dejó de llover volvimos a salir. Encontramos a un tipo en la estación de Stadtpark y lo seguimos. En la Johannesgasse el buen Ulises lo cogió de un brazo y mientras el tipo miraba quién lo sujetaba yo le descerrajé un puñetazo en la nuca. A veces íbamos a la oficina de correos de Neubaugasse, cerca de casa, y el buen Ulises franqueaba sus cartas. De vuelta pasábamos enfrente del teatro Rembrandt y el buen Ulises se podía estar cinco minutos contemplándolo. ¡A veces lo dejaba delante del teatro y me iba a telefonear a un bar! ¡La misma respuesta! ¡No me querían dar mi dinero! Cuando volvía el buen Ulises allí estaba, mirando el teatro Rembrandt. Yo entonces respiraba aliviado y nos íbamos a casa a comer. Una vez encontramos a tres de mis amigos. Íbamos caminando por la Franz-Josefs-Kai en dirección a la plaza Julius Raab y ellos aparecieron de pronto. Como si hasta ese momento hubieran sido invisibles. Rastreadores. Batidores. Me saludaron. Dijeron mi nombre. Uno se puso delante de mí. Gunther, el más fuerte. Otro a mi izquierda. Otro a la derecha del buen Ulises. No podíamos caminar. Podíamos dar media vuelta y salir huyendo, pero no podíamos avanzar. Tanto tiempo sin vernos, Heimito, dijo Gunther. Tanto tiempo sin vernos, Heimito, dijeron todos. ¡No! No hay tiempo. Pero no teníamos adónde escapar.

Paseamos. Caminamos. Fuimos a ver a Julius el policía. Preguntaron si el buen Ulises entendía el alemán. Si conocía el secreto. No entiende, dije, no conoce los secretos. Pero es inteligente, dijeron. No es inteligente, dije, es bueno, sólo duerme y lee y no hace ejercicios. Queríamos irnos. ¡Nada de que hablar! ¡Estamos ocupados!, dije. El buen Ulises los miraba y asentía. Ahora era yo la estatua. El buen Ulises miraba y recorría el cuarto de Julius y miraba hacia todas partes. No se estaba quieto. Dibujos. Gunther cada vez más nervioso. ¡Estamos ocupados y queremos irnos!, dije. Entonces Gunther cogió al buen Ulises de los hombros y le dijo ¿por qué te mueves como una ladilla? ¡Quieto! Y Julius dijo: la rata está nerviosa. El buen Ulises se hizo a un lado y Gunther sacó su puño metálico. No lo toques, dije, dentro de una semana recibo mi herencia. Y Gunther guardó su puño metálico en el bolsillo y empujó al buen Ulises hasta un rincón del cuarto. Luego hablamos de Propaganda. Me mostraron papeles y fotos. En una foto aparecía yo, de espaldas. Soy yo, dije, esta foto es vieja. Me mostraron fotos nuevas, papeles nuevos. La foto de un bosque, una cabaña en el bosque, una suave pendiente. Conozco este lugar, dije. Claro que lo conoces, Heimito, dijo Julius. Después vinieron más palabras y más palabras y más papeles y más fotos. ¡Todo viejo! Silencio, astucia, no dije nada. Después nos despedimos y marchamos caminando a casa. Gunther y Peter nos acompañaron durante un rato. Pero el buen Ulises y yo íbamos en silencio. Astutos. Caminamos y caminamos. Gunther y Peter se metieron en el metro y el buen Ulises y yo caminamos y caminamos. Sin hablar. Antes de llegar a casa entramos en una iglesia. La Ulrichkirche de la Burggasse. ¡Yo me metí en una iglesia y el buen Ulises me siguió, protegiendo mis pasos!

Intenté rezar. Intenté dejar de pensar en las fotos. Esa noche comimos pan y el buen Ulises me preguntó por mi padre, por mis amigos, por mis viajes. Al día siguiente no salimos a la calle. Pero al otro día sí salimos porque el buen Ulises tenía que ir al correo y ya en la calle decidimos no volver a casa y caminar. ¿Estás nervioso, Heimito?, preguntaba el buen Ulises. No, no lo estoy, le respondía yo. ¿Por qué miras hacia atrás a cada rato? ¿Por qué miras hacia los lados? La astucia nunca está de más, le contestaba. No teníamos dinero. Encontramos a un viejo en el parque Esterhazy. Le daba de comer a las palomas, pero las palomas ignoraban sus migas. Me acerqué por detrás y le di un puñetazo en la cabeza. El buen Ulises registró sus bolsillos pero no encontró dinero, sólo monedas y migas de pan y una billetera que nos llevamos. En la billetera había una foto. El viejo se parecía a mi padre, dije. Arrojamos la billetera a un buzón de correos. Después estuvimos dos días sin salir de casa y al final sólo teníamos migas de pan. Así que fuimos a visitar a Julius el policía. Salimos con él. Entramos en un bar de la Favoriten strasse y escuchamos sus palabras. Yo miraba la mesa, la superficie de la mesa y las gotas de coca-cola derramadas. Ulises hablaba en inglés con Julius el policía y le contaba que en México las pirámides eran más grandes y más numerosas que en Egipto. Cuando levanté la vista de la mesa divisé, junto a la puerta del bar, a Gunther y a Peter. Parpadeé y desaparecieron. Pero media hora después o cinco minutos después aparecieron en nuestra mesa y se sentaron con nosotros.

Esa noche hablé con el buen Ulises y le conté que conocía una casa en el campo, una cabaña de madera al pie de una suave colina de pinos. Le dije que no quería volver a ver a mis amigos. Luego hablamos de Israel, del calabozo de Beersheba, del desierto, de las rocas amarillas y de los alacranes que sólo salían de noche, cuando el ojo del hombre no podía distinguirlos. Tal vez deberíamos volver, dijo el buen Ulises. Los judíos seguramente me matarían, dije yo. No te harían nada, dijo el buen Ulises. Los judíos me matarían, dije yo. Entonces el buen Ulises se tapó la cabeza con una toalla sucia, pero igual parecía que seguía mirando por la ventana. Yo me quedé mirándolo un rato y pensando cómo sabía él que no me harían nada. Me arrodillé y puse los brazos en cruz. Diez, quince, veinte flexiones. Hasta que me aburrí y me puse a dibujar.

Al día siguiente volvimos al bar de la Favoriten strasse. Allí estaba Julius el policía y seis de sus amigos. Tomamos el metro en Taubstumengasse y salimos en Praterstern. Escuché aullidos. Corrimos. Sudamos. Al día siguiente uno de mis amigos vigilaba mi casa. Se lo dije al buen Ulises. Pero éste no vio nada. Por la noche nos peinamos. Nos lavamos la cara y salimos. En el bar de la Favoritenstrasse Julius el policía nos habló de dignidad, de evolución, del maestro Darwin y del maestro Nietzsche. Yo traduje para que el buen Ulises entendiera sus palabras, aunque yo no entendía nada. La oración de los huesos, dijo Julius. El anhelo de la salud. La virtud del peligro. El tesón de los olvidados. Bravo, dijo el buen Ulises. Bravo, dijeron los demás. Los límites de la memoria. La sagacidad de las plantas. El ojo de los parásitos. La agilidad de la tierra. El mérito del soldado. La astucia del gigante. El agujero de la voluntad. Magnífico, dijo el buen Ulises en alemán. Extraordinario. Bebimos. Yo no quería cerveza, pero me pusieron una jarra delante y dijeron bebe, Heimito, no te hará daño. Bebimos y cantamos. El buen Ulises cantó algunas estrofas en español y mis amigos lo observaron con miradas de lobo y se rieron. ¡Pero ellos no entendían lo que cantaba el buen Ulises! ¡Ni yo! Bebimos y cantamos. De vez en cuando Julius el policía decía dignidad, honor, memoria. Me pusieron varias jarras. Con un ojo observaba la cerveza que temblaba en el interior de las jarras y con el otro ojo observaba a mis amigos. Ellos no bebían. Por cada jarra suya yo bebía cuatro. Bebe, Heimito, no te hará daño, decían. También al buen Ulises le daban de beber. Bebe, mexicanito, decían, no te hará daño. Y cantábamos. Baladas sobre la casa en el campo, bajo la suave colina. Y Julius el policía decía: hogar, terruño, patria. El dueño del bar se acercó a beber con nosotros. Vi cómo le guiñaba un ojo a Gunther. Vi cómo Gunther le guiñaba un ojo a él. Vi cómo evitaba mirar hacia el rincón en donde estaba el buen Ulises. Bebe, Heimito, me decían, no te hará daño. Y Julius el policía sonreía, halagado, y decía gracias, gracias, lo sé, lo sé, no es para tanto, por favor. Extraordinario. Implacable. Y entonces dijo: rectitud, deber, traición, castigo. Y nuevamente lo felicitaron, pero entonces ya sólo unos pocos sonreían.

Después salimos todos juntos. Como una piña. Como los dedos de una mano de acero. Como un guantelete en el viento. Pero en la calle comenzamos a separarnos. En grupos cada vez más pequeños. Cada vez más separados. Hasta que perdimos de vista a los demás. En nuestro grupo iba Udo y cuatro amigos más. En dirección al Belvedere. Por la Karolinengasse y luego por la Belvederegasse. Y algunos hablaban y otros preferían no hablar y mirar el suelo que pisábamos. Las manos en los bolsillos. Los cuellos levantados. Y yo le dije al buen Ulises: ¿sabes lo que estamos haciendo aquí? Y el buen Ulises me contestó que más o menos se estaba haciendo una idea. Y atravesamos la Prinz Eugen Strasse y yo le pregunté al buen Ulises qué clase de idea era ésa. Y él me contestó: más o menos la misma que te estás haciendo tú, Heimito, más o menos la misma. Los demás no entendían el inglés o si alguno lo entendía aparentaba no entenderlo. Cuando entramos en el parque yo me puse a rezar. ¿Qué murmuras, Heimito?, dijo Udo, que iba a mi lado. No, no, no, dije yo mientras las ramas de los árboles que íbamos apartando me rozaban la cara y el pelo. Luego miré hacia arriba y no vi ni una estrella. Llegamos a un claro: todo era verde oscuro, hasta las sombras de Udo y de mis amigos. Nos quedamos quietos, las piernas abiertas, y las luces bailaban detrás de los árboles y de las plantas, lejanas, inalcanzables. Los puños americanos salieron de los bolsillos de mis amigos. ¡Sin decir una palabra! O si dijeron algo yo no lo entendí. Pero no creo que dijeran nada. ¡Nos habíamos detenido en un lugar secreto y no era necesario hablar! ¡Creo que ni siquiera nos mirábamos! ¡Me dieron ganas de ponerme a gritar! Pero entonces vi que el buen Ulises sacaba algo del bolsillo de su chaqueta y se abalanzaba contra Udo. Yo también me moví. Cogí a uno de mis amigos por el cuello y le di un puñetazo en la frente. Me golpearon por detrás. Uno, dos, uno, dos. Otro me golpeó por delante. Sentí en los labios el sabor metálico de su puño americano. Pero pude retener a uno de mis amigos por el hombro y con un movimiento brusco descargué al que tenía sobre la espalda. Creo que le rompí una costilla a alguien. Sentí una oleada de calor. Escuché los gritos de Udo pidiendo ayuda. Rompí una nariz. Vámonos, Heimito, dijo el buen

Ulises. Lo busqué y no lo vi. ¿Dónde estás?, dije. Aquí, Heimito, aquí, tranquilízate. Dejé de golpear. En el claro había dos cuerpos tirados sobre la hierba, los demás se habían ido. Estaba cubierto de sudor y no podía pensar. Descansa un momento, dijo el buen Ulises. Me arrodillé y extendí los brazos en cruz. Vi al buen Ulises acercarse a los caídos. Por un momento creí que los iba a degollar, aún tenía el cuchillo en la mano, y pensé que se haga la voluntad de Dios. Pero el buen Ulises no levantó su arma contra los cuerpos caídos. Registró sus bolsillos y tocó sus cuellos y acercó su oído a sus bocas y dijo: no hemos matado a nadie, Heimito, podemos irnos. Me limpié la jeta herida con la camisa de uno de mis amigos. Me peiné. Me levanté. ¡Sudaba como un cerdo! ¡Las piernas me pesaban como las de un elefante! Pero igual corrí y corrí y luego caminé e incluso silbé hasta que por fin salimos del parque. Por Jacquingasse hasta Rennweg. Y luego por la Marokkanergasse hasta el Konzerthaus. Y luego por Lisztstrasse hasta Lothringerstrasse. Los días siguientes estuvimos solos. Pero salimos a la calle. Una tarde vimos a Gunther. Nos miró de lejos y luego se alejó. No le hicimos caso. Una mañana vimos a dos de mis amigos. Estaban en una esquina y cuando nos vieron se marcharon. Una tarde, en la Kärntner Strasse, el buen Ulises vio a una mujer, de espaldas, y se acercó a ella. Yo también la vi, pero no me acerqué. Me quedé a diez metros, luego a once metros, luego a quince metros, luego a dieciocho metros. Y vi cómo el buen Ulises la llamaba y ponía su mano en el hombro de la mujer y ésta se volvía y el buen Ulises se disculpaba y la mujer seguía caminando.

Todos los días íbamos al correo. Dábamos paseos que terminaban en la plaza Esterhazy o en la Stiftskaserne. A veces mis amigos nos seguían. ¡Siempre a distancia! Una noche encontramos a un hombre en la Schadekgasse y lo seguimos. Entró en el parque. Era un hombre viejo y bien vestido. El buen Ulises se puso a su lado y yo le di un puñetazo en la nuca. Registramos sus bolsillos. Esa noche comimos en un bar cerca de casa. Después me levanté de la mesa y llamé por teléfono. Mi herencia, mi dinero, dije, y desde el otro lado de la línea alguien dijo: no, no, no. Aquella noche hablé con el buen Ulises pero no recuerdo de qué. Después vino la policía y nos llevaron a la comisaría de la Bandgasse. Nos quitaron las esposas y nos interrogaron. Preguntas, preguntas. Yo dije: no tengo nada que decir. Cuando me llevaron al calabozo el buen Ulises no estaba allí. A la mañana siguiente vino mi abogado. Le dije: señor abogado, parece usted una estatua abandonada en un bosque y él se rió. Cuando terminó de reír, dijo: a partir de ahora se acabaron las bromas, Heimito. ¿Dónde está mi buen Ulises?, dije yo. Tu cómplice está detenido, Heimito, dijo mi abogado. ¿Está solo?, dije yo. Naturalmente, dijo mi abogado, y entonces dejé de temblar. Si el buen Ulises estaba solo nada le podía ocurrir.

Esa noche soñé con una roca amarilla y con una roca negra. Al día siguiente vi al buen Ulises en el patio. Hablamos. Me preguntó cómo estaba. Bien, dije, hago ejercicios, hago flexiones, abdominales, boxeo con mi sombra, dije. No boxees con tu sombra, dijo él. Cómo estás tú, dije yo. Bien, dijo él, me tratan bien, la comida es buena. ¡La comida es buena!, dije yo. Después me volvieron a interrogar. Preguntas, preguntas. Yo no sé nada, dije. Heimito, cuéntanos lo que sabes, dijeron ellos. Entonces les hablé de los trabajos de los judíos que construían la bomba atómica en Beersheba y de los alacranes que sólo salían a la superficie durante la noche. Y ellos dijeron que me mostrarían fotos y cuando vi las fotos yo dije: están muertos, ¡son fotos de muertos!, y no quise seguir hablando con ellos. Esa noche vi al buen Ulises por el pasillo. Mi abogado me dijo: nada malo te pasará, Heimito, nada malo te puede pasar, ésa es la ley, irás a vivir al campo. ¿Y el buen Ulises?, dije yo. Él se quedará aquí un tiempo más. Hasta aclarar su situación. Esa noche soñé con una roca blanca y con el cielo de Beersheba, refulgente como una copa de cristal. Al día siguiente vi al buen Ulises en el patio. El patio estaba cubierto por una película verde pero ni a él ni a mí parecía importarnos. Los dos teníamos ropas nuevas. Hubiéramos podido pasar por hermanos. Me dijo: todo se ha solucionado, Heimito. Tu padre se hace cargo de ti. ¿Y de ti?, dije. Yo vuelvo a Francia, dijo el buen Ulises. La policía austriaca me paga el billete hasta la frontera. ¿Y cuándo volverás?, dije. No puedo volver hasta 1984, dijo. El año del gran hermano. Pero nosotros no tenemos hermanos, dije. Así parece, dijo él. ¿La baba del diablo es verde?, pregunté de golpe. Puede que sí, Heimito, me contestó, pero yo más bien diría que no tiene color. Después se sentó en el suelo y yo me puse a hacer ejercicios. Corrí, hice flexiones, me arrodillé. Cuando terminé el buen Ulises se había puesto de pie y estaba hablando con otro detenido. Por un momento pensé que estábamos en Beersheba y que el cielo nublado sólo era un engaño de los ingenieros judíos. Pero luego me di una palmada en la cara y me dije no, estamos en Viena y el buen Ulises se va mañana y no podrá volver hasta dentro de mucho y yo tal vez pronto vea a mi padre. Cuando volví junto a él el otro detenido se largó. Estuvimos hablando. Cuídate, me dijo cuando lo vinieron a buscar, mantente en forma, Heimito. Hasta pronto, dije yo, y ya no lo volví a ver.

María Font, calle Montes, cerca del Monumento a la Revolución, México DF, febrero de 1981. Cuando Ulises regresó a México yo hacía poco me había venido a vivir aquí. Estaba enamorada de un tipo que daba clases de matemáticas en una prepa. Nuestra relación empezó de forma bastante tormentosa porque él estaba casado y yo pensaba que nunca iba a dejar a su mujer, pero un día me llamó por teléfono a casa de mis padres y me dijo que buscara un sitio donde pudiéramos irnos a vivir juntos. Ya no soportaba a su esposa y la separación era inminente. Él estaba casado y tenía dos hijos y decía que su mujer utilizaba a los niños para chantajearlo. La conversación que tuvimos no fue de aquellas que tranquilizan, más bien al contrario, pero lo cierto es que a la mañana siguiente me puse a buscar un lugar, al menos provisional, donde los dos pudiéramos vivir.

Por supuesto, estaba el asunto del dinero, él tenía su sueldo pero debía seguir pagando el alquiler de la casa donde vivían sus hijos, además de pasarles una mensualidad para manutención, gastos escolares, etcétera. Y yo no tenía trabajo y sólo contaba con una asignación que me daba una tía materna para que terminara mis estudios de danza y pintura. Así que tuve que echar mano de mis ahorros, pedirle prestado a mi madre y no buscar nada excesivamente caro. Al cabo de tres días, Xóchitl me dijo que había una habitación vacía en el hotel donde ella y Requena vivían. Me mudé en el acto.

La habitación era grande, con baño y cocina, y estaba justo encima de la habitación de Xóchitl y Requena.

Esa misma noche vino a verme el profesor de matemáticas y estuvimos haciendo el amor hasta que amaneció. Al día siguiente, sin embargo, no apareció y aunque en un par de ocasiones lo llamé por teléfono a la escuela, no pude ponerme en contacto con él. Dos días después lo volví a ver y acepté todas las explicaciones que quiso darme. Más o menos así transcurrió la primera y la segunda semana de mi nueva vida en la calle Montes. El profesor de matemáticas aparecía cada cuatro días, aproximadamente, y nuestros encuentros sólo acababan con la madrugada y la inminencia de un nuevo día laboral. Después él desaparecía.

Por supuesto, no sólo hacíamos el amor, también hablábamos. Me contaba cosas de sus hijos. Una vez, hablándome de la más pequeña, se puso a llorar y finalmente dijo que no entendía nada. ¿Qué hay que entender?, dije yo. Me miró como si hubiera dicho una tontería, como si fuera demasiado joven para entender esas cosas y no me contestó. Por lo demás, mi vida era más o menos la misma que antes. Iba a clases, conseguí un trabajo de correctora en una editorial (pésimamente pagado), veía a mis amigos y daba largos paseos por México. Mi amistad con Xóchitl creció, en gran medida debido a nuestra nueva condición de vecinas. Por las tardes, cuando no estaba el profesor de matemáticas, bajaba a su habitación y nos poníamos a hablar o a jugar con el niño. Requena casi nunca estaba (aunque él sí que llegaba cada noche) y Xóchitl y yo nos dedicábamos a hablar de nuestras cosas, de cosas de mujeres, sin recatarnos por la presencia de un hombre. Como era natural, el objetivo de nuestras primeras conversaciones fue el profesor de matemáticas y su peculiar modo de entender una nueva relación. Según Xóchitl, el tipo era en el fondo un cagado que tenía miedo de abandonar a su mujer. Yo era de la opinión de que en esto influía mucho más su delicadeza, su deseo de no hacer un daño innecesario, que el miedo propiamente dicho. En mi fuero interno me extrañó bastante la determinación con que Xóchitl tomó partido por mí y no por la mujer del profesor de matemáticas.

A veces íbamos al parque con el pequeño Franz. Una noche en que estaba el profesor de matemáticas, los invitamos a cenar. El profesor de matemáticas quería que estuviéramos solos pero Xóchitl me había pedido que se lo presentara y pensé que aquella era una ocasión inmejorable. Fue la primera cena que di en lo que ya veía como mi nueva casa y aunque la cena en sí fue más bien sencilla, una gran ensalada, quesos y vino, Requena y Xóchitl acudieron muy puntuales y mi amiga apareció con su mejor vestido. El profesor de matemáticas trató, me consta, de ser agradable, algo que le agradecí, pero yo no sé si por la escasez de comida (en aquellos días me decantaba por las dietas bajas en calorías) o por la abundancia de vino, el caso es que la cena fue un desastre. Al marcharse mis amigos el profesor de matemáticas los trató de parásitos, los elementos, dijo, que inmovilizan a una sociedad, los que hacen que un país nunca acabe de ponerse en movimiento. Yo le dije que era igual que ellos y él replicó que

317

eso no era cierto, que yo estudiaba y trabajaba mientras ellos no hacían nada. Son poetas, argüí. El profesor de matemáticas me miró a los ojos y repitió varias veces la palabra poeta. Vagos es lo que son, dijo, y malos padres, ¿a quién se le puede ocurrir ir a comer en un lugar ajeno dejando a su hijo solo en casa? Aquella noche, mientras hacíamos el amor, pensé en el pequeño Franz durmiendo en la habitación de abajo mientras sus padres bebían vino y comían queso en mi habitación, y me sentí vacía e irresponsable. Poco después, uno o dos días, Requena me dijo que Ulises Lima había vuelto a México.

Una tarde, mientras leía, escuché que Xóchitl me llamaba golpeando su techo con el palo de una escoba. Me asomé a la ventana. Ulises está aquí, dijo Xóchitl, ¿quieres bajar? Bajé. Allí estaba Ulises. No me causó una gran alegría verlo. Todo lo que él y Belano habían significado para mí quedaba ahora demasiado lejos. Habló de sus viajes. Creo que en la narración de éstos había demasiada literatura. Mientras él hablaba me puse a jugar con el pequeño Franz. Después Ulises dijo que tenía que ir a ver a los hermanos Rodríguez y que si queríamos acompañarlo. Xóchitl y yo nos miramos. Si tú quieres ir yo te cuido al niño, le dije. Antes de marcharse Ulises me preguntó por Angélica. Está en casa, le dije, llámala por teléfono. En general, no sé por qué, mi actitud con él fue más bien hostil. Cuando se marcharon, Xóchitl me guiñó un ojo. Aquella noche no vino el profesor de matemáticas. Le di de comer al pequeño Franz en mi habitación y luego bajé, le puse el pijama y lo metí en la cama, en donde no tardó en quedarse dormido. De la estantería cogí un libro y estuve leyendo, junto a la ventana, y observando los coches que pasaban con las luces encendidas por la calle Montes. Leía y pensaba.

A las doce de la noche volvió Requena. Me preguntó qué hacía allí y dónde estaba Xóchitl. Le dije que había ido a una reunión de real visceralistas en casa de los hermanos Rodríguez. Después de mirar a su hijo Requena me preguntó si yo había comido. Le dije que no. Me había olvidado de comer. Pero al niño sí que le había dado la cena, anuncié.

Requena abrió el refrigerador y sacó una olla pequeña que puso al fuego. Era sopa de arroz. Me preguntó si quería. En realidad lo que yo no quería era irme a mi habitación solitaria, así que le dije que me pusiera un poco. Hablábamos a media voz para no despertar al pequeño Franz. ¿Cómo van tus clases de danza?, dijo. ¿Cómo van tus clases de pintura? Requena sólo había estado una vez en mi habitación, la noche de la cena, y le ha-

318

bía gustado lo que yo pintaba. Todo va bien, le dije. ¿Y la poesía? Hace mucho que no escribo, le dije. Yo también, dijo él. La sopa de arroz estaba muy picante. Le pregunté si Xóchitl cocinaba siempre así. Siempre, dijo él, debe de ser una costumbre familiar.

Durante un rato estuvimos mirándonos sin decir nada y también mirando la calle, la cama de Franz, las paredes mal pintadas. Después Requena se puso a hablar de Ulises y de su regreso a México. A mí me ardía la boca y el estómago y después comprobé que también me ardía la cara. Yo pensé que se quedaría en Europa para siempre, oí que decía. No sé por qué en ese momento me puse a pensar en el padre de Xóchitl, a quien había visto en una sola ocasión, mientras salía del cuarto. Al verlo yo di un salto hacia atrás, me pareció un tipo siniestro. Es mi padre, dijo Xóchitl al ver mi expresión de alarma. El tipo me saludó con un movimiento de cabeza y se marchó. El real visceralismo está muerto, dijo Requena, deberíamos olvidarnos de él y hacer algo nuevo. Una sección mexicana del surrealismo, murmuré. Necesito beber algo, dije. Vi a Requena levantarse y abrir el refrigerador, la luz de éste, amarilla, corrió por el piso hasta las patas de la cama del pequeño Franz. Vi una pelota, unas zapatillas muy pequeñas, pero demasiado grandes para pertenecer al niño, me puse a pensar en los pies de Xóchitl, mucho más pequeños que los míos. ¿Has notado algo nuevo en Ulises?, dijo Requena. Bebí agua fría. No he notado nada, dije. Requena se levantó y abrió la ventana para ventilar la habitación del humo de los cigarrillos. Está como loco, dijo Requena, está alucinado. Oí un ruido proveniente de la cama del pequeño Franz. ¿Habla en sueños?, pregunté. No, es de la calle, dijo Requena. Me asomé a la ventana y miré hacia mi habitación, la luz estaba apagada. Después sentí las manos de Requena en mi cintura y no me moví. Él tampoco se movió. Al cabo de un rato me bajó el pantalón y sentí su pene entre mis nalgas. No nos dijimos nada. Cuando terminamos nos volvimos a sentar a la mesa y encendimos un cigarrillo. ¿Se lo dirás a Xóchitl?, dijo Requena. ¿Quieres que se lo diga?, dije yo. Preferiría que no, dijo él.

Me fui a las dos de la mañana y Xóchitl aún no había regresado. Al día siguiente, al volver de mis clases de pintura, Xóchitl vino a buscarme a mi cuarto. La acompañé al supermercado. Mientras comprábamos me contó que Ulises Lima y Pancho Rodríguez se habían peleado. El real visceralismo está muerto, dijo Xóchitl, si al menos hubieras ido tú... Le dije que yo ya no escribía poesía ni quería saber nada de poetas. Al volver, Xóchitl me pidió que pasara a su habitación. No había hecho la cama y los platos de la noche anterior, los platos en los que Requena y yo habíamos comido, se amontonaban sin lavar en el fregadero junto con los platos utilizados al mediodía por Xóchitl y Franz.

Aquella noche tampoco vino el profesor de matemáticas. Desde un teléfono público llamé a mi hermana. No sabía qué decirle pero necesitaba hablar con alguien y no tenía ganas de estar otra vez en la habitación de Xóchitl. La pillé justo antes de que saliera. Iba al teatro. ¿Qué quieres?, me dijo. ¿Necesitas dinero? Durante un rato estuve diciendo tonterías, luego, antes de colgar, le pregunté si sabía que Ulises Lima había vuelto a México. No lo sabía. No le importaba. Nos dijimos adiós y colgué. Después llamé a casa del profesor de matemáticas. Contestó el teléfono su mujer. ¿Bueno?, dijo. Yo me quedé callada. Cabrona hija de la gran chingada, contesta, dijo. Yo colgué suavemente y volví a casa. Dos días después Xóchitl me dijo que Catalina O'Hara daba una fiesta en donde posiblemente se iban a reunir todos los real visceralistas, en la fiesta se iba a ver si se podía relanzar al grupo, sacar una revista, planear nuevas actividades. Me preguntó si yo pensaba ir. Le dije que no, pero que si ella quería ir yo podía cuidarle a Franz. Aquella noche volví a hacer el amor con Requena, durante mucho rato, desde que se durmió el niño hasta las tres de la mañana, aproximadamente, y por un momento pensé que era a él a quien amaba y no al pinche profesor de matemáticas.

Al día siguiente Xóchitl me contó cómo había ido la reunión. Igual que una película de zombis. Para ella, el real visceralismo estaba acabado, lo cual era una pena porque los poemas que ahora escribía, dijo, eran en el fondo poemas real visceralistas. La escuché sin decir nada. Después le pregunté por Ulises. Él es el jefe, dijo Xóchitl, pero está solo. A partir de aquel día ya no hubo más reuniones real visceralistas y Xóchitl no volvió a pedirme que cuidara a su hijo por las noches. Mi relación con el profesor de matemáticas estaba muerta pero aún seguíamos acostándonos de vez en cuando y yo aún seguía llamando por teléfono a su casa, supongo que por masoquismo o, lo que es aún peor, porque me aburría. Un día, sin embargo, hablamos de todo lo que nos pasaba o de lo que no nos pasaba y a partir de entonces dejamos de vernos. Al marcharse parecía aliviado. Pensé en dejar el cuarto de la calle Montes y volver a casa de mi madre. Finalmente decidí no marcharme y seguir viviendo allí de forma permanente.

13

Rafael Barrios, sentado en el living de su casa, Jackson Street, San Diego, California, marzo de 1981. ¿Ustedes han visto *Easy Ryder*? Sí, la película de Dennis Hopper, Peter Fonda y Jack Nicholson. Más o menos así éramos nosotros entonces. Pero sobre todo más o menos así eran Ulises Lima y Arturo Belano antes de que se marcharan a Europa. Como Dennis Hopper y su reflejo: dos sombras llenas de energía y velocidad. Y no es que tenga nada contra Peter Fonda pero ninguno de ellos se le parecía. Müller sí que se parecía a Peter Fonda. En cambio ellos eran idénticos a Dennis Hopper y eso era inquietante y seductor, digo, inquietante y seductor para los que los conocimos, para los que fuimos sus amigos. Y esto no es un juicio de valor sobre Peter Fonda. Me gustaba Peter Fonda, cada vez que dan en la tele la película que hizo con la hija de Frank Sinatra y con Bruce Dern no me la pierdo aunque tenga que quedarme despierto hasta las cuatro de la mañana. Sin embargo ninguno de ellos se le parecía. Y con Dennis Hopper era todo lo contrario. Era como si conscientemente lo imitaran. Un Dennis Hopper repetido caminando por las calles de México. Un Mr. Hopper que se desplegaba geométricamente desde el este hacia el oeste, como una doble nube negra, hasta desaparecer sin dejar rastro (eso era inevitable) por el otro lado de la ciudad, por el lado donde no existían salidas. Y yo a veces los miraba y pese al cariño que sentía por ellos pensaba ¿qué clase de teatro es éste?, ¿qué clase de fraude o de suicidio colectivo es éste? Y una noche, poco antes del año nuevo de 1976, poco antes de que se marcharan a Sonora, comprendí que era su manera de hacer política. Una manera que yo ya no comparto y que entonces no entendía, que no sé si era buena o mala, correcta o equivocada, pero que era su manera de hacer política, de incidir políticamente en la realidad, disculpen si mis palabras no son claras, últimamente ando un poco confundido.

Bárbara Patterson, en la cocina de su casa, Jackson Street, San Diego, California, marzo de 1981. ¿Dennis Hopper? ¿Política? ¡Hijo de la chingada! ¡Pedazo de mierda pegada a los pelos del culo! Qué sabrá el pendejo de política. Era yo la que le decía: dedícate a la política, Rafael, dedícate a las causas nobles, carajo, tú eres un pinche hijo del pueblo, y el cabrón me miraba como si yo fuera una mierda, un trocito de basura, me miraba desde una altura imaginaria y contestaba: no son enchiladas, Barbarita, no te aceleres, y luego se echaba a dormir y yo tenía que salir a trabajar y luego a estudiar, en fin, yo estaba ocupada todo el día, *estoy* ocupada todo el día, arriba y abajo, de la universidad al trabajo (soy camarera de una hamburguesería en Reston Avenue), y cuando volvía a casa me encontraba a Rafael durmiendo, con los platos sin lavar, el suelo sucio, restos de comida en la cocina (¡pero nada de comida para mí, el muy mamón!), la casa hecha un asco, como si hubiera pasado una manada de mandriles, y entonces yo tenía que ponerme a limpiar, a barrer, a cocinar y luego tenía que salir y llenar de comida el frigorífico, y cuando Rafael se despertaba le preguntaba: ¿has escrito, Rafael?, ¿has comenzado a escribir tu novela sobre la vida de los chicanos en San Diego?, y Rafael me miraba como si me viera en la tele y decía: he escrito un poema, Barbarita, y yo entonces, resignada, le decía órale, cabrón, léemelo, y Rafael abría un par de latas de cerveza, me daba una (el cabrón sabe que yo no debería beber cerveza) y luego me leía el pinche poema. Y debe de ser porque en el fondo lo sigo queriendo que el poema (sólo si era bueno) me hacía llorar, casi sin darme cuenta, y cuando Rafael terminaba de leer yo tenía la cara mojada y brillante y él se me acercaba y yo podía olerlo, olía a mexicano, el cabrón, y nos abrazábamos, muy suavecito, y luego, pero como media hora después, empezábamos a hacernos el amor, y después Rafael me decía: ¿qué vamos a comer, gordita?, y yo me levantaba, sin vestirme, y me metía en la cocina y le hacía sus huevos con jamón y bacon, y mientras cocinaba pensaba en la literatura y en la política y me acordaba de cuando Rafael y yo todavía vivíamos en México y fuimos a ver a un poeta cubano, vamos a verlo, Rafael, le dije, tú eres un hijo del pueblo y ese maricón quieras que no tendrá que darse cuenta de tu talento, y Rafael me dijo: pero es que yo soy viscerrealista, Barbarita, y yo le dije no seas pendejo, tus huevos son real visceralistas, ¿pero es que no te quieres dar cuenta de la puta realidad, cariño?, y Rafael y yo fuimos a ver al gran lírico de la Revolución y allí habían estado todos los poetas mexicanos que Rafael más detestaba (o mejor dicho que Belano y Lima más detestaban), fue raro porque los dos lo sentimos por el olor, la habitación de hotel del cubano *olía* a los poetas campesinos, a los de la revista *El Delfín Proletario*, a la mujer de Huerta, a estalinistas mexicanos, a revolucionarios de mierda que cada quincena cobraban del erario público, en fin, me dije a mí misma e intenté decirle telepáticamente a Rafael: no la cagues ahora, no metas la pata ahora, y el hijo de La Habana nos atendió bien, un poco cansado, un poco melancólico, pero en líneas generales bien, y Rafael habló de poesía joven mexicana pero no de los real visceralistas (antes de entrar le dije que lo mataría si lo hacía) e incluso yo me inventé sobre la marcha un proyecto de revista que, dije, me iba a financiar la Universidad de San Diego, y al cubano eso le interesó, le interesaron los poemas de Rafael, le interesó mi puta revista quimérica, y de pronto, cuando ya la entrevista llegaba a su fin, el cubano que a esas alturas parecía más dormido que despierto, nos preguntó de sopetón por el realismo visceral. No sé cómo explicarlo. La habitación del puto hotel. El silencio y los ascensores lejanos. El olor de las anteriores visitas. Los ojos del cubano que se cerraban de sueño o aburrimiento o alcohol. Sus inesperadas palabras, como pronunciadas por un hombre hipnotizado, mesmerizado, todo contribuyó a que yo diera un gritito, un gritito que sin embargo sonó como un disparo. Debían de ser los nervios, eso fue lo que les dije. Después los tres permanecimos en silencio durante un rato, el cubano pensando seguramente en quién sería esa gringa histérica, Rafael pensando si hablar o no hablar del grupo y yo diciéndome una y otra vez puta de mierda, a ver si un día de éstos te coses los putos labios. Y entonces, mientras me veía a mí misma encerrada en el closet de mi casa, la boca convertida en una costra inmensa, leyendo una y otra vez los cuentos de *El llano en llamas*, escuché que Rafael hablaba de los real visceralistas, escuché que el puto cubano preguntaba y preguntaba, escuché que Rafael decía que sí, que tal vez, que la enfermedad infantil del comunismo, escuché que el cubano sugería manifiestos, proclamas, refundaciones, mayor claridad ideológica, y entonces ya no pude aguantarme más y abrí la boca y dije que eso se había terminado, que Rafael sólo hablaba a título personal, como el buen poeta que era, y entonces Rafael me dijo cállate, Barbarita, y yo le dije tú no me callas a mí, mamón, y el cubano dijo ay, las mujeres, e intentó mediar con su mierda de macho con las pelotas podridas y nauseabundas, y yo dije mierda, mierda, mierda, sólo queremos publicar en Casa de las Américas a título personal, y el cubano entonces me miró muy serio y dijo que por supuesto, en Casa de las Américas *siempre* se publicaba a título personal, y así les va, dije yo, y Rafael dijo chántala, Barbarita, que el maestro aquí va a pensar lo que no es, y yo dije que el puto maestro piense lo que quiera, pero el pasado es el pasado, Rafael, y tu futuro es tu futuro, ¿no?, y entonces el cubano me miró más serio que nunca con unos ojos como diciéndome si estuviéramos en Moscú ibas a acabar tú en un psiquiátrico, chica, pero al mismo tiempo, eso también lo percibí, como si pensara, bueno, no es para tanto, la locura es la locura es la locura y la melancolía también y en el fondo de la cuestión los tres somos americanos, hijos de Calibán, perdidos en el gran caos americano, y eso creo que me enterneció, ver en la mirada del hombre poderoso una chispa de simpatía, una chispa de tolerancia, como si dijera no te dé pena, Bárbara, que yo ya sé cómo son estas cosas, y entonces, qué imbécil soy, yo sonreí, y Rafael sacó sus poemas, unos cincuenta folios, y le dijo éstos son mis poemas, compañero, y el cubano cogió los poemas, le dio las gracias y acto seguido él y Rafael se levantaron, como en cámara lenta, como un rayo, un rayo doble o un rayo y su sombra, pero en cámara lenta, y en esa fracción de segundo yo pensé todo está bien, ojalá todo esté bien, yo me vi bañándome en una playa habanera y vi a Rafael a mi lado, a unos tres metros, conversando con unos periodistas norteamericanos, gente de Nueva York, de San Francisco, hablando de LITERATURA, hablando de POLÍTICA, y en las puertas del paraíso.

José «Zopilote» Colina, café Quito, avenida Bucareli, México DF, marzo de 1981. Esto fue lo más cerca que esos mamones se acercaron a la política. Una vez yo estaba en *El Nacional*, allá por el año 1975, y allí estaban Arturo Belano, Ulises Lima y Felipe Müller esperando a que don Juan Rejano los atendiera. De pronto apareció una rubia bastante potable (soy un experto) y se saltó la cola de pinches poetas que se arracimaban como moscas en el cuartucho donde trabajaba don Juan Rejano. Nadie, por supuesto, protestó (pobres, pero caballeros, los bueyes), qué iban a protestar, una mierda, y va la rubia y se acerca al escritorio de don Juan y le entrega un bonche de cuartillas, unas traducciones, creí escuchar (tengo el oído fino), y don Juan, que Dios lo tenga en la Gloria, hombres como ése hay pocos, le sonríe de oreja a oreja y le dice qué tal Verónica (gachupín cabrón, a nosotros nos trataba fatal), qué buenos vientos la traen por aquí, y la tal Verónica le da las traducciones y habla un ratito con el viejo, más bien Verónica habla y don Juan asiente, como hipnotizado, y luego la rubia coge su cheque, se lo guarda en la cartera, se da media vuelta y se pierde por el pinche pasillo cochambroso, y entonces, mientras los demás babeábamos, don Giovanni se quedó un rato como traspuesto, como pensativo, y Arturo Belano, que era una fiera de confianza y además era el que estaba más cerca de él va y le dice: ¿qué pasa, don Juan, qué se trae?, y don Rejas, como saliendo de un puto sueño o de una puta pesadilla lo mira y le dice: ¿sabes quién era esa chica?, se lo dijo mirándolo a los ojos y con acento español, mala señal, Rejano, como todos ustedes ignoran, además de tener malas pulgas hablaba generalmente con acento mexicano, pobre viejo, qué mala suerte tuvo al final, pero en fin, va y le dice ¿sabes, Arturo, quién es esa chica?, y Belano dice nelazo, aunque se nota que es simpática, ¿quién es? ¡La bisnieta de Trotski!, dice don Rejas, Verónica Volkow, la mera bisnieta (o nieta, pero no, creo que bisnieta) de León Davidovitch, y entonces, perdonen si pierdo el hilo, Belano dijo moles y salió corriendo detrás de Verónica Volkow, y detrás de Belano salió Lima echando aguas, y el chavito Müller se quedó un minuto a recoger los cheques de ellos y después también salió disparado, y Rejano los vio salir y desaparecer por el Pasillo de la Cochambre y se sonrió como para sus adentros, como diciendo pinches chavos culeros, y yo creo que debió de pensar en la Guerra Civil española, en sus amigos muertos, en sus largos años de exilio, yo creo que debió de pensar incluso en su militancia en el Partido Comunista, aunque eso no casaba muy bien con la bisnieta de Trotski, pero don Rejas era así, básicamente un sentimental y una buena persona, y luego volvió al planeta Tierra, a la pinche redacción de la *Revista Mexicana de Cultura*, suplemento cultural de *El Nacional*, y los que se hacinaban en el cuarto mal ventilado y los que se marchitaban en el pasillo oscuro volvieron con él a la cabrona realidad y todos recibimos nuestros cheques.

Más tarde, después de transar con don Giovanni la publicación de un artículo sobre un cuate pintor, salí a la calle, yo y otros dos del periódico dispuestos a emborracharnos desde temprano, y los vi a través de las vitrinas de un café. El café creo que era La Estrella Errante, no me acuerdo. Verónica Volkow estaba con ellos. La habían alcanzado. La habían invitado a tomar algo. Durante un rato, parado en la acera, mientras mis compañeros decidían adónde ir, los estuve mirando. Parecían felices. Belano, Lima, Müller y la bisnieta de Trotski. A través de los ventanales los vi reírse, los vi *retorcerse* de risa. Probablemente no la iban a ver nunca más. La chavita Volkow era claramente de la buena sociedad y esos tres llevaban escrito en la frente que su destino era Lecumberri o Alcatraz. No sé qué me pasó. Lo juro por ésta. Me sentí tierno y el Zopilote Colina nunca flaquea por allí. Los cabrones se reían con Verónica Volkow, pero también se reían con León Trotski. Nunca más iban a estar tan cerca del Partido Bolchevique. Probablemente nunca más querrían estar tan cerca. Pensé en don Iván Rejánov y sentí que el pecho se me llenaba de tristeza. Pero también de alegría, carajo. Qué cosas más raras pasaban en *El Nacional* los días de cobro.

Verónica Volkow, junto con una amiga y dos amigos, salidas internacionales, aeropuerto de México DF, abril de 1981. Se equivocó el señor José Colinas al afirmar que nunca más volvería a ver a los ciudadanos chilenos Arturo Belano y Felipe Müller, y al ciudadano mexicano, mi compatriota Ulises Lima. Si los incidentes por él relatados, con no demasiado apego a la verdad, ocurrieron en 1975, probablemente un año después volví a ver a los ya mencionados jóvenes. Fue, si mal no recuerdo, en mayo o junio de 1976, una noche aparentemente clara, incluso brillante, en la cual año tras año nos movemos con lentitud, con extremo cuidado, los mexicanos y los más bien perplejos visitantes extranjeros y que personalmente encuentro estimulante pero decididamente triste.

La historia no tiene mayor importancia. Sucedió en las puertas de un cine de Reforma, el día de estreno de una película no sé si norteamericana o europea.

Puede que incluso fuera de algún director mexicano.

Yo iba con unos amigos y de repente, no sé cómo, los vi. Estaban sentados en la escalinata, fumando y conversando. Ellos a mí ya me habían visto, pero no se acercaron a saludarme. La verdad es que parecían mendigos, desentonaban horriblemente allí, en la entrada del cine, entre gente bien vestida, bien afeitada, que al subir las escalinatas se apartaban como con miedo de que uno de ellos fuera a alargar la mano y a deslizarla por entre sus piernas. Al menos uno de ellos me pareció bajo los efectos de una droga. Creo que era Belano. El otro, creo que Ulises Lima, leía y escribía en los márgenes de un libro y al mismo tiempo canturreaba. El tercero (no, no era Müller, definitivamente, Müller era alto y rubio, y ése era achaparrado y moreno) me miró y me sonrió como si él a mí sí que me conociera. No me quedó más remedio que devolverle el saludo y durante un despiste de mis amigos me acerqué a donde ellos estaban y los saludé. Ulises Lima respondió a mi saludo, aunque no se levantó de la escalinata. Belano sí se levantó, como un autómata, pero me miró como si no me conociera. El tercero dijo tú eres Verónica Volkow y mencionó unos poemas míos publicados recientemente en una revista. Era el único que parecía con ganas de conversar, Dios santo, pensé, que no me hable de Trotski, pero no habló de Trotski sino de poesía, dijo algo acerca de una revista que sacaba un amigo común (¿un amigo común?, ¡qué horror!) y luego dijo otras cosas que no entendí.

Cuando ya me iba, no estuve con ellos más de un minuto, Belano me miró con mayor atención y me reconoció. Ah, Verónica Volkow, dijo y se le dibujó en el rostro una sonrisa que me pareció enigmática. ¿Cómo va la poesía?, dijo. Yo no supe qué contestar a una pregunta tan estúpida y me encogí de hombros. Sentí que uno de mis amigos me llamaba. Me despedí de ellos. Belano me tendió la mano y se la estreché. El tercero me dio un beso en la mejilla. Por un instante pensé que era muy capaz de dejar a sus amigos allí en las escalinatas y sumarse a mi grupo. Ya nos veremos, Verónica, dijo. Ulises Lima no se levantó. Cuando ya entraba en el cine los vi por última vez. Una cuarta persona había llegado y hablaba con ellos. Creo, pero no podría asegurarlo, que era el pintor Pérez Camarga. Iba, eso sí, bien vestido, aseado, y su actitud denotaba un cierto nerviosismo. Más tarde, a la salida del cine, vi a Pérez Camarga o a la persona que se le parecía, pero no vi a los tres poetas, por lo que deduje que estaban allí, en las escalinatas, esperando a esa cuarta persona y que tras su breve encuentro se habían marchado.

Alfonso Pérez Camarga, calle Toledo, México DF, junio de 1981. Belano y Lima no eran revolucionarios. No eran escritores. A veces escribían poesía, pero tampoco creo que fueran poetas. Eran vendedores de droga. Básicamente marihuana, aunque también ofrecían un stock de hongos en potes de cristal, en potecitos originariamente empleados para comidas infantiles, y aunque a primera vista daba asco, un zurullo de caca infantil flotando en un líquido amniótico en el interior de un envase de cristal, al final nos acostumbramos a los jodidos hongos y eso era lo que más les pedíamos, hongos de Oaxaca, hongos de Tamaulipas, hongos de la Huasteca veracruzana o potosina o de donde demonios fueran. Hongos para consumir en nuestras fiestas o en *petit comité*. ¿Quiénes éramos nosotros? Pintores como yo, arquitectos como el pobre Quim Font (de hecho fue éste quien nos los presentó, sin sospechar, al menos eso prefiero suponer, la relación que no tardaríamos en establecer). Porque los chavitos estos eran en el fondo unos linces para los negocios. Cuando los conocí (en casa del pobre Quim) hablamos de poesía y de pintura. Quiero decir: de la poesía y de la pintura mexicana (¿existen otras?). Pero al poco rato ya estábamos hablando de drogas. Y de las drogas pasamos a hablar de negocios. Y al cabo de unos minutos ya me habían sacado al jardín y bajo la sombra de un chopo ya me hacían probar la marihuana que llevaban. Superior, sí señor, como hacía mucho que no había tastado. Y así me convertí en su cliente. Y de paso, les hice publicidad gratis con varios amigos pintores y arquitectos, y ellos también se convirtieron en clientes de Lima y Belano. Bueno, mirado desde cierta óptica, era un avance, por no decir un alivio. Supongo que al menos eran *limpios*. Y uno podía hablar de arte mientras cerraba un trato. Y suponíamos que no intentarían *estafarnos* o tendernos una *emboscada*. Ya saben, esa clase de trampas que los narcotraficantes de tres al cuarto suelen hacer. Y eran más o menos discretos (o eso creíamos nosotros) y puntuales, y tenían recursos, uno podía llamarlos y decirles necesito cincuenta gramos de Golden Acapulco para mañana que doy un reventón sorpresa, y ellos lo único que te preguntaban era el lugar y la hora, ni siquiera mencionaban el dinero, aunque en esto por supuesto nunca tuvieron la más mínima queja, pagábamos el precio que ellos ponían sin rechistar, con clientes así da gusto trabajar, ¿verdad? Y todo iba como la seda. A veces, por supuesto, disentíamos. La culpa era generalmente nuestra. Les dábamos confianza y ya se sabe, hay personas que más vale tenerlas a cierta distancia. Pero nuestro talante democrático nos traicionaba y, por ejemplo, cuando había una fiesta o una reunión particularmente aburrida, pues los hacíamos pasar, les servíamos unas copas, les pedíamos que nos detallaran el sitio exacto de donde provenía la mercancía que íbamos a ingerir o a fumar, en fin, cosas así, inocentes, sin ánimo de ofender, y ellos bebían nuestros licores, comían nuestras viandas, pero de una manera, ¿cómo explicarlo?, ausente, tal vez, de una manera fría, como si estuvieran pero no estuvieran, o como si nosotros fuéramos insectos o vacas a quienes sangraban cada noche y a quienes convenía mantener confortablemente vivas, pero sin el más mínimo gesto que implicara cercanía, simpatía, cariño. Y eso, aunque generalmente estábamos borrachos o drogados, pues lo percibíamos y a veces, para picarlos, los obligábamos a escuchar nuestros comentarios, nuestras opiniones, lo que en el fondo pensábamos de ellos. Por supuesto, nunca los consideramos unos poetas de verdad. Mucho menos unos revolucionarios. ¡Eran vendedores y punto! Nosotros respetamos a Octavio Paz, por ejemplo, y ellos, con la soberbia de los ignorantes, lo desdeñaban sin ambages. Eso es inadmisible, ¿verdad? Una vez, no sé por qué, dijeron algo de Tamayo, algo *contra* Tamayo y eso ya fue el colmo, no sé en qué contexto, la verdad es que no sé ni siquiera en dónde, tal vez estuviéramos en mi casa, tal vez no, no importa, lo cierto es que alguien hablaba de Tamayo y de Cuevas y uno de nosotros ponderó la dureza de José Luis, la fuerza, el valor que exudan todos y cada uno de sus trabajos, la suerte que teníamos de ser sus compatriotas y contemporáneos, y entonces uno de ellos (los dos estaban en un rincón, así los recuerdo, en un rincón esperando su dinero) dijo que el valor de Cuevas o que su dureza o que su energía, no lo sé, eran puro bluff, y su declaración tuvo la virtud de enfriarnos de improviso, de hacer que creciera en el interior de nosotros una indignación fría, no sé si me explico, casi nos los comimos vivos. Quiero decir que a veces era chistoso escucharlos hablar. Parecían, en el fondo, dos extraterrestres. Pero conforme iban adquiriendo confianza, conforme los ibas conociendo o *escuchando* con más atención, su pose resultaba más bien triste, provocaba el rechazo. No eran poetas, ciertamente, no eran revolucionarios, creo que ni siquiera estaban sexuados. ¿Qué quiero decir con esto? Pues que el sexo no parecía interesarles (sólo les interesaba el dinero que nos pudieran exprimir), así como tampoco la poesía ni la política, aunque su apariencia pretendiera amoldarse al arquetipo tan manido del joven poeta de izquierda. Pero no, el sexo no les interesaba, me consta, seguro. ¿Que cómo lo sé? Por una amiga, una amiga arquitecta que quiso coger con uno de ellos. Belano, supongo. Y a la hora de la verdad no pasó nada. Vergas muertas.

14

Hugo Montero, tomándose una cerveza en el bar La Mala Senda, calle Pensador Mexicano, México DF, mayo de 1982. Había una plaza libre y yo me dije ¿por qué no meto a mi cuate Ulises Lima en el grupito que va a Nicaragua? Esto pasó en enero, una buena manera de inaugurar el año. Y además, me habían dicho que Lima estaba muy mal y yo pensé que un viajecito a la Revolución le recompone los ánimos a cualquiera. Así que arreglé los papeles sin consultarle nada a nadie y metí a Ulises en el avión que iba a Managua. Por supuesto, yo no sabía que con esa decisión me estaba poniendo la soga al cuello, si lo hubiera sabido Ulises Lima no se mueve del DF, pero uno es así, impulsivo, y al final lo que tenga que suceder siempre sucede, somos juguetes en manos del destino, ¿verdad?

Bueno, pues, a lo que iba: metí a Ulises Lima en el avión y yo creo que ya antes de que despegáramos me olí lo que podía acarrearme aquel viajecito. La delegación mexicana estaba encabezada por mi jefe, el poeta Álamo, y cuando éste vio a Ulises se puso blanco y me llamó aparte. ¿Qué hace este pendejo aquí, Montero?, dijo. Va a Managua con nosotros, le contesté. El resto de las palabras de Álamo prefiero no repetirlas porque en el fondo no soy una mala persona. Pero pensé: si no te interesaba que viajara este poeta, so holgazán, por qué no controlaste tú mismo las invitaciones, por qué no te tomaste tú mismo el trabajo de llamar por teléfono a todos los que tenían que ir. Y con esto no quiero decir que no lo hubiera hecho. Álamo invitó personalmente a sus cuatachos más íntimos, a saber: la banda de la poesía campesina. Y después invitó personalmente a sus lambiscones más queridos, y después a los pesos pesados o plumas, todos campeones locales en sus respectivas categorías, de la literatura mexicana, pero, como siempre pasa, en este país no hay formalidad, a última hora dos o tres cabrones cancelaron el viaje y tuve que ser yo el que rellenara las ausencias, como dice Neruda. Y entonces fue cuando pensé en Lima, sabía no sé por quién que estaba de vuelta en México y que se lo estaba llevando la chingada, y yo soy de las personas que si pueden hacer un favor, pues lo hacen, qué le voy a hacer, México me hizo así y ni modo.

Ahora, claro, estoy sin chamba y a veces, cuando me da por ahí, cuando la cruda me presenta uno de esos amaneceres apocalípticos del DF, pienso que hice mal, que podía haber invitado a otro, en una palabra, que la cagué, pero en líneas generales pues no me arrepiento. Y allí estábamos, como les iba contando, en el avión, y Álamo que recién se daba cuenta de que en el pasaje se había colado Ulises Lima, y yo le dije: tranquilo, maestro, no va a pasar nada, tiene usted mi palabra, y entonces Álamo me miró como si me calibrara, una mirada de fuego, si se me permite la licencia, y dijo: de acuerdo, Montero, es tu problema, ya veremos cómo lo solventas. Y yo le dije: el pabellón de México quedará en lo más alto, jefe, serenidad y tranquilidad, no se me inquiete por nada. Y ya para entonces íbamos volando rumbo a Managua por un cielo negro negrísimo y los escritores de nuestra delegación iban bebiendo como si supieran o sospecharan o alguien les hubiera pasado la fija de que el avión se iba a caer, y yo iba de un lado para otro, pasillo arriba y pasillo abajo, saludando a los presentes, repartiendo unas hojitas con la Declaración de los Escritores Mexicanos, un panfleto que había pergeñado Álamo y los poetas campesinos en solidaridad con el pueblo hermano de Nicaragua y que yo había pasado en limpio (y corregido, no está demás decirlo), para que los que no lo conocían, que eran la gran mayoría, lo leyeran, y para que los que no lo habían suscrito, que eran unos pocos, me estamparan su firmita en el apartado «Los abajo firmantes», es decir justo debajo de las firmas de Álamo y los poetas campesinos, el quinteto del apocalipsis.

Y entonces, mientras iba recabando las firmas que me faltaban, pensé en Ulises Lima, vi su pelambrera hundida en el asiento, me pareció que iba mareado o dormido, en cualquier caso tenía los ojos cerrados y hacía visajes, como si sufriera una pesadilla, pensé, y pensé, digo, este cuate no va a querer firmar así como así la Declaración, y por un instante, mientras el avión daba bandazos de un lado para otro y parecían confirmarse las peores expectativas, sopesé la posibilidad de no pedirle su firma, de ignorarlo soberanamente, total, yo le había conseguido el viaje como un favor de amigo, porque estaba mal o eso me habían dicho, no para que se solidarizara con éstos o con los otros, pero luego se me ocurrió que Álamo y los poetas campesinos iban a mirar con lupa a los «abajo firmantes» y que iba a ser yo el que pagara por su ausencia. Y la duda, como dice Othón, se instaló en mi conciencia. Y entonces me acerqué a Ulises y le toqué el hombro y él abrió de inmediato los ojos, como si fuera un pinche robot que yo, al accionar algún mecanismo oculto en su carne, hubiera despertado, y me miró como si no me conociera, pero reconociéndome, no sé si me explico (probablemente no), y entonces yo me senté en el asiento de al lado y le dije mira, Ulises, tenemos un problema, aquí todos los maestros han firmado una pendejada dizque de solidaridad con los escritores nicaragüenses y con el pueblo de Nicaragua y sólo me falta tu firma, pero si no quieres firmar, pues no pasa nada, yo creo que puedo arreglarlo, y entonces él dijo con una voz que me destrozó el corazón: déjame que lo lea, y yo al principio no supe a qué chingados se refería, y cuando caí en la cuenta le alcancé una copia de la Declaración y lo vi, cómo diría, ¿sumergirse en esas palabras?, ·algo así, y le dije: ahorita vengo, Ulises, voy a dar una vuelta por el avión, no sea que el capitán necesite mi ayuda, y mientras tanto tú lee tranquilo, tómate tu tiempo y no te sientas presionado, si quieres lo firmas, si no quieres no lo firmas, y dicho y hecho, me levanté, volví a la proa del avión, ¿se dice proa, no?, bueno, a la parte de adelante, y estuve un rato más repartiendo la cabrona Declaración y departiendo de paso con lo más granado de la literatura mexicana y latinoamericana (iban varios escritores exiliados en México, tres argentinos, un chileno, un guatemalteco, dos uruguayos), que a esa altura del viaje ya empezaban a mostrar los primeros signos de intoxicación etílica, y cuando volví donde Ulises me encontré la Declaración firmada, el papel perfectamente doblado en el asiento desocupado, y a Ulises con los ojos cerrados otra vez, muy erguido pero con los ojos cerrados, digamos como si sufriera mucho, pero digamos también como si se estuviera tomando el sufrimiento (o lo que fuera) con mucha dignidad. Y ya no lo volví a ver más hasta que llegamos a Managua.

No sé qué hizo durante los primeros días, sólo sé que no fue a ningún recital, a ningún encuentro, a ninguna mesa redonda. A veces me acordaba de él, joder, lo que se estaba perdiendo. La historia viva, como se suele decir, la fiesta ininterrumpida. Recuerdo que lo fui a buscar a su habitación en el hotel el día que nos recibió Ernesto Cardenal en el ministerio, pero no lo encontré y en la recepción me dijeron que desde hacía un par de noches no aparecía por allí. Qué le vamos a hacer, me dije, debe estar chupando en alguna parte o debe estar con algún amigo nicaragüense o lo que sea, tenía mucho trabajo, tenía que ocuparme de toda la delegación mexicana, no podía pasarme el día buscando a Ulises Lima, ya bastante había hecho enchufándolo en el viaje. Así que me desentendí de él y fueron pasando los días, como dice Vallejo, y recuerdo que una tarde Álamo se me acercó y me dijo Montero, ¿dónde chingados se ha metido tu amigo que hace mucho que no lo veo? Y entonces yo pensé: carajo, pues es verdad, Ulises había desaparecido. Francamente, al principio no me di cuenta cabal de la situación que se me presentaba, del abanico de posibilidades vitales y no tan vitales que de golpe, con un ruido sordo, ante mí se abría. Pensé debe andar por ahí y aunque no puedo decir que acto seguido me olvidara, digamos que aparqué el problema para más adelante. Pero Álamo no lo aparcó y esa noche, durante una cena de fraternidad entre poetas nicaragüenses y poetas mexicanos, volvió a preguntarme dónde carajos se había metido Ulises Lima. Para colmo uno de los pinches ahijados de Cardenal que había estudiado en México lo conocía y al saber de su presencia en nuestra delegación insistió en verlo, en saludar al padre del realismo visceral, eso decía, era un chavo nicaragüense chaparrito y medio calvo que me sonaba de algo, puede que yo mismo años atrás le hubiera gestionado un recital en Bellas Artes, no sé, para mí que hablaba medio en broma, lo digo sobre todo por cómo decía aquello de padre del realismo visceral, como si se estuviera riendo, como si estuviera vacilando allí delante de los poetas mexicanos que la mera verdad es que le celebraban la gracia con conocimiento de causa, hasta Álamo se reía, mitad por gusto y mitad por seguir el protocolo del infierno, no así los nicas que más bien se reían por contagio o por compromiso, que de todo hay, sobre todo en este ramo.

Y cuando por fin pude sacarme de encima a esos sangrones ya era pasada la medianoche y al día siguiente tenía que arrear con todos de vuelta al DF y la verdad es que de pronto me sentí cansado y con el estómago revuelto, no precisamente asqueado, pero casi, así que decidí ir a echarme la ostra al bar del hotel, en donde servían bebidas más o menos decentes, no como en otros establecimientos de Managua en donde se bebía veneno puro y yo no sé qué esperan los sandinistas para hacer algo al respecto.

Y en el bar del hotel encontré a don Pancracio Montesol, que aunque era guatemalteco venía con la delegación mexicana entre otras razones porque no existía ninguna delegación guatemalteca y porque vivía en México desde hacía por lo menos treinta años. Y don Pancracio me vio chupando con determinación y a las primeras de cambio pues no me dijo nada, pero luego se me arrimó y me dijo joven Montero, lo veo un poco preocupado esta noche, ¿alguna pena de amores? Algo así me dijo don Pancracio. Y yo le contesté qué más quisiera, don Pancracio, sólo estoy cansado, una respuesta de tarugo se mire como se mire, porque es mucho mejor estar cansado que sufrir por una hembrita, pero eso fue lo que le contesté, y don Pancracio debió de notar que algo me pasaba porque normalmente soy un poco menos incoherente, así que saltó de su taburete con una agilidad que me dejó pasmado, recorrió el espacio que nos separaba y con un saltito grácil se retrepó en el taburete de al lado. ¿Y qué es lo que pasa, entonces?, dijo. Que se me ha perdido un miembro de la delegación, le contesté. Don Pancracio me miró como si yo estuviera denso y luego pidió un escocés doble. Durante un rato estuvimos los dos en silencio, chupando y mirando por los ventanales ese espacio oscuro que era la ciudad de Managua, una ciudad ideal para perderse, digo, literalmente hablando, una ciudad que sólo conocen sus carteros y en la que de hecho la delegación mexicana se había perdido más de una vez, doy fe. Creo que por primera vez en mucho tiempo yo me empecé a sentir cómodo. Pocos minutos después apareció un chavito muy flaco y menudito él, que se vino directo a pedirle un autógrafo a don Pancracio. Traía un libro de éste, editado por Mortiz, arrugado y sobado como un billete. Lo oí tartamudear y luego se fue. Con una voz como de ultratumba don Pancracio mencionó a la caterva de sus admiradores. Después a la pequeña legión de sus plagiadores. Y finalmente al equipo de básquet de sus detractores. Y mencionó también a Giacomo Moreno-Rizzo, el veneciano mexicano, que obviamente no estaba en nuestra delegación aunque cuando don Pancracio dijo su nombre yo pensé, de puro imbécil, que Moreno-Rizzo estaba allí, que acababa de hacer su entrada en el bar del hotel, algo del todo improbable pues nuestra delegación era, pese a todos los pesares, una delegación solidaria y de izquierdas, y Moreno-Rizzo, como todo el mundo sabe, es un achichincle de Paz. Y don Pancracio mencionó o hizo alusión a los denodados esfuerzos de Moreno-Rizzo por asemejarse a él, a don Pancracio, sin que se notara. Pero la prosa de Moreno-Rizzo no podía evitar ese aire gazmoño y matonil al mismo tiempo, tan propio por otra parte de los europeos varados en América, orillados a la práctica de una valentía compuesta únicamente de gestos superficiales para sobrevivir en un medio hostil, mientras que la suya, la mía, dijo don Pancracio, era la prosa del hijo legítimo de Reyes, aunque estaba mal que él lo admitiera, enemiga natural de las gélidas falsificaciones tipo Moreno-Rizzo. Después don Pancracio me dijo: ¿y quién es el escritor mexicano que le falta? Su voz me sobresaltó. Uno que se llama Ulises Lima, le dije sintiendo que se me ponía la piel de gallina. Ah, dijo don Pancracio. ¿Y desde cuándo falta? No tengo ni idea, le confesé, puede que desde el primer día. Don Pancracio volvió a quedarse en silencio. Mediante señas le indicó al barman que le pusiera otro escocés, total, pagaba la Secretaría de Educación. No, desde el primer día no, dijo don Pancracio, que es un hombre más bien silencioso pero muy observador, yo me crucé con él en el hotel el primer día de estancia, y también el segundo día, así que todavía no se había ido, aunque ciertamente no recuerdo haberlo visto en ninguna otra parte. ¿Es un poeta? Claro, debe de ser un poeta, dijo sin esperar mi respuesta. ¿Y no lo vio más a partir del segundo día?, dije yo. La segunda noche, dijo don Pancracio. No, no lo volví a ver. ¿Y ahora qué hago yo?, dije yo. No seguir poniéndose triste inútilmente, dijo don Pancracio, todos los poetas alguna vez se pierden, y dar parte a la policía. A la policía sandinista, precisó. Pero yo no tuve huevos para llamar a la policía. Sea sandinista o sea somocista, la policía siempre es la policía y ya fuera por el alcohol o por la noche en los ventanales, yo no tuve redaños para hacerle una jugada de ese calibre a Ulises Lima.

Determinación que más tarde me pesaría, pues a la mañana siguiente, antes de salir para el aeropuerto, a Álamo se le metió en la cabeza reunir a toda la delegación en un hall del hotel para realizar un recuento final de nuestra estadía en Managua pero en realidad para hacer un último brindis al sol. Y cuando todos hubimos dejado bien clara nuestra inquebrantable solidaridad con el pueblo nicaragüense y ya nos dirigíamos a nuestras habitaciones a recoger las maletas, Álamo, acompañado por uno de los poetas campesinos, se me acercó y me preguntó si había aparecido por fin Ulises Lima. No me quedó más remedio que decirle que no, a menos que Ulises estuviera en ese momento en su habitación, durmiendo. Vamos a salir de dudas en el acto, dijo Álamo y se metió en el ascensor seguido por el poeta campesino y por mí. En la habitación de Ulises Lima encontramos a Aurelio Pradera, poeta y fino estilista, y éste nos confesó lo que yo ya sabía, que Ulises había estado allí los dos primeros días, pero que luego se había evaporado. ¿Y por qué no se lo comunicaste a Hugo?, rugió Álamo. Las explicaciones que siguieron fueron más bien confusas. Álamo se mesaba los cabellos. Aurelio Pradera dijo que no entendía por qué le echaban la culpa a él, precisamente a él, que había tenido que soportar una noche entera las pesadillas en voz alta de Ulises Lima, un agravio comparativo, a su parecer. El poeta campesino se sentó en la cama en donde supuestamente debía de haber dormido el causante del revuelo y se puso a hojear una revista de literatura. Poco después me di cuenta que otro de los poetas campesinos había hecho acto de presencia y que detrás de éste, en el umbral, se hallaba don Pancracio Montesol, mudo espectador del drama que se desarrollaba entre las cuatro paredes de la habitación 405. Por supuesto, lo comprendí en el acto, yo ya había dejado de ejercer la función de jefe operativo de la delegación mexicana. En la emergencia este papel recayó en Julio Labarca, el teórico marxista de los poetas campesinos, quien se hizo cargo de la situación con un vigor que yo entonces estaba lejos de sentir.

Su primera resolución fue llamar a la policía, después convocó una reunión de urgencia de lo que él llamaba las «cabezas pensantes» de la delegación, es decir los escritores que de tanto en tanto escribían artículos de opinión, ensayos breves, reseñas de libros políticos (las «cabezas creativas» eran los poetas o los narradores como don Pancracio, y también existía el apartado de las «cabecitas locas», que eran los novatos y los primerizos como Aurelio Pradera y tal vez como el propio Ulises Lima, y las «cabezas pensantes-creativas», la *crème de la crème*, en donde sólo reinaban dos de los poetas campesinos, con Labarca a la cabeza), y tras examinar con franqueza y rotundidad la nueva situación que propiciaba o creaba el incidente y el incidente en sí mismo, llegaron a la conclusión de que lo mejor que podía hacer la delegación era seguir con los horarios previstos, es decir marcharnos sin más dilación aquel mismo día y dejar el asunto Lima en manos de las autoridades competentes.

Sobre las repercusiones políticas que la desaparición de un poeta mexicano en Nicaragua podía conllevar, se dijeron cosas en verdad tremendas, pero luego, teniendo en cuenta que a Ulises Lima lo conocía muy poca gente y que de la poca gente que lo conocía más de la mitad estaban peleados con él, la alarma bajó varios enteros. Incluso se barajó la posibilidad de que su desaparición pasara desapercibida.

Más tarde llegó la policía y Álamo, Labarca y yo estuvimos hablando con uno que decía ser inspector y al que Labarca dio inmediatamente trato de «compañero», «compañero» por aquí y «compañero» por acá, la mera verdad es que para ser policía era simpático y comprensivo, aunque no dijo nada que previamente no hubiéramos sopesado. Nos preguntó por las costumbres del «compañero escritor». Le dijimos que, por supuesto, desconocíamos sus costumbres. Quiso saber si tenía alguna «rareza» o «debilidad». Álamo dijo que uno nunca sabía, el gremio era diverso como la humanidad y la humanidad, ya se sabe, es una suma de debilidades. Labarca lo apoyó (a su manera) y dijo que puede que fuera un degenerado y puede que no. ¿Degenerado en qué sentido?, quiso saber el inspector sandinista. Eso yo no lo puedo precisar, dijo Labarca, la verdad es que no lo conocía, ni siquiera lo vi en el avión. ¿Vino en el mismo avión que nosotros, no? Por supuesto, Julio, dijo Álamo. Y luego Álamo me pasó la pelota a mí: tú lo conoces, Montero (qué cantidad de coraje concentrado había en esas palabras), dinos cómo era. Yo me lavé las manos en el acto. Volví a explicar toda la historia, desde el principio hasta el final, ante el aburrimiento manifiesto de Álamo y Labarca y el sincero interés del inspector. Cuando terminé dijo ah, qué vida la de los escritores, carajo. Luego quiso saber por qué había habido escritores que no quisieron viajar a Managua. Por asuntos personales, dijo Labarca. ¿No por beligerancia con nuestra revolución? Cómo se le ocurre, de ningún modo, dijo Labarca. ¿Qué escritores no quisieron venir?, dijo el inspector. Álamo y Labarca se miraron y luego me miraron a mí. Yo abrí la bocota y dije los nombres. Ah, caray, dijo Labarca, ¿así que Marco Antonio también estaba invitado? Sí, dijo Álamo, me pareció una buena idea. ¿Y por qué no se me consultó?, dijo Labarca. Se lo comenté a Emilio y dio el okey, dijo Álamo molesto de que Labarca cuestionara su autoridad delante de mí. ¿Y ese Marco Antonio, quién es?, dijo el inspector. Un poeta, dijo Álamo secamente. ¿Pero un poeta de qué tipo?, quiso saber el inspector. Un poeta surrealista, dijo Álamo. Un surrealista del PRI, precisó Labarca. Un poeta lírico, dije yo. El inspector movió la cabeza varias veces, como diciendo ya entiendo aunque para nosotros estaba claro que no entendía una mierda. ¿Y ese poeta lírico no quiso solidarizarse con la revolución sandinista? Bueno, dijo Labarca, es un poco fuerte decirlo de esa manera. No pudo venir, supongo, dijo Álamo. Aunque Marco Antonio, ya se sabe, dijo Labarca y se rió por primera vez. Álamo sacó su cajetilla de Delicados y ofreció. Labarca y yo cogimos uno, pero el inspector los rechazó con un gesto y encendió un cigarrillo cubano, éstos son más fuertes, dijo con un cierto retintín que no nos pasó desapercibido. Fue como si dijera: los revolucionarios fumamos tabaco fuerte, los hombres de verdad fumamos tabaco de verdad, los que incidimos objetivamente en la realidad fumamos tabaco real. ¿Más fuertes que un Delicados?, dijo Labarca. Tabaco negro, compañeros, tabaco auténtico. Álamo se rió por lo bajo y dijo: parece mentira que se nos haya perdido un poeta, pero en realidad quería decir: qué sabes tú de tabaco, pinche cabrón. Me lo paso por los huevos el tabaco cubano, dijo Labarca casi sin inmutarse. ¿Cómo dice, compañero?, dijo el inspector. Que me vale madres el tabaco cubano, donde arda un Delicados que se apaguen los demás. Álamo volvió a reírse y el inspector pareció dudar entre palidecer o asumir una expresión de perplejidad. Supongo, compañero, que eso lo dice sin segundas, dijo. Sin segundas y sin terceras, lo digo tal y como lo ha escuchado. A un Delicados no hay quien le tosa, dijo Labarca. Ah, qué Julio más gandalla, murmuró Álamo mirándome a mí para que el inspector no le descubriera la risa que a duras penas contenía. ¿Y en qué se basa para decir eso?, dijo el inspector envuelto en una nube de humo. Noté que la situación iba tomando un sesgo distinto. Labarca levantó una mano y la agitó, como si abofeteara al inspector, a pocos centímetros de su nariz: no me eche el humo a la cara, hombre, dijo, un poco más de consideración. Esta vez el inspector empalideció sin dudarlo, como si el fuerte aroma de su tabaco lo hubiera mareado. Coño, un poco más de respeto, compañero, casi me da en la nariz. Qué narices ni qué narices, le dijo Labarca a Álamo sin inmutarse, si no sabe distinguir el olor de un Delicados de un vulgar manojo de hebras cubano es que a usted le falla la nariz, compañero, algo que en sí mismo no tiene importancia pero que tratándose de un fumador o de un policía es por lo menos preocupante. Es que el Delicados es rubio, Julio, dijo Álamo muerto de risa. Y además tiene el papel dulce, dijo Labarca, eso sólo se encuentra en algunas partes de la China. Y en México, Julio, dijo Álamo. Y en México, claro, dijo Labarca. El inspector les echó una mirada de esas que matan, luego apagó bruscamente su cigarrillo y dijo con la voz cambiada que tenía que levantar un acta de persona desaparecida y que ese trámite sólo se podía cumplimentar en la comisaría. Parecía dispuesto a detenernos a todos. Pues qué esperamos, dijo Labarca, vamos a la comisaría, compañero. Montero, me dijo mientras salía, dale un telefonazo al ministro de Cultura, de mi parte. Okey, Julio, dije yo. El inspector pareció dudar unos segundos. Labarca y Álamo estaban en el hall del hotel. El inspector me miró como pidiéndome consejo. Yo le hice la señal de las muñecas enmanilladas, pero él no me entendió. Antes de salir, dijo: están de vuelta en menos de diez minutos. Yo me encogí de hombros y le di la espalda. Al cabo de un rato llegó don Pancracio Montesol, vestido con una guayabera blanquísima y con una bolsa de plástico del Gigante de la colonia Chapultepec llena de libros. ¿El asunto está en vías de solución, amigo Montero? Mi cuaternario don Pancracio, dije yo, el asunto está igual que estaba anoche y antenoche, hemos perdido al pobre Ulises Lima y la culpa, quiera usted que no, es mía por haberlo arrastrado hasta aquí.

Don Pancracio, como era habitual en él, no hizo el menor intento de consolarme y durante unos minutos los dos nos mantuvimos en silencio, él bebiendo el penúltimo whisky y leyendo un libro de un filósofo presocrático, y yo con la cabeza escondida entre las manos, chupando un daiquiri con pajita y tratando de imaginarme infructuosamente a Ulises Lima sin dinero y sin amigos, solo en aquel país convulsionado, mientras escuchábamos las voces y los gritos de los miembros de nuestra delegación que vagaban por las dependencias contiguas como perros sin amo o como loros heridos. ¿Sabe qué es lo peor de la literatura?, dijo don Pancracio. Lo sabía, pero hice como que no. ¿Qué?, dije. Que uno acaba haciéndose amigo de los literatos. Y la amistad, aunque es un tesoro, acaba con el sentido crítico. Una vez, dijo don Pancracio, Monteforte Toledo me puso sobre el regazo este enigma: un poeta se pierde en una ciudad al borde del colapso, el poeta no tiene dinero, ni amigos, ni nadie a quien acudir. Además, naturalmente, no tiene intención ni ganas de acudir a nadie. Durante varios días vaga por la ciudad o por el país, sin comer o comiendo desperdicios. Ya ni siquiera escribe. O escribe con la mente, es decir delira. Todo hace indicar que su muerte es inminente. Su desaparición, radical, la prefigura. Y sin embargo el susodicho poeta no muere. ¿Cómo se salva? Etcétera, etcétera. Sonaba a Borges, pero no se lo dije, ya bastante lo joden sus colegas con que si plagia a Borges aquí o si lo plagia allá, si lo plagia bonito o si lo plagia gachamente, como hubiera dicho López Velarde. Lo que hice fue escucharlo y luego imitarlo, es decir, quedarme en silencio. Y luego vino un tipo a decirme que ya estaba a las puertas del hotel la furgoneta que nos llevaría al aeropuerto y yo dije de acuerdo, vamos para allá, pero antes miré a don Pancracio, que ya se había descolgado de su taburete y me miraba con una sonrisa en la cara, como si yo hubiera encontrado la solución del enigma, pero evidentemente yo no había encontrado ni captado ni adivinado nada, y además me importaba un carajo, así que se lo dije: el problema que le puso su amigo, ¿cuál era la solución, don Pancracio? Y entonces don Pancracio me miró y me dijo: ¿qué amigo? Pues su amigo, el que fuera, Miguel Ángel Asturias, el enigma del poeta que se pierde y que sobrevive. Ah, ése, dijo don Pancracio como si despertara, la verdad es que ya no me acuerdo, pero pierda cuidado, el poeta no muere, se hunde, pero no muere.

Lo que bien amas nunca perece, dijo uno que estaba junto a nosotros y que nos oyó, un güero de traje cruzado y corbata roja que era el poeta oficial de San Luis Potosí, y ahí mismo, como si las palabras del güero hubieran sido el pistoletazo de salida, en este caso de despedida, se armó un desorden mayúsculo, con escritores mexicanos y nicaragüenses dedicándose mutuamente sus libros, y luego en la furgoneta, donde no cabíamos todos (los que nos íbamos y los que nos iban a despedir), al grado que tuvimos que llamar tres taxis para que proporcionaran apoyo logístico suplementario al desplazamiento. Por descontado yo fui el último en dejar el hotel. Antes hice unas cuantas llamadas telefónicas y le dejé una carta a Ulises Lima en el supuesto harto improbable de que volviera a aparecer por allí. En la carta le aconsejaba que se dirigiera de inmediato a la embajada mexicana en donde se encargarían de repatriarlo. También llamé a la comisaría. Allí hablé con Álamo y Labarca, que me aseguraron que nos encontraríamos en el aeropuerto. Luego cogí mis maletas, llamé a un taxi y me fui.

15

Jacinto Requena, café Quito, calle Bucareli, México DF, julio de 1982. Yo fui a despedir a Ulises Lima al aeropuerto, cuando se fue a Managua, en parte porque no me acababa de creer que lo hubieran invitado y en parte porque no tenía nada que hacer aquella mañana, y también lo fui a recibir, cuando volvió al DF, más que nada por verle la cara y por reírnos un rato juntos, pero cuando divisé la cola de los escritores viajeros, perfectamente formados en doble fila india, no pude, por más esfuerzos que hice y por más codazos que propiné, dintinguir su inconfundible figura.

Allí estaban Álamo y Labarca, Padilla y Byron Hernández, nuestro viejo conocido Logiacomo y Villaplata, Sala y la poetisa Carmen Prieto, el siniestro Pérez Hernández y el excelso Montesol, pero no él.

Lo primero que pensé fue que Ulises se había quedado dormido en el avión y que no tardaría en aparecer escoltado por dos azafatas y con un pedo de proporciones homéricas. Al menos eso fue lo que quise pensar, dado que no soy una persona propensa a las alarmas, aunque si he de decir la verdad ya desde esa primera visión (el grupo de intelectuales que regresaba cansado y satisfecho) tuve un mal presentimiento.

Cerraba la fila, cargado con varios bolsos de mano, Hugo Montero. Recuerdo que le hice una seña pero no me vio o no me reconoció o se hizo el desentendido. Cuando ya todos los escritores hubieron salido vi a Logiacomo, que parecía renuente a abandonar el aeropuerto, y me acerqué a saludarlo procurando no exteriorizar los temores que sentía. Lo acompañaba otro argentino, un tipo alto y gordo, de barbita de chivo, a quien yo no conocía. Hablaban de dinero. Al menos yo oí la palabra dólares un par de veces y con varios y trémulos puntos de exclamación.

Tras saludarlo, la primera intención de Logiacomo fue hacer como que no se acordaba de mí, pero luego tuvo que aceptar lo inevitable. Le pregunté por Ulises. Me miró horrorizado. En su mirada también había desaprobación, como si yo estuviera exhibiéndome en el aeropuerto con la bragueta abierta o con una herida supurante en la mejilla.

Fue el otro argentino el que habló. Dijo: qué papelón nos hizo pasar el pendejo ese, ¿es tu amigo? Yo lo miré y luego miré a Logiacomo, que buscaba a alguien en la sala de espera, y no supe si reírme o ponerme serio. El otro argentino dijo: hay que ser un poco más responsable (le hablaba a Logiacomo, a mí ni me miraba), te juro que si llego a estar yo al frente le rompo las pelotas, se las rompo. ¿Pero qué pasó?, murmuré con la mejor de mis sonrisas, es decir: con la peor. ¿Dónde está Ulises? El otro argentino dijo algo sobre el lumpenproletariado literario. ¿Qué estás diciendo?, dije yo. Entonces habló Logiacomo, supongo que para apaciguarnos. Ulises se esfumó, dijo. ¿Cómo que se esfumó? Pregúntaselo a Montero, nosotros nos acabamos de enterar. Tardé más de la cuenta en comprender que Ulises no había desaparecido durante el vuelo de vuelta (en mi imaginación lo vi levantarse de su asiento, atravesar el pasillo, cruzarse con una azafata que le sonríe, entrar en el lavabo, echar el pestillo y *desaparecer*) sino en Managua, durante la visita de la delegación de escritores mexicanos. Y eso fue todo. Al día siguiente fui a ver a Montero a Bellas Artes y me dijo que por culpa de Ulises se iba a quedar sin empleo.

Xóchitl García, calle Montes, cerca del Monumento a la Revolución, México DF, julio de 1982. Había que llamar a la mamá de Ulises, digo, lo menos que podíamos hacer era eso, pero Jacinto no tenía corazón para decirle que su hijo había desaparecido en Nicaragua, aunque yo le decía no será para tanto, Jacinto, tú ya conoces a Ulises, tú eres su amigo y sabes cómo es él, pero Jacinto decía que había desaparecido y punto, igualito que Ambrose Bierce, igualito que los poetas ingleses muertos en la guerra de España, igualito que Pushkin, sólo que en este caso su mujer, digo, la mujer de Pushkin era la Realidad, el francés que mató a Pushkin era la Contra, la nieve de San Petersburgo eran los espacios en blanco que Ulises Lima iba dejando tras de sí, digo, su flojera, su holgazanería, su falta de sentido práctico, y los padrinos del duelo (o los padrotes del duelo, como decía Jacinto), pues la Poesía Mexicana o la Poesía Latinoamericana que en forma de Delegación Solidaria asistía impertérrita a la muerte de uno de los mejores poetas actuales.

Eso decía Jacinto, pero igual no llamaba a la mamá de Ulises, y yo le decía: vamos a ver, examinemos la situación, a esa señora lo que menos le importa es que su hijo sea Pushkin o sea Ambrose Bierce, yo me pongo en su lugar, yo soy madre y si algún día un hijo de la chingada me mata a Franz (Dios no lo quiera), pues no voy a pensar que se murió el gran poeta mexicano (o latinoamericano) sino que voy a retorcerme de dolor y de desesperación y no voy a pensar ni remotamente en la literatura. Esto lo puedo asegurar porque soy madre y sé de las noches en vela y de los sustos y de los cuidados que te da un pinche escuincle, así que te puedo asegurar que lo mejor es llamarla por teléfono o ir a verla a Ciudad Satélite y decirle lo que sabemos de su hijo. Y Jacinto decía: ya lo debe de saber, se lo diría Montero. Y yo le decía: ¿pero cómo puedes estar tan seguro? Y entonces Jacinto se quedaba callado y yo le decía: pero si ni siquiera ha salido en los periódicos, nadie ha dicho nada, es como si Ulises *nunca* hubiera viajado a Centroamérica. Y Jacinto decía: pues es verdad. Y yo le decía: ni tú ni yo podemos hacer nada, no nos hacen caso, pero tratándose de su madre, seguro que a ella sí que la escucharán. La van a mandar a la goma, decía Jacinto, lo único que vamos a conseguir es darle más preocupaciones, más cosas en que pensar, ella tal como está ya está bien, ojos que no ven corazón que no siente, decía Jacinto preparándole la comida a Franz y paseándose por nuestra casa, ojos que no ven corazón que no piensa, vivir en la ignorancia casi casi es como vivir en la felicidad.

Y entonces yo le decía: cómo puedes decir que eres marxista, Jacinto, cómo puedes decir que eres poeta si luego haces semejantes declaraciones, ¿piensas hacer la revolución con refranes? Y Jacinto me contestaba que francamente él ya no pensaba hacer la revolución de ninguna manera, pero que si una noche le diera por allí, pues no sería mala idea, con refranes y con boleros, y también me decía que parecía que fuera yo la que se había perdido en Nicaragua, por lo angustiada que estaba, y quién te dice a ti, decía, que Ulises se perdió en Nicaragua, puede que no se perdiera en absoluto, puede que decidiera quedarse por su propia voluntad, al fin y al cabo Nicaragua debe de ser como el sueño que teníamos en 1975, el país en donde todos queríamos vivir. Y entonces yo pensaba en el año 75, cuando aún no había nacido Franz, y trataba de acordarme de cómo era Ulises en aquellas fechas y de cómo era Arturo Belano, pero lo único que conseguía recordar con nitidez era la cara de Jacinto, su sonrisa de ángel chimuelo, y me daba como mucha ternura, como ganas de abrazarlo allí mismo, a él y a Franz y decirles a los dos que los quería mucho, pero acto seguido volvía a acordarme de la mamá de Ulises y me parecía que nadie tenía derecho a no decirle dónde estaba su hijo, ya bastante había sufrido, la pobre, y volvía a insistir en que la llamara, llámala por teléfono, Jacinto, y explícale todo lo que sabes, pero Jacinto decía que no era de su incumbencia, que no estaba él para especular con noticias vagas, y entonces yo le dije: quédate un ratito con Franz, ahorita vuelvo, y él se quedó quieto, mirándome sin decir nada, y cuando yo cogí mi bolso y abrí la puerta él me dijo: al menos procura no ser alarmista. Y yo le dije: sólo le voy a decir que su hijo ya no está en México.

Rafael Barrios, en el baño de su casa, Jackson Street, San Diego, California, septiembre de 1982. Con Jacinto nos escribimos de vez en cuando, fue él quien me comunicó la desaparición de Ulises. Pero no me lo dijo por carta. Me llamó por teléfono desde la casa de su amigo Efrén Hernández, de lo que se deduce que, al menos para él, el asunto era grave. Efrén es un poeta joven que quiere hacer una poesía como la que hacíamos los real visceralistas. Yo no lo conozco, apareció cuando ya me había venido a California, pero según Jacinto el chavo no escribe mal. Mándame poemas suyos, le dije, pero Jacinto sólo manda cartas, así que no sé si escribe bien o mal, si hace una poesía real visceralista o no, claro que también, si he de ser sincero, tampoco sé qué es una poesía real visceralista. La de Ulises Lima, por ejemplo. Puede ser. No lo sé. Sólo sé que en México ya no nos conoce nadie y que los que nos conocen se ríen de nosotros (somos el ejemplo de lo que no se debe hacer) y tal vez no les falte razón. Por lo que siempre es grato (o por lo menos de agradecer) que haya un poeta joven que escribe o que quiere escribir a la manera de los real visceralistas. Y este poeta se llama Efrén Hernández y desde su teléfono o más bien desde el teléfono de la casa de sus padres me llamó Jacinto Requena para decirme que Ulises Lima había desaparecido. Yo escuché la historia y después le dije: no ha desaparecido, ha decidido quedarse en Nicaragua, que es bien distinto. Y él dijo: si hubiera decidido quedarse en Nicaragua nos lo hubiera dicho, yo lo fui a despedir al aeropuerto y no tenía ninguna intención de no volver. Yo le dije: no te aceleres, *brother*, parece como si no conocieras a Ulises. Y él dijo: ha desaparecido, Rafael, créeme, ni a su mamá le dijo nada, no quieras ver el pleito que les está armando a los pendejos de Bellas Artes. Yo le dije: pa su mecha. Y él dijo: cree que los poetas campesinos asesinaron a su hijo. Yo le dije: pa su madre. Y él dijo: pues sí, cuando a una madre le tocan a su hijo se convierte en una leona, al menos eso es lo que asegura Xóchitl.

Bárbara Patterson, en la cocina de su casa, Jackson Street, San Diego, California, octubre de 1982. Nuestra vida era infame pero cuando Rafael supo que Ulises Lima no había vuelto de un viaje a Nicaragua se volvió doblemente infame.

Esto no puede seguir así, le dije un día. Rafael no hacía nada, no trabajaba, no escribía, no me ayudaba a limpiar la casa, no salía a hacer la compra, lo único que hacía era bañarse cada día (eso sí, Rafael es limpio, como casi todos los putos mexicanos) y mirar la tele hasta que amanecía o salir a la calle a tomar cervezas o a jugar al fútbol con los jodidos chicanos del barrio. Cuando yo llegaba me lo encontraba en la puerta de casa, sentado en las escaleras o en el suelo, con una camiseta del América que apestaba a sudor, bebiéndose su TKT y dándole a la lengua con sus amigos, un grupito de adolescentes con el encefalograma plano que lo llamaban el poeta (cosa que a él no parecía disgustarle) y con los que se estaba hasta que yo ya había preparado la jodida cena. Entonces Rafael les decía adiós y ellos órale, poeta, hasta mañana, poeta, otro día seguimos la plática, poeta, y recién entonces entraba en casa.

Yo, la verdad, ardía de rabia, de puro coraje, y de buena gana le hubiera puesto veneno en sus pinches huevos revueltos, pero me contenía, contaba hasta diez, pensaba está pasando por una mala racha, el problema era que yo sabía que la mala racha duraba ya demasiado tiempo, cuatro años para ser exactos, y aunque no escasearon los buenos momentos, la verdad es que los malos eran mucho más numerosos y mi paciencia estaba llegando al límite. Pero me aguantaba y le preguntaba qué tal te ha ido el día (pregunta estúpida) y él decía, ¿qué iba a decir?, bien, regular, más o menos. Y yo le preguntaba: ¿de qué platicas con esos muchachos? Y él decía: les cuento historias, los instruyo en las verdades de la vida. Luego nos quedábamos en silencio, la tele encendida, cada uno ensimismado en sus respectivos huevos revueltos, en sus pedazos de lechuga, en sus rodajas de tomate, y yo pensaba de qué verdades de la vida hablas, pobre infeliz, pobre desgraciado, de qué verdades instruyes, pobre gorroncito, pobre sangroncito, ojete de mierda, que si no fuera por mí estarías ahora durmiendo bajo el puente. Pero no le decía nada, lo miraba y nada más. Aunque hasta mis miradas parecían molestarlo. Me decía: qué me miras, güera, qué estás maquinando. Y yo entonces forzaba una sonrisa de pendeja, no le contestaba y empezaba a recoger los platos.

Luis Sebastián Rosado, estudio en penumbras, calle Cravioto, colonia Coyoacán, México DF, marzo de 1983. Una tarde me llamó por teléfono. ¿Cómo conseguiste mi número?, le pregunté. Me acababa de mudar de la casa de mis padres y a él hacía mucho que no lo veía. Hubo un momento en que pensé que nuestra relación me estaba matando y corté por lo sano, dejé de verlo, dejé de acudir a sus citas y él no tardó en desaparecer, en desinteresarse y correr detrás de otras aventuras, aunque en el fondo, lo supe siempre, lo que yo anhelaba era que me llamara, que me buscara, que sufriera. Pero Piel Divina no me buscó y durante un tiempo, tal vez un año, estuvimos sin saber nada el uno del otro. Así que cuando recibí su llamada tuve una grata sorpresa. ¿Cómo has conseguido mi número?, le pregunté. Telefoneé a casa de tus padres y ellos me lo dieron, dijo, he estado todo el día llamándote, nunca estás en casa. Suspiré. Hubiera preferido que le costara más encontrarme. Pero Piel Divina hablaba como si nos hubiéramos visto por última vez la semana pasada y así no había nada que hacer. Estuvimos hablando durante un rato, me preguntó por mis asuntos, mencionó que había visto un poema mío publicado en *Espejo de México* y un relato en una antología de nuevos narradores mexicanos de reciente aparición. Le pregunté si el relato le había gustado, acababa de iniciarme en el difícil arte de la narración y mis pasos todavía eran inseguros. Dijo que no lo había leído. Le eché una mirada al libro cuando vi tu nombre, pero no lo leí, no tengo dinero, dijo. Luego se calló, yo me callé y durante un rato ambos permanecimos en silencio escuchando las vibraciones y los restallidos en sordina de los teléfonos públicos del DF. Recuerdo que yo callaba y sonreía e imaginaba el rostro de Piel Divina, también sonriendo, de pie en alguna acera de la Zona Rosa o de Reforma, con su morralito negro colgando de la espalda hasta rozar sus nalgas enfundadas en unos bluejeans desgastados y estrechos, su sonrisa de labios gruesos dibujada con precisión de cirujano en un rostro anguloso en donde no había ni un miligramo de grasa, como un joven sacerdote maya, y entonces no pude más (sentí que las lágrimas subían a mis ojos) y antes de que él me lo pidiera le di mi dirección (una dirección que seguramente él ya tenía) y le dije que viniera, de inmediato, y él se rió, se rió de felicidad y me dijo que desde donde estaba iba a tardar más de dos horas en llegar y yo le dije que no importaba, que mientras tanto prepararía algo de cena, y que lo estaría esperando. Narrativamente, aquél era el momento de colgar el teléfono y bailar, pero Piel Divina siempre esperaba a agotar las monedas y no colgó. Luis Sebastián, me dijo, tengo algo muy importante que contarte. Ya me lo dirás cuando llegues, dije yo. Es algo que quería contarte hace tiempo, dijo. Su voz sonó inusualmente desamparada. En ese momento comencé a sospechar que algo pasaba, que Piel Divina no me había llamado sólo porque quisiera verme o porque necesitara que le prestara dinero. ¿Qué pasa?, dije. ¿Qué ocurre? Sentí cómo la última moneda entraba en la panza del teléfono público, un ruido de hojas, de viento levantando hojas secas, un ruido como de llamas subiendo por el tronco de un árbol, un ruido como de cables enredándose y desenredándose y después deshaciéndose en la nada. Miseria poética. ¿Te acuerdas de algo que quería contarte y al final no te conté?, su voz sonó perfectamente normal. ¿Cuándo?, me oí decir estúpidamente. Hace tiempo, dijo Piel Divina. Dije que no me acordaba y luego argüí que daba lo mismo, que ya me lo contaría cuando estuviera en casa. Voy a salir a comprar algo, te espero, dije, pero Piel Divina no colgó. Y si él no colgaba, ¿cómo iba a colgar yo? Así que esperé y escuché e incluso lo animé a hablar. Y él entonces nombró a Ulises Lima, dijo que se había perdido en algún lugar de Managua (no me extrañó, medio mundo iba a Managua), pero que en realidad no se había perdido, es decir: todos creían (¿quiénes eran *todos*?, deseé preguntarle, ¿sus *amigos*, sus *lectores*, los *críticos* que seguían meticulosamente su obra?) que se había perdido, pero él sabía que no se había perdido, que en realidad se había ocultado. ¿Y por qué iba a ocultarse Ulises Lima?, dije. Ahí está el quid de la cuestión, dijo Piel Divina. Te hablé de esto hace tiempo, ¿te acuerdas? No, dije, me salió un hilo de voz. ¿Cuándo? Hace años, la primera vez que nos acostamos, dijo. Sentí escalofríos, un retortijón en el estómago, los testículos se me contrajeron. Me costaba hablar. ¿Cómo quieres que me acuerde?, murmuré. Mi premura por verlo se acrecentó. Sugerí que tomara un taxi, él dijo que no tenía dinero, le aseguré que lo pagaría yo, que lo estaría esperando a la puerta de mi casa. Piel Divina se disponía a decir algo más cuando la comunicación se cortó.

Pensé en darme una ducha, pero decidí postergarla para cuando él llegara. Durante un rato me dediqué a arreglar un poco la casa y luego me cambié de camisa y salí a la calle a esperarlo. Tardó más de media hora y durante todo ese tiempo lo único que hice fue intentar recordar aquella primera vez que hicimos el amor.

Cuando se bajó del taxi parecía mucho más flaco que la última vez que lo había visto, muchísimo más flaco y desgastado que en mis recuerdos, pero seguía siendo Piel Divina y me alegré de verlo: le tendí la mano pero él no me la cogió, se abalanzó sobre mí y me dio un abrazo. El resto fue más o menos como lo imaginaba, como lo había deseado, no hubo ni una gota de decepción.

A las tres de la mañana nos levantamos y preparé una segunda cena, esta vez con platos fríos, y llené nuestros vasos de whisky. Ambos teníamos hambre y sed. Entonces, mientras comíamos, Piel Divina volvió a hablar de la desaparición de Ulises Lima. Su teoría era estrafalaria y no resistía el más mínimo examen. Según él, Lima huía de una organización, o eso creí entender al principio, que pretendía matarlo, de ahí que al encontrarse en Managua decidiera no regresar. Se lo mirara como se lo mirara el relato era inverosímil. Todo había empezado, según Piel Divina, con un viaje que Lima y su amigo Belano hicieron al norte, a principios de 1976. Después de ese viaje ambos empezaron a huir, primero por el DF, juntos, después por Europa, ya cada uno por su cuenta. Cuando le pregunté qué habían ido a hacer a Sonora los fundadores del realismo visceral, Piel Divina me contestó que habían ido a buscar a Cesárea Tinajero. Tras vivir algunos años en Europa Lima volvió a México. Tal vez creyó que todo estaría olvidado, pero los asesinos se materializaron una noche, después de una reunión en la que Lima intentaba reagrupar a los real visceralistas, y éste tuvo que volver a huir. Cuando le pregunté por qué iba a querer alguien matar a Lima,

Piel Divina dijo no saberlo. ¿Tú no viajaste con él, verdad? Piel Divina asintió. ¿Entonces cómo sabes toda esta historia? ¿Quién te la contó? ¿Lima? Piel Divina dijo que no, que a él se lo había contado María Font (me explicó quién era María Font) y que a ésta se lo había contado su padre. Después me dijo que el padre de María Font estaba en un manicomio. En una situación normal me hubiera puesto a reír ahí mismo, pero cuando Piel Divina me dijo que quien había echado a correr el rumor era un loco sentí un escalofrío. Y también sentí pena y pensé que estaba enamorado.

Aquella noche hablamos hasta que amaneció. A las ocho de la mañana tuve que irme a la universidad. A Piel Divina le dejé unas copias de las llaves de casa y le pedí que me esperara. En la facultad llamé por teléfono a Albertito Moore y le pregunté si se acordaba de Ulises Lima. Su respuesta fue vaga. Se acordaba y no se acordaba, ¿quién era Ulises Lima?, ¿un amante perdido? Le di los buenos días y colgué. Luego llamé a Zarco y le hice la misma pregunta. La respuesta, esta vez, fue mucho más contundente: un loco, dijo Ismael Humberto. Es un poeta, dije yo. Más o menos, dijo Zarco. Viajó a Managua con una delegación de escritores mexicanos y se perdió, dije yo. Debió de ser la delegación de los poetas campesinos, dijo Zarco. Y no volvió con ellos, desapareció, dije yo. Son cosas que suelen ocurrirle a esa gente, dijo Zarco. ¿Eso es todo?, dije yo. Pues sí, dijo Zarco, no hay más misterio. Cuando volví a mi casa Piel Divina estaba durmiendo. A su lado, abierto, estaba mi último libro de poesía. Aquella noche, mientras cenábamos, le propuse que se quedara a vivir conmigo unos días. Eso pensaba hacer, dijo Piel Divina, pero quería que fueras tú quien me lo dijera. Poco después llegó con una maleta en donde estaban todas sus pertenencias: no tenía nada, dos camisas, un sarape que le había robado a un músico, algunos calcetines, una radio a pilas, un cuaderno en donde llevaba una especie de diario y poca cosa más. Así que le regalé un par de pantalones viejos, que le iban tal vez un poco demasiado ajustados pero que le encantaron, tres camisas nuevas que mi mamá me había comprado hacía poco y una noche, después de salir del trabajo, fui hasta una zapatería y le compré unas botas.

Nuestra vida en común fue breve pero feliz. Durante treintaicinco días vivimos juntos y cada noche hicimos el amor y hablamos hasta tarde y comimos en casa comidas que preparaba él y que generalmente eran complicadas o a veces muy sencillas pero siempre apetitosas. Una noche me contó que la primera vez que hizo el amor tenía diez años. No quise que me contara más. Recuerdo que miré hacia otro lado, hacia un grabado de Pérez Camarga que colgaba de una pared y que rogué a Dios que aquella primera vez hubiera sido con una adolescente o con un niño o una niña y que no lo hubieran violado. Otra noche o tal vez la misma noche me contó que había llegado al DF cuando tenía dieciocho años, sin dinero, sin ropa, sin amigos a quienes acudir y que lo había pasado muy mal, hasta que un amigo periodista, con quien se acostó, lo puso a dormir en el almacén de papel de *El Nacional*. Ya que estaba allí, me dijo, pensé que mi destino era el periodismo, y durante un tiempo intentó escribir crónicas que nadie quiso publicarle. Luego vivió con una mujer y tuvo un hijo e infinidad de trabajos, ninguno permanente. Hizo hasta de merolico por el rumbo de Azcapotzalco, pero al final terminó peleándose a cuchillazos con el tipo que le pasaba la mercadería y lo dejó. Una noche, mientras me penetraba, le pregunté si alguna vez había matado a alguien. No quería hacerle esa pregunta, no quería oír su respuesta, tanto si era verdad como mentira, y me mordí los labios. Él dijo que sí y redobló sus embites, y yo lloré al correrme.

Durante aquellos días nadie vino a verme a casa, suspendí las visitas, a algunos les dije que no me sentía bien, a otros les dije que estaba trabajando en una obra que requería soledad absoluta y el máximo de concentración, y la verdad es que mientras Piel Divina vivió conmigo algo escribí, cinco o seis poemas cortos, y que no están mal pero que probablemente nunca publicaré, aunque eso nunca se sabe. En las historias que me solía contar siempre aparecían los real visceralistas y pese a que al principio me molestaba que hablara de ellos, poco a poco me fui acostumbrando y cuando por casualidad no aparecían era yo el que preguntaba, ¿cuando tú estabas en esa casa de la Calzada Camarones dónde estaban los hermanos Rodríguez?, ¿cuando tú vivías en ese hotel de Niño Perdido, dónde vivía Rafael Barrios?, y él entonces reordenaba las piezas de su narración y me hablaba de aquellas sombras, sus escuderos ocasionales, los fantasmas que ornaban su inmensa libertad, su inmenso desamparo.

Una noche me volvió a hablar de Cesárea Tinajero. Le dije que probablemente había sido un invento de Lima y Belano para justificar el viaje a Sonora. Recuerdo que estábamos desnudos, extendidos en la cama, con la ventana abierta sobre el cielo de Coyoacán, y que Piel Divina se puso de lado y me abrazó, mi verga erecta buscó sus testículos, la bolsa del escroto, la verga de él aún fláccida, y entonces Piel Divina me dijo ñero (nunca antes se había referido a mí de esa manera tan vulgar), me dijo ñero y me agarró de los hombros y me dijo no fue así, Cesárea Tinajero existió, tal vez todavía existe, y luego se quedó callado, pero mirándome, sus ojos abiertos en la oscuridad mientras mi pene erecto golpeaba ligeramente sus testículos. Y entonces yo le pregunté cómo supieron Belano y Lima de la existencia de Cesárea Tinajero, una pregunta puramente formal, y él dijo que fue a raíz de una entrevista, en aquella época Belano y Lima no tenían dinero y se pusieron a hacer entrevistas para una revista, una revista podrida, en la órbita de los poetas campesinos o que no tardaría en estar en la órbita de los poetas campesinos, pero es que entonces, y ahora, me dijo Piel Divina, no había manera de no estar en uno de los dos bandos, ¿de qué bandos hablas?, susurré yo, mi pene subiendo por su escroto y tocando con la punta la raíz de su pene que ya empezaba a hincharse, el bando de los poetas campesinos o el bando de Octavio Paz, y justo mientras Piel Divina decía «el bando de Octavio Paz» su mano subió de mi hombro a mi nuca, pues yo era sin ninguna duda uno de los que estaba en el bando de Octavio Paz, aunque el panorama tenía más matices, en cualquier caso los real visceralistas no estaban en ninguno de los dos bandos, ni con los neopriístas ni con la otredad, ni con los neoestalinistas ni con los exquisitos, ni con los que vivían del erario público ni con los que vivían de la Universidad, ni con los que se vendían ni con los que compraban, ni con los que estaban en la tradición ni con los que convertían la ignorancia en arrogancia, ni con los blancos ni con los negros, ni con los latinoamericanistas ni con los cosmopolitas. Pero lo que importa fue que hicieron esas entrevistas (¿fue para *Plural*?, ¿fue para *Plural* después de que corrieran de allí a Octavio Paz?) y aunque yo le dije ¿cómo es posible que ese par necesitara dinero si vivían de vender droga?, lo cierto es que según Piel Divina necesitaban el dinero y se fueron a entrevistar a unos viejos que ya nadie recordaba, a los estridentistas, a Manuel Maples Arce, nacido en 1900 y muerto en 1981, a Arqueles Vela, nacido en 1899 y muerto en 1977, y a Germán List Arzubide, nacido en 1898 y probablemente también muerto recientemente, o puede que no, lo ignoro, tampoco es algo que me importe mucho, los estridentistas fueron literariamente un grupo nefasto, involuntariamente cómico. Y uno de los estridentistas, en algún momento de la entrevista, mencionó a Cesárea Tinajero, y entonces yo le dije ya averiguaré qué pasó con Cesárea Tinajero. Después hicimos el amor pero fue como hacerlo con alguien que está y no está, alguien que se está yendo muy despacio y cuyos gestos de despedida somos incapaces de descifrar.

Poco después Piel Divina se marchó de mi casa. Antes yo había hablado con algunos amigos, gente que se dedicaba a la historia de la literatura mexicana y nadie supo darme ningún dato sobre la existencia de aquella poeta de los años veinte. Una noche Piel Divina admitió que tal vez era posible que Belano y Lima se la inventaran. Ahora los dos están desaparecidos, dijo, y ya nadie puede preguntarles nada. Traté de consolarlo: aparecerán, le dije, todos los que se van de México acaban por volver algún día. No pareció muy convencido y una mañana, mientras yo estaba en el trabajo, se marchó sin dejarme ni una nota de despedida. También se llevó algo de dinero, no mucho, el que solía dejar en un cajón de mi escritorio por si tenía alguna eventualidad mientras yo no estaba, y un pantalón, varias camisas y una novela de Fernando del Paso.

Durante varios días lo único que hice fue pensar en él y esperar una llamada telefónica que nunca llegó. La única persona de mi entorno que lo vio durante su estadía en mi casa fue Albertito Moore, una noche que Piel Divina y yo fuimos al cine y al salir lo encontramos de sopetón. Aunque el encuentro fue breve y parco en palabras, Albertito sospechó en el acto la naturaleza de mi reclusión y de mis evasivas. Cuando supe que Piel Divina no iba a volver lo llamé por teléfono y le conté toda la historia. Lo que más pareció interesarle fue la desaparición de Ulises Lima en Managua. Hablamos durante mucho rato y su conclusión fue que todos se estaban volviendo locos de una forma lenta pero segura. Albertito no simpatiza con la causa sandinista, aunque tampoco puede decirse que sea pro somocista.

Amadeo Salvatierra, calle República de Venezuela, cerca del Palacio de la Inquisición, México DF, enero de 1976. Los muchachos, por suerte, no tenían prisa. Puse las botanas sobre una mesita, abrimos las latas de chile chipotle, repartí escarbadientes, servimos el tequila y nos miramos a los ojos. ¿En dónde estábamos, muchachos?, les dije, y ellos dijeron en el retrato de cuerpo entero del general Diego Carvajal, mecenas de las artes y jefe de Cesárea Tinajero, mientras afuera, en la calle, empezaron a sonar unas sirenas, las sirenas de un patrullero, primero, y luego las sirenas de una ambulancia. Pensé en los muertos y en los heridos y me dije que ése era mi general, un muerto y un herido al mismo tiempo, así como Cesárea era una ausencia y yo un viejo briago y entusiasmado. Después les dije a los muchachos que lo de jefe era un decir, que había que conocer a Cesárea para darse cuenta de que nunca en su vida iba a poder tener un jefe ni un trabajo de esos llamados estables. Cesárea era taquígrafa, les dije, ésa era su profesión, y era una buena secretaria, pero su carácter, tal vez sus manías, eran más fuertes que sus méritos y si no llega a ser por Manuel que le consiguió el trabajo con mi general, la pobre Cesárea se hubiera visto obligada a peregrinar por los subterráneos más siniestros del DF. Y entonces les volví a preguntar si de verdad (pero de verdad-de verdad) ellos no habían oído hablar nunca del general Diego Carvajal. Y ellos dijeron no, Amadeo, jamás, ¿qué era?, ¿obregonista o carrancista?, ¿un hombre de Plutarco Elías Calles o revolucionario de verdad? Un revolucionario de verdad, les dije yo con la voz más triste del mundo, pero también un hombre de Obregón, la pureza no existe, muchachos, desengáñense, la vida es una mierda, mi general era un herido y un muerto al mismo tiempo, y también un hombre valiente. Y entonces me puse a hablarles de la noche en que Manuel nos contó su proyecto de la ciudad vanguardista, Estridentópolis, y que nosotros al escucharlo nos reímos, creímos que era una broma, pero no, no era una broma, Estridentópolis era una ciudad posible, al menos posible en los vericuetos de la imaginación, que Manuel pensaba levantar en Jalapa con la ayuda de un general, nos dijo, el general Diego Carvajal nos va a ayudar a construirla, y entonces algunos de nosotros le preguntamos quién carajo era ese general (igual que los muchachos me lo preguntaron a mí aquella noche) y Manuel nos contó su historia, una historia, muchachos, les dije, que no difiere mucho de la de tantos hombres que lucharon y se distinguieron en nuestra revolución, hombres que entraron desnudos en el torbellino de la historia y que salieron vestidos con los más brillantes y más atroces harapos, como mi general Diego Carvajal, que entró analfabeto y salió convencido de que Picasso y Marinetti eran los profetas de algo, de qué, no lo sabía muy bien, no lo supo nunca muy bien, muchachos, pero tampoco nosotros sabemos mucho más. Una tarde fuimos a verlo a su despacho. Esto sucedió poco antes de que Cesárea se sumara al estridentismo. Al principio la actitud del general fue un poco fría, como si guardara las distancias. No se levantó para saludarnos y mientras Manuel hacía las presentaciones apenas abrió la boca. Eso sí, nos miraba a cada uno a los ojos, como si quisiera ver qué teníamos en el fondo de nuestras mentes o en el fondo del alma. Yo pensé: cómo pudo Manuel hacerse amigo de este hombre, porque el general, a primera vista, pues no se diferenciaba de tantos otros militares que el oleaje de la revolución había depositado en el DF, daba la impresión de ser un tipo reconcentrado, serio, desconfiado, violento, en fin, nada que se pudiera asociar con la poesía, aunque yo bien sé que han habido poetas reconcentrados y serios y bastante desconfiados y muy violentos, miren a Díaz Mirón, por ejemplo, y no me tiren de la lengua, a veces me da por pensar que los poetas y los políticos, sobre todo en México, son una y la misma cosa, al menos yo diría que abrevan en la misma fuente. Pero entonces yo era joven, demasiado joven e idealista, es decir: yo era puro, y esas chingaderas me tocaban el alma, así que puedo decir que no me gustó a primeras de cambio el general Diego Carvajal. Pero entonces sucedió algo muy simple que lo cambió todo. Después de taladrarnos con la mirada o de soportar con aire entre aburrido y ausente las palabras preliminares de Manuel, el general llamó a uno de sus guardaespaldas, un indio yaqui al que llamaba Equitativo, y le ordenó traer tequila, pan y queso. Y eso fue todo, ésa fue la varita mágica con que el general nos abrió los corazones, contado de esta manera parece una pendejada, ¡hasta a mí me parece una pendejada!, pero entonces el sólo hecho de apartar los papeles de su escritorio y decirnos arrímense con confianza, tuvo la virtud de echar abajo cualquier reserva o prejuicio que pudiéramos tener, y todos, como no podía ser menos, nos arrimamos a la mesa y nos pusimos a beber y a comer pan con queso que según decía mi general era costumbre francesa, y Manuel en esto (y en todo) lo apoyaba, claro que era costumbre francesa, algo usual en los tugurios de los alrededores del boulevard del Temple y también en los tugurios de los alrededores del Faubourg St. Denis, y Manuel y mi general Diego Carvajal se pusieron a hablar de París y del pan con queso que se comía en París, y del tequila que se bebía en París y de que parecía mentira de lo bien que bebían, de lo bien que sabían beber los pinches parisinos de los alrededores del Mercado de las Pulgas, como si en París, eso pensé yo, todo sucediera en los alrededores de alguna calle o de alguna parte y nunca en una calle o en una parte determinada, y eso se debía, lo supe luego, a que Manuel todavía no había estado en la Ciudad Luz, y mi general tampoco, aunque ambos, no sé por qué, profesaban por aquella lejana y presumiblemente embriagadora urbe un amor o una pasión digna, creo yo, de mejores causas. Y llegados a este punto permítanme una digresión: años después, cuando la amistad que Manuel me dispensaba hacía tiempo que había desaparecido, una mañana, leyendo el periódico, me enteré de que partía rumbo a Europa. El poeta Manuel Maples Arce, decía la nota, sale de Veracruz con destino a El Havre. No decía el padre del estridentismo se va a Europa ni el primer poeta vanguardista mexicano parte para el Viejo Continente, sino simplemente: el poeta Manuel Maples Arce. Y puede que ni siquiera dijera el poeta, tal vez la nota decía el licenciado Maples Arce se dirige a un puerto francés, en donde seguirá por otros medios (en tren, ¡en carrozas desbocadas!) su viaje hasta suelo italiano, en donde acometerá la labor de cónsul o vicecónsul o agregado cultural de la embajada mexicana en Roma. Bien. Mi memoria ya no es lo que era. Hay cosas que olvido, lo reconozco. Pero aquella mañana, cuando leí la nota y supe que Manuel por fin conocería París, me alegré, sentí que mi pecho se llenaba de alegría, aunque Manuel ya no se considerara mi amigo, aunque el estridentismo hubiera muerto, aunque la vida nos hubiera cambiado tanto que ya por entonces nos costaba reconocernos. Pensé en Manuel y pensé en París, que no conozco pero que alguna vez he visitado en sueños, y pensé que ese viaje nos justificaba y a su manera un tanto misteriosa, no es albur, nos hacía justicia. Por supuesto, mi general Diego Carvajal nunca salió de México. Lo mataron en 1930, en una balacera de origen incierto, en el patio interior del lenocinio Rojo y Negro, que por entonces estaba situado en la calle Costa Rica, a pocas manzanas de aquí, bajo la protección directa, decían, de un capitoste de la Secretaría de Gobernación. En la reyerta murió mi general Diego Carvajal, uno de sus guaruras, tres pistoleros del estado de Durango y una puta muy famosa por aquellos años, Rosario Contreras, que decían que era española. Yo fui a su entierro y a la salida del cementerio me encontré con List Arzubide. Según List (que en su día también viajó a Europa), a mi general le habían preparado una encerrona por motivos políticos, todo lo contrario de lo que dijo la prensa, decantada por la reyerta de lupanar o por causas de índole pasional o amorosa en donde Rosario Contreras jugaba un papel destacado. Según List, que conocía personalmente el burdel, a mi general le gustaba coger en la habitación más retirada, un cuartito no muy grande pero que en cambio tenía la ventaja de estar situado al fondo de la casa, lejos del ruido, al lado de un patio interior en donde había una fuente. Y después de coger a mi general le gustaba salir al patio a fumarse su cigarro y a pensar en la tristeza poscoito, en la pinche tristeza de la carne, en todos los libros que no había leído. Y según List, los asesinos se apostaron en el pasillo que daba a las habitaciones principales del burdel, un sitio desde el que dominaban todos los rincones del patio interior. Lo que indica que sabían de las costumbres de mi general. Y esperaron y esperaron, mientras mi general cogía con Rosario Contreras, una puta de vocación según tengo entendido, pues no le escaseaban las ofertas de retirarla y ella siempre optó por su independencia, casos más raros se han visto. Y por lo visto la cogida fue larga y meticulosa, como si los querubines o los cupidos hubiesen querido que Rosario y mi general disfrutaran plenamente de su última experiencia amorosa, al menos aquí, en la parte mexicana del planeta Tierra. Y así pasaron las horas, con Rosario y mi general enzarzados en lo que los jóvenes y no tan jóvenes llaman hoy una pisada o un guaguis o un burrito o un palo o un clavo o un parcheo o un pa tus chicles o un pa tus tunas o un te voy a dar pa dentro de tres días, aunque ellos lo que se estaban dando era para el resto de la eternidad. Y los asesinos mientras tanto esperaban y se aburrían y lo que no esperaban, sin embargo, fue que mi general saliera al patio con la pistola al cinto o en el bolsillo o encajada entre el pantalón y la barriga, animal de costumbre que era él. Y cuando mi general por fin salió a fumarse su cigarro comenzó la balacera. Según List, al guarura de mi general ya lo habían venadeado antes sin ningún problema, así que cuando empezó el mitote eran tres contra uno y encima tenían a favor el factor sorpresa. Pero mi general Diego Carvajal era demasiado hombre y además conservaba unos buenos reflejos y el asunto no les salió bien. Las primeras balas lo alcanzaron pero tuvo el ánimo suficiente como para sacar su pistola y responder al fuego. Según List, mi general, parapetado tras la fuente, hubiera podido aguantar él solo la embestida durante un tiempo indefinido, pues si bien los asesinos estaban guarecidos en una posición inmejorable, la posición de mi general no lo era menos y ni uno ni otros se atrevían a tomar la iniciativa. Pero entonces salió Rosario Contreras de su cuarto alertada por el ruido y una bala la mató. El resto es confuso: probablemente mi general corrió a auxiliarla, a ponerla a salvo, tal vez se dio cuenta de que estaba muerta y el coraje que sintió pudo más que su prudencia: se irguió, apuntó a donde estaban los asesinos y avanzó hacia ellos disparando. Así morían los antiguos generales de México, muchachos, les dije, ¿qué les parece? Y ellos dijeron: ni nos parece ni nos deja de parecer, Amadeo, es como si nos estuvieras contando una película. Y entonces yo volví a pensar en Estridentópolis, en sus museos y en sus bares, en sus teatros al aire libre y en sus periódicos, en sus escuelas y en sus dormitorios para los poetas transeúntes, en esos dormitorios donde dormirían Borges y Tristán Tzara, Huidobro y André Breton. Y vi a mi general platicando con nosotros otra vez. Lo vi haciendo planes, lo vi bebiendo apoyado en la ventana, lo vi recibiendo a Cesárea Tinajero que venía con una carta de recomendación de Manuel, lo vi leyendo un librito de Tablada, tal vez aquel en donde don José Juan dice: «Bajo el celeste pavor / delira por la única estrella / el cántico del ruiseñor.» Que es como decir, muchachos, les dije, que veía los esfuerzos y los sueños, todos confundidos en un mismo fracaso, y que ese fracaso se llamaba alegría.

Joaquín Font, psiquiátrico La Fortaleza, Tlalnepantla, México DF, marzo de 1983. Ahora que estoy rodeado de locos pobres, ya casi nadie viene a verme. Mi médico psiquiatra, no obstante, dice que cada día que pasa estoy un poquito mejor. Mi médico psiquiatra se llama José Manuel y a mí me parece un bonito nombre. Cuando se lo digo él se ríe. Es un nombre muy romántico, le digo, como para enamorar a cualquier muchacha. Lástima que cuando mi hija viene a visitarme él casi nunca está, porque las visitas son los sábados o domingos, y esos días mi médico psiquiatra descansa, a excepción de un sábado y de un domingo al mes en que tiene guardia. Si vieras a mi hija, le digo, te enamorarías de ella. Ah qué don Joaquín, dice él. Pero yo le insisto: si la vieras caerías a sus pies como un pájaro herido, José Manuel, y comprenderías de golpe un montón de cosas que ahora no entiendes. ¿Como por ejemplo qué?, dice él, con una voz de distraído, con una voz que trata de parecer educadamente indiferente pero yo sé que en el fondo está muy interesado. ¿Como por ejemplo qué? Entonces opto por callarme. A veces lo mejor es el silencio. Descender otra vez a las catacumbas del DF y rezar en silencio. Los patios de esta cárcel son los más idóneos para el silencio. Rectangulares y hexagonales, como si los hubiera diseñado el maestro Garabito, todos confluyen en el patio grande, una extensión como de tres canchas de fútbol, que linda con una avenida sin nombre por la que suele pasar el camión de Tlalnepantla, lleno de obreros y de ociosos que miran con avidez a los locos que vagan por el patio vestidos con el uniforme de La Fortaleza o semidesnudos o vestidos con sus pobres prendas de calle los que han llegado recientemente y no han podido encontrar un uniforme a su disposición, no digo a su medida pues aquí pocos portan el uniforme de su talla. Ese patio grande es el recinto natural del silencio, aunque la primera vez que lo vi pensé que el ruido y la algarabía de los locos podía ser allí inaguantable y tardé en animarme a pasear por aquella estepa. Pronto comprendí, no obstante, que si había un lugar en toda La Fortaleza de donde el sonido huía como conejo aterrorizado, aquel lugar era el gran patio protegido por altas rejas de la avenida sin nombre por donde la gente de afuera sólo pasaba protegida y rauda dentro de sus vehículos, pues peatones propiamente dichos allí casi no se veían, aunque de vez en cuando el familiar despistado de algún loco o personajes que preferían no entrar por la puerta principal se detenían junto a la reja, sólo un momento, y luego seguían su camino. En el otro extremo del patio, junto a los edificios, se encuentran las mesas y los merenderos, en donde en ocasiones los locos suelen compartir unos minutos de esparcimiento con sus familias, que les portan plátanos o manzanas o naranjas. En todo caso, no permanecen allí mucho tiempo, pues cuando hace sol en esa zona el calor es insoportable y cuando sopla el viento los locos que nunca reciben visitas suelen refugiarse bajo el alero de aquellas paredes. Cuando mi hija viene a visitarme yo le digo que nos quedemos en la sala de visitas o que salgamos a uno de los patios hexagonados, aunque sé que a ella la sala de visitas y los patios pequeños le parecen desasosegantes y siniestros. En el gran patio, sin embargo, ocurren cosas que yo no quiero que mi hija vea (señal, según mi médico psiquiatra, de que mi salud va en franca mejoría) y otras cosas que prefiero ser yo el único que, por el momento, tiene acceso a ellas. De todas maneras he de andar con cuidado y no bajar la guardia. El otro día (hace un mes), mi hija me contó que Ulises Lima había desaparecido. Ya lo sé, le dije. ¿Y cómo lo sabes?, dijo ella. Ah, caray. Lo leí en un periódico, dije. ¡Pero si no ha salido en ningún periódico!, dijo ella. Bueno: entonces lo debo de haber soñado, dije. Lo que no dije fue que un loco del patio grande me lo había comunicado hacía como quince días. Un loco del que no sé ni siquiera su nombre verdadero y al que aquí todos llaman Chucho o Chuchito (probablemente se llame Jesús, pero prefiero evitar toda referencia religiosa, que no viene al caso y sólo contribuye a enturbiar el silencio del patio grande), y este Chucho o Chuchito se me acercó, algo usual, en el patio todos nos acercamos y nos separamos, los que están dopados y los que están en franca mejoría, y me susurró al pasar: Ulises ha desaparecido. Al día siguiente me lo volví a encontrar, tal vez inconscientemente lo buscaba, y hacia él dirigí mis pasos, pasos muy lentos, muy pacientes, tan lentos que a veces a los que pasan dentro de los camiones por la avenida sin nombre les da la impresión, creo yo, de que no nos movemos, pero nos movemos, de eso no me cabe la menor duda, y cuando me vio le empezaron a temblar los labios, como si no más verme se le activara la urgencia de su mensaje, y al pasar junto a mí volví a escuchar las mismas palabras: Ulises ha desaparecido. Y sólo entonces comprendí que se trataba de Ulises Lima, el joven poeta real visceralista al que vi por última vez al volante de mi reluciente Ford Impala en los primeros minutos de 1976, y comprendí que el cielo volvía a cubrirse de nubes negras, que por encima de las nubes blancas de México flotaban con su peso inimaginable y con su soberanía terrorífica las nubes negras, y que debía cuidarme y sumergirme en la impostura y el silencio.

Xóchitl García, calle Montes, cerca del Monumento a la Revolución, México DF, enero de 1984. Cuando Jacinto y yo nos separamos mi papá me dijo que si se ponía violento se lo dijera, que él se encargaría de todo. Mi papá a veces se miraba a Franz y decía qué güero que es y pensaba (estoy segura, aunque no lo dijera), que cómo era posible que el niño hubiera salido con ese color de pelo cuando en mi familia somos todos morenos y Jacinto también lo es. Mi papá adoraba a Franz. Mi güerito, le decía, dónde está mi güero, y Franz también lo quería a él. Solía venir los sábados o los domingos y salía a pasear con el niño. Cuando volvían yo le preparaba un café bien cargado y mi papá se quedaba en silencio, sentado a la mesa, mirando a Franz o leyendo el periódico y después se iba.

Yo creo que él creía que Franz no era hijo de Jacinto y eso, a veces, me daba un poco de coraje y otras veces me divertía. Mi ruptura con Jacinto no fue nada violenta, por otra parte, así que no tuve que decirle nada a mi papá. Si hubiera sido violenta tal vez tampoco le hubiera dicho nada. Jacinto venía cada quince días a ver al niño. A veces apenas hablábamos, lo recogía y lo venía a dejar y luego se iba, pero otras veces, cuando lo venía a dejar, se quedaba un rato hablando conmigo, me preguntaba por mi vida y yo le preguntaba por la suya y podíamos estar platicando hasta las dos o las tres de la mañana, de las cosas que nos habían ocurrido y de los libros que habíamos leído. Yo creo que mi papá le daba miedo a Jacinto y por eso no venía más a menudo, por el temor a cruzarse con él. Él no sabía que por entonces mi papá ya estaba muy enfermo y que difícilmente hubiera podido hacerle daño a nadie. Pero la fama de mi papá era grandiosa y aunque a ciencia cierta nadie sabía dónde trabajaba, su aspecto era inconfundible y decía soy de la secreta, tenga usted mucho cuidado conmigo. Soy policía mexicano, tenga usted mucho cuidado conmigo. Y si tenía mala cara porque estaba enfermo o si se movía con más lentitud, eso poco importaba, incluso era una amenaza añadida. Una noche se quedó a cenar conmigo. Yo estaba de muy buen humor y tenía ganas de comer con mi papá, de verlo a él y ver a Franz juntos, de hablar. Ya no me acuerdo qué le hice, seguramente una cena sencilla. Mientras comíamos le pregunté por qué se había hecho policía. No sé si se lo pregunté en serio, simplemente pensé que nunca antes se lo había preguntado y que para pronto es tarde. Me contestó que no lo sabía. ¿No le hubiera gustado ser otra cosa?, le dije. Me contestó que sí. ¿Qué, le dije, qué le hubiera gustado ser? Campesino, dijo y yo me reí, pero cuando él se marchó me quedé pensando en eso y el buen humor que tenía se me marchitó de golpe.

Por aquellos días con la que me hice muy amiga fue con María. María seguía viviendo encima y aunque tenía sus novios esporádicos (algunas noches yo la escuchaba como si el techo fuera de papel), desde su ruptura con el profesor de matemáticas vivía sola, circunstancia, la de vivir sola, que había contribuido a cambiarla profundamente. Yo sé lo que digo porque vivo sola desde los dieciocho años. Aunque bien pensado yo nunca he vivido sola, pues primero viví con Jacinto y ahora vivo con el niño. Tal vez lo que quería decir era vivir independientemente, fuera de la casa paterna. Sea como sea, María y yo nos hicimos aún más amigas. O nos hicimos amigas de verdad, pues tal vez antes no lo éramos y nuestra amistad se sustentaba en otras personas y no en nosotras mismas. Cuando Jacinto y yo nos separamos a mí me dio por la poesía. Me puse a leer y a escribir poesía como si eso fuera lo más importante. Antes ya escribía algunos poemitas y creía que leía mucho, pero cuando él se fue me puse a leer y a escribir en serio. El tiempo, que no me sobraba, lo sacaba de donde podía.

Por aquel entonces yo ya había conseguido mi chambita de cajera en un Gigante, gracias a que mi papá habló con un amigo que tenía un amigo que era el encargado del Gigante de la colonia San Rafael. Y María trabajaba de secretaria en una de las oficinas del INBA. Por el día Franz iba a la escuela y me lo iba a buscar una muchachita de quince años que así se ganaba sus pesos y que después me lo llevaba a un parque o lo tenía en casa hasta que yo llegaba del trabajo. Por las noches, después de cenar, María bajaba a mi casa o yo subía y me ponía a leerle los poemas que había escrito aquel día, en el Gigante o mientras se calentaba la cena de Franz o la noche anterior, mientras miraba a Franz dormir. La televisión, una mala costumbre que tenía cuando vivía con Jacinto, ya casi sólo la ponía cuando había una noticia bomba y quería enterarme, y ni eso. Lo que hacía, como digo, era sentarme a la mesa, que había cambiado de sitio y ahora estaba junto a la ventana, y ponerme a leer y a escribir poemas hasta que se me cerraban los ojos de tanto sueño. Llegué a corregir mis poemas hasta diez o quince veces. Cuando veía a Jacinto, se los leía y él me daba su opinión, pero mi lectora de verdad era María. Finalmente pasaba mis poemas a máquina y los guardaba en una carpeta que iba creciendo día tras día, ante mi satisfacción y contento, pues aquello era como la materialización de que mi lucha no era en vano.

Después de que Jacinto se fue tardé mucho en acostarme con otro hombre y mi pasión, además de Franz, fue la poesía. Todo lo contrario de María, que había dejado de escribir y que cada semana se traía un amante nuevo. Yo conocí a tres o cuatro. A veces le decía: mana, qué ves en ese tipo, ése no te conviene, ése a lo peor te termina pegando, pero María decía que ella sabía controlar muy bien la situación y la verdad es que la controlaba aunque más de una vez tuve que subir corriendo a su cuarto, alarmada por los gritos que oía, y decirle a su amante que se fuera de inmediato o yo llamaría a mi papá que era de la secreta y que entonces sí que se iba a enterar de lo que era bueno. Pinches putas de policías, nos gritó uno de ellos desde enmedio de la calle, lo recuerdo, y María y yo nos pusimos a reír como locas desde el otro lado de la ventana. Pero generalmente no tenía grandes problemas. El problema de la poesía era distinto. ¿Por que ya no escribes, mana?, le pregunté una vez y ella me contestó que no tenía ganas, que eso era todo, simplemente no tenía ganas.

Luis Sebastián Rosado, estudio en penumbras, calle Cravioto, colonia Coyoacán, México DF, febrero de 1984. Una mañana Albertito Moore me llamó al trabajo y me dijo que había pasado una noche de perros. Lo primero que pensé fue en alguna fiesta salvaje, pero cuando lo oí tartamudear, vacilar, me di cuenta que tras sus palabras había algo más. ¿Qué ocurre?, dije. He pasado una noche terrible, dijo Albertito, no te lo puedes ni imaginar. Por un momento pensé que se iba a poner a llorar, pero de pronto, sin que me dijera nada me di cuenta que el que se iba a poner a llorar, que el que lloraría irremisiblemente iba a ser yo. ¿Qué ocurre?, dije. Tu amigo, dijo Albertito, metió a Julita en un problema. Piel Divina, dije yo. Ése, dijo Albertito, yo no lo sabía. ¿Qué ocurre?, dije yo. He pasado toda la noche sin dormir, Julita ha pasado toda la noche sin dormir, me llamó a las diez de la noche, tenía a la policía en su casa, no quería que nuestros padres lo supieran, dijo Albertito. ¿Qué ocurre?, dije yo. Este país es una mierda, dijo Albertito. No funciona la policía, ni los hospitales, ni las cárceles, ni las morgues, ni los servicios de pompas fúnebres. Ese tipo tenía la dirección de Julita y la policía tuvo la desfachatez de interrogarla durante más de tres horas. ¿Qué ocurre?, dije yo. Y lo peor de todo, dijo Albertito, es que luego Julita quiso ir a verlo, se puso como loca y los pinches policías que al principio querían detenerla le dijeron que ellos mismos le podían dar un aventón hasta la morgue, lo más probable es que la hubieran violado en un callejón oscuro, pero Julita estaba hecha una loba y no atendía a razones y ya estaba lista para irse cuando yo y el abogado que había llevado, Sergio García Fuentes, me parece que lo conoces, nos pusimos firmes y le dijimos que de allí no salía sola. Eso parece que molestó un poco a los cabrones y se pusieron de nuevo a hacer preguntas. Lo que querían saber, básicamente, era cómo se llamaba el difunto. Entonces pensé en ti, pensé que tú sabrías su nombre verdadero, pero por supuesto no dije nada. Julita pensó lo mismo, pero esa niña es una fiera y sólo dijo lo que quiso. Supongo que la policía no ha ido a verte. ¿Qué ocurre?, dije yo. Pero cuando los policías se marcharon, Julita ya no pudo dormir y ahí nos tienes a los tres, a Julita, al pobre García Fuentes y a mí recorriendo comisarías y morgues para identificar el cadáver de tu amigo. Al final, gracias a un cuate de García Fuentes, lo encontramos en la comisaría de Camarones. Julita lo reconoció enseguida aunque tenía la mitad de la cara destrozada. ¿Qué ocurre?, dije yo. Tómate las cosas con calma, dijo Albertito. El amigo de García Fuentes nos dijo que lo había matado la policía en una balacera ocurrida en Tlalnepantla. La policía iba detrás de unos narcos. Tenían esa dirección: una casa de obreros por el rumbo de Tlalnepantla. Cuando llegaron los que estaban dentro de la casa se resistieron y la policía los mató a todos, entre ellos tu amigo. Lo gacho del asunto es que cuando procedieron a sus identificaciones de Piel Divina sólo encontraron la dirección de Julita. No estaba fichado, nadie sabía su nombre ni su alias, la única pista era la dirección de mi hermana. Los otros parece que eran delincuentes conocidos. ¿Qué ocurre?, dije yo. Así que nadie sabe cómo se llama y Julita se pone como loca, se echa a llorar, destapa el cadáver, dice Piel Divina, grita Piel Divina allí, en la morgue, delante de todo el que quiera escucharla y García Fuentes la cogió de los hombros, la abrazó, ya sabes que García Fuentes siempre ha estado un poco enamorado de Julita y entonces me quedé yo frente a frente con el cadáver, no era una visión agradable, te lo aseguro, su piel ya no tenía nada de divina, aunque hacía poco que lo habían matado, más bien tenía la piel de un color ceniciento, con hematomas por todas partes, como si le hubieran dado una paliza, y tenía una cicatriz enorme del cuello hasta la ingle, aunque en la cara se le había quedado más bien una expresión de placidez, la placidez de los muertos que no es placidez ni es nada, sólo carne muerta sin memoria. ¿Qué ocurre?, dije. A las siete de la mañana nos fuimos de la comisaría. Un policía nos preguntó si nos íbamos a hacer cargo del cuerpo. Yo le dije que no, que hicieran ellos lo que quisieran. Sólo había sido el amante ocasional de mi hermana, nada más, y luego García Fuentes le dio una mordida a un funcionario de la comisaría y se aseguró de que no volvieran a molestar a Julita. Más tarde, mientras desayunábamos, le pregunté a Julita desde cuándo veía al tipo ese y me dijo que después de vivir una temporada contigo estuvo viéndola a ella. ¿Pero cómo te encontró?, le pregunté. Parece ser que cogió su número de teléfono de tu agenda. Ella no sabía que se dedicaba a traficar con drogas. Ella pensaba que vivía del aire, del dinero que le pasaba gente como tú o como ella. Si uno se mete con gente así siempre acaba manchándose, le dije, y Julita se puso a llorar y García Fuentes me dijo que no exagerara, que ya todo se había acabado. ¿Qué ocurre?, dije. No ocurre nada, todo se ha acabado, dijo Albertito. De todas formas no he podido dormir y tampoco he podido tomarme el día libre, en la empresa estamos hasta el cuello de trabajo.

Jacinto Requena, café Quito, calle Bucareli, México DF, septiembre de 1985. Dos años después de desaparecer en Managua, Ulises Lima volvió a México. A partir de entonces pocas personas lo vieron y quienes lo vieron casi siempre fue por casualidad. Para la mayoría, había muerto como persona y como poeta.

Yo lo vi en un par de ocasiones. La primera vez me lo encontré en Madero y la segunda vez fui a verlo a su casa. Vivía en una vecindad de la colonia Guerrero, adonde sólo iba a dormir, y se ganaba la vida vendiendo marihuana. No tenía mucho dinero y el poco que tenía se lo daba a una mujer que vivía con él, una chava que se llamaba Lola y que tenía un hijo. La tal Lola parecía una tipa de armas tomar, era del sur, de Chiapas, o tal vez guatemalteca, le gustaban los bailes, se vestía como punk y siempre estaba de mal humor. Pero su niño era simpático y al parecer Ulises se encariñó con él.

Un día le pregunté en dónde había estado. Me dijo que recorrió un río que une a México con Centroamérica. Que yo sepa, ese río no existe. Me dijo, sin embargo, que había recorrido ese río y que ahora podía decir que conocía todos sus meandros y afluentes. Un río de árboles o un río de arena o un río de árboles que a trechos se convertía en un río de arena. Un flujo constante de gente sin trabajo, de pobres y muertos de hambre, de droga y de dolor. Un río de nubes en el que había navegado durante doce meses y en cuyo curso encontró innumerables islas y poblaciones, aunque no todas las islas estaban pobladas, y en donde a veces creyó que se quedaría a vivir para siempre o se moriría.

De todas las islas visitadas, dos eran portentosas. La isla del pasado, dijo, en donde sólo existía el tiempo pasado y en la cual sus moradores se aburrían y eran razonablemente felices, pero en donde el peso de lo ilusorio era tal que la isla se iba hundiendo cada día un poco más en el río. Y la isla del futuro, en donde el único tiempo que existía era el futuro, y cuyos habitantes eran soñadores y agresivos, tan agresivos, dijo Ulises, que probablemente acabarían comiéndose los unos a los otros.

Después pasó mucho tiempo antes de que lo volviera a ver. Yo intentaba moverme en otros círculos, tenía otros intereses, tenía que buscar trabajo, tenía que darle algo de dinero a Xóchitl, también tenía otros amigos.

Joaquín Font, psiquiátrico La Fortaleza, Tlalnepantla, México DF, septiembre de 1985. El día del terremoto volví a ver a Laura Damián. Hacía mucho que no experimentaba una visión parecida. Veía cosas, veía ideas, sobre todo veía dolor, pero no veía a Laura Damián, la figura borrosa de Laura Damián, sus labios entre adivinados y avistados diciendo que todo, pese a las evidencias, estaba bien. Bien en México, conjeturo, o bien en las casas de los mexicanos, o bien en las cabezas de los mexicanos. La culpa era de los tranquilizantes, aunque en La Fortaleza, para ahorrar, apenas reparten una o dos pastillas a cada interno, y eso sólo a los más desquiciados. O sea que tal vez la culpa no fuera de los tranquilizantes. Lo cierto es que hacía mucho que no la veía y cuando la tierra empezó a temblar la vi. Y entonces supe que tras el desastre todo estaba bien. O tal vez en el momento del desastre todo, para no morir, se ponía de golpe bien. Unos días después vino a verme mi hija. ¿Tú te has enterado del terremoto?, me preguntó. Claro que sí, respondí. ¿Han muerto muchos? No, no muchos, dijo mi hija, pero sí bastantes. ¿Han muerto muchos amigos? Que yo sepa, ninguno, dijo mi hija. Los pocos amigos que nos quedan no necesitan ningún terremoto de México para morirse, dije yo. A veces pienso que tú no estás loco, dijo mi hija. No estoy loco, dije yo, sólo confundido. Pero la confusión te dura desde hace mucho, dijo mi hija. El tiempo es una ilusión, dije yo y pensé en gente que hacía mucho que no había visto e incluso en gente que no había visto nunca. Si pudiera te sacaría, dijo mi hija. No hay prisa, dije yo y pensé en los terremotos de México que venían avanzando desde el pasado, con pie de mendigos, directos hacia la eternidad o hacia la nada mexicana. Si fuera por mí, te sacaría hoy mismo, dijo mi hija. No te preocupes, le dije, ya bastantes problemas debes tener con tu vida. Mi hija se me quedó mirando y no me contestó. Durante el terremoto los dolientes de La Fortaleza se cayeron de sus camas, los que no dormían atados, le dije, y no había nadie que controlara los pabellones pues los enfermeros salieron a la carretera y algunos se marcharon a la ciudad para enterarse qué les había ocurrido a sus familias. Durante unas horas los locos estuvieron a su albedrío. ¿Y qué hicieron?, dijo mi hija. Poca cosa, algunos se pusieron a rezar, otros salieron a los patios, la mayoría siguió durmiendo, en sus camas o en el suelo. Qué suerte, dijo mi hija. ¿Y tú qué hiciste?, pregunté por cortesía. Nada, bajé al departamento de una amiga y allí nos estuvimos los tres juntos. ¿Quiénes?, dije. Mi amiga, su hijo y yo. ¿Y no murió ningún amigo? Ninguno, dijo mi hija. ¿Estás segura? Estoy segurísima. Qué diferentes que somos, dije. ¿Por qué?, dijo mi hija. Porque yo sin salir de La Fortaleza sé que más de un amigo habrá muerto aplastado por el terremoto. No ha muerto nadie, dijo mi hija. Es igual, es igual, dije. Durante un rato estuvimos en silencio contemplando a los locos de La Fortaleza que deambulaban como pajaritos, serafines y querubines con el pelo manchado de mierda. Qué desconsuelo, dijo mi hija o eso me pareció escuchar. Creo que se puso a llorar pero yo traté de no prestarle atención y lo conseguí. ¿Te acuerdas de Laura Damián?, le dije. Apenas la conocí, dijo ella, y tú también apenas la conociste. Yo fui muy amigo de su señor padre, dije. Un loco se acuclilló y se puso a vomitar junto a una puerta de hierro. Tú te hiciste amigo de su padre sólo después de la muerte de Laura, dijo mi hija. No, dije, yo ya era amigo de Álvaro Damián antes de que ocurriera la desgracia. Bueno, dijo mi hija, no vamos a discutir por eso. Después me estuvo contando durante un rato las tareas de rescate que se llevaban a cabo por toda la ciudad y en las que ella participaba o había participado o le hubiera gustado participar (o había visto desde lejos), y también me contó que su madre hablaba de irse definitivamente del DF. Eso me interesó. ¿Adónde?, dije. A Puebla, dijo mi hija. Me hubiera gustado preguntarle qué pensaban hacer conmigo, pero mientras pensaba en Puebla me olvidé de hacerlo. Después mi hija se fue y yo me quedé a solas con Laura Damián, con Laura y con los locos de La Fortaleza, y su voz, sus labios invisibles dijeron que no me preocupara, que si mi mujer se iba a Puebla ella se quedaría a mi lado y que nadie me echaría nunca del manicomio y que si algún día me echaban ella se vendría conmigo. Ay, Laura, suspiré. Y luego Laura me preguntó, como si se hiciera la desentendida,

Franz y yo lo celebramos yendo al cine y luego comiendo afuera, en un restaurante del centro. Yo estaba cansada de las comidas corridas y me quise dar un lujo. A partir de entonces dejé de escribir poemas, al menos en la cantidad de antes, y me puse a escribir crónicas, crónicas sobre la Ciudad de México, artículos sobre jardines que ya pocos sabían de su existencia, gacetillas sobre casas coloniales, reportajes sobre determinadas líneas del metro, y empecé a publicar todo o casi todo lo que escribía. Fernando López Tapia me hacía un hueco en cualquier parte de la revista y los sábados, en vez de ir con Franz a Chapultepec, me lo llevaba a la redacción y mientras él jugaba con una máquina de escribir yo ayudaba a los pocos trabajadores fijos de *Tamal* a preparar el próximo número, pues en esto siempre hubo problemas, costaba mucho sacar la revista a tiempo.

Aprendí a diagramar, a corregir, a veces hasta era yo la que seleccionaba las fotos. Y además a Franz todo el mundo lo quería. Por supuesto, con lo que ganaba en la revista no podía dejar mi trabajo en Gigante, pero incluso así era bonito para mí, pues mientras trabajaba en el supermercado, sobre todo cuando el trabajo era particularmente pesado, los viernes por la tarde, por ejemplo, o los lunes por la mañana, que se hacían infinitos, yo desconectaba y me ponía a pensar en mi próximo artículo, en la crónica que tenía pensada sobre los vendedores ambulantes de Coyoacán, por ejemplo, o sobre los tragafuegos de la Villa o sobre cualquier cosa, y el tiempo se me iba volando. Fernando López Tapia un día me propuso que escribiera semblanzas de políticos de segunda o tercera fila, amigos suyos, supongo, o amigos de amigos, pero yo me negué. No puedo escribir más que de cosas en las que me sienta involucrada, le dije, y él me contestó: ¿qué tienen las casas de la colonia 10 de Mayo para que te involucres con ellas? Y yo no supe qué contestarle, pero me mantuve firme en mi propósito inicial. Una noche Fernando López Tapia me invitó a cenar. Le pedí a María que le echara un ojo a Franz y salimos a un restaurante de la Roma Sur. La verdad es que yo me esperaba algo mejor, más sofisticado, pero durante la cena me divertí mucho, aunque casi no comí. Esa noche hice el amor con el director de *Tamal*. Hacía mucho que no me acostaba con ningún hombre y la experiencia no resultó muy placentera. Lo volvimos a hacer una semana después. Y luego la semana siguiente. A veces era francamente demoledor pasarse toda la noche sin dormir y luego ir a trabajar por la mañana, muy temprano, y pasarse horas etiquetando productos como una sonámbula. Pero yo tenía ganas de vivir y sabía en lo más profundo de mí que tenía que hacerlo.

Una noche Fernando López Tapia apareció por la calle Montes. Dijo que quería conocer el lugar donde vivía. Le presenté a María, que al principio se mostró bastante fría, como si ella fuera una princesa y el pobre Fernando un campesino analfabeto. Por suerte, creo que él ni notó las indirectas que ella le lanzaba. En general, se portó de una forma encantadora. Eso me gustó. Al cabo de un rato María subió a su casa y yo me quedé sola con Franz y con Fernando. Entonces él me dijo que había ido porque tenía ganas de verme y luego me dijo que ya me había visto pero que quería seguir viéndome. Es una tontería, pero a mí me gustó que me lo dijera. Luego subí a buscar a María y nos fuimos los cuatro a cenar a un restaurante. Nos reímos un montón esa noche. Una semana después llevé a *Tamal* unos poemas de María y se los publicaron. Si tu amiga escribe, me dijo Fernando López Tapia, dile que tiene las páginas de nuestra revista a su disposición. El problema era, como no tardé en darme cuenta, que María, pese a sus estudios universitarios y todo eso, apenas si sabía escribir en prosa, digo, una prosa sin pretensiones poéticas, bien puntuada, gramaticalmente correcta. Así que durante varios días ella estuvo tratando de escribir un artículo sobre danza, pero por más esfuerzos que ponía y por más que yo la ayudaba, resultó incapaz de hacerlo. Al final lo que le salió fue un poema muy bueno que tituló «La danza en México» y que después de dármelo a leer archivó junto con sus otros poemas y olvidó. María era potente como poeta, definitivamente mejor que yo, por poner un ejemplo, pero no sabía escribir en prosa. Fue una pena, pero ahí mismo se acabó la posibilidad de que colaborara de forma asidua con *Tamal*, aunque no creo que a ella le importara gran cosa, como que le hacía ascos a la revista, como si la revista no estuviera a su altura, en fin, así es María y así la quiero yo.

Mi relación con Fernando López Tapia se mantuvo algún tiempo más. Él estaba casado, eso lo sospeché desde el principio, tenía dos hijos, el mayor de veinte años, y no estaba dispuesto a separarse de su mujer (ni yo se lo hubiera permitido). En varias ocasiones lo acompañé a cenas de negocios. Me presentaba como su colaboradora más eficaz. Yo trataba de serlo de verdad y hubo semanas en que, con el Gigante por un lado y con la revista por el otro, apenas pude mantener una media de sueño de tres horas diarias. Pero no me importaba porque las cosas me estaban yendo bien, tal como yo quería que fueran, y aunque no quise volver a publicar más poemas míos en *Tamal*, lo que hice fue literalmente apropiarme de las páginas culturales y publicarle poemas a Jacinto y a otros amigos que no tenían donde dar a conocer sus creaciones. Y aprendí mucho. Aprendí todo lo que se puede aprender en la redacción de una revista en el DF. Aprendí a maquetar, a cerrar tratos con los anunciantes, a tratar con los impresores, a hablar con gente que en principio parecía importante. Por supuesto, nadie sabía que yo trabajaba en un Gigante, todos creían que vivía de lo que me pagaba Fernando López Tapia o que era una universitaria, yo, que nunca hice estudios universitarios, que ni siquiera acabé la prepa, y eso tenía su lado bonito, era como vivir en el cuento de la Cenicienta, y aunque luego tenía que volver al Gigante y convertirme otra vez en dependienta o en cajera, a mí no me importaba y sacaba fuerzas de donde no las había para hacer bien los dos trabajos, el de *Tamal* porque me gustaba y aprendía, el del Gigante porque tenía que mantener a Franz, comprarle ropa y útiles escolares, pagar nuestro cuarto en la calle Montes, porque mi papá, el pobre, estaba pasando una mala racha y ya no podía darme para el alquiler, y porque Jacinto no tenía dinero ni para él. En una palabra, tenía que trabajar y sacar adelante a Franz yo sola. Y eso era lo que hacía y además escribía y aprendía.

Un día Fernando López Tapia me dijo que tenía que hablar conmigo. Cuando lo fui a ver dijo que quería que yo me fuera a vivir con él. Pensé que estaba de broma, Fernando a veces se levanta así, con ganas de vivir con todo el mundo, y pensé que probablemente aquella noche nos meteríamos en un hotel y haríamos el amor y a él se le pasarían las ganas de ponerme una casa. Pero esta vez la propuesta iba en serio. Por supuesto, no tenía intención de dejar a su mujer, al menos no de golpe, sino paulatinamente, en una sucesión, son sus palabras, de hechos consumados. Durante días estuvimos hablando de esta posibilidad. O mejor dicho: Fernando me hablaba, me exponía los pros y los contras y yo le escuchaba y reflexionaba. Cuando le dije que no, pareció llevarse una gran decepción y pasó un par de días enfadado conmigo. Por entonces yo ya había empezado a llevar mis textos a otras revistas. En la mayoría me dijeron que no, pero hubo un par que me los aceptaron. Mi relación con Fernando, no sé por qué, empeoró. Me criticaba todo lo que hacía y cuando nos acostábamos incluso se mostraba violento conmigo. Otras veces le daba por la ternura, me hacía regalos, lloraba por cualquier cosa y terminaba las noches más borracho que una cuba.

Ver mi nombre publicado en otras revistas fue un éxito. Experimenté una sensación de seguridad y a partir de ese momento comencé a alejarme de Fernando López Tapia y de la revista *Tamal*. Al principio no fue fácil, pero a las dificultades yo ya estaba acostumbrada y no me arredré en ningún momento. Después encontré trabajo de correctora en un periódico y dejé el Gigante. Celebramos mi despedida con una cena a la que asistió Jacinto, María, Franz y yo. Esa noche, mientras comíamos, vino Fernando López Tapia a verme pero no le quise abrir. Estuvo gritando desde la calle durante un rato y después se marchó. Franz y Jacinto lo miraron desde la ventana y se rieron. Qué parecidos son. María y yo, por el contrario, no quisimos ni asomarnos y fingimos (pero tal vez no fingimos demasiado) que nos daba un ataque de histeria. En realidad lo que hicimos fue mirarnos a la cara y decirnos todo lo que teníamos que decirnos sin una sola palabra.

Recuerdo que estábamos con las luces apagadas y que los gritos de Fernando llegaban en sordina desde la calle, gritos desesperados, y que luego ya no escuchamos nada, se va, dijo Franz, se lo llevan, y que entonces María y yo nos miramos, sin hacer teatro, en serio, cansadas pero dispuestas a seguir, y que tras unos segundos yo me levanté y encendí la luz.

Amadeo Salvatierra, calle República de Venezuela, cerca del Palacio de la Inquisición, México DF, enero de 1976. Y entonces uno de los muchachos me dijo: ¿dónde están los poemas de Cesárea Tinajero?, y yo salí del pantano de la muerte de mi general Diego Carvajal o de la sopa hirviente de su recuerdo, una sopa incomestible e incomprensible que cuelga, creo yo, sobre nuestros destinos como la espada de Damocles o como un anuncio de tequila, y les dije: en la última página, muchachos, y miré sus rostros fresquitos y atentos y observé sus manos que recorrían esas viejas hojas y luego volví a observar sus rostros y ellos entonces también me miraron y dijeron ¿no nos estarás vacilando, Amadeo?, ¿te sientes bien, Amadeo?, ¿quieres que te preparemos un café, Amadeo?, y yo pensé, ah, caray, debo estar más borracho de lo que creía, y con pasos vacilantes me levanté, me acerqué al espejo de la sala y me miré la cara. Seguía siendo yo mismo. No el yo mismo al que bien o mal me había acostumbrado, pero yo mismo. Y entonces les dije, muchachos, lo que necesito no es café sino un poco más de tequila y cuando me hubieron traído mi copa y la hubieron llenado y hube bebido pude separarme del pinche azogue del espejo en el que estaba apoyado, quiero decir: pude despegar mis manos de la superficie de aquel viejo espejo (no sin antes ver, por cierto, cómo quedaban marcadas las huellas dactilares de mis dedos en su superficie, como diez jetas diminutas que me decían algo al unísono y con una velocidad sorprendente que me impedía cualquier entendimiento). Y cuando hube vuelto a mi sillón les volví a preguntar qué era lo que opinaban ahora que tenían ante sí un verdadero poema de la mera Cesárea Tinajero, ya sin ninguna lengua de por medio, el poema y nada más, y ellos me miraron y luego, sosteniendo ambos la revista, se sumergieron otra vez en ese charco de los años veinte, en ese ojo cerrado y lleno de polvo, y dijeron caray, Amadeo, ¿esto es lo único que tienes de ella?, ¿éste es su único poema publicado?, y yo les dije o tal vez sólo susurré: pues sí, muchachos, no hay más. Y añadí, como para medir lo que de verdad sentían: ¿decepcionante, no? Pero ellos creo que ni me escucharon, tenían sus cabezas muy juntas y miraban el poema, y uno de ellos, el chileno, parecía pensativo, mientras su compinche, el mexicano, se sonreía, imposible desalentar a esos muchachos, reflexioné, y luego dejé de mirarlos y de hablar y estiré mis huesos en el sillón, crac, crac, y uno de ellos al oír el sonido levantó la vista y me miró como para asegurarse de que no me había descuajaringado, y luego volvió a Cesárea y yo bostecé o suspiré y por un segundo, pero muy lejanas, pasaron ante mis ojos las imágenes de Cesárea y de sus amigos, iban caminando por una avenida de la parte norte del DF, y entre sus amigos me vi a mí mismo, qué cosa más curiosa, y volví a bostezar, y entonces uno de los muchachos rompió el silencio y dijo con voz clara y bien timbrada que el poema era interesante, y el otro lo apoyó en el acto y dijo que no sólo era interesante sino que él ya lo había visto cuando era un escuincle. ¿Cómo?, dije yo. En sueños, dijo el muchacho, no debía tener más de siete años y estaba afiebrado. ¿El poema de Cesárea Tinajero? ¿Lo había visto cuando tenía siete años? ¿Y lo entendía? ¿Sabía lo que significaba? Porque debía de significar algo, ¿no? Y los muchachos me miraron y dijeron que no, Amadeo, un poema no necesariamente significaba algo, excepto que era un poema, aunque éste, el de Cesárea, en principio ni eso. Así que les dije déjenme verlo y extendí la mano como quien pide limosna y ellos pusieron el único número de *Caborca* que quedaba en el mundo entre mis dedos acalambrados. Y vi el poema que había visto tantas veces:

Sión

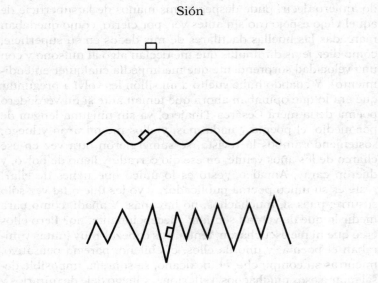

Y les pregunté a los muchachos, les dije, muchachos, ¿qué es lo que han sacado en limpio de este poema?, les dije, muchachos, yo llevo más de cuarenta años mirándolo y nunca he entendido una chingada. Ésa es la verdad. Para qué voy a mentirles. Y ellos dijeron: es una broma, Amadeo, el poema es una broma que encubre algo muy serio. ¿Pero qué significa?, dije. Déjanos pensar un poco, Amadeo, dijeron. Claro que los dejo, faltaría más, dije yo. Déjanos reflexionar un poco y a ver si te alivianamos la incógnita, Amadeo, dijeron. Claro que quiero que me alivianen, dije yo. Después uno de ellos se levantó y se fue al baño y el otro se levantó y se fue a la cocina y yo me puse a dormitar mientras ellos circulaban como Pedro por el infierno de mi casa, quiero decir, por el infierno de recuerdos en que se había transformado mi casa, y yo los dejé hacer y me puse a dormitar, porque ya era muy tarde y mucho lo que habíamos bebido, aunque de vez en cuando los escuchaba caminar, como si hicieran ejercicios para desentumecer los huesos, y de vez en cuando los oía hablar, se preguntaban y se respondían no sé qué cosas, algunas muy serias, supongo, pues entre pregunta y respuesta mediaban unos silencios grandes, otras no tan serias pues se reían, ah, qué muchachos, pensaba, ah, qué velada más interesante, hacía tiempo que no bebía tanto y que no conversaba tanto y que no recordaba tanto y que no me lo pasaba tan bien. Cuando volví a abrir los ojos los muchachos habían encendido la luz y delante de mí había una taza de café humeante. Bébetela, dijeron. A sus órdenes, dije yo. Recuerdo que mientras me tomaba el café los muchachos volvieron a sentarse enfrente de mí y estuvieron comentando los otros textos publicados en *Caborca*. Bueno, pues, les dije, ¿cuál es el misterio? Entonces los muchachos me miraron y dijeron: no hay misterio, Amadeo.

Joaquín Font, calle Colima, colonia Condesa, México DF, agosto de 1987. La libertad es como un número primo. Cuando volví a casa todo había cambiado. Mi mujer ya no vivía allí y en mi habitación ahora dormía mi hija Angélica, junto con su compañero, un director de teatro un poco mayor que yo. Mi hijo menor, por el contrario, se había apropiado de la casita del jardín que compartía con una muchacha de rasgos aindiados. Tanto él como Angélica trabajaban todo el día, aunque no ganaban demasiado. Mi hija María vivía en un hotel cerca del Monumento a la Revolución y casi no veía a sus hermanos. Mi esposa, al parecer, se había vuelto a casar. El director de teatro resultó una persona bastante considerada. Había sido compañero de correrías de la Vieja Segura, o discípulo suyo, no lo podría precisar, y no tenía mucho dinero ni mucha suerte, pero esperaba montar algún día una obra que lo catapultara a la fama y a la fortuna. Por las noches, mientras cenábamos, le gustaba hablar de eso. La compañera de mi hijo, por el contrario, apenas decía una palabra. Me cayó simpática.

La primera noche dormí en la sala. Puse una manta sobre el sofá, me extendí y cerré los ojos. Los ruidos eran los mismos de siempre. Pero me equivocaba. Algo había que los hacía distintos, aunque al principio no supe colegir qué era. Pero eran distintos y no me dejaban dormir, así que me pasaba las noches sentado en el sofá, con la tele encendida y con los ojos entrecerrados. Después me trasladé a la antigua habitación de mi hijo y eso me subió los ánimos. Supongo que porque la habitación aún conservaba una cierta atmósfera de adolescente despreocupado y feliz. No lo sé. En cualquier caso, al cabo de tres días la habitación olía enteramente a mí, es decir olía a viejo, olía a loco, y todo volvió a ser como antes. Me deprimía y no sabía qué hacer.

Me quedaba quieto y dejaba que pasaran las horas en aquella casa vacía hasta que volvía alguno de mis hijos del trabajo y cruzábamos unas palabras. A veces llamaban por teléfono y yo contestaba. ¿Bueno? ¿Quién habla? Nadie me conocía y yo a nadie conocía.

A la semana de volver a casa comencé a dar paseos por el barrio. Los primeros fueron breves, una vuelta a la manzana y asunto concluido. Poco a poco, sin embargo, empecé a animarme y mis caminatas, al principio inseguras, me fueron llevando cada vez más lejos. El barrio había cambiado. Me asaltaron dos veces. La primera, unos niños armados con cuchillos de cocina. La segunda, unos tipos mayores quienes al no encontrar dinero en mis bolsillos procedieron a darme una madriza. Pero yo ya no siento dolor y no me importó. Ésa es una de las cosas que aprendí en La Fortaleza. Por la noche, Lola, la compañera de mi hijo, me puso mertiolate en las heridas y me aconsejó que según dónde más valía no meterse. Yo le dije que no me importaba que me pegaran de vez en cuando. ¿Te gusta?, dijo ella. No me gusta, dije yo, si me pegaran todos los días no me gustaría.

Una noche el director de teatro dijo que el INBA le iba a conceder una beca. Lo celebramos. Mi hijo y su compañera salieron a comprar una botella de tequila y mi hija y el director hicieron una comida de gala, aunque la verdad es que ninguno de los dos sabía cocinar. No recuerdo qué hicieron. Comida. Yo me lo comí todo. Pero no era muy bueno. La que hacía bien estas cosas era mi mujer, pero ella ahora vivía en otro lugar y no estaba dispuesta para esta clase de cenas improvisadas. Yo me senté a la mesa y me puse a temblar. Recuerdo que mi hija me miró y me preguntó si me sentía mal. Sólo tengo frío, dije, y era la verdad, con los años me he convertido en una persona friolera. Una copita de tequila hubiera ayudado, pero no puedo beber tequila ni ningún otro tipo de alcohol. Así que temblé de frío y comí y escuché lo que decían. Hablaban de un futuro mejor. Hablaban de fruslerías, pero en realidad hablaban de un futuro mejor, y aunque ese futuro no comprendía a mi hijo ni a su compañera ni a mí nosotros también sonreíamos y hablábamos y hacíamos planes.

Una semana después el departamento que tenía que conceder la beca fue cerrado por recorte presupuestario y el director de teatro se quedó sin nada.

Comprendí que había llegado la hora de que me empezara a mover. Me empecé a mover. Telefoneé a algunos viejos amigos. Al principio nadie se acordaba de mí. ¿Dónde has estado?, decían. ¿De dónde sales? ¿Qué ha sido de tu vida? Yo les decía que acababa de llegar del extranjero. He estado dando vueltas por el Mediterráneo, he vivido en Italia y en Estambul. He estado mirando edificios en El Cairo, una arquitectura que promete. ¿Promete? Sí, el infierno. Como los edificios de Tlatelolco, pero sin tantos espacios verdes. Como Ciudad Satélite, pero sin agua corriente. Como Netzahualcóyotl. Deberían matarnos a todos los arquitectos. He estado en Túnez y en Marraquech. En Marsella. En Venecia. En Florencia. En Nápoles. Feliz tú, Quim, ¿pero por qué has vuelto? México se va al carajo sin remedio. Supongo que estarás al tanto. Sí, estoy al tanto, les decía, los informes no han escaseado, mis hijas me enviaban periódicos mexicanos a los hoteles donde vivía. Pero México es mi patria y lo echaba de menos. En ninguna otra parte se está tan bien como aquí. No me alburees, Quim, ¿no lo dirás en serio? Completamente en serio. ¿Completamente en serio? Te lo juro, completamente en serio, algunas mañanas, mientras me desayunaba contemplando el Mediterráneo y esos veleritos a los que los europeos son tan aficionados, a veces me ponía a llorar pensando en Ciudad de México, en los desayunos de Ciudad de México, y sabía que tarde o temprano debía regresar. Y alguno decía: oye, ¿pero tú no habías estado ingresado en un psiquiátrico? Y yo decía sí, de eso hace muchos años, precisamente al salir del psiquiátrico me marché al extranjero. Prescripción médica. Y mis amigos solían reírse con esta salida o con otras, pues yo siempre adornaba la historia con anécdotas diferentes y decían ah, qué Quim, y entonces yo aprovechaba y les preguntaba si no sabían de alguna chamba para mí, algún puestecito en algún bufete de arquitectos, lo que fuera, un trabajito eventual, para irme haciendo a la idea de que tenía que buscar algo fijo, y entonces ellos acostumbraban a responderme que la cuestión laboral estaba muy mala, que los bufetes de arquitectura estaban cerrando uno detrás de otro, que Andrés del Toro se había largado a Miami y que Refugio Ortiz de Montesinos había instalado su taller en Houston, así que ya me podía hacer una idea, decían, y yo me hacía una idea, y más de una idea, pero seguía llamando y jodiéndoles la paciencia y contándoles mis aventuras en la parte feliz del mundo.

De tanto insistir, acabé obteniendo el puesto de delineante en el taller de un arquitecto que no conocía. Era un chavo que acababa de empezar y que cuando supo que yo no era delineante sino arquitecto me tomó cariño. Por las noches, cuando cerrábamos el changarro, nos íbamos a un bar que está en la Ampliación Popocatépetl, por el rumbo de la calle Cabrera. El bar se llamaba El Destino y allí nos quedábamos hablando de arquitectura y de política (el chavito era trotskista) y de viajes y de mujeres. Se llamaba Juan Arenas. Tenía un socio, al que yo apenas veía, un tipo gordo de unos cuarenta años, que también era arquitecto pero que más bien parecía un agente de la secreta y que pocas veces aparecía por el estudio. Así que el bufete lo constituíamos básicamente Juan Arenas y yo, y como casi no teníamos nada que hacer y nos gustaba hablar, pues nos pasábamos buena parte del día hablando. Por la noche me daba un aventón hasta mi casa y mientras cruzábamos un DF de pesadilla, de pesadilla desfalleciente, yo a veces pensaba que Juan Arenas era mi reencarnación feliz.

Un día lo invité a comer. Era un domingo. No había nadie en la casa y yo le preparé una sopa y una tortilla francesa. Comimos en la cocina. Era agradable estar allí, escuchando a los pájaros que venían a picotear en el jardín y mirando a Juan Arenas, que era un muchacho sencillo y que comía con apetito. Él vivía solo. No era del DF sino de Ciudad Madero y a veces se sentía desorientado en una ciudad tan grande. Más tarde llegó mi hija con su compañero y nos encontraron viendo la televisión y jugando a las cartas. Creo que desde el primer momento mi hija le gustó a Juanito Arenas y a partir de entonces sus visitas menudearon. A veces yo me ponía a soñar y nos veía a todos viviendo juntos en mi casa de la calle Colima, a mis dos hijas, a mi hijo, al director de teatro, a Lola y a Juan Arenas. A mi mujer no, a ella no la veía viviendo con nosotros. Pero las cosas nunca salen como uno las ve y las vive en sueños y un buen día Juan Arenas y su socio cerraron el bufete y se largaron sin decir adónde iban.

Una vez más me tuve que dedicar a telefonear a mis antiguos amigos y a pedir favores. La experiencia me había enseñado que era mejor buscar chamba de delineante que de arquitecto y así no tardé en verme una vez más trabajando duro. Esta vez fue en un bufete de Coyoacán. Una noche, mis jefes me invitaron a una fiesta. La alternativa era ir caminando hasta la parada de metro más cercana y volver a casa en donde seguramente no iba a encontrar a nadie, así que acepté y fui. La fiesta era en una casa que estaba relativamente cerca de la mía. Durante unos momentos la casa me resultó familiar. Pensé que yo antes había estado allí, pero luego me di cuenta que no, que lo que pasaba era que todas las casas de determinada época y de determinado barrio se parecían como una gota de agua a otra gota de agua y entonces me tranquilicé y me fui directo a la cocina a buscar algo que comer porque no probaba bocado desde el desayuno. No sé qué me pasó, pero de repente me sentí con mucha hambre, algo no muy usual en mí. Con mucha hambre y con muchas ganas de llorar y con mucha alegría.

Y entonces llegué como volando a la cocina y en la cocina encontré a dos hombres y a una mujer, que hablaban animadamente de un muerto. Y yo cogí un sandwich de jamón y me lo comí y después me tomé dos sorbos de coca-cola para que me pasara el sandwich por la garganta. El pan estaba como reseco. Pero era rico, así que cogí otro sandwich, ahora uno de queso, y me lo comí, pero no de golpe, esta vez poco a poco, masticando a conciencia y sonriendo tal como solía sonreír yo hace tantos años. Y el trío que hablaba, los dos hombres y la mujer, me miraron y vieron mi sonrisa y me sonrieron, y entonces yo me acerqué un poco más a ellos y oí lo que decían: hablaban de un cadáver y de un entierro, hablaban de un amigo mío, un arquitecto que había muerto, y en ese momento a mí me pareció apropiado decir que lo conocía. Eso fue todo. Hablaban de un muerto que yo había conocido y después se pusieron a hablar de otras cosas, supongo, porque yo no permanecí allí sino que salí al jardín, un jardín de rosales y abetos, y me acerqué a la verja de hierro y me puse a mirar el tráfico. Y entonces vi pasar a mi viejo Impala del 74, gastado por los años, con abolladuras en los guardabarros y en las puertas, con la pintura descascarada, muy lentamente, a vuelta de rueda, como si me anduviera buscando por las calles nocturnas del DF, y el efecto que me produjo fue tal que entonces sí que me puse a temblar, agarrado con las dos manos a los barrotes de la verja para no caerme, y no me caí, bien cierto, pero se me cayeron las gafas, mis gafas se deslizaron nariz abajo hasta un matorral o una planta o un retoño de rosal, no lo sé, sólo oí el ruido y supe que no se habían roto, y entonces pensé que si me agachaba a recogerlas para cuando me levantara el Impala habría desaparecido, pero que si no lo hacía no iba a poder ver quién conducía aquel coche fantasma, mi coche perdido en las últimas horas de 1975, en las primeras horas de 1976. Y si no veía quién lo conducía, ¿de qué me iba a servir haberlo visto? Y entonces me ocurrió algo aún más sorprendente. Pensé: se me han caído las gafas. Pensé: hasta hace un momento yo no sabía que utilizaba gafas. Pensé: ahora percibo los cambios. Y eso, saber que ahora sabía que necesitaba gafas para ver, me hizo temerario y me agaché y encontré mis lentes (¡qué diferencia entre tenerlos puestos y no tenerlos!) y me erguí y el Impala aún seguía allí, por lo que deduzco que actué con una velocidad sólo concedida a ciertos locos, y vi el Impala y con mis gafas, esas gafas que hasta ese momento no sabía que poseía, taladré la oscuridad y busqué el perfil del conductor, entre atemorizado y ansioso, pues supuse que al volante de mi Impala perdido iba a ver a Cesárea Tinajero, la poeta perdida, que se abría paso desde el tiempo perdido para devolverme el automóvil que yo más había querido en mi vida, el que más había significado y el que menos había gozado. Pero no era Cesárea la que conducía. ¡De hecho, no era nadie el que conducía mi Impala fantasma! Eso creí. Pero luego pensé que los coches no andan solos y que probablemente aquel Impala desvencijado lo conducía algún compatriota chaparrito y desafortunado y gravemente deprimido, y regresé, con un peso enorme sobre mis espaldas, a la fiesta.

Cuando ya llevaba recorrido medio camino, no obstante, se me ocurrió una idea y me volví, pero en la calle ya no estaba el Impala, visto y no visto, ahora está, ahora ya no está, la calle se había transformado en un rompecabezas de penumbra al que le faltaban varias piezas, y una de las piezas que faltaban, curiosamente, era yo mismo. Mi Impala se había ido. Yo, de alguna manera que no terminaba de comprender, también me había ido. Mi Impala había vuelto a mi mente. Yo había vuelto a mi mente.

Supe entonces, con humildad, con perplejidad, en un arranque de mexicanidad absoluta, que estábamos gobernados por el azar y que en esa tormenta todos nos ahogaríamos, y supe que sólo los más astutos, no yo ciertamente, iban a mantenerse a flote un poco más de tiempo.

Andrés Ramírez, bar El Cuerno de Oro, calle Avenir, Barcelona, diciembre de 1988. Mi vida estaba destinada al fracaso, Belano, así como lo oye. Salí de Chile un lejano día de 1975, para más datos el 5 de marzo a las ocho de la noche, escondido en las bodegas del carguero *Napoli*, es decir como un polizonte cualquiera, y sin saber cuál sería mi destino final. No lo voy a aburrir con los accidentes más o menos desgraciados de mi singladura, sólo le diré que yo era trece años más joven y que en mi barrio de Santiago (La Cisterna, para más señas) me conocían con el cariñoso apelativo de Súper Ratón, en recuerdo de aquel gracioso y justiciero animalito que tantas tardes infantiles nos alegrara. En una palabra, que un servidor estaba preparado, al menos físicamente, como suele decirse, para aguantar todas las vicisitudes de un viaje de tal calibre. Pasemos por alto el hambre, el miedo, el mareo, los contornos ora borrosos ora monstruosos con que el incierto destino se me presentaba. Nunca faltó un alma caritativa que bajara a la sentina y que me tendiera un pedazo de pan, una botella de vino, un platito de macarrones a la boloñesa. Tuve tiempo, por otra parte, para pensar a mis anchas, algo que en mi anterior vida me estaba casi vedado, pues en la ciudad moderna, como todo el mundo sabe, al camarón que se duerme se lo lleva la corriente. Y de esta manera pude examinar mi infancia, pues cuando uno está encerrado en el fondo de un barco lo mejor es proceder ceñido a un cierto orden, hasta el canal de Panamá, aproximadamente, y de allí en adelante, es decir en todo lo que duró la travesía del Atlántico (ay, ya tan lejos de mi patria querida e incluso de mi continente americano, que no conocía pero que igual entonces sentí entrañable), me dediqué a diseccionar lo que había sido mi juventud y llegué a la conclusión y al firme propósito de que todo tenía que cambiar, si bien entonces no se me ocurrió de qué forma hacerlo y hacia cuál dirección encaminar mis pasos. En el fondo, permítame que lo diga, era una forma como cualquier otra de matar el tiempo y no castigar o debilitar mi organismo, ya de por sí enajenado después de tantos días en aquella húmeda oscuridad sonora que no le deseo ni a mi peor enemigo. Una mañana, sin embargo, llegamos al puerto de Lisboa y mis reflexiones variaron sustancialmente de objetivo. Mi primer impulso, como es lógico, fue desembarcar el primer día, pero, como me explicó uno de los marineros italianos que de vez en cuando me alimentaban, el horno en las fronteras de tierra y mar portuguesas no estaba para empanadas. Así que me tuve que aguantar y durante dos días que me parecieron dos semanas me conformé con escuchar las voces que venían de las bodegas del barco, abiertas como las fauces de una ballena, escondido en el interior de un barril vacío, cada minuto que pasaba más enfermo e impaciente, con tercianas que venían a cuento de no sé qué, hasta que una noche, por fin, zarpamos y dejamos atrás la laboriosa capital portuguesa que yo imaginaba, en mis sueños febriles, como una ciudad negra, con gente vestida de negro, con casas hechas de caoba o de mármol negro o de piedra negra, tal vez porque en mi duermevela enfebrecida pensé alguna vez en Eusebio, la pantera negra de aquella selección que tan buen papel hiciera en el Mundial de Inglaterra del 66 y en donde a nosotros, los chilenos, con tanta injusticia nos trataran.

Y volvimos a navegar y dimos la vuelta a la península ibérica y yo seguía enfermo, tanto que una noche un par de italianos me sacaron a cubierta para que me diera el aire y yo vi luces a lo lejos y pregunté qué cosa era eso, a qué parte del mundo (ese mundo que tan duramente me estaba tratando) pertenecían esas luces, y los italianos dijeron África, como quien dice pico, o como quien dice manzana, y yo entonces me puse a temblar mucho más que antes, unas tercianas que más bien parecían un ataque de epilepsia, pero que sólo eran tercianas, y entonces oí que los italianos me dejaban sentado en cubierta y hacían un aparte, como quien se va a fumar un cigarrillo lejos de un enfermo, y un italiano le decía al otro: si se nos muere lo mejor es tirarlo al mar, y el otro italiano le contestaba: de acuerdo, de acuerdo, pero no se nos morirá. Y aunque yo no sabía italiano eso lo oí clarito, total las dos lenguas son romance como diría un académico de la lengua. Yo sé que usted ha pasado por trances similares, Belano, así que no se la voy a hacer larga. El miedo o las ganas de vivir, el instinto de supervivencia me hicieron sacar fuerzas de donde no había y les dije a los italianos estoy bien, no me voy a morir, ¿cuál es el próximo puerto? Después me arrastré de nuevo hasta la bodega, me recogí en mi rincón y dormí.

Cuando llegamos a Barcelona ya me sentía mejor. A la segunda noche de estar atracados abandoné sigilosamente el barco y salí caminando del puerto como un trabajador del turno de noche. Llevaba lo puesto, más diez dólares que traía desde Santiago y que guardaba en uno de los calcetines. ¡La vida tiene muchos instantes maravillosos, muy variados, además, pero yo no olvidaré nunca las Ramblas de Barcelona y sus calles aledañas que se abrieron para mí aquella noche como los brazos de una mina que uno nunca ha visto y que sin embargo reconoce como la mina de su vida! No tardé, se lo juro, más de tres horas en encontrar trabajo. Un chileno, si tiene buenos brazos y no es flojo, sobrevive en cualquier parte, me dijo mi papá cuando me fui a despedir de él. Yo de buena gana le hubiera aflojado un puñetazo en la cara al viejo conchaesumadre, pero esa historia es otra historia y no viene al caso hacerse mala sangre. Lo cierto es que aquella noche memorable me puse a trabajar lavando platos cuando aún no se me había pasado del todo la sensación de balanceo que proporcionan los cruceros prolongados, en el establecimiento llamado La Tía Joaquina, de la calle Escudillers, y a eso de las cinco de la mañana, cansado pero satisfecho, salí del bar y me dirigí a la pensión Conchi, que como nombre era un plato, recomendada por uno de los camareros de La Tía Joaquina, un muchacho murciano que también paraba en aquel sucucho.

Dos días estuve en la pensión Conchi, de donde tuve que salir por piernas debido a mi empecinamiento en no mostrar papeles para la inscripción en el registro de la policía, y una semana en La Tía Joaquina, lo justo hasta que el lavaplatos titular se repuso de una gripe traicionera. En los días sucesivos conocí otras pensiones, en la calle Hospital, en la calle Pintor Fortuny, en la calle Boquería, hasta que di con una en Junta de Comercio, la pensión Amelia, qué nombre más dulce y bonito, en donde no me exigieron papeles a condición de que compartiera mi cuarto con otros dos y de que cada vez que aparecía la policía me escondiera sin protestar en un ropero de doble fondo.

Mis primeras semanas en Europa, como es fácil suponer, se me fueron en buscar trabajo y trabajar, pues tenía que pagar semanalmente mi alojamiento y además en tierra mi apetito, atemperado o adormecido durante la travesía marítima, había despertado mucho más voraz de lo que yo recordaba. Pero mientras caminaba de un sitio a otro, digamos de la pensión al trabajo o del restaurante a la pensión, comenzó a sucederme algo que hasta entonces nunca antes me había sucedido. No tardé en darme cuenta, porque sin falsa modestia siempre he sido por lo menos despierto y me fijo en lo que me pasa. La cuestión, además, era bien sencilla, aunque al principio no voy a negarle que me preocupó. A usted también lo hubiera preocupado. Resumiendo: yo caminaba, digamos que por las Ramblas, feliz de la vida, con las preocupaciones normales de un hombre normal y de golpe empezaban los números a bailar dentro de mi cabeza. Primero el 1, es un suponer, luego el 0, después el 1, después otra vez el 1, después el 0, después otro 0, después vuelta con el 1, y así. De entrada pensé que la culpa de todo la tenía el tiempo que había pasado encerrado en la guata del *Napoli*. Pero la verdad es que yo me sentía bien, comía bien, iba de vientre con normalidad, dormía mis seis o siete horas como un lirón, no me dolía ni por asomo la cabeza, así que no podía ser eso. Después pensé en el cambio de paisaje, que en mi caso era un cambio de país, de continente, de hemisferio, de costumbres, de todo. Luego, como no podía faltar, se lo achaqué a los nervios, en mi familia hay algunos casos de locura e incluso de *delirium tremens*, nadie es perfecto. Pero ninguna de esas explicaciones me convencían y poco a poco me fui adaptando, acostumbrando a los números, que por lo demás, fíjese qué curiosa es la naturaleza, sólo se me venían a la mente cuando caminaba, es decir cuando estaba *desocupado*, nunca en horas laborables, nunca mientras comía o cuando me metía en la cama de mi cuarto triplemente compartido. En cualquier caso no tuve mucho tiempo para cranear el asunto, porque la solución no tardó en llegar y llegó de golpe. Una tarde, un compañero de la cocina me dio un boleto de quiniela que le sobraba. Yo, no sé por qué, no lo quise llenar allí y me lo llevé a la pensión. Esa noche, cuando volvía por las Ramblas medio vacías, empezaron los números y al tiro los relacioné con la quiniela. Entré en un bar de la Rambla Santa Mónica y pedí un cortado y un lápiz. Pero entonces los números pararon. ¡Tenía la mente en blanco! Cuando salí volvieron a empezar: veía un quiosco abierto, 0, veía un árbol, 1, veía a dos borrachitos, 2, y así hasta completar los catorce resultados. ¡Pero yo en la calle carecía de bolígrafo para anotarlos, así que en vez de dirigirme a mi pensión bajé hasta el final de la Rambla y luego volví a subir, como si me acabara de levantar y tuviera toda la noche para mi esparcimiento! Un quiosquero cerca del mercado de San José me vendió un bolígrafo. Cuando me detuve a comprarlo los números cesaron y me sentí al borde del precipicio. Luego volví a caminar Rambla arriba y tenía la mente en blanco. En momentos así, se sufre, lo puedo asegurar con conocimiento de causa. De repente, los números volvieron y yo saqué mi quiniela y comencé a anotarlos. El 0 era la X, para deducirlo no era necesario ser un genio, el 1 era el 1 y el 2, que por lo demás apenas aparecía o titilaba dentro de mi cabeza, era el 2. ¿Fácil, verdad? Cuando llegué al metro de plaza Cataluña ya tenía mi quiniela terminada. Entonces el diablo me tentó y volví a bajar, como un sonámbulo o como uno tocado del ala, lentamente, otra vez en dirección a la Rambla Santa Mónica, con la quiniela a pocos centímetros de mi cara, comprobando si los números que seguían apareciendo se correspondían con los anotados en mi azaroso papelito. ¡Para nada! Vi, como quien ve la noche, el 0, el 1 y el 2, pero la secuencia era diferente, los guarismos se sucedían con una velocidad mayor e incluso a la altura del Liceo apareció un número que hasta entonces no había visto, el 3. No le di más vueltas al negocio y me marché a dormir. Esa noche, mientras me desvestía en el cuarto oscuro oyendo roncar al par de huevones que tenía por compañeros, pensé que me estaba volviendo loco y me hizo tanta gracia que tuve que sentarme en la cama y taparme la boca para no reírme a grito pelado.

Al día siguiente puse mi quiniela y tres días después yo era uno de los nueve acertantes del pleno al catorce. Lo primero que pensé, esto sólo lo sabe quien lo vive, es que no me darían el dinero porque estaba ilegal en España. Así que ese mismo día me fui a ver a un abogado y le conté todo. El señor Martínez, que así se llamaba el leguleyo y era de Lora del Río, me felicitó por mi buena fortuna y luego procedió a tranquilizarme. En España, dijo, un hijo de las Américas nunca es extranjero, aunque ciertamente mi entrada al país había sido irregular y eso tenía que arreglarse. Después llamó por teléfono a un periodista de *La Vanguardia* y éste me hizo unas preguntas, unas fotos y al día siguiente yo ya era famoso. Salí en dos o tres periódicos, que yo sepa. El polizonte que gana una quiniela, dijeron. Guardé los recortes y los mandé a Santiago. Me hicieron un par de entrevistas para la radio. En una semana arreglamos mi situación y pasé de ser un indocumentado a tener un permiso de residencia de tres meses, sin derecho a trabajar, mientras Martínez me tramitaba algo mejor. El premio ascendía a la suma de 950.000 pesetas, lo que por entonces era dinero, y aunque el abogado me sangró cerca de 200.000, la verdad es que en aquellos días yo me sentía rico, rico y famoso, además, y libre para hacer lo que quisiera. Los primeros días me rondó la idea de hacer las maletas y volver a Chile, con el dinero que tenía hubiera podido empezar un negocio en Santiago, pero al final decidí cambiar 100.000 pesetas en dólares y mandárselos a mi vieja, y yo seguir en Barcelona, que ahora se me ofrecía, y perdone el símil, como una flor. Corría el año de 1975, además, y en mi patria las cosas estaban más bien de color morado, así que tras las dudas iniciales decidí seguir mi camino. En el consulado, tras alguna renuencia que pude solventar con discreción y dinero, se avinieron a darme un pasaporte. No me cambié de pensión, pero exigí un cuarto propio, más grande y mejor ventilado (y me lo dieron al tiro, qué quiere que le diga, el destino me había convertido en el regalón de casa Amelia), dejé de trabajar de lavaplatos y me dediqué a buscar con todo el tiempo del mundo un curro que se correspondiera con mis inquietudes. Dormía hasta las doce o la una. Después me iba a comer a un restaurante de la calle Fernando o a uno que hay en la calle Joaquín Costa, atendido por un par de gemelos harto simpáticos, y más tarde me dedicaba a vagabundear por Barcelona, desde la plaza Cataluña hasta el Paseo Colón, desde el Paralelo hasta la Vía Layetana, tomando cafés en las terrazas, tapas de calamar y vino en las tabernas, leyendo la prensa deportiva y basculando cuál había de ser mi próximo paso, un paso que en mi fuero interno yo ya conocía, pero que por mi educación de liceano chileno (aunque atorrante y cimarrero) no quería poner de una forma franca sobre el tapete. Y en ésas, le diré, hasta pensaba en el huevón del Descartes, y con eso ya se puede usted hacer una idea. Descartes, Andrés Bello, Arturo Prat, los forjadores de nuestra larga y angosta faja de tierra. Pero no se le pueden poner puertas al campo y una tarde me dejé de cavilaciones y admití que lo que en el fondo quería era ganarme otra quiniela, no buscar trabajo, ganarme otra quiniela de la manera que fuera, pero sobre todo de la manera que yo sabía. Por descontado, no me mire como a un loco, yo me daba cuenta de que aquella esperanza, aquel anhelo, como diría Lucho Gatica, era irracional, incluso tremendamente irracional, porque, vamos a ver, ¿qué motor o qué disfunción era la que hacía aparecer esos guarismos en la parte más clara de mi cabeza?, ¿quién me los dictaba?, ¿creía yo en aparecidos?, ¿era yo un ignorante o un ser supersticioso llegado a esta parte del Mediterráneo de los confines del Tercer Mundo?, ¿o acaso todo lo que me estaba ocurriendo o me había ocurrido no era más que la feliz conjunción del azar y de los delirios de un hombre medio rayado por la experiencia casi inhumana de una singladura que ninguna agencia de viajes se atrevería a ofrecer?

Fueron jornadas de grandes dudas. Por otra parte, lo reconozco, todo me traía sin cuidado (es paradójico, pero es así) y con el paso de los días dejé de buscar y acudir a las ofertas de empleo que tan generosamente ofrecía *La Vanguardia* y aunque desde el premio (por el shock experimentado, presumo) los números me habían abandonado, tras cranear una salida airosa, un atardecer, mientras le daba de comer a unas palomas en el Parque de la Ciudadela, creí encontrar la solución. Si los números no venían a mí, yo iría hasta la guarida de los números y los sacaría de allí con zalamerías o a patadas.

Empleé varios métodos, que por motivos profesionales creo que es mejor que se los ahorre. ¿Dice usted que no? Pues no se los ahorro, faltaría más. Empecé con la numeración de las casas. Recorría, por ejemplo, la calle Oleguer y la calle Cadena e iba mirando y anotando los números de los portales. Los que estaban a mi derecha eran los 1, los de la izquierda los 2, las X eran las personas con las que me tropezaba y que me miraban a los ojos. No dio resultado. Probé a jugar al cacho, yo solo, en un bar de la calle Princesa llamado La Cruz del Sur, el bar ya no existe, lo regentaba por aquellos días un amigo argentino. Tampoco dio resultado. Otras veces me quedaba tirado en la cama, con la mente en blanco, y en mi desesperación conminaba a los números a que volvieran, pero era incapaz de pensar, de imaginar el 1, al que en mi locura le atribuía las virtudes de la lana y el cobijo. Noventa días después de haber ganado mi quiniela, y cuando ya llevaba gastadas más de cincuenta mil pesetas en soberbias e infructuosas apuestas múltiples, se me ocurrió la solución. Debía cambiar de barrio. Así de simple. Los números del Casco Antiguo estaban agotados, al menos para mí, y yo debía moverme. Comencé a vagabundear por el Ensanche, barrio curioso al que hasta entonces sólo había sapeado desde la plaza Cataluña, sin atreverme a cruzar la frontera que marca la Ronda Universidad, al menos sin atreverme a cruzar esa frontera de forma *consciente*, es decir abriendo mis sentidos a la magia del barrio, que es lo mismo que decir: caminando sin defensas, todo ojos, vulnerable; en resumen, el hombre antena.

Los primeros días sólo anduve por el Paseo de Gracia, de subida, y por Balmes, de bajada, pero en los días siguientes me atreví con las calles laterales, Diputación, Consejo de Ciento, Aragón, Valencia, Mallorca, Provenza, Rosellón y Córcega, calles cuyo secreto está en ser deslumbrantes y al mismo tiempo acogedoras, diríase familiares. Al llegar a la Diagonal, invariablemente, mi paseo, que a veces se estructuraba en líneas rectas y otras veces en incontables zigzagueos, se detenía. Como es lícito imaginar, además de desorientado yo parecía un loco aunque afortunadamente en la Barcelona de aquellos años, como en la actual, faltaría más, la tolerancia era una virtud en la que casi todo el mundo se esmeraba. Por descontado, yo me había comprado pilchas nuevas (porque estaba loco, pero no tanto como para suponer que con mis ropas que olían a pensión del Distrito 5.° iba a pasar desapercibido) y lucía en mis caminatas una camisa blanca, una corbata con el anagrama de la Universidad de Harvard, un suéter celeste de cuello V y unos pantalones de pinza negros. Lo único viejo eran mis mocasines, porque en esto del caminar siempre he preferido la comodidad a la elegancia.

Los tres primeros días no sentí nada. Los números, como quien dice, brillaban por su ausencia. Pero algo en mí se resistía a abandonar la zona que azarosamente había acotado. Al cuarto día, mientras subía por Balmes, levanté la vista al cielo y vi, en la torre de una iglesia, la siguiente inscripción: *Ora et labora*. No podría decirle qué fue concretamente lo que me atrajo, pero lo cierto es que sentí algo, tuve un presentimiento, supe que estaba cerca de aquello que me seducía y atormentaba, de aquello que deseaba con un vigor enfermizo. Al seguir caminando, en la otra cara de la torre, leí: *Tempus breve est*. Junto a las inscripciones destacaban varios dibujos que evocaron en mí las matemáticas y la geometría. Como si hubiera visto la cara del ángel. A partir de entonces aquella iglesia se convirtió en el centro de mis andanzas, aunque me prohibí terminantemente penetrar en su interior.

Una mañana, tal como esperaba, volvieron los números. Las secuencias, al principio, eran endemoniadas, pero no tardé en encontrarles su lógica. El secreto consistía en plegarse. Aquella semana hice tres quinielas (con cuatro dobles) y compré dos números de la lotería. Como usted puede apreciar, no estaba muy seguro de mi interpretación. Gané una quiniela de trece aciertos. Con la lotería no pasó nada. A la semana siguiente lo volví a intentar, esta vez sólo con quinielas. Hice un catorce y me llevé quince millones. ¡Cómo cambia la vida! De golpe y porrazo me vi con más dinero del que nunca había soñado. Me compré un bar de la calle del Carmen y mandé a buscar a mi mamá y a mi hermana. Yo no fui personalmente porque de repente me entró el miedo. ¿Y si el avión que me llevaba se caía? ¿Y si en Chile los milicos me mataban? La verdad es que no tuve fuerzas ni para abandonar la pensión Amalia y me pasé una semana sin salir, tratado a cuerpo de rey, pegado al teléfono, hablando poco porque temía que fuera a cometer alguna imprudencia que diera con mis huesos en el manicomio, espantado, en una palabra, ante las potencias que yo mismo había convocado. La llegada de mi mamá contribuyó a serenarme. ¡No hay como la madre de uno para asentar los ánimos! Además mi mamá hizo migas enseguida con la dueña de la pensión y en menos de lo que canta un gallo allí todo el mundo estaba comiendo empanadas de horno y pastel de choclo, que mi vieja hacía para regalonearme a mí y de paso para regalonear a todos los náufragos que allí se escondían, la mayoría buena gente, pero algunos patos malos de verdad, gente torva que se dedicaba a sus labores y que me miraban con codicia. ¡Pero yo a ninguno le regateé mi amistad! Después me puse a hacer negocios. Al bar de la calle del Carmen lo siguió un restaurante en la calle Mallorca, un sitio fino al que acudían a desayunar y a comer los oficinistas de la zona y que al cabo de poco me reportó ingentes beneficios. Con la llegada de mi parentela ya no podía seguir viviendo en la pensión, así que me compré un piso en Sepúlveda con Viladomat y lo inauguré con una fiesta por todo lo alto. Las mujeres de la pensión, que lloraron cuando me fui, volvieron a llorar cuando hice el discurso de bienvenida a mi nueva casa. Mi vieja no se lo podía creer. ¡Tanta fortuna de golpe! Con mi hermana la cosa fue diferente, el dinero le dio unas ínfulas que nunca había tenido o que al menos yo nunca le había conocido. La puse a trabajar de cajera en el restaurante de la calle Mallorca, pero al cabo de unos meses me vi en la tesitura de elegir entre ella, que se había vuelto una siútica insoportable, y la totalidad de mis empleados y, lo que era más importante, buena parte de mis clientes. Así que la saqué de allí y le puse una peluquería en la calle Luna, más o menos cerca de nuestra casa, cruzando la Ronda San Antonio. Por supuesto, durante todo este tiempo yo seguí buscando los números, pero éstos como que se esfumaron no bien me vi en posesión de mi fortuna. Tenía dinero, tenía negocios y sobre todo tenía mucho trabajo, por lo que la pérdida, al menos en el fulgor de los primeros meses, apenas la noté. Después, cuando el ánimo se me fue aposentando, cuando se me pasó la mona y volví a las calles del Distrito 5.° en donde la gente se enfermaba y moría, empecé a pensar otra vez en ellos e incluso llegué a las conclusiones más peregrinas, más desorbitadas, para explicarme a mí mismo el milagro del que yo había sido arte y parte. Pero pensar mucho en ello tampoco era bueno. Lo confieso, alguna noche llegué a sentir miedo de mí mismo, así que ya se puede imaginar lo que quiera que no errará.

Entre los muchos temores que nacieron al filo de aquellas reflexiones estaba el de perder, perder jugando, todo lo que había ganado y estabilizado con el sudor de mi frente. Pero mucho más miedo me daba, se lo aseguro, asomar la nariz en la naturaleza de mi suerte. Como buen chileno, las ganas de progresar me corroían los huesos, pero como el Súper Ratón que había sido y que en el fondo sigo siendo la prudencia me refrenaba, una vocecita me decía: no tientes al azar, huevón, confórmate con lo que tienes. Una noche soñé con la iglesia de la calle Balmes y vi, pero esta vez creí comprender, su escueto mensaje: *Tempus breve est*, *Ora et labora*. El tiempo que nos dan sobre la Tierra no es muy prolongado. Hay que rezar y trabajar, no andar jodiendo la paciencia con las quinielas. Eso era todo. ¡Me desperté con la certeza de que había aprendido la lección! Después se murió

Franco, vino la transición, luego la democracia, este país empezó a cambiar a una velocidad que era cosa de verlo y no dar crédito a lo que tus ojos veían. Qué bonito es vivir en democracia. Pedí y obtuve la nacionalidad española, viajé al extranjero, a París, a Londres, a Roma. Siempre en tren. ¿Ha estado usted en Londres? La travesía del canal es una putada. Qué canal ni que ocho cuartos. Peor, supongo, que el Golfo de Penas. Una mañana me desperté en Atenas y la vista del Partenón me empañó de lágrimas los ojos. No hay nada como viajar para ensanchar la cultura. Pero también para afinar la sensibilidad. Conocí Israel, Egipto, Túnez, Marruecos. Al final de mis viajes volví con un solo convencimiento: no somos nada. Un día llegó una cocinera nueva a mi bar de la calle Mallorca. Era inusualmente joven para el puesto y no demasiado competente, pero la acepté enseguida. Se llamaba Rosa y casi sin darme cuenta me casé con ella. A mi primer hijo yo quise llamarlo Caupolicán, pero finalmente se llamó Jordi. La segunda fue una niña y se llamó Montserrat. Cuando pienso en mis hijos me dan ganas de llorar de felicidad. Hay que ver lo que son las mujeres: mi mamá, que le daba miedo que yo me casara, terminó siendo uña y mugre con Rosita. Mi vida, como quien dice, estaba ya perfectamente encarrilada. ¡Qué lejos quedaba el *Napoli* y los primeros días en Barcelona, para no hablar de mi juventud descarriada en La Cisterna! Tenía una familia, un par de cabros a los que adoraba, una mujer que me ayudaba en todo (pero a la que retiré de la cocina de mi restaurante a la primera oportunidad, bueno es el cilantro pero no tanto), salud y dinero, en fin, no me faltaba de nada, y sin embargo algunas noches, cuando me quedaba solo en mi negocio haciendo cuentas, acompañado únicamente por algún camarero de confianza o por el lavaplatos a quien no veía pero a quien oía afanado en la cocina delante de su última ruma de platos sucios, me asaltaban unas ideas de lo más extrañas, unas ideas, ¿cómo decirlo?, muy chilenas, y entonces sentía que algo me faltaba y me ponía a pensar qué podía ser y tras mucho pensar y darle vueltas al asunto llegaba siempre a la misma conclusión: me faltaban los números, me faltaba la chispa de los números dentro de mis ojos, que es como decir que me faltaba una *finalidad* o la *finalidad*. O lo que es lo mismo, al menos según mi óptica, lo que me faltaba era *comprender* el fenómeno que había puesto en marcha mi fortuna, los números que ya hacía tanto que no me iluminaban la cabeza, y *aceptar* esa realidad como un hombre.

Y fue entonces cuando tuve un sueño y cuando me puse a

leer sin medida ninguna, sin el más leve asomo de piedad para conmigo mismo ni para con mis ojos, como un descosido, todo tipo de libros, desde biografías históricas, mis favoritos, hasta libros de ocultismo o poemas de Neruda. El sueño fue muy simple. En realidad más que un sueño fueron unas palabras, unas palabras que yo escuchaba en el sueño y que no era mi voz quien las dictaba. Las palabras eran éstas: *ella pone miles de huevos.* ¿Qué le parece? Igual estaba soñando con hormigas o con abejas. Pero yo sé que no eran hormigas ni abejas. ¿Quién, entonces, ponía miles de huevos? No lo sé. Sólo sé que en el acto de poner los huevos estaba sola y que el lugar donde los ponía, perdone si me pongo un poco pedante, era como la caverna de Platón, ese lugar parecido al infierno o al cielo en donde sólo se ven sombras, últimamente me ha dado por los filósofos griegos. Ella pone miles de huevos, decía la voz, y yo sabía que era como si dijera ella pone millones de huevos. Y entonces comprendí que allí estaba mi suerte, anidada en uno de esos huevos abandonados (pero abandonados con toda la esperanza) en la caverna de Platón. Y allí mismo supe que probablemente jamás iba a entender la naturaleza de mi suerte, el dinero que me había llovido del cielo. Pero como buen chileno me resistí a la ignorancia y me puse a leer y a leer y no me importaba pasarme toda la noche leyendo, salía temprano a abrir mis bares, trabajaba sin descanso, sumergido en la auténtica laboriosidad que se respira por las mañanas y por las tardes en Barcelona, esa laboriosidad que a veces parece un poco viciosa, y cerraba mis bares y hacía las cuentas y después de las cuentas me ponía a leer y muchas veces me quedé dormido sentado en una silla (como suelen hacer, por otra parte, todos los chilenos) y despertaba de madrugada, cuando el cielo de Barcelona es de un azul casi morado, casi violeta, un cielo que dan ganas de cantar y de llorar no más de verlo, y yo después de mirar el cielo seguía leyendo, sin darme reposo, como si me fuera a morir y no quisiera hacerlo sin haber comprendido antes lo que pasaba a mi alrededor y encima de mi cabeza y debajo de mis pies.

En una palabra, sudé sangre, aunque la verdad es que yo no me daba cuenta de nada. Poco después lo conocí a usted, Belano, y le di trabajo. El lavaplatos se me había puesto enfermo y tuve que contratar a un sustituto. No me acuerdo ya quién me lo mandó, otro chileno seguramente. Fue por las fechas en que yo me quedaba hasta tarde en el restaurante haciendo como que revisaba los libros de cuentas pero en realidad cazando musarañas sin moverme de mi silla. Una noche lo fui a saludar, ¿se acuerda?, y me impresionó por lo educado que era. Se notaba que había leído mucho, que había viajado mucho y que no estaba pasando por una buena racha. Nos caímos bien y, lo que son las cosas, no tardé ni veinticuatro horas en sincerarme con usted como no lo había hecho con nadie en todos estos años. Le conté lo de mis quinielas (eso era *vox populi*), pero también le conté lo de los números que me martillaban en la cabeza, mi secreto mejor guardado. También lo invité a mi casa, con mi familia, y le ofrecí un trabajo estable en uno de mis bares. La invitación la aceptó (mi mamá preparó empanadas de horno), pero no quiso ni oír hablar de ponerse a trabajar para mí. Decía que no se veía trabajando en un bar durante mucho tiempo, ya se sabe, el trato con el público suele ser ingrato y quema mucho. De todas maneras, y pese a la aspereza que toda relación entre patrón y empleado genera, creo que nos hicimos amigos. Aunque usted no se diera cuenta, para mí aquélla fue una época decisiva. Nunca como entonces me acerqué tanto a los números, quiero decir, de una manera consciente, yendo yo al encuentro de ellos y no dejando que fueran ellos los que vinieran a mi encuentro. Usted lavaba platos en la cocina del Cuerno de Oro, Belano, y yo me sentaba en una de las mesas cercanas a la puerta de salida, extendía mis libros de contabilidad y mis novelas y cerraba los ojos. Yo creo que saber que usted estaba allí me hacía más temerario. Puede que todo fuera una tontería. ¿Ha oído hablar alguna vez de la teoría de la isla de Pascua? Esa teoría dice que Chile es la verdadera isla de Pascua, ya sabe, al este limitamos con la cordillera de los Andes, al norte con el desierto de Atacama, al sur con la Antártida y al oeste con el océano Pacífico. Nacimos en la isla de Pascua y nuestros moais somos nosotros mismos, los chilenos, que miramos perplejos hacia los cuatro puntos cardinales. Una noche, mientras usted lavaba platos, Belano, pensé que todavía estaba en el carguero *Napoli*. Usted se debe acordar de esa noche. Yo pensé que estaba muriéndome en el bajo vientre del *Napoli*, olvidado por los marineros que sabían de mi presencia allí, olvidado por todos, y que en mi delirio final soñaba que llegaba a Barcelona y que cabalgaba en los lomos de los guarismos relucientes, y que hacía dinero, el suficiente como para traer a mi familia y darme algunos lujos, y mi sueño comprendía a mi mujer, Rosa, y a mis hijos y mis bares, y luego pensé que si estaba soñando con tanta intensidad seguramente era porque me iba a morir, porque me estaba muriendo en las sentinas del *Na-*

poli, en medio del aire viciado y de los olores nauseabundos, y entonces me dije abre los ojos, Andrés, abre los ojos, Súper Ratón, pero me lo dije con otra voz, una voz que francamente me asustó y no pude abrir los ojos, pero con mis orejas de Súper Ratón lo escuché a usted, Belano, lavando mis platos en la cocina de mi bar, y entonces me dije por la chucha, Andrés, no te puedes volver loco ahora, si estás soñando sigue soñando no más, huevón, y si no estás soñando abre los ojos y no tengas miedo. Y entonces abrí los ojos y estaba en el Cuerno de Oro y los números repiqueteaban por las paredes como radiactividad, como si la bomba atómica por fin hubiera caído sobre Barcelona, un enjambre infinito de números que si lo llego a saber me quedo un rato más con los ojos cerrados, pero yo abrí los ojos, Belano, y me levanté de la silla y fui a la cocina en donde usted estaba trabajando y cuando lo vi me dieron ganas de contarle toda esta historia, ¿se acuerda?, yo estaba medio tembloroso y sudaba como un chancho, nadie hubiera dicho que en aquel momento mi cabeza funcionaba mejor que nunca, mejor que ahora, tal vez por eso no le dije nada, le ofrecí un trabajo mejor, le preparé un cubalibre y se lo traje, le pedí su opinión acerca de unos libros, pero no le conté lo que me había pasado.

A partir de esa noche supe que tal vez, con algo de suerte, podía ganarme la quiniela otra vez, pero no volví a jugar. Ella pone miles de huevos, decía la voz de mi sueño y uno de los huevos había caído hasta donde yo me encontraba. Ya no quiero más quinielas. Los negocios me van bien. Ahora usted se va a marchar y me gustaría que se llevara una buena impresión de mí. Una impresión un poco tristona, tal vez, pero buena. Le he preparado su liquidación y también le he adjuntado un mes de vacaciones pagadas, puede que dos meses. No diga nada, ya esta hecho. Usted me dijo una vez que no tenía mucha paciencia pero yo creo que no es verdad.

Abel Romero, café El Alsaciano, rue de Vaugirard, cerca del Jardín de Luxemburgo, París, septiembre de 1989. Fue en el café de Victor, en la rue St. Sauveur, un 11 de septiembre de 1983. Estábamos un grupo de chilenos masoquistas reunidos para recordar la infausta fecha. Éramos unos veinte o treinta y nos desparramábamos por el interior del establecimiento y por la terraza. De repente alguien, no sé quién, se puso a hablar del mal, del crimen que nos había cubierto con su enorme ala negra. ¡Hágame el favor! ¡Su enorme ala negra! ¡Los chilenos está visto que no aprendemos nunca! Después, como era de esperarse, se desató la discusión y hasta migas de pan volaron de mesa a mesa. Un amigo común nos debió de presentar en medio de aquella batahola. O tal vez nos presentamos solos y él como que tiró a reconocerme. ¿Es usted escritor?, me dijo. No, le dije, yo fui policía en la época del Guatón Hormazábal y ahora trabajo en una cooperativa limpiando suelos de oficinas y ventanas. Debe ser un trabajo peligroso, me dijo. Para los que padecen vértigo, le respondí, para los demás más bien es aburrido. Después nos unimos a la conversación general. Sobre el mal, sobre la malignidad, como ya le dije. El amigo Belano hizo dos o tres observaciones bastante pertinentes. Yo no abrí la boca. Se bebió mucho vino aquella noche y cuando nos fuimos, sin saber cómo, me encontré caminando a su lado algunas cuadras. Entonces le dije lo que me había estado rondando por la cabeza. Belano, le dije, el meollo de la cuestión es saber si el mal (o el delito o el crimen o como usted quiera llamarle) es casual o causal. Si es causal, podemos luchar contra él, es difícil de derrotar pero hay una posibilidad, más o menos como dos boxeadores del mismo peso. Si es casual, por el contrario, estamos jodidos. Que Dios, si existe, nos pille confesados. Y a eso se resume todo.

Amadeo Salvatierra, calle República de Venezuela, cerca del Palacio de la Inquisición, México DF, enero de 1976. ¿Cómo que no hay misterio?, dije. No hay misterio, Amadeo, dijeron ellos. Y luego me preguntaron: qué significa para ti el poema. Nada, dije, no significa nada. ¿Y por qué dices que es un poema? Pues porque Cesárea lo decía, recordé yo. Por eso y nada más, porque tenía la palabra de Cesárea. Si esa mujer me hubiera dicho que un pedazo de su caca envuelta en una bolsa de la compra era un poema yo me la hubiera creído, dije. Qué moderno, dijo el chileno, y luego mencionó a un tal Manzoni. ¿Alessandro Manzoni?, dije yo recordando una traducción de *Los novios* debida a la pluma de Remigio López Valle, el licenciado candoroso, y publicada en México aproximadamente en 1930, no estoy seguro, ¿Alessandro Manzoni?, pero ellos dijeron: ¡Piero Manzoni!, el artista pobre, el que enlataba su propia mierda. Ah, caray. El arte está enloquecido, muchachos, les dije, y ellos dijeron: siempre ha estado enloquecido. En ese momento vi como sombras de saltamontes en las paredes de la sala, detrás de los muchachos y a los lados, sombras que bajaban del cielorraso y que parecían querer deslizarse por el empapelado hasta la cocina pero que se hundían finalmente en el suelo, así que me restregué los ojos y les dije órale, a ver si me explican de una vez por todas el poema, que llevo más de cincuenta años, en cifras redondas, soñando con él. Y los muchachos se frotaron las manos de pura excitación, angelitos, y se acercaron a mi asiento. Empecemos por el título, dijo uno de ellos, ¿qué crees que significa? Sión, el monte Sión en Jerusalén, dije sin dudarlo, y también la ciudad suiza de Sion, en alemán Sitten, en el cantón de Valais. Muy bien, Amadeo, dijeron, se nota que has pensado en ello, ¿y con cuál de las dos posibilidades te quedas?, ¿con el monte Sión, verdad? Me parece que sí, dije. Evidentemente, dijeron ellos. Ahora vamos con el primer corte del poema, ¿qué tenemos? Una línea recta y sobre ésta un rectángulo, dije. Bueno, dijo el chileno, olvídate del rectángulo, has de cuenta que no existe. Mira sólo la línea recta. ¿Qué ves?

Una línea recta, dije. ¿Qué otra cosa podría ver, muchachos? ¿Y qué te sugiere una línea recta, Amadeo? El horizonte, dije. El horizonte de una mesa, dije. ¿Tranquilidad?, dijo uno de ellos. Sí, tranquilidad, calma. Bien: horizonte y calma. Ahora veamos el segundo corte del poema:

¿Qué ves, Amadeo? Pues una línea ondulada, ¿qué otra cosa podría ver? Bien, Amadeo, dijeron, ahora ves una línea ondulada, antes veías una línea recta que te sugería calma y ahora ves una línea ondulada. ¿Te sigue sugiriendo calma? Pues no, dije comprendiendo de golpe por dónde iban, hacia dónde querían llevarme. ¿Qué te sugiere la línea ondulada? ¿Un horizonte de colinas? ¿El mar, olas? Puede ser, puede ser. ¿Una premonición de que la calma se altera? ¿Movimiento, ruptura? Un horizonte de colinas, dije. Tal vez olas. Ahora veamos el tercer corte del poema:

Tenemos una línea quebrada, Amadeo, que puede ser muchas cosas. ¿Los dientes de un tiburón, muchachos? ¿Un horizonte de montañas? ¿La Sierra Madre occidental? Bueno, muchas cosas. Y entonces uno de ellos dijo: cuando yo era pequeño, no tendría más de seis años, solía soñar con estas tres líneas, la recta, la ondulada y la quebrada. Por aquella época yo dormía, no sé por qué, bajo la escalera, o al menos en una habitación muy baja, junto a la escalera. Posiblemente no era mi casa, tal vez estábamos allí sólo de paso, acaso fuera la casa de mis abuelos. Y cada noche, después de quedarme dormido, aparecía la línea recta. Hasta allí todo iba bien. El sueño incluso era placentero. Pero poco a poco el panorama empezaba a cambiar y la línea recta se transformaba en línea ondulada. Entonces empezaba a marearme y a sentirme cada vez más caliente y a perder el sentido de las cosas, la estabilidad, y lo único que deseaba era volver a la línea recta. Sin embargo, nueve de cada diez veces a la línea ondulada la seguía la línea quebrada, y cuando llegaba allí lo más parecido que sentía en el interior de mi cuerpo era como si me rajaran, no por fuera sino por dentro, una rajadura que empezaba en el vientre pero que pronto experimentaba también en la cabeza y en la garganta y de cuyo dolor sólo era posible escapar despertando, aunque el despertar no era precisamente fácil. Qué raro, ¿no?, dije yo. Pues sí, dijeron ellos, es raro. Verdaderamente es raro, dije yo. A veces me orinaba en la cama, dijo uno de ellos. Vaya, vaya, dije yo. ¿Has entendido?, dijeron ellos. Pues la mera verdad es que no, muchachos, dije yo. El poema es una broma, dijeron ellos, es muy fácil de entender, Amadeo, mira: añádele a cada rectángulo de cada corte una vela, así:

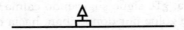

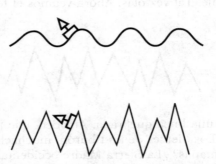

¿Qué tenemos ahora? ¿Un barco?, dije yo. Exacto, Amadeo, un barco. Y el título, *Sión*, en realidad esconde la palabra *Navegación*. Y eso es todo, Amadeo, sencillísimo, no hay más misterio, dijeron los muchachos y yo hubiera querido decirles que me sacaban un peso de encima, eso hubiera querido decirles, o que *Sión* podía esconder *Simón*, una afirmación en caló lanzada desde el pasado, pero lo único que hice fue decir ah, caray, y buscar la botella de tequila y servirme una copa, otra más. Eso era todo lo que quedaba de Cesárea, pensé, un barco en un mar en calma, un barco en un mar movido y un barco en una tormenta. Por un momento mi cabeza, les aseguro, era como un mar embravecido y no oí lo que los muchachos decían, aunque capté algunas frases, algunas palabras sueltas, las predecibles, supongo: la barca de Quetzalcoatl, la fiebre nocturna de un niño o una niña, el encefalograma del capitán Achab o el encefalograma de la ballena, la superficie del mar que para los tiburones es la boca del vasto infierno, el barco sin vela que también puede ser un ataúd, la paradoja del rectángulo, el rectángulo-conciencia, el rectángulo imposible de Einstein (en un universo donde los rectángulos son impensables), una página de Alfonso Reyes, la desolación de la poesía. Y entonces, después de beber mi tequila, llené mi copa otra vez y llené la de ellos y les dije que brindáramos por Cesárea y vi sus ojos, qué contentos estaban los pinches muchachos, y los tres brindamos mientras nuestro barquito era zarandeado por la galerna.

Edith Oster, sentada en un banco de la Alameda, México DF, mayo de 1990. En México, en el DF, lo vi sólo una vez, en la entrada de la galería de arte María Morillo, en la Zona Rosa, a las once de la mañana. Yo había salido a la acera a fumarme un cigarrillo y él pasaba por allí y me saludó. Cruzó la calle y me dijo hola, soy Arturo Belano, Claudia me habló de ti. Ya sé quién eres, le dije. Yo entonces tenía diecisiete años y me gustaba leer poesía, pero de él no había leído nada. Ni siquiera entró en la galería. No tenía buen aspecto, parecía que se había pasado toda la noche despierto, pero era guapo. Quiero decir, en ese momento me pareció guapo, sin embargo no me gustó. No era mi tipo. ¿Por qué ha venido a saludarme?, pensé. ¿Por qué ha cruzado la calle y se ha detenido en la puerta de la galería?, pensé. En el interior no había nadie y lo invité a pasar, pero dijo que estaba bien ahí afuera. Los dos estábamos al sol, de pie, yo con un cigarrillo en la mano y él a menos de un metro, como envuelto en una nube de polvo, mirándome. No sé de qué hablamos. Creo que me invitó a tomar un café en el restaurante de al lado y yo le dije que no podía dejar sola la galería. Me preguntó si me gustaba mi trabajo. Es provisional, le dije, la semana que viene lo dejo. Además, pagan muy mal. ¿Vendes muchos cuadros?, dijo. Hasta ahora ninguno, le contesté, y luego nos dijimos adiós y se marchó. No creo que yo le gustara, pese a que después me dijo que desde el primer momento yo le había gustado. En esa época yo estaba gorda o creía que estaba gorda y mis nervios empezaban a salirse de madre. Lloraba por las noches y tenía una voluntad de hierro. También tenía dos vidas o una vida que parecía dos vidas. Por una parte era estudiante de Filosofía y realizaba trabajos ocasionales como aquel de la galería María Morillo, por otra parte militaba en un partido trotskista que subsistía en una clandestinidad que oscuramente sabía propicia para mis intereses, aunque yo no sabía con claridad cuáles eran mis intereses. Una tarde en que repartíamos propaganda a los coches detenidos en un embotellamiento me encontré de golpe con el Chrysler de mi madre. La pobre casi se murió de la impresión. Y yo me puse tan nerviosa que le extendí la hoja ciclostilada y le dije léela y le di la espalda, aunque mientras me alejaba alcancé a oír que me decía ya hablaremos en casa. En casa siempre hablábamos. Diálogos interminables que acababan con recomendaciones médicas, cinematográficas, literarias, económicas, políticas.

Pasaron varios años hasta que volví a ver a Arturo Belano. La primera vez fue en 1976, la segunda fue en ¿1979?, ¿1980? Las fechas no son mi fuerte. Fue en Barcelona, eso no hay quien lo olvide, me había ido a vivir allí con mi compañero, con mi novio, con mi amigo, con mi prometido el pintor Abraham Manzur. Antes había vivido en Italia, en Londres, en Tel-Aviv. Un día Abraham me llamó por teléfono desde el DF y me dijo que me quería, que se iba a vivir a Barcelona y que quería que yo viviera con él. Yo entonces estaba en Roma y no estaba bien. Le dije que sí. Nos dimos una cita romántica en el aeropuerto de París y desde allí viajaríamos en tren hasta Barcelona. Abraham tenía una beca o algo parecido, probablemente sus padres decidieron que no le vendría mal una temporada en Europa y lo subvencionaron. No estoy segura de nada. El rostro de Abraham se me pierde en medio de una nube de vapor cada vez más grande. A Abraham las cosas le iban bien, en realidad siempre le habían ido bien. Tenía exactamente mi misma edad, habíamos nacido el mismo mes del mismo año, pero mientras yo iba de un lado para otro sin saber qué hacer, él tenía las cosas claras y una gran capacidad de trabajo, la energía picassiana, decía, y aunque a veces no se sintiera a gusto, se enfermara y sufriera, siempre era capaz de pintar cinco horas seguidas, ocho horas seguidas cada día, sábado y domingo incluidos. Con él hice el amor por primera vez. Ambos teníamos dieciséis años. Luego nuestra relación fue fluctuante, rompimos varias veces, él nunca secundó mi militancia política, no quiero decir que fuera de derechas sino que no le interesaba la militancia, probablemente no tenía tiempo para eso, yo tuve otros amantes, él empezó a salir con una muchacha llamada Nora Castro Bilenfeld y cuando parecía que se pondrían a vivir juntos se separaron, yo estuve ingresada un par de veces en un hospital, mi cuerpo cambió. Así que tomé un tren a París y estuve esperando a Abraham en el aeropuerto. Al cabo de diez horas me di cuenta de que no iba a venir y salí del aeropuerto llorando, aunque sólo más tarde tuve plena conciencia de haber estado llorando. Aquella noche me metí en un hotel barato de Montparnasse y estuve pensando durante horas en lo que hasta entonces había sido mi vida y cuando mi cuerpo ya no pudo más dejé de pensar y me tiré en la cama, mirando el techo, y luego cerré los ojos y traté de dormir, pero no pude dormir, y así estuve varios días, sin poder dormir, encerrada en el hotel, saliendo sólo por las mañanas, casi sin probar comida, casi sin lavarme, estreñida, con fuertes dolores de cabeza, en una palabra sin ganas de vivir.

Hasta que me quedé dormida. Entonces soñé que viajaba a Barcelona y que el viaje, de una manera misteriosa y enérgica, era como recomenzar mi vida desde cero. Cuando desperté pagué la cuenta y tomé el primer tren con destino a España. Los primeros días viví en una pensión de la Rambla Capuchinos. Fui feliz. Me compré un canario, dos macetas con geranios y varios libros. Pero necesitaba dinero y tuve que llamar a mi madre. Cuando hablé con ella supe que Abraham me había estado buscando como un loco por todo París y que mi familia me daba ya por desaparecida. Mi madre me preguntó si me había vuelto loca. Todavía no, le dije y me reí, no sé por qué, me pareció divertido, mi respuesta me pareció divertida, no el que mi madre me preguntara si me había vuelto loca. Luego le expliqué mi larga espera en el aeropuerto y el plantón de Abraham. Nadie te ha dejado plantada, hijita, dijo mi madre, lo que pasa es que confundiste las fechas. Me pareció extraño que mi madre dijera eso. Sonaba a la versión pública de Abraham Manzur. Dime dónde estás que Abraham ahorita te irá a buscar, dijo mi madre. Le di mi dirección, le dije que me enviara un giro y colgué.

Dos días después se presentó Abraham en mi pensión. Nuestro encuentro fue frío. Yo creía que acababa de llegar de París pero en realidad estaba instalado en Barcelona desde hacía más o menos los mismos días que yo. Comimos en un restaurante del barrio gótico y luego me llevó a su casa, a pocas calles, cerca de la plaza Sant Jaume, el departamento de la conocida galerista cata-lanomexicana Sofía Trompadull, que Abraham podía ocupar todo el tiempo que quisiera pues la Trompadull ya casi no visita-ba Barcelona. Al día siguiente fuimos a buscar mis cosas a la pen-sión y me instalé allí. Mi relación con Abraham, sin embargo, se mantuvo fría, sin resentimientos por el plantón de París, que tal vez fue provocado por una distracción mía, pero distante, como si yo aceptara ser su mujer y compartir con él la cama, las visitas a exposiciones y museos, las cenas con amigos barceloneses, pero nada más. Así pasaron varios meses. Un día apareció por Barcelona Daniel Grossman. Él sabía dónde vivía Arturo Belano y lo iba a visitar casi cada día. Una tarde lo acompañé. Habla-mos. Él se acordaba perfectamente de mí. Al día siguiente volví a su casa, pero ésta vez fui sola. Salimos a comer a un restaurante barato, él me invitó, y estuvimos hablando durante horas. Creo que le conté toda mi vida. Él también habló y me contó cosas que ya he olvidado, en cualquier caso la que habló más fui yo.

A partir de entonces comenzamos a vernos por lo menos dos veces a la semana. En una ocasión lo invité a mi casa, si es que podía considerar mi casa el departamento barcelonés de la Trompadull, y poco antes de que él se marchara apareció Abra-ham. Noté que Abraham estaba celoso. Nos saludó, a mí me dio un beso en la frente y luego se encerró en su estudio, como si con ese acto le estuviera dando una lección a Arturo. Cuando se mar-chó entré en el estudio y le pregunté qué le pasaba. No me con-testó pero esa noche hicimos el amor con una violencia inusita-da. Creí que por una vez sería distinto. Finalmente no sentí nada. Mi relación con Abraham, lo comprendí de golpe, había llegado a su final. Decidí marcharme a México, decidí estudiar cine, volver a la universidad, hablé con mi madre y ésta me envió al día siguiente un pasaje para el DF. Cuando le dije a Arturo que me marchaba noté en sus ojos la tristeza. Pensé: es la única per-sona que va a sentir el que yo ya no esté aquí. Una vez, pero esto sucedió antes de que decidiera dejar a Abraham, le conté que bailaba. El pensó que yo era una bailarina de cabaret o que ha-cía *striptease*. Me hizo mucha gracia, no, le dije, qué más quisie-ra yo que bailar en un cabaret, soy bailarina de danza moderna. En realidad nunca me había *imaginado* bailando en un cabaret, haciendo uno de esos numeritos lamentables y viviendo entre gente oscura y locales oscuros, pero cuando Arturo se confundió y lo dijo, me quedé pensando en esa posibilidad por primera vez en mi vida y las perspectivas (imaginarias) de la vida de una bailarina profesional me resultaron atractivas, incluso dolorosamente atractivas, aunque luego dejé de pensar en eso pues la vida ya era de por sí bastante complicada. Aún estuve dos semanas más en Barcelona y lo vi casi cada día. Hablábamos mucho, casi siempre de mí. Le hablé de mis padres, de su separación, de mi abuelo, el rey de la ropa interior mexicana y de mi madre que había heredado su imperio, de mi padre que había estudiado medicina y a quien yo adoraba, le hablé de mis problemas con los kilos cuando era adolescente (él no se lo podía creer pues por entonces yo estaba muy flaca), de mi militancia en el partido trotskista, de los amantes que tuve, de mis sesiones de psicoanálisis.

Una mañana fuimos a un picadero de Castelldefels cuyo dueño era amigo de Arturo y que nos dejó dos caballos durante todo el día sin cobrarnos nada. Yo había aprendido a montar a caballo en un club de equitación del DF y él en el sur de Chile, solo, cuando niño. Los primeros metros los hicimos al tranco, luego le dije que hiciéramos una carrera. El camino era recto y angosto y luego subía una loma bordeada de pinos y volvía a bajar hasta el cauce de un río seco y más allá del río había un túnel y detrás del túnel estaba el mar. Galopamos. Al principio él mantuvo su caballo pegado al mío, pero luego no sé qué me pasó, me fundí con el caballo y me puse a galopar a gran velocidad y dejé atrás a Arturo. En ese momento no me hubiera importado morir. Yo sabía, tenía conciencia de que no le había contado muchas cosas que tal vez necesitaba contarle o que debí contarle y pensé que si me moría montada en el caballo o si éste me tiraba o si una rama del bosque de pinos me desmontaba violentamente, Arturo iba a saber todo lo que no le había dicho y lo iba a comprender sin necesidad de oírlo de mis labios. Pero cuando crucé la loma y dejé atrás el bosque de pinos, cuando bajaba hacia el cauce seco del río, las ganas de morir se transformaron en alegría, alegría de estar montando un caballo y galopando, alegría de sentir el viento en mis mejillas, y poco después incluso sentí miedo de caerme pues la bajada era mucho más pronunciada de lo que creía, y entonces ya no quería morirme, aquello era un juego y no quería morirme, al menos no en aquel momento, y empecé a aminorar la marcha. Entonces ocurrió algo sorprendente. Vi pasar a Arturo a mi lado como una flecha y vi que me miraba y sonreía, sin detenerse, una sonrisa similar a la del gato de Cheshire, aunque él había perdido en su vida azarosa algunas muelas, pero era igual, su sonrisa allí quedó, mientras él y su caballo seguían disparados hacia el cauce del río seco, a tal velocidad que yo pensé que ambos, jinete y caballo, rodarían por sobre las piedras cubiertas de polvo, y que cuando yo desmontara y atravesara la nube que la caída habría levantado encontraría al caballo con una pata quebrada y a su lado a Arturo con la cabeza destrozada, muerto, con los ojos abiertos, y entonces tuve miedo y volví a espolear mi caballo y bajé hacia el río, pero la polvareda al principio no me dejó ver nada y cuando la polvareda desapareció en el lecho del río no había ni caballo ni jinete, nada, sólo el ruido de los coches que pasaban por la autopista, a lo lejos, oculta detrás de una arboleda, y el sol reverberaba sobre las piedras secas del lecho del río y todo era como un acto de magia, de pronto había estado con Arturo y de pronto ya estaba sola otra vez, y entonces sí que sentí miedo de verdad, tanto que no me atreví a desmontar, ni dije nada, sólo miré hacia todas partes y no vi rastro alguno de él, como si la tierra o el aire se lo hubiera tragado, y cuando ya estaba a punto de ponerme a llorar lo vi, en la entrada del túnel, entre las sombras, como un espíritu maligno, mirándome sin decir nada, y espoleé el caballo en su dirección y le dije me has dado un susto del carajo, pinche Arturo, y él me miró de una manera muy triste y aunque luego se rió como para disimular yo supe entonces, sólo entonces, que se había enamorado de mí.

La noche antes de mi partida lo fui a ver. Hablamos del viaje. Me preguntó si estaba segura de lo que hacía. Le dije que no, pero que el billete estaba ahí y ya no podía evitarlo. Me preguntó quién me iría a dejar al aeropuerto. Le dije que Abraham y una amiga. Me dijo que no me fuera. Nunca nadie me había pedido que no me fuera como él me lo pidió. Le dije que si quería hacerme el amor (dije: si quieres coger conmigo) lo hiciera ahora. Todo fue muy melodramático. Si lo que quieres es coger, cojamos ahora. ¿Ahora?, dijo él. Ahora mismo, dije yo y sin esperar a que dijera sí o no, me saqué el suéter y me desnudé. Y no hicimos el amor (o tal vez ese no hacer el amor fue nuestra manera de hacer el amor) porque a él no se le puso dura, en cambio sí nos abrazamos y sus manos recorrieron mis piernas de arriba abajo, sus manos acariciaron mi sexo, mi estómago, mis pechos, y cuando yo le pregunté qué le ocurría él dijo: no me ocurre nada, Edith, y yo creí que no le gustaba, que la culpa era mía, y él entonces me dijo no, la culpa no es tuya, es mía, no se me para o tal vez dijo no se me levanta o algo así. Después dijo: no te preocupes. Y yo dije: si tú no te preocupas, yo no me preocupo. Y él dijo: yo no me preocupo. Y yo entonces le dije que desde hacía casi un año no menstruaba, y que tenía problemas médicos, que había sufrido dos agresiones sexuales, que tenía miedo y rabia, que iba a hacer una película, que tenía proyectos, y él mientras me escuchaba me acariciaba el cuerpo y me miraba y de repente me pareció estúpido todo lo que le estaba diciendo y me entraron ganas de dormir, dormir con él, en su colchón tirado en el suelo de aquella casita minúscula, y fue pensarlo y quedarme dormida, un sueño largo y plácido, sin sobresaltos, y cuando desperté la luz del día entraba por la única ventana de la casa y se oía una radio lejana, la radio de un trabajador que se disponía a ir a su trabajo y Arturo, a mi lado, estaba dormido, un poco encogido, tapado con las mantas hasta las costillas, y durante un rato estuve contemplándolo y pensando cómo sería mi vida si viviera con él, pero luego decidí que tenía que ser práctica y no dejarme llevar por ensoñaciones y me levanté con mucho cuidado y me fui.

Mi vuelta a México fue funesta. Al principio viví en casa de mi madre y luego alquilé una casita en Coyoacán y empecé a tomar algunas clases en la universidad. Un día me puse a pensar en Arturo y decidí llamarlo por teléfono. Cuando marcaba el número sentí que me ahogaba y creí que me iba a morir. Una voz me dijo que Arturo no entraba a trabajar hasta las nueve de la noche, hora española. Cuando colgué, mi primera intención fue meterme en la cama y dormirme. Pero casi en el mismo instante me di cuenta que no iba a poder dormir, así que me puse a leer, a barrer la casa, a limpiar la cocina, a escribir una carta, a recordar cosas carentes de sentido hasta que dieron las doce de la noche y volví a llamar. Esta vez fue Arturo el que contestó. Estuvimos hablando cerca de quince minutos. A partir de entonces comenzamos a llamarnos cada semana, a veces lo llamaba yo a su trabajo, otras veces me llamaba él a mi casa. Un día le dije que se viniera a México conmigo. Me dijo que no podía entrar, que México no le daba visado de entrada. Le dije que volara a Guatemala, que nos reuniríamos en Guatemala y que allí nos casaríamos y entonces podría entrar sin ningún problema. Durante muchos días estuvimos hablando de esta posibilidad. Él conocía Guatemala, yo no. Algunas noches soñé con Guatemala. Una tarde vino mi madre a verme y cometí el error de contárselo. Le conté mis sueños de Guatemala y mis conversaciones telefónicas con Arturo. Todo se complicó innecesariamente. Mi madre me recordó mis problemas de salud, posiblemente se puso a llorar, aunque no lo creo, al menos no recuerdo haber visto lágrimas en su rostro. Otra tarde vino mi madre y mi padre y me rogaron que acudiera a la consulta de un médico famoso. No tuve más remedio que aceptar pues eran ellos los que me daban el dinero. Por suerte, con el médico no hubo ningún problema, todos los problemas de Edith están superados, les dijo. En los días siguientes, de todas maneras, acudí a la consulta de otros dos médicos famosos y sus diagnósticos no fueron tan amables. Mis amigos me preguntaban qué me ocurría. Sólo a uno de ellos le dije que estaba enamorada y que mi amor vivía en Europa y que no podía reunirse conmigo en México. Le hablé de Guatemala. Mi amigo me dijo que era más fácil que yo volviera a Barcelona. Hasta ese momento no se me había ocurrido y cuando lo pensé me sentí como una imbécil. ¿Por qué no volver a Barcelona? Intenté solucionar mis problemas con mis padres. Conseguí dinero para el pasaje. Hablé con Arturo y le dije que iba para allá. Cuando llegué él estaba en el aeropuerto. No sé por qué, yo en el fondo esperaba que no hubiera nadie. O que hubieran más personas, no solamente Arturo, alguno de sus amigos, alguna de sus amigas. Así empezó mi nueva vida en Barcelona.

Una tarde, mientras dormía, sentí una voz de mujer. Reconocí en el acto a una antigua amante de Arturo. Yo la llamaba Santa Teresa. Era una mujer mayor que yo, debía de tener veintiocho años, y sobre ella se contaban siempre cosas extraordinarias. Luego escuché la voz de Arturo, muy bajita, diciéndole que yo estaba dormida. Durante unos minutos los dos siguieron cuchicheando. Luego Arturo hizo una pregunta y su antigua amante dijo que sí. Mucho después he comprendido que lo que Arturo le preguntó era si quería verme dormir. Santa Teresa dijo que sí. Me hice la dormida. La cortina que separaba la única habitación de la sala se corrió y Arturo y Santa Teresita entraron en la oscuridad. No quise abrir los ojos. Después le pregunté a Arturo quién había estado en la casa. Él pronunció el nombre de Santa Teresa y me mostró unas flores que ésta me había traído. Si os queréis tanto, pensé, deberíais estar juntos todavía. Pero en el fondo yo sabía que Arturo y Santa Teresa nunca más volverían a vivir juntos. Sabía pocas cosas, pero ésa la sabía con certeza. Sabía con total certeza que él me amaba. Los primeros días de nuestra vida en común no fueron fáciles. Ni él estaba acostumbrado a compartir su pequeña casa con alguien ni yo estaba acostumbrada a vivir de una manera tan precaria. Pero hablábamos y eso nos salvaba cada día. Hablábamos hasta el agotamiento. Desde que nos levantábamos hasta que nos acostábamos. Y también hacíamos el amor. Los primeros días muy mal, de una manera muy torpe, pero cada día que pasaba lo hacíamos mejor. De todas maneras a mí no me gustaba que él se esforzara tanto para que yo tuviera un orgasmo. Sólo quiero que te lo pases bien, le decía, si te quieres correr, córrete, no te detengas por mí. Entonces él simplemente no se corría (yo creo que por llevarme la contraria) y podíamos estar una noche entera cogiendo y él decía que le gustaba que fuera así, sin correrse, pero al cabo de los días le dolían los testículos de forma horrible y tenía que correrse aunque yo no lo pudiera hacer.

Otro problema era el olor que yo tengo, el olor de mi vagina, el olor de mi flujo. En aquella época era muy fuerte. A mí siempre me había avergonzado. Un olor que rápidamente se apoderaba de todos los rincones de la habitación en donde estuviera follando. Y la casa de Arturo era tan pequeña y hacíamos el amor tan a menudo que mi olor no quedaba reducido al ámbito del dormitorio sino que pasaba a la sala, separada del dormitorio únicamente por una cortina, y a la cocina, un cuartito minúsculo que ni siquiera tenía puerta. Y lo peor era que aquella casa estaba en el centro de Barcelona, en la parte vieja, y que los amigos de Arturo solían aparecer por allí cada día, sin avisar, la mayoría chilenos aunque también había mexicanos, Daniel entre ellos, y yo no sabía si me daba más vergüenza que se dieran cuenta del olor los chilenos a quienes apenas conocía o los mexicanos que de alguna manera eran nuestros amigos en común. En cualquier caso yo odiaba mi olor. Una noche le pregunté a Arturo si se había acostado alguna vez con una mujer que oliera de esa manera. Dijo que no. Yo me puse a llorar. Arturo añadió que tampoco se había acostado con alguien a quien quisiera tanto. No le creí. Le dije que seguramente con Santa Teresa se lo pasaba mejor. Dijo que sí, que sexualmente se lo pasaba mejor, pero que a mí me quería más. Luego dijo que a Santa Teresa también la quería mucho, pero de otra manera. Ella te quiere mucho, dijo. Tanto cariño me dio ganas de vomitar. Le hice prometer que no abriríamos la puerta si venía alguno de sus amigos y el olor aún no se había marchado de la casa. Respondió que él estaba dispuesto a no ver nunca más a nadie, sólo a mí. Por supuesto, yo creí que bromeaba. Después no sé qué pasó.

Empecé a sentirme mal. Vivíamos de lo que ganaba él pues yo le había prohibido terminantemente a mi madre enviarme dinero. No quería ese dinero. Busqué trabajo en Barcelona y al final terminé dando clases particulares de hebreo. Catalanes extrañísimos que estudiaban la Cábala o la Torá, de donde sacaban conclusiones heterodoxas y que a mí, cuando me las explicaban tomando un café en un bar o una taza de té en sus casas, la lección ya concluida, sólo contribuían a ponerme los pelos de punta. Por la noche hablaba con Arturo de mis alumnos. Una vez Arturo me contó que Ulises Lima tenía una versión particular sobre una de las parábolas de Jesús, basada en no sé qué errata o malinterpretación del hebreo, pero no supo explicarlo bien o yo lo he olvidado o más probablemente cuando me lo contó no le presté demasiada atención. Por aquella época la amistad entre Arturo y Ulises yo creo que ya se había apagado. A Ulises lo vi tres veces en México y la última, cuando le dije que volvía a Barcelona para vivir con Arturo, me dijo que no lo hiciera, que si yo me marchaba me iba a echar mucho de menos. Al principio no entendí qué quería decirme, pero luego comprendí que se había enamorado de mí o algo así y me dio un ataque de risa, delante de él, ¡pero si Arturo es tu amigo!, le dije, y luego me puse a llorar y cuando levanté la cara y vi a Ulises me di cuenta que él también estaba llorando, no, llorando no, me di cuenta que él hacía esfuerzos por llorar, que se estaba forzando las lágrimas y que algunas ya habían asomado a sus ojos. Qué voy a hacer, yo solo, dijo. Toda la escena tenía algo de irreal. Cuando se lo conté a Arturo, se rió y dijo que no se lo podía creer y luego trató a su amigo de hijo de la chingada. No volvimos a hablar del tema, pero en esa segunda estancia en Barcelona a veces me acordaba de Ulises y de sus lágrimas y de lo solo que según él se iba a quedar en México.

Una noche hice mole rojo y Arturo y yo comimos con las ventanas abiertas porque hacía mucho calor, seguramente era pleno verano, y de pronto, de la calle, llegó un ruido enorme, como si toda la ciudad hubiera salido a protestar por algo, aunque la verdad es que no protestaban por nada, sólo celebraban una victoria del equipo de fútbol. Yo había puesto la mesa y me había esmerado con el mole, pero el ruido de la calle era tan grande que no podíamos ni siquiera escuchar lo que decíamos, por lo que nos vimos obligados a cerrar la ventana. Hacía calor y el pollo con mole rojo me quedó muy picante. Arturo sudaba, yo sudaba, de pronto todo se rompió otra vez y me puse a llorar. Lo extraño fue que cuando Arturo intentó abrazarme una oleada de rabia me aplastó y comencé a insultarlo. Me hubiera gustado golpearlo, pero en lugar de eso de pronto me sorprendí golpeándome a mí misma. Decía: yo, yo, yo y con el pulgar me golpeaba el pecho hasta que Arturo me sujetó la mano. Más tarde me dijo que había temido que me rompiera el dedo o me hiciera daño en el pecho o ambas cosas a la vez. Al final me calmé y salimos a la calle, necesitaba aire para respirar, pero esa noche había millones de personas en las calles, las Ramblas estaban tomadas, en algunas esquinas vimos grandes contenedores de basura tapando el paso y en otras unos muchachos se afanaban tratando de volcar coches. Vimos banderas. Gente que se reía a gritos y que me miraban con extrañeza porque yo caminaba muy seria, abriéndome paso a codazos, buscando el aire que ansiaba, el aire que me hacía falta y que desaparecía como si toda Barcelona se hubiera transformado en un gigantesco incendio, un incendio oscuro lleno de sombras y de gritos y de canciones futbolísticas. Después oímos el ulular de las sirenas de policía. Más gritos. Ruidos de vidrios que se rompían. Empezamos a correr. Creo que ahí se acabó todo entre Arturo y yo. Por las noches solíamos escribir. Él estaba escribiendo una novela y yo mi diario y poesía y un guión de cine. Escribíamos frente a frente y nos bebíamos varias tazas de té. No escribíamos para publicar sino para conocernos a nosotros mismos o para ver hasta dónde éramos capaces de llegar. Y cuando no escribíamos hablábamos sin parar, de su vida y de mi vida, sobre todo de la mía, aunque a veces Arturo me contaba historias de amigos que habían muerto en las guerrillas de Latinoamérica, a algunos yo los conocía de nombre, algunos habían estado de paso en México cuando yo militaba con los trotskistas, pero a la mayoría era la primera vez que los oía mencionar. Y seguíamos haciendo el amor, aunque yo cada noche me alejaba un poco más, involuntariamente, sin proponérmelo, sin saber hacia dónde me estaba yendo. Más o menos lo mismo que ya me había sucedido con Abraham, sólo que ahora era un poco peor, ahora no tenía nada.

Una noche, mientras Arturo me hacía el amor, se lo dije. Le dije que creía que estaba volviéndome loca, que los síntomas se repetían. Estuve hablando durante mucho rato. Su respuesta me sorprendió (fue la última vez que él me sorprendió), dijo que si yo enloquecía él también enloquecería, que no le importaba volverse loco a mi lado. ¿Te gusta jugar con el diablo?, le dije. No es con el diablo con el que estoy jugando, dijo él. Busqué sus ojos en la oscuridad y le pregunté si hablaba en serio. Claro que hablo en serio, me dijo y pegó su cuerpo al mío. Esa noche mi sueño fue plácido. A la mañana siguiente sabía que tenía que dejarlo, cuanto antes mejor, y al mediodía llamé a mi madre desde la Telefónica. Por aquellos años ni Arturo ni sus amigos pagaban las llamadas internacionales que solían hacer. Nunca supe qué método utilizaban, sólo supe que era más de uno y que la estafa a Telefónica seguramente fue de miles de millones de pesetas. Llegaban a un teléfono y metían un par de cables y ya estaba, tenían línea, los argentinos eran los mejores, sin ninguna duda, y luego venían los chilenos, nunca conocí a un mexicano que supiera cómo trampear un teléfono, esto tal vez se debe a que nosotros no estamos preparados para el mundo moderno o tal vez a que los pocos mexicanos que por entonces vivían en Barcelona tenían el dinero suficiente como para no necesitar infringir la ley. Los teléfonos tocados eran fácilmente distinguibles por las colas que, sobre todo en las noches, se formaban alrededor de ellos. En esas colas se juntaba lo mejor y lo peor de Latinoamérica, los antiguos militantes y los violadores, los ex presos políticos y los despiadados comerciantes de bisutería. Cuando yo veía esas colas, al volver del cine, en la cabina que había en la plaza Ramalleras, por ejemplo, me ponía a temblar, me quedaba helada y un frío metálico como una barra de seguridad me recorría el cuerpo desde la nuca hasta los talones. Adolescentes, mujeres jóvenes con niños de pecho, señoras y señores ya mayores, ¿en qué pensaban, allí, a las doce de la noche o a la una de la mañana, mientras esperaban a que un desconocido terminara de hablar, y cuyo parlamento no podían oír pero sí adivinar, porque el que llamaba solía gesticular o llorar o permanecer largo rato en silencio, sólo afirmando o negando con la cabeza, qué esperaba aquella gente de la cola, que les tocara pronto su turno, que no apareciera la policía? ¿Sólo eso? En cualquier caso, también de aquello me alejé. Llamé a mi madre y le pedí dinero.

Una tarde le dije a Arturo que me marchaba, que ya no podíamos seguir viviendo juntos. Él me preguntó por qué. Le dije que ya no lo soportaba. ¿Qué te he hecho?, dijo. Nada, soy yo la que me estoy haciendo cosas terribles, dije. Necesito estar sola. Al final terminamos gritándonos. Me trasladé a casa de Daniel. A veces Arturo me iba a ver y conversábamos, pero cada día que pasaba el verlo me resultaba más doloroso. Cuando mi madre me envió el dinero cogí el avión para Roma y me fui. Llegados a este punto tal vez debería hablar de mi gatita. Antes de vivir juntos una amiga de Arturo o una ex amante, en un cambio de residencia inesperado, le dejó los seis gatitos que había parido su gata. Le dejó los gatitos y se fue con su gata. Durante un tiempo, mientras los gatitos aún eran demasiado pequeños, Arturo vivió con ellos. Luego, cuando comprendió que su amiga o su ex amante no iba a volver más, comenzó a buscarles dueños. La mayoría se los quedaron sus amigos, salvo una gatita gris que nadie quería y que me la quedé yo para disgusto de Abraham, que temía que la gatita le arañara las telas. Le puse Zía, en recuerdo de otra gatita que vi una tarde en Roma. Cuando me marché a México, Zía se vino conmigo. Cuando volví a Barcelona a casa de Arturo, Zía me acompañó. Creo que le encantaba viajar en avión. Cuando me fui a vivir temporalmente a casa de Daniel Grossman, naturalmente me llevé a Zía. Y cuando cogí el avión con destino a Roma, en una bolsa de paja, en mi regazo, estaba la gata, que por fin iba a conocer Roma, la ciudad de la que al menos onomásticamente era originaria.

Mi vida en Roma fue un desastre. Todo me fue mal y lo peor, al menos eso me dijeron después, fue que no quise pedir ayuda a nadie. Sólo tenía a Zía y sólo me preocupaba por Zía y por su comida. Eso sí, leí bastante, aunque cuando intento recordar mis lecturas se interpone una especie de muro movedizo y caliente. Tal vez leí a Dante en italiano. Tal vez a Gadda. No lo sé, a ambos ya los conocía en español. La única persona que sabía algo que no fueran señales vagas acerca de mi paradero era Daniel. Recibí algunas cartas suyas. En una me decía que Arturo estaba destrozado por mi partida y que cada vez que lo veía le preguntaba por mí. No le des mi dirección, le dije, ése es capaz de venir a Roma a buscarme. No se la daré, me dijo Daniel en su siguiente carta. Por él supe también que mi madre y mi padre estaban inquietos y que sus llamadas telefónicas a Barcelona eran frecuentes. No les des mi dirección, le dije y Daniel prometió que así lo haría. Sus cartas eran largas. Mis cartas eran breves, postales casi siempre. Mi vida en Roma era breve. Trabajaba en una zapatería y vivía en una pensión de la via della Luce, en el Trastevere. Por las noches, al volver, sacaba a pasear a Zía. Generalmente íbamos a un parque, detrás de la iglesia de San Egidio, y mientras la gata se metía entre las plantas yo abría un libro y trataba de leer. Debía de leer a Dante, supongo, o a Guido Cavalcanti o a Cecco Angiolieri o a Cino da Pistoia, porque de mis lecturas sólo recuerdo una cortina caliente o tal vez sólo tibia que se movía con la ligera brisa de Roma al anochecer, y plantas y árboles y ruido de pisadas. Una noche conocí al diablo. No recuerdo nada más. Conocí al diablo y supe que me iba a morir. El dueño de la zapatería me vio llegar con moretones en el cuello y estuvo observándome durante una semana. Después quiso hacer el amor conmigo y yo me negué. Un día Zía se perdió en el parque, no el que está detrás de San Egidio, sino otro, por via Garibaldi, sin árboles, sin luces, Zía simplemente se alejó demasiado y se la tragó la oscuridad.

Estuve hasta las siete de la mañana buscándola. Hasta que salió el sol y la gente comenzó a moverse lentamente hacia sus lugares de trabajo. Aquel día no quise ir a la zapatería. Me acosté, me tapé bien y me puse a dormir. Cuando desperté volví a las calles en busca de mi gata. No la encontré. Una noche soñé con Arturo. Los dos estábamos subidos en lo más alto de un edificio de oficinas, de esos construidos sólo con vidrio y acero, y abríamos una ventana y mirábamos hacia abajo, era de noche, yo no pensaba tirarme, pero Arturo me miraba y decía si tú te tiras yo tambіén lo haré. Quería decirle: imbécil, pero ya no tenía fuerzas ni siquiera para insultarlo.

Un día se abrió la puerta de mi cuarto y vi entrar a mi madre y a mi hermano menor, que había sido soldado del Tsahal y que vivía casi todo el año en Israel. Me trasladaron de inmediato a un hospital de Roma y al cabo de dos días me vi volando en un avión con destino a México. Según supe después mi madre había viajado a Barcelona y entre ella y mi hermano le sacaron mi dirección romana a Daniel, que al principio se negó a dársela.

En México fui ingresada en una clínica particular, en Cuernavaca, y los médicos no tardaron en decirle a mi madre que si yo no ponía algo de mi parte el final era inevitable. Por entonces pesaba cuarenta kilos y apenas podía caminar. Después volví a tomar un avión y fui hospitalizada en una clínica de Los Ángeles. Allí conocí a un médico llamado doctor Kalb del que poco a poco me hice amiga. Pesaba treinta y cinco kilos y por las tardes veía la tele y poca cosa más. Mi madre se instaló en un hotel de Los Ángeles, en el centro, en la calle 6, y todos los días iba a verme. Al cabo de un mes subí de peso y otra vez me puse en los cuarenta kilos. Mi madre se alegró muchísimo y decidió volver al DF, a hacerse cargo de sus negocios. El tiempo en que mi madre no estuvo lo aprovechamos el doctor Kalb y yo para iniciar una amistad. Hablábamos de comida y de tranquilizantes y de otras clases de drogas. De libros no hablamos mucho porque el doctor Kalb sólo leía *best-sellers*. Hablamos de cine. Había visto muchas más películas que yo y le encantaba el cine de los cincuenta. Por las tardes encendía el televisor y buscaba alguna película para luego comentarla con él, pero la medicina que tomaba hacía que me durmiera a mitad de la película. Cuando se lo decía el doctor Kalb solía contarme la parte que no había visto, aunque por regla general cuando se lo decía ya había olvidado la parte que sí había visto. El recuerdo que tengo de esas películas es raro, imágenes y situaciones tamizadas por la sencilla pero a la vez entusiasta visión de mi médico. Los fines de semana solía aparecer mi madre. Llegaba los viernes por la noche y los domingos por la noche volvía al DF. Una vez me dijo que estaba pensando instalarse definitivamente en Los Ángeles. No en la ciudad misma, sino en algún buen sitio de los alrededores, como Corona del Mar o Laguna Beach. ¿Y qué pasará con la fábrica?, le pregunté. Al abuelo no le hubiera gustado que la vendieras. México se va al carajo, me dijo mi madre, tarde o temprano habrá que vender. A veces aparecía con algún amigo mío al que ella invitaba porque según los médicos, incluido el doctor Kalb, era positivo para mi salud el que viera a «viejos compinches». Un sábado apareció con Greta, una amiga de la prepa a la que no había vuelto a ver desde entonces, otro sábado apareció con un chico al que ni siquiera recordaba. Deberías ser tú la que se trajera amigos, le dije una noche, e intentar pasártelo bien. Cuando le decía estas cosas mi madre se reía, como si no diera crédito a mis palabras o bien se ponía a llorar. ¿No sales con nadie? ¿No tienes novio?, le pregunté. Admitió que se veía con un tipo en el DF, un divorciado como ella, o un viudo, no hice demasiados esfuerzos por sacar algo en claro, supongo que en el fondo no me importaba. Al cabo de cuatro meses llegué a pesar cuarenta y ocho kilos y mi madre comenzó a hacer los preparativos para mi traslado a una clínica mexicana. Un día antes de marcharme el doctor Kalb se despidió de mí. Le di mi teléfono y le rogué que alguna vez me llamara. Cuando le pedí el suyo arguyó no sé qué cambio de residencia para no dármelo. No le creí, pero tampoco se lo eché en cara.

Volvimos al DF. Esta vez me hospitalizaron en una clínica de la colonia Buenos Aires. Tenía una habitación amplia y con mucha luz, una ventana que daba a un parque y una tele con más de cien canales. Por las mañanas me instalaba en el parque y leía novelas. Por las tardes me encerraba en mi habitación y dormía. Un día vino a visitarme Daniel, que acababa de llegar de Barcelona. No se iba a quedar mucho tiempo en México y apenas supo que yo estaba hospitalizada decidió venir a verme. Le pregunté qué tal me encontraba. Dijo que bien, aunque muy delgada. Los dos nos reímos. Por entonces a mí no me dolía reírme, lo que era una buena señal. Antes de que se marchara le pregunté por Arturo. Daniel me dijo que ya no vivía en Barcelona, eso creía, en todo caso desde hacía un tiempo habían dejado de verse. Un mes después pesaba cincuenta kilos y abandoné el hospital.

Mi vida, sin embargo, cambió poco. Vivía en casa de mi madre y no salía a la calle, no porque no pudiera sino porque no quería. Mi madre me regaló su coche viejo, un Mercedes, pero la única vez que lo conduje casi choqué. Cualquier cosa me hacía llorar. Una casa vista desde lejos, los embotellamientos, la gente atrapada en el interior de sus vehículos, la lectura de la prensa diaria. Una noche recibí una llamada telefónica de Abraham desde París en donde estaba exponiendo en una muestra colectiva de jóvenes pintores mexicanos. Quiso hablar de mi estado de salud, pero yo no se lo permití. Terminó hablando de su pintura, de sus progresos, de sus éxitos. Cuando nos dijimos adiós me di cuenta que había conseguido no derramar ni una lágrima. Poco después, coincidiendo con la decisión de mi madre de irse a vivir a Los Ángeles, volví a bajar de peso. Un día, sin haber vendido la fábrica, cogimos el avión y nos instalamos en Laguna Beach. Las dos primeras semanas las pasé en mi viejo hospital de Los Ángeles, sometida a exhaustivos chequeos médicos y luego me reuní con mi madre en una casita de la calle Lincoln, en Laguna Beach. Mi madre ya había estado allí antes, pero una cosa era estar de paso y otra muy distinta la vida diaria. Durante un tiempo, muy de mañana, sacábamos el coche y salíamos a buscar algún otro lugar que nos gustara. Estuvimos en Dana Point, en San Clemente, en San Onofre, y al final terminamos en un pueblo en las estribaciones del Cleveland National Forest, llamado Silverado, como en la película, en donde alquilamos una casa con jardín y dos plantas y en donde compramos un perro policía al que mi madre llamó Hugo, como su amigo que acababa de dejar en México.

Durante dos años vivimos allí. En ese tiempo mi madre vendió la fábrica principal de mi abuelo y yo me vi sometida a periódicas y cada vez más rutinarias visitas médicas. Una vez al mes mi madre viajaba al DF. A su regreso solía traerme novelas, las novelas mexicanas que ella sabía que me gustaban, las viejas novelas de siempre o las nuevas que publicaban José Agustín o

Gustavo Sainz o gente más joven que ellos. Pero un día me di cuenta que ya no podía leerlos y poco a poco los libros en español fueron quedando arrinconados. Poco después, sin anunciarlo, mi madre apareció con un amigo, un ingeniero de apellido Cabrera que trabajaba para una empresa que construía edificios en Guadalajara. El ingeniero era viudo y tenía dos hijos un poco mayores que yo que vivían en Estados Unidos, en la Costa Este. Su relación con mi madre era apacible y con visos de ser duradera. Una noche mi madre y yo nos pusimos a hablar de sexo. Le dije que mi vida sexual estaba acabada y tras una larga discusión mi madre se puso a llorar y me abrazó y dijo que yo era su niña y que jamás me dejaría. Por lo demás, casi nunca discutíamos. Nuestra vida se limitaba a leer, a ver la tele (nunca íbamos al cine) y a salidas semanales a Los Ángeles, en donde visitábamos exposiciones o íbamos a conciertos. En Silverado no teníamos amigos, salvo un matrimonio judío octogenario a quienes mi madre conoció, o al menos eso fue lo que me dijo a mí, en el supermercado y con quienes nos veíamos cada tres o cada cuatro días, sólo unos minutos, y siempre en casa de ellos. Según mi madre visitarlos era un deber, pues los viejos podían sufrir un accidente o uno de ellos podía morirse de repente y el otro no sabría qué hacer, algo que yo dudaba pues los viejos habían estado en un campo de concentración alemán durante la Segunda Guerra Mundial y la muerte no les era algo ajeno. Pero mi madre se sentía feliz ayudándolos y no quise llevarle la contraria. Este matrimonio se llamaba señores Schwartz y a nosotras ellos nos llamaban Las Mexicanas.

Un fin de semana que mi madre estaba en el DF fui a verlos. Era la primera vez que iba sola y contra lo que yo esperaba estuve mucho rato en su casa y la plática que tuvimos resultó bastante agradable. Yo tomé una limonada y los señores Schwartz se sirvieron dos vasos de whisky arguyendo que a su edad aquélla era la mejor medicina. Hablamos de Europa, que conocían bastante bien, y de México, en donde estuvieron en un par de ocasiones. La idea que ellos tenían de México, sin embargo, no podía ser más equivocada o superficial. Recuerdo que tras una larga conversación ellos me miraron y dijeron que yo, sin duda, era una mexicana. Por supuesto que soy una mexicana, les dije. De todas maneras, eran muy simpáticos y mis visitas a su casa se hicieron frecuentes. A veces, cuando no se sentían bien, me llamaban por teléfono y me pedían que aquel día les hiciera yo la compra en el supermercado o que les llevara la ropa a la lavandería o que me acercara al puesto de periódicos y les comprara uno. A veces me pedían el *Los Angeles Post* y otras veces el periódico local de Silverado, un tabloide de cuatro páginas carente de todo interés. Les gustaba la música de Brahms, a quien encontraban soñador y sensato al mismo tiempo y sólo en muy raras ocasiones veían la tele. A mí me pasaba todo lo contrario, casi nunca oía música y la mayor parte del día tenía la televisión encendida.

Cuando ya llevábamos más de un año viviendo allí murió el señor Schwartz y mi madre y yo acompañamos a la señora Schwartz al entierro en el cementerio judío de Los Ángeles. Insistimos en que viniera en nuestro coche, pero la señora Schwartz se negó y aquella mañana marchó a bordo de una limusina alquilada, detrás del coche fúnebre, sola, o al menos eso creímos mi madre y yo. Al llegar al cementerio de la limusina descendió un tipo de unos cuarenta años, con el cráneo afeitado, vestido enteramente de negro, que ayudó a bajar a la señora Schwartz como si se tratara de su novio. Al volver se repitió la misma escena: la señora Schwartz se subió al coche, después entró el tipo calvo y partieron seguidos de cerca por el Nissan blanco de mi madre. Cuando llegamos a Silverado la limusina se detuvo frente a la casa de los Schwartz, el calvo ayudó a salir a la señora Schwartz, luego se metió en la limusina y ésta partió de inmediato. La señora Schwartz se quedó sola en medio de la acera desierta. Menos mal que la hemos seguido, dijo mi madre. Estacionamos el coche y fuimos a su lado. La señora Schwartz estaba como ausente, con la vista perdida en el final de la calle por donde había desaparecido la limusina. La metimos en la casa y mi madre nos preparó un té. Hasta entonces la señora Schwartz se había dejado hacer pero cuando probó el primer sorbo de té apartó la taza y pidió un vaso de whisky. Mi madre me miró. En sus ojos había una señal de victoria. Luego preguntó dónde estaba el whisky y le sirvió un vaso. ¿Con agua o sin agua? Solo, querida, dijo la señora Schwartz. ¿Con hielo o sin hielo?, oí la voz de mi madre desde la cocina. ¡Solo!, repitió la señora Schwartz. A partir de entonces mi relación con ella se hizo más estrecha. Cuando mi madre se iba a México yo me pasaba el día en casa de la señora Schwartz e incluso me quedaba a dormir allí. Y aunque la señora Schwartz no acostumbraba a comer por las noches, solía preparar ensaladas y bistecs a la plancha que me obligaba a comer. Ella se sentaba a mi lado, con el vaso de whisky cerca y me contaba historias de su juventud en Europa, cuando la comida, decía, era una necesidad y un lujo. También escuchábamos discos y comentábamos las noticias locales.

Durante el largo y plácido año de viudedad de la señora Schwartz conocí a un hombre en Silverado, un fontanero, y me acosté con él. No fue una buena experiencia. El fontanero se llamaba John y quería salir conmigo otra vez. Le dije que no, que con una vez me bastaba. Mi negativa no lo convenció y comenzó a llamarme por teléfono cada día. En una ocasión cogió el teléfono mi madre y durante un rato ambos estuvieron insultándose. Una semana después mi madre y yo decidimos hacer unas vacaciones en México. Estuvimos en una playa y luego nos fuimos al DF. No sé por qué se le ocurrió a mi madre que yo necesitaba ver a Abraham. Una noche recibí una llamada suya y quedamos en vernos al día siguiente. Por entonces Abraham había dejado definitivamente Europa y estaba instalado en el DF, en donde tenía un estudio y las cosas parecían irle bien. El estudio estaba en Coyoacán, muy cerca de su departamento, y después de cenar quiso que viera sus últimos cuadros. No podría decir si me gustaron o no me gustaron, probablemente me dejaron indiferente, eran telas de grandes dimensiones, muy parecidas a las de un pintor catalán a quien Abraham admiraba o había admirado cuando vivía en Barcelona, pasadas, eso sí, por su propio tamiz: en donde antes predominaban los ocres, los colores terrosos, ahora había amarillos, rojos, azules. También me mostró una serie de dibujos y éstos me gustaron un poco más. Luego hablamos de dinero, él habló de dinero, de la inestabilidad del peso, de la posibilidad de irse a vivir a California, de los amigos que no habíamos vuelto a ver.

De pronto, sin que viniera a cuento, me preguntó por Arturo Belano. Me sorprendió porque Abraham nunca hacía preguntas tan directas. Le dije que no sabía nada de él. Yo sí, dijo, ¿quieres que te lo diga? Primero pensé en decirle que no, pero luego le dije que hablara, que quería saber. Lo vi una noche por el Barrio Chino, dijo, y al principio no me reconoció. Iba con una tipa rubia. Parecía satisfecho. Lo saludé, estábamos en una tasca pequeña, casi en la misma mesa (aquí Abraham se rió) y era estúpido fingir que no lo había visto. Tardó un poco en recordar quién era yo. Luego se me acercó, casi pegó su cara con la mía, me di cuenta que estaba borracho, probablemente yo también, y me preguntó por ti. ¿Y qué le dijiste? Le dije que vivías en Estados Unidos y que estabas bien. ¿Y él qué dijo? Bueno, él dijo que le quitaba un peso de encima o algo así, que a veces pensaba que estabas muerta. Y eso fue todo. Volvió con la rubia y poco después mis amigos y yo nos marchamos de allí.

Quince días después volvimos a Silverado. Una tarde encontré a John por la calle y le dije que si volvía a importunarme con sus llamadas telefónicas lo mataría. John se disculpó y dijo que se había enamorado de mí, pero que ya no lo estaba y que no volvería a telefonearme. Por entonces pesaba cincuenta kilos y ni adelgazaba ni engordaba y mi madre estaba feliz. Su relación con el ingeniero se había estabilizado e incluso ya hablaban de casarse, aunque el tono de mi madre nunca era serio del todo. Junto con una amiga había abierto una tienda de artesanías mexicanas en Laguna Beach y el negocio no le daba mucho dinero, pero tampoco excesivas pérdidas y la vida social que le proporcionaba era exactamente la clase de vida que mi madre deseaba. Al cabo de un año de la muerte del señor Schwartz la señora Schwartz enfermó y tuvo que ser hospitalizada en una clínica de Los Ángeles. Al día siguiente fui a verla y estaba dormida. La clínica estaba en el centro, en Wilshire Boulevard, cerca del parque Douglas MacArthur. Mi madre tenía que marcharse y yo quería esperar hasta que ella se despertara. El problema era el coche, pues si mi madre se iba y yo no, ¿quién me llevaría a mí de vuelta a Silverado? Tras una larga discusión en el pasillo mi madre dijo que me vendría a buscar entre las nueve y las diez de la noche, si algo extraordinario la retrasaba me telefonearía a la clínica. Antes de marcharse me hizo prometer que no me movería de allí. No sé cuánto tiempo pasé en la habitación de la señora Schwartz. Comí en el restaurante de la clínica y trabé conversación con una enfermera. La enfermera se llamaba Rosario Álvarez y había nacido en el DF. Le pregunté qué tal era la vida en Los Ángeles y dijo que dependía de cada día, a veces podía ser muy buena y a veces muy mala, pero que trabajando duro se podía salir adelante. Le pregunté cuánto tiempo hacía que no iba a México. Demasiado tiempo, dijo, no tengo dinero para la nostalgia. Después compré un periódico y volví a subir a la habitación de la señora Schwartz. Me senté junto a la ventana y busqué en el periódico los museos y la cartelera de cines. Había una película en la calle Alvarado que de pronto tuve ganas de ver. Hacía mucho que no iba al cine y la calle Alvarado no estaba lejos de la clínica. Sin embargo cuando estuve junto a la taquilla se me fueron las ganas y seguí caminando. Todo el mundo dice que Los Ángeles no es una ciudad para los que van a pie. Caminé por Pico Boulevard hasta la calle Valencia y luego torcí a la izquierda y caminé por Valencia de vuelta a Wilshire Boulevard, en total dos horas de paseo, sin forzar la marcha, deteniéndome ante edificios que aparentemente no tenían ningún interés o mirando el flujo de automóviles con atención. A las diez de la noche volvió mi madre de Laguna Beach y nos marchamos. La segunda vez que fui a verla, la señora Schwartz no me reconoció. Le pregunté a la enfermera si había recibido visitas. Me dijo que una señora mayor había venido a verla por la mañana y que se había marchado poco antes de que yo llegara. Esta vez fui en el Nissan, pues mi madre y el ingeniero, que acababa de llegar, se habían marchado en el coche de éste a Laguna Beach. Según la enfermera con la que hablé, a la señora Schwartz no le quedaba mucho tiempo. Comí en el hospital y estuve sentada en la habitación, pensando, hasta las seis de la tarde. Después me monté en el Nissan y me fui a dar una vuelta por Los Ángeles. En la guantera llevaba un mapa que consulté detalladamente antes de encender el motor. Luego lo puse en marcha y salí de la clínica. Sé que pasé por delante del Civic Center, del Music Center, del Dorothy Chandler Pavillion. Luego enfilé hacia Echo Park y me sumergí entre los coches que circulaban por Sunset Boulevard. No sé cuánto rato estuve conduciendo, sólo sé que en ningún momento me bajé del Nissan y que en Beverly Hills salí de la 101 y vagué por calles secundarias hasta Santa Mónica. Allí cogí la 10 o la Santa Mónica Freeway y volví al centro, luego cogí la 11, pasé por Wilshire Boulevard, aunque no pude salir sino más adelante, a la altura de la calle Tercera. Cuando volví a la clínica eran las diez de la noche y la señora Schwartz había muerto. Iba a preguntar si estaba sola cuando murió, pero luego decidí no preguntar nada. El cuerpo ya no estaba en la habitación. Me senté junto a la ventana y estuve durante un rato respirando y reponiéndome de mi viaje hasta Santa Mónica. Una enfermera entró y me preguntó si yo era pariente de la señora Schwartz y qué hacía allí. Le dije que era amiga suya y que sólo estaba intentando calmarme, nada más. Me preguntó si ya estaba calmada. Le dije que sí. Luego me levanté y me marché. Llegué a Silverado a las tres de la mañana.

Un mes después mi madre contrajo matrimonio con el ingeniero. La boda fue en Laguna Beach y asistieron los hijos del ingeniero, uno de mis hermanos y los amigos que mi madre había hecho en California. Vivieron un tiempo en Silverado y luego mi madre vendió la tienda de Laguna Beach y se fueron a vivir a Guadalajara. Yo durante un tiempo no quise moverme de Silverado. Ahora, sin mi madre, la casa parecía mucho más grande y tranquila y fresca que antes. La casa de la señora Schwartz siguió vacía durante un tiempo. Por las tardes cogía el Nissan y me iba a un bar del pueblo y tomaba café o un whisky y releía algunas novelas viejas cuyo argumento había olvidado. En el bar conocí a un tipo que trabajaba en el Parque Forestal e hicimos el amor. Se llamaba Perry y sabía algunas palabras de español. Una noche Perry dijo que mi sexo tenía un olor especial. No contesté y él creyó que me había ofendido. ¿Te he ofendido?, dijo, si te he ofendido perdona. Pero yo estaba pensando en otras cosas, en otros rostros (si es que es posible pensar en un rostro) y no me había ofendido. La mayor parte del tiempo, sin embargo, estaba sola. Cada mes recibía en el banco un cheque de mi madre y los días se me iban en arreglar la casa, barrer, fregar, ir al supermercado, cocinar, lavar los platos, cuidar el jardín. No llamaba a nadie por teléfono y sólo recibía las llamadas de mi madre y, una vez a la semana, las llamadas de mi padre o de algún hermano. Cuando tenía ganas, por las tardes, iba a un bar y cuando no tenía ganas me quedaba en casa leyendo, junto a la ventana, de tal modo que si levantaba la vista podía ver la casa vacía de los Schwartz. Una tarde un coche se detuvo delante y bajó un tipo con americana y corbata. El hombre tenía llaves. Entró y al cabo de diez minutos volvió a salir. No parecía un pariente de los Schwartz. Pocos días después dos mujeres y un hombre volvieron a visitar la casa. Al marcharse una de las mujeres colocó un letrero con el anuncio de que aquella casa estaba a la venta. Después transcurrieron muchos días antes de que alguien fuera a visitarla, pero un mediodía, mientras estaba ocupada en el jardín, escuché los gritos de unos niños y vi a una pareja de treintañeros que entraban en la casa precedidos por una de las mujeres que había estado antes allí. Supe en el acto que se quedarían con la casa y pensé, allí mismo, en el jardín, sin sacarme los guantes, de pie, como una estatua de sal, que a mí también me había llegado la hora de marcharme. Aquella noche escuché a Debussy y pensé en México y luego, no sé por qué, pensé en mi gata Zía y terminé llamando por teléfono a mi madre y diciéndole que me consiguiera un trabajo en el DF, cualquier cosa, que no tardaría en marcharme. Al cabo de una semana mi madre y su flamante marido aparecieron por Silverado y dos días después, un domingo por la noche, volé hacia el DF. Mi primer trabajo fue en una galería de arte de la Zona Rosa. No pagaban mucho, pero el trabajo tampoco era agotador. Después empecé a trabajar en un departamento del Fondo de Cultura Económica, en la sección de Filosofía en Lengua Inglesa, y mi vida laboral se terminó de asentar.

Felipe Müller, sentado en un banco de la plaza Martorell, Barcelona, octubre de 1991. Estoy casi seguro que esta historia me la contó Arturo Belano porque él era el único de entre nosotros que leía con gusto libros de ciencia ficción. Es, según me dijo, un cuento de Theodore Sturgeon, aunque puede que sea de otro autor o tal vez del mismo Arturo, para mí el nombre de Theodore Sturgeon no significa nada.

La historia, una historia de amor, trata sobre una muchacha inmensamente rica y muy inteligente que un buen día se enamora de su jardinero o del hijo de su jardinero o de un joven vagabundo que por azar va a dar con sus huesos a alguna de sus propiedades y se convierte en su jardinero. La muchacha, que además de rica e inteligente es voluntariosa y algo caprichosa, a la primera oportunidad que tiene se lleva al muchacho a la cama y sin saber muy bien cómo ha sido, se enamora locamente de él. El vagabundo, que no es ni de lejos tan inteligente como ella y que carece de estudios, pero que en compensación tiene una pureza angelical, también se enamora de ella, no sin que surjan, como es natural, algunas complicaciones. En la primera fase del romance viven en la lujosa mansión de ella, en donde ambos se dedican a mirar libros de arte, a comer manjares exquisitos, a ver viejas películas y mayormente a hacer el amor durante todo el día. Después residen durante un tiempo en la casa del jardinero de la mansión y después en un barco (puede que en uno de los pontones que navegan por los ríos de Francia, como en la película de Jean Vigo) y después vagan ambos por la vasta geografía de los Estados Unidos montados en sendas Harleys, que era uno de los sueños postergados del vagabundo.

Los negocios de la muchacha, mientras ésta vive su amor, siguen multiplicándose y como el dinero llama al dinero cada día que pasa su fortuna es mayor. Por supuesto, el vagabundo, que no se entera de gran cosa, tiene la suficiente decencia como para convencerla de que dedique parte de su fortuna en obras sociales o de beneficencia (cosa que por otra parte la muchacha *siempre* ha hecho, por medio de abogados y una red de fundaciones variopintas, pero no se lo dice para que así él crea que lo hace

423

por iniciativa suya) y luego se olvida de todo, porque en el fondo el vagabundo apenas tiene una idea aproximada del volumen de dinero que se mueve como una sombra tras su amada. En fin, durante un tiempo, meses, tal vez un año o dos, la muchacha millonaria y su amante son indeciblemente felices. Pero un día (o un atardecer), el vagabundo cae enfermo y aunque vienen a verlo los mejores médicos del mundo, nada se puede hacer, su organismo está resentido por una infancia desdichada, una adolescencia llena de privaciones, una vida agitada que el poco tiempo pasado en compañía de la muchacha apenas ha conseguido paliar o endulzar. Pese a los esfuerzos de la ciencia un cáncer terminal acaba con su vida.

Durante unos días la muchacha parece enloquecer. Viaja por todo el planeta, tiene amantes, se sumerge en historias negras. Pero acaba volviendo a casa y al poco tiempo, cuando parece más consumida que nunca, decide emprender un proyecto que de alguna manera ya había empezado a germinar en su mente poco antes de la muerte del vagabundo. Un equipo de científicos se instala en su mansión. En un tiempo récord ésta se transforma doblemente, en la parte interior en un laboratorio avanzado y en la exterior –jardines y casa del jardinero– en una réplica del Edén. Para protegerse de la mirada de los extraños un muro altísimo se levanta alrededor de la propiedad. Entonces empiezan los trabajos. Al poco tiempo los científicos implantan en el óvulo de una puta, que será generosamente retribuida, un clon del vagabundo. Nueve meses después la puta tiene un niño, lo entrega a la muchacha y desaparece.

Durante cinco años la muchacha y un ejército de especialistas cuidan al niño. Pasado este tiempo los científicos implantan en el óvulo de la muchacha un clon de ella misma. Nueve meses después la muchacha tiene una niña. El laboratorio de la mansión se desmonta, los científicos desaparecen y en su lugar llegan los educadores, los artistas-tutores que vigilarán desde una cierta distancia el crecimiento de ambos niños según un plan previamente trazado por la muchacha. Cuando todo está en marcha ésta desaparece y vuelve a viajar, vuelve a las fiestas de la alta sociedad, se mete de cabeza en aventuras riesgosas, tiene amantes, su nombre brilla como el de una estrella. Pero cada cierto tiempo y rodeada del mayor secreto, regresa a su mansión y observa, sin que éstos la vean, el crecimiento de los niños. El clon del vagabundo es una réplica exacta de aquél, la misma pureza, la misma inocencia de la que ella se enamoró. Sólo que ahora tiene todas sus necesidades cubiertas y su infancia es un plácido discurrir de juegos y maestros que lo instruyen en todo lo necesario. El clon de la niña es una réplica exacta de ella misma y los educadores repiten una y otra vez los mismos aciertos y errores, los mismos gestos del pasado.

La muchacha, por supuesto, raras veces se deja ver por los niños, aunque ocasionalmente el clon del vagabundo, que nunca se cansa de jugar y que posee un carácter temerario, la divisa tras los visillos de los pisos más altos de la mansión y echa a correr buscándola, siempre en vano.

Pasan los años y los niños crecen, cada día más inseparables. Un día la millonaria enferma, de lo que sea, un virus mortal, un cáncer, y tras una resistencia puramente formal, claudica y se prepara para morir. Aún es joven, tiene cuarentaidós años. Sus únicos herederos son los dos clones y deja todo preparado para que éstos accedan a una parte de su inmensa fortuna en el momento en que contraigan matrimonio. Después muere y sus abogados y científicos la lloran amargamente.

El cuento termina con una reunión de sus empleados, tras la lectura del testamento. Algunos, los más inocentes, los más ajenos al círculo interno de la millonaria, se plantean las preguntas que Sturgeon supone se pueden plantear sus lectores. ¿Y si los clones no aceptan casarse? ¿Y si el muchacho o la muchacha se quieren, como parece inobjetable, pero este amor nunca cruza la frontera de lo estrictamente filial? ¿Se les ha de arruinar la vida? ¿Se les ha de obligar a convivir como dos condenados a cadena perpetua?

Surgen discusiones y debates. Se plantean aspectos morales, éticos. El abogado y el científico más viejos, no obstante, pronto se encargan de despejar las dudas. Si los muchachos no se avienen a casarse, si no se enamoran, se les dará el dinero que les corresponda y serán libres de hacer lo que deseen. Independientemente de cómo se desarrolle la relación de los muchachos, los científicos implantarán en el cuerpo de una donante, en el plazo de un año, un nuevo clon del vagabundo y, cinco años después, repetirán la operación con un nuevo clon de la millonaria. Y cuando estos nuevos clones tengan veintitrés y dieciocho años, cualquiera que fuese su relación interpersonal, es decir, se quieran como hermanos o como amantes, los científicos o los sucesores de los científicos volverán a implantar otros dos clones, y así hasta el fin de los tiempos o hasta que la inmensa fortuna de la millonaria se agote.

En este punto acaba el cuento. Sobre el crepúsculo se dibuja el rostro de la millonaria y el vagabundo y luego las estrellas y luego el infinito. Un poquito siniestro, ¿no? Un poquito sublime y un poquito siniestro. Como en todo amor loco, ¿no? Si al infinito uno añade más infinito, el resultado es infinito. Si uno junta lo sublime con lo siniestro, el resultado es siniestro. ¿No?

20

Xosé Lendoiro, Terme di Traiano, Roma, octubre de 1992. Fui un abogado singular. De mí se pudo decir, con igual tino: *Lupo ovem commisisti* que *Alter remus aquas, alter tibi radat harenas.* Sin embargo yo prefería ceñirme al catuliano *noli pugnare duobus.* Algún día mis méritos serán reconocidos.

Por aquellos tiempos viajaba y hacía experimentos. El ejercicio de la carrera de letrado o jurisperito me proporcionaba ingresos suficientes como para dedicarme con larqueza al noble arte de la poesía. *Unde habeas quaerit nemo, sed oportet habere,* lo que en buen romance quiere decir que nadie pregunta de dónde procede lo que posees, pero es preciso poseer. Algo consustancial si uno quiere dedicarse a su vocación más secreta: los poetas se embelesan ante el espectáculo del dinero.

Pero volvamos a mis experimentos: éstos consistían, digamos, en un primer impulso, sólo en viajar y observar, aunque pronto me fue dado saber que lo que inconscientemente pretendía era la consecución de un mapa ideal de España. *Hoc erat in votis,* éstos eran mis deseos, como dice el inmortal Horacio. Por supuesto, yo sacaba una revista. Era, si se me permite decirlo, el mecenas y el editor, el director y el poeta estrella. *In petris, herbis vis est, sed maxima verbis*: las piedras y las hierbas tienen virtudes, pero mucho más las palabras.

Mi publicación, además, desgravaba, lo que la hacía bastante llevadera. Para qué ponerme pesado, los detalles en poesía sobran, ésa ha sido siempre mi máxima, junto con *Paulo maiora canamus*: cantemos cosas un poco más grandes, como decía Virgilio. Hay que ir directo al meollo, al hueso, a la sustancia. Yo tenía una revista y tenía un bufete de legistas, picapleitos y leguleyos con una cierta fama nada inmerecida y durante los veranos viajaba. La vida me sonreía. Un día, sin embargo, me dije: Xosé, ya has estado en todo el mundo, *incipit vita nova*, es hora de que marches por los caminos de España, aunque no seas el Dante, es hora de que marches por las rutas de esta España nuestra tan golpeada y sufrida y sin embargo aún tan desconocida.

Soy un hombre de acción. Dicho y hecho: me compré una *roulotte* y partí. *Vive valeque*. Recorrí Andalucía. Qué bonita es Granada, qué graciosa es Sevilla, Córdoba qué severa. Pero debía profundizar, ir a las fuentes, doctor en leyes y criminalista como era no debía descansar hasta encontrar el camino justo, el *ius est ars boni et aequi*, el *libertas est potestas faciendi id quod facere iure licet*, la raíz de la aparición. Fue un verano iniciático. Me repetía a mí mismo: *nescit vox missa reverti*, la palabra, una vez lanzada, no puede retirarse, del dulce Horacio. Como abogado esa afirmación puede tener sus bemoles. Pero no como poeta. De ese primer viaje volví acalorado y también algo confuso.

No tardé en separarme de mi mujer. Sin dramatismos y sin hacerle daño a nadie, pues afortunadamente nuestras hijas ya eran mayores de edad y tenían el discernimiento suficiente para comprenderme, sobre todo la mayor. Quédate con la casa y con el chalet de Tossa, le dije, y no se hable más. Mi mujer, sorprendentemente, aceptó. El resto lo pusimos en manos de unos abogados en los que ella confiaba. *In publicis nihil est lege gravius: in privatis firmissimum est testamentum*. Aunque no sé por qué digo esto. Qué tiene que ver un testamento con un divorcio. Mis pesadillas me traicionan. En cualquier caso *legum omnes servi sumus, ut liberi esse possimus*, que quiere decir que ante la ley todos somos esclavos para poder ser libres, que es el ideal mayor.

De golpe, mis energías rebulleron. Me sentí rejuvenecer: dejé de fumar, por las mañanas salía a correr, participé con ahínco en tres congresos de jurisprudencia, dos de ellos celebrados en viejas capitales europeas. Mi revista no se hundió, bien al contrario, los poetas que bebían de mi afluente cerraron filas en manifiesta simpatía. *Verae amicitiae sempieternae sunt*, pensé con el docto Cicerón. Después, en claro exceso de confianza, decidí publicar un libro con mis versos. Me salió cara la edición y las críticas (cuatro) me fueron adversas, salvo una. Todo lo achaqué a España y a mi optimismo y a las leyes inflexibles de la envidia. *Invidia ceu fulmine summa vaporant*.

Cuando llegó el verano cogí la *roulotte* y decidí dedicarme a vagabundear por las tierras de mis mayores, es decir por la umbrosa y elemental Galicia. Partí con el ánimo sereno, a las cuatro de la mañana, y recitando entre dientes sonetos del inmortal e incordiador Quevedo. Ya en Galicia me dediqué a recorrer las rías y a probar sus mostos y a conversar con sus marineros, pues *natura maxime miranda in minimis*. Después enfilé hacia las montañas, hacia la tierra de las meigas, fortalecida el alma y los sentidos abiertos. Dormía en campings, pues me advirtió un sargento de la Guardia Civil que era peligroso acampar por libre, a orillas de caminos vecinales o comarcales transitados, sobre todo en verano, por gente de mal vivir, gitanos, rapsodas y juerguistas que iban de una discoteca a otra por las neblinosas sendas de la noche. *Qui amat periculum in illo peribit*. Por lo demás, los campings no estaban mal y no tardé en calcular el caudal de emociones y de pasiones que en tales recintos podía encontrar y observar y hasta catalogar con la vista puesta en mi mapa.

De esta manera, hallándome en uno de estos establecimientos, ocurrió lo que ahora se me figura como la parte central de mi historia. O al menos como la única parte que conserva intacta la felicidad y el misterio de toda mi triste y vana historia. *Mortalium nemo est felix*, dice Plinio. Y también: *felicitas cui praecipua fuerit homini, non est humani iudici*. Pero debo ir al grano. Estaba en un camping, ya lo he dicho, por la zona de Castroverde, en la provincia de Lugo, en un lugar montañoso y pletórico en boscajes y matorrales de toda especie. Y leía y tomaba notas y acaudalaba conocimientos. *Otium sine litteris mors est et homini vivi sepultura*. Aunque puede que yo exagerara. En una palabra (y seamos sinceros): me aburría de muerte.

Una tarde, mientras paseaba por una zona que para un paleontólogo debía de ser sin duda interesante, ocurrió la desgracia que a continuación voy a referir. Vi bajar del monte a un grupo de campistas. No se necesitaba demasiado entendimiento para, tras ver sus caras conmocionadas, comprender que había ocurrido algo malo. Los detuve con un ademán e hice que me dieran el parte. Resultó que el nieto de uno de ellos se había caído por un pozo o sima o grieta del monte. Mi experiencia de abogado criminalista me dijo que había que actuar de inmediato, *facta, non verba*, así que mientras la mitad de la partida seguía su camino al camping, yo y el resto trepamos por la abrupta colina y llegamos a donde, según ellos, había ocurrido la desgracia.

La grieta era profunda e insondable. Uno de los campistas dijo que su nombre era Boca del Diablo. Otro aseguró que los lugareños afirmaban que allí, en efecto, moraba el demonio o una de sus figuraciones terrenales. Pregunté el nombre del niño desaparecido y uno de los campistas respondió: Elifaz. La situación era extraña de por sí, pero tras la respuesta se tornó francamente amenazadora, pues no todos los días una grieta se traga a niño de tan singular nombre. ¿Conque Elifaz?, dije o susurré. Ése es su nombre, dijo el que había hablado. Los demás, oficinistas y funcionarios incultos de Lugo, me miraron y no dijeron nada. Soy un hombre de pensamiento y reflexión, pero también soy un hombre de acción. *Non progredi est regredi*, recordé. Me aproximé, pues, al brocal de la grieta y voceé el nombre del niño. Un eco siniestro fue toda la respuesta que obtuve. Un grito, *mi* grito, que las profundidades de la tierra me devolvieron convertido en su reverso sangriento. Un escalofrío me recorrió el espinazo, pero para disimular creo que me reí, dije a mis compañeros que sin duda aquello era profundo, sugerí la posibilidad de que, atando todos nuestros cinturones, confeccionáramos una rudimentaria cuerda para que uno de nosotros, el más delgado, por supuesto, bajara y explorara los primeros metros de la sima. Conferenciamos. Fumamos. Nadie secundó mi propuesta. Al cabo de un rato, aparecieron los que habían seguido hasta el camping con los primeros refuerzos y los implementos necesarios para el descenso. *Homo fervidus et diligens ad omnia est paratus*, pensé.

Atamos a un muchachón de Castroverde todo lo bien que pudimos y mientras cinco hombres hechos y derechos sostenían la cuerda, el mozo, provisto de una linterna, comenzó a bajar. Pronto desapareció de nuestra vista. Desde arriba, nosotros le gritábamos ¿qué ves? y desde la profundidad nos llegaba, cada vez más débil, su respuesta: ¡nada! *Patientia vincit omnia*, advertí y volvimos a insistir. Por no ver, no veíamos ni siquiera la luz de la linterna aunque esporádicamente las paredes de la cueva más próximas a la superficie se iluminaban con un breve chorro de luz, como si el muchachón enfocara por sobre su cabeza para calcular cuántos metros llevaba descendidos. Fue entonces, mientras comentábamos lo de la luz, que oímos un aullido sobrehumano y todos nos asomamos al pozo. ¿Qué ha pasado?, gritamos. El aullido volvió a repetirse. ¿Qué ha pasado? ¿Qué has visto? ¿Lo has encontrado? Nadie, desde el fondo, nos respondió. Unas mujeres se pusieron a rezar. No supe si escandalizarme o profundizar en el fenómeno. *Stultorum plena sunt omnia*, señaló Cicerón. Un pariente de nuestro explorador pidió que lo izáramos. Los cinco que sujetaban la cuerda fueron incapaces de hacerlo y tuvimos que ayudarlos. El grito que provenía del fondo se repitió varias veces. Finalmente, tras denodados esfuerzos, logramos traerlo a la superficie.

El muchacho estaba vivo y exceptuando algunas magulladuras en los brazos y los vaqueros destrozados no parecía herido. Para mayor tranquilidad, las mujeres le tocaron las piernas. No tenía ningún hueso roto. ¿Qué viste?, le preguntó su pariente. El muchacho no quiso contestar y se llevó las manos a la cara. En ese momento hubiera debido imponer mi autoridad e intervenir, pero mi situación de espectador me mantenía, cómo decirlo, hechizado ante el teatro de sombras y de gestos inútiles. Otros repitieron, con ligeras variantes, la pregunta. Recordé tal vez en voz alta que *occasiones namque hominem fragilem non faciunt, sed qualis sit ostendunt*. El muchachón, sin duda, era un carácter débil. Le dieron a beber un sorbo de coñac. No opuso resistencia y bebió como si en ello le fuera la vida. ¿Qué viste?, repitió el grupo. Entonces el muchacho habló y sólo lo escuchó su pariente, el cual volvió a hacerle la misma pregunta, como si no diera crédito a lo que sus oídos habían escuchado. El mozo respondió: vi al diablo.

A partir de ese momento la confusión y la anarquía se apoderaron del grupo de rescate. *Quot capita, tot sententiae*, unos dijeron que desde el camping se había telefoneado a la Guardia Civil y que lo mejor que se podía hacer era esperar. Otros preguntaron por el niño, si el muchachón lo había visto en algún momento del descenso o si lo había escuchado y la respuesta fue negativa. Los más se dedicaron a inquerir sobre la naturaleza del demonio, si lo había visto de cuerpo entero, si sólo su rostro, cómo era, de qué color, etcétera. *Rumores fuge*, me dije y contemplé el paisaje. Entonces, con otro grupo procedente del camping, apareció el vigilante y el grueso de las mujeres, entre las cuales estaba la madre del desaparecido, quien tardó en enterarse del suceso, anunció a quien quiso escucharla, pues había estado mirando un concurso en la tele. ¿Quién está abajo?, preguntó el vigilante. En silencio le fue indicado el muchachón que aún reposaba en la hierba. La madre, inerme, se acercó en ese instante a la boca de la cueva y gritó el nombre de su hijo. Nadie le respondió. Volvió a gritar. Entonces la cueva aulló y fue como si le respondiera.

Algunos palidecieron. La mayoría se alejó del pozo, temerosos de que una mano de niebla fuera a salir de repente para llevárselos hacia las profundidades. No faltó quien dijera que allí vivía un lobo. O un perro salvaje. A todo esto ya había anochecido y las linternas de cámping gas y las linternas de pila competían en una danza macabra cuyo centro magnético era la herida abierta del monte. La gente lloraba o hablaba en gallego, lengua que mi desarraigo me ha hecho olvidar, señalando con trémulos ademanes la boca de la sima. Aquí no se podía decir *caelo tegitur qui non habet urnam*. La Guardia Civil no aparecía. Se imponía, pues, una decisión, aunque el desconcierto era total. Entonces vi al vigilante del camping que se ataba la cuerda en la cintura y comprendí que se disponía al descenso. Lo confieso: su actitud me pareció encomiable y me acerqué a felicitarlo. Xosé Lendoiro, abogado y poeta, le dije mientras estrechaba efusivamente una de sus manos. Él me miró y sonrió como si nos conociéramos de antes. Luego, entre la expectación general, procedió a bajar por aquel pozo infame.

Si he de ser sincero, yo y muchos de los que allí nos congregábamos nos temimos lo peor. El vigilante del camping descendió hasta que se acabó la cuerda. Llegado a este punto todos pensamos que volvería a subir y por un instante, me parece, él tironeó desde abajo y nosotros tironeamos desde arriba y la búsqueda se estancó en una serie innoble de confusiones y gritos. Intenté poner paz, *addito salis grano*. Si no hubiera tenido la experiencia de los juzgados, aquella brava gente me hubiera echado de cabeza al pozo. Al final, sin embargo, me impuse. Con no poco esfuerzo, conseguimos comunicarnos con el vigilante y descifrar sus gritos. Pedía que soltáramos la cuerda. Así lo hicimos. A más de uno se le heló el corazón al ver desaparecer dentro de la sima el trozo de cuerda que aún sobresalía, como la cola de un ratón en las fauces de una serpiente. Nos dijimos que el vigilante, sin duda, debía de saber lo que hacía.

De golpe, la noche se hizo más noche y el agujero negro, si cabe, se hizo más negro, y quienes minutos antes, llevados por su impaciencia, daban breves paseíllos a su alrededor, dejaron de hacerlo pues la posibilidad de tropezar y ser tragados por la sima se materializó como se materializan a veces los pecados. De vez en cuando del interior escapaban aullidos cada vez más ahogados, como si el diablo se retirara hacia las profundidades de la tierra con sus dos presas recién cobradas. En nuestro grupo de superficie, demás está decirlo, circulaban sin tregua las hipótesis más aventuradas. *Vita brevis, ars longa, occasio praeceps, experimentum periculosum, iudicium difficile*. Había quienes no paraban de consultar el reloj, como si el tiempo en esta aventura jugara un papel determinante. Había quienes fumaban en corro y quienes atendían a las parientes del niño perdido afectadas por lipotimias. Había quienes maldecían a la Benemérita por su tardanza. De pronto, mientras miraba las estrellas, pensé que todo aquello se parecía sobremanera a un cuento de don Pío Baroja leído en mis años de estudiante de Derecho en la Universidad de Salamanca. El cuento se llama *La sima* y en él un pastorcillo es tragado por las entrañas de un monte. Un zagal baja, bien atado, en su busca, pero los aullidos del diablo lo disuaden y vuelve a subir sin el niño, a quien no ha visto pero cuyos gemidos de herido son claramente audibles desde el exterior. El cuento termina con una escena de impotencia absoluta, en donde el miedo derrota al amor o al deber e incluso a los vínculos familiares: ninguno del grupo de rescate, compuesto, bien es verdad, por rudos y supersticiosos pastores vascos, se atreve a descender tras la historia balbuceante que cuenta el primero, que dice, no lo recuerdo con certeza, haber visto al diablo o haberlo sentido o intuido o escuchado. *In se semper armatus Furor.* En la última escena, los pastores regresan a sus casas, incluido el atemorizado abuelo del niño, y durante toda la noche, una noche de viento, supongo, escuchan un lamento que sale de la sima. Ése es el cuento de don Pío. Un cuento de juventud, creo, en donde su prosa excelsa aún no ha desplegado del todo las alas, pero un buen cuento, pese a todo. Y eso fue lo que pensé mientras a mis espaldas las pasiones humanas fluían y mis ojos contaban las estrellas: que la historia que estaba viviendo era idéntica a la del cuento de Baroja y que España seguía siendo la España de Baroja, es decir una España en donde las simas no estaban cegadas y en donde los niños seguían siendo imprudentes y cayéndose en ellas y en donde la gente fumaba y se desmayaba de manera y modo un tanto excesivos y en donde la Guardia Civil, cuando se la necesitaba, no aparecía nunca.

Y entonces escuchamos un grito, no un aullido inarticulado sino palabras, algo así como eh, los de arriba, eh, cabrones, y aunque no faltó el fantasioso que dijo que se trataba del demonio quien, aún no ahíto, quería llevarse a uno más, el resto nos asomamos al borde de la sima y vimos la luz de la linterna del vigilante, un haz semejante a una luciérnaga perdida en la conciencia de Polifemo, y preguntamos a la luz si estaba bien y la voz que había tras la luz dijo muy bien, os voy a tirar la cuerda, y escuchamos un ruido apenas perceptible en las paredes del pozo, y tras varios intentos fallidos la voz dijo tiradme vosotros otra cuerda, y poco después, atado de la cintura y de las axilas, izamos al niño desaparecido, cuya irrupción por no esperada fue festejada con llantos y risas, y cuando hubimos desatado al niño tiramos la cuerda y subió el vigilante y el resto de aquella noche, lo recuerdo ahora que ya no espero nada, fue una fiesta ininterrumpida, *O quantum caliginis mentibus nostris obicit magna felicitas*, una fiesta de gallegos en la montaña, pues los campistas eran funcionarios u oficinistas gallegos y yo era hijo también de aquellas tierras y el vigilante, al que llamaban El Chileno pues ésa era su nacionalidad, también descendía de esforzados gallegos y su apellido, Belano, así lo indicaba.

En los dos días que aún permanecí allí sostuve largas conversaciones con él y sobre todo pude hacerlo partícipe de mis inquietudes y aventuras literarias. Después volví a Barcelona y no supe más de su persona hasta que, pasados dos años, apareció por mi oficina. Como siempre ocurre en estos casos, andaba corto de dinero y no tenía trabajo, así que, tras mirarlo fijamente y reflexionar para mis adentros sobre la conveniencia de echarlo a la calle, *supremum vale*, o echarle un cable, me decanté por esta última opción y le dije que podía conseguirle unas reseñas en la revista del Colegio de Abogados, cuyas páginas literarias yo coordinaba, eso por ahora, más adelante ya veríamos. Después le regalé mi último libro de poesía publicado y le advertí que sus reseñas debían circunscribirse a la disciplina poética, pues las de narrativa las pergeñaba mi colega Jaume Josep, experto en divorcios y pederasta de larga trayectoria, conocido en los tugurios anexos a las Ramblas por las hordas de chaperos como El Enano Sufridor, en alusión a su corta estatura y a su debilidad por los macarras de natural violento e irascible.

No creo equivocarme si digo que advertí en su rostro cierta decepción, posiblemente debida a que él esperaba publicar en mi revista literaria, algo que por entonces me resultó imposible de ofrecerle, pues el listón de calidad de los colaboradores era altísimo, el tiempo no corría de balde, lo más granado de la literatura barcelonesa estaba pasando por mi revista, la *crème de la crème* de la poesía, y no era cosa de ponerse amable de la noche a la mañana únicamente en atención a dos jornadas estivales de amistad e intercambios más o menos caprichosos de opiniones. *Discat servire glorians ad alta venire.*

Así comenzó, podría decirse, la segunda etapa de mi relación con Arturo Belano. Lo veía una vez al mes, en mi bufete, en donde a la par que despachaba casos de los más variados atendía a mis obligaciones literarias, y en donde solían presentarse, eran

434

otros tiempos, los escritores y los poetas más finos y de mayor renombre de Barcelona y de otras partes de España e incluso de Hispanoamérica, quienes de paso por nuestra ciudad acudían a cumplimentarme. En alguna ocasión recuerdo que Belano coincidió con alguno de los colaboradores de la revista y con alguno de mis invitados y los resultados de tales encuentros no fueron todo lo satisfactorios que yo hubiera deseado. Pero, obnubilado como estaba por el trabajo y por el placer, no me cuidé de llamarle la atención, ni presté oídos al rumor de fondo que tales encuentros propiciaban. Un rumor de fondo semejante a una caravana de coches, a un enjambre de motos, al movimiento de los parkings de los hospitales, un rumor que me decía cuídate, Xosé, vive la vida, cuida tu cuerpo, el tiempo es breve, la gloria es efímera, pero que yo en mi ignorancia no descifré o creí que no iba dirigido a mí sino a él, ese rumor de desastre inminente, ese rumor de cosa perdida en la enormidad de Barcelona, un mensaje que no me atañía, un verso que no tenía nada que ver conmigo y sí con él, cuando en realidad estaba escrito ex profeso para mí. *Fortuna rerum humanarum domina.*

Por lo demás, los encuentros de Belano con los colaboradores de mi revista no carecían de cierto encanto. En una ocasión uno de mis muchachos, que luego dejó de escribir y ahora se dedica a la política con bastante éxito, quiso pegarle. Mi muchacho, por cierto, no hablaba en serio, aunque eso en realidad nunca se sabe, pero lo cierto es que Belano se hizo el desentendido: creo que preguntó si mi colaborador sabía karate o algo así (era cinturón negro) y luego arguyó una jaqueca y declinó la pelea. En ocasiones como ésa yo me divertía mucho. Le decía: venga, Belano, sostenga sus opiniones, argumente, enfréntese a lo más granado de la literatura, *sine dolo*, y él decía que le dolía la cabeza, se reía, me pedía que le pagara su colaboración mensual en la revista de los abogados y se marchaba con la cola entre las piernas.

Debí desconfiar de esa cola entre las piernas. Debí pensar: qué significa esa cola entre las piernas, *sine ira et studio*. Debí preguntarme qué animales tenían cola. Debí consultar libros y manuales y debí interpretar correctamente esa cola peluda que se erizaba entre las piernas del ex vigilante del camping de Castroverde.

Pero no lo hice y seguí viviendo. *Errare humanum est, perseverare autem diabolicum.* Un día llegué a casa de mi hija mayor y sentí ruidos. Por supuesto, tengo llave, de hecho hasta poco antes de mi divorcio aquélla fue la casa en donde vivíamos los cuatro, mi mujer, mis dos hijas y yo, después del divorcio me compré una torre en Sarriá, mi mujer se compró un ático en plaza Molina adonde se fue a vivir con mi hija menor y yo decidí regalarle nuestro viejo piso a mi hija mayor, poeta como yo y la principal colaboradora de mi revista. Como digo, tenía llave aunque mis visitas no eran frecuentes, las más de las veces acudía para llevarme un libro o porque las reuniones del consejo de redacción se celebraban allí. Así que entré y sentí ruidos. Con discreción, como conviene a un padre y a un hombre moderno, me asomé a la sala y no vi a nadie. Los ruidos provenían del fondo del pasillo. *Non vis esse iracundus? Ne fueris curiosus*, me repetí un par de veces. Sin embargo seguí deslizándome por mi antigua residencia. Pasé por la habitación de mi hija, me asomé, no había nadie. Seguí caminando de puntillas. Pese a la hora ya avanzada de la mañana la casa estaba en penumbras. No encendí la luz. Los ruidos, lo descubrí entonces, provenían de la habitación que otrora fuera mía, una habitación que por otra parte sigue igual a como mi mujer y yo la dejamos. Entreabrí la puerta y vi a mi hija mayor en brazos de Belano. Lo que éste le hacía me pareció, al menos al primer golpe de vista, inenarrable. La arrastraba por la enorme extensión de mi cama de un lado a otro, se montaba en ella, la daba vueltas, todo en medio de una serie espantosa de gemidos, rugidos, rebuznos, zureos, ruidos obscenos que me pusieron la piel de gallina. *Mille modi Veneris*, recordé con Ovidio, pero esto me pareció el colmo. Sin embargo no traspuse el umbral, me quedé inmóvil, silencioso, hechizado, como si de golpe hubiera regresado al camping de Castroverde y el vigilante neogallego se hubiera sumergido otra vez en la sima y yo y los funcionarios de vacaciones estuviéramos otra vez en la boca del infierno. *Magna res est vocis et silentii tempora nosse.* Nada dije. Guardé silencio y tal como había llegado me marché. No pude, sin embargo, alejarme mucho de mi antigua casa, de la casa de mi hija, y mis pasos me llevaron a una cafetería del vecindario que alguien, su nuevo propietario seguramente, había transformado en un local mucho más moderno, con mesas y sillas de un plástico refulgente, y en donde, tras pedir un café con leche, estuve considerando la situación. Las imágenes de mi hija comportándose como una perra acudían a mi cabeza en oleadas, y cada oleada me dejaba empapado en sudor, como si estuviera afiebrado, por lo que tras beberme el café pedí una copa de coñac a ver si con algo más fuerte conseguía calmarme de una vez por todas. Finalmente, a la tercera copa, lo conseguí. *Post vinum verba, post imbrem nascitur herba*.

Lo que en mí nació, sin embargo, no fueron las palabras o la poesía, ni siquiera un pobre verso huérfano, sino un enorme deseo de venganza, la voluntad de tomarme el desquite, la implacable decisión de hacer pagar a aquel Julien Sorel de tres al cuarto su insolencia y su descaro. *Prima cratera ad sitim pertinet, secunda ad hilaritatem, tertia ad voluptatem, quarta ad insaniam*. La cuarta copa da la locura, dijo Apuleyo, y ésa era la que a mí me faltaba. Lo supe en ese momento con una claridad que hoy me enternece. La camarera, una chiquita de la edad de mi hija, me miraba desde el otro lado de la barra. Junto a ella tomaba un refresco una mujer que se dedicaba a hacer encuestas. Las dos hablaban animadamente aunque de vez en cuando la camarera desviaba la mirada en mi dirección. Levanté la mano y pedí una cuarta copa de coñac. No creo exagerar si digo que percibí en la camarera un gesto de conmiseración.

Decidí aplastar como una cucaracha a Arturo Belano. Durante dos semanas, alucinado, desequilibrado, seguí presentándome en mi antigua casa, en la casa de mi hija, a horas intempestivas. En cuatro ocasiones los sorprendí, de nuevo, en la intimidad. En dos de ellas estaban en mi dormitorio, en una en el dormitorio de mi hija y en otra en el baño principal. En esta última ocasión no me fue posible espiarlos, aunque sí escucharlos, pero en las otras tres pude ver con mis propios ojos los actos terribles a los que se entregaban con fervor, con abandono, con impudicia. *Amor tussisque non caelatur*: el amor y la tos no se pueden ocultar. ¿Pero era amor lo que aquellos dos jóvenes sentían el uno por el otro?, me pregunté más de una vez, sobre todo cuando abandonaba sigiloso y afiebrado mi casa después de aquellos actos indecibles que una fuerza misteriosa me obligaba a presenciar. ¿Era amor lo que sentía Belano por mi hija? ¿Era amor lo que sentía mi hija por aquel remedo de Julien Sorel? *Qui non zelat, non amat*, me dije o me susurré cuando pensé –en un golpe de lucidez– que mi actitud, más que la de un padre severo era la de un amante celoso. Y sin embargo yo no era un amante celoso. ¿Qué era, pues, lo que sentía? *Amantes, amentes*. Enamorados, locos, Plauto *dixit*.

Decidí, como medida preventiva, sondearlos, darles a mi manera una última oportunidad. Tal como temía, mi hija estaba enamorada del chileno. ¿Estás segura?, le dije. Claro que estoy segura, me respondió. ¿Y qué pensáis hacer? Nada, papá, dijo mi hija, que en estas cosas no se parece a mí en nada, más bien al contrario, salió con el pragmatismo de su madre. *Adeo in teneris consuescere multum est*. Poco después me entrevisté con Belano. Vino a mi despacho, como cada mes, a entregarme y a cobrar una reseña de poesía para la revista del Colegio de Abogados. Bueno, Belano, le dije cuando lo tuve frente a mí, sentado en una silla más baja, aplastado bajo el peso legal de mis diplomas y bajo el peso áureo de las fotos con grandes poetas que ornaban en marcos de plata mi sólida mesa de roble de tres metros por uno y medio. Creo que es hora, le dije, de que des el salto. Me miró sin comprender. El salto cualitativo, dije. Tras un instante en que ambos guardamos silencio le aclaré mis palabras. Quería (ésa era mi voluntad, dije) que pasara de reseñista en la revista del Colegio a colaborador habitual en mi revista. Creo que su único comentario fue un «vaya» más bien apagado. Como comprenderás, le expliqué, es una gran responsabilidad la que asumo, la revista cada día tiene más prestigio, colaboran en ella poetas ilustres de España y de Hispanoamérica, supongo que la lees y que no se te habrá escapado que últimamente hemos publicado a Pepe de Dios, a Ernestina Buscarraons, a Manolo Garcidiego Hijares, para no hablar de los jóvenes espadas que forman nuestro equipo de colaboradores habituales: Gabriel Cataluña, que tiene todos los números para ser próximamente el gran poeta bilingüe que todos esperamos, Rafael Logroño, poeta jovencísimo pero de una robustez que abisma, Ismael Sevilla, certero y elegante, Ezequiel Valencia, capaz de componer los sonetos más rabiosamente modernos de la España actual, estilista de corazón ardiente e inteligencia fría, sin olvidar, por supuesto, a los dos gladiadores de la crítica poética, Beni Algeciras, casi siempre despiadado, y Toni Melilla, profesor de la Autónoma y experto en la poesía de los cincuenta. Hombres, todos, terminé, que tengo el honor de comandar y cuyos nombres están destinados a brillar en letras de bronce en la literatura de este país que te acoge, tu madre patria, como decís vosotros, y en compañía de los cuales trabajarías.

Luego me quedé en silencio y nos observamos durante un rato, o mejor dicho: yo lo observé, buscando en su rostro una señal cualquiera que delatara lo que pasaba entonces por su cabeza y Belano se dedicó a mirar mis fotos, mis objetos de arte, mis diplomas, mis cuadros, mi colección de esposas y grilletes (la mayoría de antes de 1940, una colección que solía causar un interés teñido de espanto en mis clientes, alguna broma o chascarrillo de mal gusto en mis colegas de Derecho y el embeleso y la admiración en los poetas que me visitaban), los lomos de los pocos y escogidos libros que tengo en mi despacho, la mayoría primeras ediciones de poetas románticos españoles del XIX. Su mirada se desplazaba, como digo, por mis posesiones como una rata, una rata pequeña e inconmensurablemente nerviosa. ¿Qué piensas?, le espeté. Entonces él me miró y comprendí de golpe que mi propuesta había caído en saco roto. Belano me preguntó cuánto le pensaba pagar. Yo lo miré y no le contesté. El arribista ya pensaba en la bolsa. Me miró y esperó mi respuesta. Yo lo miré y puse cara de póquer. Él tartamudeó si la paga iba a ser la misma que la de la revista del Colegio. Yo suspiré. *Emere oportet, quem tibi oboedire velis*. Su mirada, no me cabía duda, era la de una rata temerosa. No pago, dije. Sólo a los grandes, grandes nombres, firmas concluyentes, tú por ahora sólo te encargarás de algunas reseñas. Entonces él movió la cabeza, como si recitara: *O cives, cives, quaerenda pecunia primum est, virtus post nummos*. Después dijo que se lo pensaría y se marchó. Cuando cerró la puerta hundí mi cabeza entre las manos y me quedé durante un rato pensando. En el fondo no quería hacerle daño.

Fue como dormir, fue como soñar, fue como reencontrar mi verdadera naturaleza de gigante. Cuando desperté me encaminé a casa de mi hija dispuesto a sostener con ella una larga conversación paterno-filial. Posiblemente había estado durante mucho tiempo sin hablar con ella, sin escuchar sus miedos, sus preocupaciones, sus dudas. *Pro peccato magno paulum supplicii satis est patri*. Aquella noche nos fuimos a cenar a un buen restaurante de la calle Provenza y aunque sólo hablamos de literatura el gigante que había en mí se comportó tal como yo esperaba: elegante, ameno, comprensivo, lleno de proyectos, ilusionado por la vida. Al día siguiente visité a mi hija menor y la llevé en coche hasta La Floresta, a casa de una amiga. El gigante condujo con prudencia y habló con humor. Al despedirnos mi hija me dio un beso en la mejilla.

Era sólo el principio pero ya empezaba a sentir en mi interior, en la balsa ardiendo que era mi cerebro, los efectos lenitivos de mi nueva actitud. *Homo totiens moritur quotiens emittit suos*. Quería a mis hijas, sabía que había estado a punto de perderlas. Tal vez, pensé, han estado demasiado solas, demasiado tiempo con su madre, una mujer acomodaticia y más bien propensa al abandono de la carne y ahora es necesario que el gigante se muestre, les demuestre que está vivo y que piensa en ellas, sólo eso, algo tan sencillo que me daba rabia (o tal vez sólo pena) no haberlo hecho antes. Por lo demás, la llegada del gigante no sólo contribuyó a mejorar la relación con mis hijas. En el trato diario con los clientes del bufete empecé a notar un cambio evidente: el gigante no tenía miedo de nada, era audaz, se le ocurrían de forma instantánea los artificios más inesperados, podía transitar sin temor alguno por los vericuetos y recovecos legales con los ojos cerrados y sin sombra de vacilación. Ya no digamos en el trato con los literatos. Allí el gigante, me di cuenta con verdadero placer, era excelso, majestuoso, una montaña de sonidos y de dicterios, una afirmación y una negación constantes, una fuente de vida.

Dejé de espiar a mi hija y a su desdichado amante. *Odero, si potero. Si non, invitus amabo*. Contra Belano, sin embargo, cayó todo el peso de mi autoridad. Recobré la paz. Fue la mejor época de mi vida.

Ahora pienso en los poemas que pude haber escrito y no escribí y me dan ganas de reír y de llorar al mismo tiempo. Pero entonces no pensaba en los poemas que podía escribir: los escribía, creía que los escribía. Por aquella época publiqué un libro: conseguí que me lo editara una de las editoriales más prestigiosas del momento. Por supuesto, yo corrí con todos los gastos, ellos sólo imprimieron el libro y lo distribuyeron. *Quantum quisque sua nummorum servat in arca, tantum habet ei fidei*. El gigante no se preocupaba por dinero, al contrario, lo hacía circular, lo distribuía, ejercía su soberanía sobre él, tal como corresponde a un gigante, sin miedo y sin pudor.

Sobre el dinero, naturalmente, tengo recuerdos imborrables. Recuerdos que brillan como un borracho bajo la lluvia o como un enfermo bajo la lluvia. Sé que hubo un tiempo en que mi dinero fue el *leit-motiv* de bromas y de chanzas. *Vilius argentum est auro, virtutibus aurum*. Sé que hubo un tiempo, al principio de la singladura de mi revista, en que mis jóvenes colaboradores se reían de la procedencia de mi capital. Pagas a los poetas, se dijo, con el oro que te entregan los financieros deshonestos, los banqueros desfalcadores, los narcotraficantes, los asesinos de mujeres y de niños, los que lavan dinero, los políticos corruptos. Pero yo no me molestaba en responder a los infundios. *Plus augmentantur rumores, quando negantur*. Alguien tiene que defender a los asesinos, alguien tiene que defender a los deshonestos, a los que se quieren divorciar y no tienen ganas de que su mujer se quede con todo su capital, alguien tiene que defenderlos. Y mi bufete los defendía a todos y el gigante a todos los absolvía y les cobraba el precio justo. Ésa es la democracia, imbéciles, les decía, aprendan. Para lo bueno y para lo malo. Y con el dinero ganado no me compré un yate sino que fundé una revista de literatura. Y aunque yo sabía que ese dinero quemaba las conciencias de algunos jovencísimos poetas de Barcelona y de Madrid, cuando tenía un rato libre me acercaba a ellos, por detrás, silenciosamente, y les tocaba la espalda con la punta de mis dedos que exhibían una manicura perfecta (no como ahora, que hasta por las uñas estoy sangrando) y les decía al oído: *non olet*. No huele. Las monedas ganadas en los mingitorios de Barcelona y de Madrid no huelen. Las monedas ganadas en los retretes de Zaragoza no huelen. Las monedas ganadas en los albañales de Bilbao no huelen. Y si huelen sólo huelen a dinero. Sólo huelen a lo que el gigante sueñe hacer con su dinero. Entonces los jovencísimos poetas comprendieron y asintieron, aunque tal vez sin darse cuenta del todo de lo que había querido decirles, de la espantosa y eterna lección que había pretendido introducir en sus cabezas de chorlitos. Y si hubo uno que no entendiera, cosa que dudo, cuando vio sus textos publicados, cuando olió las páginas recién impresas, cuando vio su nombre en la portada o en el índice, olió a lo que de verdad huele el dinero: a fuerza, a delicadeza de gigante. Y entonces se acabaron las bromas y todos maduraron y me siguieron.

Todos, menos Arturo Belano, y éste no me siguió por la sencilla razón de que no fue llamado. *Sequitur superbos ultor a tergo deus*. Y todos los que me siguieron comenzaron una carrera en el mundo de las letras o cimentaron una carrera que ya había empezado pero que sólo estaba en la fase de los balbuceos, menos Arturo Belano, que se hundió en el mundo donde todo olía, donde todo olía a mierda y a orines y a podredumbre y a miseria y a enfermedad, un mundo en donde el olor era sofocante y anestesiante y en donde lo único que no olía era el cuerpo de mi hija. Y yo no moví un dedo para romper esa relación anómala, pero me mantuve a la expectativa. Y así un día supe, no me pregunten cómo porque lo he olvidado, que hasta mi hija, mi hermosa hija mayor, comenzó a oler para el desdichado ex vigilante del camping de Castroverde. La boca de mi hija comenzó a oler. Un olor que se enroscaba por las paredes de la casa en donde entonces vivía el desdichado ex vigilante del camping de Castroverde. Y mi hija, cuyos hábitos de higiene no permito que nadie ponga en duda, se lavaba la boca a todas horas, al levantarse, a media mañana, después de comer, a las cuatro de la tarde, a las siete, después de cenar, antes de dirigirse a la cama, pero no había manera de sacarse el olor, de extirpar o disimular el olor que el vigilante husmeaba o venteaba como un animal acorralado, y aunque mi hija entre cepillado y cepillado se hacía enjuagues de boca con Listerine, el olor persistía, desaparecía momentáneamente para volver a aparecer en los momentos más inesperados, a las cuatro de la mañana, en la ancha cama de náufrago del vigilante, cuando éste en sueños se volvía hacia mi hija y procedía a montarla, un olor insoportable que socavaba su paciencia y discreción, el olor del dinero, el olor de la poesía, tal vez incluso el olor del amor.

Pobre hija mía. Son las muelas del juicio, decía. Pobre hija mía. Es la última muela del juicio que me está saliendo. Por eso me huele la boca, argüía ante la desgana cada vez mayor del ex vigilante del camping de Castroverde. ¡La muela del juicio! *Numquam aliud natura, aliud sapientia dicit.* Una noche la invité a cenar. A ti sola, dije, aunque por entonces ella y Belano casi no se veían, pero yo precisé: a ti sola, hija mía. Hablamos hasta las tres de la mañana. Yo hablé del camino que estaba desbrozando el gigante, el camino que conducía hacia la literatura verdadera, ella habló de su muela del juicio, de las palabras nuevas que esa muela emergente estaba colocando sobre su lengua. Poco después, en una reunión literaria, casi sin darle importancia y como de pasada, mi hija me anunció que había roto con Belano y que ella, bien mirado, no veía con buenos ojos una futura colaboración de éste en el magno equipo de reseñistas de la revista. *Non aetate verum ingenio apiscitur sapientia.*

¡Corazón inocente! En aquel momento me hubiera encantado decirle que Belano jamás formó parte del equipo de reseñistas, algo que resultaba evidente con sólo revisar los últimos diez números de la revista. Pero no le dije nada. El gigante la abrazó y la perdonó. La vida siguió su curso. *Urget diem nox et dies noctem.* Julien Sorel había muerto.

Por aquella época, meses después de que Arturo Belano hubiera salido por completo de nuestras vidas, en un sueño volví a escuchar el aullido que una vez salió de la boca del pozo en el camping de Castroverde. *In se semper armatus Furor*, como decía Séneca. Desperté temblando. Eran las cuatro de la mañana, lo recuerdo, y en vez de volver a la cama me dediqué a buscar en mi biblioteca el cuento de Pío Baroja, *La sima*, sin saber muy bien para qué. Lo leí dos veces, hasta que amaneció, la primera lentamente, entorpecido aún por las brumas del sueño, la segunda a gran velocidad y volviendo sobre ciertos párrafos que me parecían altamente reveladores y que no terminaba de comprender. Con lágrimas en los ojos intenté leerlo por tercera vez, pero el sueño venció al gigante y me quedé dormido en el sillón de la biblioteca.

Cuando desperté, a las nueve de la mañana, me dolían todos los huesos y había empequeñecido por lo menos treinta centímetros. Me di una ducha, cogí el libro de don Pío y me marché a la oficina. Allí, *nil sine magno vita labore dedit mortalibus*, tras despachar unos pocos asuntos urgentes, di órdenes de que no se me molestara y me sumergí de nuevo en las inclemencias de *La sima*. Cuando terminé cerré los ojos y pensé en el temor de los hombres. ¿Por qué nadie bajó a rescatar al niño?, me dije. ¿Por qué su propio abuelo tuvo miedo?, me dije. ¿Por qué, si lo dieron por muerto, nadie bajó a buscar su cuerpecito, cojones?, me dije. Después cerré el libro y estuve dando vueltas por mi oficina como un león enjaulado, hasta que ya no pude más, me tiré en el sofá, me encogí todo lo que pude y dejé que fluyeran mis lágrimas de abogado, mis lágrimas de poeta y mis lágrimas de gigante, todas juntas, revueltas en un magma ardiente que lejos de aliviarme me empujaban hacia la boca del pozo, hacia la grieta abierta, grieta que pese a las lágrimas (que velaban los objetos de mi oficina) veía con una claridad cada vez mayor y que identificaba, no sé por qué pues no estaba en mi ánimo, con una boca desdentada, con una boca dentada, con una sonrisa pétrea, con un sexo de joven abierto, con un ojo que observaba desde el fondo de la tierra, ojo inocente (de algún modo oscuro) pues yo sabía que el ojo creía que mientras observaba no era observado, situación bastante absurda pues era inevitable que mientras él observaba los gigantes o ex gigantes como yo lo observaran a él. No sé cuánto tiempo estuve así. Después me levanté, entré al lavabo a lavarme la cara y le dije a mi secretaria que cancelara todos mis asuntos para aquel día.

Las semanas siguientes las viví como en un sueño. Todo lo hacía bien, como era mi costumbre, pero ya no estaba dentro de mi piel sino afuera, *facies tua computat annos*, mirándome y compadeciéndome, autocriticándome acerbamente, burlándome de mi protocolo ridículo, de unos modales y de unas frases huecas que sabía no me iban a conducir a ninguna parte.

No tardé en comprender lo vanas que habían sido todas mis ambiciones, tanto aquellas que rodaban por el laberinto de oro de las leyes, como aquellas que eché a rodar por el precipicio del precipicio de la literatura. *Interdum lacrimae pondera vocis habent.* Supe lo que Arturo Belano supo desde el primer día que me vio: que yo era un pésimo poeta.

En el amor, por lo menos, todavía funcionaba, es decir todavía se me levantaba, pero mis apetencias cayeron en picado: no me gustaba verme follar, no me gustaba verme moviéndome sobre el cuerpo inerme de la mujer con la que entonces salía (¡pobre desgraciada inocente!) y que no tardé en perder. Poco a poco empecé a preferir a las desconocidas, chicas que recogía en las barras de los bares y de las discotecas abiertas toda la noche y que, al menos inicialmente, podía confundir con la exhibición impúdica de mi antiguo poder de gigante. Algunas, lamento decirlo, podían haber sido mis hijas. Esta constatación, en no pocas ocasiones, la realicé *in situ*, lo que me llenaba de turbación y ganas de salir al jardín aullando y dando saltos, algo que no hice por respeto a los vecinos. En cualquier caso, *amor odit inertes*, me acostaba con mujeres y las hacía felices (los regalos que antes prodigaba con los jóvenes poetas comencé a darlos a las jóvenes descarriadas) y la felicidad de ellas retrasaba la hora de mi infelicidad, que era la hora de quedarme dormido y soñar, o soñar que soñaba, con los gritos que escapaban de la boca de la grieta, en una Galicia que toda ella era como el hocico de una fiera salvaje, una boca verde, gigantesca, que se abría hasta una desmesura dolorosa bajo un cielo en llamas, de mundo quemado, calcinado por la Tercera Guerra Mundial que nunca ocurrió, que al menos nunca ocurrió mientras yo estuve vivo, y a veces el lobo era mutilado en Galicia, pero otras veces su martirio estaba enmarcado por paisajes del País Vasco, de Asturias, de Aragón, ¡hasta de Andalucía!, y yo en el sueño, lo recuerdo, solía refugiarme en Barcelona, una ciudad civilizada, pero incluso en Barcelona el lobo aullaba y se desquijaraba y el cielo se rasgaba y todo era irremediable.

¿Quién era el que lo torturaba?

Esta pregunta me la repetí más de una vez.

¿Quién hacía aullar al lobo cada noche o cada mañana, cuando caía exhausto en mi cama o en sillones desconocidos?

Insperata accidunt magis saepe quam quae spes, me dije.

Pensé que era el gigante.

Durante un tiempo procuré dormir sin dormir. Cerrar sólo un ojo. Meterme por los callejones del sueño. Pero sólo llegaba, y tras muchos esfuerzos, hasta la abertura de la sima, *nemo in sese tentat descendere*, y allí me detenía y escuchaba: mis ronquidos de durmiente inquieto, los ruidos lejanos que el viento traía desde la calle, el rumor sordo que venía del pasado, las palabras carentes de sentido de los campistas atemorizados, el ruido de pisadas de los que daban vueltas alrededor de la sima sin saber qué hacer, las voces que anunciaban la llegada de refuerzos procedentes del camping, el llanto de una madre (¡que a veces era mi propia madre!), las palabras ininteligibles de mi hija, el ruido de las rocas que se desprendían como hojas de guillotinas minúsculas cuando el vigilante bajaba a buscar al niño.

Un día decidí buscar a Belano. Lo hice por mi propio bien, por mi propia salud. La década de los ochenta, que tan nefasta había sido para su continente, parecía habérselo tragado sin dejar ni rastro. De vez en cuando aparecían por la redacción de mi revista poetas que por edad o por nacionalidad podían conocerlo, saber en dónde vivía, qué hacía, pero la verdad es que conforme pasaba el tiempo su nombre se iba borrando. *Nihil est annis velocius.* Cuando lo comenté con mi hija, obtuve una dirección en el Ampurdán y una mirada de reproche. La dirección correspondía a una casa en la que hacía mucho no vivía nadie. Una noche particularmente desesperada incluso llamé por teléfono al camping de Castroverde. Había cerrado.

Al cabo de un tiempo creí que me acostumbraría a vivir con el gigante desquiciado y con los aullidos que noche tras noche salían de la sima. Busqué la paz, y si no la paz la distracción, en la vida social (que tenía, por culpa de las chicas descarriadas, un tanto abandonada), en la expansión de mi revista, en alguna distinción oficial que la Generalitat por mi condición de emigrante gallego siempre me había mezquineado. *Ingrata patria, ne ossa quidem mea habes.* Busqué la paz en el trato con los poetas y en el reconocimiento de mis pares. No la encontré. Más bien encontré desolación y resistencia. Encontré mujeres de yeso que pretendían que se las tratara con guante de seda (¡y todas habían rebasado la barrera de los cincuenta!), encontré funcionarios salidos del camping de Castroverde que me miraban como lo que eran, gallegos asustados ante lo irremediable y que sólo me provocaban más ganas de llorar, encontré nuevas revistas que salían a la palestra y cuya existencia ponía a la mía en un jaque permanente. Busqué la paz y no la encontré.

Para entonces creo que podía recitar de memoria el cuento de don Pío, *periturae parcere chartae*, y seguía sin entender nada. Aparentemente mi vida discurría por los mismos campos de mediocridad de siempre, pero yo sabía que caminaba por el territorio de la destrucción.

Finalmente contraje una enfermedad mortal y dejé los negocios. En un esfuerzo postrero por recobrar mi identidad perdida traté de que me dieran el Premio Ciudad de Barcelona. *Contemptu famae contemni virtutes.* Quienes sabían del estado de mi salud creyeron que trataba de conseguir una especie de reconocimiento póstumo en vida y me censuraron acremente. Yo sólo intentaba morirme siendo yo mismo, no una oreja en el borde de una sima. Los catalanes sólo entienden lo que les conviene.

Hice testamento. Repartí mis bienes, que no eran tantos como yo creía, entre las mujeres de mi familia y dos chicas descarriadas a las que había tomado cariño. No quiero ni imaginar la cara que van a poner mis hijas cuando sepan que tendrán que compartir con dos flores de la calle mi dinero. *Venenum in auro bibitur.* Después me senté en mi despacho a oscuras y vi pasar, como en un diorama, a la carne débil y al cerebro fuerte, como marido y mujer que se odiaran, y también vi pasar, tomados del brazo, a la carne fuerte y al cerebro débil, otra pareja ejemplar, y los vi pasear por un parque como el de la Ciudadela (aunque en ocasiones más bien era como el Gianicolo a la altura del Piazzale Giuseppe Garibaldi), cansadísimos e incansables, a paso de enfermos de cáncer o de damnificados prostáticos, bien vestidos, aureolados por una cierta dignidad que espantaba, y la carne fuerte y el cerebro débil iban de derecha a izquierda y la carne débil y el cerebro fuerte iban de izquierda a derecha, y cada vez que se cruzaban se saludaban pero no se detenían, no sé si por educación o porque se conocían, si bien superficialmente, de anteriores paseos, y yo pensaba: por Dios, hablen, hablen, dialoguen, en el diálogo está la llave para cualquier puerta, *ex abundantia cordis os loquitur*, pero ellos sólo inclinaban la cabeza, el cerebro débil y el cerebro fuerte, y ellas tal vez sólo inclinaban los párpados (los párpados no se inclinan, me dijo un día Toni Melilla, qué equivocado estaba, claro que se inclinan, los párpados incluso se arrodillan), orgullosas como perras, la carne débil y la carne fuerte, maceradas en el atanor del destino, si se me permite la expresión, una expresión carente de significado, pero dulce como una perra perdida en las faldas de una montaña.

Después ingresé en una clínica de Barcelona, después ingresé en una clínica de Nueva York, después, una noche, toda mi mala leche gallega me subió hasta el cuero cabelludo y me quité las sondas y me vestí y viajé a Roma en donde ingresé en el Ospedale Britannico en donde trabaja mi amigo el doctor Claudio Palermo Rizzi, poeta en sus ratos libres, que son pocos, y en donde tras someterme a incontables pruebas e iniquidades (a las que ya me había sometido en Barcelona y Nueva York) se dictaminó que me quedaban pocos días de vida. *Qui fodit foveam, incidet in eam.*

Y aquí estoy, ya sin ánimos de volver a Barcelona, pero también sin valor para abandonar definitivamente el hospital, aunque cada noche me visto y salgo a pasear bajo la luna de Roma, esta luna que conocí y admiré en épocas lejanas de mi vida que, iluso, creí felices e imborrables y que hoy sólo puedo evocar con un espasmo de incredulidad. Y mis pasos me llevan, indefectiblemente, por Via Claudia hasta el Coliseo y luego por el Viale Domus Aurea hasta Via Mecenate y luego doblo a la izquierda, pasado Via Botta, por la Via Terme di Traiano y ya estoy en el infierno. *Etiam periere ruinae.* Y entonces me pongo a escuchar los aullidos que salen como ráfagas de viento de la boca de la sima y juro que trato de entender ese lenguaje pero por más esfuerzos que hago no puedo. El otro día se lo conté a Claudio. Matasanos, le dije, cada noche salgo a dar un paseo y tengo alucinaciones. ¿Qué ves?, dijo el poeta-galeno. No veo nada, son alucinaciones auditivas. ¿Y qué escuchas?, preguntó visiblemente aliviado el presunto noble siciliano. Aullidos, dije. Bueno, no es nada grave, teniendo en cuenta tu estado, tu sensibilidad, se podría decir que hasta es normal. Valiente consuelo.

En cualquier caso, al inefable Claudio no le cuento todo lo que me pasa. *Imperitia confidentiam, eruditio timorem creat.* Por ejemplo: no le he dicho que mi familia ignora el estado actual de mi salud. Por ejemplo: no le he dicho que les he prohibido terminantemente que vengan a verme. Por ejemplo: no le he dicho que sé con total certeza que no moriré en su Ospedale Britannico sino cualquier noche de éstas en medio del Parco di Traiano, escondido bajo unos arbustos. ¿Seré yo, será mi voluntad la que me arrastre hasta mi postrero escondite vegetal o serán otros, chorizos romanos, chaperos romanos, psicópatas romanos los que oculten mi cuerpo, el cuerpo de su delito, bajo unas zarzas ardientes? En cualquier caso, sé que moriré en las termas o en el parque. Sé que el gigante o la sombra del gigante se encogerá mientras los aullidos salen a presión del Domus Aurea y se esparcen por toda Roma, nube negra y violenta, y sé que el gigante dirá o susurrará: salven al niño, y sé que nadie escuchará su ruego.

Hasta aquí llega la poesía, esa mala pécora que me ha acompañado a traición durante tantos años. *Olet lucernam*. Ahora sería conveniente contar dos o tres chistes, pero sólo se me ocurre uno, así, de pronto, sólo uno, y para mayor inri de gallegos. No sé si ustedes lo saben. Va una persona y se pone a caminar por un bosque. Yo mismo, por ejemplo, estoy caminando por un bosque, como el Parco di Traiano o como las Terme di Traiano, pero a lo bestia y sin tanta deforestación. Y va esa persona, voy yo caminando por el bosque y me encuentro a quinientos mil gallegos que van caminando y llorando. Y entonces yo me detengo (gigante gentil, gigante curioso por última vez) y les pregunto por qué lloran. Y uno de los gallegos se detiene y me dice: porque estamos solos y nos hemos perdido.

21

Daniel Grossman, sentado en un banco de la Alameda, México DF, febrero de 1993. Hacía muchos años que no lo veía y cuando volví a México lo primero que hice fue preguntar por él, por Norman Bolzman, dónde estaba, qué hacía. Sus padres me dijeron que daba clases en la UNAM y que pasaba largas temporadas en una casa que había alquilado cerca de Puerto Ángel, una casa sin teléfono en la que Norman se recluía para escribir y pensar. Después llamé a otros amigos. Hice preguntas. Salí a cenar. Así supe que con Claudia todo había terminado y que Norman ahora vivía solo. Un día vi a Claudia en casa de un pintor que los tres, Claudia, Norman y yo, habíamos conocido cuando ninguno de nosotros tenía veinte años. Por aquella época el pintor en cuestión no debía tener ni diecisiete, calculo, y todos decíamos que iba a ser verdaderamente bueno. La cena fue deliciosa, comida muy mexicana, supongo que en honor mío, que volvía a México después de una ausencia más bien prolongada, y después Claudia y yo salimos a la terraza y estuvimos criticando a nuestro anfitrión, Claudia estaba preciosa, se reía del pintor, ¿recuerdas, me dijo, que este buey prometía que iba a ser mejor que Paalen? ¡Pues se ha quedado peor que Cuevas! No sé si lo decía en serio, a Claudia nunca le gustó Cuevas, pero con el pintor, con Abraham Manzur, se veía a menudo, Abraham se había hecho un nombre en el mundo artístico mexicano, sus obras se vendían en los Estados Unidos, en cualquier caso ya no era ciertamente el joven aquel que prometía tanto, el que Claudia y Norman y yo habíamos conocido en el DF de los años setenta y que un poco condescendientemente, el pintor era dos o tres años menor que nosotros, en esa edad unos pocos años de diferencia cuentan, veíamos como la encarnación del artista o de la voluntad del artista. En cualquier caso Claudia ya no lo veía así. Ni yo tampoco. Quiero decir: no esperábamos nada de él. Sólo era un judío-mexicano chaparro, más bien grueso, con muchas amistades y mucho dinero. Como yo, sin ir más lejos: un judío-mexicano alto y delgado y sin trabajo, y como Claudia, una judía-argentina-mexicana guapísima, relaciones públicas de una de las galerías más importantes del DF. Todos con los ojos abiertos, encerrados en un pasillo oscuro, inmóviles, esperando. Pero no enfaticemos.

Aquella noche, al menos, yo no enfaticé ni critiqué a nadie ni me burlé del pintor que tan amablemente me había invitado a cenar, aunque sólo fuera para presumir, para hablar de exposiciones en Dallas o en San Diego, ciudades que por lo que me cuentan ya son casi parte de la República. Y luego me fui con Claudia y el acompañante de Claudia, un licenciado unos diez años mayor que ella, tal vez quince años mayor que ella, un tipo divorciado y con hijos universitarios, director de la filial de una empresa alemana en México, preocupado por todo y del que ya no recuerdo ni el diminutivo con el que Claudia lo llamaba de vez en cuando, poco después terminaron, así era Claudia, así es, ningún novio le duraba más de un año. La verdad es que no pudimos hablar demasiado, explayarnos, hacernos las preguntas que hubiéramos debido hacernos. De aquella noche recuerdo la cena, que comí con placer, los cuadros del pintor y de algunos amigos del pintor repartidos por la sala demasiado grande de su casa, el rostro de Claudia sonriendo, las calles nocturnas del DF y el trayecto, menos breve de lo que esperaba, hasta la casa de mis padres, en donde me alojaba hasta aclarar un poco mi situación.

Poco después partí hacia Puerto Ángel. El viaje lo hice en camión, desde el DF a Oaxaca y desde Oaxaca, en otra línea, hasta Puerto Ángel y cuando por fin llegué estaba cansado, con el cuerpo adolorido y con ganas únicamente de tirarme en una cama y dormir. La casa de Norman estaba en las afueras, en un barrio llamado La Loma, un chalet de dos plantas, la primera de cemento y la segunda de madera, con tejado acanalado y un jardín pequeño y agreste en donde abundaban las buganvillas. Norman, por supuesto, no me esperaba, sin embargo cuando nos vimos tuve la sensación de que él era la única persona que se alegraba de que hubiera regresado. La sensación de extrañeza, que no me abandonaba desde que pisé el aeropuerto del DF, comenzó a diluirse imperceptiblemente a medida que el camión se internaba por las carreteras de Oaxaca y yo me abandonaba a la certeza de que estaba otra vez en México y de que las cosas podían cambiar, aunque en el fondo no sabía si los cambios, de realizarse, serían para mejor o peor, como casi siempre pasa con los cambios, como casi siempre ocurre en México. El recibimiento de Norman, sin embargo, fue magnífico y durante cinco días nos dedicamos a bañarnos en la playa, a leer a la sombra del porche en sendas hamacas colgadas de unos clavos y que poco a poco fueron cediendo hasta dar con nuestros traseros en el suelo, a beber cerveza y a dar largos paseos por una zona de La Loma en donde abundaban los despeñaderos y, junto a la playa, en el límite mismo del bosque, las casetas cerradas de los pescadores a las que un ladrón, por ejemplo, hubiera podido acceder por el expeditivo método de la patada en la pared, patada que no dudábamos hubiera abierto un boquete o derrumbado la construcción entera.

La fragilidad de aquellas cabañas, pero esto lo pienso ahora, no entonces, en más de una oportunidad me provocaron una sensación extraña, no de precariedad ni de pobreza sino más bien de turbia ternura y de destino, seguramente no me sé explicar. Aquel lugar Norman lo llamaba «el balneario», aunque durante mi estancia allí no vi a nadie bañándose en las playas más bien broncas de esa parte de Puerto Ángel. El resto del día lo pasábamos hablando, sobre todo de política, de la situación del país, que veíamos desde ópticas distintas pero que a ambos nos parecía igual de grave, y luego Norman se encerraba en su estudio y preparaba un ensayo sobre Nietzsche que pensaba publicar en la *Revista del Colegio de México*. Pensándolo desde mi óptica actual, creo que no hablamos mucho. Es decir: no hablamos mucho de nosotros. Tal vez yo hablé de mí alguna noche. Le conté seguramente todas mis aventuras, mi vida en Israel y en Europa, pero hablar, lo que se dice hablar, no lo hicimos.

Al sexto día de estar allí, un domingo por la mañana, volvimos al DF. El lunes, Norman tenía que dar clases en la universidad y yo ponerme a buscar trabajo. Salimos de Puerto Ángel en el Renault de color blanco de Norman, que sólo utilizaba cuando venía a Oaxaca pues en el DF prefería moverse utilizando el transporte público. Al principio supongo que hablamos de lo mismo que habíamos hablado durante aquellos seis días, de *La genealogía de la moral*, de Niezsche, en donde Norman a cada nueva lectura encontraba más puntos de unión (y eso le pesaba) entre el filósofo y el nazismo que poco después se enseñorearía de Alemania, del tiempo, de las estaciones del año, que yo opinaba

451

que iba a echar en falta y que Norman aseguraba que no tardaría en olvidar, de la gente que yo había dejado atrás pero a la que pensaba mandar de vez en cuando y sin falta algunas postales. No sé en qué momento empezó a hablar de Claudia. Sólo sé que de alguna manera lo supe pues a partir de entonces inmediatamente me callé y me puse a escucharlo. Dijo que la relación se había terminado poco después de que él se pusiera a trabajar en la universidad, algo que yo ya sabía, y que la ruptura no fue, como pensaron muchos, dolorosa. Ya sabes cómo es ella, dijo, y yo dije sí, ya lo sé. Luego dijo que a partir de entonces sus relaciones con las mujeres se habían enfriado. Después se rió. Recuerdo su risa con total claridad. No se veía ningún automóvil en la carretera, sólo árboles, montañas y cielo, y el ruido del Renault desplazando el viento. Dijo que se acostaba con mujeres, es decir, que todavía le gustaba acostarse con mujeres, pero que de alguna manera que no conseguía comprender cada vez tenía más problemas en este aspecto. ¿Qué clase de problemas?, le pregunté. Problemas, problemas, dijo Norman. ¿No se te levanta?, dije. Norman se rió. ¿Es eso, no te empalmas?, dije. Eso es un síntoma, dijo, no un problema. Ya me has contestado, le dije, no se te levanta. Norman volvió a reírse. Llevaba la ventana bajada y el aire le revolvía el pelo. Su piel estaba muy bronceada. Parecía feliz. Los dos nos reímos. A veces no se me empalma, dijo, ¿pero qué palabra es ésa: empalmar? No, a veces no se me pone dura, pero eso sólo es un síntoma y en ocasiones ni siquiera un síntoma. En ocasiones es sólo una broma, dijo. Le pregunté si no había encontrado a nadie en todo este tiempo, una pregunta cuya respuesta parecía obvia, y Norman dijo que sí, que de alguna forma sí había encontrado a alguien, pero que tanto él como ella, una profesora de filosofía divorciada y con dos hijos que no sé por qué imaginé fea, en cualquier caso menos hermosa que Claudia, preferían esperar, no adelantar acontecimientos, una relación en el frigorífico.

Después habló de los niños, los niños en general y los niños de Puerto Ángel en particular, me preguntó qué pensaba de los niños de Puerto Ángel y la verdad es que yo no pensaba *nada* de los niños de aquel pueblo que dejábamos atrás, ¡es que ni siquiera me había fijado en ellos!, y entonces Norman me miró y dijo: cada vez que pienso en ellos me centro. Tal cual. Me centro. Y yo pensé: mejor sería que mirara a la carretera y no a mí, y también pensé: algo pasa. Pero no dije nada. No le dije: conduce con cuidado, no le dije ¿qué pasa, Norman? En vez de eso me puse a mirar el paisaje, árboles y nubes, montañas, suaves colinas, el trópico, mientras Norman hablaba ya de otra cosa, de un sueño que Claudia había tenido, ¿cuándo?, hacía poco, lo llamó por teléfono una madrugada y se lo contó, muy buenos amigos, evidentemente. ¿Y sabes cuál era ese sueño?, me dijo. ¿Qué pasa, mano, dije yo, quieres que te lo interprete? Un sueño con colores, con una batalla al fondo, una batalla que se aleja y que al alejarse arrastra tras de sí todas las interpretaciones. Pero Norman dijo: soñó con los hijos que no tuvimos. No jodas, le dije. Ése era el significado del sueño. ¿La batalla que se aleja, según tú, eran los hijos que no tuvieron? Más o menos, dijo Norman. Esas sombras que combatían. ¿Y los colores? Lo que queda, dijo Norman, la pinche abstracción de lo que queda.

Y entonces yo pensé en el pintor y en sus cuadros abstractos y no sé por qué se me ocurrió decirle a Norman (con quien seguramente ya lo había comentado mientras estábamos en Puerto Ángel) que el ojete de Abraham Manzur estaba peleando en rings de segunda fila, tal vez para cambiar de tema, tal vez porque eso era lo único que tenía que decir en aquel momento, en donde dijera lo que dijera poco importaba, pues era Norman el que llevaba la batuta y nada de lo que yo añadiera iba a cambiar esa verdad incontrovertible, el Renault lanzado a más de ciento veinte por la carretera desierta. ¿Viste sus cuadros?, dijo Norman. Algunos, dije. ¿Y qué te parecieron?, dijo Norman como si todo lo que habíamos hablado en Puerto Ángel estuviera olvidado. Estaban bien, dije. ¿Y a Claudia qué le parecieron? No me dio su opinión, dije yo. Durante un rato seguimos así. Norman se puso a hablar de pintura mexicana, del estado de las carreteras, de la política universitaria, de la interpretación de los sueños, de los niños de Puerto Ángel, de Nietzsche, y yo intervenía muy de tanto en tanto con algún monosílabo, alguna pregunta que servía sólo para aclarar conceptos aunque la verdad es que a esas alturas los conceptos me valían madre y lo único que quería era llegar cuanto antes al DF y no volver a poner los pies en el estado de Oaxaca nunca más en mi vida.

Y entonces Norman dijo: Ulises Lima. ¿Te acuerdas de Ulises Lima? Claro que me acordaba, cómo iba a haberlo olvidado. Y Norman dijo: últimamente he estado pensando en él, como si Ulises Lima fuera parte de su cotidianidad o hubiera sido parte de su vida, cuando yo sabía fehacientemente que apenas había sido un episodio, un episodio más bien molesto, además. Y luego Norman me miró, como si esperara un guiño o una palabra de complicidad, pero yo sólo le dije cuidado con la carretera, fíjate cómo conduces, pues el Renault se había escorado hacia la derecha y ya estábamos tocando el bordillo, aunque eso a Norman no parecía preocuparle pues con un solo golpe de volante volvió a ponerlo en el medio, en la justa senda, y de nuevo me miró y yo dije ¿qué? Ulises Lima, sí, los días que pasó con nosotros en Tel-Aviv, y Norman: ¿no notaste nada raro, nada que se saliera de lo corriente?, normalísimo Norman. Y entonces yo le dije: ¡todo!, porque así era Ulises y así, secretamente, queríamos que fuera, no él, no Norman, que no era su amigo y que lo conocía mayormente de oídas, las historias que los adolescentes nos contábamos de Ulises, pero sí Claudia y yo que por aquellas fechas aún creíamos que íbamos a ser escritores y que hubiéramos dado todo por pertenecer a ese grupo más bien patético, los real visceralistas, la juventud es una estafa.

Y entonces Norman dijo: no se trata de los real visceralistas, no has entendido nada, buey. Y yo le dije: ¿de qué se trata, pues? Y Norman, para mi alivio, dejó de mirarme y se concentró durante algunos minutos en la carretera, y después dijo: de la vida, de lo que perdemos sin darnos cuenta y de lo que podemos recobrar. ¿Y qué es lo que podemos recobrar?, dije. Lo que perdimos, podemos recobrarlo intacto, dijo Norman. Hubiera sido fácil rebatirlo, en lugar de eso yo también bajé la ventanilla y dejé que el aire tibio me despeinara, los árboles pasaban a una velocidad pasmosa. ¿Qué podemos recobrar?, pensé sin importarme que la velocidad fuera cada vez mayor y que la carretera ya no presentara tantos tramos en línea recta, tal vez porque Norman siempre había conducido con seguridad y era capaz de hablar, de observarme, de buscar cigarrillos en la guantera, de encenderlos e incluso de mirar de vez en cuando hacia adelante y todo sin quitar el pie del acelerador. Podemos volver a entrar en juego en el momento en que queramos, oí que decía. ¿Te acuerdas de los días que pasó Ulises con nosotros en Tel-Aviv? Claro que me acuerdo, dije. ¿Sabes qué fue a hacer a Tel-Aviv? Claro que lo sé, pinche Ulises, estaba enamorado de Claudia, dije. Estaba locamente enamorado de Claudia, me corrigió Norman, tan locamente que no se daba cuenta de lo que tenía al alcance de la mano. No se daba cuenta de un carajo, dije, la verdad es que no sé cómo no la palmó. Te equivocas, dijo Norman (en realidad, eso lo dijo Norman a gritos), te equivocas, te equivocas, aunque hubiera querido no hubiera podido morirse. Bueno, él fue por Claudia, él fue a buscar a Claudia, dije yo, y nada le salió bien.

Sí, él fue por Claudia, dijo Norman riéndose. Pinche Claudia, qué hermosa era, ¿te acuerdas? Claro que me acuerdo, dije. ¿Y te acuerdas de dónde durmió Ulises mientras estuvo en nuestra casa? En el sofá, dije. ¡En el puto sofá!, dijo Norman. Hipóstasis del amor romántico. Umbral. Tierra de nadie. Y luego murmuró, pero tan bajito que entre el ruido del Renault que avanzaba como una flecha por la carretera y el ruido del viento que subía por mi brazo hasta mi perfil derecho tuve que hacer un esfuerzo enorme para desentrañar sus palabras: algunas noches, dijo, se ponía a llorar. ¿Qué?, dije yo. Algunas noches, cuando me levantaba para ir al baño, lo escuchaba sollozar. ¿A Ulises? Sí, ¿tú nunca lo escuchaste? No, dije, yo duermo de un tirón. Qué suerte tienes, dijo Norman, aunque por la forma en que lo dijo sonó más bien a qué mala suerte tienes, mano. ¿Y por qué lloraba?, dije yo. No lo sé, dijo Norman, nunca se lo pregunté, yo sólo iba al baño y al pasar por la sala lo escuchaba, nada más, puede que ni siquiera estuviera llorando, puede que se estuviera haciendo una paja y esos gemidos que yo escuchaba fueran de placer, ¿me entiendes? Sí, más o menos, dije. Pero también puede que no se estuviera haciendo una paja, dijo Norman. Ni que estuviera llorando. ¿Entonces, qué? Puede que estuviera durmiendo, dijo Norman, puede que los gemidos los produjera el sueño de Ulises. ¿Lloraba en sueños? ¿A ti nunca te ha pasado?, dijo Norman. Pues la verdad es que no, dije. Yo las primeras noches tenía miedo, dijo Norman, miedo a quedarme allí, de pie en la sala, en la penumbra, escuchándolo. Pero una vez me quedé y lo comprendí todo, de un solo golpe. ¿Qué era lo que tenías que entender?, dije. Todo, lo más importante de todo, dijo Norman, y luego se rió. ¿Lo que soñaba Ulises Lima? No, no, dijo Norman, y el Renault dio un salto hacia adelante.

Lo que son las cosas: el salto me hizo recordar al gigantón austriaco con el que apareció Ulises al cabo de un mes, y le dije a Norman: ¿te acuerdas de aquel chavo austriaco amigo de Ulises? Y Norman se rió y me dijo claro, cómo no, pero no se trata de eso, cuando Ulises volvió a Tel-Aviv ya no era el mismo, era el mismo pero no era el mismo, ya no sollozaba por las noches, ya no lloraba, yo lo tenía bien vigilado y me di cuenta, o tal vez el pinche Ulises ya ni siquiera se daba ese lujo, o yo qué sé. Y después dijo Norman: fue en los primeros días, cuando estaba solo y dormía en el sillón. Fue allí y no después. Claro, claro, dije yo. Mucho antes de que apareciera con el austriaco. ¿Y nunca dijo nada? ¿Nada de qué?, dijo Norman. Coño, nada de nada, dije yo.

Entonces Norman se rió otra vez y dijo: Ulises lloraba porque sabía que nada se había acabado, porque sabía que tendría que volver a Israel otra vez. ¿El eterno retorno? ¡Una mierda para el eterno retorno! ¡Aquí y ahora! Pero Claudia ya no vive en Israel, dije yo. El lugar donde vive Claudia es Israel, dijo Norman, cualquier pinche lugar, ponle el nombre que quieras. México, Israel, Francia, Estados Unidos, el planeta Tierra. A ver si te entiendo, dije, ¿Ulises sabía que la relación entre Claudia y tú se iba a romper? ¿Y que él, entonces, podría intentarlo de nuevo? ¡No has entendido nada!, dijo Norman. En este asunto yo no tengo nada que ver. Claudia no tiene nada que ver. Incluso, en ocasiones, el cabrón de Ulises no tiene nada que ver. Sólo los sollozos tienen algo que ver. Pues no, dije, no te entiendo.

Y entonces Norman me miró y vi en su rostro, lo juro, la misma cara que tenía a los dieciséis o a los quince, la cara que tenía cuando nos conocimos en la prepa, mucho más delgado, una cara de pájaro, con el pelo mucho más largo y los ojos más brillantes y una sonrisa que te hacía quererlo de inmediato, una sonrisa que te decía ahora estamos aquí, ahora ya no estamos aquí. Y fue en ese momento cuando se nos echó encima el camión y Norman maniobró para evitarlo y salimos volando. Norman salió volando, yo salí volando, los cristales salieron volando. Y todos entramos en donde entramos.

Cuando desperté estaba en un hospital de Puebla y mis padres o las sombras de mis padres se movían por las paredes de la habitación. Después vino Claudia y me dio un beso en la frente y, según me dicen, se pasó muchas horas sentada al lado de mi cama. Unos días después me dijeron que Norman había muerto. Al cabo de un mes y medio pude salir del hospital y me instalé en casa de mis padres. De vez en cuando me venían a ver parientes que no conocía y amigos a quienes había olvidado. La situación no era molesta, pero decidí irme a vivir solo. Alquilé una casita en la colonia Anzures, con baño, cocina y una sola habitación y empecé, poco a poco, a dar largos paseos por el DF. Cojeaba, a veces me perdía, pero esos paseos me hacían bien. Una mañana me puse a buscar trabajo. No lo necesitaba, pues mis padres me habían asegurado que podía contar con su ayuda hasta que me sintiera lo suficientemente fuerte. Fui a la universidad y hablé con dos compañeros de Norman. Parecieron extrañados de que yo apareciera por allí, luego dijeron que Norman era una de las personas más íntegras que habían conocido. Los dos eran profesores de filosofía y ambos estaban en la línea de Cuauhtémoc

Cárdenas. Les pregunté qué era lo que pensaba Norman de Cárdenas. Estaba con él, dijeron, a su manera, igual que todos nosotros, pero estaba con él. La verdad, lo supe entonces, es que no era la filiación política de Norman lo que andaba buscando sino otra cosa, algo que ni siquiera conseguía formularme a mí mismo con claridad. Con Claudia cené en un par de ocasiones. Quise hablar de Norman, quise contarle a Claudia lo que Norman y yo habíamos hablado mientras volvíamos de Puerto Ángel, pero Claudia dijo que hablar de aquello la ponía triste. Además, añadió, cuando estuviste en el hospital lo único que hacías era repetir tu última conversación con Norman. ¿Y qué fue lo que dije? Lo que dicen todos los que deliran, dijo Claudia, a veces te obsesionabas con un par de frases referidas al paisaje y otras veces cambiabas de tema con tanta rapidez que era imposible seguirte.

Por más que insistí no pude sacar nada en limpio. Una noche, mientras dormía, se me apareció Norman y me dijo que me tranquilizara, que él estaba bien. Pensé, no sé si en el sueño o al despertarme gritando, que Norman parecía estar en el cielo de México y no en el cielo de los judíos, menos aún en el cielo de la filosofía o en el cielo de los marxistas. ¿Pero cuál era el pinche cielo de México? La alegría asumida o lo que está detrás de la alegría, los gestos vacíos o lo que se esconde (para sobrevivir) detrás de los gestos vacíos. Poco después empecé a trabajar en una agencia de publicidad. Una noche, borracho, intenté llamar a Arturo Belano a Barcelona. En el número que tenía me dijeron que no vivía allí nadie de ese nombre. Hablé con Müller, su amigo, y éste me dijo que Arturo vivía en Italia. ¿Qué hace en Italia?, pregunté. No lo sé, dijo Müller, supongo que trabajar. Cuando colgué me puse a buscar a Ulises Lima en el DF. Supe que debía encontrarlo y preguntarle qué había querido decir Norman en su última conversación. Pero buscar a alguien en el DF es una empresa difícil.

Durante meses estuve yendo de un lado para otro, viajé en metro y camiones atestados, telefoneé a gente que no conocía ni me interesaba conocer, me asaltaron tres veces, al principio nadie sabía nada o nadie quería saber nada de Ulises Lima. Según algunos se había vuelto alcohólico y drogadicto. Un tipo violento al que rehuían sus amigos más cercanos. Según otros se había casado y se dedicaba a su familia a tiempo completo. Unos decían que su mujer era una descendiente de japoneses o la única heredera de unos chinos que tenían una cadena de cafeterías chinas en el DF. Todo era vago y lamentable.

Un día, en una fiesta, me presentaron a la mujer con la que Ulises había vivido un tiempo, no la china, una anterior.

Era delgada y tenía una mirada dura. Estuvimos hablando un rato, de pie en un rincón, mientras sus amigos esnifaban cocaína. Dijo que tenía un hijo, pero que ese hijo era de otro hombre. Ulises, sin embargo, había sido como un padre para él. ¿Como un padre para tu hijo? Algo así, dijo ella. Como un padre para mi hijo y como un padre para mí. La miré con atención, temiendo que se estuviera burlando. A excepción de sus ojos, todo en ella traslucía desamparo.

Después habló de drogas, creo que el único tema que le merecía la pena tratar, y yo le pregunté si Ulises se drogaba. Al principio no, dijo, sólo vendía, pero conmigo empezó a entrarle a la droga. Le pregunté si escribía. No me oyó o tal vez no quiso contestarme. Le pregunté si sabía en dónde encontrar a Ulises. No tenía idea. Tal vez esté muerto, dijo.

Sólo en ese momento me di cuenta de que aquella mujer estaba enferma, posiblemente muy enferma, y no supe qué más decirle, sólo tenía ganas de dejarla atrás y olvidarme de ella. Sin embargo estuve a su lado (o cerca, pues su presencia por periodos prolongados era insoportable) hasta que la fiesta terminó con el amanecer. Y aún después, salimos juntos y caminamos un tramo en dirección al metro más cercano. Nos subimos en Tacubaya. Todos los usuarios del metro a aquella hora parecían enfermos. Ella se fue en una dirección y yo en otra.

Amadeo Salvatierra, calle República de Venezuela, cerca del Palacio de la Inquisición, México DF, enero de 1976. Durante un rato estuvimos en silencio. Los muchachos parecían cansados y yo estaba cansado. ¿Y qué pasó con Encarnación Guzmán?, dijo de pronto uno de ellos. Era la última pregunta que hubiera esperado oír y sin embargo era la única pregunta que nos permitía seguir. Me tomé mi tiempo en contestarle. O tal vez primero le contesté telepáticamente, algo usual en los viejos borrachos, y luego, ante la evidencia, abrí la bocota y le dije: nada, muchachos, les dije, no pasó nada, lo mismo que con Pablito Lezcano y conmigo y si me apuran hasta con Manuel. La vida nos puso a todos en nuestro lugar o en el lugar que a ella le convino y luego nos olvidó, como debe de ser. Encarnación se casó. Era demasiado bonita para quedarse a vestir santos. Para nosotros fue una sorpresa verla aparecer una tarde en la cafetería donde nos reuníamos e invitarnos a todos a la boda. Tal vez la invitación era una broma y en el fondo venía a presumir y nada más. Por supuesto, la felicitamos, le dijimos Encarnación, qué felicidad, qué grata sorpresa, y luego no fuimos a su boda, aunque puede que alguno sí asistiera. ¿Que cómo afectó a Cesárea la boda de Encarnación Guzmán Arredondo? Pues mal, supongo, aunque con Cesárea nunca podía uno saber hasta qué punto lo malo era malo o era aún mucho peor, pero no le supo nada bien, de eso no hay duda. Por aquellos días, sin que nos diéramos cuenta, todo estaba deslizándose irremediablemente por el precipicio. O tal vez la palabra precipicio sea demasiado enfática. Por aquellos días todos estábamos deslizándonos colina abajo. Y nadie iba a intentar la remontada una vez más, tal vez Manuel, a su manera, pero excepto él nadie más. Pinche vida cabrona, ¿verdad, muchachos?, les dije. Y ellos dijeron: así parece, Amadeo. Y entonces yo pensé en Pablito Lezcano, que poco después también se casaría y a cuya boda, por lo civil, sí asistí, y pensé en el banquete que organizó el papá de la novia de Pablito, un bodorrio por todo lo alto en una casona que ya no existe allá por el rumbo de Arcos de Belén, me parece que en la calle Delicias, con mariachi y discursos antes y después del banquete, y vi otra vez a Pablito Lezcano, la frente brillante de sudor, leer un poema dedicado a su novia y a la familia de su novia que a partir de entonces ya era como su propia familia, y antes de empezar a leer el poema me miró y miró a Cesárea que estaba a mi lado, y nos guiñó un ojo, como diciéndonos no se me achicopalen mis amigos, que ustedes siempre serán mi verdadera familia secreta, digo yo, aunque probablemente mi interpretación sea incorrecta. Unos cuantos días después del matrimonio de Pablito Cesárea se marchó para siempre del DF. Nos vimos de casualidad una tarde a la salida del cine, lo que ya es casualidad, ¿verdad? Yo había ido solo y Cesárea también y mientras caminábamos nos fuimos comentando la película. ¿Qué película? No lo recuerdo, muchachos, me gustaría que hubiese sido una de Charles Chaplin, pero la verdad es que no lo recuerdo. Sí recuerdo que nos gustó, eso sí, y recuerdo también que el cine estaba delante de la Alameda y que Cesárea y yo empezamos a caminar primero por la Alameda y luego hacia el centro, y en algún momento recuerdo que le pregunté a Cesárea qué era de su vida y que ella me dijo que se iba del DF. Después comentamos la boda de Pablito y en algún momento de la plática salió a relucir Encarnación Guzmán. Cesárea había estado en su boda. Le pregunté, por decir algo, qué tal había sido y ella me dijo que muy bonita y emotiva, ésas fueron sus palabras. Y tristes como todas las bodas, añadí yo. No, me dijo Cesárea, y así se lo conté a los muchachos, las bodas no son tristes, Amadeo, me dijo, son alegres. La verdad es que a mí no me interesaba hablar de Encarnación Guzmán sino de Cesárea. ¿Qué va a ser de tu revista?, le dije. ¿Qué va a ser del realismo visceral? Ella se rió cuando pregunté aquello. Recuerdo su risa, muchachos, les dije, caía la noche sobre el DF y Cesárea se reía como un fantasma, como la mujer invisible en que estaba a punto de convertirse, una risa que me achicó el alma, una risa que me empujaba a salir huyendo de su lado y que al mismo tiempo me proporcionaba la certeza de que no existía ningún lugar adonde pudiera huir. Y entonces se me ocurrió preguntarle hacia dónde se iba. No me lo va a decir, pensé, así es Cesárea, no va a querer que yo lo sepa. Pero me lo dijo: a Sonora, a su tierra, y me lo dijo con la misma naturalidad con que otros dan la hora o los buenos días. ¿Pero por qué, Cesárea, le dije? ¿No te das cuenta que si te marchas ahora vas a tirar por la borda tu carrera literaria? ¿Tienes idea de la clase de páramo cultural que es Sonora? ¿Qué vas a hacer allí? Preguntas de ese tipo. Preguntas que uno hace, muchachos, cuando no sabe realmente qué decir. Y Cesárea me miró mientras caminábamos y dijo que aquí ya no tenía nada. ¿Te has vuelto loca?, le dije. ¿Te has trastornado, Cesárea? Aquí tienes tu trabajo, tienes tus amigos, Manuel te aprecia, yo te aprecio, Germán y Arqueles te aprecian, el general no sabría qué hacer sin ti. Tú eres una estridentista de cuerpo y alma. Tú nos ayudarás a construir Estridentópolis, Cesárea, le dije. Y entonces ella se sonrió, como si le estuviera contando un chiste muy bueno pero que ya conocía y dijo que hacía una semana había dejado el trabajo y que además ella nunca había sido estridentista sino real visceralista. Y yo también, dije o grité, todos los mexicanos somos más real visceralistas que estridentistas, pero qué importa, el estridentismo y el realismo visceral son sólo dos máscaras para llegar a donde de verdad queremos llegar. ¿Y adónde queremos llegar?, dijo ella. A la modernidad, Cesárea, le dije, a la pinche modernidad. Y entonces, sólo entonces, le pregunté si era verdad que había dejado su chamba con mi general. Y ella dijo que por supuesto que era verdad. ¿Y qué dijo él?, pregunté. Se puso hecho una fiera, se rió Cesárea. ¿Y? Nada, no cree que hable en serio, pero si piensa que voy a volver que me espere sentado porque si no se va a cansar.

Pobre hombre, dije yo. Cesárea se rió. ¿Tienes parientes en Sonora?, le dije. No, creo que no, dijo ella. ¿Y qué harás entonces?, dije yo. Pues buscar un trabajo y un lugar donde vivir, dijo Cesárea. ¿Y eso es todo?, dije yo. ¿Ese es todo el porvenir que te espera, Cesárea, hija mía?, dije yo, aunque probablemente no dijera hija mía, puede que sólo lo pensara. Y Cesárea me miró, una mirada cortita, así como de lado, y dijo que ése era el porvenir común de todos los mortales, buscar un lugar donde vivir y un lugar donde trabajar. En el fondo eres un reaccionario, Amadeo, me dijo (pero me lo dijo con simpatía). Y así seguimos un rato más. Como discutiendo, pero sin discutir. Como recriminándonos cosas, pero sin recriminarnos nada. Y de repente yo traté de imaginarme a Cesárea en Sonora, eso fue poco antes de llegar a la calle en donde nos íbamos a separar para siempre, traté de imaginármela en Sonora y no pude. Vi el desierto o lo que entonces yo me imaginaba que era el desierto, nunca he estado allí, con los años lo he visto en películas o por la televisión, pero nunca he estado allí, muchachos, les dije, Dios me libre, y en el desierto vi una mancha que se movía por una cinta interminable y la mancha era Cesárea y la cinta era la carretera que llevaba a una ciudad o a un pueblo sin nombre y entonces, cual zopilote melancólico, bajé y me posé o posé mi imaginación adolorida sobre una roca y vi a Cesárea caminando, pero ya no era la misma Cesárea que yo conocía sino una mujer diferente, una india gorda y vestida de negro bajo el sol del desierto de Sonora, y le dije o traté de decirle adiós, Cesárea Tinajero, madre de los real visceralistas, pero sólo me salió un graznido lastimoso, saludos cordiales, amiga Cesárea, traté de decirle, saludos de parte de Pablito Lezcano y de Manuel Maples Arce, saludos de Arqueles Vela y del incombustible List Arzubide, saludos de Encarnación Guzmán y de mi general Diego Carvajal, pero sólo me salió un gorgoteo como si estuviera sufriendo un ataque al corazón, toquemos madera, o un ataque de asma, y luego volví a ver a Cesárea caminando a mi lado, tan decidida como ella era, tan resuelta, tan valiente, y le dije: Cesárea, piénsatelo bien, no actúes a tontas y a locas, mide tus pasos, le dije, y ella se rió y me dijo: Amadeo, yo sé lo que hago, y después nos pusimos a hablar de política, que era un tema que a Cesárea le gustaba aunque cada vez menos, como si la política y ella hubieran enloquecido juntas, tenía ideas raras al respecto, decía, por ejemplo, que la Revolución Mexicana iba a llegar en el siglo XXII, un disparate incapaz de proporcionarle consuelo a nadie, ¿verdad?, y hablamos también de literatura, de poesía, de lo último que había pasado en el DF, las comidillas de los salones literarios, las cosas que escribía Salvador Novo, las historias de algunos toreros y de algunos políticos y de algunas vicetiples, temas en los que tácitamente no se profundizaba o no se podía profundizar. Y luego Cesárea se detuvo como si de repente se acordara de algo muy importante y que había olvidado, se quedó quieta, miró el suelo o tal vez miró a los transeúntes de aquella hora, pero sin verlos, arrugando el ceño, muchachos, les dije, y después me miró a mí, primero sin verme, después viéndome, y sonrió y me dijo adiós, Amadeo. Y ésa fue la última vez que la vi con vida. Serenísima. Y ahí se acabó todo.

22

Susana Puig, calle Josep Tarradellas, Calella de Mar, Cataluña, junio de 1994. Me telefoneó. Hacía mucho que no hablaba con él. Me dijo tienes que ir a tal playa, tal día y a tal hora. ¿Qué dices?, dije yo. Tienes que ir, tienes que ir, dijo él. ¿Estás loco? ¿Estás borracho?, dije yo. Por favor, te espero, dijo él, y me volvió a decir el nombre de la playa y el día y la hora a la que me esperaba. ¿No puedes venir a mi casa?, dije yo. Aquí podemos hablar con tranquilidad si eso es lo que quieres. No quiero hablar, dijo él, ya no quiero hablar, todo se acabó, hablar es inútil, dijo. Me dieron ganas de colgar, pero no lo hice. Acababa de cenar y estaba viendo una película en la tele, era una película francesa, no recuerdo cómo se llamaba ni el nombre del director o de los actores, sólo recuerdo que iba de una cantante, una chica un poco histérica, creo, y de un tío miserable del que ella, inexplicablemente, se enamora. Como siempre, tenía el volumen muy bajo y mientras hablaba con él no quitaba la vista de la tele: habitaciones, ventanas, rostros de personas que no sabía muy bien qué hacían en aquella película. La mesa estaba recogida y en el sofá había un libro, una novela que pensaba empezar a leer aquella misma noche, cuando me cansara de la película y me fuera a la cama. ¿Vendrás?, dijo él. ¿Para qué?, dije yo, pero en realidad estaba pensando en otra cosa, en la obstinación de la cantante, en sus lágrimas que fluían incontenibles y con odio, aunque esto último no sé si se puede decir, es difícil llorar con odio, es difícil que de tanto odiar a alguien te pongas a llorar como una Magdalena. Para que me veas, dijo él. Por última vez, por última vez, insistió. ¿Todavía estás allí?, dije yo. Por un momento pensé que había colgado, no sería la primera vez, me llamaba, seguro, desde un teléfono público, lo pude imaginar sin ningún problema, un teléfono del Paseo Marítimo de su pueblo distante del mío a tan sólo veinte minutos en tren y quince en coche, no sé por qué aquella noche me puse a pensar en las distancias, pero no podía haber colgado, sentía el ruido de los coches, a menos que yo no hubiera cerrado bien mis ventanas y lo que estaba escuchando proviniera de mi propia calle. ¿Estás ahí?, dije. Sí, dijo él, ¿vendrás? ¡Qué pesado! ¿Para qué quieres que vaya si no vamos a hablar? ¿Para qué quieres que vaya si no tenemos nada más que decirnos? La verdad es que no lo sé, dijo él. Me debo estar volviendo loco. Yo también pensaba lo mismo, pero no se lo dije. ¿Has visto a tu hijo? Sí, dijo él. ¿Cómo está? Muy bien, dijo él, muy guapo, cada día más grande. ¿Y tu ex mujer? Muy bien, dijo él. ¿Por qué no vuelves con ella? No hagas preguntas imbéciles, dijo él. Quiero decir en plan amistoso, dije yo, para que te cuide un poco. Esto último parece que le hizo gracia, lo oí reírse, luego dijo que su mujer (no dijo su ex mujer, dijo su mujer) estaba muy bien tal como estaba y que no sería él quien se lo estropeara. Eres demasiado delicado, dije yo. No es ella quien me ha roto el corazón, dijo él. ¡Qué cursi! ¡Qué sentimental! La historia, por supuesto, yo me la sabía de memoria.

Me la contó a la tercera noche, mientras me suplicaba que le pusiera una dosis de Nolotil en vena, tal cual, decía «en vena», no intravenoso, que viene a ser lo mismo, pero diferente, y yo por descontado se la ponía, hale, ahora a dormir, pero siempre hablábamos, y cada noche un poco más, hasta que me contó la historia entera. Entonces me pareció una historia triste, no por la historia en sí misma sino por la forma en que él la contaba. No recuerdo ahora cuánto tiempo permaneció en el hospital, puede que diez o doce días, sí, recuerdo que no pasó nada entre nosotros, a veces tal vez nos mirábamos con más intensidad de la que es usual entre un enfermo y una enfermera, nada más, yo hacía poco que había roto mi relación (no me atrevo a llamarlo noviazgo) con un interno, digamos que el ambiente era propicio, pero no pasó nada. Quince días después de que lo dieran de alta, durante una guardia, entré en una habitación y allí me lo encontré otra vez. ¡Pensé que estaba alucinando! Me acerqué a la cama sin hacer ruido y me puse a mirarlo de cerca, era él. Busqué su historial clínico: tenía una pancreatitis, aunque no le habían puesto sonda nasogástrica. Cuando volví a la habitación (su compañero se estaba muriendo de cirrosis, necesitaba atención constante), él abrió los ojos y me saludó. Qué tal, Susana, dijo. Me tendió una mano. No sé por qué no me bastó con estrecharle la mano sino que me incliné y le di un beso en la mejilla. A la mañana siguiente murió su compañero y cuando volví tenía toda la habitación para él solo. Esa noche hicimos el amor. Él estaba un poco débil todavía, se alimentaba sólo con suero y aún le dolía el páncreas, pero lo hicimos y aunque después me puse a pensar que había sido una imprudencia por mi parte, una imprudencia que lindaba con lo criminal, la verdad es que nunca antes me había sentido tan feliz en el hospital, tal vez sólo cuando obtuve la plaza, pero era una felicidad de otro signo, incomparable a la que sentí cuando hice el amor con él. Por supuesto, yo ya sabía (él mismo me lo contó en su primera hospitalización) que había estado casado y que tenía un hijo, aunque nunca supe que su mujer lo visitara en el hospital, pero sobre todo me había contado la otra historia, la que le «rompió el corazón», una historia vulgar, por lo demás, aunque él no se daba cuenta de nada.

Cualquier otra (una más experimentada, una más práctica) hubiera sabido que lo nuestro no podía durar mucho, a lo sumo el tiempo que estuviera internado, pero yo me hice ilusiones y no tomé en consideración ninguno de los obstáculos que teníamos en contra. Era la primera vez (y la única) que me iba a la cama con alguien tan mayor (dieciséis años) y no me importó nada, al contrario, me gustó. En la cama era delicado, refinado y a veces muy bestia, no me da vergüenza decirlo. Aunque a medida que pasaron los días, a medida que el hospital se fue diluyendo en su memoria, su aire ausente comenzó a hacerse más marcado y las visitas que me hacía se fueron espaciando cada vez más. Él vivía, como ya he dicho, en un pueblo de la costa semejante al mío, a sólo veinte minutos en tren, quince en coche, y algunas noches aparecía por mi casa y no se iba hasta la mañana siguiente y otras noches era yo la que en vez de detenerme en mi pueblo seguía conduciendo hasta el suyo, que era como ir a meterse en la boca del lobo porque a él, nunca me lo dijo pero yo lo sabía, no le gustaban las visitas. Vivía en un edificio del centro, pegado por la parte de atrás al cine del pueblo, así que si la película era de terror o la banda sonora era muy fuerte, desde la cocina una podía escuchar los gritos o las notas más altas y más o menos saber, sobre todo si previamente habías visto la película, en qué parte iba, si habían encontrado o no al asesino, cuánto faltaba para que acabara.

Después de la última función, la casa se sumía en un silencio profundo, como si el edificio cayera de pronto en el pozo de una mina, sólo que el pozo tenía algo de líquido, de mundo subacuático, porque poco después yo me ponía a imaginar peces, esos peces planos y ciegos de las profundidades marinas. Por lo demás, todo en su casa era un desastre: el suelo estaba sucio, la sala estaba ocupada por una mesa enorme y llena de papeles y sólo había sitio para un par de sillas, el baño era horrible (¿todos los tíos solteros tienen el lavabo en esas condiciones?, espero que no), no tenía lavadora y las sábanas dejaban mucho que desear, también las toallas, el paño de la cocina, su ropa, en fin, todo, una ruina, y eso que cuando empezamos a salir juntos, si es que alguna vez eso sucedió realmente, le dije que trajera la ropa sucia a mi casa y que yo la metería en la lavadora, tengo una muy buena, pero él como si oyera caer la lluvia, decía que lavaba a mano, una vez subimos al terrado, en el edificio sólo vivía la casera en el primero y él en el segundo, en el tercero no vivía nadie aunque alguna noche, mientras me hacía el amor (o mientras me follaba, esto último es más ajustado a la realidad) oí ruidos, como si alguien en el tercero moviera una silla o moviera una cama, como si alguien caminara desde la puerta a la ventana o como si alguien se levantara de la cama y se dirigiera a la ventana, que no abría, seguramente era el viento, las casas viejas, todo el mundo lo sabe, tienen ruidos extraños, crujen en las noches de invierno, en fin, que subimos al terrado y me mostró el lavadero, un lavadero de cemento descascarado como si alguien, un anterior inquilino, la hubiera emprendido a martillazos una tarde de desesperación, y me dijo que allí lavaba, a mano, claro, que no necesitaba lavadora, y después nos pusimos a mirar el panorama de las azoteas del pueblo, los terrados de la parte vieja siempre tienen algo impreciso y bonito, el mar, las gaviotas, el campanario de la iglesia, todo de un color marrón claro, amarillo, como de tierra brillante o de arena brillante. Más tarde, como era inevitable, abrí los ojos y me di cuenta que aquello no tenía sentido. No puedes amar a quien no te ama, no puedes mantener una relación sólo por el sexo. Le dije que lo nuestro se había acabado y él no puso ningún reparo, como si lo hubiera sabido desde el principio. Pero seguimos siendo amigos y de vez en cuando, aquellas noches en que me sentía muy sola o deprimida, cogía el coche y lo iba a buscar. Cenábamos juntos y luego hacíamos el amor, pero yo ya no me quedaba a dormir en su casa. Después conocí a otra persona, nada serio, y ya ni siquiera eso.

Una vez discutimos. ¿El motivo? Lo he olvidado. No fue un asunto de celos, eso sí lo recuerdo, él no era nada celoso. Estuvimos varios días sin que me llamara, sin que yo lo fuera a visitar. Le escribí una carta. Le decía que debía madurar, que debía cuidarse, que su salud era frágil (tenía el colédoco esclerosado, los marcadores del hígado por las nubes, pancolitis ulcerosa, acababa de salir de un hipertiroidismo, ¡le dolían de tanto en tanto las muelas!), que encausara su vida puesto que aún era joven, que olvidara a aquella que le había «roto el corazón», que se comprara una lavadora. Estuve toda una tarde escribiéndola y después la rompí y me puse a llorar. Hasta que recibí su última llamada telefónica.

¿Quieres verme pero no vamos a hablar?, le dije. Eso es, dijo él, eso es, no vamos a hablar, sólo quiero saber que estás cerca, pero tampoco vamos a vernos. ¿Te has vuelto loco? No, no, no, dijo él. Es muy sencillo. Pero no era muy sencillo. Lo que quería, en resumidas cuentas, era que yo lo viera. ¿Tú no me verás a mí?, dije yo. No, yo no tendré la más mínima posibilidad de verte, tengo muy estudiado el escenario, tú tienes que estacionar el coche en la curva de la gasolinera, tienes que aparcar en el arcén y desde allí podrás verme, ni siquiera es necesario que salgas del coche. ¿Te piensas suicidar, Arturo?, dije yo. Lo oí cómo se reía. De suicidio nada, al menos por ahora, dijo apenas con un hilo de voz. Tengo un billete para África, salgo de viaje dentro de unos días. ¿Para África, para qué parte de África?, dije yo. Para Tanzania, dijo él, ya me he puesto todas las vacunas del mundo. ¿Irás?, me preguntó. No entiendo nada, dije yo, no le veo ningún sentido. ¡Lo tiene!, dijo él. Pero no para mí, cabrón, dije yo. Contigo tiene sentido, dijo él. ¿Y qué tengo que hacer?, dije yo. Sólo tienes que aparcar tu coche en la primera curva después de la gasolinera y esperar. ¿Cuánto rato? No lo sé, cinco minutos, dijo él, si llegas a la hora que te digo sólo cinco minutos. ¿Y después qué?, dije yo. Después esperas otros diez minutos y te vas. Y eso es todo. ¿Y África qué?, dije yo. África viene después, dijo él (su voz era la de siempre, un pelín irónica, pero en modo alguno la voz de un loco), es el futuro. ¿El futuro? Vaya futuro. ¿Y qué piensas hacer allí?, dije yo. Su respuesta, como siempre, fue vaga, creo que dijo: cosas, trabajos, lo de siempre, algo así. Cuando colgué no supe si me causaba más perplejidad su invitación o su anuncio de que se marchaba de España.

El día de la cita seguí al pie de la letra todas sus instrucciones. Desde lo alto de la carretera, con el coche estacionado en el arcén, se dominaba la casi totalidad de la cala, una playa pequeña que en verano acoge a los nudistas de los alrededores. A mi izquierda tenía una sucesión de colinas y riscos en donde asomaba de vez en cuando un chalet, a mi derecha la línea férrea, una zona de matorrales y luego, tras una hondonada, la playa. El día era gris y al llegar no vi a nadie. En un extremo de la cala estaba el bar Los Calamares Felices, una destartalada construcción de madera pintada de azul, sin un alma a la vista. En el otro extremo había unas rocas que ocultaban calas más pequeñas, más recogidas de las miradas públicas y que en verano eran las que congregaban al grueso de los nudistas. Llegué media hora antes de la hora indicada. No quise bajar del coche, pero tras esperar diez minutos y fumarme dos cigarrillos el ambiente allí dentro se hizo en todos los sentidos irrespirable. Cuando abría la portezuela para salir, un coche se estacionó enfrente de Los Calamares Felices. Lo observé con atención: de su interior bajó un hombre, un tipo de pelo largo y lacio, presumiblemente joven, y tras mirar hacia todas partes (menos hacia arriba, hacia donde estaba yo) dio la vuelta al bar y desapareció de mi vista. No sé por qué empecé a ponerme cada vez más nerviosa. Volví al interior de mi coche y cerré las puertas con seguro. Pensaba seriamente en marcharme cuando un segundo coche aparcó en la entrada de Los Calamares Felices. De él descendieron un hombre y una mujer. Tras contemplar el primer coche el hombre se llevó las manos a la boca y dio un grito o un silbido, no lo sé porque en ese momento pasó un camión a mi lado y no pude oír nada. Durante un momento el hombre y la mujer esperaron y luego avanzaron hacia la playa por un caminito de tierra. Al cabo de un rato, desde la parte no visible de Los Calamares Felices, salió el primer hombre y se dirigió hacia ellos. Evidentemente se conocían pues se dieron la mano y la mujer lo besó. Después, con un ademán que me pareció excesivamente lento, la mano del segundo hombre indicó un punto en la playa. Surgiendo de las rocas, dos hombres avanzaban en dirección al bar, caminando por la arena, justo en el borde mismo donde las olas desaparecían. Aunque estaban muy lejos, en uno de ellos reconocí a Arturo. Salí del coche a toda prisa, no sé por qué, tal vez pensando en bajar a la playa, aunque de inmediato me di cuenta que para llegar a ésta hubiera tenido que dar un rodeo enorme, atravesar un túnel peatonal, y que para cuando hubiera llegado posiblemente ya todos se habrían marchado. Así que me quedé quieta junto a mi coche y miré. Arturo y su acompañante se detuvieron en el centro de la playa. Los dos hombres de los coches avanzaron en dirección a ellos, la mujer se sentó en la arena y esperó. Cuando estuvieron los cuatro juntos uno de los hombres, el acompañante de Arturo, puso un paquete en el suelo y lo desenvolvió. Luego se levantó y retrocedió. El primero de los hombres se acercó al paquete, cogió algo de éste y también retrocedió. Después Arturo se acercó al paquete, cogió a su vez algo e hizo lo mismo que el anterior. Ahora Arturo y el primer hombre sostenían algo alargado en las manos. El segundo hombre se acercó al primero y le dijo algo. El primero asintió con la cabeza y el segundo se retiró, pero debía de estar un poco confuso porque lo hizo en dirección al mar y una ola le mojó los zapatos, lo que provocó que el segundo hombre diera un salto, como si lo hubiera mordido una piraña y se retirara rápidamente en dirección contraria. El primer hombre ni siquiera lo miró: conversaba, aparentemente de forma amigable, con Arturo y éste movía el pie izquierdo como si mientras lo escuchaba se entretuviera dibujando algo, una cara, unos números, con la punta de la bota en la arena húmeda. El acompañante de Arturo se retiró unos metros en dirección a las rocas. La mujer se levantó y se acercó al segundo hombre, que sentado en la arena limpiaba sus zapatos. En el centro de la playa sólo quedaba Arturo y el primer hombre. Entonces levantaron aquello que sostenían en las manos y lo entrechocaron. A primera vista me parecieron unos bastones y me reí, pues comprendí que lo que Arturo quería que yo viera era eso, una payasada, una payasada con un aire extraño, pero definitivamente una payasada. Pero luego una duda se abrió paso en mi cabeza. ¿Y si no fueran bastones? ¿Y si fueran espadas?

Guillem Piña, calle Gaspar Pujol, Andratx, Mallorca, junio de 1994. Nos conocimos en 1977. Ha pasado mucho tiempo, han pasado muchas cosas. Yo entonces compraba dos periódicos cada mañana y varias revistas. Lo leía todo, estaba al tanto de todo. Nos veíamos a menudo, siempre en mi territorio, creo que sólo una vez fui a su casa. Salíamos a comer juntos. Pagaba yo. Ha pasado mucho tiempo desde entonces. Barcelona ha cambiado. Los arquitectos barceloneses no han cambiado, pero Barcelona sí. Pintaba todos los días, no como ahora, todos los días, pero había demasiadas fiestas, demasiadas reuniones, demasiados amigos. La vida era emocionante. En aquellos años tenía una revista y me gustaba. Hice una exposición en París, una en Nueva York, una en Viena, una en Londres. Arturo desapare-

cía por temporadas. Le gustaba mi revista. Yo le regalaba números atrasados y también le regalé un dibujo. Se lo regalé enmarcado porque sabía que él no tenía dinero para enmarcar nada.
¿Qué dibujo era? Un boceto para un cuadro que nunca hice: *Las
otras señoritas de Aviñón*. Conocí a marchantes interesados por
mi obra. Pero yo no estaba demasiado interesado por mi obra.
En aquellos años hice tres falsificaciones de Picabia. Perfectas.
Vendí dos y me quedé una. En la falsificación vi una luz muy te-
nue, pero luz al fin y al cabo. Con el dinero que gané compré un
grabado de Kandinsky y un lote de *arte povera* posiblemente fal-
sificados también. A veces cogía el avión y volvía a Mallorca. Iba
a ver a mis padres a Andratx y daba largas caminatas por el campo. En ocasiones me quedaba mirando a mi padre, que también
pintaba, cuando se iba al campo con sus telas y su caballete y me
pasaban ideas raras por la cabeza. Ideas que parecían peces
muertos o a punto de morir en las profundidades marinas. Pero
luego pensaba en otras cosas. En aquella época yo tenía un estudio en Palma. Trasegaba cuadros. Los llevaba de casa de mis padres al estudio y del estudio a casa de mis padres. Luego me aburría y cogía el avión de vuelta a Barcelona. Arturo iba a mi casa a
ducharse. No tenía ducha en su casa, obviamente, y venía a la
mía en Moliner, junto a la plaza Cardona.

Hablábamos, nunca discutíamos. Le enseñaba mis cuadros y
él decía fantástico, me encantan, frases de ese estilo que siempre
me han resultado abrumadoras. Sé que las decía de corazón,
pero igual me abrumaban. Luego se quedaba callado, fumando,
y yo preparaba té o café o sacaba una botella de whisky. No sé,
no sé, pensaba, puede que esté haciendo algo bueno, puede que
esté en el camino correcto. Las artes plásticas son, en el fondo,
incomprensibles. O son tan comprensibles que nadie, yo el primero, acepta la lectura más obvia. Arturo, por aquel entonces, se
acostaba ocasionalmente con mi amiga. Él no sabía que era mi
amiga. Es decir, él sabía que era mi amiga, cómo no lo iba a saber si fui yo quien se la presenté, lo que no sabía es que era mi
amiga. Se acostaban de vez en cuando, una vez al mes, digamos.
A mí me hacía gracia. En ciertos aspectos él podía llegar a ser
muy ingenuo. Mi amiga vivía en la calle Denia, a pocos pasos de
mi casa, y yo tenía llave de su casa y a veces me presentaba allí a
las ocho de la mañana, a buscar algo que había olvidado para
una de mis clases, y encontraba a Arturo en la cama o preparando el desayuno y éste me miraba como preguntándose ¿es su
amiga o su *amiga*? A mí me hacía gracia. Buenos días, Arturo, le

decía y a veces tenía que hacer un esfuerzo para no reírme. También yo me acostaba con otra amiga, sólo que me acostaba mucho más a menudo con ésta que lo que se acostaba mi amiga con Arturo. Problemas. La vida está llena de problemas, aunque en Barcelona, en aquellos años, la vida era maravillosa y a los problemas los llamábamos sorpresas.

Luego vino el desencanto, yo daba clases en la universidad y no estaba a gusto. No quería explicar con mi obra mis planteamientos teóricos. Daba clases y veía a mis compañeros en dos grupos claramente diferenciados: los que eran un fraude (los mediocres y los canallas), y los que tenían detrás del pupitre una obra plástica que caminaba, bien o mal, junto al trabajo docente. Y de pronto me di cuenta que no quería estar en ninguno de los dos grupos y renuncié. Me puse a dar clases en un instituto. Qué descanso. ¿Fue como ser degradado de teniente a sargento? Posiblemente. Tal vez a cabo. Aunque yo no me sentía ni teniente ni sargento ni cabo, sino pocero, trabajador de limpieza de cloacas, peón caminero perdido o marginado de su tropilla. Naturalmente, pese a que en el recuerdo el paso de un estado a otro adquiere los tintes bruscos, brutales, de lo irremediable y repentino, el ritmo de estos acontecimientos fue mucho más moderado. Conocí a un millonario que compraba mi obra, mi revista murió de inanición y falta de ganas, inicié otras revistas, hice exposiciones. Pero todo eso ahora no existe: es más una certeza verbal que vital. Lo cierto es que un día todo se acabó y me quedé solo con mi Picabia falsificado como único mapa, como único asidero legítimo. Un desempleado podría echarme en cara que a pesar de tenerlo todo no fui capaz de ser feliz. Yo podría echarle en cara al asesino el acto de matar y éste al suicida su último gesto desesperado o enigmático. Lo cierto es que un día se acabó todo y me puse a mirar a mi alrededor. Dejé de comprar tantas revistas y periódicos. Dejé de exponer. Empecé a dar mis clases de dibujo en el instituto con humildad y seriedad e incluso (aunque no me ufano de ello) con cierto sentido del humor. Arturo hacía mucho que había desaparecido de nuestras vidas.

Los motivos de su desaparición los ignoro. Un día se disgustó con mi amiga porque supo que era mi *amiga* o tal vez se acostó con mi otra amiga y ésta le dijo so tonto ¿no te has dado cuenta que la amiga de Guillem es su *amiga*?, o algo parecido, las conversaciones en la cama oscilan entre el enigma y la transparencia. No lo sé, tampoco importa. Sólo sé que se marchó y dejé de verlo durante mucho tiempo. Yo, ciertamente, no lo quise así.

Intento conservar a mis amigos. Intento ser agradable y sociable, no forzar el paso de la comedia a la tragedia, de eso ya se encarga la vida. En fin, un día Arturo desapareció. Pasaron los años y no lo volví a ver. Hasta que un día mi amiga me dijo: adivina quién me llamó por teléfono esta noche. Me hubiera gustado decirle: Arturo Belano, hubiera sido divertido que lo adivinara a la primera, pero dije otros nombres y luego me rendí. Sin embargo, cuando ella dijo Arturo yo me alegré. ¿Cuántos años hacía que no lo veíamos? Muchos, tantos que más valía no enumerarlos, no recordarlos, aunque yo los recordaba todos, uno por uno. Así que un día Arturo apareció por casa de mi amiga y ésta me llamó por teléfono y yo salí de mi casa y fui a verlo. Fui a buen paso, fui corriendo. No sé por qué me puse a correr, pero lo cierto es que lo hice. Eran cerca de las once de la noche y hacía frío y cuando llegué vi a un tipo que ya tenía más de cuarenta años, igual que yo, y me sentí, mientras avanzaba hacia él, como el *Desnudo bajando una escalera*, aunque yo no bajaba ninguna escalera, creo.

Después nos encontramos varias veces. Un día apareció por mi estudio. Yo estaba sentado contemplando una tela muy pequeña dispuesta al lado de una tela de más de tres metros por dos. Arturo miró la pintura pequeña y la pintura grande y me preguntó qué eran. ¿Qué crees tú?, dije. Osarios, dijo él. Efectivamente, eran osarios. Por entonces yo apenas pintaba y no exponía nada. Aquellos que habían sido tenientes conmigo, ahora eran capitanes, coroneles e incluso uno había llegado al grado de general o mariscal, mi querido Miguelito. Otros habían muerto de sida o de sobredosis o de cirrosis hepática o simplemente fueron dados por desaparecidos. Yo seguía siendo pocero. Sé que esta situación se presta a interpretaciones diversas, la mayoría conducentes a un territorio donde todo es sombrío. Y mi situación no era sombría en lo más mínimo. Me sentía razonablemente bien, investigaba, miraba, me miraba mirar, leía, vivía tranquilo. Producía poco. Esto tal vez sea importante. Arturo, por el contrario, producía mucho. Una vez, al salir de la lavandería, me lo encontré. Iba a mi casa. ¿Qué haces?, me dijo. Ya ves, le contesté, salgo con la ropa limpia. ¿Pero es que no tienes lavadora en tu casa?, me dijo. Se me estropeó hace unos cinco años, le dije. Esa tarde Arturo salió a la galería del patio de luces y estuvo mirando mi lavadora. Yo me preparé un té (por entonces ya no bebía casi nada) y lo estuve mirando mientras él miraba la lavadora. Por un instante pensé que la iba a arreglar. No me hubiera parecido nada del otro mundo, pero sí que me hubiera alegrado. Al final la lavadora seguía tan muerta como siempre. Otra vez le conté de un accidente que tuve. Creo que se lo conté porque me di cuenta que miraba de soslayo mis cicatrices. El accidente fue en Mallorca. Un accidente de coche. Estuve a punto de perder los dos brazos y la quijada. En el resto del cuerpo apenas tenía unos cuantos arañazos. Extraño accidente, ¿verdad? Muy extraño, dijo Arturo. Él también me contó que había estado hospitalizado en seis ocasiones en el lapso de dos años. ¿En qué país?, le pregunté. Aquí, dijo, en el Valle Hebrón y antes en el Josep Trueta de Girona. ¿Y por qué no nos avisaste?, te hubiéramos ido a ver. Bueno, no tiene importancia. Una vez me preguntó si no me sentía deprimido. No, le dije, a veces me siento como el *Desnudo bajando una escalera*, lo que resulta incluso agradable si estás en una reunión con amigos, y no tan agradable si vas por el Paseo de Gracia, por ejemplo, pero en general me siento bien.

Un día, poco antes de desaparecer por última vez, llegó a mi casa y me dijo: me van a hacer una mala crítica. Le preparé una infusión de manzanilla y me quedé callado, que es lo que se hace, creo, cuando uno tiene que escuchar una historia, ya sea triste o alegre. Pero él también se quedó callado y durante un rato estuvimos así, él mirando su infusión o la rodajita de limón que flotaba en su infusión y yo fumando un Ducados, creo que soy de los pocos que sigue fumando Ducados, digo, de los pocos de mi generación, incluso el mismo Arturo ahora fuma rubios ultra lights. Al cabo de un rato, por decir algo, dije: ¿te vas a quedar a dormir en Barcelona? y él negó con la cabeza, cuando se quedaba a dormir en Barcelona lo hacía en casa de mi amiga (en habitaciones separadas, aunque esta precisión lo enturbia todo), no en mi casa, cenábamos juntos, eso sí, y a veces salíamos los tres a dar vueltas en el coche de mi amiga. En fin, le pregunté si se iba a quedar a dormir y él dijo que no podía, que tenía que volver al pueblo en donde residía, un pueblo de la costa a poco más de una hora en tren. Y entonces otra vez nos volvimos a quedar callados los dos, y yo me puse a pensar en lo que había dicho acerca de una mala crítica, y por más que pensé no entendí nada, así que dejé de pensar y me puse a esperar, que es lo que hace, contra todo pronóstico, el *Desnudo bajando una escalera*, y precisamente en eso consiste su extraña crítica.

Durante un rato lo único que escuché fue el ruido que hacía Arturo al beber su infusión, sonidos apagados provenientes de la calle, el ascensor que subió y bajó un par de veces. Y de repente, cuando ya no pensaba ni escuchaba nada, lo oí que repetía que un crítico lo iba a vapulear. Eso no tiene demasiada importancia, le dije. Son gajes del oficio. Sí que tiene importancia, dijo él. A ti nunca te ha importado, dije yo. Ahora me importa, debo de estar aburguesándome, dijo él. A continuación me explicó que su penúltimo libro y su último libro tenían unas semejanzas que entraban en el territorio de los juegos imposibles de descifrar. Yo había leído su penúltimo libro y me había gustado y no tenía idea de qué iba su último libro así que no le pude decir nada al respecto. Sólo preguntarle: qué clase de semejanzas. Juegos, Guillem, dijo. Juegos. El jodido *Desnudo bajando una escalera*, tus jodidas falsificaciones de Picabia, juegos. ¿Pero dónde está el problema?, dije. El problema, dijo él, es que el crítico, un tal Iñaki Echavarne, es un tiburón. ¿Es un mal crítico?, dije yo. No, es un buen crítico, dijo él, al menos no es un mal crítico, pero es un jodido tiburón. ¿Y cómo sabes que te va a hacer la reseña de tu último libro si todavía no está ni siquiera en las librerías? Porque el otro día, dijo él, mientras estaba en la editorial, llamó a la jefa de prensa y le pidió mi anterior novela. ¿Y qué?, dije yo. Que yo estaba allí, delante de la jefa de prensa, y ésta le dijo hola, Iñaki, qué casualidad, Arturo Belano está aquí mismo, delante de mí, y el cabrón del Echavarne no dijo nada. ¿Qué tenía que haber dicho? Hola, al menos, dijo Arturo. ¿Y como no dijo nada, tú sacas la conclusión de que te va a destrozar?, dije. ¿Y qué si te destroza? ¡Es igual! Mira, dijo Arturo, Echavarne se peleó hace poco con el Catón de las letras españolas, Aurelio Baca, ¿lo conoces? No lo he leído, pero sé quién es, dije. Todo se debió a una crítica que hizo Echavarne sobre el libro de un amigo de Baca, no sé si la crítica estaba justificada o no, yo no he leído el libro. Lo único cierto es que aquel novelista tenía a Baca para defenderlo. Y la crítica que Baca le dedicó al crítico fue de esas que hacen llorar. Ahora bien, yo no tengo a ningún meapilas que me defienda, absolutamente a nadie, así que Echavarne se puede ensañar conmigo con toda tranquilidad. Ni siquiera Aurelio Baca podría defenderme pues en mi libro, no en el que va a salir, en el penúltimo, me burlo de él, aunque dudo mucho que me haya leído. ¿Tú te burlas de Baca? Me río un poco, dijo Arturo, aunque no creo que ni él ni nadie se percatara. Eso descarta a Baca como defensor, admití, mientras pensaba que yo tampoco me había percatado de aquella burla que ahora parecía preocupar a mi amigo. Así es, dijo Arturo. Pues que Echavarne se ensañe, dije yo, qué más da, todo eso no son más que nimiedades, deberías ser el primero en saberlo. Todos nos vamos a morir, piensa en la eternidad. Pero es que Echavarne debe tener ganas de desquitarse con alguien, dijo Arturo. ¿Tan malo es?, dije yo. No, no, es muy bueno, dijo Arturo. ¿Entonces? No se trata de eso, se trata de ejercitar los músculos, dijo Arturo. ¿Los músculos del cerebro?, dije yo. Los músculos de alguna parte, y yo voy a ser el sparring de Echavarne para su segundo round o su octavo round con Baca, dijo Arturo. Ya veo, la disputa viene de lejos, dije yo. ¿Y tú qué tienes que ver en todo esto? Nada, yo sólo voy a ser el sparring, dijo Arturo. Durante un rato estuvimos sin hablar, pensando, mientras el ascensor bajaba y subía y el ruido que hacía era como el ruido de los años en que no nos habíamos visto. Lo voy a desafiar a duelo, dijo Arturo finalmente. ¿Quieres ser mi padrino? Eso fue lo que dijo. Sentí como si me clavaran una inyección. Primero el pinchazo, luego el líquido que entraba no en mis venas sino en mis músculos, un líquido helado que provocaba escalofríos. La proposición me pareció descabellada y gratuita. Nadie desafía a nadie por algo que aún no ha hecho, pensé. Pero luego pensé que la vida (o su espejismo) nos desafía constantemente por actos que nunca hemos realizado, en ocasiones por actos que ni siquiera se nos ha pasado por la cabeza realizar. Mi respuesta fue afirmativa y acto seguido pensé que tal vez en la eternidad sí que existe o existirá el *Desnudo bajando la escalera* o tal vez *El gran vidrio*. Y luego pensé: ¿y si la reseña es buena? ¿Y si a Echavarne le gusta la novela de Arturo? ¿No sería entonces, además de un acto gratuito, una injusticia desafiarlo a duelo?

Poco a poco empezaron a planteárseme varios interrogantes, pero decidí que no era el momento de mostrarse sensato. Todo tiene su hora. Lo primero que discutimos fue el tipo de armas a utilizar. Yo sugerí globos hinchados de agua con tintura roja. O una pelea a sombrerazos. Arturo se empeñó en que tenía que ser con sables. ¿A primera sangre?, propuse. A regañadientes, aunque en el fondo presumo que aliviado, Arturo aceptó mi sugerencia. Después buscamos los sables.

Mi primer plan fue comprarlos en esas tiendas de turistas que venden desde espadas toledanas hasta sables de samurai, pero, informada de nuestras intenciones, mi amiga dijo que su padre, ya fallecido, había dejado un par de espadas, así que las fuimos a ver y resultaron ser espadas de verdad. Tras limpiarlas a conciencia, decidimos utilizarlas. Después buscamos un lugar idóneo. Yo sugerí el Parque de la Ciudadela, a las doce de la noche, pero Arturo se inclinó por una playa nudista a medio camino entre Barcelona y el pueblo donde residía. Luego conseguimos el teléfono de Iñaki Echavarne y lo llamamos. Nos llevó un tiempo convencerlo de que no se trataba de una broma. En total, Arturo habló tres veces con él. Al final Iñaki Echavarne dijo que estaba de acuerdo y que le comunicáramos el día y la hora. La tarde del duelo comimos en un merendero de Sant Pol de Mar. Chipirones fritos y gambas. Mi amiga (que nos había acompañado hasta allí pero que no pensaba asistir al duelo), Arturo y yo. La comida, lo reconozco, fue un poco fúnebre y durante ésta Arturo sacó un pasaje de avión y nos lo enseñó. Pensé que sería un billete con destino a Chile o a México y que Arturo, de alguna manera, aquella tarde se despedía de Cataluña y de Europa. Pero el billete era el de un vuelo con destino a Dar es-Salam con escala en Roma y El Cairo. Entonces supe que mi amigo se había vuelto completamente loco y que si el crítico Echavarne no lo mataba de un planazo en la cabeza se lo iban a comer las hormigas negras o las hormigas rojas de África.

Jaume Planells, bar Salambó, calle Torrijos, Barcelona, junio de 1994. Una mañana me llamó mi amigo y colega Iñaki Echavarne y me dijo que necesitaba un padrino para un duelo. Yo estaba un poco resacoso, por lo que al principio no entendí lo que Iñaki me decía, además de que no era usual que me llamara por teléfono y menos a esas horas. Luego, cuando me lo explicó, pensé que me estaba tomando el pelo y le seguí la corriente, a mí me suelen tomar el pelo, no es algo que me moleste, y además Iñaki es una persona un poco rara, rara pero atractiva, el tipo al que las mujeres encuentran muy guapo y los hombres encuentran simpático, tal vez algo temible, y que secretamente admiran. Hacía poco había tenido una polémica con Aurelio Baca, el gran novelista madrileño, y pese a que Baca desencadenó sobre él truenos y rayos, amén de anatemas, Iñaki había salido bien parado, digamos que en tablas del belicoso encuentro.

Lo curioso fue que Iñaki no había criticado a Baca sino a un amigo de éste, así que ya podemos imaginarnos lo que hubiera pasado si llega a meterse directamente con el santo varón madrileño. A mi modesto entender, el problema radicaba en que Baca era el modelo de escritor Unamuno, bastante frecuente en los últimos años, que a las primeras de cambio lanzaba su perorata llena de moralina, la típica perorata española ejemplarizante e iracunda, la perorata del sentido común o la perorata sacrosanta, e Iñaki era el típico crítico provocador, el crítico kamikaze, que gozaba creándose enemigos, y que muy a menudo metía la pata hasta la ingle. A fuerza tenían que chocar en algún momento. O Baca tenía que chocar con Echavarne, llamarlo al orden, darle un tirón de orejas, una colleja, algo por el estilo. En el fondo de la charca, sin embargo, los dos pertenecían a ese abanico cada vez más ambiguo que llamamos izquierda.

Por lo que cuando Iñaki me explicó lo del duelo, yo pensé que estaba bromeando, el fervor desatado por Baca no podía ser tan fuerte como para que ahora los autores se tomaran la justicia por su mano y además de forma tan melodramática. Pero Iñaki me dijo que no se trataba de eso, se embarulló un poco, dijo que esto era otra cuestión y que tenía que aceptar el duelo (o mucho me equivoco o nombró el *Desnudo bajando una escalera*, ¿pero qué tenía que ver Picasso en este asunto?), que le dijera de una vez si estaba dispuesto a ser su padrino o no, que no tenía tiempo que perder pues el duelo se celebraba aquella misma tarde.

No me quedó más remedio que decirle que sí, claro, en dónde quedamos y a qué hora, aunque luego, cuando Iñaki colgó, me puse a pensar que tal vez me acababa de enmierdar en algo grave, yo que más o menos vivo bien y que como a todo hijo de vecino le gusta una broma bien hecha de vez en cuando, pero sin pasarse, posiblemente me estaba metiendo en uno de esos fregados que siempre acaban mal. Y luego, para colmo, me dio por pensar y reflexionar (algo que en casos como éste nunca, pero nunca, se debe hacer), y llegué a la conclusión de que ya era raro que Iñaki me llamara a mí para apadrinar su duelo siendo que yo no soy precisamente uno de sus amigos más íntimos, somos colegas en el mismo periódico, nos encontramos a veces en el Giardinetto o en el Salambó o en el bar de Laie, pero amigos, lo que se dice amigos, pues no, no lo somos.

Y como ya faltaban pocas horas para el duelo, pues lo llamé a Iñaki, a ver si todavía lo encontraba, y nada, se ve que me había telefoneado a mí y de inmediato había salido, no sé, a escribir su última crónica o a la iglesia más cercana, así que ya puestos llamé a Quima Monistrol, a su móvil, fue como un flash que me pasó por la cabeza, si voy con una mujer las cosas no pueden ser tan sórdidas, aunque por supuesto a Quima no le dije la verdad, le dije Quima te necesito, cariño, Iñaki Echavarne y yo tenemos una reunión y queremos que vengas con nosotros, y Quima me preguntó a qué hora y yo le dije ya mismo, corazón, y Quima dijo vale, pásame a recoger al Corte Inglés o algo así. Cuando colgué intenté ponerme en contacto con dos o tres amigos más, pues de repente me di cuenta que estaba mucho más nervioso de lo usual, pero no encontré a nadie.

A las cinco y media vi a Quima fumando un cigarrillo en la esquina de plaza Urquinaona con Pau Claris, hice una maniobra un tanto temeraria y un segundo después tenía en el asiento del copiloto a la audaz reportera. Mientras nos tocaban la bocina cientos de automovilistas y por el retrovisor distinguía ya la silueta amenazante de un urbano, pise el acelerador y enfilamos hacia la A-19, en dirección al Maresme. Por supuesto, Quima me preguntó dónde tenía escondido a Iñaki, que con las mujeres tiene un gancho increíble, hay que reconocerlo, así que tuve que decirle que nos esperaba en el bar Los Calamares Felices, sito en las afueras de Sant Pol de Mar, cerca de una cala que en primavera y verano se transmuta en playa nudista. El resto del viaje, no llegó a veinte minutos, mi Peugeot corre como un gamo, lo hice en ascuas, escuchando las historias de Quima y sin encontrar el momento oportuno para confesarle la razón verdadera que nos llevaba al Maresme.

Para colmo de males, en Sant Pol nos perdimos. Según algunos lugareños, teníamos que salir como quien va a Calella, pero a los doscientos metros, pasada una gasolinera, había que torcer a la izquierda, como quien va a la montaña y luego torcer otra vez a la derecha, pasar por un túnel, ¿pero qué túnel?, y salir otra vez a un camino al costado de la playa, en donde se alzaba, único y desolado, el establecimiento conocido como Los Calamares Felices. Durante media hora Quima y yo discutimos, nos peleamos y finalmente encontramos el dichoso bar. Llegábamos con retraso y por un instante creí que Iñaki ya no estaría, pero lo primero que vi fue su Saab rojo, en realidad lo *único* que vi fue su Saab rojo, estacionado en una franja de arena y matojos, y después el edificio desolado, los ventanales sucios de Los Calamares Felices. Estacioné junto al coche de Iñaki y toqué la bocina. Sin decirnos una palabra Quima y yo decidimos permanecer en el interior del Peugeot. Al poco rato vimos aparecer a Iñaki, que estaba al otro lado del restaurante. Contra lo que yo esperaba no nos reprochó nuestra tardanza ni pareció enfadarse al descubrir a Quima. Le pregunté dónde estaba su adversario e Iñaki sonrió y se encogió de hombros. Después los tres nos pusimos a caminar hacia la playa. Cuando Quima supo el motivo de nuestra presencia allí (fue Iñaki el que se lo contó, de forma objetiva y clara, con pocas palabras, yo no hubiera sabido hacerlo), pareció más excitada que nunca y por un instante tuve la certeza de que todo acabaría bien. Durante un rato los tres nos reímos. En la playa no se veía un alma. No ha venido, oí que decía Quima con un dejo de desencanto.

Del extremo norte de la playa, de entre unas rocas, aparecieron entonces dos figuras. El corazón me dio un vuelco. La última pelea en la que me vi envuelto fue cuando tenía once o doce años y desde entonces siempre he evitado los actos de violencia. Ahí están, dijo Quima. Iñaki me miró y luego miró el mar y sólo entonces comprendí que la escena tenía algo de irremediablemente ridículo y que lo ridículo no era ajeno a mi presencia allí. Las dos figuras que habían salido de entre las rocas seguían avanzando, por la orilla de la playa, y finalmente se detuvieron a unos cien metros de distancia, lo suficiente para ver que una de ellas llevaba entre los brazos un paquete del que sobresalían las puntas de dos espadas. Es mejor que Quima se quede aquí, dijo Iñaki. Tras escuchar y rebatir las protestas de nuestra compañera los dos nos dirigimos lentamente al encuentro de aquel par de locos. ¿Así que esta fantochada va a seguir adelante?, recuerdo que le dije mientras caminábamos por la arena, ¿así que este duelo va a tener lugar en la realidad y no en lo imaginario?, ¿así que me has elegido a mí como testigo de esta locura?, porque precisamente en aquellos momentos intuí o tuve la revelación de que Iñaki me escogió a mí porque sus amigos de verdad (si los tenía, Jordi Llovet tal vez, algún intelectual de ese tipo) se hubieran negado con rotundidad a participar en semejante disparate y él lo sabía y todos lo sabían, menos yo, el gacetillero imbécil, y también pensé: Dios mío, la culpa de todo la tiene el cabrón de Baca, si no hubiera atacado a Iñaki esto no estaría sucediendo, y luego ya no pude pensar más porque habíamos llegado junto a los otros dos y uno de ellos dijo: ¿quién de vosotros es Iñaki Echavarne?, y entonces yo miré a Iñaki a la cara, con un miedo repentino a que éste dijera que era yo (en ese momento, con los nervios, me imaginé a Iñaki capaz de todo), pero Iñaki sonrió, como si estuviera felicísimo, y dijo que él era quien era y entonces el otro me miró a mí y se presentó, dijo: yo soy Guillem Piña, el padrino, y yo me escuché diciendo: hola, soy Jaume Planells, el otro padrino, y francamente ahora que lo recuerdo me dan ganas de vomitar o de tirarme al suelo y reventar de risa, pero en-

tonces más bien lo que sentí fue como un retortijón en el estómago, y frío, porque de hecho hacía frío y ya sólo unos pocos rayos de sol crepuscular iluminaban la playa, esa playa en donde
en primavera la gente se desnudaba del todo, calas pequeñas y
roquerios, a la vista sólo de los pasajeros del tren de la costa a
quienes el espectáculo traía sin cuidado, lo que es la democracia
y la civilidad, en Galicia esos mismos pasajeros hubieran detenido el tren y se hubieran bajado a capar nudistas, en fin, yo pensaba en esas cosas cuando decía hola, soy Jaume Planells, el otro
padrino.

Y entonces el tal Guillem Piña desenvolvió el paquete que llevaba en las manos y las espadas quedaron desnudas, incluso me
pareció ver una luz mortecina en las hojas, ¿de acero?, ¿de bronce?, ¿de hierro?, yo no sé nada de espadas, pero sí que sé lo suficiente como para percibir que no eran de plástico, y entonces
adelanté una mano y con la yema de los dedos toqué las hojas,
metálicas, claro, y cuando retiré la mano volví a ver el brillo, un
brillo debilísimo, que despedían como si se estuvieran despertando, al menos eso hubieran dicho los amigos de Iñaki si éste
hubiera tenido el valor o la honradez de pedirles que lo acompa-
ñaran, y si éstos lo hubieran acompañado, cosa que dudo, y a mí
me pareció demasiada coincidencia, o en todo caso una coincidencia demasiado densa: el sol que se ocultaba tras las montañas y el refulgir de las espadas, y sólo entonces, por fin, pude
preguntar (¿a quién?, no lo sé, a Piña, más probablemente al
mismo Iñaki) si aquello iba en serio, si el duelo iba a ser en serio,
y advertir en voz alta, aunque no muy bien timbrada, que yo no
quería problemas con la policía, eso de ningún modo. El resto es
confuso. Piña dijo algo en mallorquín. Luego dio a escoger a
Iñaki una de las espadas. Éste se tomó su tiempo, sopesando
ambas, primero una, después otra, después ambas a la vez,
como si en toda su vida no hubiera hecho otra cosa que jugar a
los mosqueteros. Las espadas ya no brillaban. El otro, el escritor
agraviado (¿pero agraviado por quién, por qué, si todavía no había salido la maldita reseña afrentosa?) esperó hasta que Iñaki
hubo escogido. El cielo era gris lechoso y desde las colinas y los
huertos del interior bajaba una niebla densa. Mis recuerdos son
confusos. Creo haber oído gritar a Quima: aúpa, Iñaki, o algo
así. Después, de común acuerdo, Piña y yo nos retiramos, recu-
lando. Una ola mansa me mojó las perneras de los pantalones.
Recuerdo haber mirado mis mocasines y haber maldecido.
También recuerdo la sensación de obscenidad, de ilegalidad,

que me produjeron mis calcetines mojados y el ruido que éstos hacían al moverme. Piña se retiró hacia las rocas. Quima se había levantado y acercado un poco hacia los duelistas. Éstos hicieron entrechocar sus espadas. Recuerdo que me senté sobre un montículo y me saqué los zapatos y minuciosamente saqué de éstos, con un pañuelo, la arena mojada. Luego arrojé el pañuelo y me puse a mirar la línea del horizonte, cada vez más oscura, hasta que la mano de Quima se posó en mi hombro y su otra mano puso en mis manos un objeto vivo y húmedo y ríspido que tardé en identificar como mi pañuelo que volvía, que me devolvían como una maldición.

Recuerdo que guardé el pañuelo en un bolsillo de la americana. Más tarde Quima diría que Iñaki manejó la espada como un experto y que en todo momento tuvo la pelea a su favor. Pero yo no aseguraría lo mismo. La pelea empezó igualada. Los mandobles de Iñaki eran más bien tímidos, se contentaba con entrechocar la espada con la espada de su adversario. Y retrocedía, siempre retrocedía, yo no sé si por miedo o porque lo estaba estudiando. Los golpes del otro, en cambio, cada vez eran más resueltos, en un momento le lanzó una estocada, la primera de toda la pelea, sujetó la espada y adelantó la pierna derecha y el brazo derecho y la punta de la espada casi tocó las costuras del pantalón de Iñaki. Fue entonces cuando éste pareció despertar del sueño absurdo en que estaba y meterse de sopetón en otro sueño en donde el peligro era cierto. A partir de ese momento sus pasos se hicieron mucho más ágiles, se movía más rápido, siempre retrocediendo, aunque no en línea recta sino en círculos, de tal manera que a veces yo lo veía de frente, otras veces de perfil y otras de espalda. ¿Qué hacían mientras tanto los otros espectadores? Quima estaba sentada en la arena, a mis espaldas, y en ocasiones daba hurras por Iñaki. Piña, en cambio, estaba de pie, bastante retirado del círculo en donde se movían los espadachines y su cara parecía la de alguien acostumbrado a este tipo de cosas y también la cara de alguien que está durmiendo.

Durante un segundo de lucidez tuve la certeza de que nos habíamos vuelto locos. Pero a ese segundo de lucidez se antepuso un supersegundo de superlucidez (si me permiten la expresión) en donde pensé que aquella escena era el resultado lógico de nuestras vidas absurdas. No era un castigo sino un pliegue que se abría de pronto para que nos viéramos en nuestra humanidad común. No era la constatación de nuestra ociosa culpabilidad sino la marca de nuestra milagrosa e inútil inocencia. Pero no es eso. No es eso. Estábamos detenidos y ellos estaban en movimiento y la arena de la playa se movía, pero no por el viento sino por lo que ellos hacían y por lo que nosotros hacíamos, es decir nada, es decir mirar, y todo junto era el pliegue, el segundo de superlucidez. Después, nada. Mi memoria siempre ha sido mediocre, la justita para ir tirando como periodista. Iñaki atacó a su antagonista, éste atacó a Iñaki, me di cuenta que podían estar así durante horas, hasta que las espadas les pesaran en las manos, saqué un cigarrillo, no tenía fuego, miré en todos los bolsillos, me levanté y me acerqué a Quima sólo para enterarme de que ésta había dejado de fumar desde hacía tiempo, un año o un siglo. Por un momento pensé en ir a pedirle fuego a Piña, pero me pareció excesivo. Me senté junto a Quima y contemplé a los duelistas. Seguían moviéndose en círculos aunque sus desplazamientos cada vez eran más lentos. También tuve la impresión de que hablaban entre sí, pero el ruido de las olas ahogaba sus voces. Le dije a Quima que todo junto me parecía una fantochada. De eso nada, me respondió. Luego añadió que le parecía muy romántico. Extraña mujer esta Quima. Mis ganas de fumar se acrecentaron. A lo lejos, Piña se había sentado, como nosotros, en la arena y de sus labios salía una estela de humo azul cobalto. No aguanté más. Me levanté y me dirigí hacia él dando un rodeo, de modo que en ningún momento pudiera estar cerca de la singladura de los duelistas. Desde una colina una mujer nos observaba. Estaba recostada sobre el capó de un coche y con las manos se hacía visera. Pensé que miraba el mar pero luego comprendí que nos miraba a nosotros, naturalmente.

Piña me ofreció su encendedor sin decir nada. Miré su cara: estaba llorando. Yo tenía ganas de hablar pero al verlo se me quitaron las ganas de golpe. Así que volví junto a Quima y volví a mirar a la mujer que estaba sola en lo alto de la colina y también miré a Iñaki y a su contrincante que ya más que cruzar las espadas lo único que hacían era moverse y estudiarse. Al dejarme caer junto a Quima mi cuerpo hizo un ruido de saco lleno de arena. Entonces vi la espada de Iñaki que se levantaba más alto de lo que aconsejaba la prudencia o las películas de mosqueteros y vi la espada de su contrincante que se estiraba hasta situar la punta de ésta a pocos milímetros del corazón de Iñaki y yo creo, aunque esto no es posible, que vi palidecer a Iñaki y oí que Quima decía Dios mío o algo parecido y vi que Piña arrojaba el cigarrillo lejos, hacia la colina, y vi que en la colina ya no había nadie, ni la mujer ni el coche, y entonces el otro retiró la punta de su espada con un movimiento brusco e Iñaki se adelantó y le descerrajó un planazo en el hombro, yo creo que en venganza por el susto que lo había hecho pasar, y Quima suspiró y yo suspiré y lancé unas volutas de humo al aire viciado de aquella playa espantosa y el viento se llevó mis volutas de inmediato, sin tiempo para nada, e Iñaki y su contrincante siguieron dale que te pego, dale que te pego, como dos niños tontos.

23

Iñaki Echavarne, bar Giardinetto, calle Granada del Penedés, Barcelona, julio de 1994. Durante un tiempo la Crítica acompaña a la Obra, luego la Crítica se desvanece y son los Lectores quienes la acompañan. El viaje puede ser largo o corto. Luego los Lectores mueren uno por uno y la Obra sigue sola, aunque otra Crítica y otros Lectores poco a poco vayan acompañándose a su singladura. Luego la Crítica muere otra vez y los Lectores mueren otra vez y sobre esa huella de huesos sigue la Obra su viaje hacia la soledad. Acercarse a ella, navegar a su estela es señal inequívoca de muerte segura, pero otra Crítica y otros Lectores se le acercan incansables e implacables y el tiempo y la velocidad los devoran. Finalmente la Obra viaja irremediablemente sola en la Inmensidad. Y un día la Obra muere, como mueren todas las cosas, como se extinguirá el Sol y la Tierra, el Sistema Solar y la Galaxia y la más recóndita memoria de los hombres. Todo lo que empieza como comedia acaba como tragedia.

Aurelio Baca, Feria del Libro, Madrid, julio de 1994. No solo ante mí mismo ni solo ante los espejos ni en la hora de la muerte que espero tarde en llegar, sino ante mis hijos y mi mujer y ante la vida serena que construyo, debo reconocer: 1) Que en época de Stalin yo no hubiera malgastado mi juventud en el Gulag ni hubiera acabado con un tiro en la nuca. 2) Que en época de McCarthy yo no hubiera perdido mi empleo ni hubiera tenido que despachar gasolina en una gasolinera. 3) Que en época de Hitler, sin embargo, yo habría sido uno de los que tomaron el camino del exilio y que en época de Franco no habría compuesto sonetos al Caudillo ni a la Virgen Bendita como tantos demócratas de toda la vida. Y una cosa va por otra. Mi valor es limitado, bien cierto, mis tragaderas también. Todo lo que empieza como comedia acaba como tragicomedia.

Pere Ordóñez, Feria del Libro, Madrid, julio de 1994. Antaño los escritores de España (y de Hispanoamérica) entraban en el ruedo público para transgredirlo, para reformarlo, para quemarlo, para revolucionarlo. Los escritores de España (y de Hispanoamérica) procedían generalmente de familias acomodadas, familias asentadas o de una cierta posición, y al tomar ellos la pluma se volvían o se revolvían contra esa posición: escribir era renunciar, era renegar, a veces era suicidarse. Era ir contra la familia. Hoy los escritores de España (y de Hispanoamérica) proceden en número cada vez más alarmante de familias de clase baja, del proletariado y del lumpenproletariado, y su ejercicio más usual de la escritura es una forma de escalar posiciones en la pirámide social, una forma de asentarse cuidándose mucho de no transgredir nada. No digo que no sean cultos. Son tan cultos como los de antes. O casi. No digo que no sean trabajadores. ¡Son mucho más trabajadores que los de antes! Pero son, también, mucho más vulgares. Y se comportan como empresarios o como gángsters. Y no reniegan de nada o sólo reniegan de lo que se puede renegar y se cuidan mucho de no crearse enemigos o de escoger a éstos entre los más inermes. No se suicidan por una idea sino por locura y rabia. Las puertas, implacablemente, se les abren de par en par. Y así la literatura va como va. Todo lo que empieza como comedia acaba indefectiblemente como comedia.

Julio Martínez Morales, Feria del Libro, Madrid, julio de 1994. Voy a contarles algo acerca del honor de los poetas, ahora que paseo por la Feria del Libro. Yo soy poeta. Yo soy escritor. He ganado una cierta nombradía como crítico. $7 \times 3 = 22$ casetas a ojo de buen cubero, pero son, en realidad, muchas más. Limitada es nuestra visión. He conseguido, sin embargo, hacerme un lugar bajo el sol de esta Feria. Atrás quedan los coches estrellados, los límites de la escritura, el $3 \times 3 = 9$. Me ha costado. Atrás queda la

A y la E que se desangran colgadas de un balcón al que a veces vuelvo en sueños. Soy un hombre educado: sólo conozco las cárceles sutiles. Poesía y cárcel, por otra parte, siempre han estado cerca. No obstante, mi fuente de atracción es la melancolía. ¿Estoy en el séptimo sueño o he escuchado de verdad cantar a los gallos en el otro extremo de la Feria? Puede ser una cosa o puede ser otra. Los gallos cantan al alba, sin embargo, y ahora, según mi reloj, son las doce del mediodía. Deambulo por la Feria y saludo a los colegas que deambulan tan idos como yo. Ido × ido = una cárcel en el cielo de la literatura. Deambulo. Deambulo. El honor de los poetas: el canto que escuchamos como pálida condena. Veo rostros juveniles que miran los libros expuestos y buscan sus monedas en el fondo de unos bolsillos oscuros como la esperanza. 7 × 1 = 8, me digo mientras miro con el rabillo del ojo a estos jóvenes lectores y una imagen informe y lenta como un iceberg se superpone a sus caritas ajenas y sonrientes. Todos pasamos bajo el balcón donde cuelgan las letras A y E y su sangre nos chorrea y nos ensucia para siempre. Pero el balcón es pálido como nosotros y la palidez jamás ataca a la palidez. Por otro lado, y esto lo digo en mi descargo, el balcón también deambula con nosotros. En otras latitudes a esto se le llama mafia. Veo una oficina, veo un ordenador encendido, veo un pasillo solitario. Palidez × iceberg = un pasillo solitario que nuestro miedo va llenando de gente, personas que deambulan por la Feria del Pasillo buscando no un libro sino una certeza que apuntale el vacío de nuestras certezas. Así interpretamos la vida en los momentos de máxima desesperación. Gregarios. Bederres. El bisturí corta los cuerpos. A y E × Feria del Libro = otros cuerpos; leves, incandescentes, como si anoche mi editor me hubiera dado por el culo. Morir puede parecer una buena respuesta, diría Blanchot. 31 × 31 = 962 buenas razones. Ayer sacrificamos a un joven escritor sudamericano en el altar de los sacrificios de nuestra villa. Mientras su sangre goteaba por el bajorrelieve de nuestras ambiciones pensé en mis libros y en el olvido, y eso, por fin, tenía sentido. Un escritor, hemos establecido, no debe parecer un escritor. Debe parecer un banquero, un hijo de papá que envejece sin demasiados temblores, un profesor de matemáticas, un funcionario de prisiones. Dendriformes. Así, paradójicamente, deambulamos. Nuestra arborescencia × palidez del balcón = el pasillo de nuestro triunfo. ¿Cómo no se dan cuenta los jóvenes, los lectores por antonomasia, de que somos unos mentirosos? ¡Si basta con mirarnos! ¡En nuestras jetas está marcada a fuego nuestra impostura! Sin embargo, no se dan cuenta y nosotros podemos recitar con total impunidad: 8, 5, 9, 8, 4, 15, 7. Y podemos deambular y saludarnos (yo, al menos, saludo a todo el mundo, a los jurados y a los verdugos, a los patrones y a los estudiantes), y podemos alabar al maricón por su irrestricta heterosexualidad y al impotente por su virilidad y al cornudo por su honra inmaculada. Y nadie gime: no hay desgarro. Sólo nuestro silencio nocturno cuando a cuatro patas nos dirigimos hacia las hogueras que alguien a una hora misteriosa y con una finalidad incomprensible ha encendido para nosotros. El azar nos guía aunque nada hemos dejado al azar. Un escritor debe parecer un censor, nos dijeron nuestros mayores y hemos seguido esa flor de pensamiento hasta su penúltima consecuencia. Un escritor debe parecer un articulista de periódico. Un escritor debe parecer un enano y DEBE sobrevivir. Si no tuviéramos, encima, que leer, nuestro trabajo sería un punto suspendido en la nada, un mandala reducido a su mínima expresión, nuestro silencio, nuestra certeza de tener un pie cristalizado en el otro lado de la muerte. Fantasías. Fantasías. Quisimos, en algún pliegue perdido del pasado, ser leones y sólo somos gatos capados. Gatos capados casados con gatas degolladas. Todo lo que empieza como comedia acaba como ejercicio criptográfico.

Pablo del Valle, Feria del Libro, Madrid, julio de 1994.
Voy a contarles algo acerca del honor de los poetas. Hubo una época en que yo no tenía dinero ni tenía el nombre que ahora tengo: estaba en el paro y me llamaba Pedro García Fernández. Pero tenía talento y era amable. Conocí a una mujer. Conocí a muchas mujeres, pero sobre todo conocí a una mujer. Esta mujer, cuyo nombre es preferible dejar en el anonimato, se enamoró de mí. Ella trabajaba en Correos. Era funcionaria de Correos, decía yo cuando los amigos me preguntaban qué hacía mi mujer. En realidad eso era un eufemismo para no decir que ella era cartera. Vivimos juntos durante un tiempo. Por las mañanas mi mujer salía a trabajar y no regresaba hasta las cinco de la tarde. Yo me levantaba cuando oía el leve ruido que hacía la puerta al cerrarse (ella era delicada con mi descanso) y me ponía a escribir. Escribía sobre cosas elevadas. Jardines, castillos perdidos, cosas así. Después, cuando me cansaba, leía. Pío Baroja, Unamuno, Antonio y Manuel Machado, Azorín. A la hora de comer,

salía a la calle, a un restaurante en donde me conocían. Por la tarde, corregía. Cuando ella regresaba del trabajo solíamos hablar durante un rato, ¿pero de qué podía hablar un literato con una cartera? Yo hablaba de lo que había escrito, de lo que planeaba escribir: una glosa sobre Manuel Machado, un poema sobre el Espíritu Santo, un ensayo cuya primera frase era: a mí también me duele España. Ella hablaba de las calles que había recorrido y de las cartas que había repartido. Hablaba de los sellos, algunos rarísimos, y de las caras que había entrevisto en su larga mañana de repartidora de cartas. Después, cuando ya no aguantaba más, le decía adiós y me iba a vagabundear por los bares de Madrid. A veces acudía a presentaciones de libros. Más que nada por las copas gratis y por los canapés. Iba a la Casa de América y escuchaba a los orondos escritores hispanoamericanos. Iba al Ateneo y escuchaba a los satisfechos escritores españoles. Más tarde me reunía con amigos y hablábamos de nuestras obras o nos íbamos todos juntos a visitar al Maestro. Pero por sobre la cháchara literaria yo seguía escuchando el ruido de los zapatos sin tacones de mi mujer que recorría su zona de reparto una y otra vez, silenciosa, arrastrando su bolsón amarillo o su carrito amarillo, eso dependía del grueso de la correspondencia a entregar, y entonces me desconcentraba, mi lengua, segundos antes ingeniosa, punzante, se volvía de trapo y me sumía en un hosco e involuntario silencio que los demás, incluido nuestro Maestro, solían interpretar, por suerte para mí, como una muestra de mi talante reflexivo, reconcentrado, filosófico. A veces, cuando volvía a casa a las tantas de la madrugada, me detenía en el barrio en el que ella solía trabajar y remedaba, simulaba, imitaba con gestos entre militares y fantasmales, su rutina diaria. Al final terminaba vomitando y llorando apoyado en un árbol, preguntándome a mí mismo cómo era posible que yo pudiera convivir con esa mujer. Nunca encontré respuestas o las que encontré no resultaban plausibles, pero lo cierto es que no la dejé. Vivimos juntos durante mucho tiempo. A veces, en un alto en la escritura y para consolarme, me decía que peor hubiera sido que fuera carnicera. Yo hubiera preferido, más que nada por seguir la moda, que fuera policía. Policía era mejor que cartera. Cartera, sin embargo, era mejor que carnicera. Después seguía escribiendo y escribiendo, enrabietado o al borde del desmayo, y cada vez dominaba más los rudimentos del oficio. Así fueron pasando los años y durante todo ese tiempo yo chuleé a mi mujer. Finalmente me gané el premio Nuevas Voces del Ayuntamiento de Madrid y de la noche a la mañana me vi en posesión de tres millones de pesetas y de una oferta para trabajar en uno de los más conspicuos periódicos de la capital. Hernando García León escribió una reseña elogiosísima de mi libro. La primera y la segunda edición se agotaron en menos de tres meses. He aparecido en dos programas de televisión, si bien en uno de ellos tengo la impresión de que me llevaron para que hiciera el payaso. Estoy escribiendo mi segunda novela. Y dejé a mi mujer. Le dije que nuestros caracteres eran incompatibles y que no le quería hacer daño y que esperaba que todo le fuera bien y que ella sabía que podía contar conmigo en cualquier momento, para lo que fuera. Después metí mis libros en cajas de cartón, mi ropa en una maleta y me marché. El amor, no recuerdo qué clásico lo dijo, sonríe a los que triunfan. No tardé en ponerme a vivir con otra mujer. He alquilado un piso en Lavapiés, un piso que pago yo, y en donde soy feliz y productivo. Mi actual mujer estudia filología inglesa y escribe poesía. Solemos hablar de libros. Y a veces se le ocurren ideas muy buenas. Creo que hacemos una estupenda pareja: la gente nos mira y asiente, de alguna manera personificamos el futuro y el optimismo no reñido con la sensatez y la reflexión. Algunas noches, sin embargo, cuando estoy en mi estudio dando los últimos toques a mi crónica semanal o revisando algunas páginas de mi novela, escucho pasos en la calle y tengo la impresión, casi la certeza, de que se trata de la cartera que ha salido a repartir la correspondencia a una hora inoportuna. Me asomo al balcón y no veo a nadie o tal vez veo al borrachín de turno de vuelta a casa, perdiéndose por una esquina. No pasa nada. No hay nadie. Cuando vuelvo a mi escritorio, no obstante, los pasos se repiten y entonces sé que la cartera está trabajando, que aunque no la vea la cartera está recorriendo su zona en la peor hora para mí. Y entonces dejo mi crónica semanal y dejo el capítulo de mi novela y trato de escribir un poema o dedicarle el resto de la noche a mi dietario, pero no puedo. El ruido de sus zapatos sin tacones resuena en el interior de mi cabeza. Un sonido apenas perceptible y que yo sé cómo exorcizar: me levanto, camino hasta el dormitorio, me desnudo, me meto en la cama en donde encuentro el cuerpo perfumado de mi mujer, le hago el amor, a veces con mucha dulzura, a veces de forma violenta, y después me duermo y sueño que ingreso en la Academia. O no. Es un decir. A veces, en realidad, sueño que ingreso en el Infierno. O no sueño nada. O sueño que me han castrado y que con el paso del tiempo unos testículos muy pequeñitos, como dos olivas incoloras, me vuelven a brotar de la entrepierna, y que yo los acaricio con una mezcla de amor y temor y que los mantengo en secreto. El día ahuyenta a los fantasmas. Por supuesto, de esto no hablo con nadie. Hay que mostrarse fuerte. El mundo de la literatura es una jungla. Yo pago mi relación con la cartera con unas cuantas pesadillas, con unos cuantos fenómenos auditivos. No está mal, lo acepto. Si tuviera menos sensibilidad, seguramente ya ni siquiera me acordaría de ella. A veces incluso tengo ganas de llamarla por teléfono, de seguirla en su reparto diario y verla, por primera vez, trabajar. A veces tengo ganas de quedar con ella en algún bar de su barrio que ya no es el mío y preguntarle por su vida: si ya tiene un nuevo amante, si ha repartido alguna carta proveniente de Malasia o Tanzania, si aún recibe, por Navidad, el aguinaldo del cartero. Pero no lo hago. Me conformo con oír sus pasos, cada vez más débiles. Me conformo con pensar en la inmensidad del Universo. Todo lo que empieza como comedia termina como película de terror.

Marco Antonio Palacios, Feria del Libro, Madrid, julio de 1994. He aquí algo sobre el honor de los poetas. Yo tenía diecisiete años y unos deseos irrefrenables de ser escritor. Me preparé. Pero no me quedé quieto mientras me preparaba, pues comprendí que si así lo hacía no triunfaría jamás. Disciplina y un cierto encanto dúctil, ésas son las claves para llegar a donde uno se proponga. Disciplina: escribir cada mañana no menos de seis horas. Escribir cada mañana y corregir por las tardes y leer como un poseso por las noches. Encanto, o encanto dúctil: visitar a los escritores en sus residencias o abordarlos en las presentaciones de libros y decirles a cada uno justo aquello que quiere oír. Aquello que quiere oír desesperadamente. Y tener paciencia, pues no siempre funciona. Hay cabrones que te dan una palmadita en la espalda y luego si te he visto no me acuerdo. Hay cabrones duros y crueles y mezquinos. Pero no todos son así. Es necesario tener paciencia y buscar. Los mejores son los homosexuales, pero, ojo, es necesario saber en qué momento detenerse, es necesario saber con precisión qué es lo que uno quiere, de lo contrario puedes acabar enculado de balde por cualquier viejo maricón de izquierda. Con las mujeres ocurre tres cuartas partes de lo mismo: las escritoras españolas que pueden echarte un cable suelen ser mayores y feas y el sacrificio a veces no vale la pena. Los mejores son los heterosexuales ya entrados en la cincuentena o en el umbral de la ancianidad. En cualquier caso: es ineludible acercarse a ellos. Es ineludible cultivar un huerto a la sombra de sus rencores y resentimientos. Por supuesto, hay que empollar sus obras completas. Hay que citarlos dos o tres veces en cada conversación. ¡Hay que citarlos sin descanso! Un consejo: no criticar nunca a los amigos del maestro. Los amigos del maestro son sagrados y una observación a destiempo puede torcer el rumbo del destino. Un consejo: es preceptivo abominar y despacharse a gusto contra los novelistas extranjeros, sobre todo si son norteamericanos, franceses o ingleses. Los escritores españoles odian a sus contemporáneos de otras lenguas y publicar una reseña negativa de uno de ellos será siempre bien recibida. Y callar y estar al acecho. Y delimitar las áreas de trabajo. Por la mañana escribir, por la tarde corregir, por las noches leer y en las horas muertas ejercer la diplomacia, el disimulo, el encanto dúctil. A los diecisiete años quería ser escritor. A los veinte publiqué mi primer libro. Ahora tengo veinticuatro y en ocasiones, cuando miro hacia atrás, algo semejante al vértigo se instala en mi cerebro. He recorrido un largo camino, he publicado cuatro libros y vivo holgadamente de la literatura (aunque si he de ser sincero, nunca necesité mucho para vivir, sólo una mesa, un ordenador y libros). Tengo una colaboración semanal con un periódico de derechas de Madrid. Ahora pontifico y suelto tacos y le enmiendo la plana (pero sin pasarme) a algunos políticos. Los jóvenes que quieren hacer una carrera como escritor ven en mí un ejemplo a seguir. Algunos dicen que soy la versión mejorada de Aurelio Baca. No lo sé. (A los dos nos duele España, aunque creo que por el momento a él le duele más que a mí.) Puede que lo digan sinceramente, pero puede que lo digan para que me confíe y afloje. Si es por esto último no les voy a dar el gusto: sigo trabajando con el mismo tesón que antes, sigo produciendo, sigo cuidando con mimo mis amistades. Aún no he cumplido los treinta y el futuro se abre como una rosa, una rosa perfecta, perfumada, única. Lo que empieza como comedia acaba como marcha triunfal, ¿no?

Hernando García León, Feria del Libro, Madrid, julio de 1994. Todo empezó, como todo lo grande, con un sueño. Hace un tiempo, menos de un año, me di un garbeo por uno de los cafés de mayor raigambre literaria y conversé con diversos autores de nuestra España doliente. Entre el guirigay de costumbre todos aquellos con quienes dialogué afirmaron (y aquí la unanimidad no es sospechosa) que mi último libro era, si no uno de los más vendidos, sí uno de los más leídos. Puede ser, de mercadeos yo no me ocupo. Tras la cortina de elogios, sin embargo, entreví una sombra. Mis pares me elogiaban, los más jóvenes veían en mí –y se ufanaban de ello– a un maestro, pero tras la cortina de halagos yo presentí la respiración, la inminencia de algo desconocido. ¿Qué era aquello? Lo ignoraba. Un mes después, hallándome en una de las salas de embarque del aeropuerto, dispuesto a ausentarme por unos días de nuestra España maldiciente, se me acercaron tres jóvenes, espigados y cerúleos, y me dijeron en buen romance que mi último libro les había cambiado la vida. Curioso, aunque ciertamente no eran, ni mucho menos, los primeros en interpelarme de esta guisa. Proseguí mi viaje. Hice una escala en Roma. En el *duty free shop* se me quedó mirando fijamente un hombre de aspecto interesante. Era un austriaco en viaje de negocios (no le pregunté a qué se dedicaba), de nombre Hermann Künst, y que seducido por mi anterior libro, que había leído en español pues que yo sepa aún no se ha traducido al alemán, deseaba conseguir de mí un autógrafo. Sus alabanzas me dejaron anonadado. Al llegar a Nepal, en el hotel, un muchacho de no más de quince años me preguntó si yo era Hernando García León. Le dije que sí y ya me disponía a darle una propina cuando el mozalbete se declaró ferviente admirador de mi obra y poco después, casi sin darme cuenta, me vi estampando mi firma sobre un ajado ejemplar de *Entre toros y ángeles*, para ser más concretos en la octava edición española, con fecha de 1986. Lamentablemente en aquel momento ocurrió un percance que no viene a cuento relatar aquí que me privó de interrogar a aquel joven lector por las visicitudes o vericuetos que habían hecho llegar mi libro hasta sus manos. Esa noche soñé con San Juan Bautista. El descabezado se me acercaba a la cama del hotel y me decía: ve a Nepal, Hernando, y se abrirán para ti las páginas de un libro magnífico. Pero si estoy en Nepal, le contestaba con la media lengua de los durmientes. Pero el Bautista repetía: ve a Nepal, Hernando, etcétera, etcétera, como si se tratara de mi agente literaria. A la mañana siguiente olvidé el sueño. Durante una excursión por las montañas de Katmandú me encontré de sopetón con un grupo de turistas de nuestra España azorada. Fui reconocido (yo estaba solo, demás está precisarlo, meditando tras una roca) y sometido a la usual sesión de preguntas y respuestas, cual si estuviéramos en un programa televisivo. La sed de conocimientos de mis compatriotas era grande, compulsiva, inagotable. Firmé dos ejemplares. De vuelta al hotel, aquella noche volví a soñar con San Juan Bautista, mas con la variante, prestigiosa variante, de que esta vez venía acompañado de una sombra, un ser embozado que permanecía a una cierta distancia mientras el descabezado hablaba. Su alocución, en esencia, venía a ser la misma de la noche anterior. Me urgía a visitar el Nepal y me prometía las mieles de un libro magnífico, digno de la pluma más arriesgada. Estos sueños se repitieron, una noche sí y otra también, prácticamente durante toda mi estancia en Oriente. Regresé a Madrid y tras someterme de mala gana al imperativo de las entrevistas de rigor, me desplacé a Orejuela de Arganda, un pueblito o aldea de la sierra, con la robusta intención de acometer una labor de creación. Volví a soñar con San Juan Bautista. Macho, Hernando, esto es demasiado, me dije en medio del sueño y con un esfuerzo mental que sólo pueden permitirse quienes han ejercitado sus nervios en situaciones limítrofes, conseguí despertar de golpe. La habitación estaba sumida en el silencio feraz de la noche castellana. Abrí las ventanas y respiré el aire puro de la sierra. No eché en falta la época, ya lejana, en que fumaba dos paquetes diarios, aunque por una microfracción de segundo pensé que no hubiera estado mal fumarme un pitillo. Como hombre que no tiene tiempo que perder, dediqué mi insomnio a revisar papeles, concluir cartas, preparar borradores de artículos y conferencias, las servidumbres de un autor de éxito, algo que no comprenderán jamás los resentidos y envidiosos que no pasan nunca de los mil ejemplares. Después volví a la cama y como suele ocurrirme me dormí instantáneamente. De una negrura como pintada por Zurbarán resurgió San Juan Bautista y me miró a los ojos. Me hizo un gesto con la cabeza y después dijo: te dejo, Hernando, pero no te quedas solo. Contemplé el paisaje que poco a poco fue aclarándose, como si una brisa o un aliento angélico deshiciera las brumas y las negruras, aunque preservando, digamos, el luto propio de la mañana. Al fondo, a unos tres metros de mi cama, junto a un peñasco, aguardaba paciente la sombra enrebozada. ¿Quién eres?, dije. Mi voz me sonó temblorosa. Estoy a punto de echarme a llorar, pensé, sobrecogido, en medio del sueño y de aquella lóbrega mañana. Sin embargo, haciendo de tripas corazón, pude repetir la pregunta: ¿quién eres? Entonces la sombra tembló o con un movimiento preciso (y de todo el cuerpo) se sacudió el rocío del alba o simplemente mis ojos, descolocados, me hicieron percibir como temblor algo que no lo era, y tras el temblor comenzó a caminar en dirección a mi cama, sus pies que no parecían hollar el suelo, y sin embargo yo escuchaba el ruido de las piedras, el canto de las piedras gozosas al sentir la planta de sus pies en el lomo, crujido y tintineo al mismo tiempo, murmullo y rumor, como si las piedras fueran hierba de los campos y los pies aire o agua, y entonces me levanté, con ímprobos esfuerzos, de la cama, y apoyado sobre un codo le pregunté quién eres, qué quieres de mí, sombra, qué se esconde bajo ese rebozo, y la sombra siguió avanzando por el predio de piedras y guijarros cenicientos hasta llegar junto a mi cama, y entonces se detuvo y las piedras dejaron de cantar o arrullar o zurear, un silencio enorme se instaló en mi habitación y en el valle y en las faldas de las montañas, y yo cerré los ojos y me dije valor, Hernando, que en peores sueños te has visto, y los volví a abrir. Y entonces la sombra se quitó el rebozo o tal vez sólo fuera un capidengue y ante mí apareció la Virgen María y su luz no era cegadora, como dice mi amiga Patricia Fernández-García Errázuriz, que ha tenido varias experiencias de este tipo, sino una luz grata a la pupila, una luz acorde con la luz de la mañana. Y antes de quedarme mudo dije: ¿qué quieres, Señora, de este pobre servidor? Y ella dijo: Hernando, hijo mío, quiero que escribas un libro. El resto de nuestra conversación es algo que no puedo contar. Pero escribí. Me puse a la faena dispuesto a dejar la piel en el empeño y al cabo de tres meses tenía trescientas cincuenta cuartillas que puse en la mesa de mi editor. Su título: *La nueva era y la escalera ibérica*. Hoy, según me han dicho, se han vendido más de mil ejemplares. Por supuesto, no los he firmado todos pues no soy Supermán. Todo lo que empieza como comedia indefectiblemente acaba como misterio.

Pelayo Barrendoáin, Feria del Libro, Madrid, julio de 1994. Primero: aquí estoy yo, dopado, con los antidepresivos saliéndome hasta por las orejas, recorriendo esta Feria aparentemente tan simpática en donde Hernando García León tiene tantos y tantos lectores y en donde Baca, en las antípodas de García León pero tan beato como él, tiene tantos y tantos lectores y en donde hasta mi viejo amigo Pere Ordóñez tiene algunos lectores y en donde hasta yo, para qué seguir, para qué ir más lejos, tengo también mi cupo de lectores, los reventados, los golpeados, los que tienen en la cabeza pequeñas bombas de litio, ríos de Prozac, lagos de Epaminol, mares muertos de Rohipnol, pozos cegados de Tranquimazín, mis hermanos, los que chupan de mi locura para alimentar su locura. Y yo estoy aquí con mi enfermera, aunque puede que no sea una enfermera sino una asistente social, una educadora especial, puede que incluso una abogada, en cualquier caso yo estoy aquí con una mujer que parece ser mi enfermera, al menos eso podría deducirse por la prontitud con que me ofrece las píldoras milagrosas, las bombas que atenazan mi cerebro y me impiden cometer una barbaridad, una mujer que camina a mi lado y cuya sombra, tan grácil, cuando me vuelvo, roza mi sombra, tan pesada, tan voluminosa, mi sombra que parece avergonzarse de fluir junto a su sombra, pero que si uno la observa con más atención, como yo hago, luego parece perfectamente feliz de fluir junto a su sombra. Mi sombra de Oso Yogui del Tercer Milenio y su sombra de discípula de Hipatía. Y es justamente entonces cuando me gusta estar aquí, más que nada porque a mi enfermera le gusta ver tantos libros juntos y caminar junto al loco más célebre de la llamada poesía española o de la llamada literatura española. Y es entonces cuando me da por sonreír misteriosamente o por canturrear misteriosamente y ella me pregunta por qué me río o por qué canturreo y yo le digo que me río porque me parece ridículo todo esto, porque me parece ridículo Hernando García León haciendo de San Juan Bautista o de San Ignacio de Loyola o de beato Escrivá y porque me parece ridículo la gran lucha por el nombre y la gran lucha por el lector de todos estos escritores atrincherados en sus respectivas casetas de amianto. Y ella me mira y pregunta por qué canturreo. Y yo le digo que son poemas, que mis canturreos son poemas que voy pensando e intentando memorizar. Y entonces mi enfermera sonríe y asiente, feliz con mis respuestas, y es en esas ocasiones, cuando el gentío es enorme y la aglomeración adquiere tintes de peligro (en los alrededores de la caseta de Aurelio Baca, según me explica mi enfermera), que su mano busca mi mano, y la encuentra sin ningún problema, y atravesamos lentamente las zonas de sol ardiente y de sombra gélida tomados de la mano, su sombra arrastrando a mi sombra pero sobre todo su cuerpo arrastrando a mi cuerpo. Y aunque la verdad es otra (yo sonrío para no aullar, yo canturreo para no rezar o blasfemar), a mi enfermera le basta y le sobra con mi versión, lo que no dice mucho de sus dotes de psicóloga, pero sí de su proclividad a vivir, o de gozar con el sol que cae sobre El Retiro, o de sus irrefrenables ansias de ser feliz. Y es entonces cuando pienso en cosas poco poéticas, al menos desde cierta perspectiva, como el paro (del que mi enfermera acaba de salir gracias a que yo estoy loco) o como los estudios de Derecho (que mi abogada acaba de cambiar por la lectura de novela española gracias a que yo estoy loco), y tanto el paro como las horas perdidas se alzan delante de mis ojos como un único globo rojo que sube y sube hasta hacerme llorar, Dédalo dolorido por la suerte de Ícaro, Dédalo condenado, y luego bajo otra vez al planeta Tierra, a la Feria del Libro y ensayo una sonrisa de lado, sólo para ella, pero no es ella quien me ve sonreír, son mis lectores, los golpeados, los masacrados, aquellos locos a quienes alimento con mi locura y que terminarán por matarme o por matar mi infinita paciencia, son mis críticos los que me ven, los que quieren sacarse una foto conmigo pero que no soportarían mi presencia más de ocho horas seguidas, son los escritores-presentadores de televisión, los que adoran la locura de Barrendoáin mientras mueven sensatamente la cabeza, y no ella, jamás ella, la tonta, la estúpida, la inocente, la que ha llegado demasiado tarde, la que se interesa por la literatura sin imaginarse los infiernos que se esconden debajo de las podridas o impolutas páginas, la que ama las flores sin saber que en el fondo de los jarrones viven los monstruos, la que pasea por la Feria del Libro y me arrastra, la que sonríe a los fotógrafos que me apuntan, la que arrastra también a mi sombra y a su sombra, la ignorante, la desposeída, la desheredada, la que me sobrevivirá y mi único consuelo. Todo lo que empieza como comedia acaba como un responso en el vacío.

Felipe Müller, bar Céntrico, calle Tallers, Barcelona, septiembre de 1995. Ésta es una historia de aeropuerto. Me la contó Arturo en el aeropuerto de Barcelona. Es la historia de dos escritores. En el fondo, una nebulosa. Las historias que se cuentan en los aeropuertos se olvidan rápido, a menos que sea una historia de amor y ésta no lo es. Creo que conocimos a esos escritores o que al menos él los conoció. ¿En Barcelona, en París, en México? Eso no lo sé. Uno de ellos es peruano y el otro cubano, aunque no sería capaz de asegurarlo al cien por ciento.

Cuando me contó la historia Arturo no sólo estaba seguro de sus nacionalidades sino que también mencionó sus nombres. Pero yo apenas le presté atención. Creo, más bien dicho deduzco, que son de nuestra generación, es decir de los nacidos en la década del cincuenta. Sus destinos, según Arturo, esto sí que lo recuerdo con claridad, fueron ejemplificantes. El peruano era marxista, al menos sus lecturas discurrían por esta senda: conocía a Gramsci, a Luckacs, a Althusser. Pero también había leído a Hegel, a Kant, a algunos griegos. El cubano era un narrador feliz. Esto hay que escribirlo con mayúsculas: un Narrador Feliz. No leía a teóricos sino a literatos, a poetas, a cuentistas. Ambos, peruano y cubano, nacieron en el seno de familias pobres, el primero en una familia proletaria y el segundo en una familia campesina. Los dos crecieron como niños alegres, dispuestos a la alegría, con una gran voluntad de ser felices. Arturo decía que debieron de ser dos niños muy hermosos. Bueno: yo creo que todos los niños son hermosos. Por supuesto, descubrieron su vocación literaria desde muy temprano: el peruano escribía poemas y el cubano cuentos. Los dos creían en la revolución y en la libertad. Más o menos como todos los escritores latinoamericanos nacidos en la década del cincuenta. Luego crecieron: en una primera etapa el peruano y el cubano conocieron el esplendor, sus textos eran publicados, la crítica unánimemente los alababa, se hablaba de ellos como de los mejores escritores jóvenes del continente, uno en el campo de la poesía y el otro en la narrativa, implícitamente comenzó a esperarse de ellos la obra decisiva. Pero entonces ocurrió lo que suele ocurrirles a los mejores escritores de Latinoamérica o a los mejores escritores nacidos en la década del cincuenta: se les reveló, como una epifanía, la trinidad formada por la juventud, el amor y la muerte. ¿Cómo afectó esta aparición a sus obras? Al principio, de forma apenas visible: como si un cristal sobreimpuesto a otro cristal experimentara un ligero movimiento. Sólo unos pocos amigos se dieron cuenta. Después, ineludiblemente, se encaminaron hacia la hecatombe o el abismo. El peruano obtuvo una beca y se marchó de Lima. Durante un tiempo recorrió Latinoamérica, pero no tardó mucho en embarcarse con destino a Barcelona y luego a París. Arturo, según creo, lo conoció en México pero su amistad con él se cimentó en Barcelona. Por aquella época todo parecía indicar que su carrera literaria sería meteórica, sin embargo, vaya uno a saber por qué, los editores y los escritores españoles no se interesaron, salvo contadas excepciones, por su obra. Después se marchó a París y allí entró en contacto con estudiantes peruanos maoístas. Según Arturo, el peruano siempre había sido maoísta, un maoísta lúdico e irresponsable, un maoísta de salón, pero en París, de una manera u otra, lo convencieron, digamos, de que él era la reencarnación de Mariátegui, el martillo o el yunque, no podría precisarlo, con el cual iban a destrozar a los tigres de papel que campeaban a sus anchas en Latinoamérica. ¿Por qué Belano creía que su amigo peruano jugaba? Bueno, no le faltaban motivos: un día podía escribir páginas horribles y panfletarias y al día siguiente un ensayo cuasi ilegible sobre Octavio Paz en donde todo eran zalamerías y alabanzas al poeta mexicano. Para ser maoísta, aquello no era muy serio. No era consecuente. En realidad, como ensayista el peruano resultó siempre un desastre, ya fuera en el papel de portavoz de los campesinos desheredados o en el de adalid de la poesía paciana. Como poeta, en cambio, seguía siendo bueno, en ocasiones incluso muy bueno, arriesgado, innovador. Un día, el peruano decidió regresar al Perú. Tal vez creyó llegado el momento de que el nuevo Mariátegui retornara al suelo patrio, tal vez sólo quiso aprovechar los últimos ahorros de su beca para vivir en un lugar más barato y trabajar en sus nuevas obras con tranquilidad y tesón. Pero tuvo mala suerte. No bien puso un pie en el aeropuerto de Lima cuando Sendero Luminoso, como si lo hubiera estado esperando, se levantó como un desafío tangible, como una fuerza que amenazaba con extenderse por todo el Perú. Evidentemente, el peruano no pudo retirarse a escribir a un pueblito de la sierra. A partir de allí todo le fue mal. Desapareció la joven promesa de las letras nacionales y apareció un tipo cada vez con más miedo, cada vez más enloquecido, un tipo que sufría al pensar que había cambiado Barcelona y París por Lima, en donde los que no despreciaban su poesía lo odiaban a muerte por revisionista o perro traidor y en donde, a los ojos de la policía, había sido, a su manera, es cierto, uno de los ideólogos de la guerrilla milenarista. Es decir, de golpe y porrazo el peruano se encontró varado en un país en donde podía ser asesinado tanto por la policía como por los senderistas. Unos y otros tenían motivos de sobra, unos y otros se sentían afrentados por las páginas que él había escrito. A partir de ese momento todo lo que él hace para salvaguardar su vida lo acerca de forma irremediable a la destrucción. Resumiendo: al peruano se le cruzaron los cables. El que antes fuera un entusiasta del Grupo de los Cuatro y de la Revolución Cultural, se transformó en un seguidor de las teorías de madame Blavatsky. Volvió al redil de la Iglesia Católica. Se hizo ferviente seguidor de Juan Pablo II y enemigo acérrimo de la teología de la liberación. La policía, sin embargo, no creyó en esta metamorfosis y su nombre siguió estando en los archivos de gente potencialmente peligrosa. Sus amigos, en cambio, los poetas, los que esperaban algo de él, sí que creyeron en sus palabras y dejaron de hablarle. Incluso su mujer no tardó en abandonarlo. Pero el peruano perseveró en su locura y se mantuvo en sus trece. En su polo norte final. Por supuesto, no ganaba dinero. Se fue a vivir a casa de su padre, quien lo mantenía. Cuando su padre murió, lo mantuvo su madre. Y por supuesto, no dejó de escribir y de producir libros enormes e irregulares en donde a veces se percibía un humor tembloroso y brillante. En ocasiones llegó a presumir, años después, de que se mantenía casto desde 1985. También: perdió cualquier atisbo de vergüenza, de compostura, de discreción. Se volvió desmesurado (es decir, tratándose de escritores latinoamericanos, *más* desmesurado de lo habitual) en los elogios y perdió completamente el sentido del ridículo en las autoalabanzas. Sin embargo, de vez en cuando, escribía poemas muy hermosos. Según Arturo, para el peruano los dos más grandes poetas de América eran Whitman y él. Un caso raro. El caso del cubano es distinto. El cubano era feliz y sus textos eran felices y radicales. Pero el cubano era homosexual y las autoridades de la revolución no estaban dispuestas a tolerar a los homosexuales, así que tras un momento brevísimo de esplendor en el cual escribió dos novelas (breves también) de gran calidad, no tardó en verse arrastrado por la mierda y por la locura que se hacía llamar revolución. Poco a poco le empezaron a quitar lo poco que tenía. Perdió el trabajo, dejaron de publicarlo, intentaron que se convirtiera en soplón de la policía, lo persiguieron, interceptaron su correspondencia, finalmente lo metieron preso. Dos eran, aparentemente, los objetivos de los revolucionarios: que el cubano se curara de su homosexualidad y que, ya sano, trabajara por su patria. Ambos objetivos dan risa. El cubano aguantó. Como buen (o mal) latinoamericano, no le daba miedo la policía ni la pobreza ni dejar de publicar. Sus aventuras en la isla fueron innumerables y siempre, pese a todas las presiones, se mantuvo vivo y alerta. Un día se largó. Llegó a los Estados Unidos. Sus obras comenzaron a publicarse. Empezó a trabajar con más ahínco que antes, si cabe, pero Miami y él no estaban hechos para entenderse. Se marchó a Nueva York. Tuvo amantes. Contrajo el sida. En Cuba llegaron a decir: ya ven, si se hubiera quedado aquí no habría muerto. Durante un tiempo estuvo en España. Sus últimos días fueron duros: quería acabar de escribir un libro y apenas tenía fuerza para ponerse a teclear. Sin embargo, lo terminó. A veces se sentaba junto a la ventana de su departamento neoyorquino y pensaba en lo que pudo haber hecho y en lo que finalmente hizo. Sus últimos días fueron de soledad y de dolor y de rabia por todo lo irremediablemente perdido. No quiso agonizar en un hospital. Cuando acabó el último libro se suicidó. Eso me contó Arturo mientras esperábamos el avión que lo iba a sacar de España para siempre. El sueño de la Revolución, una pesadilla caliente. Tú y yo somos chilenos, le dije, y no tenemos culpa de nada. Me miró y no contestó. Luego se rió. Me dio un beso en cada mejilla y se fue. Todo lo que empieza como comedia acaba como monólogo cómico, pero ya no nos reímos.

24

Clara Cabeza, Parque Hundido, México DF, octubre de 1995. Yo fui la secretaria de Octavio Paz. No saben ustedes el trabajo que tenía. Que si escribir cartas, que si localizar manuscritos ilocalizables, que si telefonear a los colaboradores de la revista, que si conseguir libros que ya sólo se encontraban en una o dos universidades norteamericanas. Al cabo de dos años de estar trabajando para don Octavio ya tenía una cefalalgia crónica que me atacaba a eso de las once de la mañana y no se me iba, por más aspirinas que tomara, hasta las seis de la tarde. Generalmente lo que a mí me gustaba era hacer las labores más propiamente de casa, como preparar el desayuno o ayudar a la sirvienta a preparar la comida. Ahí me lo pasaba bien y además era un descanso para mi mente torturada. Yo solía llegar a la casa a las siete de la mañana, a una hora en la que no hay atascos de tránsito y si los hay no son tan largos y terribles como en las horas punta, y preparaba café, té, naranjadas, un par de tostadas, un desayuno sencillito, y luego me iba con la bandeja hasta la habitación de don Octavio y le decía don Octavio, despierte, ya es un nuevo día. La primera en abrir los ojos, de todas maneras, era la señora María José y siempre su despertar era alegre, su voz surgía de la oscuridad y me decía: deja el desayuno en la mesita, Clara, y yo le decía buenos días, señora, ya es un nuevo día. Luego me iba a la cocina otra vez y me preparaba mi propio desayuno, algo ligerito como el de los señores, un café, una naranjada y una o dos tostadas con mermelada, y después me iba a la biblioteca y me ponía a trabajar.

No saben ustedes el titipuchal de cartas que recibía don Octavio y lo difícil que era clasificarlas. Como ya se imaginarán, le escribían de los cuatro puntos cardinales y gente de toda clase, desde otros premios Nobel como él hasta jóvenes poetas ingleses o italianos o franceses. No digo yo que don Octavio contestara todas sus cartas, más bien sólo contestaba un quince o un veinte por ciento de las que recibíamos, pero el resto de todas maneras había que clasificarlas y guardarlas, vaya a saber por qué, yo de buen gusto las hubiera arrojado a la basura. El sistema de clasificación, por otra parte, era sencillo, las separábamos por nacionalidades y cuando la nacionalidad no estaba clara (esto solía pasar en cartas que le escribían en español, inglés y francés) las separábamos por idiomas. A veces, mientras trabajaba en la correspondencia, yo me ponía a pensar en la jornada laboral de las secretarias de los cantantes de música melódica o popular o de rock y me preguntaba si ellas también tenían que lidiar con tantísimas cartas como yo. Puede que sí, lo que es seguro es que no les llegarían cartas en tantas lenguas distintas. A veces don Octavio recibía cartas hasta en chino, con eso les digo todo. En esas ocasiones yo tenía que separar las cartas en un lotecito aparte que llamábamos *marginalia excentricorum* y que don Octavio revisaba una vez a la semana. Después, pero esto pasaba muy de tanto en tanto, me decía Clarita, coja el coche y váyase a ver a mi amigo Nagahiro. De acuerdo, don Octavio, le decía yo, pero el asunto no era tan fácil como lo pintaba él. Primero me pasaba la mañana telefoneando al tal Nagahiro y cuando por fin lo hallaba le decía don Nagahiro, tengo algunas cositas para que me las traduzca y él me daba una cita para un día de esa semana. A veces se las mandaba por correo o con un mensajero, pero cuando los papeles eran importantes, y eso lo notaba yo por la cara que ponía don Octavio, pues iba personalmente y no me movía de al lado del señor Nagahiro hasta que por lo menos me daba un resumen sucinto del contenido del papel o carta, resumen que yo anotaba en taquigrafía en mi libretita y que luego pasaba en limpio, imprimía y dejaba en el escritorio de don Octavio, en el extremo izquierdo, para que él si tenía a bien le echara una mirada y se sacara la curiosidad de encima.

Y luego estaba la correspondencia que don Octavio mandaba. Ahí sí que el trabajo era desquiciante, pues acostumbraba a escribir varias cartas a la semana, unas dieciséis más o menos, a los lugares más insospechados del mundo, algo que daba pasmo ver de cerca, pues una se preguntaba cómo ese hombre había hecho tantas amistades en sitios tan diversos e incluso diría antagónicos como Trieste y Sidney, Córdoba y Helsinki, Nápoles y Bocas del Toro (Panamá), Limoges y Nueva Delhi, Glasgow y Monterrey. Y para todos tenía una palabra de aliento o una reflexión de esas que se hacía como en voz alta y que, supongo, ponía al corresponsal a pensar y a darle vueltas a la cabeza. No voy a cometer la falta de desvelar lo que decía en sus cartas, sólo diré que hablaba más o menos de lo mismo que habla en sus ensayos y en sus poemas: de cosas bonitas, de cosas oscuras y de la otredad, que es algo en lo que yo he pensado mucho, supongo que como muchos intelectuales mexicanos, y que no he logrado averiguar de qué se trata. Otra de las cosas que yo hacía y muy a gusto era de enfermera, pues no por nada tengo un par de cursillos de primeros auxilios. Don Octavio ya por entonces no estaba muy sanote que digamos y tenía que medicarse cada día y como él siempre andaba pensando en sus cosas, pues se le olvidaba cuándo había que tomar las medicinas y al final se hacía un lío, que si ésta ya me la tomé al mediodía o si esta otra no me la tomé a las ocho de la mañana, en fin, un desorden con las pastillas al que, me enorgullezco de decir, yo puse fin, pues incluso me ocupé de que se tomara con puntualidad alemana aquellas que debía tomar cuando yo no estaba en casa. Para tal menester lo llamaba por teléfono desde mi departamento o desde donde estuviera y le decía a la sirvienta ¿don Octavio ya se tomó las pastillas de las ocho? y la sirvienta iba a mirar y si las píldoras que yo le había dejado dispuestas en un envase de plástico aún estaban allí, pues yo le ordenaba: llévaselas y que se las tome. A veces no hablaba con la sirvienta sino con la señora, pero yo igual: ¿se tomó su medicina don Octavio?, y la señora María José se ponía a reír y me decía ay Clarisa, ella a veces me llamaba Clarisa, no sé por qué, al final vas a conseguir que me ponga celosa, y cuando la señora María José decía eso yo como que me ruborizaba y como que tenía miedo de que ella viera cómo me ruborizaba, tonta que es una, ¿cómo iba a verlo si estábamos hablando por teléfono?, pero igual seguía llamando e insistiendo en que se tomara sus medicamentos a su hora, porque si no no sirven para nada, ¿verdad?

Otra de las cosas que hacía era preparar la agenda de don Octavio, llena de actividades sociales, que si fiestas o conferencias, que si invitaciones a inauguraciones de pintura, que si cumpleaños o doctorados *honoris causa*, la verdad es que de asistir a todos esos eventos el pobrecito no hubiera podido escribir ni una línea, no digo ya de sus ensayos, es que ni siquiera de sus poesías. Así que cuando le arreglaba la agenda él y la señora María José la examinaban con lupa e iban descartando cosas, yo a veces los observaba desde mi rinconcito y me decía para mí misma: muy bien, don Octavio, castíguelos con su indiferencia.

Y luego vino la época del Parque Hundido, un lugar que si quieren mi opinión no tiene el más mínimo interés, antes puede que sí, hoy está convertido en una selva donde campean los ladrones y los violadores, los teporochos y las mujeres de la mala vida.

La cosa sucedió así. Una mañana, yo acababa de llegar a la casa y aún no eran las ocho, me encontré a don Octavio levantado, esperándome en la cocina. Nada más verme me dijo: me va a hacer el favor de llevarme a tal parte, Clarita, en su carro de usted. ¿Qué les parece? Como si yo alguna vez me hubiera negado a hacer nada que él me hubiera pedido. Así que le dije: usted dirá adónde vamos, don Octavio. Pero él me hizo un gesto, sin decir nada, y salimos a la calle. Se acomodó a mi lado, en el coche, que dicho sea de paso sólo es un Volkswagen, o sea que no es muy cómodo. Cuando lo vi allí, sentado y con ese aire ausente, me dio un poco de pena por no tener un vehículo algo mejor que ofrecerle, aunque no le dije nada porque también pensé que si me disculpaba él lo podía interpretar como una especie de recriminación porque a final de cuentas era él quien me pagaba y si no tenía para un coche mejor se podía decir que también era por culpa suya, algo que jamás, ni en sueños, le he reprochado. Por lo tanto me quedé callada, disimulé lo mejor que pude y puse en marcha el motor. Las primeras calles las recorrimos al azar. Luego dimos una vuelta por Coyoacán y al final enfilamos por Insurgentes. Cuando apareció el Parque Hundido me ordenó que estacionara donde pudiera. Luego bajamos y don Octavio, tras echar una ojeada, se internó por el Parque que a esa hora no es que estuviera lleno, pero tampoco estaba vacío. Esto le debe traer algún recuerdo, pensé. A medida que caminábamos el Parque estaba más solo. Noté que el descuido o la desidia o la falta de medios o la más vil irresponsabilidad había deteriorado el parque hasta límites insospechables. Ya bien adentro del parque tomamos asiento en un banco y don Octavio se puso a contemplar las copas de los árboles o el cielo y luego murmuró algunas palabras que yo no entendí. Antes de salir había cogido las medicinas y una botellita de agua y como ya era la hora de tomárselas aproveché que estábamos sentados y se las di. Don Octavio me miró como si me hubiera vuelto loca pero se tomó sin rechistar sus pastillas. Luego me dijo: quédese usted aquí, Clarita, y se levantó y se puso a caminar por un caminito de tierra seca con pinaza y yo lo obedecí. Se estaba bien allí, eso hay que reconocerlo, a veces, por otras sendas del parque, veía las figuras de sirvientas que acortaban camino o de estudiantes que habían decidido no ir a clases aquella mañana, el aire era respirable, aquel día la contaminación no sería tan grande, de tanto en tanto incluso creo que escuchaba el piar de un pajarito. Mientras tanto don Octavio caminaba. Caminaba en círculos cada vez más grandes y a veces se salía de la senda y pisaba la hierba, una hierba enferma de tanto ser pisoteada y que los jardineros ya ni debían de cuidar.

Entonces fue cuando vi a ese hombre. También caminaba en círculos y sus pasos seguían la misma senda, sólo que en sentido contrario, así que por fuerza tenía que cruzarse con don Octavio. Para mí, fue como una alarma en el pecho. Me levanté y puse en alerta todos mis músculos por si era necesario intervenir, no por nada hice un cursillo de karate y judo hace unos años con el doctor Ken Takeshi, que en realidad se llamaba Jesús García Pedraza y había sido miembro de la policía federal. Pero no fue necesario: cuando el hombre se cruzó con don Octavio ni siquiera levantó la cabeza. Así que me quedé inmóvil y vi lo siguiente: don Octavio, al cruzarse con el hombre, se detuvo y se quedó como pensativo, luego hizo el ademán de seguir andando, pero esta vez ya no iba tan al azar o tan despreocupado como hacía unos minutos sino que más bien iba como calculando el momento en que ambas trayectorias, la suya y la del desconocido, iban a volver a cruzarse. Y cuando una vez más el desconocido pasó al lado de don Octavio, éste se giró y se lo quedó mirando con verdadera curiosidad. El desconocido también miró a don Octavio y yo diría que lo reconoció, algo que por lo demás no tiene nada de raro, todo el mundo, y cuando digo todo el mundo digo literalmente todo el mundo, lo conoce. Cuando volvimos a casa el ánimo de don Octavio había variado notablemente. Estaba más vivaracho, con más energía, como si el largo paseo matinal lo hubiera fortalecido. Recuerdo que en un momento del viaje recitó unos versos en inglés muy bonitos y yo le pregunté de quién eran los versos y él dijo un nombre, sería el nombre de un poeta inglés, lo olvidé, y luego como para cambiar de tema me preguntó por qué había estado yo tan nerviosa y me acuerdo que al principio no le contesté, tal vez sólo exclamara ay, don Octavio, y luego le expliqué que el Parque Hundido no era precisamente una zona tranquila, un lugar donde uno pudiera pasear y meditar sin temor a ser asaltado por desalmados. Y entonces don Octavio me miró y me dijo con una voz que salía como del corazón de un lobo: a mí no me asalta ni el presidente de la República. Y lo dijo con tanta seguridad que yo le creí y preferí no decir nada más.

Al día siguiente, al llegar a casa, don Octavio ya me estaba esperando. Salimos sin decirnos nada y yo conduje, ingenua de mí, hacia Coyoacán, pero cuando don Octavio se dio cuenta me dijo que pusiera rumbo al Parque Hundido sin otra dilación. La historia se repitió. Don Octavio me dejó sentada en un banco y se puso a pasear en círculos por el mismo sitio que el día anterior. Antes yo le di sus medicinas y él se las tomó sin mayores comentarios. Poco después apareció el hombre que también paseaba. Cuando lo vio don Octavio no pudo evitar mirarme desde la distancia como diciéndome: ya ve, Clarita, yo nunca hago nada por nada. El desconocido también me miró y luego miró a don Octavio y por un segundo me pareció que dudaba, que sus pasos se volvían más inseguros, más dubitativos. Pero no se echó para atrás, como llegué a temer, y él y don Octavio volvieron a caminar y volvieron a cruzarse y cada vez que se cruzaban levantaban la vista del suelo y se miraban a la cara y yo me di cuenta que los dos iban al principio como muy alertas el uno del otro, pero a la tercera vuelta ya iban muy reconcentrados y ya para entonces ni siquiera se miraban al cruzarse. Y yo creo que fue entonces que se me ocurrió que ninguno de los dos hablaba, digo, que ninguno de los dos murmuraba *palabras*, sino números, que los dos iban contando, yo no sé si sus pasos, que es lo más lógico que se me ocurre ahora, pero sí algo parecido, números al azar, tal vez, sumas o restas, multiplicaciones o divisiones. Cuando nos marchamos don Octavio estaba bastante cansado. Le brillaban los ojos, esos ojos tan bonitos que tiene, pero por lo demás parecía como si hubiera hecho una carrera. Les confieso que por un momento me preocupé y me pareció que si le pasaba algo la culpa sería mía. Me imaginé a don Octavio con un ataque al corazón, me lo imaginé muerto y luego imaginé a todos los escritores de México que tanto lo quieren (en especial los poetas) rodeándome en la sala de visitas de la clínica en donde don Octavio suele hacerse los chequeos médicos y preguntándome con miradas francamente hostiles que qué diablos le había hecho yo al único premio Nobel mexicano, que cómo era que don Octavio había sido encontrado tirado en el Parque Hundido, un lugar tan poco poético y tan ajeno, por otra parte, a los itinerarios urbanos de mi jefe. Y en mi imaginación yo no sabía qué respuesta darles, salvo decir la verdad, que por otra parte yo sabía que no iba a convencerlos y entonces para qué decirla, mejor quedarme callada, y en ésas estaba, conduciendo por las avenidas cada día más insoportables del DF e imaginándome inmersa en situaciones llenas de palabras acusatorias y de recriminación, cuando escuché que don Octavio me decía vamos a la universidad, Clarita, que tengo que hacer una consulta con un amigo. Y aunque en ese momento vi a don Octavio tan normal como siempre, tan dueño de sí mismo como siempre, la verdad es que yo ya no pude quitarme del pecho la espinita de la inquietud, el peso de una premonición más bien negra. Máxime cuando a eso de las cinco de la tarde don Octavio me llamó a su biblioteca y me dijo que hiciera una lista de los poetas mexicanos nacidos digamos a partir de 1950, una petición no más rara que otras, es cierto, pero dada la historia en la que estábamos embarcados, turbadora en grado extremo. Yo creo que don Octavio se dio cuenta de mi inquietud, nada difícil por otra parte, pues me temblaban las manos y me sentía como un pajarito en medio de una tormenta. Media hora después volvió a llamarme y cuando yo acudí me miró a los ojos y me preguntó si confiaba en él. Qué pregunta, don Octavio, le dije, qué cosas se le ocurren. Y él, como si no me oyera, me repitió la pregunta. Claro que sí, le dije, confío en usted más que en nadie. Entonces él me dijo: de lo que yo te diga aquí y de lo que has visto y de lo que veas mañana, ni una palabra a nadie. ¿Estamos? Se lo juro por mi madre que en paz descanse, le dije yo. Y él entonces hizo un gesto como si espantara moscas y dijo a ese muchacho yo lo conozco. ¿Ah, sí?, dije yo. Y él dijo: hace muchos años, Clarita, un grupo de energúmenos de la extrema izquierda planearon secuestrarme. No me diga, don Octavio, dije yo y me puse a temblar otra vez. Pues sí, dijo él, son las vicisitudes a las que se expone todo hombre público, Clarita, deje de temblar, vaya a servirse un whisky o lo que sea, pero tranquilícese. ¿Y ese hombre es uno de aquellos terroristas?, dije yo. Me parece que sí, dijo él. ¿Y a santo de qué lo querían secuestrar, don Octavio?, dije yo. Eso es un misterio, dijo él, tal vez estaban dolidos porque no les hacía caso. Es posible, dije yo, la gente acumula mucho rencor gratuito. Pero tal vez la cosa no iba por ahí, tal vez sólo se trataba de una broma. Vaya bromita, dije yo. Lo cierto es que nunca intentaron el secuestro, dijo él, pero lo anunciaron a bombo y platillo, y así llegó a mis oídos. ¿Y cuando usted lo supo, qué hizo?, dije yo. Nada, Clarita, me reí un poco y luego los olvidé para siempre, dijo él.

A la mañana siguiente volvimos al Parque Hundido. Yo había pasado una mala noche, mitad insomne y mitad atacada de los nervios que ni siquiera la lectura balsámica de Amado Nervo había podido mitigar (entre paréntesis, yo a don Octavio nunca le decía que leía a Amado Nervo sino a don Carlos Pellicer o a don José Gorostiza, a quienes por supuesto he leído, pero ya me dirán a mí de qué sirve leer la poesía de Pellicer o de Gorostiza cuando lo que una quiere es tranquilizarse, en el mejor de los casos dormirse, la verdad es que en casos así lo mejor es no leer nada, ni siquiera a Amado Nervo, sino ver la televisión, y a más tonto sea el programa, mejor), y tenía unas ojeras enormes que el maquillaje no podía disimular y hasta la voz la tenía un poco ronca, como si por la noche hubiera fumado un paquete de cigarrillos o hubiera bebido demasiado o algo parecido. Pero don Octavio no se dio cuenta de nada y se subió al Volkswagen y partimos para el Parque Hundido, sin decirnos nada, como si toda nuestra vida hubiéramos estado haciendo lo mismo, que era precisamente una de las cosas que más me crispaba los nervios, esa facilidad del ser humano para adaptarse de pronto a lo que sea. Es decir: si yo me ponía a pensar calmadamente, como debe de ser, y me decía que habíamos ido al Parque Hundido sólo dos veces, y que aquélla era la tercera visita, bueno, me costaba creerlo, porque *de verdad* parecía que hubiéramos ido muchas más veces, y si admitía que sólo habíamos ido dos veces, pues resultaba peor, porque entonces me daban ganas de gritar o de estrellarme con mi Volkswagen contra algún muro, por lo que tenía que dominarme y concentrarme en el volante y no pensar en el Parque Hundido ni en aquel desconocido que lo visitaba a la misma hora que nosotros. En pocas palabras, esa mañana yo no sólo estaba ojerosa y demacrada sino que además estaba irracionalmente afectada. Ahora bien, lo que pasó aquella mañana, en contra de mis previsiones, fue bien diferente.

Llegamos al Parque Hundido. Eso está claro. Nos internamos en el parque y nos sentamos en el mismo banco de siempre, al amparo de un árbol grande y frondoso aunque yo supongo que igual de enfermo que todos los árboles del DF. Y entonces don Octavio, en vez de dejarme sola en el banco como había sucedido en las ocasiones precedentes, me preguntó si había realizado su encargo del día anterior y yo le dije sí, don Octavio, hice una lista con muchísimos nombres y él se sonrió y me preguntó si había memorizado esos nombres y yo lo miré como preguntándole si me estaba tomando el pelo o no y saqué la lista de mi bolso y se la mostré y él dijo: Clarita, averigüe quién es ese muchacho. Eso fue lo que me dijo. Y yo me levanté como una idiota y me puse a esperar al desconocido y para entretener la espera me puse a caminar hasta que me di cuenta que estaba repitiendo el trayecto de don Octavio en los dos días precedentes y entonces me quedé inmóvil, sin atreverme a mirarlo, con la vista clavada en el lugar por donde debía aparecer el desconocido cuya identidad debía averiguar. Y el desconocido apareció, a la misma hora que las dos veces anteriores, y se puso a pasear. Y entonces yo ya no quise dilatar más el asunto y lo abordé y le pregunté quién era y él dijo soy Ulises Lima, poeta real visceralista, el penúltimo poeta real visceralista que queda en México, tal cual, y la verdad, qué quieren que les diga, su nombre no me sonaba de nada, aunque la noche anterior, por orden de don Octavio, había estado consultando índices de más de diez antologías de poesía reciente y no tan reciente, entre ellas la famosa antología de Zarco en donde están censados más de quinientos poetas jóvenes. Pero su nombre no me sonaba para nada. Y entonces le dije: ¿sabe usted quién es el señor que está sentado allí? Y él dijo: sí, lo sé. Y yo le dije (debía asegurarme): ¿quién? Y él dijo: es Octavio Paz. Y yo le dije: ¿quiere venir a sentarse con él un ratito? Y él se encogió de hombros o hizo un gesto parecido que interpreté como afirmación y ambos nos encaminamos al banco desde donde don Octavio seguía interesadísimo todos nuestros movimientos. Al llegar junto a él me pareció que no estaría de más hacer una presentación formal, así que dije: don Octavio Paz, el poeta real visceralista Ulises Lima. Y entonces don Octavio, al tiempo que invitaba al tal Lima a tomar asiento, dijo: real visceralista, real visceralista (como si el nombre le sonara de algo), ¿no fue ése el grupo poético de Cesárea Tinajero? Y el tal Lima se sentó junto a don Octavio y suspiró o hizo un ruido raro con los pulmones y dijo sí, así se llamaba el grupo de Cesárea Tinajero. Durante un minuto o algo así estuvieron callados, mirándose. Un minuto bastante insoportable, si he de ser sincera. A lo lejos, bajo unos arbustos, vi aparecer a dos vagabundos. Creo que me puse un poco nerviosa y eso me hizo tener la mala ocurrencia de preguntarle a don Octavio qué grupo era ése y si él los había conocido. Lo mismo hubiera podido hacer un comentario sobre el tiempo. Y entonces don Octavio me miró con esos ojos tan bonitos que tiene y me dijo Clarita, para cuando los real visceralistas yo apenas tenía diez años, esto ocurrió allá por 1924, ¿no?, dijo dirigiéndose al tal Lima. Y éste dijo sí, más o menos, por los años veinte, pero lo dijo con tanta tristeza en la voz, con tanta... emoción, o sentimiento, que yo pensé que nunca más iba a escuchar una voz más triste. Creo que hasta me mareé. Los ojos de don Octavio y la voz del desconocido y la mañana y el Parque Hundido, un lugar tan vulgar, ¿verdad?, tan deteriorado, me hirieron, no sé de qué manera, en lo más hondo. Así que los dejé que conversaran tranquilos y me alejé unos cuantos metros, hasta el banco más próximo, con la excusa de que debía estudiar la agenda del día, y de paso me llevé la lista que había hecho con los nombres de las últimas generaciones de poetas mexicanos y la repasé del primero hasta el último, no estaba en ninguna parte Ulises Lima, puedo asegurarlo. ¿Cuánto rato conversaron? No mucho. Desde donde yo estaba se adivinaba, eso sí, que fue una conversación distendida, serena, tolerante. Después el poeta Ulises Lima se levantó, le estrechó la mano a don Octavio y se marchó. Lo vi alejarse en dirección a una de las salidas del parque. Los vagabundos que había visto en los matorrales y que ahora eran tres se acercaban a nosotros. Vámonos, Clarita, oí que me decía don Octavio.

Al día siguiente, tal como esperaba, no fuimos al Parque Hundido. Don Octavio se levantó a las diez de la mañana y estuvo preparando un artículo que debía publicar en el próximo número de su revista. En algún momento me entraron ganas de preguntarle más cosas sobre nuestra pequeña aventura de tres días, pero algo en mi interior (mi sentido común, probablemente) me hizo desistir de la idea. Las cosas habían ocurrido tal como habían ocurrido y si yo, que era el único testigo, no sabía lo que había pasado, lo mejor era que siguiera en la ignorancia. Una semana después, aproximadamente, él se marchó con la señora para una serie de conferencias que debía pronunciar en una universidad norteamericana. Yo, por supuesto, no los acompañé. Una mañana, cuando él aún no había regresado, fui al Parque Hundido con la esperanza o con el temor de ver aparecer otra vez a Ulises Lima. Esta vez la única diferencia fue que no me puse a la vista de nadie sino más bien oculta tras unos arbustos, con una visión perfecta, eso sí, del claro en donde se encontraron por primera vez don Octavio y el desconocido. Los primeros minutos de espera mi corazón iba a cien. Estaba helada y sin embargo, al tocarme las mejillas la impresión que tenía era de que de un momento a otro la cara me iba a explotar. Después vino la desilusión y cuando me marché del parque, a eso de las diez de la mañana, podría afirmarse que inclu-

so me sentía feliz, aunque no me pregunten por qué pues no sabría decirlo.

**María Teresa Solsona Ribot, gimnasio Jordi's Gym, calle
Josep Tarradellas, Malgrat, Cataluña, diciembre de 1995.** La
historia es triste, pero cuando la recuerdo me pongo a reír. Yo necesitaba alquilar una de las habitaciones de mi piso y él fue el primero en llegar y aunque a mí los sudamericanos me producen un
poquito de desconfianza, él me pareció más bien una buena persona y lo acepté. Me pagó dos meses por adelantado y se encerró
en su habitación. Yo por aquel entonces estaba en todos los cam-
peonatos y exhibiciones de Cataluña y también tenía un trabajo
de camarera en el pub La Sirena, que está en la zona turística de
Malgrat, junto al mar. Cuando le pregunté qué hacía me dijo que
era escritor y no sé por qué a mí se me pasó por la cabeza que debía de trabajar en algún periódico y yo por entonces digamos que
tenía una debilidad especial por los periodistas. Así que decidí
portarme muy bien y la primera noche que pasó en mi casa fui
hasta su habitación, llamé a la puerta y lo invité a cenar conmigo
y con Pepe en un bar paquistaní. En ese bar Pepe y yo, por supuesto, no comíamos nada, una ensalada o algo así, pero éramos amigos del dueño, el señor John, y eso da un cierto prestigio.

Esa noche supe que no trabajaba en ningún periódico sino
que escribía novelas. A Pepe eso le entusiasmó porque Pepe es
un fanático de las novelas de misterio y estuvieron hablando
bastante. Yo, mientras tanto, iba probando mi ensalada y lo miraba mientras hablaba o escuchaba a Pepe y me hacía la composición de su personalidad. Comía con apetito y era educado, eso
de primera. Luego, conforme más lo observabas, iban apareciendo otras cosas, cosas que se escapaban como esos peces que
se acercan a la orilla del mar, cuando el agua no te cubre y ves
cosas oscuras (más oscuras que el agua) y muy rápidas que pasan cerca de tus piernas.

Al día siguiente Pepe se marchó a Barcelona a competir en el
Míster Olimpia Catalán y ya no volvió. Esa misma mañana, muy
temprano, él y yo nos encontramos en la sala mientras hacía mis
ejercicios. Cada día los hago. En temporada alta, a primera hora,
porque entonces tengo menos tiempo y debo aprovechar el día al
máximo. Así que allí estaba yo, en la sala, haciendo flexiones en
el suelo, y él aparece y me dice buenos días, Teresa, y luego entra

en el baño, creo que yo ni le contesté o le contesté con un gruñido, no estoy acostumbrada a que me interrumpan, y luego oí nuevamente sus pasos, la puerta del baño o de la cocina que se cierra y poco después escuché que me preguntaba si quería tomar un té. Le dije que sí y durante un rato nos quedamos mirándonos. Me pareció que nunca había visto a una mujer como yo. ¿Quieres hacer un poco de ejercicio?, le dije. Se lo dije por decir, claro. Tenía mala cara y ya estaba fumando. Tal como esperaba, me dijo que no. A la gente sólo le empieza a interesar su salud cuando está en el hospital. Dejó una taza de té sobre la mesa y se encerró en su habitación. Poco después sentí el tecleo de su máquina de escribir. Aquel día ya no nos volvimos a ver. A la mañana siguiente, sin embargo, otra vez apareció en la sala a eso de las seis de la mañana y se ofreció a prepararme el desayuno. Yo a esa hora no como ni bebo nada, pero me dio, no sé, pena decirle que no, así que dejé que me preparara otro té y de paso que sacara de un aparador de la cocina unos potes de Amino Ultra y de Burner que debía haber tomado la noche anterior y que había olvidado hacerlo. ¿Qué, le dije, nunca habías visto a una tía como yo? No, dijo él, nunca. Era bastante sincero, pero de esa sinceridad que tú no sabes si sentirte ofendida o halagada.

Esa tarde, al acabar mi turno, fui a buscarlo y le dije que saliéramos a dar una vuelta. Dijo que prefería quedarse en casa trabajando. Te invito a tomar una copa, le dije. Me dio las gracias y dijo que no. A la mañana siguiente desayunamos juntos. Estaba haciendo mis ejercicios y preguntándome en dónde se habría metido porque ya eran las siete y cuarenta y cinco y aún no salía. Yo cuando me pongo a hacer ejercicios generalmente dejo que mi mente vague en completa libertad. Al principio pienso en algo determinado, como mi trabajo o mis competiciones, pero luego la cabeza me empieza a funcionar de forma independiente y lo mismo puedo pensar en mi infancia que en lo que voy a hacer de aquí a un año. Aquella mañana estaba pensando en Manoli Salabert, que allí donde se presentaba ganaba todo lo que había que ganar, y me estaba preguntando cómo se lo montaba la Manoli para que eso ocurriera, cuando de pronto oí su puerta que se abría y al poco rato su voz preguntándome si quería té. Claro que quiero té, le dije. Cuando lo trajo me levanté y me senté a la mesa con él. Esa vez estuvimos como dos horas hablando, hasta las nueve y media, en que yo tenía que salir disparada rumbo al pub La Sirena porque el encargado, que es amigo, me había pedido que arreglara un asunto con las señoras de la limpieza. Hablamos de todo un poco. Le pregunté qué era lo que hacía. Dijo que un libro. Le pregunté si se trataba de un libro de amor. No supo qué responderme. Volví a preguntárselo y dijo que no sabía. Si no lo sabes tú, majo, le dije, quién coño lo va a saber. O tal vez eso se lo dije por la noche, cuando ya había más confianza entre nosotros. En cualquier caso el tema del amor era uno de los temas que a mí me gustaban y estuvimos hablando de eso hasta que tuve que marcharme. Le dije que yo podía contarle algunas cosas sobre el amor. Que había estado liada con el Nani, el campeón de culturismo de la provincia de Girona y que después de esa experiencia me sentía capacitada para dar cátedra. Me preguntó cuánto hacía que ya no salía con él. Unos cuatro meses, aproximadamente, le dije. ¿Él te dejó a ti?, dijo. Sí, admití, él me dejó. Pero tú ahora sales con Pepe, dijo. Le expliqué que Pepe era una buena persona, un pan de Dios, incapaz de hacerle daño a una mosca. Pero no es lo mismo, dije. Arturo tenía una costumbre que no sé si considerar buena o mala. Escuchaba y no tomaba partido. A mí me gusta que la gente exprese sus opiniones, aunque éstas me sean contrarias. Una tarde lo invité a venir a La Sirena. Dijo que no bebía y que por lo tanto era un poco gilipollas meterse en un pub. Te prepararé una infusión, le dije. No fue y ya no volví a invitarlo. Soy hospitalaria y simpática, pero no me gusta hacerme empalagosa.

Poco después, sin embargo, apareció por el pub y yo misma le preparé su infusión de manzanilla. Desde entonces iba cada día. Rosita, la otra camarera, pensó que entre él y yo había algo. Cuando me lo dijo me dio risa. Lo pensé durante un rato y luego me dio más risa. ¡Cómo podía haber algo entre Arturo y yo! Pero luego, sin que viniera a cuento, volví a pensarlo y supe que *quería* ser su amiga. Hasta entonces yo sólo había tratado a dos sudamericanos, bastante desagradables por lo demás, y no tenía ganas de repetir. Y a ningún novelista. Éste era sudamericano y escritor y yo descubrí que quería ser su amiga. Además que es mejor compartir el piso con un amigo que con un desconocido. Pero no era por razones prácticas que quería ser su amiga. Simplemente así lo sentía y no me preguntaba por qué. Él también necesitaba a alguien, de eso me di cuenta enseguida. Una mañana le pedí que me contara algo de él. Siempre era yo la que hablaba. Aquella vez no me contó nada, pero me dijo que le preguntara lo que quisiera. Supe que había vivido cerca de Malgrat y que hacía poco había dejado su casa. No me dijo por qué. Supe que estaba divorciado y que tenía un hijo. Su hijo vivía en Arenys de Mar. Una vez a la semana, los sábados, lo iba a ver. A veces tomábamos el tren juntos. Yo iba a Barcelona, a ver a Pepe o a las amigas y amigos del gimnasio Muscle y él iba a Arenys a ver a su hijo. Una noche, mientras se tomaba su infusión de manzanilla en La Sirena, le pregunté qué edad tenía. Más de cuarenta, dijo, aunque no los representaba, yo le hubiera echado treintaicinco a lo más, eso fue lo que le dije. Después, sin que él me lo preguntara, le dije mi edad. Treintaicinco años. Entonces él me sonrió con una sonrisa que a mí no me gustaba nada de nada. Una sonrisita de acomplejado o de indiferente. Bueno, una sonrisa que no me gustaba. Yo soy básicamente una luchadora. Intento ver el lado positivo de la vida. Las cosas no tienen por qué ser necesariamente malas o inevitables. Aquella noche, después de su sonrisa, le dije, no sé por qué, que yo no tenía hijos aunque me hubiera encantado, ni había estado casada, ni tenía mucho dinero, eso ya se veía, pero que creía que la vida podía ser una cosa bonita, guapa, y que en la vida había que intentar ser feliz. No sé por qué le dije todas esas chorradas. Me arrepentí de inmediato. Él, por supuesto, sólo dijo claro, claro, como si hablara con una tonta. En cualquier caso: hablábamos. Cada vez más. Por las mañanas, durante los desayunos, y por las noches, cuando él se acercaba a La Sirena, concluida ya su jornada laboral. O durante un alto de su jornada laboral, porque los escritores al parecer siempre están trabajando: entre sueños recuerdo haber escuchado el tecleo de su máquina a las cuatro de la mañana. Y hablábamos de todo. Una vez, mientras me observaba levantar pesas, me preguntó por qué me había dedicado al culturismo. Pues porque me gusta, le contesté. ¿Desde cuándo?, dijo él. Desde que tenía quince años, le dije. ¿No te parece bien? ¿No te parece femenino? ¿Te parece anormal? No, dijo, pero no abundan las chicas así. Vaya, a veces, de verdad, me sacaba de mis casillas. Hubiera debido contestarle que yo no era una chica sino una mujer, en lugar de eso le dije que cada vez había más mujeres que se dedicaban a esto. Después, no sé por qué, le conté aquella vez que Pepe me propuso unas actuaciones en Gramanet, hacía dos veranos, en una discoteca de Gramanet. A todos nos pusieron un nombre artístico. A mí me pusieron la Sansona. Tenía que hacer figuras en el estrado de las go-go girls y también tenía que levantar unas pesas. Eso era todo. Pero a mí no me gustó el nombre. Yo no soy ninguna Sansona, soy Teresa Solsona Ribot, punto. Pero era una oportunidad, no pagaban mal y

Pepe dijo que podía aparecer cualquier noche un tipo que trabajaba buscando modelos para las revistas especializadas. Al final no apareció nadie y si apareció yo no me enteré. Sin embargo era un trabajo y lo hice. ¿Qué es lo que no te gustaba de ese trabajo?, me preguntó. Bueno, contesté tras pensarlo un rato, lo que no me gustaba era el nombre artístico que me dieron. No es que esté en contra de los nombres artísticos, pero yo pienso que si alguien decide ponerse otro nombre también tiene el derecho a elegirlo. Yo nunca me hubiera puesto la Sansona. No me veo como una Sansona. El nombre es cutre, hortera, en fin, yo no lo hubiera elegido. ¿Y qué nombre hubieras elegido? Kim, le dije. ¿Por Kim Bassinger?, dijo él. Sabía que me iba a decir eso. No, le dije, por Kim Chizevsky. ¿Y quién es Kim Chizevsky? Pues una campeona de este deporte, le dije.

Esa noche, más tarde, le enseñé un álbum de fotos que tenía en donde salía Kim Chizevsky y Lenda Murray, que es perfecta, y Sue Price y Laura Creavalle y Debbie Muggli y Michele Ralabate y Natalia Murnikoviene, y luego salimos a pasear por Malgrat, lástima que no tuviéramos coche porque si no nos hubiéramos ido a otro sitio, a alguna discoteca de Lloret, por ejemplo, en Lloret conozco a mucha gente, bueno, en todas partes conozco a mucha gente. Ya lo he dicho: soy sociable, estoy predispuesta a la felicidad, ¿y dónde está la felicidad sino en la gente? En fin, así nos fuimos haciendo amigos. Ésa es la palabra. Nos respetábamos y cada uno hacía su vida, pero cada día hablábamos más. Es decir, se fue haciendo una costumbre hablar. Generalmente era yo la que empezaba, no sé por qué, tal vez porque él era escritor. Y después, democráticamente, seguía él. Me enteré de muchas cosas de su vida. Su mujer lo había dejado, adoraba a su hijo, en una época había tenido muchos amigos pero ya casi no le quedaba ninguno. Una noche me dijo que había tenido un lío con una tía en Andalucía. Lo escuché pacientemente y luego le dije que la vida es larga y que hay muchas mujeres en el mundo. Ahí tuvimos nuestra primera divergencia importante. Él dijo que no: que para él no había muchas y después me citó un poema que le rogué me lo escribiera en una hoja de mi libreta de comandas para aprendérmelo de memoria. El poema era de un francés. Decía más o menos que la carne era triste y que él, el poeta que escribió el poema, ya había leído todos los libros. No sé qué pensar, le dije, yo he leído muy poco, pero me parece imposible, de todas maneras, que alguien, por mucho que lea, pueda leer todos los libros del mundo, que me imagino deben ser muchísimos. No digo todos los libros, los buenos y los malos, sino sólo los buenos. ¡Deben ser muchísimos! ¡Como para pasarse las veinticuatro horas del día leyendo! Y no digamos los malos, que deben ser muchos más que los buenos y que, como todo en la vida, alguno debe haber que sea bueno y que merezca ser leído. Y luego nos pusimos a hablar de la «carne triste», ¿qué quería decir con eso? ¿Que ya había follado con todas las mujeres del mundo? ¿Que así como había leído todos los libros se había acostado con todas las mujeres del mundo? Perdona, Arturo, le dije, pero ese poema es una auténtica chorrada. Ni una cosa ni la otra es posible. Y él se puso a reír, se ve que le hacía gracia hablar conmigo, y dijo que sí era posible. No, le dije, no es posible, el que escribió eso es un fantasma. Seguro que se acostó con muy pocas tías, eso seguro. Y seguro que tampoco leyó tantos libros como presume. Me hubiera gustado decirle unas cuantas verdades más, pero era difícil mantener el hilo pues yo tenía que salir de la barra a cada rato a atender al público. Arturo estaba sentado en un taburete y cuando yo salía miraba su espalda o su cuello, pobrecito, o le buscaba la cara en la luna de los estantes de botellas. Y después yo terminé mi turno, aquel día salí a las tres de la mañana, y nos fuimos caminando a casa, en algún momento le sugerí que nos metiéramos en un *after* que está en la carretera de la costa, pero él dijo que tenía sueño, así que nos fuimos a casa, y mientras caminábamos le pregunté, como si le siguiera la corriente, qué había que hacer después de leerlo todo y acostarse con todas, según el poeta francés, claro, y él dijo viajar, irse, y yo le dije pues tú por no viajar ni siquiera vas a Pineda, y él no me contestó nada.

Lo que son las cosas, a partir de esa noche ya no pude olvidar el poema, pensaba en él no diré que continuamente pero sí a menudo. Me seguía pareciendo una chorrada, pero no podía sacármelo de la cabeza. Una noche que Arturo no vino a La Sirena me marché a Barcelona. A veces me pasa: no sé lo que hago. Volví al día siguiente, a las diez de la mañana, en un estado desastroso. Cuando llegué a casa él estaba encerrado en su habitación. Me metí en la cama y me puse a dormir sintiendo el tecleo de su máquina. Al mediodía tocó a mi puerta y como yo no respondía entró y me preguntó si me encontraba bien. ¿Hoy no vas a trabajar?, dijo. Que le den por culo al trabajo. Te voy a preparar un té, dijo. Antes de que me lo trajera me levanté, me vestí, me puse unas gafas negras y me fui a sentar a la sala. Pensé que iba a vomitar, pero no lo hice. Tenía una magulladura en la mejilla que no podía disimular con nada y esperé sus preguntas. Pero él no me hizo ninguna pregunta. Aquella vez no me echaron de La Sirena de puro milagro. Por la noche quise salir a tomarme unas copas con unos amigos y Arturo me acompañó. Estuvimos en un pub del Paseo Marítimo y luego encontré a otros amigos y seguimos la juerga en Blanes y en Lloret. En un momento de la noche le dije a Arturo que debía dejarse de tonterías y dedicarse a lo que de verdad quería, que era su hijo y las novelas. Si eso es lo que más te gusta, dedícate a ello, le dije. A él le gustaba y no le gustaba hablar de su hijo. Me enseñó una foto del niño, debía de tener unos cinco años y era igualito a su papá. Qué afortunado eres, cabrón, le dije. Sí, soy muy afortunado, dijo él. ¿Entonces por qué te quieres ir, mamonazo? ¿Por qué te gusta jugar con tu salud, si sabes que no la tienes muy buena, eh? ¿Por qué no te dedicas a trabajar y a ser feliz con tu hijo y buscas una mujer que te quiera de verdad? Curioso: él no estaba borracho, pero se comportaba como si lo estuviera. Decía que somatizaba las borracheras de los demás. O tal vez yo estaba tan borracha que no sabía distinguir a uno que estuviera borracho de uno que no lo estuviera.

¿Tú antes te emborrachabas?, le pregunté una mañana. Claro que sí, dijo él, como todos, aunque generalmente prefería estar sobrio. Ya me lo imaginaba, le dije.

Una noche tuve una pelea con un tío que intentó sobrepasarse. Fue en La Sirena. El tío me insultó y yo le dije que saliera afuera y me repitiera lo que había dicho. No me fijé que el tío iba acompañado. Esos prontos son los que un día me van a perder. El tío salió detrás de mí y yo le hice una llave y lo tiré al suelo. Sus amigos intentaron defenderlo, pero el encargado de La Sirena y Arturo los disuadieron. Hasta ese momento yo no me había dado cuenta de nada, pero cuando vi a Arturo y al encargado, no sé qué me pasó, me sentí libre, eso por encima de todo, y también me sentí querida, arropada, protegida, sentí que valía la pena y eso me alegró. Y, lo que son las cosas, esa misma noche, un poco más tarde, apareció Pepe y a las cinco de la mañana nos pusimos a hacer el amor y eso ya era lo máximo, la felicidad completa, mientras estábamos en la cama cerraba los ojos y pensaba en todo lo que había pasado esa noche, todas las cosas violentas y luego todas las cosas bonitas y cómo las cosas bonitas se habían impuesto a las cosas violentas y eso sin ni siquiera haber tenido que volverse demasiado violentas, digo, las cosas bonitas, yo me entiendo, y pensaba en esas cosas y le susurraba otras al oído de Pepe y de pronto, plas, me puse a pensar en Arturo, *oí* el tecleo de su máquina y en vez de asimilar esa imagen, en vez de decirme «Arturo también está bien», en vez de decirme «todos estamos bien, el planeta sigue su curso por los océanos de tiempo», en vez de hacer eso, como digo, me puse a pensar en mi compañero de piso y me puse a pensar en su estado de ánimo y me hice el firme propósito de ayudarlo. Y a la mañana siguiente, mientras Pepe y yo hacíamos unos estiramientos de músculo y Arturo nos miraba sentado en el sitio de siempre, empecé a atacarlo. Aquel día no sé qué le dije. Tal vez que se tomara el día libre, ya que él era su propio patrón, y que se fuera a pasar el día con su hijo. Y si eso fue lo que le dije debí seguramente de insistir tanto que al final Arturo dio su brazo a torcer y Pepe dijo que se fuera con él, que él lo acercaba hasta Arenys.

Aquella noche Arturo no apareció por La Sirena.

Volví a casa a las tres de la mañana y en uno de los teléfonos públicos del Paseo Marítimo me lo encontré. Lo vi desde lejos. Un grupo de turistas borrachos rondaba el teléfono que estaba al lado y que al parecer no funcionaba. Un coche estaba detenido en el bordillo, con las puertas abiertas y la música a todo volumen. A medida que me acercaba (iba con la Cristina) la imagen de Arturo se iba haciendo más nítida. Mucho antes de que pudiera verle la cara (estaba de espaldas a mí, empotrado en la cabina) supe que estaba llorando o a punto de llorar. ¿Era posible que se hubiera emborrachado? ¿Estaría drogado? Todas esas preguntas me hice mientras aceleraba el paso y dejaba a la Cristina atrás y llegaba a su lado. Justo entonces, mientras los guiris me miraban con extrañeza, pensé que tal vez no fuera él. Iba vestido con una camisa hawaiana que no le había visto nunca. Le toqué el hombro. Arturo, le dije, pensé que esta noche ibas a dormir en Arenys. Él se volvió y me dijo hola. Luego colgó el teléfono y se puso a hablar conmigo y con la Cristina, que ya me había dado alcance. Me di cuenta de que se había olvidado de sacar las monedas de la ranura. Había más de mil quinientas pesetas. Esa noche, cuando estuvimos solos, le pregunté qué tal le había ido en Arenys. Dijo que bien. Su mujer vivía con un tipo, un vasco, con el que parecía ser feliz y su hijo estaba bien. ¿Y qué más?, dije. Eso es todo, dijo él. ¿A quién estabas llamando? Arturo me miró y sonrió. ¿A la andaluza de los cojones?, dije. ¿A la gilipollas que te tiene sorbido el seso? Sí, dijo. ¿Y hablaste con ella? Sólo un rato, dijo, los ingleses no paraban de chillar y era molesto. ¿Y si ya no hablabas con ella qué demonios hacías allí, colgado del teléfono?, dije. Él se encogió de hombros y tras pensarlo dijo que se disponía a llamarla otra vez. Llámala desde aquí, le dije. No, dijo, mis llamadas son largas y luego la cuenta del teléfono te subirá mucho. Tú pagas tu parte y yo la mía, murmuré. No, dijo él. Cuando llegue la cuenta espero estar en África. Por Dios, qué tonto eres, le dije, anda, llama tranquilo, me voy a dar un baño, avísame cuando hayas terminado.

Recuerdo que me di una ducha, luego me puse crema por todo el cuerpo e incluso tuve tiempo para hacer unos pocos ejercicios delante del espejo empañado del baño. Cuando salí Arturo estaba sentado a la mesa, con una infusión de manzanilla y una taza de té con leche para mí, tapada con un platillo para que no se enfriara. ¿Has llamado? Sí, dijo. ¿Y qué pasó? Me colgó, dijo. Ella se lo pierde, dije yo. Soltó un bufido. Para cambiar de tema le pregunté cómo iba su libro. Bien, dijo. ¿Me dejas verlo? ¿Me dejas entrar en tu habitación y verlo? Me miró y dijo que sí. Su habitación no estaba limpia, pero tampoco estaba sucia. La cama sin hacer, ropa en el suelo, unos pocos libros desparramados por todas partes. Más o menos como la mía. Cerca de la ventana, en una mesa muy pequeña, había instalado la máquina de escribir. Me senté y me puse a mirar sus papeles. No entendí nada, por supuesto, aunque tampoco esperaba entender algo. Sé que el secreto de la vida no está en los libros. Pero también sé que es bueno leer, en eso estábamos los dos de acuerdo, es instructivo o es un consuelo. Él leía libros, yo leía revistas como *Muscle Mag* o *Muscle & Fitness* o *Bodyfitness*. Después nos pusimos a hablar de ese gran amor. Así lo llamaba yo, para burlarme de él, tu gran amor, una tía a la que conoció mucho tiempo atrás, cuando ella tenía dieciocho años, y a la que había vuelto a ver hacía poco. Los viajes de regreso a Cataluña siempre habían sido desastrosos. La primera vez, me dijo, el tren casi descarriló, la segunda vez volvió enfermo, con cuarenta de fiebre, hundido en la litera, sudando, envuelto en mantas y sin sacarse el abrigo. ¿Y estando tan enfermo esa tía te dejó subir al tren?, le dije mientras miraba sus cosas, tan poquitas cosas en realidad. Esa tía no te quiere, Arturo, pensé. Olvídala, le dije. Tenía que marcharme, dijo él, tenía que venir a ver a mi hijo. Me gustaría conocerlo, dije. Ya te he mostrado su foto, dijo él. Yo es que no lo entiendo, dije. ¿Qué es lo que no entiendes?, dijo él. Nunca hubiera permitido que un amigo enfermo, aunque ya no lo quisiera, aunque ya no estuviera enamorada de él, se subiera a un tren con cuarenta de fiebre, dije. Primero lo hubiera cuidado, me hubiera ocupado de que recobrara la salud, al menos una parte de su salud y luego lo hubiera despachado. A veces tengo muchos remordimientos, pensé, pero lo más raro es que no sé por qué, qué he hecho mal para tener remordimientos. Tú eres una buena persona, dijo él. ¿Y a ti te gustan las malas personas?, dije yo. La primera vez ella tuvo miedo de venir a vivir conmigo, dijo él, sólo tenía dieciocho años. No sigas, le dije, me voy a enojar contigo. Esa tía es una cobarde y tú eres un imbécil, pensé. Ya no tengo nada que hacer aquí, dijo él. ¿Por qué eres tan melodramático? La quería, dijo él. ¡Stop!, dije yo, no quiero seguir escuchando sandeces. Esa noche volvimos a hablar de la jodida andaluza cabrona y de su hijo. ¿Te falta dinero?, dije. ¿Te vas porque no tienes dinero? ¿No ganas lo suficiente? Yo te presto dinero. No me pagues el alquiler de este mes. Ni el del mes que viene. No me pagues hasta que tengas dinero de sobras. ¿Tienes dinero para comprar tus medicinas? ¿Vas al médico? ¿Tienes dinero para comprarle juguetes a tu hijo? Yo te puedo prestar. Tengo un amigo que trabaja en una juguetería. Tengo una amiga que es ATS en el ambulatorio. Todo tiene solución.

A la mañana siguiente volvió a contarme la historia de la andaluza. Creo que no había dormido. Es mi última historia, dijo. ¿Por qué va a ser tu última historia?, le dije. ¿Es que estás muerto, acaso? A veces me pones de los nervios, Arturo.

La historia de la andaluza era muy sencilla. Él la conoció cuando ella tenía dieciocho años. Eso ya lo sabía. Luego ella rompió con él, pero por carta, y a él le quedó una sensación extraña, como si en realidad nunca se hubiera acabado su relación. Cada cierto tiempo la llamaba por teléfono. Así pasaron los años. Cada uno hacía su vida, cada uno se las apañaba como podía. Arturo conoció a otra mujer, se enamoró de ella, se casaron, tuvieron un hijo, se separaron. Después Arturo enfermó. Estuvo al borde de la muerte: varias pancreatitis, el hígado hecho puré, el colon ulcerado. Un día llamó a la andaluza. Hacía mucho que no la llamaba y ese día, tal vez porque estaba muy mal y se sentía triste, la llamó. La tía no estaba en aquel teléfono, ya habían pasado muchos años y él tuvo que buscarla. No tardó en hallar su nuevo número y en hablar con ella. La tía cerda estaba más o menos como él, en el mejor de los casos. El diálogo volvió a empezar. Parecía como si no hubiera pasado el tiempo. Arturo viajó al sur. Estaba convaleciente, pero decidió viajar y verla. Ella se hallaba más o menos en una situación parecida, no tenía ninguna dolencia física, pero cuando Arturo llegó estaba de baja por problemas nerviosos. Según la tía, se estaba volviendo loca, veía ratas, escuchaba los pasitos de las ratas en las paredes de su piso, tenía sueños horribles o no podía dormir, detestaba salir a la calle. Ella también estaba separada. Ella también había tenido un matrimonio desastroso y amantes desastrosos. Se soportaron durante una semana. Aquella vez, cuando Arturo volvió a Cataluña, el Talgo estuvo a punto de descarrilar. Según Arturo, el maquinista paró en medio del campo y los revisores se bajaron y estuvieron recorriendo la vía hasta que encontraron una lámina suelta, una parte del suelo del tren que se estaba cayendo. Yo francamente no me explico cómo no se dieron cuenta antes. O Arturo lo explica muy mal o todos los trabajadores de aquel tren iban borrachos. El único viajero que se bajó y estuvo recorriendo la vía, según explica Arturo, fue él. Tal vez en ese momento, mientras los revisores buscaban la lámina o la plancha suelta de la panza del tren, él empezó a volverse loco y a pensar en la fuga. Pero lo peor viene después: al cabo de cinco días de estar en Cataluña Arturo empezó a pensar en volver o empezó a darse cuenta de que no le quedaba más remedio que volver. Durante esos días hablaba con la andaluza por lo menos una vez al día y a veces hasta siete veces. Generalmente discutían. Otras veces se decían cuánto se echaban de menos. Gastó una fortuna en teléfono. Finalmente, cuando aún no había pasado una semana, se subió a otro tren y regresó. El resultado de este último viaje, por más que Arturo lo endulce, fue igual de desastroso que el primero o mucho peor. De lo único que estaba seguro era de su amor por la jodida andaluza. Entonces se enfermó y regresó a Cataluña o la andaluza lo echó o él ya no la aguantó más y decidió volver o lo que sea, pero el caso es que estaba muy enfermo y la tía lo dejó subir al tren con más de cuarenta de fiebre, algo que yo no hubiera hecho, Arturo, le dije, ni siquiera con un enemigo, aunque enemigos no tengo. Y él me dijo: teníamos que separarnos, nos estábamos devorando. Menos lobos, le contesté. Esa tía nunca te ha querido. A esa tía le falta un tornillo y eso te debe parecer bonito, pero quererte, lo que se dice quererte, nunca te ha querido. Y otro día, cuando me lo volví a encontrar en la barra de La Sirena, le dije: lo tuyo es tu hijo y tu salud. Preocúpate de tu hijo y preocúpate de tu salud, tío, y pasa de todas estas historias. Parece difícil creer que un tipo tan inteligente sea al mismo tiempo tan tonto.

Después estuve en un campeonato de culturismo, un campeonato menor, en La Bisbal, en donde quedé segunda, lo que me dio una gran alegría, y me lié con un tal Juanma Pacheco, un sevillano que trabajaba de portero en la discoteca donde se hizo el campeonato y que durante una época también había sido culturista. Cuando volví a Malgrat Arturo no estaba. Encontré una nota clavada en su puerta en donde me avisaba que iba a estar tres días fuera. No decía en dónde pero yo me figuré que se había ido a ver a su hijo. Más tarde, pensándolo mejor, me di cuenta que para ver a su hijo no necesitaba estar tres días fuera. Cuando volvió, al cabo de cuatro días, parecía más feliz que nunca. No quise preguntarle en dónde había estado y él no me lo dijo. Simplemente apareció una noche por La Sirena y empezamos a hablar como si nos acabáramos de ver. Se quedó en el pub hasta que cerramos y luego nos fuimos caminando hasta casa. Yo tenía ganas de hablar y sugerí que nos fuéramos a tomar unas copas al bar de unos amigos, pero él dijo que prefería irse a casa. De todas maneras, no nos dimos prisa en llegar, a esa hora ya casi no queda gente en el Paseo Marítimo y la noche es agradable, con la brisa que viene del mar y la música que sale de los pocos locales que aún están abiertos. Yo tenía ganas de hablar y le conté lo de Juanma Pacheco. ¿Qué te parece?, le dije cuando acabé. Tiene un nombre simpático, dijo. En realidad se llama Juan Manuel, dije yo. Lo supongo, dijo. Creo que estoy enamorada, dije yo. Él encendió un cigarrillo y se sentó en un banco del Paseo. Yo me senté a su lado y seguí hablando, en ese momento incluso comprendía o me parecía comprender todas las locuras de Arturo, las que había hecho y la que estaba a punto de hacer, a mí también me hubiera gustado irme a África aquella noche mientras mirábamos el mar y las luces que se veían a lo lejos, las barquitas de los palangraneros; me sentía capaz de todo y sobre todo me sentía capaz de huir muy lejos. Me gustaría que hubiera una tormenta, dije. No insistas, dijo él, en cualquier momento puede ponerse a llover. Me reí. ¿Qué has hecho en estos días?, le pregunté. Nada, dijo, pensar, ver películas. ¿Qué película has visto? *El resplandor*, dijo él. Qué horror de película, dije, hace años que la vi y me costó dormirme. Yo también la vi hace muchos años, dijo Arturo, y me pasé una noche sin dormir. Es una película estupenda, dije. Es muy buena, dijo él. Nos quedamos en silencio durante un rato, mirando el mar. No había luna y las luces de los botes de pesca ya no estaban. ¿Te acuerdas de la novela que escribía Torrance?, dijo de pronto Arturo. ¿Qué Torrance?, dije yo. El malo de la película, el de *El resplandor*, Jack Nicholson. Sí, el hijo de puta estaba escribiendo una novela, dije, aunque la verdad es que apenas lo recordaba. Más de quinientas páginas, dijo Arturo, y escupió hacia la playa. Nunca lo había visto escupir. Perdona, estoy mal del estómago, dijo. Tú tranquilo, dije yo. Llevaba más de quinientas páginas y sólo había repetido una única frase hasta el infinito, de todas las maneras posibles, en mayúsculas, en minúsculas, a dos columnas, subrayadas, siempre la misma frase, nada más. ¿Y qué frase era ésa? ¿No la recuerdas? No, no me acuerdo, tengo una memoria fatal, sólo me acuerdo del hacha y que el niño y su madre se salvan al final de la película. No por mucho madrugar amanece más temprano, dijo Arturo. Estaba loco, dije y en ese momento dejé de mirar el mar y busqué la cara de Arturo, a mi lado, y parecía a punto de derrumbarse. Puede que fuera una buena novela, dijo. No me asustes, dije yo, ¿cómo va a ser una buena novela algo en donde sólo se repite una única frase? Es como faltarle el respeto al lector, la vida ya tiene suficiente mierda por sí misma como para que encima compres un libro en donde sólo se dice «no por mucho madrugar amanece más temprano», es como si yo sirviera té en lugar de whisky, una estafa y una falta de respeto, ¿no crees? Tu sentido común me apabulla, Teresa, dijo él. ¿Tú has echado una mirada a lo que escribo?, preguntó. Yo sólo entro a tu cuarto cuando me invitas, le mentí. Después me contó un sueño o tal vez fue a la mañana siguiente, mientras yo hacía mis ejercicios diarios y él me contemplaba sentado a la mesa, con su infusión de manzanilla y su cara de no haber dormido en una semana entera.

El sueño me pareció bonito y por eso lo recuerdo. Arturo era un niño árabe que de la mano de su hermanito va a una concesionaria indonesia a lanzar un cable transoceánico de comunicación. Dos militares indonesios lo atienden. La ropa de Arturo es la ropa de un árabe. En el sueño debe de tener unos doce años, su hermanito debe de andar por los seis o los siete. Su madre los contempla desde lejos, pero luego la presencia de ésta se diluye. Arturo y su hermanito se quedan solos, aunque ambos llevan en la cintura esos cuchillos árabes gruesos y cortos, con la punta muy curvada. Entre ambos cargan el cable, que parece hecho a mano o de fabricación casera. Y también llevan un barril con un líquido espeso, de color marrón verdoso, que es el dinero para pagar a los indonesios. Mientras esperan, el hermanito le pregunta a Arturo cuántos metros de longitud tiene el cable. ¿Metros?, dice Arturo, ¡kilómetros! La caseta de los militares es de madera y está junto al mar. Mientras esperan, otro árabe, éste de mayor edad, se les cuela en la cola y aunque el primer impulso de Arturo es imprecarlo o al menos echarle en cara su falta de respeto, para lo cual comprueba que su cuchillo curvo está donde tiene que estar, no tarda en desistir ante la historia que el árabe mayor comienza a contarles a los militares indonesios y a quien quiera escucharle. La historia va sobre una fiesta en Sicilia. Arturo me dijo que cuando la escuchó él y su hermanito se sintieron felices, elevados, como si el otro estuviera recitando un poema. En Sicilia hay un glaciar de arena. Un abigarrado grupo de espectadores lo contempla desde una distancia prudente, menos dos: el primero se sube a lo alto de una colina en donde se *sostiene* el glaciar, el otro se pone a los pies de éste y aguarda. Entonces el de arriba empieza a moverse o a bailar o a patalear el suelo y, por la costra más alta, el glaciar comienza a desmoronarse arrastrando grandes masas de arena, arena que cae en dirección al que está abajo. Éste no se mueve. Por un momento parece que va a quedar sepultado por la arena, pero en el último instante da un salto y se salva. Ése fue el sueño. El cielo en Indonesia era casi verde, el cielo en Sicilia era casi blanco. Hacía mucho tiempo que Arturo no tenía un sueño tan feliz. Tal vez esa Indonesia y esa Sicilia estaban en otro planeta. En mi opinión, le dije, ese sueño significa un cambio en la suerte, a partir de ahora todo te irá bien. ¿Sabes quién era tu hermanito en el sueño? Lo sospecho, dijo él. ¡Era tu hijo! Cuando se lo dije, Arturo sonrió. Días después, sin embargo, volvió a hablarme de la andaluza. No me encontraba bien y lo mandé a la mierda. Ahora sé que no debí hacerlo, aunque tampoco importa mucho que lo hiciera. Creo que le hablé de las responsabilidades de la vida, de las cosas en las que yo creía, a las que yo me aferraba para seguir respirando. Parecía enojada con él, aunque en realidad no lo estaba. Él no se enojó conmigo. Aquella noche no vino a dormir a casa. Lo recuerdo porque fue la primera noche en que me vino a ver Juanma Pacheco, que libraba una vez cada quince días y llegó a Malgrat con ganas de aprovechar el tiempo. Nos metimos en el cuarto y tratamos de hacer el amor. Yo no podía. Lo intenté varias veces, pero no podía, tal vez la culpa fuera de los músculos de Juanma, blandengues después de tanto tiempo sin ir al gimnasio. En fin, probablemente la culpa fue mía. A cada rato me levantaba e iba a la cocina a beber agua. En una de ésas, no sé por qué, entré en el cuarto de Arturo. Sobre la mesa estaba su máquina de escribir y un montón de cuartillas perfectamente ordenadas. Antes de hojearlas pensé en *El resplandor* y sentí un escalofrío. Pero Arturo no estaba loco, eso yo lo sabía. Después di una vuelta por el cuarto, abrí la ventana, me senté en la cama, escuché pasos por el pasillo, la cara de Juanma Pacheco se asomó por la puerta, preguntó si me pasaba algo, nada, tranquilo, le dije, estoy pensando, y entonces vi las maletas hechas y supe que él se iba a marchar.

Me regaló cuatro libros que aún no he leído. Una semana después nos dijimos adiós, yo lo acompañé a la estación de Malgrat.

25

Jacobo Urenda, rue du Cherche Midi, París, junio de 1996. Es difícil contar esta historia. Parece fácil, pero si rascas un poquito te das cuenta enseguida de que es difícil. Todas las historias de allá son difíciles. Yo viajo a África por lo menos tres veces al año, generalmente a los puntos calientes y cuando regreso a París me parece que todavía estoy soñando y me cuesta despertar, aunque se supone, al menos en teoría, que a los latinoamericanos el horror no nos impresiona tanto como a los demás.

Allí conocí a Arturo Belano, en la oficina de correos de Luanda, una tarde calurosa en que no tenía nada que hacer salvo gastarme una fortuna en llamadas telefónicas a París. Estaba en la ventanilla del fax luchando a brazo partido con el suplente del encargado que quería cobrarle de más y yo le eché una mano. Por esas cosas de la vida, los dos éramos del Cono Sur, él chileno y yo argentino, decidimos pasar lo que quedaba del día juntos, posiblemente fui yo quien lo sugirió, siempre he sido una persona sociable, me gusta conversar y conocer a otras personas, no se me da mal escuchar, aunque a veces parece que escucho pero en realidad estoy pensando en mis cosas.

Pronto nos dimos cuenta que teníamos más en común de lo que creíamos, al menos yo me di cuenta, supongo que Belano también, aunque no dijimos nada, no nos felicitamos mutuamente, ambos habíamos nacido más o menos por las mismas fechas, ambos habíamos rajado de nuestras respectivas repúblicas cuando pasó lo que pasó, a los dos nos gustaba Cortázar, nos gustaba Borges, ninguno tenía mucha plata y los dos hablábamos un portugués de ahí te quiero ver. En fin, éramos los típicos muchachos latinoamericanos de cuarenta y pocos años que se encuentran en un país africano que está al borde del abismo o del colapso, que para el caso es lo mismo. La única diferencia estribaba en que cuando se acabara mi trabajo, soy fotógrafo de la Agencia La Luna, yo iba a volver a París y el pobre Belano cuando acabara el suyo iba a seguir en África.

¿Pero por qué, hermano?, le dije en algún momento de la noche, ¿por qué no te vienes conmigo a Europa? Incluso me tiré el carril de que si no tenía dinero para el pasaje yo le prestaba, esas cosas que se dicen cuando uno está muy borracho y la noche no sólo es extranjera sino grande, muy grande, tan grande que como te descuides un poco te traga, a ti y a todos los que estén a tu lado, pero de esas cosas ustedes no saben nada, ustedes no han estado nunca en África. Yo sí. Belano también. Los dos éramos *free-lancer*. Yo, como ya he dicho, de la Agencia La Luna, Belano de un periódico madrileño que le pagaba una miseria por cada artículo. Y aunque de momento no me dijo por qué él no se marchaba, seguimos juntos y en armonía y la noche o la inercia de la noche de Luanda (que es una forma de hablar: en Luanda la inercia sólo llevaba a meterse debajo del catre) nos arrastró al bulín de un tal João Alves, un negro de ciento veinte kilos, en donde encontramos a algunos conocidos, periodistas y fotógrafos, policías y cafiches, y en donde seguimos conversando. O tal vez no. Tal vez allí nos separamos, el humo de los cigarrillos me hizo perderlo de vista como tantas personas que uno conoce cuando sale a trabajar y habla con ellos y luego los pierde de vista. En París es distinto. La gente se aleja, la gente se va empequeñeciendo, y uno tiene tiempo, aunque no quiera, de decirle adiós. En África no, allí la gente *habla*, te cuenta sus *problemas*, y luego una nube de humo se los traga y desaparece, como desapareció Belano aquella noche, de golpe. Y uno ni siquiera se plantea la posibilidad de volver a encontrar a fulano o a zutano en el aeropuerto. Cabe la posibilidad, no digo que no, pero no te la planteas. Así que esa noche, cuando desapareció Belano, pues yo dejé de pensar en él, dejé de pensar en prestarle dinero, y bebí y bailé y luego me quedé dormido en una silla y cuando desperté (con un estremecimiento más fruto del miedo que de la resaca, pues temí que me hubieran robado, yo no frecuentaba establecimientos como el de João Alves) ya había amanecido y salí a la calle a estirar las piernas y allí me lo encontré, en el patio, fumándose un cigarrillo y esperándome.

Todo un detalle, sí señor.

A partir de entonces nos vimos cada día y a veces lo invitaba a comer y otras veces me invitaba él a cenar, salía barato, no era una persona que comiera mucho, se tomaba por las mañanas su infusioncita de manzanilla y cuando no había manzanilla pedía tila o menta o la hierba que hubiera a mano, no probaba el café ni el té y no comía nada que estuviera frito, parecía un musulmán, no probaba ni el cerdo ni el alcohol y siempre llevaba un montón de pastillas consigo. Che Belano, le dije un día, pero si pareces una botica ambulante, y él se rió como sin ganas, como si dijera no me embromes, Urenda, que no estoy para esas macanas. En el aspecto mujeres, que yo sepa, se arreglaba de lo más bien solo. Una noche Joe Rademacher, el periodista norteamericano, nos invitó a varios de nosotros a un baile en el barrio de Pará para celebrar el fin de su misión en Angola. El baile era en la parte de atrás de una casa particular, en un patio de tierra apisonada, y las hembritas abundaban que daba gusto. Como hombres modernos, todos llevábamos nuestras provisiones de preservativos bien surtidas, menos Belano, que se unió al grupo a última hora debido más que nada a mi insistencia. No les voy a decir que no bailó porque la verdad es que sí bailó, pero cuando le pregunté si tenía condones o si quería que yo le pasara alguno de los míos, él se negó en redondo y me dijo: Urenda, yo no preciso de esos artilugios o algo que sonaba parecido, por lo que presumo que se limitó a bailar.

Cuando volví a París él se quedó en Luanda. Tenía pensado ir hacia el interior, en donde aún pululaban las bandas armadas e incontroladas. Antes de marcharme tuvimos una última conversación. Su historia era bastante incoherente. Por un lado saqué la conclusión de que la vida no le importaba nada, de que había conseguido el trabajo para tener una muerte bonita, una muerte fuera de lo normal, una imbecilidad de ese estilo, ya se sabe que mi generación leyó a Marx y a Rimbaud hasta que se le revolvieron las tripas (no es una disculpa, no es una disculpa en el sentido que ustedes creen, para el caso no se trata de juzgar las lecturas). Pero por otro lado, y esto resultaba paradójico, él se cuidaba, se tomaba cada día religiosamente sus pastillitas, una vez lo acompañé a una botica de Luanda buscando algo que se pareciera al Ursochol, que es ácido ursodeoxicólico y que era lo que más o menos le mantenía abierto su colédoco esclerosado o algo así, y Belano en estas lides se comportaba más bien como si su salud le importara mucho, yo lo vi meterse en la botica hablando un portugués del infierno, lo vi revisar las estanterías, primero por orden alfabético y luego al azar, y cuando salimos, sin el condenado ácido ursodeoxicólico, yo le dije che Belano, no te preocupes (pues le vi en la cara una sombra del demonio), yo te lo mando apenas llegue a París, y entonces él me dijo: sólo se consigue con receta médica, y yo me puse a reír y pensé este compadre tiene ganas de vivir, qué va a querer morirse.

Pero de todas maneras el asunto no estaba tan claro. Necesitaba medicinas. Eso era un hecho. No sólo Ursochol, sino también Mesalazina, y Omeprazol, y las dos primeras eran de toma diaria, cuatro pastillas de Mesalazina para su colon ulcerado y seis de ácido ursodeoxicólico para su colédoco esclerosado. Del Omeprazol podía prescindir, ésas las tomaba no sé si por una úlcera duodenal o una úlcera gástrica o una esofagitis por reflujo, en cualquier caso no las tomaba a diario. Lo curioso del caso, a ver si me siguen, es que él se *preocupaba* por tener sus medicinas, se preocupaba por no comer nada que le fuera a provocar una pancreatitis, había tenido tres, no en Angola, en Europa, si las llega a tener en Angola se muere seguro, se preocupaba por su salud, digo, y sin embargo cuando hablamos, digamos cuando hablamos de hombre a hombre, suena horrible pero ése es el nombre de ese tipo de conversación crepuscular, me dejó entender que estaba allí para hacerse matar, que supongo que no es lo mismo que estar allí para matarte o para suicidarte, el matiz está en que no te tomas la molestia de hacerlo tú mismo, aunque en el fondo es igual de siniestro.

Al volver a París se lo conté a mi mujer, Simone, una francesa, y ella me preguntó cómo era el tal Belano, me dijo que se lo describiera físicamente sin ahorrarle detalles, y luego dijo que lo entendía. ¿Pero cómo puedes entenderlo? Yo no lo entendía. Fue la segunda noche después de mi llegada, estábamos en la cama, con las luces apagadas y entonces se lo conté. ¿Y las medicinas, las has comprado?, dijo Simone. No, todavía no. Pues cómpralas mañana mismo y mándaselas de inmediato. Lo haré, le dije, pero seguía pensando que la historia cojeaba por alguna parte, en África uno siempre se encuentra con historias raras. ¿Tú crees que es posible que alguien viaje a un lugar tan remoto buscando la muerte?, le pregunté a mi mujer. Es perfectamente posible, dijo ella. ¿Incluso en un tipo de cuarenta años?, dije yo. Si tiene un espíritu aventurero, es perfectamente posible, dijo mi mujer que siempre ha tenido una veta un poco romántica, algo raro en una parisina, que más bien son pragmáticas y ahorrativas. Así que le compré las medicinas, se las envié a Luanda y poco después recibí una postal en donde me daba las gracias.

Calculé que con lo que le había mandado tenía para veinte días. ¿Qué iba a hacer después? Supuse que volvería a Europa o que se moriría en Angola. Y me olvidé del asunto.

Meses después lo volví a ver en el Grand Hotel de Kigali, en donde yo paraba y adonde él iba cada cierto tiempo a utilizar el fax. Nos saludamos efusivamente. Le pregunté si seguía trabajando para el mismo periódico madrileño y me dijo que sí, aunque ahora lo simultaneaba con colaboraciones para un par de revistas sudamericanas, lo que engrosaba ligeramente sus emolumentos. Ya no quería morir, pero tampoco tenía dinero para volver a Cataluña. Aquella noche cenamos juntos en la casa donde vivía (Belano nunca se alojaba en hoteles, como los demás periodistas extranjeros, sino en casas particulares en donde solía alquilar por poco dinero un cuarto o una cama o un rincón en donde echarse a dormir) y hablamos de Angola. Me contó que había estado en Huambo, que había recorrido el río Cuanza, que había estado en Cuito Cuanavale y en Uige, que sus artículos tenían un cierto éxito y que había llegado a Ruanda viajando por tierra (algo en principio casi imposible, tanto por los accidentes geográficos como por la situación política), primero desde Luanda a Kinshasa y desde allí, unas veces por el río Congo y otras veces por las inhóspitas pistas forestales, hasta Kisangani, y luego hasta Kigali, en total más de treinta días viajando sin parar. Cuando terminó de hablar no supe si creerle o no creerle. En principio es increíble. Además, lo contaba con una media sonrisa que predisponía a no creerle.

Le pregunté por su salud. Dijo que en Angola estuvo enfermo durante un tiempo, diarreas, pero que ya estaba bien. Yo le dije que mis fotos se vendían cada vez mejor y que si quería, y ésta vez creo que se lo dije en serio, le podía prestar dinero, pero él no quiso ni oír hablar de eso. Después, como quien no quiere la cosa, le pregunté por la gran muerte buscada y me dijo que ahora le daba risa pensar en eso y que la gran muerte de verdad, la más-más o la menos-menos, ya la iba a ver yo personalmente al día siguiente. Estaba, cómo diré, cambiado. Podía pasar días enteros sin tomar sus pastillas y no se le veía nervioso. Aunque cuando lo vi estaba contento porque acababa de recibir medicinas desde Barcelona. ¿Quién te las envió?, le pregunté, ¿una mujer? No, un amigo, me dijo, un tal Iñaki Echavarne con el que una vez tuve un duelo. ¿Una pelea?, dije. No, un duelo, dijo Belano. ¿Y quién ganó? No sé si yo lo maté a él o él me mató a mí, dijo Belano. ¡Fantástico!, le dije. Sí, fantástico, dijo él.

Por lo demás era notorio que dominaba o empezaba a dominar el ambiente, algo que yo nunca he conseguido, y que objetivamente es una meta que sólo está al alcance de los corresponsales de los grandes medios, de la gente superrespaldada y de unos pocos *free-lancer* que suplen la falta de dinero con amistades múltiples y con una sabiduría especial para moverse por el espacio africano.

Físicamente estaba más flaco que en Angola, de hecho estaba en los huesos, pero su apariencia no era enfermiza sino saludable o eso me pareció a mí en medio de tanta muerte. Tenía el pelo más largo, probablemente se lo cortaba él mismo, y la ropa era la de Angola, sólo que infinitamente más sucia y estropeada. No tardé en comprender que había aprendido la jerga, el argot de aquellas tierras en donde la vida no valía nada y que en el fondo era la única llave –junto con el dinero– que servía para todo.

Al día siguiente me marché a los campos de refugiados y cuando volví ya no estaba. En el hotel encontré una nota en donde me deseaba suerte y pedía que, si no era mucha molestia, le mandara medicinas cuando volviera a París. Junto con la nota estaba su dirección. Lo fui a ver, no lo encontré.

Cuando se lo conté a mi mujer ésta no se sorprendió en lo más mínimo. Pero, Simone, le dije, si había una posibilidad entre un millón de que lo volviera a ver. Estas cosas pasan, fue su enigmática respuesta. Al día siguiente me preguntó si pensaba enviarle las medicinas. Ya lo he hecho, le dije.

Esta vez no me quedé demasiado tiempo en París. Volví a África y volví con la certeza de que una vez más me encontraría con Belano, pero nuestros caminos no se cruzaron y aunque pregunté por él a los periodistas más veteranos del lugar, ninguno lo conocía y los pocos que lo recordaban no tenían idea de adónde se había marchado. Y lo mismo ocurrió con el siguiente viaje, y con el siguiente. ¿Lo has visto?, me preguntaba mi mujer cuando volvía. No lo he visto, le respondía, tal vez ha vuelto a Barcelona o a su país. O tal vez, decía mi mujer, está en otra parte. Puede ser, le decía yo, eso nunca lo sabremos.

Hasta que me tocó viajar a Liberia. ¿Ustedes saben dónde está Liberia? Sí, en la costa oeste de África, entre Sierra Leona y Costa de Marfil, aproximadamente, bien, ¿pero saben quién gobierna en Liberia?, ¿la derecha o la izquierda? Eso seguro que no lo saben.

Llegué a Monrovia en abril de 1996, procedente de Freetown, Sierra Leona, en un barco fletado por una organización humanitaria, ya no sé cuál, cuya misión era evacuar a cientos de europeos que esperaban en la embajada norteamericana –el único lugar razonablemente seguro de Monrovia según la opinión de quienes habían estado allí o de quienes habían oído testimonios directos de lo que allí pasaba–, y que a la hora de la verdad resultaron ser paquistaníes, hindúes, magrebíes, y algún que otro inglés de raza negra. Los otros europeos, permítaseme la expresión, ya hacía mucho que se habían largado de aquel agujero y sólo quedaban sus secretarios. Para un latinoamericano pensar que la embajada norteamericana era un lugar seguro resultaba una paradoja difícil de digerir, sin embargo los tiempos han cambiado y, ¿por qué no?, tal vez yo también tuviera que refugiarme en la embajada norteamericana, pensé, pero de todos modos el dato me pareció de mal augurio, una señal inequívoca de que todo iba a salir mal.

Un grupo de soldados liberianos, ninguno de los cuales tenía veinte años, nos escoltó hasta una casa de tres pisos, en la avenida Nueva África, que era el antiguo Hotel Ritz o el antiguo Crillón en versión liberiana y que ahora gestionaba una organización de periodistas internacionales de la cual hasta entonces yo no tenía noticias. El hotel, ahora llamado Centro de Enviados de . Prensa, era una de las pocas cosas que funcionaba en la capital y a ello no era ajena la presencia de un grupo de cinco marines de los Estados Unidos, que a veces vigilaban pero que la mayor parte del tiempo se la pasaban en el salón principal, bebiendo con la prensa televisiva de su país y haciendo de intermediarios entre los periodistas y un grupo de jóvenes soldados mandingos que servían de guías y guardaespaldas en las salidas hacia los barrios calientes de Monrovia o, aunque esto era una rareza o un capricho, hacia las zonas fuera de la capital, las aldeas innombradas (aunque todas tenían un nombre y habían tenido gente, niños, actividad laboral) que, más que nada por lo que contaban otros o por los reportajes que cada noche veíamos en la CNN, eran una copia fiel del fin del mundo, de la locura de los hombres, del mal que anida en todos los corazones.

El Centro de Enviados de Prensa, por lo demás, funcionaba como un hotel y como tal el primer día tuvimos que inscribir nuestros nombres en el libro de registro. Cuando me tocó mi turno, yo ya estaba bebiendo whisky y conversando con dos amigos franceses, no sé por qué tuve el impulso de volver atrás una de las páginas del libro y buscar un nombre. Sin sorpresa, hallé el de Arturo Belano.

Estaba allí desde hacía dos semanas. Había entrado junto con un grupo de alemanes, dos tipos y una tipa de un diario de Frankfurt. Traté de ponerme en contacto con él de inmediato y no lo encontré. Un periodista mexicano me dijo que ya hacía siete días que no aparecía por el Centro y que si quería saber algo de él fuera a preguntar a la embajada norteamericana. Pensé en nuestra ya lejana conversación de Angola, en su deseo de hacerse matar y se me pasó por la cabeza que ahora sí lo iba a conseguir. Los alemanes, me dijeron, ya se habían marchado. A regañadientes, pero sabiendo en mi fuero interno que no podía hacer otra cosa, fui a buscarlo a la embajada. Nadie sabía nada pero el viaje me sirvió para tomar unas cuantas fotos. Las calles de Monrovia, los patios de la embajada, algunos rostros. De vuelta en el Centro encontré a un austriaco que conocía a un alemán que lo había visto antes de partir. Aquel alemán, sin embargo, pasaba todas las horas del día en las calles, aprovechando la luz solar y la espera se me hizo larga. Recuerdo que montamos, a eso de las siete de la tarde, una partida de póquer con unos colegas franceses y que nos proveímos de velas en previsión de los apagones de luz que algunos decían se producían generalmente al caer la tarde. Pero la luz no se fue y la partida pronto se hundió en un estado común de apatía. Recuerdo que bebimos y hablamos de Ruanda y de Zaire y de las últimas películas que habíamos visto en París. A las doce de la noche, cuando ya me había quedado solo en el salón principal de aquel Ritz de fantasmas, llegó el alemán, y Jimmy, un joven mercenario (¿pero mercenario de quién?) que hacía las veces de portero y de barman, me avisó que Herr Linke, el fotógrafo, ya estaba camino de su habitación.

Lo alcancé en las escaleras.

Linke apenas hablaba un inglés rudimentario, no sabía una palabra de francés y parecía un buen hombre. Cuando pude hacerle entender que lo que yo quería eran noticias sobre el paradero de mi amigo Arturo Belano, me pidió cortésmente (pero mediante muecas, lo que tal vez quitaba cortesía a su pedido) que lo esperara en la sala o en el bar, que él necesitaba darse una ducha y que de inmediato bajaría. Tardó más de veinte minutos y cuando lo tuve a mi lado olía a loción y a desinfectante. Hablamos, a trompicones, durante mucho rato. Linke no bebía alcohol, me dijo que fue esa característica la que lo llevó a fijarse en Arturo Belano, por aquellos días el Centro de Enviados de Prensa era un hervidero de periodistas, muchos más que ahora, y todos se emborrachaban a conciencia cada noche, incluidas algunas caras famosas de la televisión, gente que debería dar ejemplo de responsabilidad, de seriedad, según Linke, y que acababan vomitando desde los balcones. Arturo Belano no bebía y eso lo llevó a entablar conversación con él. En total recordaba que había pasado tres días en el Centro, saliendo cada mañana y volviendo al mediodía o al caer la tarde. Una sola vez, pero esto lo hizo en compañía de dos norteamericanos, pasó la noche fuera tratando de hacerle una entrevista a George Kensey, el general más joven y más sanguinario de Roosevelt Johnson, de la etnia krahn, pero el guía que llevaban era un mandingo que razonablemente sintió temor y los dejó abandonados en los barrios del este de Monrovia y tardaron toda la noche en volver al hotel. Al día siguiente Arturo Belano durmió hasta muy tarde, según Linke y dos días después se marchó, con los mismos norteamericanos que intentaron entrevistar a Kensey, fuera de Monrovia, presumiblemente hacia el norte. Antes de marcharse Linke le regaló un paquetito de caramelos para la tos, fabricado por unos laboratorios naturistas de Berna, o eso creí entender, y luego ya no lo volvió a ver más.

Le pregunté por el nombre de los norteamericanos. Sabía el de uno: Ray Pasteur. Creí que Linke bromeaba y le pedí que me lo repitiera, tal vez me reí, pero el alemán hablaba en serio y además estaba demasiado cansado para hacer bromas. Antes de irse a dormir se sacó un papelito del bolsillo trasero de sus jeans y me lo escribió: Ray Pasteur. Creo que es de Nueva York, dijo. Al día siguiente Linke se trasladó a la embajada norteamericana para tratar de salir de Liberia y yo lo acompañé para ver si allí alguien sabía algo del tal Pasteur, pero el caos era total y me pareció inútil insistir. Al marcharme dejé a Linke en el jardín de la embajada sacando fotos. Le tomé una a él y él me tomó una a mí. En la que yo tiré aparece Linke con la cámara en la mano, mirando el suelo, como si de pronto algo brillante escondido entre el pasto hubiera llamado poderosamente su atención desviando sus ojos de mi lente. La expresión de su rostro es tranquila, triste y tranquila. En la que él me tomó a mí aparezco (eso creo) con mi Nikon colgando del cuello y mirando fijamente el objetivo. Posiblemente estoy sonriendo y haciendo con mis dedos la V de la victoria.

Tres días después intenté, a mi vez, marcharme, pero no pude salir. La situación, me informó un funcionario de la embajada, estaba mejorando ostensiblemente, pero el caos en el transporte corría de forma inversa a la clarificación política del país. No salí muy convencido de la embajada. Busqué a Linke entre los cientos de residentes que campeaban a sus anchas por los jardines y no lo encontré. Me topé con una nueva partida de periodistas recién llegados de Freetown y algunos que, sepa Dios cómo, habían llegado a Monrovia en helicóptero procedentes de algún lugar de Costa de Marfil. Pero la mayoría, como yo, ya pensaban en marcharse y acudían a diario a la embajada a ver si había sitio en alguno de los transportes que salían hacia Sierra Leona.

Fue entonces, en aquellos días en que no había nada que hacer, cuando ya habíamos escrito y fotografiado todo lo imaginable, que me propusieron, a mí y a unos cuantos más, una gira hacia el interior. La mayoría, por supuesto, declinó la oferta. Un francés del *Paris-Match*, un italiano de la agencia Reuter y yo la aceptamos. La gira estaba organizada por uno de los tipos que trabajaba en la cocina del Centro y que además de ganarse unos billetes deseaba ir a echar una mirada a su pueblo, distante de Monrovia tan sólo veinte kilómetros, tal vez treinta, pero al que no iba de visita desde hacía más de medio año. Durante el viaje (íbamos en un Chevy destartalado que conducía un amigo del cocinero, armado con un fusil de asalto y dos granadas) éste nos dijo que pertenecía a la etnia mano y que su mujer era de la etnia gio, amigos de los mandingas (el conductor era mandinga) y enemigos de los krahn, a quienes tachó de caníbales, y que no sabía si su familia estaba muerta o aún estaba viva. Mierda, dijo el francés, lo mejor sería que regresáramos, pero ya habíamos recorrido más de la mitad del camino y tanto el italiano como yo íbamos felices tirando los últimos carretes que todavía nos quedaban.

De esta manera, y sin toparnos ni una sola vez con un control de carretera, pasamos por el pueblo de Summers y por la aldea de Thomas Creek, de vez en cuando aparecía el río Saint Paul a nuestra izquierda, otras veces lo perdíamos, la carretera era de las malas, a veces el camino discurría en medio del bosque, tal vez antiguas plantaciones de caucho, y otras veces en medio del llano, un llano desde donde se adivinaban más que se veían las colinas de suaves pendientes que se alzaban en el sur. En una sola ocasión cruzamos un río, un afluente del Saint Paul, a través de un puente de madera en perfectas condiciones, y lo único que se nos ofrecía para el ojo de nuestras cámaras era la naturaleza, no diré una naturaleza exuberante, ni siquiera exótica, a mí no sé por qué me recordó un viaje que hice de chico por Corrientes, incluso lo dije, le dije a Luigi: esto parece Argentina, se lo dije en francés, que era el idioma en que los tres nos entendíamos, y el tipo del *Paris-Match* me miró y opinó que ojalá sólo se *pareciera* a Argentina, lo que francamente me desconcertó, porque además yo no hablaba con él, ¿verdad?, ¿y qué había querido decir con eso?, ¿que Argentina era más salvaje y peligrosa que Liberia?, ¿que si los liberianos fueran argentinos ya estaríamos muertos? No sé. En cualquier caso su observación me rompió de golpe todo el embrujo y de buena gana le hubiera pedido explicaciones allí mismo, pero por experiencia sé que nada se gana metiéndose en discusiones de ese tipo, además de que el franchute ya iba un poco picado por nuestra mayoritaria negativa a volver y el hombre tenía que desfogarse por alguna parte, amén de renegar a cada rato contra los pobres negros que sólo querían ganarse unos pesos y volver a ver a la familia. Así que me hice el desentendido aunque mentalmente le deseé que se lo culeara un mono y seguí hablando con Luigi, explicándole cosas que hasta ese momento había creído olvidadas, no sé, los nombres de los árboles, por ejemplo, que en mi visión parecían los viejos árboles de Corrientes y tenían los nombres de los árboles de Corrientes, aunque no eran evidentemente los árboles de Corrientes. Y bueno, el entusiasmo que sentía supongo que me hizo parecer brillante, en cualquier caso mucho más brillante de lo que soy, incluso divertido a juzgar por las risas de Luigi y por las ocasionales risotadas de nuestros acompañantes y así fuimos dejando atrás los árboles tan correntinos, en una atmósfera de relajada camaradería, menos el francés, claro, Jean-Pierre, cada vez más enfurruñado, y entramos en una zona sin árboles, sólo maleza, arbustos como enfermos y un silencio de tanto en tanto rasgado por el grito de un pájaro solitario, un pájaro que llamaba y llamaba y nadie le respondía, y entonces nos empezamos a poner nerviosos, Luigi y yo, pero ya estábamos demasiado cerca de nuestro objetivo y seguimos adelante.

Poco después de que el poblado apareciera comenzaron los disparos. Fue todo muy rápido, en ningún momento vimos a los tiradores y los balazos no duraron más de un minuto, pero cuando dimos la vuelta al recodo y entramos en lo que propiamente era Black Creek mi amigo Luigi había muerto y el tipo que trabajaba en el Centro sangraba de un brazo y se lamentaba ahogadamente, agachado bajo el asiento del copiloto.

Nosotros también, automáticamente, nos habíamos tumbado sobre el piso del Chevy.

Recuerdo perfectamente lo que yo hice: traté de reanimar a Luigi, le hice la respiración boca a boca y luego un masaje cardíaco, hasta que el francés me tocó el hombro y me indicó con un índice tembloroso y sucio la sien izquierda del italiano en donde había un agujero del tamaño de una aceituna. Cuando comprendí que Luigi estaba muerto ya no se oían los disparos y el silencio sólo era roto por el aire que desplazaba el Chevy en su marcha y por el ruido de los neumáticos aplastando las piedras y guijarros del camino que llevaba al pueblo.

Nos detuvimos en lo que parecía la plaza mayor de Black Creek. Nuestro guía se volvió y nos dijo que se iba a buscar a su familia. Una venda hecha con jirones de su propia camisa le taponaba la herida en el brazo. Supuse que se la había hecho él mismo o el chofer, pero no puedo ni siquiera imaginar en qué momento, a menos que para ellos el tiempo se hubiera transformado en un fenómeno distinto, ajeno a nuestra propia percepción del tiempo. Poco después de que el guía se marchara aparecieron cuatro viejos, seguramente atraídos por el ruido del Chevy. Sin decir una palabra, protegidos bajo el alero de una casa en ruinas, se nos quedaron mirando. Eran flacos y se movían con la parsimonia de los enfermos, uno de ellos estaba desnudo como algunos de los guerrilleros krahn de Kensey y Roosevelt Johnson, aunque era evidente que el viejo aquel no era guerrillero de nada. Parecía como si se acabaran de despertar, igual que nosotros. El chofer los vio y siguió sentado delante del volante, sudando y fumando mientras de vez en cuando echaba miradas a su reloj. Al cabo de un rato abrió la portezuela y les hizo una seña a los viejos, que éstos respondieron sin moverse de la protección que les brindaba el alero, y después se bajó y se puso a examinar el motor. Cuando volvió se explayó en una serie de explicaciones incomprensibles, como si el coche fuera nuestro. En resumen lo que quería decir era que la parte de adelante estaba más agujereada que un colador. El francés se encogió de hombros y cambió a Luigi de posición, de tal manera que le permitiera sentarse a su lado. Me pareció que tenía un ataque de asma, pero por lo demás parecía tranquilo. Se lo agradecí mentalmente pues si hay algo que yo odio es a un francés histérico. Más tarde apareció una adolescente que nos miró sin dejar de caminar y a la que vimos desaparecer por una de las tantas callecitas estrechas que desembocaban en la plaza. Cuando hubo desaparecido el silencio se hizo total y sólo afinando mucho el oído podíamos escuchar algo semejante a la reverberación del sol sobre el techo de nuestro vehículo. No corría ni una brizna de aire.

Vamos a palmarla, dijo el francés. Lo dijo con simpatía, así que yo le hice notar que los disparos hacía mucho que habían cesado y que probablemente quienes nos tendieron la emboscada eran pocos, tal vez un par de bandidos tan asustados como nosotros. Mierda, dijo el francés, esta aldea está vacía. Sólo entonces me di cuenta de que no había nadie más en la plaza y comprendí que eso no era nada normal y que al francés no le faltaba razón. No tuve miedo sino rabia.

Me bajé del coche y oriné largamente sobre la pared más cercana. Luego me acerqué al Chevy, le eché una mirada al motor y no vi nada que nos impidiera salir de allí tal como habíamos entrado. Tomé varias fotos del pobre Luigi. El francés y el chofer me miraban sin decir nada. Después Jean-Pierre, como si se lo hubiera pensado mucho, me pidió que le tomara una foto a él. Cumplí su orden sin hacerme de rogar. Lo fotografié a él y al chofer y luego le pedí al chofer que nos fotografiara a Jean-Pierre y a mí, y luego le dije a Jean-Pierre que me fotografiara junto a Luigi, pero se negó aduciendo que aquello ya era el colmo del morbo y la amistad que empezaba a crecer entre nosotros volvió a resquebrajarse. Creo que lo insulté. Creo que él me insultó. Después los dos volvimos a entrar al Chevy, Jean-Pierre junto al chofer y yo junto a Luigi. Debimos de estar allí más de una hora. Durante ese tiempo Jean-Pierre y yo propusimos en varias ocasiones la conveniencia de olvidarnos del cocinero y largarnos del pueblo con viento fresco, pero el chofer se mostró inflexible a nuestros argumentos.

Creo que en algún momento de la espera caí en un sueño breve y agitado, pero sueño al fin y al cabo, y probablemente soñé con Luigi y con un dolor de muelas inmenso. El dolor era peor que la certeza de la muerte del italiano. Cuando desperté, cubierto de transpiración, vi a Jean-Pierre que dormía con la cabeza reclinada en el hombro de nuestro chofer mientras éste fumaba otro cigarrillo con la vista clavada al frente, en el amarillo mortuorio de la plaza desierta, y el fusil cruzado sobre las rodillas.

Finalmente apareció nuestro guía.

Junto a él caminaba una mujer flaca que al principio tomamos por su madre pero que resultó ser su esposa y un niño de unos ocho años, vestido con una camisa roja y unos pantalones cortos de color azul. Vamos a tener que dejar a Luigi, dijo Jean-

Pierre, no hay sitio para todos. Durante unos minutos estuvimos discutiendo. El guía y el chofer estaban de parte de Jean-Pierre y finalmente tuve que transigir. Me colgué las cámaras de Luigi en el cuello y vacié sus bolsillos. Entre el chofer y yo lo bajamos del Chevy y lo pusimos a la sombra de una especie de toldo de paja. La mujer del guía dijo algo en su idioma, era la primera vez que hablaba, y Jean-Pierre se la quedó mirando y le pidió al cocinero que tradujera. Éste al principio se mostró reacio, pero luego dijo que su mujer había dicho que era mejor meter el cadáver en el interior de cualquiera de las casas que rodeaban la plaza. ¿Por qué?, preguntamos al unísono Jean-Pierre y yo. La mujer, aunque estragada, tenía una presencia de reina, tanta era o nos pareció en aquel momento su quietud y su serenidad. Porque allí se lo comerán los perros, dijo señalando el sitio del cadáver con un dedo. Jean-Pierre y yo nos miramos y nos reímos, claro, dijo el francés, cómo no se nos había ocurrido, normal. Así que volvimos a levantar el cadáver de Luigi y mientras el chofer abría a patadas la puerta que le pareció más frágil, nosotros introdujimos el cadáver en una habitación de suelo de tierra, en donde se amontonaban esterillas y cajas de cartón vacías y cuyo olor nos resultó a tal grado insoportable que dejamos al italiano tirado y salimos tan rápido como nos fue posible.

Cuando el chofer puso en marcha el Chevy todos dimos un salto, menos los viejos que nos seguían mirando desde el alero. ¿Por dónde vamos?, dijo Jean-Pierre. El chofer hizo un gesto que quería decir que no lo molestáramos o que no lo sabía. Por otro camino, dijo el guía. Sólo en ese momento me fijé en el niño: se había abrazado a las piernas de su padre y estaba dormido. Vamos por donde ellos digan, le dije a Jean-Pierre.

Durante un rato vagamos por las desiertas calles de la aldea. Cuando salimos de la plaza nos internamos por una calle recta, luego torcimos a la izquierda y el Chevy avanzó muy despacio, casi rozando las paredes de las casas, los aleros de los tejados de paja, hasta salir a una explanada en la que se veía un gran galpón de zinc, de un solo piso, grande como un almacén industrial y en cuyo frontispicio pudimos leer «CE-RE-PA, Ltd.», en grandes letras rojas, y en la parte inferior: «fábrica de juguetes, Black Creek & Brownsville». Este pueblo de mierda se llama Brownsville, no Black Creek, oí que decía Jean-Pierre. El chofer, el guía y yo disentimos sin desviar nuestra mirada del galpón. El pueblo era Black Creek, Brownsville debía de estar un poco más al este, pero Jean-Pierre incomprensiblemente siguió diciendo que estábamos en Brownsville y no en Black Creek como era el trato. El Chevy atravesó la explanada y se internó por un camino que discurría a través de un bosque cerrado. Ahora sí que estamos en África, le dije a Jean-Pierre, tratando vanamente de insuflarle ánimo, pero éste sólo me contestó algo incongruente referido a la fábrica de juguetes que habíamos dejado atrás.

El viaje sólo duró quince minutos. El Chevy se detuvo tres veces y el chofer dijo que el motor, con suerte, sólo tenía vida para llegar a Brownsville. Brownsville, como no tardaríamos en saber, apenas eran unas treinta casas en un claro. Llegamos después de atravesar cuatro colinas peladas. El pueblo, como Black Creek, estaba semidesierto. Nuestro Chevy, con la palabra «prensa» escrita en el parabrisas, llamó la atención de los únicos habitantes que nos hicieron señas desde la puerta de una casa de madera, alargada como un taller, la más grande del pueblo. Dos tipos armados aparecieron en el umbral y se pusieron a gritarnos. El coche se detuvo a unos cincuenta metros y el chofer y el guía bajaron a parlamentar. Mientras avanzaban hacia la casa recuerdo que Jean-Pierre me dijo que si queríamos salvarnos teníamos que correr hacia el bosque. Yo le pregunté a la mujer quiénes eran los hombres. Ella dijo que mandingas. El niño dormía con la cabeza apoyada en su regazo y un hilillo de saliva se le escurría de entre los labios. Le dije a Jean-Pierre que, al menos en teoría, estábamos entre amigos. El francés me dio una respuesta sarcástica, pero yo noté físicamente cómo la tranquilidad (una tranquilidad líquida) se esparcía por cada arruga de su rostro. Lo recuerdo y me siento mal, pero entonces me sentí bien. El guía y el chofer se reían con los desconocidos. Después salieron tres tipos más de la casa alargada, también armados hasta los dientes, que se nos quedaron mirando mientras el guía y el chofer volvían al coche acompañados de los dos primeros. Sonaron unos balazos lejanos y Jean-Pierre y yo agachamos la cabeza. Después me levanté, salí del coche y los saludé y uno de los negros me saludó y el otro apenas me miró ocupado como estaba en levantar el capó del Chevy y revisar el motor irremisiblemente muerto y entonces yo pensé que no nos iban a matar y miré hacia la casa alargada y vi a seis o siete hombres armados y entre ellos vi a dos tipos blancos que caminaban hacia nosotros. Uno de ellos tenía barba y llevaba dos cámaras en bandolera, uno de la profesión, como resultaba fácil deducir, aunque en ese momento, todavía lejos de mí, yo desconocía la fama que precedía en todas partes a ese colega, es decir, conocía, como todos en la profesión, su nombre y sus trabajos, pero nunca lo había visto en persona, ni siquiera en fotografía. El otro era Arturo Belano.

Soy Jacobo Urenda, le dije temblando, no sé si te acuerdas de mí.

Se acordaba. Cómo no se iba a acordar. Pero yo entonces lo vi tan fuera de este mundo que dudé que se acordara de nada, y menos de mí. Con esto no quiero decir exactamente que estuviera muy cambiado, de hecho no estaba *nada* cambiado, era el mismo tipo que yo había visto en Luanda y en Kigali, tal vez el que había cambiado era yo, no sé, lo cierto es que pensé que nada podía ser igual que antes y eso incluía a Belano y su memoria. Por un momento mis nervios casi me traicionaron. Creo que Belano se dio cuenta y me palmeó la espalda y luego dijo mi nombre. Después nos estrechamos las manos. Las mías, lo noté con horror, estaban sucias de sangre. Las de Belano, y esto también lo percibí con una sensación parecida al horror, estaban inmaculadas.

Le presenté a Jean-Pierre y él me presentó al fotógrafo. Era Emilio López Lobo, el fotógrafo madrileño de la agencia Magnum, uno de los mitos vivientes del gremio. No sé si Jean-Pierre había oído hablar de él (Jean-Pierre Boisson, del *Paris-Match*, dijo Jean-Pierre sin inmutarse, por lo que es presumible que no lo conociera o que en las circunstancias en las que nos hallábamos le importara un rábano conocer a tan eminente figura), yo sí, yo soy fotógrafo y para nosotros López Lobo era como Don DeLillo para los escritores, un fotógrafo magnífico, un cazador de instantáneas de primera página, un aventurero, un tipo que había ganado en Europa todos los premios posibles y que había fotografiado todas las formas de la estupidez y de la desidia humanas. Cuando me tocó a mí estrechar su mano, dije: Jacobo Urenda, de la agencia La Luna, y López Lobo sonrió. Era muy flaco, debía de andar por los cuarenta y tantos, como todos nosotros, y parecía bebido o agotado o a punto de volverse loco, o las tres cosas a la vez.

En el interior de la casa se congregaban soldados y civiles. Resultaba difícil distinguirlos a primera vista. El olor ahí era agridulce y húmedo, olor a expectación y a cansancio. Mi primer impulso fue salir a respirar un aire menos viciado, pero Belano me informó que era mejor no exhibirse con demasía, en las colinas había tiradores krahn apostados que podían volarnos la cabeza. Por suerte para nosotros, pero eso lo supe después, no soportaban estar todo el día al acecho y además no tenían buena puntería.

La casa, dos habitaciones alargadas, exhibía como único mobiliario tres largas hileras de estanterías irregulares, algunas de metal y otras de madera, todas vacías. El suelo era de tierra apisonada. Belano me explicó la situación en que estábamos. Según los soldados, los krahn que rodeaban Brownsville y los que nos habían atacado en Black Creek eran la avanzadilla de la fuerza del general Kensey que estaba posicionando a su gente para asaltar Kakata y Harbel y luego marchar hacia los barrios de Monrovia que aún dominaba Roosevelt Johnson. Los soldados pensaban salir a la mañana siguiente rumbo a Thomas Creek en donde, según decían, había un grupo de hombres de Tim Early, uno de los generales de Taylor. El plan de los soldados, como no tardamos en convenir Belano y yo, era inviable y desesperado. Si era verdad que Kensey estaba reagrupando a su gente en la zona, los soldados mandingos no iban a tener ni una sola oportunidad de regresar con los suyos. El plan de los civiles, que parecían estar liderados por una mujer, algo inusual en África, era considerablemente mejor. Algunos pensaban quedarse en Brownsville y esperar los acontecimientos. Otros, la mayoría, pensaban marchar hacia el noroeste con la mujer mandingo, cruzar el Saint Paul y alcanzar la carretera de Brewerville. El plan, en lo que concernía a los civiles, no era descabellado, aunque en Monrovia había oído hablar de matanzas en la carretera que une Brewerville con Bopolu. La zona letal, sin embargo, estaba más al este, más cerca de Bopolu que de Brewerville. Después de escucharlos, Belano, Jean-Pierre y yo decidimos irnos con ellos. Si lográbamos llegar a Brewerville, según Belano, estaríamos salvados. Nos aguardaba una caminata de unos veinte kilómetros a través de antiguas plantaciones de caucho y de selva tropical, amén de cruzar un río, pero para cuando arribáramos a la carretera estaríamos a sólo diez kilómetros de Brewerville y ya allí a sólo 25 kilómetros de Monrovia por una carretera que seguramente aún seguiría en manos de los soldados de Taylor. Partiríamos a la mañana siguiente, poco después de que los soldados mandingos salieran en dirección contraria a enfrentarse con una muerte segura.

Aquella noche no dormí.

Primero hablé con Belano, después estuve un rato hablando con nuestro guía y después volví a hablar con Arturo y con López Lobo. Eso debió ocurrir entre las diez y las once y ya entonces era difícil moverse por aquella casa sumida en la más estricta oscuridad, una oscuridad sólo rota por el rescoldo de los cigarrillos que algunos fumaban para aplacar el miedo y el insomnio. En la puerta abierta vi las sombras de dos soldados que hacían guardia acuclillados y que no se volvieron cuando yo me aproximé a ellos. También vi las estrellas y la silueta de las colinas y volví a recordar mi infancia. Debe de ser porque asocio mi infancia con el campo. Después regresé hacia el fondo de la casa, tanteando las estanterías, pero no encontré mi lugar. Serían las doce cuando encendí un cigarrillo y me dispuse a quedarme dormido. Sé que estaba contento (o que creía que estaba contento) porque al día siguiente emprenderíamos el regreso a Monrovia. Sé que estaba contento porque me encontraba en medio de una aventura y me sentía vivo. Así que me puse a pensar en mi mujer y en mi casa y luego me puse a pensar en Belano, en lo bien que lo había visto, la buena pinta que tenía, mejor que en Angola, cuando quería morirse y mejor que en Kigali, cuando ya no quería morirse pero tampoco podía largarse de este continente dejado de la mano de Dios, y cuando acabé el cigarrillo saqué otro, éste sí que el último, y para darme ánimos hasta me puse a tararear muy bajito, ¡o mentalmente!, una canción de Atahualpa Yupanqui, Dios mío, Atahualpa Yupanqui, y sólo entonces comprendí que estaba nerviosísimo y que lo que me hacía falta, si es que quería dormirme, era hablar con alguien, y entonces me levanté y di unos pasos a ciegas, primero un silencio mortal (pensé, durante una fracción de segundo, que todos estábamos muertos, que la esperanza que nos mantenía era sólo una ilusión y tuve el impulso de salir huyendo desaforadamente de aquella casa que apestaba), después oí el ruido de los ronquidos, los murmullos apenas audibles de los que aún estaban despiertos y conversaban en la oscuridad en lengua gio o mano, en lengua mandinga o krahn, en inglés, en español.

Todas las lenguas, entonces, me parecieron aborrecibles.

Decirlo ahora, lo sé, es un despropósito. Todas las lenguas, todos los murmullos sólo una forma vicaria de preservar durante un tiempo azaroso nuestra identidad. En fin, la verdad es que *no sé* por qué me parecieron aborrecibles, tal vez porque de forma absurda estaba perdido en alguna parte de aquellas dos habitaciones tan largas, porque estaba perdido en una región que no conocía, en un país que no conocía, en un continente que no conocía, en un planeta alargado y extraño, o tal vez porque sabía que debía dormir y no podía. Y entonces tanteé en busca de la pared y me senté en el suelo y abrí los ojos desmesuradamente tratando de ver algo, sin conseguirlo, y luego me ovillé en el suelo y cerré los ojos y le rogué a Dios (en el que no creo) que no me fuera a enfermar, que mañana me esperaba una larga caminata, y después me quedé dormido.

Cuando desperté debía de faltar poco para las cuatro de la mañana.

A unos metros de donde me hallaba Belano y López Lobo estaban hablando. Vi la lumbre de sus cigarrillos, mi primer impulso fue levantarme, acercarme a ellos para compartir la incertidumbre de lo que el día siguiente nos traería, sumarme aunque fuera gateando o de rodillas a las dos sombras que entreveía detrás de los cigarrillos. Pero no lo hice. Algo en el tono de sus voces me lo impidió, algo en la disposición de las sombras, a veces densas, achaparradas, belicosas, y a veces fraccionadas, desintegradas, como si los cuerpos que las proyectaban ya hubieran desaparecido.

Así que me contuve y me hice el dormido y escuché.

López Lobo y Belano hablaron hasta poco antes de que amaneciera. Transcribir lo que se dijeron es de alguna manera desvirtuar lo que yo sentí mientras los escuchaba.

Primero hablaron de los nombres de la gente y dijeron cosas incomprensibles, parecían las voces de dos conspiradores o de dos gladiadores, hablaban bajito y estaban de acuerdo en casi todo, aunque la voz cantante la llevaba Belano y sus argumentos (que escuché fragmentados, como si en el interior de aquella casa alargada una corriente de sonido o unos paneles interpuestos al azar me privaran de la mitad de lo que decían) eran de naturaleza provocadora, sin pulir, imperdonable llamarse López Lobo, imperdonable llamarse Belano, cosas de ese estilo, aunque puede que me equivoque y el tema de la conversación estuviera en las antípodas. Después hablaron de otras cosas: nombres de ciudades, nombres de mujeres, títulos de libros. Belano dijo: todos tenemos miedo de naufragar. Después se quedó callado y sólo entonces me di cuenta que López Lobo casi no había hablado y que Belano había hablado demasiado. Por un instante pensé que se iban a dormir, me dispuse a hacer lo mismo, me dolían todos los huesos, el día había sido abrumador. Justo en ese momento volví a sentir sus voces.

Al principio no entendí nada, tal vez porque había cambiado de postura o porque ellos hablaban más bajito. Me di la vuelta. Uno de ellos fumaba. Distinguí la voz de Belano otra vez. Decía que cuando él llegó a África *también* quería que lo mataran. Relató historias de Angola y de Ruanda que yo ya conocía, que todos los que estamos aquí más o menos conocemos. Entonces la voz de López Lobo lo interrumpió. Le preguntó (lo oí con total claridad) por qué quería morir entonces. La respuesta de Belano no la escuché pero la intuí, lo que carece de mérito pues de alguna manera ya la conocía. Había perdido algo y quería morir, eso era todo. Luego oí una risa de Belano y supuse que se reía de aquello que había perdido, su gran pérdida, y de él mismo y de más cosas que no conozco ni quiero conocer. López Lobo no se rió. Creo que dijo: vaya, por Dios, o algún comentario de ese tipo. Luego ambos se quedaron en silencio.

Más tarde, pero cuánto más tarde no lo puedo precisar, oí la voz de López Lobo que decía algo, tal vez preguntaba la hora. ¿Qué hora es? Alguien se movió junto a mí. Alguien se revolvió inquieto en medio de su sueño y López Lobo pronunció unas palabras guturales, como si volviera a preguntar qué hora era, pero esta vez, estoy seguro, preguntó otra cosa.

Belano dijo son las cuatro de la mañana. En ese momento supe con resignación que no iba a poder dormir. Entonces López Lobo se puso a hablar y su parlamento, sólo muy de tanto en tanto interrumpido por preguntas ininteligibles de Belano, se prolongó hasta el amanecer.

Dijo que había tenido dos hijos y una mujer, como Belano, como todos, y una casa y libros. Luego dijo algo que no entendí. Tal vez habló de la felicidad. Mencionó calles, estaciones de metro, números de teléfono. Como si buscara a alguien. Luego silencio. Alguien tosió. López Lobo repitió que había tenido una mujer y dos hijos. Una vida más bien satisfactoria. Algo así. Antifranquismo militante y una juventud, en los setenta, en donde no escaseó el sexo ni la amistad. Se hizo fotógrafo casi por azar. No le daba ninguna importancia a su fama o a su prestigio o a lo que fuera. Se había casado enamorado. Su vida era lo que suele llamarse una vida feliz. Un día, por casualidad, descubrieron que el hijo mayor estaba enfermo. Era un niño muy listo, dijo López Lobo. La enfermedad del niño era grave, una enfermedad de origen tropical y por supuesto López Lobo pensó que había sido él quien había contagiado al niño. Sin embargo, tras hacerse las pruebas pertinentes, los médicos no encontraron ni rastro de la enfermedad en su sangre. Durante un tiempo López Lobo persiguió a los posibles emisores de la enfermedad en el reducido entorno del niño y no encontró nada. Finalmente López Lobo enloqueció.

Su mujer y él vendieron la casa que tenían en Madrid y se fueron a vivir a los Estados Unidos. Se marcharon con el niño enfermo y con el niño sano. El hospital en donde ingresaron al niño enfermo era caro y el tratamiento largo y López Lobo tuvo que volver a trabajar, así que su mujer se quedó con los niños y él se puso a hacer fotografías a destajo. Estuvo en muchos lugares, dijo, pero siempre volvía a Nueva York. A veces encontraba al niño mejor, como si estuviera ganándole la partida a la enfermedad, y otras veces su salud se estacionaba o decaía. A veces López Lobo se quedaba sentado en una silla en la habitación del niño enfermo y soñaba con sus dos hijos: veía sus caras muy juntas, sonrientes y desamparados, y entonces, sin saber por qué, sabía que era necesario que él, López Lobo, dejara de existir. Su mujer había alquilado un piso en la 81 Oeste y el niño sano estudiaba en un colegio cercano. Un día, mientras esperaba en París un visado para un país árabe, lo llamaron por teléfono y le dijeron que la salud del niño enfermo había empeorado. Dejó los trabajos pendientes y cogió el primer vuelo a Nueva York. Cuando llegó al hospital todo le pareció sumergido en una especie de normalidad monstruosa y entonces supo que había llegado el final. Tres días después el niño murió. Los trámites de la incineración los llevó a cabo personalmente, pues su mujer se hallaba destrozada. Hasta aquí la narración de López Lobo fue más o menos inteligible. El resto es una sucesión de frases y de paisajes que trataré de ordenar.

El mismo día de la muerte del niño o un día después llegaron los padres de la mujer de López Lobo a Nueva York. Una tarde tuvieron una discusión. Estaban en el bar de un hotel de Broadway, cerca de la calle 81, todos juntos, los suegros, el hijo menor y la mujer, y López Lobo se puso a llorar y dijo que quería a sus dos hijos y que el culpable de la muerte del hijo mayor había sido él. Aunque tal vez no dijera nada ni hubiera ninguna discusión y todo sólo sucediera en la mente de López Lobo. Después López Lobo se emborrachó y dejó las cenizas del niño olvidadas en un vagón del metro de Nueva York y volvió a París sin decirle nada a nadie. Un mes después supo que su mujer había regresado a Madrid y quería el divorcio. López Lobo firmó los papeles y pensó que todo había sido un sueño.

Mucho más tarde oí la voz de Belano que preguntaba cuándo había ocurrido «la desgracia». Me pareció la voz de un campesino chileno. Hace dos meses, contestó López Lobo. Y después Belano preguntó qué pasaba con el otro hijo, el niño sano. Vive con su madre, respondió López Lobo.

A esa hora ya podía distinguir sus siluetas recostadas contra la pared de madera. Los dos estaban fumando y los dos parecían cansados, pero tal vez esta última impresión fuera debida a mi propio cansancio. López Lobo ya no hablaba, sólo hablaba Belano, como al principio y, cosa sorprendente, estaba contando su historia, una historia sin pies ni cabeza, una y otra vez, con la particularidad de que a cada repetición resumía la historia un poco más, hasta que finalmente sólo decía: quise morirme, pero comprendí que era mejor no hacerlo. Sólo entonces me di cuenta cabal que López Lobo iba a acompañar a los soldados al día siguiente y no a los civiles, y que Belano no lo iba a dejar morir solo.

Creo que me dormí.

Al menos, creo que dormí algunos minutos. Cuando desperté la claridad del nuevo día empezaba a filtrarse al interior de la casa. Oí ronquidos, suspiros, gente que hablaba en sueños. Luego vi a los soldados que se preparaban para salir. Junto a ellos vi a López Lobo y a Belano. Me levanté y le dije a Belano que no fuera. Belano se encogió de hombros. La cara de López Lobo estaba impasible. Sabe que ahora va a morir y está tranquilo, pensé. La cara de Belano, por el contrario, parecía la de un demente: en cuestión de segundos era dable ver en ella un miedo espantoso o una alegría feroz. Lo cogí de un brazo e irreflexivamente salí con él a dar un paseo por el exterior.

Era una mañana hermosísima, de una levedad azul que erizaba los pelos. López Lobo y los soldados nos vieron salir y no dijeron nada. Belano sonreía. Recuerdo que caminamos en dirección a nuestro inservible Chevy y que le dije varias veces que lo que pensaba hacer era una barbaridad. Oí la conversación de anoche, le confesé, y todo me obliga a conjeturar que tu amigo está loco. Belano no me interrumpió: miraba hacia los bosques y las colinas que circundaban Brownsville y de vez en cuando asentía. Cuando llegamos al Chevy recordé a los francotiradores y tuve un repentino principio de pánico. Me pareció absurdo. Abrí una de las portezuelas y nos instalamos en el interior del coche. Belano se fijó en la sangre de Luigi pegada en la tapicería, pero no dijo nada ni yo consideré oportuno darle una explicación a esas alturas. Durante un rato permanecimos ambos en silencio. Yo tenía la cara oculta entre las manos. Después Belano me preguntó si me había dado cuenta de lo jóvenes que eran los soldados. Todos son jodidamente jóvenes, le contesté, y se matan como si estuvieran jugando. No deja de ser bonito, dijo Belano mirando por la ventanilla los bosques atrapados entre la niebla y la luz. Le pregunté por qué iba a acompañar a López Lobo. Para que no esté solo, respondió. Eso ya lo sabía, esperaba otra respuesta, algo que resultara decisivo, pero no le dije nada. Me sentí muy triste. Quise decir algo más y no encontré palabras. Luego bajamos del Chevy y volvimos a la casa alargada. Belano cogió sus cosas y salió con los soldados y el fotógrafo español. Lo acompañé hasta la puerta. Jean-Pierre iba a mi lado y miraba a Belano sin entender nada. Los soldados ya comenzaban a alejarse y allí mismo le dijimos adiós. Jean-Pierre le dio un apretón de manos y yo un abrazo. López Lobo se había adelantado y Jean-Pierre y yo comprendimos que no deseaba despedirse de nosotros. Luego Belano se puso a correr, como si en el último instante creyera que la columna se iba a marchar sin él, alcanzó a López Lobo, me pareció que se ponían a hablar, me pareció que se reían, como si partieran de excursión, y así atravesaron el claro y luego se perdieron en la espesura.

Por nuestra parte, el viaje de regreso a Monrovia transcurrió casi sin incidentes. Fue largo e ingrato, pero no nos cruzamos con soldados de ningún bando. Llegamos a Brewerville al caer la noche. Allí nos despedimos de la mayoría de los que habían venido con nosotros y a la mañana siguiente una furgoneta de una organización humanitaria nos trasladó a Monrovia. Jean-Pierre no tardó más de un día en marcharse de Liberia. Yo aún permanecí dos semanas más. El cocinero, su mujer y su hijo, de quienes me hice amigo, se instalaron en el Centro de Prensa. La mujer trabajaba haciendo camas y barriendo el suelo y a veces yo me asomaba a la ventana de mi habitación y veía al niño que jugaba con otros niños o con los soldados que guardaban el hotel. Al chofer no lo volví a ver más, pero llegó a Monrovia vivo, lo que de alguna manera es un consuelo. Por descontado, durante los días que permanecí allí intenté localizar a Belano, averiguar qué había pasado en la zona de Brownsville-Black Creek-Thomas Creek, pero en claro apenas saqué nada. Según algunos, aquel territorio estaba ahora dominado por las bandas armadas de Kensey, según otros, una columna del general Lebon, creo que ése era su nombre, un general de diecinueve años, había conseguido restablecer el poder de Taylor en todo el territorio comprendido entre Kakata y Monrovia, lo que incluía a Brownsville y Black Creek. Pero nunca supe si aquello era cierto o falso. Un día asistí a una conferencia en un local cercano a la embajada norteamericana. La conferencia la daba un tal general Wellman y a su manera trataba de explicar la situación del país. Todo el mundo, al final, pudo preguntarle lo que quiso. Cuando ya se habían ido todos o todos se habían cansado de hacer preguntas que sabíamos de alguna manera inútiles, yo le pregunté por el general Kensey, por el general Lebon, por la situación en la aldea de Brownsville y de Black Creek, por la suerte corrida por el fotógrafo Emilio López Lobo, de nacionalidad española y por el periodista Arturo Belano, de nacionalidad chilena. El general Wellman me miró fijamente antes de responder (pero eso lo hacía con todos, tal vez tenía un problema de miopía y no sabía dónde conseguir un par de anteojos). Con parsimonia dijo que según sus informes el general Kensey ya llevaba una semana muerto. Lo habían matado las tropas de Lebon. El general Lebon, a su vez, también había muerto, esta vez a manos de una banda de salteadores, en uno de los barrios del este de Monrovia. Sobre Black Creek dijo: «En Black Creek reina la calma.» Literalmente. Sobre el poblado de Brownsville, aunque fingió lo contrario, jamás había oído hablar.

Dos días después me marché de Liberia y no volví nunca más.

26

Ernesto García Grajales, Universidad de Pachuca, Pachuca, México, diciembre de 1996. En mi humildad, señor, le diré que soy el único estudioso de los real visceralistas que existe en México y, si me apura, en el mundo. Si Dios quiere pienso publicar un libro sobre ellos. El profesor Reyes Arévalo me ha dicho que tal vez la editorial de nuestra universidad podría publicarlo. Por supuesto, el profesor Reyes Arévalo jamás ha oído hablar de los real visceralistas y en su fuero interno preferiría una monografía sobre los modernistas mexicanos o una edición anotada sobre Manuel Pérez Garabito, el poeta pachuqueño por excelencia. Pero poco a poco mi obstinación lo ha convencido de que no es malo estudiar ciertos aspectos de nuestra poesía más rabiosamente moderna. Así, de paso, llevamos a Pachuca a los umbrales del siglo XXI. Sí, se podría decir que soy el principal estudioso, la fuente más autorizada, pero eso no es ningún mérito. Probablemente yo soy el *único* que se interesa por este tema. Ya casi nadie los recuerda. Muchos de ellos han muerto. De otros no se sabe nada, desaparecieron. Pero algunos siguen en activo. Jacinto Requena, por ejemplo, ahora hace crítica de cine y gestiona el cine-club de Pachuca. A él debo mi interés por este grupo. María Font vive en el DF. No se ha casado. Escribe, pero no publica. Ernesto San Epifanio murió. Xóchitl García trabaja en revistas y suplementos dominicales de la prensa capitalina. Me parece que ya no escribe poesía. Rafael Barrios desapareció en los Estados Unidos. No sé si estará vivo o muerto. Angélica Font publicó hace poco su segundo libro de poesía, un volumen de no más de treinta páginas, el libro no está mal, una edición muy elegante. Piel Divina murió. Pancho Rodríguez murió. Emma Méndez se suicidó. Moctezuma Rodríguez anda metido en política. Dicen que Felipe Müller sigue en Barcelona, está casado y tiene

550

un hijo, parece que es feliz, de vez en cuando los cuates de por
acá le publican algún poema. Ulises Lima sigue viviendo en el
DF. Las pasadas vacaciones lo fui a ver. Un espectáculo. Le confieso que al principio hasta me dio un poco de miedo. Todo el
rato que estuve con él me trató de señor profesor. Pero, mano, le
dije, si soy más joven que tú, así que por qué no nos tuteamos.
Como usted quiera, señor profesor, me contestó. Ah, qué Ulises.
De Arturo Belano no sé nada. No, a Belano no lo conocí. A varios. No conocí a Müller ni a Pancho Rodríguez ni a Piel Divina.
Tampoco conocí a Rafael Barrios. ¿Juan García Madero? No,
ése no me suena. Seguro que nunca perteneció al grupo. Hombre, si lo digo yo que soy la máxima autoridad en la materia, por
algo será. Todos eran muy jóvenes. Yo tengo sus revistas, sus
panfletos, documentos inencontrables hoy por hoy. Hubo un
chavito de diecisiete años, pero no se llamaba García Madero. A
ver... se llamaba Bustamante. Sólo publicó un poema en una revista fotocopiada que se hizo en el DF, no más de veinte ejemplares el primer número, además sólo salió ese primer número. Y
no era mexicano, sino chileno, como Belano y Müller, el hijo de
unos exiliados. No, que yo sepa el tal Bustamente ya no escribe
poesía. Pero perteneció al grupo. Los real visceralistas del DF.
Claro, porque ya había habido otro grupo de real visceralistas,
allá por los años veinte, los real visceralistas del norte. ¿Eso no
lo sabía? Pues sí. Aunque de esos sí que no hay mucha documen-
tación. No, no fue una coincidencia. Más bien fue un homenaje.
Una señal. Una respuesta. Quién sabe. De todas formas, yo prefiero no perderme en esos laberintos. Me ciño a la materia tratada y que el lector y el estudioso saquen sus conclusiones. Yo creo
que mi librito va a quedar bien. En el peor de los casos voy a
traer la modernidad a Pachuca.

**Amadeo Salvatierra, calle Venezuela, cerca del Palacio
de la Inquisición, México DF, enero de 1976.** Todos la olvidaron, menos yo, muchachos, les dije, ahora que estamos viejos y
que ya no tenemos remedio tal vez alguno se acuerde de ella,
pero entonces todos la olvidaron y luego se fueron olvidando a sí
mismos, que es lo que pasa cuando uno olvida a los amigos. Menos yo. O eso me parece ahora. Yo guardé su revista y guardé su
recuerdo. Mi vida, posiblemente, daba para eso. Como tantos
mexicanos, yo también abandoné la poesía. Como tantos miles

551

de mexicanos, yo también le di la espalda a la poesía. Como tantos cientos de miles de mexicanos, yo también, llegado el momento, dejé de escribir y de leer poesía. A partir de entonces mi vida discurrió por los cauces más grises que uno pueda imaginarse. Hice de todo, hice lo que pude. Un día me vi escribiendo cartas, papeles incomprensibles bajo los portales de la plaza Santo Domingo. Era una chamba como cualquier otra, al menos no peor que muchas que había tenido, pero no tardé en darme cuenta que aquí me iba a quedar por mucho tiempo, atado a mi máquina de escribir, a mi pluma y a mis hojas blancas. No es un mal trabajo. A veces hasta me río. Escribo cartas de amor lo mismo que petitorios, instancias para los juzgados, reclamaciones pecuniarias, súplicas que los desesperados mandan a las cárceles de la República. Y me da tiempo para platicar con los colegas, escribanos bragados como yo, una especie que se extingue, o para leer las últimas maravillas de nuestra literatura. La poesía mexicana no tiene remedio: el otro día leí que un poeta de los más finos creía que el Pensil Florido era un lápiz coloreado y no un jardín o un parque, incluso un oasis, lleno de flores. Pensil también quiere decir pendiente, colgante, suspendido. ¿Eso ustedes lo sabían, muchachos, les dije, lo sabían o he metido la pata? Y los muchachos se miraron y dijeron que sí, pero con un gesto que también hubiera podido significar que no. De Cesárea no tuve ninguna noticia. Un día, en una cantina, me hice amigo de un viejo de Sonora. El viejo conocía perfectamente bien Hermosillo y Cananea y Nogales y yo le pregunté si alguna vez había oído hablar de Cesárea Tinajero. Me dijo que no. No sé qué le diría yo, pero el viejo creyó que estaba hablándole de mi mujer o de mi hermana o de mi hija. Cuando me lo dijo pensé que en realidad yo apenas la había conocido. Creo que a partir de entonces comencé a olvidarla. Y ahora ustedes me dicen, muchachos, que Maples Arce les ha hablado de Cesárea. O List o Arqueles, qué importa. ¿Quién les dio mi dirección?, les dije. List o Arqueles o Manuel, qué importa. Y los muchachos me miraron o tal vez no me miraron, estaba amaneciendo desde hacía ya mucho rato, los ruidos de la calle Venezuela entraban en oleadas en mi casa y en ese momento vi que uno de los muchachos se había quedado dormido sentado en el sofá, pero con la espalda muy recta, como si estuviera despierto, y el otro se había puesto a hojear la revista de Cesárea, pero también parecía dormido. Y entonces yo les dije, muchachos, parece que ya es de día, parece que ya amaneció. Y el que estaba dormido abrió la bocota y dijo sí, Amadeo. El que estaba despierto, por el contrario, no me hizo ni caso, siguió hojeando la revista, siguió con una media sonrisa en los labios, como si estuviera soñando con una muchacha inalcanzable mientras sus ojos recorrían el único poema que existía en México de Cesárea Tinajero. Y de repente yo pensé, con la mente alterada por el cansancio y el alcohol bebido, que el que había hablado era el que estaba despierto. Y le dije: ¿eres ventrílocuo, hijo? Y el que estaba dormido dijo no, Amadeo, o tal vez dijo nicho, Amadeo, o tal vez nel o nelson o nelazo, o tal vez dijo ni madre o niguas o ni máiz paloma, o tal vez sólo dijo nones. Y el que estaba despierto me miró, tenía la revista bien agarrada, como si se la fueran a quitar, y luego dejó de mirarme y siguió con la lectura, como si hubiera algo que leer, pensé entonces, en la maldita revista de Cesárea Tinajero. Bajé la vista y asentí. No se me achicopale, Amadeo, dijo uno de ellos. No quise ni mirarlos. Pero los miré. Y vi a dos muchachos, uno despierto y el otro dormido, y el que estaba dormido dijo no se me preocupe, Amadeo, nosotros le vamos a encontrar a Cesárea aunque tengamos que levantar todas las piedras del norte. Y yo abrí los ojos lo más que pude y los escudriñé y dije: yo no me preocupo, muchachos, por mí no se molesten. Y el que estaba dormido dijo: no es ninguna molestia, Amadeo, es un placer. Y yo insistí: por mí no lo hagan. Y el que estaba dormido se rió o hizo un ruido con la garganta que podía ser tomado por risa, gorjeó o ronroneó o tal vez tuvo un conato de ahogo, y dijo: no lo hacemos por ti, Amadeo, lo hacemos por México, por Latinoamérica, por el Tercer Mundo, por nuestras novias, por que tenemos ganas de hacerlo. ¿Estaban de broma? ¿No estaban de broma? Y entonces el que estaba dormido respiró de una manera muy rara, como si respirara con los huesos, y dijo: vamos a encontrar a Cesárea Tinajero y vamos a encontrar también las Obras Completas de Cesárea Tinajero. Y la mera verdad es que yo entonces sentí un escalofrío y miré al que estaba despierto, que seguía estudiando el único poema que existía en el mundo de Cesárea Tinajero, y le dije: me parece que a tu amigo le pasa algo. Y el que leía levantó la vista y me miró como si yo estuviera detrás de una ventana o como si él estuviera al otro lado de una ventana, y dijo: tranquilo, no pasa nada. ¡Pinches chavos psicóticos! ¡Como si hablar dormido no fuera nada! ¡Como si hacer promesas en sueños no fuera nada! Y entonces yo miré las paredes de mi sala, mis libros, mis fotos, las manchas del techo y luego los miré a ellos y los vi como si estuvieran al otro lado de una ventana, uno con los ojos abiertos y el otro con los ojos cerrados, pero los dos mirando, ¿mirando hacia afuera?, ¿mirando hacia dentro?, no lo sé, sólo sé que sus caras habían empalidecido como si estuvieran en el Polo Norte, y así se lo dije, y el que estaba dormido respiró ruidosamente y dijo: más bien es como si el Polo Norte hubiera descendido sobre el DF, Amadeo, eso dijo, y yo pregunté: muchachos, ¿tienen frío?, una pregunta retórica, o una pregunta práctica, porque, de ser afirmativa la respuesta, yo estaba decidido a prepararles de inmediato un cafecito, pero lo cierto es que en el fondo era una pregunta retórica, si tenían frío con apartarse de la ventana hubiera bastado, y entonces les dije: muchachos, ¿vale la pena?, ¿vale la pena?, ¿de verdad, vale la pena?, y el que estaba dormido dijo simonel. Entonces yo me levanté (me crujieron todos los huesos) y fui hasta la ventana que está junto a la mesa del comedor y la abrí y luego fui hasta la ventana de la sala propiamente dicha y la abrí y luego me arrastré hasta el interruptor y apagué la luz.

III. Los desiertos de Sonora (1976)

1 de enero

Hoy me di cuenta de que lo que escribí ayer en realidad lo escribí hoy: todo lo del treintaiuno de diciembre lo escribí el uno de enero, es decir hoy, y lo que escribí el treinta de diciembre lo escribí el treintaiuno, es decir ayer. Lo que escribo hoy en realidad lo escribo mañana, que para mí será hoy y ayer, y también de alguna manera mañana: un día invisible. Pero sin exagerar.

2 de enero

Salimos del DF. Para entretener a mis amigos les hice algunas preguntas delicadas, que también son problemas, enigmas (sobre todo en el México literario de hoy), incluso acertijos. Empecé con una fácil: ¿Qué es el verso libre?, dije. Mi voz resonó en el interior del coche como si hubiera hablado por un micrófono.

–El que no tiene un número fijo de sílabas –dijo Belano.

–¿Y qué más?

–El que no rima –dijo Lima.

–¿Y qué más?

–El que no tiene una colocación precisa de los acentos –insistió Lima.

–Bien. Ahora una más difícil. ¿Qué es un tetrástico?

–¿Qué? –dijo Lupe a mi lado.

–Un sistema métrico de cuatro versos –dijo Belano.

–¿Y un síncopa?

–Ah, jijos –dijo Lima.

–No lo sé –dijo Belano–. ¿Algo sincopado?

–Frío, frío. ¿Se rinden?

Lima fijó la vista en el espejo retrovisor. Belano me miró a mí durante un segundo, pero luego miró lo que había detrás de mí. Lupe también miró hacia atrás. Yo preferí no hacerlo.

–Un síncopa –dije–, es la supresión de uno o varios fonemas en el interior de una palabra. Ejemplo: Navidad por Natividad, Lar por Lugar. Bien. Sigamos. Ahora una fácil. ¿Qué es una sextina?

–Una estrofa de seis versos –dijo Lima.

–¿Y qué más? –dije yo.

Lima y Belano dijeron algo que no entendí. Sus voces parecían flotar en el interior del Impala. Pues hay algo más, dije yo. Y se lo dije. Y luego les pregunté si sabían lo que era un gliconio (que es un verso de la métrica clásica que se puede definir como una tetrapodia logaédica cataléctica *in syllabam*), y un hemíepes (que, en la métrica griega, es el primer miembro del hexámetro dactílico), o un fonosimbolismo (que es la significación autónoma que pueden asumir los elementos fónicos de una palabra o verso). Y Belano y Lima no supieron ni una sola respuesta, no digamos Lupe. Así que les pregunté si sabían lo que era una epanortosis, que es una figura lógica que consiste en volver sobre lo que ya se ha dicho para matizar lo afirmado o para atenuarlo o incluso para contradecirlo, y también les pregunté si sabían lo que era un pitiámbico (no lo sabían), y un mimiambo (no lo sabían), y un homeoteleuton (no lo sabían), y una paragoge (sí lo sabían), y además pensaban que todos los poetas mexicanos y la mayoría de los latinoamericanos eran paragógicos, y entonces yo les pregunté si sabían qué era un hápax o hápax legómenon, y como no lo sabían se lo dije. El hápax era un tecnicismo empleado en lexicografía o en trabajos de crítica textual para indicar que una voz se ha registrado una sola vez en una lengua, en un autor o en un texto. Y eso nos dio qué pensar durante un rato.

–Ponnos ahora una más fácil –dijo Belano.

–Bien. ¿Qué es un zéjel?

–Carajo, no lo sé, qué ignorante soy –dijo Belano.

–¿Y tú, Ulises?

–Me suena a árabe.

–¿Y tú, Lupe?

Lupe me miró y no dijo nada. A mí me dio un ataque de risa, supongo que de los nervios que tenía, pero igual les expliqué lo que era un zéjel. Y cuando acabé de reírme le dije a Lupe que no me reía de ella ni de su incultura (o rusticidad) sino de todos nosotros.

–A ver, ¿qué es un saturnio?

–Ni idea –dijo Belano.

–¿Un saturnio? –dijo Lupe.

–¿Y un quiasmo? –dije yo.

–¿Un qué? –dijo Lupe.

Sin cerrar los ojos, y al mismo tiempo que los veía a ellos, vi el coche que avanzaba como una flecha por las avenidas de salida del DF. Sentí que flotábamos.

–¿Qué es un saturnio? –dijo Lima.

–Fácil. En la poesía latina arcaica, un verso de interpretación dudosa. Algunos creen que tiene naturaleza cuantitativa, otros que acentual. Si se admite la primera hipótesis, el saturnio puede ser analizado en un dímetro yámbico cataléctico y un itifálico, aunque presenta otras variantes. Si se acepta la acentual estaría formado por dos hemistiquios, el primero con tres acentos tónicos y el segundo con dos.

–¿Qué poetas usaron el saturnio? –dijo Belano.

–Livio Andrónico y Nevio. Poesía religiosa y conmemorativa.

–Sabes mucho –dijo Lupe.

–Pues la verdad es que sí –dijo Belano.

A mí me volvió a dar el ataque de risa. La risa salió expelida del coche de forma instantánea. Huérfano, pensé.

–Sólo es cuestión de memoria. Memorizo las definiciones y ya está.

–No nos has dicho qué es un quiasmo –dijo Lima.

–Un quiasmo, un quiasmo, un quiasmo... Bueno, un quiasmo consiste en presentar en órdenes inversos los miembros de dos secuencias.

Era de noche. La noche del 1 de enero. La madrugada del 1 de enero. Miré hacia atrás y me pareció que nadie nos seguía.

–A ver, ésta –dije–. ¿Qué es un proceleusmático?

–Ésa te la has inventado tú, García Madero –dijo Belano.

–No. Es un pie de la métrica clásica que consta de cuatro sílabas breves. No tiene un ritmo determinado y por lo tanto puede ser considerado como una simple figura métrica. ¿Y un moloso?

–Ésa sí que te la acabas de inventar –dijo Belano.

–No, te lo juro. Un moloso, en la métrica clásica, es un pie formado por tres sílabas largas en seis tiempos. El ictus puede recaer en la primera y tercera sílabas o sólo en la segunda. Tiene que combinarse con otros pies para formar metro.

–¿Qué es un ictus? –dijo Belano.

Lima abrió la boca y luego la volvió a cerrar.

–Un ictus –dije yo–, es la pulsación, el compás temporal. Ahora debería hablarles del arsis, que en la métrica románica es el tiempo fuerte del pie, es decir la sílaba sobre la que recae el ictus, pero mejor seguimos con las preguntas. Ahí les va una fácil, al alcance de cualquiera. ¿Qué es un bisílabo?

–Un verso de dos sílabas –dijo Belano.

–Muy bien, ya era hora –dije yo–. De dos sílabas. Muy raro y además el más corto posible en la métrica española. Casi siempre aparece ligado a versos más largos. Ahora uno difícil. ¿Qué es el asclepiadeo?

–Ni idea –dijo Belano.

–¿Asclepiadeo? –dijo Lima.

–Viene de Asclepíades de Samos, que fue el que más lo usó, aunque también lo emplearon Safo y Alceo. Tiene dos formas: el asclepiadeo menor es de doce sílabas distribuidas en dos *cola* (miembros) eólicos, el primero formado por un espondeo, por un dáctilo y por una sílaba larga, el segundo por un dáctilo y por una dipodia trocaica cataléctica. El asclepiadeo mayor es un verso de dieciséis sílabas por la inserción entre los dos *cola* eólicos de una dipodia dactílica cataléctica *in syllabam*.

Empezamos a salir del DF. Íbamos a más de ciento veinte por hora.

–¿Qué es una epanalepsis?

–Ni idea –oí que decían mis amigos.

El coche pasó por avenidas oscuras, barrios sin luz, calles en donde sólo había niños y mujeres. Luego volamos por barrios en donde aún celebraban el fin de año. Belano y Lima miraban hacia delante, hacia el camino. Lupe tenía la cabeza pegada al cristal de la ventana. Me pareció que se había quedado dormida.

–¿Y qué es una epanadiplosis? –Nadie me contestó–. Es una figura sintáctica que consiste en la repetición de una palabra al principio y al final de una frase, de un verso o de una serie de versos. Un ejemplo: *Verde que te quiero verde*, de García Lorca.

Durante un rato estuve callado y me puse a mirar por la ventana. Tuve la impresión de que Lima se había perdido, pero por lo menos no nos seguía nadie.

–Sigue –dijo Belano–, alguna sabremos.

–¿Qué es una catacresis? –dije.

–Ésa me la sabía, pero se me ha olvidado –dijo Lima.

–Es una metáfora que ha entrado en el uso normal y cotidiano del lenguaje y que ya no se percibe como tal. Ejemplos: ojo de aguja, cuello de botella. ¿Y una arquiloquea?

–Ésa sí que me la sé –dijo Belano–. Es la forma métrica que usaba Arquíloco, seguro.

–Gran poeta –dijo Lima.

–Pero en qué consiste –dije yo.

–No lo sé, te puedo recitar de memoria un poema de Arquíloco, pero no sé en qué consiste una arquiloquea –dijo Belano.

Así que les dije que una arquiloquea era una estrofa de dos versos (dístico), y que podía presentar varias estructuras. La primera estaba formada por un hexámetro dactílico seguido de un trímetro dactílico cataléctico *in syllabam*. La segunda... pero entonces comencé a quedarme dormido y me escuché hablar o escuché mi voz que resonaba en el interior del Impala diciendo cosas como dímetro yámbico o tetrámetro dactílico o dímetro trocaico cataléctico. Y entonces escuché que Belano recitaba:

Corazón, corazón, si te turban pesares
invencibles, ¡arriba!, resístele al contrario
ofreciéndole el pecho de frente, y al ardid
del enemigo opónte con firmeza. Y si sales
vencedor, disimula, corazón, no te ufanes,
ni, de salir vencido, te envilezcas llorando en casa.

Y entonces yo abrí los ojos con gran esfuerzo y Lima preguntó si aquellos versos eran de Arquíloco. Belano dijo simón y Lima dijo qué gran poeta o qué poeta más chingón. Después Belano se dio vuelta y le explicó a Lupe (como si a ella le importara) quién había sido Arquíloco de Paros, poeta y mercenario, que vivió en Grecia alrededor del 650 antes de Cristo, y Lupe no dijo nada, lo que me pareció un comentario muy apropiado. Después me quedé medio dormido, la cabeza apoyada en la ventana, y escuché que Belano y Lima hablaban de un poeta que escapaba del campo de batalla, sin importarle la vergüenza y el deshonor que tal acto acarreaba, al contrario, vanagloriándose de él. Y entonces yo empecé a soñar con un tipo que atravesaba un campo de huesos y el tipo en cuestión no tenía rostro o al menos yo no podía verle el rostro porque lo observaba desde lejos. Yo estaba bajo una colina y apenas había aire en ese valle. El tipo iba desnudo y tenía el pelo largo y al principio pensé que se trataba de Arquíloco pero en realidad podía ser cualquiera. Cuando abrí los ojos aún era noche cerrada y ya habíamos salido del DF.

–¿Dónde estamos? –dije.

–En la carretera de Querétaro –dijo Lima.

Lupe también estaba despierta y miraba con ojos que parecían insectos el paisaje oscuro del campo.

–¿Qué miras? –le dije.

–El carro de Alberto –dijo ella.

–No nos sigue nadie –dijo Belano.

–Alberto es como un perro. Tiene mi olor y me va a encontrar –dijo Lupe.

Belano y Lima se rieron.

–¿Cómo te va encontrar si desde que salimos del DF no he bajado de los ciento cincuenta kilómetros? –dijo Lima.

–Antes de que amanezca –dijo Lupe.

–A ver –dije–, ¿qué es una albada?

Ni Belano ni Lima abrieron la boca. Supuse que estaban pensando en Alberto, así que yo también me puse a pensar en él. Lupe se rió. Sus ojos de insecto me buscaron:

–A ver, sabelotodo, ¿sabes tú qué es un prix?

–Un toque de marihuana –dijo Belano sin volverse.

–¿Y qué es muy carranza?

–Alguien que es viejo –dijo Belano.

–¿Y lurias?

–Déjame que conteste yo –dije, pues todas las preguntas en realidad iban dirigidas a mí.

–Bueno –dijo Belano.

–No lo sé –dije tras pensar un rato.

–¿Tú lo sabes? –dijo Lima.

–Pues no –dijo Belano.

–Loco –dijo Lima.

–Eso es, loco. ¿Y jincho?

Ninguno de los tres lo sabíamos.

–Si es muy fácil. Jincho es indio –dijo Lupe riéndose–. ¿Y qué es la grandiosa?

–La cárcel –dijo Lima.

–¿Y quién es Javier?

Un convoy de cinco camiones de transporte pasó por el carril de la izquierda en dirección al DF. Cada camión parecía un brazo quemado. Durante un instante sólo se escuchó el ruido de los camiones y el olor a carne chamuscada. Después la carretera se sumió otra vez en la oscuridad.

–¿Quién es Javier? –dijo Belano.

–La policía –dijo Lupe–. ¿Y la macha chaca?

–La marihuana –dijo Belano.

–Ésta es para García Madero –dijo Lupe–. ¿Qué es un guacho de orégano?

Belano y Lima se miraron y sonrieron. Los ojos de insecto de Lupe no me miraban a mí sino a las tinieblas que se desplegaban amenazantes por la ventana trasera. A lo lejos vi las luces de un coche, luego las de otro.

–No lo sé –dije, mientras imaginaba el rostro de Alberto: una nariz gigantesca que venía tras nosotros.

–Un reloj de oro –dijo Lupe.

–¿Y un carcamán? –dije yo.

–Un carro, pues –dijo Lupe.

Cerré los ojos: no quería ver los ojos de Lupe y apoyé la cabeza en mi ventana. Vi en sueños el carcamán negro, imparable, en donde viajaba la nariz de Alberto y uno o dos policías de vacaciones dispuestos a rompernos la madre.

–¿Qué es un rufo? –dijo Lupe.

No le contestamos.

–Un carro –dijo Lupe y se rió.

–A ver, Lupe, contéstame ésta, ¿qué es el manicure? –dijo Belano.

–Fácil. El manicomio –dijo Lupe.

Por un momento me pareció imposible que yo hubiera hecho el amor con esa mujer.

–¿Y qué quiere decir dar cuello? –dijo Lupe.

–No lo sé, me rindo –dijo Belano sin mirarla.

–Lo mismo que dar caña –dijo Lupe–, pero distinto. Cuando a alguien le dan cuello lo eliminan, cuando a alguien le dan caña puede que lo eliminen, pero también puede que se lo estén cogiendo. –Su voz sonó igual de siniestra que si hubiera dicho antibaquio o palimbaquio.

–¿Y qué es dar labiada, Lupe? –dijo Lima.

Pensé en algo sexual, en el sexo de Lupe que sólo había tocado pero no visto, pensé en el sexo de María y en el sexo de Rosario. Creo que íbamos a más de ciento ochenta por hora.

–Pues dar una oportunidad –dijo Lupe y me miró como si adivinara mis pensamientos–: ¿Qué te creías tú, García Madero? –dijo.

–¿Qué significa de empalme? –dijo Belano.

–Algo divertido, pero que viene a cuento –dijo Lupe implacable.

–¿Y un chavo giratorio?

–Pues uno que fuma mota –dijo Lupe.

–¿Y un coprero?

–Uno que le entra a la cocaína –dijo Lupe.

–¿Y echar pira? –dijo Belano.

Lupe lo miró y luego me miró a mí. Sentí cómo los insectos saltaban de sus ojos y se posaban en mis rodillas, uno en cada una. Un Impala blanco idéntico al nuestro pasó como una exhalación en dirección al DF. Cuando desapareció por la ventana trasera tocó la bocina varias veces, deseándonos suerte.

–¿Echar pira? –dijo Lima–. No lo sé.

–Cuando varios hombres abusan de una mujer –dijo Lupe.

–Una violación múltiple, sí señor, te las sabes todas, Lupe –dijo Belano.

–¿Y sabes tú lo que quiere decir que has entrado en la rifa? –dijo Lupe.

–Claro que lo sé –dijo Belano–. Quiere decir que ya te metiste en el problema, que estás inmiscuido quieras o no quieras. También puede entenderse como una amenaza velada.

–O no tan velada –dijo Lupe.

–¿Y tú que dirías? –dijo Belano–. ¿Nosotros hemos entrado en la rifa o no?

–Nosotros tenemos todos los números, chavo –dijo Lupe.

Las luces de los coches que nos seguían desaparecieron de pronto. Tuve la impresión de que éramos los únicos que deambulaban a aquella hora por las carreteras de México. Pero pasados unos minutos, a lo lejos, las volví a ver. Eran dos coches y la distancia que nos separaba parecía haber disminuido. Miré hacia adelante, sobre el parabrisas había varios insectos aplastados. Lima conducía con las dos manos en el volante y el carro vibraba como si hubiéramos entrado en una carretera no asfaltada.

–¿Qué es un epicedio? –dije.

Nadie me contestó.

Durante un rato permanecimos todos en silencio mientras el Impala se abría paso en la oscuridad.

–Dinos qué es un epicedio –dijo Belano sin volverse.

–Es una composición que se recita delante de un cadáver –dije–. No hay que confundirlo con el treno. El epicedio tenía forma coral dialogada. El metro usado era el dáctilo epítrito, y más tarde el verso elegíaco.

Sin comentarios.

–Joder, qué bonita es esta pinche carretera –dijo Belano al cabo de un rato.

–Haznos más preguntas –dijo Lima–. ¿Cómo definirías tú, García Madero, un treno?

–Pues igual que un epicedio, sólo que no se recitaba delante de un cadáver.

–Más preguntas –dijo Belano.

–¿Qué es una alcaica? –dije.

Mi voz sonó extraña, como si no hubiera sido yo el que hablaba.

–Una estrofa formada por cuatro versos alcaicos –dijo Lima–: dos endecasílabos, un eneasílabo y un decasílabo. La empleó el poeta griego Alceo, de ahí el nombre.

–No son dos endecasílabos –dije–. Son dos decasílabos, un eneasílabo y un decasílabo trocaico.

–Puede ser –dijo Lima–. Al fin y al cabo qué más da.

Vi que Belano encendía un cigarrillo con el encendedor del coche.

–¿Quién introdujo la estrofa alcaica en la poesía latina? –dije.

–Hombre, eso lo sabe todo el mundo –dijo Lima–. ¿Tú lo sabes, Arturo?

Belano tenía el encendedor en la mano y lo miraba fijamente, aunque su cigarrillo ya estaba encendido.

–Claro –dijo.

–¿Quién? –dije yo.

–Horacio –dijo Belano y metió el encendedor en su agujero y luego bajó el cristal de la ventana. El aire que entró nos despeinó a Lupe y a mí.

3 de enero

Desayunamos en una gasolinera en las afueras de Culiacán, huevos rancheros, huevos fritos con jamón, huevos con bacon y huevos pasados por agua. Bebimos dos tazas de café cada uno y Lupe se tomó un vaso grande con jugo de naranja. Pedimos cuatro tortas de jamón y queso para el camino. Luego Lupe se metió en el baño de mujeres, y Belano, Lima y yo pasamos al baño de hombres, donde procedimos a lavarnos la cara, las manos y el cuello, y a hacer nuestras necesidades. Cuando salimos el cielo era de un azul profundo, como pocas veces he visto, y los coches que subían en dirección al norte no escaseaban. Lupe no estaba por ninguna parte por lo que, tras esperar un tiempo prudencial, fuimos a buscarla al baño de mujeres. La encontramos lavándose los dientes. Ella nos miró y salimos sin decir nada. Junto a Lupe, inclinada sobre el otro lavamanos, había una mujer de unos cincuenta años, peinándose delante del espejo una cabellera negra que le llegaba hasta la cintura.

Belano dijo que teníamos que acercarnos a Culiacán a comprar cepillos de dientes. Lima se encogió de hombros y dijo que a él le daba igual. Yo opiné que no teníamos tiempo que perder, aunque en realidad el tiempo era lo único que nos sobraba. Al final prevaleció la decisión de Belano. Compramos los cepillos de dientes y otros utensilios de aseo personal que nos harían falta en un supermercado en las afueras de Culiacán y luego dimos media vuelta, sin entrar en la ciudad, y nos marchamos.

4 de enero

Pasamos como fantasmas por Navojoa, Ciudad Obregón y Hermosillo. Estábamos en Sonora, aunque ya desde Sinaloa yo tenía la impresión de estar en Sonora. A los lados de la carretera veíamos a veces alzarse una pitahaya, nopales y sahuaros en medio de la reverberación del mediodía. En la biblioteca municipal de Hermosillo, Belano, Lima y yo buscamos el rastro de Cesárea Tinajero. No hallamos nada. Cuando volvimos al coche encontramos a Lupe dormida en el asiento trasero y a dos hombres de pie en la acera, inmóviles, contemplándola. Belano creyó que podían ser Alberto y uno de sus amigos y nos separamos para abordarlos. Lupe tenía el vestido subido hasta las caderas y los hombres, con las manos dentro de los bolsillos, se estaban masturbando. Largo de aquí, dijo Arturo y los tipos se fueron volviéndose a mirarnos mientras retrocedían. Luego estuvimos en Caborca. Si la revista de Cesárea se llamaba así, por algo sería, dijo Belano. Caborca es un pueblo pequeño, al noroeste de Hermosillo. Para llegar allí tomamos la carretera federal hasta Santa Ana y de Santa Ana nos desviamos hacia el oeste por una carretera pavimentada. Pasamos por Pueblo Nuevo y Altar. Antes de llegar a Caborca vimos una desviación y un letrero con el nombre de otro pueblo: Pitiquito. Pero seguimos adelante y llegamos a Caborca y estuvimos dando vueltas por la municipalidad y la iglesia, hablando con todo el mundo, buscando infructuosamente a alguien que pudiera darnos noticia de Cesárea Tinajero hasta que empezó a caer la noche y volvimos a subir al carro, porque por no tener Caborca ni siquiera tenía una pensión o un hotelito en donde poder alojarnos (y si lo tenía no lo encontramos). Así que esa noche dormimos en el coche y cuando despertamos volvimos a Caborca, pusimos gasolina y nos fuimos a Pitiquito. Tengo una corazonada, dijo Belano. En Pitiquito comimos muy bien y fuimos a ver la iglesia de San Diego del Pitiquito, desde afuera, porque Lupe dijo que no quería entrar y nosotros tampoco teníamos muchas ganas.

5 de enero

Vamos en dirección noreste, por una buena carretera, hasta Cananea, luego en dirección sur, por una carretera de terracería, hasta Bacanuchi, y luego hasta 16 de Septiembre y luego hasta Arizpe. Ya no acompaño a Belano y Lima a hacer sus preguntas. Me quedo en el coche junto con Lupe o nos vamos a tomar una cerveza. En Arizpe la carretera vuelve a mejorar y bajamos hasta Banámichi y Huépac. De Huépac volvemos a subir a Banámichi, esta vez sin detenernos y otra vez a Arizpe, de donde salimos en dirección este, por una senda infernal, hasta Los Hoyos, y desde Los Hoyos, por una carretera notablemente mejor, hasta Nacozari de García.

En la salida de Nacozari un patrullero nos para y nos pide los papeles del coche. ¿Es usted de Nacozari, agente?, le pregunta Lupe. El patrullero la mira y dice que no, que cómo se le ocurre, es de Hermosillo. Belano y Lima se ríen. Se bajan a estirar las piernas. Luego se baja Lupe y cruza unas palabras al oído con Arturo. El otro patrullero también se baja de su carro y se acerca a parlamentar con su compañero, ocupado en descifrar los papeles del coche de Quim y el permiso de conducir de Lima. Los dos patrulleros miran a Lupe, que se interna unos metros fuera de la carretera, por un paisaje rocoso y amarillo en donde de tanto en tanto sobresalen manchas más oscuras, plantas minúsculas y de un color marrón verde lila que encoge el estómago. Un marrón, un verde y un lila expuestos permanentemente a un eclipse.

¿Y ustedes de dónde son?, dice el segundo patrullero. Del DF escucho que responde Belano. ¿Mexiquillos?, dice el patrullero. Más o menos, dice Belano con una sonrisa que me asusta. ¿Quién es este pendejo?, pienso, pero no pienso en el policía sino en Belano y también en Lima, que se apoya en el capó

y mira un punto en el horizonte, entre las nubes y los quebra-
chos.

Después el policía nos devuelve los papeles y Lima y Belano
le preguntan por el camino más corto para llegar a Santa Teresa.
El segundo patrullero vuelve a su coche y saca un mapa. Cuando
nos vamos los patrulleros nos dicen adiós con las manos levantadas. El camino pavimentado pronto vuelve a convertirse en camino de terracería. No hay coches, sólo de vez en cuando una
camioneta cargada con sacos o con hombres. Pasamos por pueblos llamados Aribabi, Huachinera, Bacerac y Bavispe antes de
darnos cuenta de que nos hemos perdido. Poco antes de que
anochezca aparece de repente un pueblo, a lo lejos, que tal vez
sea Villaviciosa y tal vez no, pero ya no tenemos ánimo para buscar el camino de acceso. Por primera vez veo a Belano y a Lima
nerviosos. Lupe es inmune al influjo del pueblo. En lo que a mí
respecta no sé qué pensar, puede que sienta cosas extrañas, puede que sólo tenga ganas de dormir, incluso puede que esté soñando. Después volvemos a internarnos por un camino en pésimo estado y que parece interminable. Belano y Lima me piden
que les haga preguntas difíciles. Supongo que se refieren a preguntas de métrica, retórica y estilística. Les hago una y luego me
duermo. Lupe también está dormida. En lo que tardo en quedarme dormido escucho a Belano y Lima hablar. Hablan del DF,
hablan de Laura Damián y de Laura Jáuregui, hablan de un poeta al que nunca hasta ahora había oído mencionar, y se ríen, parece simpático ese poeta, parece una buena persona, hablan de
gente que saca revistas y que por lo que dicen colijo que es gente
ingenua o sencilla o puramente desesperada. Me gusta escucharlos hablar. Belano habla más que Lima, pero los dos se ríen
bastante. También hablan del Impala de Quim. A veces, cuando
los baches del camino son numerosos, el coche da unos saltos
que a Belano no le parecen normales. A Lima lo que no le parece
normal es el ruido que hace el motor. Antes de quedarme profundamente dormido me doy cuenta de que ninguno de los dos
sabe nada de automóviles. Cuando despierto estamos en Santa
Teresa. Belano y Lima están fumando y el Impala circula por las
calles del centro de la ciudad.

Nos alojamos en un hotel, el Hotel Juárez, en la calle Juárez,
Lupe en una habitación y nosotros tres en otra. La única ventana de nuestra habitación da a un callejón. En el extremo del callejón que da a la calle Juárez se juntan sombras que parlamen-
tan en voz baja, aunque de tanto en tanto alguien profiere un

insulto o se pone a gritar sin que venga a cuento, e incluso, tras un periodo de observación prolongado, una de las sombras es capaz de levantar un brazo y señalar la ventana del Hotel Juárez, desde donde yo observo. En el otro extremo se acumula la basura, y la oscuridad es, si cabe, mayor, aunque entre los edificios destaca uno, levemente más iluminado, la fachada trasera del Hotel Santa Elena, con una puerta diminuta que nadie usa, salvo un empleado de la cocina que sale en una ocasión con un cubo de basura y que al volver se detiene junto a la puerta y estira el cuello para contemplar el tráfico de la calle Juárez.

6 de enero

Belano y Lima han estado toda la mañana en el Registro Municipal, en la oficina del censo, en algunas iglesias, en la Biblioteca de Santa Teresa, en los archivos de la universidad y del único periódico, *El Centinela de Santa Teresa*. Nos juntamos para comer en la plaza principal, junto a una curiosa estatua que conmemora el triunfo de los lugareños sobre los franceses. Por la tarde, Belano y Lima reanudan sus investigaciones, han quedado citados, dicen, por el número uno de la Facultad de Filosofía y Letras, un pendejo llamado Horacio Guerra que es, sorpresa, el doble exacto, pero en pequeñito, de Octavio Paz, incluso en el nombre, fíjate bien, García Madero, dijo Belano, ¿el poeta Horacio vivió en época de Octavio Augusto César? Le dije que no lo sabía. Déjame pensar, le dije. Pero ellos no tenían tiempo de nada y se pusieron a hablar de otras cosas y cuando se fueron yo volví a quedarme solo con Lupe, y pensé en invitarla al cine, pero como los que llevaban el dinero eran ellos y a mí se me olvidó pedirles no pude invitar a Lupe al cine, como era mi propósito, y nos tuvimos que conformar con caminar por Santa Teresa y mirar los escaparates de las tiendas del centro y luego volver al hotel y ponernos a ver la televisión en una sala junto a la recepción. Allí encontramos a dos viejitas que después de mirarnos un rato nos preguntaron si éramos marido y mujer. Lupe dijo que sí. Yo no tuve más remedio que seguirle la corriente. Aunque durante todo el rato estuve pensando en lo que me había preguntado Belano o Lima, si Horacio vivió en época de Octavio, y a mí me parecía que sí, en principio yo hubiera dicho que sí, pero también me latía que Horacio no era muy partidario de Octavio que digamos, y Lupe hablaba con las viejitas, unas viejitas muy chismosas, la verdad, y yo no sé por qué seguía pensando en Octavio y en Horacio y escuchando con la oreja izquierda la telenovela que daban en la tele y con la oreja derecha la cháchara de Lupe y las viejitas, y de pronto mi memoria hizo plopf, como una pared blanda que se derrumba, y vi a Horacio luchando *contra* Octavio u Octaviano y a favor de Bruto y de Casio, que habían asesinado a César y querían reinstaurar la República, carajo, ni que hubiera tomado LSD, vi a Horacio en Filipos, con veinticuatro años, sólo un poco mayor de lo que eran Belano y Lima, sólo siete años mayor que yo, y el cabrón de Horacio, que miraba la lejanía se daba la vuelta, sin avisar, ¡y me miraba a mí! Hola, García Madero, decía en latín, aunque yo entendía de puta madre el latín, soy Horacio, nacido en Venusia el 66 a.C., hijo de un liberto, el padre más cariñoso que nadie podría desear, enrolado como tribuno con las huestes de Bruto, dispuesto a marchar a la batalla, la batalla de Filipos, que perderemos, pero en la que mi destino me impele a luchar, la batalla de Filipos, en donde se juega la suerte de los hombres, y entonces una de las viejitas me tocó el brazo y me preguntó qué era lo que me había traído a la ciudad de Santa Teresa, y vi los ojos sonrientes de Lupe y los ojos de la otra vieja que miraban a Lupe y a mí y echaban chispas y contesté que estábamos de viaje de novios, de luna de miel, señora, dije, y luego me levanté y le dije a Lupe que me siguiera y nos fuimos a su habitación en donde nos dedicamos a coger como locos o como si nos fuéramos a morir mañana, hasta que se hizo de noche y oímos las voces de Lima y Belano que habían vuelto a su habitación y hablaban, hablaban, hablaban.

7 de enero

Cosas en claro: Cesárea Tinajero estuvo aquí. No encontramos rastros suyos ni en el Registro, ni en la universidad, ni en los archivos parroquiales, ni en la Biblioteca, que atesora, no sé por qué, los archivos del viejo hospital de Santa Teresa convertido ahora en el Hospital General Sepúlveda, un héroe de la Revolución. Sin embargo, en el *Centinela de Santa Teresa* le permitieron a Belano y a Lima espulgar la hemeroteca correspondiente del periódico y en las noticias del año de 1928 se menciona, el 6 de junio, a un torero de nombre Pepe Avellaneda, que lidió en la plaza de Santa Teresa a dos toros bravos de la ganadería de don José Forcat con notable éxito (dos orejas) y de quien se hace una semblanza y entrevista en el número correspondiente al 11 de junio de 1928, en donde, entre otras cosas, se dice que el tal Pepe Avellaneda viaja en compañía de una mujer llamada Cesárea Tinaja (sic), la cual es oriunda de la Ciudad de México. No hay fotos que ilustren la noticia, pero el periodista local dice de ella que «es alta, atractiva y discreta», lo que francamente no sé qué querrá decir, salvo que lo diga para acentuar la asimetría entre la mujer que acompaña al torero y éste, a quien describe, un poco chocarreramente, como hombre bajito, de no más de metro cincuenta de estatura, muy delgado, con el cráneo grande y abollado, descripción que a Belano y a Lima les recuerda la figura de un torero de Hemingway (autor al que desgraciadamente aún no he leído), el típico torero de Hemingway sin suerte y valiente y más bien triste, más bien mortalmente triste, dicen, aunque yo no me atrevería a decir tanto con tan poco en donde sostenerme, y además una cosa es Cesárea Tinajero y otra cosa es Cesárea Tinaja, algo que mis amigos pasan por alto achacándolo a una errata, a una mala transcripción o una mala audición por parte del periodista e incluso a un error intencionado por parte de Cesárea Tinajero, decir mal su apellido, una broma, una forma humilde de tapar una pista humilde.

El resto de la noticia es intrascendente, Pepe Avellaneda habla de los toros: dice cosas incomprensibles o incongruentes, pero lo dice en voz tan baja que nunca suena a pedante. Una última pista, el *Centinela de Santa Teresa* del 10 de julio, anuncia la partida del torero (y presumiblemente de su acompañante) rumbo a Sonoyta en cuya plaza compartirá cartel con Jesús Ortiz Pacheco, torero regiomontano. Así que Cesárea y Avellaneda estuvieron en Santa Teresa más o menos durante un mes, evidentemente sin hacer nada, de turismo, recorriendo los alrededores o encerrados en su hotel. En cualquier caso, según Lima y Belano, ya tenemos a alguien que conoció a Cesárea Tinajero, que la conoció bien, y que verosímilmente aún vive en Sonora, aunque con los toreros nunca se sabe. A mi argumento de que el tal Avellaneda posiblemente esté muerto, manifestaron que entonces nos quedarían sus familiares y amigos. Así que ahora buscamos a Cesárea y al torero. De Horacio Guerra contaron anécdotas disparatadas. Se reafirman en que se trata del doble de Octavio Paz. De hecho, dicen, aunque con el poco tiempo que lo han tratado no sé cómo pueden saber tanto de él, sus acólitos de este rincón perdido del estado de Sonora son la réplica exacta de los acólitos de Paz. Como si en la provincia olvidada unos poetas y ensayistas y profesores igualmente olvidados reprodujeran los gestos que los medios de comunicación difunden de sus ídolos.

Al principio, afirman, Guerra se mostró interesadísimo en saber quién era Cesárea Tinajero, pero su interés se desplomó cuando Belano y Lima le confirmaron la naturaleza vanguardista de su obra y lo escasa que ésta era.

8 de enero

No encontramos nada en Sonoyta. Al volver nos detuvimos otra vez en Caborca. Belano insistió en que no podía ser mera casualidad que Cesárea llamase así a su revista. Pero una vez más no hallamos nada que delatase la presencia de la poeta en el pueblo.

En la hemeroteca de Hermosillo, en cambio, nos dimos de bruces, el primer día de búsqueda, con la noticia de la muerte de Pepe Avellaneda. En viejas hojas apergaminadas leímos que el torero había muerto en la plaza de toros de Agua Prieta, embestido por el toro mientras ejecutaba el lance de la muerte, algo que nunca se le había dado excesivamente bien a Avellaneda dada su baja estatura: para matar a según qué toros tenía que dar un salto y durante ese salto su pequeño cuerpo quedaba inerme, vulnerable a la más mínima cabezada del animal.

La agonía no fue larga. Avellaneda se terminó de desangrar en la habitación de su hotel, el Excelsior de Agua Prieta, y dos días después fue enterrado en el cementerio de la misma población. No hubo misa. Al sepelio asistió el alcalde y las principales autoridades municipales, el torero regiomontano Jesús Ortiz Pacheco, más algunos aficionados taurinos que lo vieron morir y que quisieron tributarle un último adiós. La noticia nos hizo reflexionar sobre dos o tres cuestiones que quedaban como entre interrogantes, además de decidirnos a visitar Agua Prieta.

En primer lugar, según Belano, lo más probable era que el periodista hablara de oídas. Cabía, ciertamente, la posibilidad de que el principal periódico de Hermosillo tuviera un corresponsal en Agua Prieta y que éste hubiera telegrafiado a su redacción el trágico suceso, pero lo que quedaba claro (no sé por qué, por otra parte) era que aquí, en Hermosillo, se había embellecido la historia, alargándola, puliéndola, haciéndola más literaria. Una pregunta: ¿quién veló el cadáver de Avellaneda? Una curiosidad: ¿quién era el torero Ortiz Pacheco cuya sombra parecía no despegarse de la sombra de Avellaneda? ¿Realizaba junto a éste la gira sonorense o su presencia en Agua Prieta era pura casualidad? Tal como temíamos, no volvimos a encontrar más noticias de Avellaneda en la hemeroteca de Hermosillo, como si luego de testificar la muerte del torero el más absoluto olvido hubiera caído sobre él, lo que por otra parte, cerrado el filón informativo, era de lo más natural. Así que nos dirigimos a la Peña Taurina Pilo Yáñez, situada en la parte vieja de la ciudad, en realidad un bar familiar con un ligero aire español, en donde se juntaban los fanáticos de la tauromaquia hermosillense. Allí nadie tenía noticias de un torero chaparrito de nombre Pepe Avellaneda, pero cuando les dijimos la época en que estuvo activo, los años veinte, y la plaza en que murió, nos remitieron a un viejito que sabía todo sobre el torero Ortiz Pacheco, ¡otra vez!, aunque su favorito era Pilo Yáñez, el Sultán de Caborca (de nuevo Caborca), apodo que a nosotros, poco enterados de los laberintos por los que discurre el toreo mexicano, nos pareció más propio de un boxeador.

El viejito se llamaba Jesús Pintado y recordaba a Pepe Avellaneda, Pepín Avellaneda, dijo, un torero sin suerte, pero valiente como pocos, sonorense, puede que sí, tal vez de Sinaloa, tal vez de Chihuahua, aunque su carrera la hizo en Sonora o sea que por lo menos fue sonorense de adopción, muerto en Agua Prieta, en un cartel que compartía con Ortiz Pacheco y Efrén Salazar, en la fiesta mayor de Agua Prieta, en mayo de 1930. ¿Señor Pintado, sabe usted si tenía familia?, preguntó Belano. El viejito no lo sabía. ¿Sabe usted si viajaba con una mujer? El viejito se rió y miró a Lupe. Todos viajaban con mujeres o las conseguían allí donde estuvieran, dijo, los hombres en aquella época estaban locos y también algunas mujeres. ¿Pero usted no lo sabe?, dijo Belano. El viejito no lo sabía. ¿Ortiz Pacheco está vivo?, dijo Belano. El viejito dijo que sí. ¿Sabe usted dónde lo podríamos encontrar, señor Pintado? El viejito nos dijo que tenía un rancho en las cercanías de El Cuatro. ¿Eso qué es, dijo Belano, un pueblo, una carretera, un restaurante? El viejito nos miró como si de pronto nos reconociera de algo; después dijo que era un pueblo.

9 de enero

Para entretener el viaje me puse a hacer dibujos que son enigmas que me enseñaron en la escuela hace siglos. Aunque aquí no hay charros. Aquí nadie usa sombrero charro. Aquí sólo hay desierto y pueblos que parecen espejismos y montes pelados.

–¿Qué es esto? –dije.

Lupe miró el dibujo como si no tuviera ganas de jugar y se quedó callada. Belano y Lima tampoco lo sabían.

–¿Un verso elegíaco? –dijo Lima.

–No. Un mexicano visto desde arriba –dije–. ¿Y esto?

–Un mexicano fumando en pipa –dijo Lupe.

–¿Y esto?

–Un mexicano en triciclo –dijo Lupe–. Un niño mexicano en triciclo.

–¿Y esto?

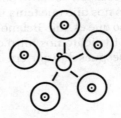

–Cinco mexicanos meando dentro de un orinal –dijo Lima.

–¿Y esto?

–Un mexicano en bicicleta –dijo Lupe.
–O un mexicano en la cuerda floja –dijo Lima.
–¿Y esto?

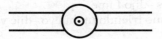

–Un mexicano pasando por un puente –dijo Lima.
–¿Y esto?

–Un mexicano esquiando –dijo Lupe.
–¿Y esto?

–Un mexicano a punto de sacar las pistolas –dijo Lupe.
–Carajo, te las sabes todas, Lupe –dijo Belano.
–Y tú ni una –dijo Lupe.
–Es que yo no soy mexicano –dijo Belano.
–¿Y ésta? –dije yo, mientras le mostraba el dibujo primero a Lima y después a los otros.

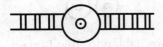

–Un mexicano subiendo por una escalera –dijo Lupe.
–¿Y ésta?

–Híjole, ésta es difícil –dijo Lupe.

Durante un rato mis amigos dejaron de reírse y miraron el dibujo y yo me dediqué a mirar el paisaje. Vi algo que de lejos parecía un árbol. Al pasar junto a él me di cuenta que era una planta: una planta enorme y muerta.

–Nos rendimos –dijo Lupe.

–Es un mexicano friendo un huevo –dije yo–. ¿Y éste?

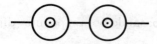

–Dos mexicanos en una de esas bicicletas para dos –dijo Lupe.

–O dos mexicanos en la cuerda floja –dijo Lima.

–Ahí les va uno difícil –dije.

–Fácil: un zopilote con sombrero charro –dijo Lupe.

–¿Y éste?

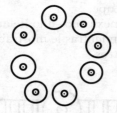

–Ocho mexicanos hablando –dijo Lima.

–Ocho mexicanos durmiendo –dijo Lupe.

–Incluso ocho mexicanos contemplando una pelea de gallos invisibles –dije yo–. ¿Y éste?

576

–Cuatro mexicanos velando un cadáver –dijo Belano.

10 de enero

El viaje hacia El Cuatro fue accidentado. Nos pasamos casi todo el día en la carretera, primero buscando El Cuatro, que según nos habían dicho estaba unos ciento cincuenta kilómetros al norte de Hermosillo, por la carretera federal y luego, al llegar a Benjamín Hill, a la izquierda, hacia el este, por un camino de terracería en el que nos perdimos y volvimos a salir a la federal, pero esta vez unos diez kilómetros al sur de Benjamín Hill, lo que nos llevó a pensar que El Cuatro no existía, hasta que de nuevo nos metimos por la desviación de Benjamín Hill (en realidad para llegar a El Cuatro es mejor coger la primera bifurcación, la que está a diez kilómetros de Benjamín Hill) y dimos vueltas y vueltas por parajes que a veces parecían lunares y a veces exhibían pequeñas parcelas verdes, y que siempre eran desolados, y luego llegamos a un pueblo llamado Félix Gómez y allí un tipo se paró delante de nuestro coche con las piernas abiertas y los brazos en jarra y nos insultó y luego otras personas nos dijeron que para llegar a El Cuatro había que ir por allí y luego girar por allá y luego llegamos a un pueblo llamado El Oasis, que en modo alguno era como un oasis sino que más bien parecía resumir en sus fachadas todas las penalidades del desierto y luego volvimos a salir a la federal y entonces Lima dijo que los desiertos de Sonora eran una mierda y Lupe dijo que si la dejaran conducir a ella ya hacía tiempo que hubiéramos llegado, a lo que Lima respondió frenando en seco y bajándose de su asiento y diciéndole a Lupe que manejara ella. No sé qué pasó entonces, lo cierto es que todos nos bajamos del Impala y estiramos las piernas, a lo lejos veíamos la federal y algunos coches que iban hacia el norte, probablemente hacia Tijuana y los Estados Unidos, y otros hacia el sur, hacia Hermosillo o hacia Guadalajara o hacia el DF, y entonces nos pusimos a hablar del DF, nos pusimos a tomar el sol (a comparar nuestros antebrazos tostados) y a fumar y a hablar del DF y Lupe dijo que ya no echaba de menos a nadie. Cuando lo dijo pensé que era extraño, pero que yo tampoco echaba de menos a nadie, aunque me guardé de decirlo. Luego todos volvieron a subirse, menos yo, que me entretuve lanzando terrones a ninguna parte, lo más lejos que podía, y aunque sentía que me llamaban no giraba la cabeza ni hacía el menor gesto de volver con ellos, hasta que Belano dijo: García Madero, o subes o te quedas, y entonces me di la vuelta y empecé a caminar en dirección al Impala, sin querer me había alejado bastante y mientras regresaba miré el coche de Quim y pensé que estaba bastante sucio, me imaginé a Quim mirando su Impala con mis ojos o a María mirando el Impala de su padre con mis ojos y en efecto, no tenía buena pinta, el color casi había desaparecido bajo la capa de polvo del desierto.

Después volvimos a El Oasis y a Félix Gómez y por fin llegamos a El Cuatro, en el municipio de Trincheras, y allí comimos y le preguntamos al camarero y a los que estaban en la mesa de al lado si sabían dónde quedaba el rancho del ex torero Ortiz Pacheco, pero éstos no lo habían oído nombrar nunca, así que nos dedicamos a vagar por el pueblo, Lupe y yo sin abrir la boca y Belano y Lima hablando hasta por los codos, pero no de Ortiz Pacheco ni de Avellaneda ni de la poeta Cesárea Tinajero, sino de chismes del DF o de libros o de revistas latinoamericanas que habían leído poco antes de emprender este viaje errático, o de películas, en fin, hablaban de cosas que a mí se me antojaron frívolas y a Lupe posiblemente también porque los dos nos mantuvimos silenciosos, y después de mucho preguntar encontramos en el mercado (que a esa hora estaba desierto) a un tipo que tenía tres cajas de cartón llenas de pollitos y que nos supo indicar cómo llegar al rancho de Ortiz Pacheco. Así que volvimos a subirnos al Impala y emprendimos otra vez la marcha.

A mitad del camino que enlazaba El Cuatro con Trincheras debíamos desviarnos a la izquierda, por una pista que pasaba por las faldas de un cerro con forma de codorniz, pero cuando cogimos el desvío todos los cerros, todas las elevaciones, hasta el desierto nos pareció que tenía forma de codorniz, una codorniz en múltiples posiciones, por lo que vagamos por sendas que ni a camino de terracería llegaban, maltratando el coche y maltratándonos a nosotros mismos, hasta que la pista terminó en una casa, una construcción que parecía una misión del siglo XVII que surgiera de pronto de entre la polvareda, y un viejo salió a recibirnos y nos dijo que en efecto aquel era el rancho del torero Ortiz Pacheco, el rancho La Buena Vida, y que él era (pero eso lo dijo después de mirarnos fijamente durante un rato) el torero Ortiz Pacheco en persona.

Aquella noche disfrutamos de la hospitalidad del antiguo matador. Ortiz Pacheco tenía setentainueve años y una memoria que la vida en el campo, según él, en el desierto, según nosotros, había fortificado. Se acordaba perfectamente de Pepe Avellaneda (Pepín Avellaneda, el chaparro más triste que he visto en mi vida, dijo) y de la tarde en que un toro lo mató en la plaza de Agua Prieta. Él estuvo en el velorio, que se realizó en el salón del hotel y por donde pasaron a rendirle un último adiós la práctica totalidad de las fuerzas vivas de Agua Prieta, y en el entierro, que fue multitudinario, un broche negro para unas fiestas homéricas, dijo. Recordaba, por supuesto, a la mujer que iba con Avellaneda. Una mujer alta, como suelen gustarles a los chaparritos, callada, pero no por timidez o discreción, sino callada más bien como imposición, como si estuviera enferma y no pudiera hablar, una mujer de pelo negro, rasgos aindiados, delgada y fuerte. ¿Si era la amante de Avellaneda? De eso no cabía la menor duda. Su santa no, porque Avellaneda estaba casado y su mujer, a la que había abandonado hacía mucho, vivía en Los Mochis, Sinaloa, el torero, según Ortiz Pacheco, cada mes o cada dos meses (¡o cada vez que podía, chingados!) le mandaba dinero. El toreo, entonces, no era como ahora que hasta los novilleros se hacen ricos. Lo cierto es que Avellaneda por entonces vivía con esa mujer. El nombre de ella no lo recordaba, pero sabía que venía del DF y que era una mujer cultivada, una mecanógrafa o una taquígrafa. Cuando Belano nombró a Cesárea, Ortiz Pacheco dijo que sí, ése era su nombre. ¿Era una mujer interesada por los toros?, preguntó Lupe. No lo sé, dijo Ortiz Pacheco, puede que sí, puede que no, pero si alguien sigue a un torero a la larga este mundo acaba por gustarle. En cualquier caso, Ortiz Pacheco sólo había visto a Cesárea dos veces, la última en Agua Prieta, de lo que se deducía que no llevaban mucho tiempo siendo amantes. La influencia que ejerció sobre Pepín Avellaneda, sin embargo, fue notoria, según Ortiz Pacheco.

La noche antes de su muerte, por ejemplo, mientras los dos toreros bebían en un bar de Agua Prieta y poco antes de que ambos se marcharan al hotel, Avellaneda se puso a hablarle de Aztlán. Al principio Avellaneda hablaba como si le estuviera contando un secreto, como si en el fondo no tuviera ganas de hablar, pero a medida que pasaban los minutos se fue entusiasmando cada vez más. Ortiz Pacheco no tenía idea ni siquiera de qué significaba «Aztlán», una palabra que no había oído en su vida. Así que Avellaneda se lo explicó todo desde el principio, le habló de la ciudad sagrada de los primeros mexicanos, la ciudad-mito, la ciudad desconocida, la verdadera Atlántida de Platón, y cuando volvieron al hotel, medio borrachos, Ortiz Pacheco creyó que la culpa de aquellas ideas tan locas sólo podía ser de Cesárea. Durante el velorio ella estuvo sola la mayor parte del tiempo, encerrada en su habitación o en un rincón del salón principal del Excelsior habilitado como pompas fúnebres. Ninguna mujer le dio el pésame. Sólo los hombres, y en privado, pues a nadie se le escapaba que ella era sólo la querida. En el entierro no dijo una palabra, habló el tesorero de la municipalidad que además era, digamos, el poeta oficial de Agua Prieta, y el presidente de la asociación de tauromaquia, pero no ella. Tampoco, según Ortiz Pacheco, se la vio derramar ni una lágrima. Eso sí, se encargó de que el marmolista grabara unas palabras en la lápida de Avellaneda, Ortiz Pacheco no recordaba cuáles, palabras raras en todo caso, del estilo Aztlán, le parecía recordar, y que seguramente inventó ella para la ocasión. No dijo *dictó* sino *inventó*. Belano y Lima le preguntaron qué palabras eran esas. Ortiz Pacheco se puso a pensar durante un rato, pero finalmente dijo que las había olvidado.

Esa noche dormimos en el rancho. Belano y Lima lo hicieron en la sala (había muchas habitaciones, pero todas eran inhabitables), Lupe y yo en el coche. Cuando recién amanecía me desperté y oriné en el patio contemplando las primeras luces amarillo pálido (pero también azules) que se deslizaban sigilosas por el desierto. Encendí un cigarrillo y me estuve un rato mirando el horizonte y respirando. A lo lejos creí divisar una polvareda, pero luego me di cuenta que sólo era una nube baja. Baja y estática. Pensé que era raro no oír el ruido de los animales. De vez en cuando, sin embargo, si uno prestaba atención, se oía el canto de un pájaro. Cuando me di la vuelta vi a Lupe que me miraba asomada a una de las ventanas del Impala. Su pelo negro y corto estaba despeinado y parecía más delgada que antes, como si se estuviera volviendo invisible, como si la mañana la estuviera deshaciendo sin dolor, pero al mismo tiempo parecía más hermosa que antes.

Entramos juntos en la casa. En la sala, sentados cada uno en un sillón de cuero, encontramos a Lima, Belano y a Ortiz Pacheco. El viejo torero estaba arrebujado en un sarape y dormía con una expresión de pasmo dibujada en el rostro. Mientras Lupe preparaba café yo desperté a mis amigos. No me atreví a despertar a Ortiz Pacheco. Creo que está muerto, susurré. Belano se estiró, los huesos le crujieron, dijo que hacía mucho que no había dormido tan bien y luego él mismo se encargó de despertar a nuestro anfitrión. Mientras desayunábamos Ortiz Pacheco nos dijo que había tenido un sueño muy extraño. ¿Ha soñado con su amigo Avellaneda?, dijo Belano. No, para nada, dijo Ortiz Pacheco, he soñado que tenía diez años y mi familia se trasladaba de Monterrey a Hermosillo. En aquella época ése debía ser un viaje larguísimo, dijo Lima. Larguísimo, sí, dijo Ortiz Pacheco, pero feliz.

11 de enero

Fuimos a Agua Prieta, al cementerio de Agua Prieta. Primero del rancho La Buena Vida a Trincheras, y después de Trincheras a Pueblo Nuevo, Santa Ana, San Ignacio, Ímuris, Cananea y Agua Prieta, justo en la frontera con Arizona.

Al otro lado está Douglas, un pueblo norteamericano, y en medio la aduana y los policías de frontera. Más allá de Douglas, unos setenta kilómetros al noroeste, se encuentra Tombstone, en donde se reunían los mejores pistoleros norteamericanos. En una cafetería, mientras comíamos, oímos contar dos historias: en una se ilustraba el valor del mexicano y en la otra el valor del norteamericano. En una el protagonista era un natural de Agua Prieta y en la otra uno de Tombstone.

Cuando el que contaba la historia, un tipo con el pelo largo y canoso y que hablaba como si le doliera la cabeza, se marchó de la cafetería, el que la había escuchado se echó a reír sin motivo aparente, o como si sólo transcurridos unos minutos pudiera encontrarle un sentido a la historia que acababa de escuchar. En realidad, sólo eran dos chistes. En el primero, el sheriff y uno de sus ayudantes sacan a un preso de su celda y se lo llevan a un lugar apartado del campo para matarlo. El preso lo sabe y más o menos está resignado a la suerte que le espera. Es un invierno inclemente, está amaneciendo, y tanto el preso como sus verdugos se quejan del frío que se levanta en el desierto. En determinado momento, sin embargo, el preso se pone a reír y el sheriff le pregunta qué demonios le provoca tanta hilaridad, si se ha olvidado que lo van a matar y enterrar en donde nadie pueda encontrarlo, si se ha vuelto definitivamente loco. El preso responde, y a eso se reduce todo el chiste, que lo que le hace gracia es saber que dentro de pocos minutos él ya no pasará más frío mientras que los hombres de la ley tendrán que hacer el camino de vuelta.

La otra historia cuenta el fusilamiento del coronel Guadalupe Sánchez, hijo pródigo de Agua Prieta, que en el momento de enfrentar el paredón de fusilamiento pidió, como última voluntad, fumarse un puro. El oficial que mandaba el pelotón le concedió el deseo. Le dieron su último habano. Guadalupe Sánchez lo encendió con calma y empezó a fumárselo sin prisa, saboreándolo y mirando el amanecer (porque esta historia, como la de Tombstone, también sucede al amanecer e incluso es probable que se desarrollen en el mismo amanecer, un 15 de mayo de 1912), y envuelto en el humo el coronel Sánchez estaba tan tranquilo, tan soñador o tan sereno, que la ceniza se mantuvo pegada al puro, puede que eso fuera precisamente lo que el coronel pretendía, ver con sus propios ojos si el pulso le flaqueaba, si un temblor le desvelaba en el último suspiro su falta de valor, pero se acabó el habano y la ceniza no cayó al suelo. Entonces el coronel Sánchez arrojó la colilla y dijo cuando quieran.

Ésa era la historia.

Cuando el destinatario de la historia dejó de reírse, Belano se hizo algunas preguntas en voz alta: el preso que va a morir en las afueras de Tombstone ¿es un natural de Tombstone?, ¿los naturales de Tombstone son el sheriff y su ayudante?, ¿el coronel Guadalupe Sánchez era natural de Agua Prieta?, ¿el oficial del destacamento de fusilamiento era natural de Agua Prieta?, ¿por qué mataron como a un perro al preso de Tombstone?, ¿por qué mataron como a un perro a mi coronel (sic) Lupe Sánchez? En la cafetería todos lo miraron, pero nadie le contestó. Lima lo cogió del hombro y dijo: vámonos, mano. Belano lo miró con una sonrisa y puso varios billetes sobre el mostrador. Después nos fuimos al cementerio y estuvimos buscando la tumba de Pepe Avellaneda, que murió por una cornada de toro o por ser demasiado bajito y torpe en el uso de la espada, una tumba con un epitafio escrito por Cesárea Tinajero, y por más vueltas que dimos no la encontramos. El cementerio de Agua Prieta era lo más parecido que habíamos visto nunca a un laberinto y el sepulturero más veterano del cementerio, el único que sabía con exactitud dónde estaba enterrado cada muerto, se había ido de vacaciones o estaba enfermo.

12 de enero

¿Si una sigue a un torero a la larga ese mundo acaba por gustarle?, dijo Lupe. Así parece, dijo Belano. ¿Y si una sale con un policía, el mundo del policía acabará por gustarle? Así parece, dijo Belano. ¿Y si una sale con un padrote, el mundo del padrote acabará por gustarle? Belano no contestó. Raro, porque él siempre procura contestar a todas las preguntas, aunque éstas no necesiten respuesta o no vengan al caso. Lima, por el contrario, cada vez habla menos, limitándose a conducir el Impala con expresión ausente. Creo que no nos hemos dado cuenta, ciegos como estamos, del cambio que Lupe empieza a experimentar.

13 de enero

Hoy hemos llamado al DF por primera vez. Belano habló con Quim Font. Quim le dijo que el padrote de Lupe sabía dónde estábamos y había salido en nuestra búsqueda. Belano le dijo que eso era imposible. Alberto nos estuvo siguiendo hasta la salida del DF y allí conseguimos despistarlo. Sí, dijo Quim, pero luego volvió a mi casa y me amenazó con matarme si no le decía hacia dónde nos dirigíamos. Cogí el teléfono y dije que quería hablar con María. Escuché la voz de Quim. Estaba llorando. ¿Bueno?, dije. Quiero hablar con María. ¿Eres tú, García Madero?, sollozó Quim. Pensé que estarías en tu casa. Estoy aquí, dije. Me pareció que Quim se sorbía los mocos. Belano y Lima estaban hablando en voz baja. Se habían apartado del teléfono y parecían preocupados. Lupe se quedó junto a mí, junto al teléfono, como si tuviera frío aunque no hacía frío, de espaldas, mirando hacia la gasolinera en donde estaba nuestro coche. Coge el primer bus y vuelve al DF, oí que decía Quim. Si no tienes dinero yo te lo mando. Tenemos dinero de sobra, dije. ¿Está María? No hay nadie, estoy solo, sollozó Quim. Durante un rato los dos guardamos silencio. ¿Cómo está mi coche?, dijo de repente su voz que llegaba desde otro mundo. Bien, dije, todo está bien. Estamos acercándonos a Cesárea Tinajero, mentí. ¿Quién es Cesárea Tinajero?, dijo Quim.

14 de enero

Compramos ropa en Hermosillo y un traje de baño para cada uno. Después fuimos a recoger a Belano a la biblioteca (en donde pasó toda la mañana, convencido de que un poeta siempre deja huellas escritas, por más que las evidencias hasta ahora digan lo contrario) y nos marchamos a la playa. Alquilamos dos habitaciones en una pensión de Bahía Kino. El mar es azul oscuro. Lupe nunca lo había visto.

15 de enero

Una excursión: nuestro Impala enfiló por la pista que cuelga a un lado del golfo de California, hasta Punta Chueca, enfrente de la isla Tiburón. Después fuimos a El Dólar, enfrente de la isla Patos. Lima la llama la isla Pato Donald. Tirados en una playa desierta, estuvimos fumando mota durante horas. Punta Chueca-Tiburón, Dólar-Patos, naturalmente son sólo nombres, pero a mí me llenan el alma de oscuros presagios, como diría un colega de Amado Nervo. ¿Pero qué es lo que en esos nombres consigue alterarme, entristecerme, ponerme fatalista, hacer que mire a Lupe como si fuera la última mujer sobre la Tierra? Poco antes de que anocheciera seguimos subiendo hacia el norte. Allí se levanta Desemboque. El alma absolutamente negra. Creo que incluso temblaba. Y después volvimos a Bahía Kino por una carretera oscura en donde de tanto en tanto nos cruzábamos con camionetas llenas de pescadores que cantaban canciones seris.

16 de enero

Belano ha comprado un cuchillo.

17 de enero

Otra vez en Agua Prieta. Salimos a las ocho de la mañana de Bahía Kino. La ruta seguida ha sido de Bahía Kino a Punta Chueca, de Punta Chueca a El Dólar, de El Dólar a Desemboque, de Desemboque a Las Estrellas y de Las Estrellas a Trincheras. Unos 250 kilómetros por caminos en pésimo estado. Si hubiéramos cogido la ruta Bahía Kino-El Triunfo-Hermosillo, y de Hermosillo la federal hasta San Ignacio y desde allí la carretera que conduce hasta Cananea y Agua Prieta, sin duda hubiéramos hecho un viaje más cómodo y hubiéramos llegado antes. Todos decidimos, sin embargo, que era mejor viajar por caminos poco o nada transitados, además de que pasar otra vez por el rancho La Buena Vida nos seducía. Pero en el triángulo que forman El Cuatro, Trincheras y La Ciénega nos perdimos y finalmente decidimos seguir hacia adelante, hacia Trincheras, y posponer nuestra visita al viejo torero.

Cuando estacionamos el Impala en las puertas del cementerio de Agua Prieta había empezado a anochecer. Belano y Lima tocaron la campana del vigilante. Al cabo de un rato se asomó un hombre tan quemado por el sol que parecía negro. Llevaba gafas y tenía una gran cicatriz en el lado izquierdo de la cara. Nos preguntó qué queríamos. Belano dijo que estábamos buscando al sepulturero Andrés González Ahumada. El tipo nos miró y preguntó quiénes y para qué lo querían. Belano dijo que era por la tumba del torero Pepe Avellaneda. Queremos verla, dijimos. Yo soy Andrés González Ahumada, dijo el sepulturero, y éstas no son horas de visitar un camposanto. Ándele, sea comprensivo, dijo Lupe. ¿Y por qué esa curiosidad, si se puede saber?, dijo el sepulturero. Belano se acercó a la reja y conversó con el hombre en voz baja durante unos minutos. El sepulturero asintió varias veces y luego se metió en la garita y volvió a salir con una llave enorme con la que nos franqueó la entrada. Lo seguimos por la avenida principal del cementerio, un paseo bordeado de cipreses y viejos robles. Cuando nos internamos por las calles laterales, en cambio, vi algunos cactus propios de la región: choyas y sahuesos y también algún nopal, como para que los muertos no olvidaran que estaban en Sonora y no en otro lugar.

Ésta es la tumba de Pepe Avellaneda, el torero, nos dijo indicándonos un nicho en un rincón abandonado. Belano y Lima se acercaron y trataron de leer la inscripción, pero el nicho estaba en un cuarto piso y la noche ya descendía por las calles del cementerio. Ninguna tumba tenía flores, salvo una en donde colgaban cuatro claveles de plástico, y la mayoría de las inscripciones estaban cubiertas por el polvo. Belano entonces juntó los dedos de ambas manos formando una sillita o un estribo y Lima se subió hasta pegar la cara al cristal que protegía la foto de Avellaneda. Lo que hizo a continuación fue limpiar con una mano la

lápida y leer en voz alta la inscripción: «José Avellaneda Tinajero, matador de toros, Nogales 1903-Agua Prieta 1930». ¿Eso es
todo?, oí que decía Belano. Eso es todo, le respondió la voz de
Lima, más ronca que nunca. Luego se dejó caer de un salto e
hizo lo mismo que antes había hecho Belano: con las manos formó un peldaño por el que Belano trepó. Dame el encendedor,
Lupe, lo oí decir. Lupe se acercó a esa figura patética que formaban mis dos amigos y sin decir nada le alcanzó una caja de cerillos. ¿Y mi encendedor?, dijo Belano. Yo no lo tengo, mano, dijo
Lupe con una voz muy dulce a la que no terminaba de acostumbrarme. Belano encendió un cerillo y lo acercó al nicho. Cuando
se le apagó encendió otro y luego otro. Lupe estaba apoyada en
la pared de enfrente y tenía sus largas piernas cruzadas. Miraba
el suelo y parecía pensativa. Lima también miraba el suelo pero
su rostro sólo expresaba el esfuerzo de mantener a Belano en
peso. Después de consumir unos siete cerillos y de haberse quemado un par de veces las puntas de los dedos, Belano desistió de
su empeño y bajó. Volvimos sin hablar hasta la puerta de salida
del cementerio de Agua Prieta. Allí, junto a la reja, Belano le dio
unos billetes al sepulturero y nos marchamos.

18 de enero

En Santa Teresa, al entrar en un café con una gran luna detrás de la barra, pude apreciar cuánto habíamos cambiado. Belano no se afeita desde hace días. Lima es lampiño pero yo diría
que no se ha peinado más o menos por las mismas fechas que
Belano dejó de afeitarse. Yo estoy en los puros huesos (cada noche cojo un promedio de tres veces). Sólo Lupe está bien, quiero
decir: está mejor de lo que estaba cuando salimos del DF.

19 de enero

¿Cesárea Tinajero era prima del torero muerto? ¿Era pariente lejana? ¿Hizo que inscribieran en la lápida su propio apellido,
le dio su propio apellido a Avellaneda, como una forma de decir
que aquel hombre era suyo? ¿Adjuntó su nombre al del torero
como una broma? ¿Una forma de decir *por aquí pasó Cesárea Tinajero*? Poco importa. Hoy volvimos a llamar al DF. En casa de
Quim todo está tranquilo. Belano habló con Quim, Lima habló

con Quim, cuando quise hablar yo la comunicación se cortó pese a que teníamos monedas de sobra. Tuve la impresión de que Quim no quería hablar conmigo y colgó el teléfono. Después Belano telefoneó a su padre y Lima a su madre y después Belano telefoneó a Laura Jáuregui. Las dos primeras conversaciones fueron relativamente largas, formales, y la última muy corta. Sólo Lupe y yo no telefoneamos a nadie del DF, como si no tuviéramos ganas o no tuviéramos a nadie con quien hablar.

20 de enero

Esta mañana, mientras desayunábamos en un café de Nogales, vimos a Alberto al volante de su Camaro. Vestía una camisa del mismo color que el coche, amarillo reluciente, y a su lado iba un tipo con chaqueta de cuero y pinta de policía. Lupe lo reconoció enseguida: empalideció y dijo que ahí estaba Alberto. No dejó que el miedo se le trasluciera, pero yo supe que tenía miedo. Lima miró en la dirección que le indicaban los ojos de Lupe y dijo que en efecto, ahí estaba Alberto y uno de sus cuates del alma. Belano vio pasar el coche por delante de los ventanales del café y dijo que estábamos alucinando. Yo vi a Alberto con total claridad. Vámonos de aquí ahora mismo, dije. Belano nos miró y dijo que ni soñarlo. Primero íbamos a ir a la biblioteca de Nogales y luego, tal como lo habíamos planeado, volveríamos a Hermosillo a seguir con nuestra indagación. Lima estuvo de acuerdo. Me gusta tu obstinación, buey, dijo. Así que terminaron de desayunar (ni Lupe ni yo pudimos comer nada más) y luego salimos del café, nos metimos en el Impala y dejamos a Belano en las puertas de la biblioteca. Sean valientes, carajo, no vean fantasmas, dijo antes de desaparecer. Lima contempló durante un rato la puerta de la biblioteca, como si estuviera pensando en qué respuesta darle a Belano, y luego puso el coche en marcha. Tú lo viste, Ulises, dijo Lupe, era él. Creo que sí, dijo Lima. ¿Qué vamos a hacer si me encuentra?, dijo Lupe. Lima no contestó. Estacionamos el coche en una calle desierta, en una colonia de clase media, sin bares ni comercios a la vista salvo un almacén de frutas y Lupe se puso a contarnos episodios de su infancia y luego yo también me puse a contar historias de cuando era niño, para matar el tiempo, nada más, y aunque Ulises no abrió la boca en ningún momento y se puso a leer un libro, sin abandonar su asiento junto al volante, se notaba que nos estaba escuchando porque a veces levantaba la vista y nos miraba y sonreía. Pasadas las doce fuimos a buscar a Belano. Lima estacionó cerca de una plaza cercana y me dijo que fuera a la biblioteca. Él se quedaba con Lupe y el Impala, por si aparecía Alberto y había que salir huyendo. Recorrí aprisa, sin mirar hacia los lados, las cuatro calles que me separaban de la biblioteca. Encontré a Belano sentado en una larga mesa de madera oscurecida por los años, con varios volúmenes encuadernados del periódico local de Nogales. Cuando llegué levantó la cabeza, era el único usuario de la biblioteca, y con un gesto me indicó que me acercara y me sentara a su lado.

21 de enero

De la semblanza necrológica que el periódico de Nogales hizo en su día de Pepín Avellaneda sólo me queda la imagen de Cesárea Tinajero caminando por una triste carretera del desierto de la mano de su torero chaparro, un torero chaparro que, además, lucha por no seguir empequeñeciéndose, que lucha por crecer, y que en efecto, poco a poco va creciendo, hasta alcanzar el metro sesenta, pongamos por caso, y luego desaparece.

22 de enero

En El Cubo. Para ir de Nogales a El Cubo hay que bajar por la federal hasta Santa Ana, y de allí hacia el oeste, de Santa Ana a Pueblo Nuevo, de Pueblo Nuevo a Altar, de Altar a Caborca, de Caborca a San Isidro, de San Isidro hay que seguir por la carretera que va a Sonoyta, en la frontera con Arizona, pero hay que desviarse antes, por una carretera de tierra, y recorrer unos veinticinco o treinta kilómetros. El periódico de Nogales hablaba de «su fiel amiga, una abnegada maestra de El Cubo». En el pueblo vamos a la escuela y una sola mirada nos basta para darnos cuenta de que se trata de una construcción posterior a 1940. Aquí no pudo dar clases Cesárea Tinajero. Si escarbáramos debajo de la escuela, sin embargo, podríamos encontrar la vieja escuela.

Hablamos con la maestra. Enseña a los niños el español y el pápago. Los pápagos viven entre Arizona y Sonora. Le preguntamos a la maestra si ella es pápago. No, no lo es. Soy de Guaymas, nos dice, y mi abuelito era un indio mayo. Le preguntamos por qué enseña pápago. Para que no se pierda esta lengua, nos dice. En México sólo quedan unos doscientos pápagos. En efecto, son muy poquitos, reconocemos. En Arizona hay unos dieciséis mil, pero en México sólo doscientos. ¿Y en El Cubo cuántos pápagos quedan? Unos veinte, dice la maestra, pero no le hace, yo voy a seguir. Después nos explica que los pápagos no se nombran a sí mismos de esa manera, sino como ó'otham y que los pimas se autonombran óob y los seris konkáak. Le decimos que estuvimos en Bahía Kino, en Punta Chueca y El Dólar y escuchamos a los pescadores cantar canciones seris. La maestra se muestra extrañada. Los konkáak, dice, son apenas setecientos, si llegan, y no se dedican a la pesca. Pues esos pescadores, decimos, se habían aprendido una canción seri. Puede ser, dice la maestra, pero es más probable que los engañaran. Más tarde nos invitó a comer a su casa. Vive sola. Le preguntamos si no le gustaría irse a vivir a Hermosillo o al DF. Nos dice que no. Le gusta este lugar. Después vamos a ver a una vieja india pápago que vive a un kilómetro de El Cubo. La casa de la vieja es de adobes. Consta de tres habitaciones, dos vacías y una en donde vive ella y sus animales. El olor, sin embargo, apenas es perceptible, barrido por el viento del desierto que entra por las ventanas sin cristales.

La maestra le explica a la vieja en su lengua que nosotros queremos saber noticias de Cesárea Tinajero. La vieja escucha a la maestra y nos mira y dice: huy. Belano y Lima se miran durante un segundo y yo sé que están pensando si el huy de la vieja querrá decir algo en pápago o es la exclamación en que todos estamos pensando. Buena persona, dice la vieja. Vivió con un buen hombre. Los dos buenos. La maestra nos mira y sonríe. ¿Cómo era ese hombre?, dice Belano indicando mediante gestos diferentes estaturas. Mediano, dice la vieja, flaquito, mediano, ojos claritos. ¿Claritos así?, dice Belano cogiendo una rama almendrada de la pared. Claritos así, dice la vieja. ¿Mediano así?, dice Belano señalando con el índice una estatura más bien baja. Medianito, sí, dice la vieja. ¿Y Cesárea Tinajero?, dice Belano. Sola, dice la vieja, se fue con su hombre y volvió sola. ¿Cuánto tiempo estuvo aquí? El tiempo de la escuela, buena maestra, dice la vieja. ¿Un año?, dice Belano. La vieja mira a Belano y a Lima como si no los viera. A Lupe la mira con simpatía. Le pregunta algo en pápago. La maestra traduce: ¿cuál de ellos es tu hombre? Lupe sonríe, no la veo, está a mi espalda, pero sé que sonríe, y dice: ninguno. Ella tampoco tenía hombre, dice la vieja. Un día se fue acompañada y otro día volvió sola. ¿Siguió siendo maestra?, dice Belano. La vieja dice algo en pápago. Vivía en la escuela, traduce la maestra, pero ya no daba clases. Ahora las cosas son mejores, dice la vieja. No te creas, dice la maestra. ¿Y después qué pasó? La vieja habla en pápago, hila palabras que solo la maestra entiende, pero nos mira a nosotros y al final sonríe. Vivió un tiempo en la escuela y después se marchó, dice la maestra. Parece ser que adelgazó mucho, estaba en los huesos, pero no estoy muy segura, ella confunde algunas cosas, dice la maestra. Por otra parte, si tenemos en cuenta que no trabajaba, que no tenía un sueldo, me parece normal que adelgazara, dice la maestra. No le debía sobrar dinero para comer. Comía, dice la vieja de repente y todos damos un salto. Yo le daba comida, mi mamá le daba comida. Ella estaba en los puros huesos. Los ojos hundidos. Parecía un coralillo. ¿Un coralillo?, dice Belano. Un *micruroides euryxanthus*, dice la maestra, una serpiente venenosa. Ya se ve que eran muy amigas, dice Belano. ¿Y cuándo se marchó? Después de un tiempo, dice la vieja sin especificar a cuánto tiempo se refería. Para los pápagos, dice la maestra, más o menos tiempo es casi equivalente a más o menos eternidad. ¿Y cómo estaba cuando se marchó?, dice Belano. Delgada como un coralillo, dijo la vieja.

Más tarde, poco antes de que anocheciera, la vieja nos acompañó a El Cubo a enseñarnos la casa en donde había vivido Cesárea Tinajero. Estaba cerca de unos corrales que se caían de viejos, las maderas de las trancas podridas, junto a una choza en donde probablemente guardaban utensilios de labranza aunque ahora estaba vacía. La casa era pequeña, con un patio reseco al lado, y cuando llegamos vimos luz a través de su única ventana delantera. ¿Llamamos?, dijo Belano. No tiene ningún sentido, dijo Lima. Así que volvimos caminando otra vez, por entre las lomas, hasta la casa de la vieja pápago y le agradecimos todo lo que había hecho por nosotros y luego le dimos las buenas noches y volvimos solos a El Cubo aunque en realidad la que se quedaba sola era ella.

Esa noche dormimos en casa de la maestra. Después de comer Lima se puso a leer a William Blake, Belano y la maestra se fueron a dar una vuelta por el desierto y al regresar se metieron en la habitación de ella, y Lupe y yo, después de lavar los platos, salimos a fumarnos un cigarrillo mirando las estrellas e hicimos el amor en el interior del Impala. Cuando volvimos a entrar a la casa encontramos a Lima dormido en el suelo, con el libro entre las manos, y un murmullo familiar que provenía de la habitación de la maestra y que nos indicaba que ni ella ni Belano iban a volver a aparecer en lo que quedaba de noche. Así que tapamos a Lima con una manta, preparamos nuestra cama en el suelo y apagamos la luz. A las ocho de la mañana la maestra entró en su habitación y despertó a Belano. El retrete estaba en el patio trasero. Al volver, las ventanas estaban abiertas y sobre la mesa había café de olla.

Nos despedimos en la calle. La maestra no quiso que la lleváramos en coche hasta la escuela. Cuando regresábamos a Hermosillo tuve la sensación no sólo de haber recorrido ya estas pinches tierras sino de haber nacido aquí.

23 de enero

Hemos visitado el Instituto Sonorense de Cultura, el Instituto Nacional Indigenista, la Dirección General de Culturas Populares (Unidad Regional Sonora), el Consejo Nacional de Educación, el Archivo de la Secretaría de Educación (Área Sonora), el Instituto Nacional de Antropología e Historia (Centro Regional Sonora), y la Peña Taurina Pilo Yáñez por segunda vez. Sólo en esta última hemos sido bien recibidos.

Las pistas de Cesárea Tinajero aparecen y se pierden. El cielo de Hermosillo es rojo sangre. A Belano le pidieron los papeles, sus papeles, cuando él reclamaba los viejos libros de los maestros rurales en donde debía de estar escrito el destino que le tocó a Cesárea después de marcharse de El Cubo. Los papeles de Belano no están en regla. Una secretaria de la universidad le dijo que por menos podía ser deportado. ¿Adónde?, gritó Belano. Pues a su país, joven, dijo la secretaria. ¿Es usted analfabeta?, dijo Belano, ¿no ha leído ahí que soy chileno?, ¡mejor sería pegarme un tiro en la boca! Llamaron a la policía y nosotros salimos corriendo. No tenía idea de que Belano estuviera ilegal en el país.

24 de enero

Belano está cada día más nervioso y Lima más ensimismado. Hoy vimos a Alberto y a su amigo policía. Belano no lo vio o no lo quiso ver. Lima sí lo vio, pero le da igual. Sólo a Lupe y a mí nos preocupa (y mucho) el previsible encontronazo con su antiguo padrote. No pasa nada grave, dijo Belano para zanjar la discusión, al fin y al cabo nosotros los doblamos en número. Yo me puse a reír de los nervios que tenía. No soy cobarde, pero tampoco soy suicida. Ellos van armados, dijo Lupe. Yo también, dijo Belano. Por la tarde me mandaron a mí a los Archivos de Educación. Dije que estaba escribiendo un artículo para una revista del DF sobre las escuelas rurales de Sonora en la década de los treinta. Qué reportero más jovencito, dijeron las secretarias que se pintaban las uñas. Encontré la siguiente pista: Cesárea Tinajero había sido maestra durante los años 1930-1936. Su primer destino fue El Cubo. Después estuvo de maestra en Hermosillo, en Pitiquito, en Bábaco y en Santa Teresa. A partir de allí había dejado de pertenecer al cuerpo de maestros del estado de Sonora.

25 de enero

Según Lupe, Alberto ya sabe dónde estamos, en qué pensión vivimos, en qué coche viajamos y sólo espera el momento propicio para caernos por sorpresa. Fuimos a ver la escuela de Hermosillo en donde Cesárea había trabajado. Preguntamos por viejos maestros de los años treinta. Nos dieron la dirección del antiguo director. Su casa estaba junto a la ex penitenciaria del estado. El edificio es de piedra. Tiene tres plantas y una torre que sobresale de las demás torres de vigilancia y que produce en quien la observa una sensación de opresión. Una obra arquitectónica destinada a perdurar, dijo el director.

26 de enero

Viajamos a Pitiquito. Hoy Belano ha dicho que tal vez lo mejor sería volver al DF. A Lima le da igual. Dice que al principio se cansaba de tanto conducir pero que ahora le ha cogido gusto al volante. Incluso hasta cuando está dormido, se sueña manejando el Impala de Quim por estos caminos. Lupe no habla de volver al DF pero dice que lo mejor sería escondernos. Yo no quiero separarme de ella. Tampoco tengo planes. Adelante, entonces, dice Belano. Las manos, lo noto cuando me inclino hacia el asiento delantero para pedirle un cigarrillo, le tiemblan.

27 de enero

En Pitiquito no encontramos nada. Durante un rato estuvimos con el coche detenido en la carretera que va a Caborca y que luego se bifurca hacia El Cubo, pensando si hacerle una nueva visita a la maestra o no. La última palabra la tenía Belano y nosotros esperamos sin impacientarnos, mirando la carretera, los pocos coches que de vez en cuando pasaban, las nubes blanquísimas que el viento arrastraba desde el Pacífico. Hasta que Belano dijo vámonos a Bábaco y Lima sin decir una palabra encendió el motor y giró hacia la derecha y nos alejamos de allí.

El viaje fue largo y por lugares por donde no habíamos estado nunca, aunque, al menos para mí, la sensación de cosa vista persistió todo el tiempo. De Pitiquito fuimos a Santa Ana y enlazamos con la federal. Por la federal fuimos hasta Hermosillo. De Hermosillo cogimos la carretera que lleva hasta Mazatán, hacia el este, y de Mazatán a La Estrella. A partir de allí se acabó la carretera pavimentada y seguimos por caminos de terracería hasta Bacanora, Sahuaripa y Bábaco. Desde la escuela de Bábaco nos mandaron de vuelta a Sahuaripa, que era la cabecera municipal y supuestamente allí podíamos encontrar los registros. Pero era como si la escuela de Bábaco, la escuela del Bábaco de los años treinta, hubiera desaparecido barrida por un huracán. Volvimos a dormir, como en los primeros días, dentro del coche. Ruidos nocturnos: el de la araña lobo, el de los alacranes, el de los ciempiés, el de las tarántulas, el de las viudas negras, el de los sapos bufos. Todos venenosos, todos mortales. La presencia (más bien debería decir la inminencia) de Alberto es por momentos tan real como los ruidos nocturnos. Con las luces del coche encendidas, en las afueras de Bábaco adonde hemos vuelto no sé por qué, antes de dormirnos hablamos de cualquier cosa, menos de Alberto. Hablamos del DF, hablamos de poesía francesa. Luego Lima apaga las luces. Bábaco también está a oscuras.

28 de enero

¿Y si encontráramos a Alberto en Santa Teresa?

29 de enero

Esto encontramos: una maestra aún en activo nos cuenta que conoció a Cesárea. Fue en 1936 y nuestra interlocutora tenía entonces veinte años. Ella acababa de ganar la plaza y Cesárea hacía pocos meses que trabajaba en la escuela, por lo que fue natural que se hicieran amigas. No sabía la historia del torero Avellaneda ni la historia de ningún otro hombre. Cuando Cesárea dejó el trabajo tardó en comprenderlo, pero lo aceptó como una de las peculiaridades que distinguían a su amiga.

Durante un tiempo, meses, tal vez un año, desapareció. Pero una mañana la vio a la puerta de la escuela y reanudaron la amistad. Por entonces Cesárea tenía treintaicinco o treintaiséis años y ella la consideraba, aunque ahora se arrepentía de ello, una solterona. Consiguió trabajo en la primera fábrica de conservas que hubo en Santa Teresa. Vivía en un cuarto de la calle Rubén Darío, que por entonces estaba en una colonia del extrarradio y que para una mujer sola resultaba peligroso o poco recomendable. ¿Si sabía que Cesárea era poeta? No lo sabía. Cuando ambas trabajaban en la escuela, en muchas ocasiones la vio escribir, sentada en el aula vacía, en un cuaderno de tapas negras muy grueso que Cesárea llevaba siempre consigo. Suponía que era un diario de vida. En la época en que Cesárea trabajó en la fábrica de conservas, cuando se citaban en el centro de Santa Teresa para ir al cine o para que la acompañara de compras, cuando acudía tarde a las citas solía encontrarla escribiendo en un cuaderno de tapas negras, como el anterior, pero de formato más pequeño, un cuaderno que parecía un misal y en donde la letra de su amiga, de caracteres diminutos, se deslizaba como una estampida de insectos. Nunca le leyó nada. Una vez le preguntó sobre qué escribía y Cesárea le contestó que sobre una griega. El nombre de la griega era Hipatía. Tiempo después buscó el nombre en una enciclopedia y supo que Hipatía era una filósofa de Alejandría muerta por los cristianos en el año 415. Pensó, tal vez impulsivamente, que Cesárea se identificaba con Hipatía. No le preguntó nada más o si se lo preguntó ya lo había olvidado.

Quisimos saber si Cesárea leía y si recordaba algunos títulos. En efecto, leía mucho pero la maestra no recordaba ni uno solo de los libros que Cesárea sacaba de la biblioteca y que solía cargar a todas partes. Trabajaba en la fábrica de conservas de ocho de la mañana a seis de la tarde, por lo que mucho tiempo para leer no tenía, pero ella suponía que le robaba horas al sueño para dedicárselas a la lectura. Después la fábrica de conservas tuvo que cerrar y Cesárea durante un tiempo se quedó sin trabajo. Eso fue allá por 1945. Una noche, después de salir del cine, la acompañó a su cuarto. Por entonces la maestra ya se había casado y veía a Cesárea menos que antes. Sólo una vez había estado en aquel cuarto de la calle Rubén Darío. Su marido, aunque era un santo, no veía con buenos ojos su amistad con Cesárea. La calle Rubén Darío por entonces era como la cloaca adonde iban a dar todos los desechos de Santa Teresa. Había un par de pulquerías en las cuales, al menos una vez a la semana, se producía un altercado con sangre; los cuartos de las vecindades estaban ocupados por obreros sin empleo o por campesinos recién emigrados a la ciudad; la mayoría de los niños estaban sin escolarizar. Eso la maestra lo sabía porque Cesárea en persona había llevado a unos cuantos a su escuela y los había matriculado. También vivían algunas putas y sus padrotes. No era una calle recomendable para una mujer decente (tal vez el vivir en ese lugar fue lo que predispuso en contra de Cesárea al marido de la maestra), y si ésta todavía no lo había percibido fue porque la primera vez que estuvo allí fue antes de casarse, cuando era, según sus propias palabras, inocente y distraída.

Pero esta segunda visita fue diferente. La pobreza y el abandono de la calle Rubén Darío se le derrumbaron encima como una amenaza de muerte. El cuarto donde vivía Cesárea estaba limpio y ordenado, tal como cabía esperar del cuarto de una ex maestra, pero algo emanaba de él que le pesó en el corazón. El cuarto era la prueba feroz de la distancia casi insalvable que mediaba entre ella y su amiga. No era que el cuarto estuviera desordenado o que oliera mal (como preguntó Belano) o que su pobreza hubiera traspasado los límites de la pobreza decente o que la suciedad de la calle Rubén Darío tuviera su correlato en cada uno de los rincones de la habitación de Cesárea, sino algo más sutil, como si la realidad, en el interior de aquel cuarto perdido, estuviera torcida, o peor aún, como si alguien, Cesárea, ¿quién si no?, hubiera ladeado la realidad imperceptiblemente, con el lento paso de los días. E incluso cabía una opción peor: que Cesárea hubiera torcido la realidad conscientemente.

¿Qué vio la maestra? Vio una cama de hierro, una mesa llena de papeles en donde se apilaban, en dos montones, más de veinte cuadernos de tapas negras, vio los pocos vestidos de Cesárea colgados de una cuerda que iba de lado a lado de la habitación, una alfombra india, un velador y sobre el velador un hornillo de parafina, tres libros prestados por la biblioteca cuyos títulos no recordaba, un par de zapatos sin tacón, unas medias negras que salían de debajo de la cama, una maleta de cuero en un rincón, un sombrero de paja teñido de negro que colgaba de un minúsculo perchero clavado tras la puerta, y alimentos: vio un trozo de pan, vio un tarro de café y otro de azúcar, vio una tableta de chocolate a medio comer que Cesárea le ofreció y que ella rechazó, y vio el arma: una navaja de muelle, con el mango de cuerno y la palabra Caborca grabada en la hoja. Y cuando le preguntó a Cesárea para qué necesitaba un cuchillo, ésta le contestó que estaba amenazada de muerte y luego se rió, una risa, recuerda la maestra, que traspasó las paredes del cuarto y las escaleras de la casa hasta llegar a la calle, en donde murió. En ese momento a la maestra le pareció que caía sobre la calle Rubén Darío un silencio repentino, perfectamente tramado, el volumen de las radios bajó, el parloteo de los vivos se apagó de pronto y sólo quedó la voz de Cesárea. Y entonces la maestra vio o le pareció que veía un plano de la fábrica de conservas pegado en la pared. Y mientras escuchaba las palabras que Cesárea tenía que decirle, unas palabras que no vacilaban pero que tampoco atropellaban, unas palabras que la maestra prefiere olvidar, pero que recuerda perfectamente e incluso comprende, ahora comprende, sus ojos recorrieron el plano de la fábrica de conservas, un plano que había dibujado Cesárea, en algunas zonas con gran cuidado en el detalle y en otras de forma borrosa o vaga, con anotaciones en los márgenes aunque la letra en ocasiones era ilegible y en otras estaba escrita con mayúsculas e incluso entre signos de exclamación, como si Cesárea con su mapa hecho a mano estuviera reconociéndose en su propio trabajo o estuviera reconociendo facetas que hasta entonces ignoraba. Y entonces la maestra tuvo que sentarse, aunque no quería hacerlo, en el borde de la cama y tuvo que cerrar los ojos y escuchar las palabras de Cesárea. E incluso, aunque cada vez se sentía peor, tuvo la entereza de preguntarle por qué razón había dibujado el plano de la fábrica. Y Cesárea dijo algo sobre los tiempos que se avecinaban, aunque la maestra suponía que si Cesárea se había entretenido en la confección de aquel plano sin sentido no era por otra razón que por la soledad en la que vivía. Pero Cesárea habló de los tiempos que iban a venir y la maestra, por cambiar de tema, le preguntó qué tiempos eran aquéllos y cuándo. Y Cesárea apuntó una fecha: allá por el año 2.600. Dos mil seiscientos y pico. Y luego, ante la risa que provocó en la maestra una fecha tan peregrina, risita sofocada que apenas se escuchaba, Cesárea volvió a reírse, aunque esta vez el estruendo de su risa se mantuvo en los límites de su propia habitación.

A partir de ese momento, recuerda la maestra, la tensión que flotaba en el cuarto de Cesárea o la que ella percibía fue bajando hasta diluirse del todo. Después se marchó y no volvió a ver a Cesárea hasta quince días después. En aquella ocasión Cesárea le dijo que se marchaba de Santa Teresa. Traía un regalo de despedida, uno de los cuadernos de tapas negras, posiblemente el más delgado de todos ellos. ¿Aún lo conservaba?, preguntó Belano. No, ya no lo conservaba. Su marido lo leyó y lo tiró a la basura. O simplemente se perdió, la casa en la que ahora vivía no era la misma de entonces y en las mudanzas se suelen perder las cosas pequeñas. ¿Pero leyó el cuaderno?, dijo Belano. Sí, lo había leído, básicamente consistía en anotaciones, algunas muy sensatas, otras totalmente fuera de lugar, sobre el sistema de educación mexicano. Cesárea odiaba a Vasconcelos, aunque en ocasiones ese odio parecía más bien amor. Había un plan para la alfabetización masiva, que la maestra apenas entendió pues el borrador era caótico, y listas consecutivas de lecturas para la infancia, adolescencia y juventud que se contradecían cuando no eran claramente antagónicas. Por ejemplo: en la primera lista de lecturas para la infancia se encontraban las *Fábulas* de La Fontaine y de Esopo. En la segunda lista desaparecía La Fontaine. En la tercera lista aparecía un libro popular sobre el gangsterismo en los Estados Unidos, lectura tal vez, sólo tal vez, indicada para los adolescentes, pero en ningún caso para los niños, que en la cuarta lista desaparecía a su vez en beneficio de una recopilación de cuentos medievales. En todas las listas se mantenía *La isla del tesoro* de Stevenson y *La edad de oro* de Martí, libros que a la maestra le parecían más indicados para la adolescencia.

Después de aquel encuentro pasó mucho tiempo sin saber nada de ella. ¿Cuánto tiempo?, preguntó Belano. Años, dijo la maestra. Hasta que un día la volvió a ver. Fue en las fiestas de Santa Teresa, cuando la ciudad se llenaba de feriantes venidos de todos los rincones del estado.

Cesárea estaba detrás de un puesto de hierbas medicinales. La maestra pasó a su lado, pero como iba acompañada de su marido y de una pareja amiga le dio vergüenza saludarla. O tal vez no fue vergüenza sino timidez. E incluso puede que no fuera vergüenza ni timidez: simplemente dudó de que aquella mujer que vendía hierbas fuera su antigua amiga. Cesárea tampoco la reconoció a ella. Estaba sentada detrás de su mesa, un tablón colocado sobre cuatro cajas de madera, y hablaba con una señora acerca de la mercancía que tenía a la venta. Había cambiado físicamente: ahora era gorda, desmesuradamente gorda, y aunque la maestra no le vio ni una cana que afeara su cabello negro, alrededor de los ojos tenía arrugas y ojeras profundísimas, como si el trayecto hecho hasta llegar a Santa Teresa, hasta la feria de Santa Teresa, se hubiera dilatado durante meses, tal vez años.

Al día siguiente la maestra volvió sola y otra vez la vio. Cesárea estaba de pie y le pareció mucho más grande que en su recuerdo. Debía de pesar más de ciento cincuenta kilos y llevaba una falda gris hasta los tobillos que acentuaba su gordura. Los brazos, desnudos, eran como troncos. El cuello había desaparecido tras una papada de gigante, pero la cabeza aún conservaba la nobleza de la cabeza de Cesárea Tinajero: una cabeza grande, de huesos prominentes, el cráneo abombado y la frente amplia y despejada. Al contrario que el día anterior, esta vez la maestra se acercó y le dio los buenos días. Cesárea la miró y no la reconoció o se hizo como que no la reconocía. Soy yo, dijo la maestra, tu amiga Flora Castañeda. Al oír el nombre Cesárea arrugó el entrecejo y se levantó. Rodeó el tablón de las hierbas y se acercó a ella como si no pudiera verla bien a la distancia en que se encontraba. Le puso las manos (dos garras, según la maestra) en los hombros y durante unos segundos estuvo escrutándole la cara. Ay, Cesárea, qué desmemoriada eres, dijo la maestra por decir algo. Sólo entonces Cesárea sonrió (como una tonta, según la maestra) y le dijo que por supuesto, cómo se iba a olvidar de ella. Después estuvieron hablando durante un rato, las dos sentadas al otro lado de la mesa, la maestra en una silla de madera plegable y Cesárea en un cajón, como si ambas atendieran en sociedad el puestecito de hierbas. Y aunque la maestra se dio cuenta de inmediato de que tenían muy pocas cosas que decirse, le contó que ya tenía tres hijos y que seguía trabajando en la escuela, y le comentó a Cesárea sucesos absolutamente intrascendentes que habían acaecido en Santa Teresa. Y luego pensó en preguntarle a Cesárea si se había casado y si tenía hijos, pero no llegó a formular pregunta alguna pues se dio cuenta por sí misma que no se había casado ni tenía hijos, así que se contentó con preguntarle en dónde vivía, y Cesárea le dijo que a veces en Villaviciosa y otras veces en El Palito. La maestra sabía dónde quedaba Villaviciosa, aunque nunca había ido, pero El Palito era la primera vez que lo oía nombrar. Le preguntó dónde estaba ese pueblo y Cesárea dijo que en Arizona. La maestra entonces se rió. Dijo que ella siempre había sospechado que Cesárea acabaría viviendo en los Estados Unidos. Y eso era todo. Se separaron. Al día siguiente la maestra no fue al mercado y se pasó las horas muertas pensando si sería conveniente invitar a Cesárea a comer a su casa. Lo habló con su marido, discutieron, venció ella. Al día siguiente, a primera hora, volvió al mercado, pero cuando llegó el puesto de Cesárea estaba ocupado por una vendedora de paliacates. Nunca más volvió a verla.

Belano le preguntó si creía que Cesárea estaba muerta. Posiblemente, dijo la maestra.

Y eso fue todo. Tras la entrevista Belano y Lima estuvieron pensativos durante muchas horas. Nos alojamos en el Hotel Juárez. Al atardecer nos reunimos los cuatro en la habitación de Lima y Belano y estuvimos hablando sobre lo que íbamos a hacer. Según Belano, lo primero era ir a Villaviciosa, luego ya veríamos si volvíamos al DF o nos íbamos a El Palito. El problema con El Palito era que él no podía entrar en los Estados Unidos. ¿Por qué?, preguntó Lupe. Porque soy chileno, dijo. A mí tampoco me van a dejar entrar, dijo Lupe, y no soy chilena. Tampoco a García Madero. ¿A mí por qué?, dije yo. ¿Alguien tiene pasaporte?, dijo Lupe. Nadie tenía, excepto Belano. Por la noche Lupe se fue al cine. Cuando volvió al hotel dijo que no pensaba regresar al DF. ¿Y qué vas a hacer?, dijo Belano. Vivir en Sonora o pasar a los Estados Unidos.

30 de enero

Ayer por la noche nos descubrieron. Lupe y yo estábamos en nuestra habitación, cogiendo, cuando la puerta se abrió y entró Ulises Lima. Vístanse rápido, dijo, Alberto está en la recepción hablando con Arturo. Sin decir una palabra hicimos lo que nos ordenó. Metimos nuestras cosas en bolsas de plástico y bajamos a la primera planta procurando no hacer ruido. Salimos por la puerta de atrás. El callejón estaba oscuro. Vamos a buscar el carro, dijo Lima. En la avenida Juárez no había ni un alma. Nos alejamos tres calles del hotel, hasta el lugar en donde estaba estacionado el Impala. Lima temía que hubiera alguien junto al coche, pero el lugar estaba desierto y nos pusimos en marcha. Pasamos al lado del Hotel Juárez. Desde la calle se veía parte de la recepción y la ventana iluminada del bar del hotel. Allí estaba Belano, y enfrente de él se encontraba Alberto. Al policía que acompañaba a Alberto no lo vimos por ninguna parte. Belano tampoco nos vio y Lima no consideró prudente tocar la bocina. Dimos la vuelta a la manzana. El esbirro, dijo Lupe, probablemente había subido a nuestras habitaciones. Lima negó con la cabeza. Una luz amarilla caía sobre las cabezas de Belano y Alberto. Hablaba Belano, pero igual hubiera podido hablar el otro. No parecían enfadados. Cuando volvimos a pasar ambos se habían puesto a fumar. Bebían cerveza y fumaban. Parecían amigos. Hablaba Belano: movía la mano izquierda como si dibujara un castillo o el perfil de una mujer. Alberto no le quitaba la vista de encima y a veces sonreía. Toca el claxon, dije yo. Dimos otra vuelta. Cuando volvió a aparecer el Hotel Juárez Belano miraba por la ventana y Alberto se llevaba a los labios una lata de TKT. Un hombre y una mujer discutían en la puerta principal del hotel. El policía amigo de Alberto los contemplaba apoyado en el capó de un coche, a unos diez metros de distancia. Lima hizo sonar el claxon tres veces y aminoró la marcha. Belano ya nos había visto antes. Se dio la vuelta, se acercó a Alberto, le dijo algo, Alberto lo cogió de la camisa, Belano le dio un empujón y echó a correr. Cuando apareció por la puerta del hotel el policía se dirigió hacia él mientras se llevaba una mano al interior del saco. Lima tocó el claxon otras tres veces y detuvo nuestro Impala a unos veinte metros del Hotel Juárez. El policía sacó la pistola y Belano siguió corriendo. Lupe abrió la portezuela del coche. Alberto apareció en la acera del hotel con una pistola en la mano. Yo esperaba que llevara el cuchillo. En el momento en que Belano entró en el coche Lima arrancó y nos alejamos a toda velocidad por las calles mal iluminadas de Santa Teresa. Salimos, sin saber cómo, en dirección a Villaviciosa, lo que nos pareció de buen augurio. A eso de las tres de la mañana estábamos completamente perdidos. Bajamos del coche a estirar las piernas, no se veía ninguna luz por ningún lado. Nunca había visto tantas estrellas en el cielo.

Dormimos en el interior del Impala. Nos despertamos a las ocho de la mañana, ateridos de frío. Hemos estado dando vueltas y vueltas por el desierto sin encontrar ni un pueblo, ni una mísera ranchería. A veces nos perdemos por colinas peladas. A veces el camino discurre entre quebradas y riscos y luego bajamos otra vez al desierto. Por aquí estuvieron las tropas imperiales en 1865 y 1866. La sola mención del ejército de Maximiliano nos hace morirnos de risa. Belano y Lima, que ya antes de viajar a Sonora sabían algo de la historia del estado, dicen que hubo un coronel belga que intentó tomar Santa Teresa. Un belga al mando de un regimiento belga. Nos morimos de risa. Un regimiento belga-mexicano. Por supuesto, se perdieron, aunque los historiadores de Santa Teresa prefieren creer que fueron las fuerzas vivas del pueblo quienes los derrotaron. Qué risa. También está registrada una escaramuza en Villaviciosa, posiblemente entre la retaguardia de los belgas y los habitantes de la aldea. Lima y Belano conocen esta historia muy bien. Hablan de Rimbaud. Si hubiéramos hecho caso a nuestro instinto, dicen. Qué risa.

A las seis de la tarde encontramos una casa a un lado de la carretera. Nos dan tortillas con frijoles, que pagamos generosamente, y agua fresca que bebemos directamente de una jícara. Los campesinos nos miran comer sin hacer ni un solo gesto. ¿Dónde queda Villaviciosa? Al otro lado de esas colinas, nos dicen.

31 de enero

Hemos encontrado a Cesárea Tinajero. Alberto y el policía, a su vez, nos han encontrado a nosotros. Todo ha sido mucho más simple de lo que hubiera imaginado, pero yo nunca imaginé nada así. El pueblo de Villaviciosa es un pueblo de fantasmas. El pueblo de asesinos perdidos del norte de México, el reflejo más fiel de Aztlán, dijo Lima. No lo sé. Más bien es un pueblo de gente cansada o aburrida.

Las casas son de adobe aunque a diferencia de otras aldeas por donde hemos pasado este mes loco, las de aquí tienen, casi todas, un patio delantero y un patio trasero y algunos patios están encementados, lo que resulta curioso. Los árboles del pueblo se están muriendo. Hay, por lo que pude ver, dos bares, un almacén de comestibles y nada más. El resto son casas. El comercio se hace en la calle, en los bordillos de la plaza o bajo los arcos del edificio más grande del pueblo, la casa del presidente municipal, en donde al parecer no vive nadie.

Llegar hasta Cesárea no fue difícil. Preguntamos por ella y nos indicaron que fuéramos a los lavaderos, en la parte oriental del pueblo. Las artesas allí son de piedra y están puestas de tal manera que un chorrito de agua, que sale a la altura de la primera y que baja por un canalito de madera, basta para la colada de diez mujeres. Cuando llegamos sólo habían tres lavanderas. Cesárea estaba en el medio y la reconocimos de inmediato. Vista de espaldas, inclinada sobre la artesa, Cesárea no tenía nada de poética. Parecía una roca o un elefante. Sus nalgas eran enormes y se movían al ritmo que sus brazos, dos troncos de roble, imprimían al restregado y enjuagado de la ropa. Llevaba el pelo largo hasta casi la cintura. Iba descalza. Cuando la llamamos se volvió y nos enfrentó con naturalidad. Las otras dos lavanderas también se volvieron. Durante un instante Cesárea y sus acompañantes nos miraron sin decir nada: la que estaba a su derecha tendría unos treinta años, pero igual podía tener cuarenta o cincuenta, la que estaba a su izquierda no debía de pasar de los veinte. Los ojos de Cesárea eran negros y parecían absorber todo el sol del patio. Miré a Lima, había dejado de sonreír. Belano parpadeaba como si un grano de arena le estorbara la visión. En algún momento que no sé precisar nos pusimos a caminar rumbo a la casa de Cesárea Tinajero. Recuerdo que Belano, mientras atravesábamos callejuelas desiertas bajo un sol implacable, intentó una o varias explicaciones, recuerdo su posterior silencio. Después sé que alguien me guió a una habitación oscura y fresca y que me arrojé sobre un colchón y me dormí. Cuando desperté Lupe estaba a mi lado, dormida, sus brazos y piernas enlazando mi cuerpo. Tardé en comprender dónde me hallaba. Oí voces y me levanté. En la habitación contigua Cesárea y mis amigos hablaban. Cuando aparecí nadie me miró. Recuerdo que me senté en el suelo y que encendí un cigarrillo. De las paredes del cuarto colgaban matojos de hierbas atados con pita. Belano y Lima fumaban, pero el olor que percibí no era el del tabaco.

Cesárea estaba sentada cerca de la única ventana y de vez en cuando miraba hacia afuera, miraba el cielo, y entonces yo también, no se por qué, me hubiera puesto a llorar, aunque no lo hice. Estuvimos así mucho tiempo. En algún momento Lupe apareció por la habitación y sin decir nada se sentó a mi lado. Después los cinco nos levantamos de nuestros asientos y salimos a la calle amarilla, casi blanca. Debía de estar atardeciendo aunque el calor aún llegaba en oleadas. Caminamos hasta donde habíamos dejado el coche. Durante el trayecto sólo nos cruzamos con dos personas: un viejo que llevaba una radio a pilas en una mano y un niño de unos diez años que iba fumando. El interior del Impala estaba ardiendo. Belano y Lima se subieron delante. Yo quedé emparedado entre Lupe y la inmensa humanidad de Cesárea Tinajero. Después el coche salió profiriendo quejidos por las calles de tierra de Villaviciosa, hasta alcanzar la carretera.

Estábamos fuera del pueblo cuando vimos un coche que venía en sentido contrario. Probablemente aquél y el nuestro eran los dos únicos automóviles en muchos kilómetros a la redonda. Por un segundo pensé que nos íbamos a estrellar pero Lima se echó a un lado y frenó. Una nube de polvo cubrió nuestro precozmente envejecido Impala. Alguien maldijo. Puede que fuera Cesárea. Sentí que el cuerpo de Lupe se pegaba a mi cuerpo. Cuando la nube de polvo se deshizo, del otro coche se habían apeado Alberto y el policía y nos apuntaban con sus pistolas.

Me sentí enfermo: no podía oír lo que decían, pero los vi mover las bocas y supuse que nos ordenaban que bajáramos. Nos están insultando, escuché que decía Belano con incredulidad. Hijos de la chingada, dijo Lima.

1 de febrero

Esto es lo que pasó. Belano abrió la puerta de su lado y se bajó. Lima abrió la puerta de su lado y se bajó. Cesárea Tinajero nos miró a Lupe y a mí y nos dijo que no nos moviéramos. Que pasara lo que pasara no nos bajáramos. No empleó esas palabras, pero eso fue lo que quiso decir. Lo sé porque fue la primera y la última vez que me habló. No te muevas, dijo, y luego abrió la puerta de su lado y se bajó.

A través de la ventana vi a Belano que avanzaba fumando y con la otra mano en el bolsillo. Junto a él vi a Ulises Lima y un poco más atrás, balanceándose como un buque de guerra fantasma, vi la espalda acorazada de Cesárea Tinajero. Lo que sucedió a continuación fue confuso. Supongo que Alberto los insultó y les pidió que le entregaran a Lupe, supongo que Belano le dijo que la fuera a buscar, que era toda suya. Tal vez en ese momento Cesárea dijo que nos iban a matar. El policía se rió y dijo que no, que sólo querían a la putita. Belano se encogió de hombros. Lima miraba el suelo. Entonces Alberto dirigió su mirada de halcón hacia el Impala y nos buscó infructuosamente. Supongo que el sol que se ponía evitaba, con sus reflejos, que el padrote nos viera con claridad. Con la mano que sujetaba el cigarrillo Belano nos señaló. Lupe tembló como si la brasa del cigarrillo fuera un sol en miniatura. Ahí están, buey, son todos tuyos. De acuerdo, voy a ver cómo está mi mujer, dijo Alberto. El cuerpo de Lupe se pegó a mi cuerpo y aunque su cuerpo y mi cuerpo eran elásticos todo empe-

603

zó a crujir. Su antiguo chulo sólo alcanzó a dar dos pasos. Al pasar junto a Belano éste se le arrojó encima.

Con una mano retuvo el brazo de Alberto que cargaba la pistola, la otra salió disparada del bolsillo empuñando el cuchillo que había comprado en Caborca. Antes de que ambos rodaran por el suelo, Belano ya había conseguido enterrarle el cuchillo en el pecho. Recuerdo que el policía abrió la boca, muy grande, como si de pronto todo el oxígeno hubiera desaparecido del desierto, como si no creyera que unos estudiantes se les estuvieran resistiendo. Luego vi a Ulises Lima abalanzarse sobre él. Sentí un disparo y me agaché. Cuando volví a asomar la cabeza del asiento trasero vi al policía y a Lima que daban vueltas por el suelo hasta quedar detenidos en el borde del camino, el policía encima de Ulises, la pistola en la mano del policía apuntando a la cabeza de Ulises, y vi a Cesárea, vi la mole de Cesárea Tinajero que apenas podía correr pero que corría, derrumbándose sobre ellos, y oí dos balazos más y bajé del coche. Me costó apartar el cuerpo de Cesárea de los cuerpos del policía y de mi amigo.

Los tres estaban manchados de sangre, pero sólo Cesárea estaba muerta. Tenía un agujero de bala en el pecho. El policía sangraba de una herida en el abdomen y Lima tenía un rasguño en el brazo derecho. Cogí la pistola que había matado a Cesárea y herido a los otros dos y me la guardé bajo el cinturón. Mientras ayudaba a Ulises a ponerse de pie, vi a Lupe que sollozaba junto al cuerpo de Cesárea. Ulises me dijo que no podía mover el brazo izquierdo. Creo que lo tengo roto, dijo. Le pregunté si le dolía. No me duele, dijo. Entonces no está roto. ¿Dónde chingados está Arturo?, dijo Lima. Lupe dejó de sollozar instantáneamente y miró hacia atrás: a unos diez metros de nosotros, montado a horcajadas sobre el cuerpo inmóvil del chulo, vimos a Belano. ¿Estás bien?, gimió Lima. Belano se levantó sin contestar. Se sacudió el polvo y dio unos pasos inseguros. Tenía el pelo pegado a la cara por efecto del sudor y constantemente se restregaba los párpados pues las gotas que caían de su frente y de las cejas se le metían en los ojos. Cuando se inclinó al lado del cadáver de Cesárea me di cuenta que le sangraban la nariz y los labios. ¿Qué vamos a hacer ahora?, pensé, pero no dije nada, en lugar de eso me puse a caminar para desentumecer mi cuerpo helado (¿pero helado por qué?) y durante un rato estuve contemplando el cuerpo de Alberto y la solitaria carretera que llevaba a Villaviciosa. De vez en cuando escuchaba los gemidos del policía que pedía que lo lleváramos a un hospital.

Cuando me volví vi a Lima y a Belano que hablaban apoyados en el Camaro. Oí que Belano decía que la habíamos cagado, que habíamos encontrado a Cesárea sólo para traerle la muerte. Después ya no oí nada hasta que alguien me tocó en el hombro y me dijo que subiera al carro. El Impala y el Camaro salieron de la carretera y entraron en el desierto. Poco antes de que cayera la noche volvieron a detenerse y bajamos. El cielo estaba cubierto de estrellas y no se veía nada. Oí conversar a Belano y a Lima. Oí los gemidos del policía que se estaba muriendo. Luego ya no oí nada. Sé que cerré los ojos. Más tarde Belano me llamó y entre los dos pusimos los cadáveres de Alberto y del policía en el maletero del Camaro y el cadáver de Cesárea en el asiento trasero. Hacer esto último nos costó una eternidad. Después nos pusimos a fumar o a dormir en el interior del Impala o a pensar hasta que finalmente amaneció.

Entonces Belano y Lima nos dijeron que era mejor que nos separáramos. Nos dejaban el Impala de Quim. Ellos se quedaban con el Camaro y con los cadáveres. Belano se rió por primera vez: un trato justo, dijo. ¿Ahora volverás al DF?, le preguntó a Lupe. No lo sé, dijo Lupe. Todo nos ha salido mal, perdona, dijo Belano. Creo que no se lo dijo a Lupe sino a mí. Pero ahora intentaremos arreglarlo, dijo Lima. También él se reía. Les pregunté qué pensaban hacer con Cesárea. Belano se encogió de hombros. No había más remedio que enterrarla junto con Alberto y el policía, dijo. A menos que quisiéramos pasar una temporada en la cárcel. No, no, dijo Lupe. Por descontado que no, dije yo. Nos dimos un abrazo y Lupe y yo nos montamos en el Impala. Vi que Lima intentaba subir por la puerta del conductor pero Belano se lo impedía. Los vi hablar durante un rato. Vi a Lima instalarse después en el asiento del copiloto y a Belano coger el volante. Durante un rato interminable no pasó nada. Dos coches detenidos en medio del desierto. ¿Podrás volver a la carretera, García Madero?, dijo Belano. Naturalmente, dije yo. Luego vi que el Camaro se ponía en marcha, vacilante, y durante un trecho los dos automóviles rodaron juntos por el desierto. Después nos separamos. Yo enfilé buscando la carretera y Belano giró hacia el oeste.

2 de febrero

No sé si hoy es el 2 de febrero o el 3. Puede que sea el 4 de febrero, tal vez incluso el 5 o el 6. Pero para mis propósitos lo mismo da. Éste es nuestro treno.

3 de febrero

Lupe me ha dicho que somos los últimos real visceralistas que quedan en México. Yo estaba tirado en el suelo, fumando, y me la quedé mirando y le dije no jales.

4 de febrero

A veces me pongo a pensar e imagino a Belano y a Lima cavando durante horas una fosa en el desierto. Después, al caer la noche, los veo alejarse de allí y perderse por Hermosillo, en donde abandonan el Camaro en una calle cualquiera. A partir de ese momento ya no hay imágenes. Sé que ellos pensaban seguir viaje en autobús hacia el DF, sé que ellos esperaban reunirse allí con nosotros. Pero ni Lupe ni yo tenemos ganas de volver. Nos veremos en el DF, dijeron. Nos veremos en el DF, dije yo antes de que los coches se separaran en el desierto. Nos dieron la mitad del dinero que les quedaba. Después, cuando estuvimos solos, yo le di la mitad a Lupe. Por si acaso. Ayer por la noche volvimos a Villaviciosa y dormimos en casa de Cesárea Tinajero. Busqué sus cuadernos. Estaban en un lugar bien visible, en la misma habitación en donde dormí la primera vez que estuve aquí. La casa no tiene luz eléctrica. Hoy desayunamos en uno de los bares. La gente nos miraba y no nos decía nada. Según Lupe, podríamos quedarnos a vivir aquí todo el tiempo que quisiéramos.

5 de febrero

Esta noche soñé que Belano y Lima dejaban el Camaro de Alberto abandonado en una playa de Bahía Kino y luego se internaban en el mar y nadaban hasta Baja California. Yo les preguntaba para qué querían ir a Baja California y ellos me contestaban: para escapar, y entonces una gran ola los ocultaba de mi vista. Cuando le conté el sueño, Lupe dijo que era una tontería, que no me preocupara, que Lima y Belano seguramente estaban bien. Por la tarde nos fuimos a comer al otro bar. Los parroquianos eran los mismos. Nadie nos ha dicho nada por estar ocupando la casa de Cesárea. A nadie parece importarle nuestra presencia en el pueblo.

6 de febrero

A veces pienso en la pelea como si fuera un sueño. Vuelvo a ver la espalda de Cesárea Tinajero como la popa de un buque que emerge de un naufragio de hace cientos de años. La vuelvo a ver arrojándose contra el policía y contra Ulises Lima. La veo recibiendo un balazo en el pecho. Finalmente la veo disparándole al policía o desviando la trayectoria del último disparo. La veo morir y siento el peso de su cuerpo. Después pienso. Pienso que tal vez Cesárea no tuvo nada que ver en la muerte del policía. Entonces pienso en Belano y en Lima, uno cavando una tumba para tres personas, el otro contemplando el trabajo con el brazo derecho vendado, y pienso entonces que fue Lima el que hirió al policía, que el policía se distrajo cuando Cesárea lo atacó y que Ulises aprovechó ese momento para desviar la trayectoria del arma y dirigirla contra el abdomen del policía. A veces, para variar, intento pensar en la muerte de Alberto, pero no puedo. Espero que los hayan enterrado junto con sus pistolas. O que hayan enterrado éstas en otro agujero del desierto. ¡Pero que en cualquier caso las hayan abandonado! Recuerdo que cuando metí el cuerpo de Alberto en el maletero revisé sus bolsillos. Buscaba el cuchillo con el que se medía el pene. No lo encontré. A veces, para variar, pienso en Quim y en su Impala, que probablemente nunca más verá. A veces me da risa. Otras veces no.

7 de febrero

La comida es barata. Pero aquí no hay trabajo.

8 de febrero

He leído los cuadernos de Cesárea. Cuando los encontré pensé que tarde o temprano los remitiría por correo al DF, a casa de Lima o de Belano. Ahora sé que no lo haré. No tiene ningún sentido hacerlo. Toda la policía de Sonora debe de ir tras las huellas de mis amigos.

9 de febrero

Volvemos al Impala, volvemos al desierto. En este pueblo he sido feliz. Antes de irnos Lupe dijo que podíamos regresar a Villaviciosa cuando quisiéramos. ¿Por qué?, le dije. Porque la gente nos acepta. Son asesinos, igual que nosotros. Nosotros no somos asesinos, le digo. Los de Villaviciosa tampoco, es una manera de hablar, dice Lupe. Algún día la policía atrapará a Belano y a Lima, pero a nosotros nunca nos encontrará. Ay, Lupe, cómo te quiero, pero qué equivocada estás.

10 de febrero

Cucurpe, Tuape, Meresichic, Opodepe.

11 de febrero

Carbó, El Oasis, Félix Gómez, El Cuatro, Trincheras, La Ciénega.

12 de febrero

Bamuri, Pitiquito, Caborca, San Juan, Las Maravillas, Las Calenturas.

13 de febrero

¿Qué hay detrás de la ventana?

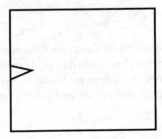

Una estrella.

14 de febrero

¿Qué hay detrás de la ventana?

Una sábana extendida.

15 de febrero

¿Qué hay detrás de la ventana?

ÍNDICE

627

560
564
589   Konkóiak = sens